DUMONT

Seit der Aufklärung seines letzten Falls hat sich das Leben des unkonventionellen Privatermittlers Jackson Brodie grundlegend verändert. Er ist zu Geld gekommen und hat seinen Job an den Nagel gehängt. Doch glücklich ist er nicht. Im Gegensatz zu seiner Freundin, der Schauspielerin Julia, kann er das süße Nichtstun nicht wirklich genießen. Ein Mann ohne Arbeit, das passt nicht in Brodies Weltbild. Zudem langweilt er sich gehörig, und daran ändert auch der Aufenthalt in Edinburgh nichts. Ziellos streift Brodie durch die Stadt, während Julia für ihr neues Stück probt.
Erst als er bei einem Strandspaziergang eine Leiche entdeckt, ist seine Schwermut wie verflogen. Brodie ist wieder ganz der Alte und ermittelt auf eigene Faust – sehr zur Verärgerung der ansässigen Polizei. Als Brodie sich kurz vor der Aufklärung des Mordes wähnt, gerät er selbst in Gefahr …

Kate Atkinson wurde bereits für ihren ersten Roman ›Familienalbum‹ mit dem renommierten Costa Book of the Year Award ausgezeichnet. Mittlerweile stehen ihre Bücher regelmäßig auf den internationalen Bestsellerlisten. Für ›Das vergessene Kind‹, den vierten Band in der Reihe um den Privatermittler Jackson Brodie, erhielt sie den Deutschen Krimi Preis 2012 und für ihren Roman ›Die Unvollendete‹ den Costa Novel Award 2013. Kate Atkinson lebt in Edinburgh und gilt als eine der wichtigsten britischen Autorinnen der Gegenwart.

Kate Atkinson

LIEBESDIENSTE

Roman

Aus dem Englischen
von Anette Grube

DUMONT

Von Kate Atkinson sind bei DuMont außerdem erschienen:
Die vierte Schwester
Lebenslügen
Weiter Himmel

FSC
www.fsc.org
MIX
Papier aus verantwortungsvollen Quellen
FSC® C083411

Juli 2021
DuMont Buchverlag, Köln

Die englische Originalausgabe erschien 2006 unter dem Titel ›One Good Turn‹ bei Doubleday, London.
›One Good Turn‹ erschien auf Deutsch erstmals 2007 unter dem Titel ›Liebesdienste‹ bei Droemer, München.

Übersetzung: Anette Grube
Coverabbildungen: © Shutterstock
Coverdesign nach einer Vorlage von Richard Ogle / TW
Satz: Angelika Kudella, Köln
Gesetzt aus der Minion
Druck und Verarbeitung: CPI books GmbH, Leck
Gedruckt auf säurefreiem und chlorfrei gebleichtem Papier
Printed in Germany
ISBN 978-3-8321-6570-3

www.dumont-buchverlag.de

Für Debbie, Glynis, Judith, Lynn,
Penny, Sheila und Tessa.
Für die, die wir waren,
und für die, die wir sind.

Male parta male dilabuntur.
Unrecht Gut gedeiht nicht.

Cicero, Orationes Philippicae 2,65

DIENSTAG

1

Er hatte sich verfahren. Er war es nicht gewohnt, sich zu verfahren. Er war ein Mann, der genaue Pläne machte und sie zielstrebig in die Tat umsetzte, aber jetzt schien sich alles gegen ihn verschworen zu haben in einer Weise, wie er es seiner Ansicht nach nicht hatte vorhersehen können. Er hatte zwei stumpfsinnige Stunden auf der A1 im Stau verbracht, so dass er erst am späten Vormittag in Edinburgh angekommen war. Dann war er hilflos in ein Netz aus Einbahnstraßen geraten, und anschließend hatte ihm eine Straße, die wegen einer geborstenen Wasserleitung gesperrt war, einen Strich durch die Rechnung gemacht. Auf der Fahrt nach Norden hatte es geschüttet, ununterbrochen und unerbittlich, und erst als er die Ausläufer der Stadt erreichte, hatte der Regen etwas nachgelassen. Das Wetter schien jedoch die Menschenmassen nicht weiter abgehalten zu haben – es war ihm zu keinem Zeitpunkt in den Sinn gekommen, dass sich Edinburgh mitten im »Festival« befand und sich ausgelassene Horden herumtrieben, als wäre gerade das Ende eines Kriegs erklärt worden. Sein bislang engster Kontakt zum Edinburgh Festival hatte darin bestanden, dass er eines Abends zufällig die *Late Night Review* eingeschaltet und einen Haufen Mittelschichtwichser gesehen hatte, die über irgendein unglaublich elitäres alternatives Theaterstück debattierten.

Er landete schließlich im schmutzigen Herzen der Stadt, in einer Straße, die sich auf einem tieferen Niveau als der Rest der Stadt zu befinden schien wie eine verrußte urbane Schlucht. Infolge des Regens war das Kopfsteinpflaster rutschig und schmierig, und er musste vorsichtig fahren, weil es auf der Straße nur so von Menschen wimmelte, die sie aufs Geratewohl überquerten oder in kleinen Knäueln darauf herumstanden, als hätte ihnen noch nie jemand erklärt, dass Fahrbahnen für Autos da waren und Gehwege für Fußgänger. Eine Menschenschlange wand sich die gesamte Straße entlang – Leute, die darauf warteten, in etwas eingelassen zu werden, das aussah wie ein Bombenloch in der Mauer, sich jedoch auf einem großen Plakat neben der Tür rühmte, der »Festival-Veranstaltungsort Nr. 164« zu sein.

Der Name auf dem Führerschein in seiner Brieftasche lautete Paul Bradley, ein Name, den man schnell wieder vergaß. Er hatte sich mittlerweile mehrere Schritte von seinem richtigen Namen entfernt, einem Namen, der sich nicht länger anfühlte, als wäre es jemals der seine gewesen. Wenn er nicht arbeitete, nannte er sich oft (aber nicht immer) »Ray«. Schlicht und einfach. Wie der gute Junge von nebenan, wie der böse Junge von nebenan. Guter Ray, böser Ray. Er liebte es, die Identität zu wechseln, durch die Ritzen zu schlüpfen. Der gemietete Peugeot, den er fuhr, war genau richtig, kein auffälliger Macho-Wagen, sondern ein Auto, das ein gewöhnlicher Mann fahren würde. Ein gewöhnlicher Mann wie Paul Bradley. Sollte ihn jemand fragen, was er tat, was Paul Bradley tat, würde er sagen: »Langweiliges Zeug. Ich bin ein Bürohengst, schiebe in der Buchhaltung Papiere hin und her.«

Er versuchte zu fahren und gleichzeitig den Stadtplan von Edinburgh zu entziffern, um aus dieser höllischen Straße zu entkommen, als ihm jemand fast vor den Wagen lief. Es war ein Typ, wie er ihn verabscheute – ein junger dunkelhaariger Kerl mit einer dicken schwarzen Brille, Zweitagebart und einer Kippe im Mundwinkel. In London gab es Hunderte davon, und alle wollten sie möglichst wie französische Existenzialisten aus den Sechzigerjahren aussehen. Dabei war er überzeugt, dass keiner von ihnen jemals ein Buch über Philosophie aufgeschlagen hatte. Er selbst hatte sie alle gelesen, Plato, Kant, Hegel, er dachte sogar daran, eines Tages einen Abschluss zu machen.

Er trat heftig auf die Bremse, kam vor dem bebrillten Typen zum Stehen, was diesen jedoch veranlasste, zur Seite zu springen wie ein Stierkämpfer in der Arena. Der Typ war wütend, fuchtelte mit der Kippe herum, schrie, zeigte ihm den Finger. Keine Spur von Höflichkeit, keinerlei Manieren – ob seine Eltern stolz auf ihre Leistung waren? Er hasste Raucher, es war eine widerliche Angewohnheit. Er hasste Typen, die einem den Finger zeigten, »Verpiss dich!« schrien und mit ihrem dreckigen, nikotinfleckigen Mund Spucke verspritzten.

Er spürte den Aufprall ungefähr so heftig, als hätte er in einer dunklen Nacht einen Dachs oder Fuchs überfahren, nur dass er von hinten erfolgte und ihn nach vorn stieß. Nur gut, dass Brillenschlange ihren kleinen Paso doble vollführt hatte und aus dem Weg gehüpft war, oder der Typ wäre spätestens jetzt geliefert gewesen. Er schaute in den Rückspiegel. Ein blauer Honda Civic, der Fahrer stieg gerade aus – ein Mordskerl, paketeweise Gewichthebermuskeln, fitnessstudiofit, was nicht hieß überlebensfit, im Dschungel oder in der Wüste hätte er im Gegensatz zu Ray keine drei Monate durchgestanden. Nicht einen Tag hätte er durchgestanden. Der Berg trug Handschuhe, hässliche schwarze Lederhandschuhe mit Löchern an den Knöcheln. Auf dem Rücksitz tobte ein Hund, ein bulliger Rottweiler, genau die Art Hund, die man bei einem Kerl wie ihm erwartete. Der Mann war ein wandelndes Klischee. Der Hund auf dem Rücksitz hatte regelrecht einen Anfall, verspritzte seinen Geifer auf die Fenster, kratzte mit den Krallen am Glas. Der Hund machte ihm keine allzu großen Sorgen. Er wusste, wie man Hunde tötete.

Ray stieg aus und ging zur rückwärtigen Stoßstange, um den Schaden in Augenschein zu nehmen. Der Honda-Fahrer brüllte ihn an. »Du blöde dreckige *Fotze,* was hast du dir dabei *gedacht?*« Engländer. Ray wollte etwas sagen, etwas Beschwichtigendes, was den Kerl beruhigte – dem war anzusehen, dass er ein richtiger Dampfkochtopf war, der gleich explodieren würde, der explodieren *wollte,* so wie er herumstapfte, dieser Schwergewichtsboxer ohne Kondition. Ray nahm eine neutrale Haltung ein, setzte eine neutrale Miene auf, aber dann hörte er, wie die Menschenmenge ein leises kollektives »Aah« des Entsetzens von sich gab, und da sah er den Baseballschläger, der plötzlich aus dem Nirgendwo in der Hand des Kerls aufgetaucht war, und dachte: *Scheiße.*

Das war sein letzter Gedanke für mehrere Sekunden. Als er wieder denken konnte, lag er auf dem Boden und hielt sich die Seite des Kopfes, die der Typ getroffen hatte. Er hörte das Geräusch splitternden Glases – der Bastard schlug die Fenster seines Wagens ein. Vergeblich versuchte er aufzustehen, schaffte es aber nur bis auf die Knie, als würde er beten, und jetzt näherte sich der Kerl mit halb erhobenem Schläger, wog ihn in der Hand, bereit, aufs Ganze zu gehen und ihm den Kopf einzuschlagen. Ray hob schützend den Arm, wodurch ihm noch schwindliger wurde. Als er auf das Kopfsteinpflaster zurücksank, dachte er unwillkürlich: Himmel, war's das? Er hatte aufgegeben, tatsächlich aufgegeben – was er nie zuvor getan hatte –, da trat jemand aus der Menge vor, schwang etwas Eckiges, Schwarzes und schleuderte es gegen den Honda-Mann, traf ihn an der Schulter und brachte ihn ins Taumeln.

Er verlor erneut für ein paar Sekunden das Bewusstsein, und als er wieder zu sich kam, knieten zwei Polizistinnen neben ihm. Die eine sagte: »Nur die Ruhe, Sir«, während die andere über ihr Funkgerät einen Krankenwagen rief. Zum ersten Mal in seinem Leben war er froh, die Polizei zu sehen.

2

Nie zuvor in seinem Leben hatte Martin so etwas getan. Er brachte nicht einmal die Fliegen in seinem Haus um, sondern verfolgte sie geduldig, stellte ihnen mit einem Glas und einem Teller eine Falle und ließ sie dann frei. Selig sind die Sanftmütigen; denn sie werden das Erdreich besitzen. Er war fünfzig und hatte noch nie wissentlich Gewalt gegen ein anderes Lebewesen geübt, obschon er manchmal glaubte, dass er eher ein Feigling denn ein Pazifist war.

Er hatte in der Schlange gestanden und darauf gewartet, dass jemand anders sich einmischte, als sich die Szene vor ihnen abzuspielen begann, aber die Leute waren in Zuschauerstimmung, Betrachter eines besonders brutalen Theaterstücks, und sie hatten nicht die Absicht, sich das Vergnügen zu verderben. Auch Martin hatte sich anfänglich gefragt, ob es nur eine weitere Vorstellung war – ein Faux-impromptu-Stück, das entweder schockieren sollte oder unsere Unfähigkeit, schockiert zu sein, bloßstellen wollte, weil wir in einer globalen Mediengesellschaft leben, in der wir zu passiven Voyeuren der Gewalt verkommen sind (und so weiter). Das war der Gedanke, der ihm durch den objektiven, intellektuellen Teil seines Gehirns schoss. Der primitive Teil seines Gehirns dachte jedoch: Oh, Scheiße, das ist schrecklich, richtig schrecklich, bitte, der böse Mann soll weggehen. Es überraschte ihn nicht, dass er in seinem Kopf die Stimme seines Vaters hörte *(Reiß dich zusammen, Martin).* Sein Vater war seit vielen Jahren tot, doch Martin hörte noch oft das Gebell und Gebrüll seines Exerzierplatz-Tonfalls. Als der Honda-Fahrer alle Fenster des silberfarbenen Peugeot eingeschlagen hatte und auf dessen Fahrer zuging, dabei seine Waffe schwang und sich auf den finalen Siegesschlag vorbereitete, wurde Martin klar, dass der Mann am Boden wahrscheinlich sterben würde, von dem verrückten Mann mit dem Baseballschläger wahrscheinlich vor ihren Augen *umgebracht* würde, wenn nicht irgendjemand irgendetwas unternahm, und instinktiv, ohne nachzudenken – denn hätte er darüber nachgedacht, er hätte es vielleicht nicht getan –, zog er die Tasche von seiner Schulter und schleuderte sie auf Hammerwerferart dem wahnsinnigen Honda-Fahrer an den Kopf.

Er traf nicht den Kopf des Mannes, was ihn nicht überraschte – er hatte noch nie fangen oder werfen können, er gehörte zu denjenigen, die sich ducken, wenn ein Ball in ihre Richtung fliegt –, aber in der Tasche befand sich sein Laptop, und die harte, breite Kante prallte gegen die Schulter des Honda-Fahrers, der zurücktaumelte.

Bislang war Martin dem Schauplatz eines echten Verbrechens nie näher gekommen als bei einem Besuch des Schriftstellervereins auf dem Polizeirevier von St. Leonard's. Von Martin abgesehen, bestand die Gruppe ausschließlich aus Frauen. »Sie sind unser Alibimann«, hatte eine Frau zu ihm gesagt, und er hatte aus dem höflichen Lachen der anderen eine gewisse Enttäuschung herausgehört, als hätte er sich als ihr Alibimann zumindest bemühen können, etwas weniger wie eine Frau zu sein.

Kaffee und Kekse wurden serviert – Bourbon-Schokoladenkekse, Waffeln mit rosa Füllung, das Sortiment war beeindruckend –, und ein »ranghoher Polizist« hielt einen vergnüglichen Vortrag in einem neuen Konferenzraum, der aussah, als wäre er für Gruppen wie ihre entworfen worden. Dann wurden sie durch die verschiedenen Teile des Gebäudes geführt, das Callcenter und einen höhlenartigen Raum, in dem zivil gekleidete Leute (»Kriminalpolizisten«) vor Computern saßen, kurz zu den »Schriftstellern« blickten, korrekterweise entschieden, dass sie unwichtig waren, und sich wieder ihren Bildschirmen zuwandten.

Sie mussten sich für eine Gegenüberstellung in einer Reihe aufstellen, von einem Mitglied ihrer Gruppe wurden Fingerabdrücke genommen, und sie wurden – kurz – in eine Zelle gesperrt, wo sie mit den Füßen scharrten und kicherten, um der Klaustrophobie die Spitze zu nehmen. »Kichern«, ging Martin durch den Kopf, war ein ausgesprochen weibliches Wort. Frauen kicherten, Männer lachten. Martin sorgte sich, dass er selbst ein Kicherer war. Und wie für sie inszeniert, wurden sie am Ende der Führung mit einem leichten Schauder der Angst Zeugen, wie hastig ein Einsatzteam zusammengestellt wurde, das einen »schwierigen« Häftling aus einer Zelle holen sollte.

Die Führung hatte keinen großen Einfluss auf die Bücher, die Martin in Person seines Alter Ego »Alex Blake« schrieb. Es waren harmlose altmodische Kriminalromane mit einer Heldin namens »Nina Riley«, einem hitzköpfigen Mädchen, das von ihrem Onkel eine Detektei geerbt hatte. Die Handlung spielte stets in den Vierzigerjahren, kurz nach dem Krieg. Es war eine Ära, zu der sich Martin besonders hingezogen fühlte, der monochrome Mangel, die latent vorhandene, als schäbig empfundene Enttäuschung im Schlepptau des Heroismus. Das Wien von *Der dritte Mann*, das Londoner Umland in *Begegnung*. Wie musste es gewesen sein, in einem gerechten Krieg gekämpft, so viele edle Gefühle empfunden zu haben (ja, eine Menge war Propaganda, aber tief im Inneren steckte ein wahrer Kern), von der Last des Individualismus befreit gewesen zu sein? Am Rand von Zerstörung und Niederlage gestanden und es doch geschafft und dann gedacht zu haben: *Was jetzt?* Natürlich empfand Nina Riley nichts davon, sie war erst zweiundzwanzig und hatte den Krieg in einem Schweizer Mädchenpensionat verbracht. Und sie war nicht real.

Nina Riley war ein Wildfang, aber sie wies keine offensichtlichen lesbischen Tendenzen auf, und ständig machten ihr jede Menge Männer den Hof, denen gegenüber sie sich jedoch bemerkenswert keusch verhielt. *(»Es ist«, schrieb ihm eine »verständnisvolle« Leserin, »als wäre die Schulsprecherin einer Schweizer Alpenschule erwachsen und Detektivin geworden.«)* Nina lebte in einer geografisch nicht näher bestimmten Version von Schottland, wo es Meer, Berge und wogende Moorlandschaften gab und wo jede größere Stadt in Schottland (häufig auch in England, nie jedoch in Wales, was er vielleicht einmal ändern sollte) mit einer schnellen Fahrt in ihrem schnittigen Bristol Coupé zu erreichen war. Als er das erste Nina-Riley-Buch schrieb, hatte er es als liebevolle Verneigung vor einer früheren Zeit und einer früheren Form verstanden. »Ein Pastiche, wenn Sie so wollen«, sagte er nervös, als er seiner Verlagslektorin vorgestellt wurde. »Eine Art ironischer *hommage.*« Es erstaunte ihn, dass das Buch verlegt wurde. Er hatte es geschrieben, um sich zu amüsieren, und plötzlich saß er in einem nichtssagenden Londoner Büro und hatte das Gefühl, er müsse den Unsinn, den er verfasst hatte, vor der jungen Frau rechtfertigen, der es anscheinend schwerfiel, sich auf ihn zu konzentrieren.

»Sei's drum«, sagte sie, sichtlich bemüht, ihn unverwandt anzublicken, »ich sehe ein Buch, das ich verkaufen kann. Eine Art heitere Mordgeschichte. Die Leute *lieben* Nostalgie, die Vergangenheit ist wie eine Droge. An wie viele Bücher haben Sie bei dieser Serie gedacht?«

»Serie?«

»Hallo.«

Martin wandte sich um und sah einen Mann in einer Haltung nahezu absurder Lässigkeit am Türstock lehnen. Er war älter als Martin, aber jünger gekleidet.

»Hallo«, sagte die junge Lektorin und schenkte dem Mann ihre hingerissene Aufmerksamkeit. Der minimale Wortwechsel schien nahezu unerträglich bedeutungsschwanger.

»Neil Winters, unser Verlagsleiter«, sagte sie mit stolzem Lächeln. »Das ist Martin Canning, Neil. Er hat ein *wunderbares* Buch geschrieben.«

»Phantastisch«, sagte Neil Winters und begrüßte Martin mit einem Handschlag. Die Hand war feucht und weich wie etwas Totes, das an den Strand gespült worden war. »Das erste von vielen, hoffe ich.«

Ein paar Wochen später wurde Neil Winters in die höheren Sphären des europäischen Mutterschiffs versetzt, und Martin sah ihn nie wieder, nichtsdestoweniger betrachtete er das Händeschütteln als den unzweideutigen Augenblick, in dem sich sein Leben verändert hatte.

Martin hatte vor kurzem die Fernsehrechte an den Nina-Riley-Büchern verkauft. »Als ob man in ein warmes Bad steigt. Das perfekte Futter für den Sonntagabend«, sagte der Produzent der BBC, und es klang wie eine Beleidigung, was es natürlich auch war.

In der zweidimensionalen fiktiven Welt, in der Nina Riley lebte, hatte sie bislang drei Mordfälle, einen Juwelenraub und einen Banküberfall aufgeklärt, ein gestohlenes Rennpferd aufgespürt, verhindert, dass der kleine Prinz Charles aus Balmoral entführt wurde, und in ihrem sechsten Fall, nahezu ohne fremde Hilfe, das Vorhaben vereitelt, die schottischen Kronjuwelen zu stehlen. Das siebte Buch, *Der Affenschwanzbaum,* lag jetzt als Taschenbuch auf den »Drei Bücher zum Preis von zwei«-Tischen in jeder Buchhandlung. Es sei »düsterer«, war die einhellige Meinung (*Blake bewegt sich endlich auf einen reiferen Noir-Stil zu,* hatte »ein Leser« bei Amazon geschrieben. Heutzutage ist jeder ein Kritiker), dennoch fand es laut seiner Agentin Melanie nach wie vor »lebhaften« Absatz. Melanie war Irin, weswegen alles, was sie sagte, nett klang, auch wenn es nicht so gemeint war.

Wenn jemand ihn fragte – was häufig der Fall war –, warum er Schriftsteller geworden sei, antwortete Martin für gewöhnlich, dass es, da er sowieso die meiste Zeit in einer Phantasiewelt lebte, eine gute Idee schien, sich dafür bezahlen zu lassen. Er sagte es freundlich, ohne zu kichern, und die Leute lächelten, als hätte er etwas Amüsantes gesagt. Was sie nicht verstanden, war, dass es die Wahrheit war – er lebte in seinem Kopf. Nicht auf intellektuelle oder philosophische Weise, nein, sein Innenleben war bemerkenswert banal. Er wusste nicht, ob das auf alle Menschen zutraf. Verbrachten sie ihre Zeit mit Tagträumen von einer besseren Version des Alltags? Niemand sprach über das Eigenleben seiner Phantasie, außer in Kategorien von so etwas wie Keats'scher Überhöhung. Niemand erzählte von dem Vergnügen, sich vorzustellen, man sitze in einem Liegestuhl auf dem Rasen unter einem wolkenlosen Hochsommerhimmel, betrachte das fürstliche Mahl eines richtigen, altmodischen Fünf-Uhr-Tees, zubereitet von einer mütterlichen Frau mit vollem Busen und makelloser Schürze, die Dinge sagte wie: »Na komm schon, iss auf, Schatz«, denn so redeten mütterliche Frauen mit vollem Busen in Martins Phantasie, eine seltsame Art Sub-Dickens'scher Diskurs.

Die Welt in seinem Kopf war so viel besser als die außerhalb seines Kopfes. Teegebäck, selbst gemachte Schwarze-Johannisbeer-Marmelade, Schlagsahne. Schwalben durchschnitten den blauen, blauen Himmel, segelten und stießen herab wie Battle-of-Britain-Piloten. Das ferne *Pop* von Leder auf Schlagholz. Der Duft von heißem, starkem Tee und frisch gemähtem Gras. Diese Dinge waren einem furchterregenden wütenden Mann mit einem Baseballschläger gegenüber gewiss unendlich vorzuziehen.

Martin schleppte seinen Laptop mit sich herum, weil die mittägliche Comedy-Veranstaltung, für die er angestanden hatte, nur ein Umweg war auf seinem heutigen (sehr verspäteten) Gang ins »Büro«. Martin hatte vor kurzem ein »Büro« in einem renovierten Block in Marchmont angemietet. Es war einst ein Lebensmittel- und Spirituosengeschäft gewesen, bot jetzt jedoch langweiligen, gesichtslosen Raum – Rigipswände und Laminatboden, Breitbandanschluss und Halogenlampen – für ein Architekturbüro, eine IT-Beraterfirma und für Martin. Er hatte das »Büro« in der vergeblichen Hoffnung gemietet, dass es ihm helfen würde, die Lethargie zu überwinden, die er bei dem Gedanken an sein Projekt (»Tod auf Black Isle«) empfand, wenn er jeden Tag das Haus verließ, um zu schreiben, und sich wie alle anderen an normale Arbeitszeiten hielt. Er betrachtete es als schlechtes Zeichen, dass er an das »Büro« nur als einen Raum dachte, der zwischen Anführungszeichen existierte, mehr ein fiktionales Konzept als ein Ort, an dem tatsächlich etwas geleistet wurde.

»Tod auf Black Isle« war wie ein verzaubertes Buch, gleichgültig, wie viel er schrieb, es schien nie mehr zu werden. »Sie sollten den Titel ändern, er klingt wie ein Tim-und-Struppi-Buch«, meinte Melanie. Bevor Martin vor acht Jahren sein erstes Buch veröffentlicht hatte, war er Religionslehrer gewesen, und aus unerfindlichen Gründen hatte es sich Melanie zu einem frühen Zeitpunkt ihrer Bekanntschaft in den Kopf gesetzt (und es nicht wieder herausbekommen), dass Martin einst in einem Kloster gewesen war. Wie sie auf diese Idee verfallen war, hatte er nie begriffen. Es stimmte, er hatte eine vorzeitige Tonsur wegen seines schütter werdenden Haars, aber davon abgesehen glaubte er nicht, dass an seiner Erscheinung etwas besonders Mönchisches war. Gleichgültig, wie sehr er sich bemühte, Melanie diese fixe Idee auszureden, war es noch immer das, was sie an ihm am interessantesten fand. Melanie war es gewesen, die diese Fehlinformation an seinen Verleger weitergegeben hatte, der sie seinerseits in der Öffentlichkeit verbreitete. Es stand in den öffentlich zugänglichen Informationen über ihn, es stand in der Ausschnittsammlung und im Internet, und sooft Martin zu Journalisten auch sagte: »Nein, das stimmt nicht, ich war nie Mönch«, sie machten es zum Dreh- und Angelpunkt jedes Interviews – *Blake widerspricht, wenn seine Priesterschaft erwähnt wird.* Oder: *Alex Blake weist eine frühe religiöse Berufung weit von sich, aber seinem Charakter haftet noch immer etwas Verschlossenes an.* Und so weiter.

»Tod auf Black Isle« schien Martin noch abgedroschener und formelhafter als seine früheren Bücher, etwas, was man im Bett, im Krankenhaus, im Zug oder Flugzeug oder am Strand las und sofort wieder vergaß. Seitdem er mit Nina Riley angefangen hatte, schrieb er jedes Jahr ein Buch, und er glaubte, dass ihm einfach der Dampf ausgegangen war. Sie schleppten sich nebeneinander dahin, er und seine leichtgewichtige Schöpfung, und sie steckten gemeinsam fest. Er sorgte sich, dass sie einander nie entkommen würden, dass er ewig über Nina Rileys alberne Eskapaden schreiben würde. Er wäre ein alter Mann, und sie wäre immer noch zweiundzwanzig, und er hätte ihnen beiden das Leben ausgesaugt.

»Nein, nein, nein, nein, nein, nein und noch mal nein«, sagte Melanie. »Man nennt das eine Goldmine ausbeuten, Martin.« Den letzten Tropfen aus einer Milchkuh herauspressen, hätte es vielleicht jemand anders genannt, der nicht fünfzehn Prozent bekam. Er fragte sich, ob er seinen Namen wechseln – oder, noch besser, seinen richtigen Namen annehmen – und etwas anderes, etwas von wirklicher Bedeutung und wahrem Wert schreiben könnte.

Martins Vater war Berufssoldat gewesen, Hauptfeldwebel einer Kompanie, aber Martin selbst hatte im Leben einen entschieden nichtkämpferischen Weg eingeschlagen. Er und sein Bruder Christopher waren in einem kleinen Internat der Church of England gewesen, das den Söhnen der Streitkräfte eine spartanische Unterkunft bot, eine Stufe über dem Armenhaus. Nachdem er die Atmosphäre kalter Duschen und langer Querfeldeinläufe *(Wir machen Männer aus Jungen)* hinter sich gelassen hatte, studierte Martin an einer drittklassigen Universität, wo er einen ebenfalls drittklassigen Abschluss in Religionswissenschaft machte, weil es das einzige Fach war, in dem er in der Schule gute Noten gehabt hatte – dank der unbarmherzigen verpflichtenden Bibelstudien, die im Internat die gefährlichen Mußestunden pubertierender Jungen füllten.

Auf das Studium folgte eine Lehrerausbildung, damit er Zeit hatte, darüber nachzudenken, was er »wirklich« tun wollte. Er hatte definitiv nie vorgehabt, tatsächlich Lehrer zu werden, schon gar nicht Religionslehrer, aber mit zweiundzwanzig stellte er fest, dass sich der Kreis irgendwie geschlossen hatte und er für ein geringes Gehalt in einem kleinen Internat im Lake District Jungen unterrichtete, die die Aufnahmeprüfung für eine bessere Privatschule nicht bestanden hatten und sich ausschließlich für Rugby und Masturbieren interessierten.

Er betrachtete sich selbst als jemanden, der schon alt geboren worden war, doch er war nur vier Jahre älter als seine ältesten Schüler, und es schien lächerlich, dass er sie überhaupt unterrichten sollte, insbesondere im Fach Religion. Natürlich war er in den Augen seiner Schüler nicht etwa ein junger Mann, sondern ein »alter Trottel«, auf den sie keinerlei Rücksicht nahmen. Es waren grausame, gefühllose Jungen, aus denen aller Wahrscheinlichkeit nach grausame, gefühllose Männer werden würden. So wie Martin es sah, erhielten sie die passende Ausbildung, um eines Tages die Hinterbänke der Konservativen im Parlament zu füllen, und er empfand es als seine Pflicht, zu versuchen, ihnen ein Konzept von Moral zu vermitteln, bevor es zu spät war – obschon es leider für die meisten bereits genau das war. Martin selbst war Atheist, doch er wollte für sich die Möglichkeit, eines Tages eine Konversion – ein plötzliches Lüften des Schleiers, ein Öffnen seines Herzens – zu erleben, nicht völlig ausschließen. Dennoch hielt er es für wahrscheinlicher, dass er dazu verdammt war, für immer auf der Straße nach Damaskus zu bleiben, der meistbegangenen Straße.

Wenn der Lehrplan es nicht ausdrücklich vorschrieb, neigte Martin dazu, das Christentum so weit wie möglich zu ignorieren und sich stattdessen auf Ethik, vergleichende Religionswissenschaft, Philosophie, sozialwissenschaftliche Studien (auf alles außer auf das Christentum) zu konzentrieren. Wenn ihn ein rugbyspielender, anglikanischer, faschistischer Vater zur Rede stellte, entschuldigte er sich mit der Behauptung, »Verständnis und Spiritualität fördern zu wollen«. Er verbrachte viel Zeit damit, die Jungen für die Lehren des Buddhismus zu interessieren, weil er, mittels Versuch und Irrtum, herausgefunden hatte, dass es die wirksamste Möglichkeit war, sie zu verwirren.

Er dachte: Ich werde das nur kurze Zeit machen, und dann

werde ich vielleicht reisen oder mich weiterqualifizieren oder eine interessantere Arbeit finden und ein neues Leben beginnen. Aber stattdessen ging sein altes Leben immer weiter, und er spürte, dass es sich in nichts auflöste, dass es fadenscheinig wurde, und wenn er nichts unternähme, würde er ewig dort bleiben, immer älter als die Jungen werden, bis er pensioniert und irgendwann sterben würde, nachdem er den Großteil seines Lebens in einem Internat verbracht hätte. Er wusste, dass er selbst aktiv werden musste, er war nicht die Sorte Mensch, der einfach irgendetwas *passierte.* Sein Leben war bislang nicht in Gang gekommen: Er hatte sich nie einen Knochen gebrochen, war nie von einer Biene gestochen worden, war der Liebe oder dem Tod nie nahe gewesen. Er hatte nie nach Größe gestrebt, und dafür war er mit einem kleinen Leben belohnt worden.

Er näherte sich den vierzig und fuhr in einem Schnellzug Richtung Tod – er hatte schon immer zu fiebrigen Metaphern tendiert –, als er einen Creative-Writing-Kurs belegte, der von einer Art Bildungsinitiative für ländliche Gegenden angeboten wurde. Der Kurs fand in einem Gemeindesaal statt und wurde geleitet von einer Frau namens Dorothy, die aus Kendal kam und deren Qualifikation nebulös blieb. Sie hatte ein paar Geschichten in einer Kulturzeitschrift im Norden veröffentlicht, Lesungen gemacht und Workshops gehalten (zum Thema *Work in progress*), und ein Stück von ihr über die Frauen in Miltons Leben *(Miltons Frauen)* war erfolglos beim Edinburgh Fringe aufgeführt worden. Das Wort »Edinburgh« musste im Kurs nur erwähnt werden, und Martin wurde krank vor Sehnsucht nach einem Ort, den er kaum kannte. Seine Mutter war in der Stadt geboren, und er hatte die ersten drei Jahre seines Lebens dort verbracht, als sein Vater in der Burg stationiert war. Eines Tages, dachte er, während Dorothy etwas über Form und

Inhalt und die Notwendigkeit, »die eigene Stimme zu finden«, plapperte, eines Tages würde er nach Edinburgh zurückkehren und dort leben. »Und lesen!«, rief sie und breitete die Arme aus, so dass ihr voluminöser Samtumhang aufklappte wie Fledermausflügel. »Lesen Sie alles, was jemals geschrieben wurde.« Ein paar Kursteilnehmer murrten aufrührerisch – sie (zumindest einige von ihnen) waren gekommen, um schreiben zu lernen, nicht, um zu lesen.

Dorothy wirkte dynamisch. Sie trug roten Lippenstift, lange Röcke und farbenfrohe Schals und Schultertücher, die sie mit großen Zinn- oder Silberbroschen feststeckte. Sie hatte eine Schwäche für Stiefeletten mit hohen Absätzen, schwarze Strümpfe mit Rautenmuster, lustige, zerknautschte Samthüte. Das war zu Beginn des Herbstsemesters, als der Lake District farbenprächtig herausgeputzt war, aber als er im grauen feuchten Winter versank, kleidete sich Dorothy in weniger theatralische Gummistiefel und Fleecejacken. Und sie war weniger theatralisch. Zu Beginn des Kurses hatte sie des Öfteren beiläufig von ihrem »Partner« gesprochen, der irgendwo ein Stipendium als Stadtschreiber hatte, aber als Weihnachten drohend näher rückte, erwähnte sie ihn nicht mehr, und ihr Lippenstift war nicht länger rot, sondern beige wie ihre Haut.

Aber auch von dieser bunten Ansammlung von Rentnern, Bäuerinnen und Leuten, die ihr Leben ändern wollten, bevor es zu spät war, schien Dorothy enttäuscht. »Es ist nie zu spät!«, erklärte sie mit der Begeisterung eines Evangelisten, aber die meisten von ihnen hatten begriffen, dass es das bisweilen war. Da war ein ruppiger Mann, der sie alle zu verachten schien und auf eine Hughes'sche Art über Raubvögel und tote Schafe auf Berghängen schrieb. Martin vermutete, dass er einen ländlichen Beruf ausübte – Bauer oder Wildhüter –, aber es stellte sich heraus, dass er ein arbeitsloser Geologe aus der Ölbranche war, der in den Lake District gezogen und ein Einheimischer geworden war. Da war ein Mädchen, Typ Studentin, die sie tatsächlich verachtete. Sie trug schwarzen Lippenstift (ein beunruhigender Gegensatz zu Dorothys Beige) und schrieb über ihren eigenen Tod und seine Auswirkungen auf die Leute in ihrer Umgebung. Und da waren ein paar nette Damen, Mitglieder des Frauenverbands, die überhaupt nicht schreiben zu wollen schienen.

Dorothy drängte sie, kleine autobiografische Texte über Angst und Beichtstuhlgeheimnisse, therapeutische Texte über ihre Kindheit, ihre Träume, ihre Depressionen zu verfassen. Stattdessen ließen sie sich aus über das Wetter, Urlaub, Tiere. Der ruppige Mann schrieb über Sex, und alle starrten auf den Boden, während er laut vorlas, nur Dorothy hörte ausdruckslos und mit Interesse zu, den Kopf schräg gelegt, die Lippen aufmunternd gespannt.

»Na gut«, sagte sie und gab sich geschlagen, »schreiben Sie als ›Hausaufgabe‹ über einen Besuch oder einen Aufenthalt im Krankenhaus.« Martin fragte sich, wann sie anfangen würden, Literatur zu verfassen, aber der Pädagoge in ihm reagierte auf das Wort *Hausaufgabe,* und er machte sich gewissenhaft an die Arbeit.

Die Damen vom Frauenverband schrieben sentimentale Texte über Besuche bei Alten und Kindern im Krankenhaus. »Charmant«, sagte Dorothy. Der ruppige Mann schilderte in grusligen Details, wie ihm der Blinddarm herausgenommen wurde. »Kraftvoll«, sagte Dorothy. Das unglückliche Mädchen schrieb über seinen Krankenhausaufenthalt in Barrow-in-Furness, nachdem es versucht hatte, sich die Pulsadern aufzuschneiden. »Eine Schande, dass sie es nicht geschafft hatte«, flüsterte die Bäuerin, die neben Martin saß.

Martin war nur einmal im Krankenhaus gewesen, mit vierzehn – Martin hatte feststellen müssen, dass jedes Jahr seiner Teenagerzeit eine neue Hölle mit sich brachte. Auf dem Rückweg aus der Stadt war er an einem Rummelplatz vorbeigekommen. Sein Vater war damals in Deutschland stationiert, und Martin und sein Bruder Christopher verbrachten die Sommerferien dort, um sich von den Unbilden des Internats zu erholen. Weil es sich um einen deutschen Rummelplatz handelte, war der Ort für Martin irgendwie noch furchterregender. Er wusste nicht, wo Christopher an diesem Nachmittag war, wahrscheinlich spielte er Kricket mit anderen Jungen vom Stützpunkt. Martin hatte den Rummelplatz bereits abends erlebt, als die Lichter, die Gerüche und das Geschrei eine dystopische Vision heraufbeschworen, die zu malen Bosch ein Vergnügen gewesen wäre. Tagsüber wirkte der Ort weniger bedrohlich, und in seinem Kopf hörte er, wie die Stimme seines Vaters, die so etwas (leider) gern tat, schrie: »Stell dich dem, wovor du Angst hast, Junge!« Er bezahlte den Eintritt und schlenderte zaghaft um die Attraktionen, denn nicht die Atmosphäre auf dem Rummelplatz machte ihm die größte Angst, sondern die Fahrgeschäfte. Als Kind hatte er sich schon vor den Schaukeln auf Spielplätzen gefürchtet.

Er kramte in seiner Tasche nach Kleingeld und kaufte sich an einem kleinen Stand einen *Kartoffelpuffer.* Seine Kenntnisse der Sprache waren zweifelhaft, aber bei *Kartoffel* glaubte er sich auf der sicheren Seite. Der Kartoffelpuffer war fett und schmeckte merkwürdig süß und lag ihm wie Blei im Magen, so dass sich die Stimme seines Vaters wirklich einen schlechten Zeitpunkt ausgesucht hatte, um sich erneut zu Wort zu melden, nämlich genau den Augenblick, als Martin an einer riesigen Schiffschaukel vorbeiging. Er kannte das deutsche Wort dafür nicht, wusste aber, dass es auf Englisch »Piratenboot« lautete.

Die Schiffschaukel hob sich und fiel in einer unglaublichen Parabel vom Himmel, die Schreie der Schaukelnden folgten der Flugbahn in einem Auf und Ab des Entsetzens. Allein die Vorstellung, ganz zu schweigen von der Greifbarkeit des Ereignisses direkt vor seiner Nase, jagte ihm einen so vollkommenen Schrecken ein, dass er schon aus Prinzip den Rest des Kartoffelpuffers in einen Abfalleimer warf, eine Karte kaufte und in die Schaukel stieg.

Es war sein Vater, der ins Krankenhaus kam, um ihn abzuholen. Er war dorthin gebracht worden, nachdem er schlaff und halb bewusstlos auf dem Boden der Schiffschaukel aufgefunden worden war. Nichts Psychisches war die Ursache, und es hatte auch nichts mit Mut zu tun, sondern es stellte sich heraus, dass er höchst empfindlich auf G-Kräfte reagierte. Der Arzt, der ihn entließ, lachte und sagte in perfektem Englisch: »Wenn du meinen Rat hören willst, dann bewirb dich nicht als Kampfpilot.«

Sein Vater war im Krankenhaus an seinem Bett vorbeigegangen, ohne ihn zu erkennen. Martin versuchte zu winken, aber sein Vater übersah die schwach wedelnde Hand des Sohnes auf der Bettdecke. Schließlich wies eine Schwester den Weg zu seinem Bett. Sein Vater trug Uniform und wirkte auf der Station fehl am Platz. Er ragte vor Martin auf und sagte: »Du bist eine verdammte Memme, Martin. Reiß dich zusammen.«

»Es gibt Dinge, die nichts mit Charakterschwäche zu tun haben. Es gibt Dinge, die eine Person aufgrund ihrer Konstitution nicht bewältigen kann«, schloss Martin. »Aber das war natürlich in einem anderen Land, in einem anderen Leben.«

»Sehr gut«, sagte Dorothy.

»Es war ein bisschen *dünn*«, sagte der ruppige Mann.

»Mein ganzes Leben war bislang ein bisschen dünn«, sagte Martin.

Zur letzten Stunde des Kurses brachte Dorothy Wein, Cracker und ein großes Stück roten Cheddar mit. Sie holten sich Pappbecher und -teller aus der Küche des Gemeindesaals. Dorothy hob den Becher und sagte: »Also, wir haben überlebt«, was Martin für einen Trinkspruch recht seltsam fand. »Hoffentlich«, fuhr sie fort, »werden wir uns alle im Frühjahrssemester wiedersehen.« Ob es an den Weihnachtsfeiertagen lag, die kurz bevorstanden, oder an den Luftballons oder der Dekoration aus glitzernder Folie oder tatsächlich an der unerwarteten Vorstellung, überlebt zu haben, wusste Martin nicht, aber eine gewisse festliche Stimmung erfüllte sie. Sogar der ruppige Mann und das selbstmörderisch veranlagte Mädchen ließen sich von der Feierlaune mitreißen. Weitere Weinflaschen wurden aus Rucksäcken und DIN-A4-großen Taschen gezogen – zwar waren sie nicht sicher gewesen, ob es zum Abschluss eine »Fete« geben würde, aber sie hatten sich vorbereitet.

Martin nahm an, dass all diese Elemente, vor allem aber der Wein zu der überraschenden Tatsache beitrugen, dass er am nächsten Morgen in Dorothys Bett in Kendal erwachte.

Ihr blasses Gesicht war verquollen, und sie zog die Decke hoch und bat: »Schau mich nicht an, morgens sehe ich schrecklich aus.« Es stimmte, sie sah schrecklich aus, aber das hätte Martin natürlich nie gesagt. Er wollte sie nach ihrem Alter fragen, aber er vermutete, das würde es noch schlimmer machen.

Später, bei einem teuren Abendessen, das sie, wie Martin meinte, verdienten, weil sie mehr als nur den Kurs überlebt hatten, in einem Hotel, das auf den Lake Windermere hinausging, prostete sie ihm mit einem guten stählernen Chablis zu und sagte: »Weißt du, Martin, du bist der Einzige in dem Kurs, der ein Wort neben das andere setzen kann, ohne dass ich verdammt noch mal kotzen möchte, entschuldige den Ausdruck. Du solltest Schriftsteller werden.«

Martin rechnete damit, dass sich der Honda-Fahrer vom Boden aufrappeln und in der Menge nach dem Täter suchen würde, der das Geschoss auf ihn abgefeuert hatte. Er versuchte, zu einer anonymen Gestalt in der Schlange zu werden, so zu tun, als würde er nicht existieren. Er schloss die Augen. In der Schule hatte er sich oft an diesen uralten, verzweifelten Zaubertrick wie an einen Strohhalm geklammert, wenn er schikaniert wurde – sie würden ihn nicht schlagen, wenn er sie nicht sah. Er stellte sich vor, wie der Honda-Fahrer auf ihn zuging, den Baseballschläger hoch erhoben, um mit Schwung den vernichtenden Schlag auszuführen.

Als er die Augen wieder öffnete, stieg der Honda-Fahrer zu seinem Erstaunen gerade in seinen Wagen. Als er davonfuhr, begannen ein paar Leute in der Menge zaghaft zu klatschen. Martin war nicht sicher, ob sie Missfallen über das Verhalten des Honda-Fahrers oder Enttäuschung darüber ausdrücken wollten, dass er die Sache nicht bis zum Ende durchgezogen hatte. Wie auch immer, die Leute waren nur schwer zufriedenzustellen.

Martin kniete sich auf den Boden und sagte »Alles in Ordnung?« zu dem Peugeot-Fahrer, und dann wurde er höflich, aber bestimmt von zwei Polizistinnen beiseitegeschoben, die dazugekommen waren und das Heft in die Hand genommen hatten.

3

Gloria hatte nicht gesehen, was passiert war. Sie vermutete, dass sich das Gerücht entlang dem Rückgrat der Menschenschlange ausgebreitet hatte wie bei der stillen Post: *Jemand wurde ermordet.* »Wahrscheinlich hat sich jemand vorgedrängelt«, sagte sie zu der schnatternden Pam neben sich. Gloria war stoisch, wenn sie Schlange stand. Leute, die sich beschwerten oder mit den Füßen scharrten, als wäre ihre Ungeduld ein Zeichen von Individualität, gingen ihr auf die Nerven. Schlange stehen war wie das Leben selbst, man hielt den Mund und machte weiter. Es war eine Schande, dass sie für den Zweiten Weltkrieg gerade zu spät geboren war, sie besaß genau die Art von Langmut, die zu Kriegszeiten gefordert war. Stoizismus war Glorias Ansicht nach eine überaus unterschätzte Tugend in der modernen Welt.

Sie konnte verstehen, dass man Vordrängler umbringen wollte. Wenn es nach ihr gegangen wäre, hätte sie mittlerweile jede Menge Leute kurzerhand exekutieren lassen – Leute, die Abfall auf die Straße warfen, zum Beispiel, sie würden es sich bestimmt zweimal überlegen, ob sie Bonbonpapier einfach so fallen ließen, wenn sie dafür am nächsten Laternenpfahl aufgeknüpft werden konnten. Gloria war früher gegen die Todesstrafe gewesen – sie erinnerte sich, dass sie während ihrer zu kurzen Zeit an der Universität gegen die Vollstreckung der Todesstrafe in einem weit entfernten Land, das sie auf der Landkarte nicht einmal gefunden hätte, demonstriert hatte, aber jetzt tendierten ihre Gefühle in die entgegengesetzte Richtung.

Gloria mochte Regeln, Regeln waren eine gute Sache. Gloria mochte Regeln, die bestimmten, dass man nicht schnell fahren oder im Halteverbot parken durfte, Regeln, die festlegten, dass man keinen Abfall zurücklassen oder Gebäude beschmieren durfte. Sie hatte es satt, dass Leute sich über das Geblitztwerden oder über Strafzettel für falsches Parken beschwerten, als wären sie eine Ausnahme. Als sie jünger war, hatte sie von Sex und Liebe phantasiert, davon, Hühner zu halten und Bienen zu züchten, größer zu sein, mit einem schwarzweißen Collie über eine Wiese zu laufen. Jetzt träumte sie davon, Türsteherin zu sein, mit dem ultimativen Abrechnungsbuch dazustehen und die Namen der Toten abzuhaken, die vor sie traten, sie durchzunicken oder den Daumen nach unten zu halten. Allen diesen Leuten, die an Bushaltestellen parkten oder bei Rot über eine Fußgängerampel gingen, würde es sehr leidtun, wenn Gloria sie erst über ihre Lesebrille hinweg anstarrte und sie aufforderte, Rechenschaft abzulegen.

Pam war nicht, was Gloria eine Freundin genannt hätte, sondern jemand, den sie so lange kannte, dass sie den Versuch aufgegeben hatte, sie loszuwerden. Pam war mit Murdo Miller verheiratet, dem besten Freund von Glorias Mann. Graham und Murdo waren in Edinburgh auf dieselbe teure Schule gegangen, die ihrem grundsätzlich flegelhaften Charakter einen höflichen Anstrich verliehen hatte. Sie waren jetzt beide wesentlich wohlhabender als ihre ehemaligen Mitschüler, eine Tatsache, die Murdo kommentierte mit: »Das beweist wieder mal alles.« Gloria dachte, dass es gar nichts bewies, außer dass sie womöglich gieriger und ruchloser waren als ihre einstigen Klassenkameraden. Graham war der Sohn eines kleinen Bauunternehmers (»Hatter-Häuser«) und hatte seine Karriere auf einer Baustelle seines Vaters als Ziegelträger begonnen. Jetzt war er Multimillionär und ein großer Bauunternehmer. Murdo war der Sohn eines Mannes, dem eine kleine Sicherheitsfirma gehörte (»Haven Security«), und hatte als Rausschmeißer an einer Kneipentür angefangen. Jetzt leitete er eine große Sicherheitsfirma – Clubs, Kneipen, Fußballspiele, Konzerte. Graham und Murdo hatten viele gemeinsame Geschäftsinteressen, Interessen, die weit gefächert waren und wenig zu tun hatten mit Bauen oder Sicherheit und die Treffen auf Jersey, den Cayman und Virgin Islands erforderten. Graham hatte die Finger in so vielen Angelegenheiten, dass zehn längst nicht mehr genug waren. »Geschäfte erzeugen Geschäfte«, erklärte er Gloria. »Aus Geld wird mehr Geld.« Die Reichen werden reicher, die Armen werden ärmer.

Graham und Murdo lebten mit allem Drum und Dran der Honorigkeit – Häuser, die zu groß waren, und Autos, die sie jedes Jahr gegen ein neueres Modell austauschten, Ehefrauen, die sie behielten. Sie trugen blendend weiße Hemden und handgefertigte Schuhe, sie hatten schlechte Leberwerte und ruhige Gewissen, aber unter ihrer alternden Haut waren sie Barbaren.

»Habe ich dir erzählt, dass wir die Garderobe im Erdgeschoss neu gemacht haben?«, fragte Pam. »Schablonendruck mit keltischem Muster. Am Anfang war ich mir nicht sicher, aber mittlerweile gefällt es mir.«

»Mhm«, antwortete Gloria. »Faszinierend.«

Pam war es gewesen, die zu dieser mittäglichen Radioaufzeichnung hatte gehen wollen *(Edinburgh Fringe Comedians),* und Gloria war mitgekommen in der Hoffnung, dass zumindest einer der Comedians komisch wäre, aber ihre Erwartungen waren nicht hoch. Im Gegensatz zu manchen Bewohnern von Edinburgh, die die Eröffnung des jährlichen Festivals ähnlich betrachteten wie die Ankunft des Schwarzen Todes, gefiel Gloria die Atmosphäre, und sie besuchte hin und wieder eine Theateraufführung oder ein Konzert in der Queen's Hall. Was Comedy anbelangte, hatte sie jedoch ihre Zweifel.

»Wie geht's Graham?«, fragte Pam.

»Ach, du weißt doch«, sagte Gloria, »Graham ist Graham.« Das stimmte, Graham war Graham. Mehr, oder weniger, hatte Gloria über ihren Mann nicht zu sagen.

»Dort steht ein Polizeiauto«, sagte Pam und stellte sich auf die Zehenspitzen, um besser zu sehen. »Ein Mann liegt auf dem Boden. Er scheint tot zu sein.« Sie klang aufgeregt.

Gloria hatte in letzter Zeit viel über den Tod nachgedacht. Zu Beginn des Jahres war ihre ältere Schwester gestorben, und vor ein paar Wochen hatte sie eine Postkarte von einer alten Schulfreundin erhalten, die sie informierte, dass eine aus ihrer Gruppe kurz zuvor an Krebs gestorben war. Die Nachricht, »Jill ist letzte Woche eingeschlafen. Die Erste, die von uns gegangen ist!«, schien ihr unnötig munter. Gloria war neunundfünfzig und fragte sich, wer als Letzte von ihnen ginge und ob es sich um einen Wettbewerb handelte.

»Polizistinnen«, zwitscherte Pam glücklich.

Ein Krankenwagen fuhr vorsichtig durch die Menge. Die Schlange hatte sich beträchtlich nach vorn geschoben, so dass sie jetzt beide das Polizeiauto sehen konnten. Eine Polizistin forderte die Menge lautstark auf, den Veranstaltungsort nicht zu betreten, sondern zu bleiben, wo sie waren, weil sie Zeugenaussagen zu dem »Zwischenfall« aufnehmen würden. Unbeeindruckt betraten die Leute einer nach dem anderen die Lokalität.

Gloria war in einer Stadt im Norden aufgewachsen. Larry, ihr

Vater, ein mürrischer und ernster Mann, verkaufte Versicherungen von Tür zu Tür an Leute, die sie sich kaum leisten konnten. Gloria glaubte nicht, dass Versicherungen heute noch so verkauft wurden. Ihre Vergangenheit schien bereits eine antiquierte Kuriosität – ein virtueller Ort, der vom Museum der Zukunft wiedererschaffen wurde. Wenn ihr Vater seine alte Aktentasche nicht gerade von einer unfreundlichen Türschwelle zur nächsten schleppte, sondern zu Hause war, versank er vor dem Kamin in einem Sessel, verschlang einen Krimi nach dem anderen und trank in Maßen Bier aus einem kleinen Glaskrug. Ihre Mutter Thelma hatte Teilzeit in einer Apotheke am Ort gearbeitet. Dabei trug sie einen knielangen weißen Kittel, dessen medizinische Erscheinung sie mit einem großen Paar vergoldeter Ohrringe mit Perlen kontrastierte. Sie behauptete, dass sie aufgrund ihrer Arbeit in der Apotheke in die intimen Geheimnisse der Leute eingeweiht sei, aber soweit die junge Gloria es beurteilen konnte, verkaufte sie vor allem Einlegesohlen und Watte, und ihre aufregendste Arbeit bestand darin, vor Weihnachten das Schaufenster mit Lametta und Geschenkschachteln von Yardley zu dekorieren.

Glorias Eltern führten ein langweiliges, freudloses Leben, das auch das Tragen von vergoldeten Ohrringen mit Perlen und das Lesen von Kriminalromanen kaum aufheiterten. Damals ging Gloria davon aus, dass ihr Leben einmal völlig anders verlaufen würde – dass ihr gloriose Dinge widerfahren würden (wie ihr Name implizierte), dass sie innerlich wie äußerlich strahlen und ihr Weg leuchten würde wie der Schweif eines Kometen. So kam es nicht!

Beryl und Jock, Grahams Eltern, unterschieden sich nicht sonderlich von Glorias Eltern, sie hatten lediglich mehr Geld und standen weiter oben auf der sozialen Leiter, aber sie hatten die gleichen bescheidenen Erwartungen ans Leben. Sie wohnten in einem

»Edinburgh Bungalow« in Corstorphine, und Jock besaß ein relativ kleines Bauunternehmen, mit dem er einen anständigen Lebensunterhalt verdiente. Graham selbst hatte ein Jahr Tiefbau in Napier studiert (»eine blödsinnige Zeitverschwendung«), bevor er bei seinem Vater einstieg. Innerhalb eines Jahrzehnts saß er im Besprechungszimmer seines eigenen Großreichs, *Hatter-Häuser – Reelle Häuser für reelle Menschen*. Gloria hatte sich diesen Slogan vor vielen Jahren einfallen lassen und wünschte jetzt inbrünstig, sie hätte es nicht getan.

Graham und Gloria hatten in Edinburgh und nicht in ihrer Heimatstadt geheiratet (Gloria war als Studentin nach Edinburgh gegangen), und ihre Eltern kamen mit einer günstigen Tageskarte und waren wieder weg, kaum dass die Torte angeschnitten war. Die Torte war eigentlich der Weihnachtskuchen von Grahams Mutter, wurde jedoch hastig für die Hochzeit umfunktioniert.

Beryl machte ihren Kuchen immer im September und ließ ihn in weiße Tücher gewickelt in der Speisekammer reifen, packte ihn jede Woche vorsichtig aus und begoss ihn mit einem kleinen Gläschen Brandy. An Weihnachten waren die Tücher mahagonifarben gefleckt. Beryl sorgte sich wegen des Kuchens für die Hochzeit, da Weihnachten noch weit entfernt war (die Hochzeit fand Ende Oktober statt), aber sie setzte eine entschlossene Miene auf, verzierte ihn wie gewöhnlich mit Marzipan und Zuckerguss, und statt des Schneemanns steckte sie ein Brautpaar aus Plastik in die Mitte, das in einem nicht überzeugenden Walzertakt erstarrt war. Alle nahmen an, dass Gloria schwanger sei (sie war es nicht), als wäre das der einzige Grund, warum Graham sie heiratete.

Vielleicht hatte ihre Entscheidung, nur standesamtlich zu heiraten, ihre Eltern aus der Fassung gebracht. »Wir sind keine Christen, Gloria«, hatte Graham gesagt, was auch stimmte. Graham war ein aggressiver Atheist, und Gloria – geboren ein Viertel Leeds'sches Judentum, ein Viertel irisch-katholisch und aufgewachsen als West-Yorkshire-Baptistin – war eine passive Agnostikerin, obschon sie in Ermangelung von etwas Besserem »Church of Scotland« auf das Aufnahmeformular des Krankenhauses geschrieben hatte, als sie sich zwei Jahre zuvor an einem entzündeten Fußballen hatte operieren lassen, privat in Murrayfield. Wenn sie sich überhaupt eine Vorstellung von Gott machte, dann als vages Wesen, das hinter ihrer linken Schulter herumflatterte wie ein nörgelnder Papagei.

Vor langer Zeit hatte Gloria auf einem Barhocker in einer Kneipe auf der George IV Bridge in Edinburgh gesessen, einen (so unglaublich es jetzt auch schien) gewagt kurzen Minirock getragen, unsicher eine Embassy geraucht, einen Gin mit Orangensaft getrunken und gehofft, hübsch auszusehen, während um sie herum ihre Kommilitonen hitzig über Marxismus diskutierten. Tim, ihr damaliger Freund – ein schlaksiger Jugendlicher mit der Afrofrisur eines Weißen, bevor Afrofrisuren gleich welcher Art in Mode waren –, war einer der Lautesten der Gruppe, er fuchtelte jedes Mal mit den Händen, wenn er *Warentausch* und *Mehrwertrate* sagte, während Gloria an ihrem Gin mit Orangensaft nippte, weise nickte und hoffte, dass niemand von ihr einen Beitrag erwartete, weil sie nicht den leisesten Schimmer hatte, wovon sie sprachen. Sie studierte im zweiten Jahr Geschichte, allerdings auf eine eher oberflächliche Weise, die das Politische (die erste schottische Unabhängigkeitserklärung und den Ballhausschwur) zugunsten des Romantischen (Rob Roy, Marie Antoinette) vernachlässigte und sie bei ihren Dozenten nicht gerade beliebt machte.

Sie erinnerte sich jetzt nicht mehr an Tims Nachnamen, sondern nur noch an die große Wolke aus Haar, die einer Pusteblume ähnelte. Tim erklärte der Gruppe gerade, dass sie jetzt alle zur Arbeiterklasse gehörten. Gloria runzelte die Stirn, weil sie nicht zur Arbeiterklasse gehören wollte, aber alle um sie herum murmelten zustimmend – wiewohl sie durch die Bank aus Arzt-, Anwalts- oder Unternehmerfamilien stammten. Da verkündete eine laute Stimme: »So eine Scheiße. Ohne Kapitalismus wärt ihr nichts, der Kapitalismus hat die Menschheit gerettet.« Und das war Graham.

Er trug eine Lammfelljacke, eine Art Gebrauchtwagenverkäuferjacke, und trank allein in einer Ecke der Bar ein Bier. Er war ihr wie ein Mann erschienen, dabei war er noch nicht fünfundzwanzig gewesen, und das war nichts, wie Gloria jetzt wusste. Und dann hatte er sein Bier ausgetrunken, sich zu ihr umgedreht und gesagt: »Kommst du mit?«, und sie war von ihrem Barhocker gerutscht und ihm gefolgt wie ein Hündchen, weil er so überzeugend und attraktiv war, verglichen mit jemandem mit Pusteblumenhaar.

Und nun ging alles den Bach runter. Gestern hatte eine Sondereinheit des Betrugsdezernats überraschend der Zentrale von Hatter-Häuser in der Queensferry Road einen höflichen Besuch abgestattet, und jetzt fürchtete Graham, dass sie jeden dunklen Winkel seiner Geschäfte ausleuchten würden. Er war spät und sichtlich mitgenommen nach Hause gekommen, hatte einen doppelten Macallen geschluckt, ohne etwas zu schmecken, war dann aufs Sofa gefallen und hatte wie ein Blinder auf den Fernseher gestarrt. Gloria briet ihm ein Lammkotelett, wärmte ihm Kartoffeln auf, und als sie fragte: »Haben sie deine geheimen Bücher gefunden?«, lachte er grimmig und sagte: »Meinen Geheimnissen werden sie nie auf die Spur kommen, Gloria«, aber zum ersten Mal in den neununddreißig Jahren, die sie ihn kannte, klang er nicht großspurig. Sie hatten ihn im Visier, und er wusste es.

Die Wiese war es gewesen. Er hatte Land im Grüngürtel gekauft, das nicht als Bauland ausgewiesen war. Er hatte es günstig bekommen – Land, das kein Bauland war, war schließlich nur eine Wiese –, aber dann, Hokuspokus Fidibus, ein halbes Jahr später war die Baugenehmigung erteilt, und jetzt wurde am nordöstlichen Stadtrand eine scheußliche Siedlung aus »Familienhäusern« mit zwei, drei und vier Schlafzimmern gebaut.

Eine hübsche kleine Summe für jemanden im Planungsreferat, mehr war nicht nötig, eine Transaktion, wie Graham sie schon hundertmal zuvor durchgeführt hatte, *das Getriebe schmieren*, nannte er es. Für Graham war es eine kleine Sache gewesen, seine korrupten Methoden waren so viel weitreichender und tiefgehender angelegt als eine grüne Wiese am Stadtrand. Aber es brauchte oft nur ganz wenig, damit große Männer stolperten.

Kaum war der Krankenwagen mit dem Peugeot-Fahrer verschwunden, begannen die Polizistinnen, Aussagen aufzunehmen. »Hoffentlich ist was drauf«, sagte eine von ihnen und deutete auf die Kamera hoch oben an einer Mauer, die Gloria nicht bemerkt hatte. Gloria gefiel die Vorstellung, dass Kameras alle überall beobachteten. Letztes Jahr erst hatte Graham das neueste Sicherheitssystem im Haus installiert – Kameras und Infrarotsensoren und Panikschalter und weiß Gott was. Gloria mochte die hilfreichen kleinen Roboter, die mit ihren Augen den Garten überwachten. Einst sah das Auge Gottes alles, jetzt war es die Kameralinse.

»Er hatte einen Hund«, sagte Pam und lockerte sich unsicher das apricot gefärbte Haar.

»An den Hund erinnert sich jeder.« Die Polizistin seufzte. »Ich habe mehrere sehr präzise Beschreibungen des Hundes, aber der Honda-Fahrer wird wahlweise als ›dunkelhaarig‹, ›blond‹, ›groß‹, ›klein‹, ›mager‹, ›dick‹, ›Mitte zwanzig‹ und ›um die fünfzig‹ beschrieben. Niemand hat sich das Autokennzeichen notiert, man sollte meinen, dass zumindest einer das hinkriegen würde.«

»Das sollte man meinen«, sagte Gloria. »Das sollte man wirklich meinen.«

Sie waren zu spät für die BBC-Radioaufzeichnung. Pam war hocherfreut, dass sie ein Drama statt der Comedy erlebt hatten.

»Und am Donnerstag gehe ich aufs Literaturfestival«, sagte sie. »Bist du sicher, dass du nicht mitkommen willst?« Pam war Fan irgendeines Krimiautors, der auf dem Literaturfestival lesen sollte. Gloria hatte nichts für Kriminalromane übrig. Sie hatten das Leben aus ihrem Vater gesaugt, und außerdem: Gab es nicht schon genügend Verbrechen auf der Welt, musste man noch mehr hinzufügen, und seien es fiktive?

»Das ist nur eine kleine Flucht aus dem Alltag«, sagte Pam kleinlaut.

Wenn man flüchten wollte, stieg man Glorias Ansicht nach in einen Wagen und fuhr davon. Glorias Lieblingsroman war noch immer ganz entschieden *Anne auf Green Gables,* der in ihrer Jugend eine Lebensweise repräsentiert hatte, die zwar ideal, aber auch jetzt noch nicht vollkommen unmöglich war.

»Wir könnten irgendwo eine schöne Tasse Tee trinken«, sagte Pam, aber Gloria entschuldigte sich und sagte: »Habe zu Hause was zu erledigen.«

Pam fragte: »Was denn?«

»Irgendwas«, sagte Gloria. Sie nahm an der eBay-Auktion eines Paars Staffordshire-Windhunde teil, die in zwei Stunden zu Ende gehen sollte, und sie wollte beim Finish dabei sein.

»Also wirklich, du bist eine Frau mit Geheimnissen, Gloria.«

»Nein, bin ich nicht«, sagte Gloria.

4

Blendendes Licht erhellte plötzlich ein weißes Viereck, so dass die umgebende Dunkelheit noch schwärzer wirkte. Aus verschiedenen Richtungen betraten sechs Personen das Viereck. Sie schritten rasch aus, ihre Wege kreuzten sich, und er dachte an Soldaten, die auf einem Exerzierplatz einen komplizierten Drill vollführten. Einer blieb stehen, schwang die Arme und ließ die Schultern rotieren, als bereitete er sich auf eine anstrengende körperliche Übung vor. Alle sechs begannen Nonsens zu reden. »Unikum New York, Unikum New York, Unikum New York«, sagte ein Mann, und eine Frau antwortete: »Brautkleid bleibt Brautkleid, Blaukraut bleibt Blaukraut«, während sie eine Art Tai-Chi-Übung machte. Der Mann, der die Arme geschwungen hatte, sprach jetzt ins Leere, schnell und ohne Atem zu holen: »Du-schläfst-schlechter-als-wäre-eine-Maus-gezwungen-im-Ohr-einer-Katze-zuwohnen-ein-kleines-Kind-das-zahnt-sollte-neben-dir-liegen-esschreit-als-wärest-du-ein-unruhiger-Schläfer.« Eine Frau hielt in ihrem rasenden Gang abrupt inne und verkündete: »Faltige, flaumige Welpen, faltige, flaumige Welpen, faltige, flaumige Welpen.« Es war, als würde man die Insassen eines altmodischen Tollhauses beobachten.

Ein Mann trat aus der Dunkelheit in das Viereck aus Licht,

klatschte in die Hände und sagte: »Okay, wenn ihr mit dem Aufwärmen fertig seid, können wir bitte mit der Probe anfangen?«

Jackson fragte sich, ob es ein guter Zeitpunkt war, um seine Anwesenheit kundzutun. Die Schauspieler – »die Kompanie« – wollten am Vormittag ein paar technische Einzelheiten klären. Am Nachmittag sollte die Generalprobe stattfinden, und Jackson hatte gehofft, dass er vorher mit Julia zu Mittag essen könnte, aber die Schauspieler steckten bereits in braunen und grauen Hemden, die wie Kartoffelsäcke aussahen. Bei ihrem Anblick verließ ihn der Mut. Obwohl er es vor ihnen niemals zugeben würde, war der Inbegriff des Theaters für Jackson eher eine gute Pantomime, vorzugsweise in Anwesenheit eines begeisterten Kindes.

Sie waren gestern angekommen, nachdem sie in London drei Wochen geprobt hatten, und am Vorabend war er ihnen endlich in einer Kneipe vorgestellt worden. Sie waren alle in Verzückung geraten, und eine von ihnen, eine Frau, die älter war als Jackson, war wie ein kleines Kind auf und ab gesprungen, und eine andere (er hatte ihre Namen bereits wieder vergessen) war dramatisch mit zum Gebet gefalteten Händen auf die Knie gesunken und hatte gesagt: »Unser Retter.« Jackson hatte sich innerlich gewunden, er wusste nicht wirklich, wie er mit Schauspielern umgehen sollte, er fühlte sich gesetzt und erwachsen in ihrer Gegenwart. Julia stand (dieses eine Mal) im Hintergrund und würdigte sein Unbehagen mit einem Zwinkern, das lüstern hätte sein können, aber er war sich nicht sicher. Vor kurzem hatte er sich (endlich) eingestanden, dass er eine Brille brauchte. Der Anfang vom Ende, von nun an ging's nur noch bergab.

Die Schauspieler waren eine kleine Ad-hoc-Gruppe aus London, und als in letzter Minute die Finanzierung zu scheitern drohte, war Jackson eingesprungen, damit sie mit ihrem Stück beim Edinburgh

Fringe auftreten konnten. Nicht aus Liebe zum Theater, sondern weil Julia ihn auf ihre gewohnt übertriebene Art beschwatzt und ihm geschmeichelt hatte, was unnötig war – sie hätte ihn nur fragen brauchen. Es war ihre erste Rolle seit geraumer Zeit, und er hatte angefangen sich (nicht sie, Gott bewahre) zu fragen, warum sie sich Schauspielerin nannte, wenn sie so gut wie nie auftrat. Als sie glaubte, dass sie das Engagement im letzten Moment verlieren würde, weil das Geld fehlte, war sie in einen so untypisch tiefen Trübsinn versunken, dass Jackson sich genötigt gefühlt hatte, sie aufzuheitern.

Das Stück *Auf der Suche nach dem Äquator in Grönland* war tschechisch (oder vielleicht slowakisch, Jackson hatte nicht wirklich zugehört), ein existenzialistisches, undurchschaubares Ding, das weder vom Äquator noch von Grönland (noch von der Suche nach irgendetwas) handelte. Julia hatte das Manuskript nach Frankreich mitgebracht und ihn gebeten, es zu lesen. Sie hatte ihn dabei beobachtet und alle zehn Minuten »Wie findest du es?« gefragt, als würde er etwas vom Theater verstehen. Was er nicht tat.

»Scheint mir … gut«, sagte er ratlos.

»Du meinst also, ich sollte das Angebot annehmen?«

»Auf jeden Fall, ja«, sagte er ein bisschen zu schnell. Im Nachhinein war ihm klar, dass sich die Frage, ob sie den Job vielleicht *nicht* machen sollte, gar nicht gestellt hatte, und er überlegte, ob sie gewusst hatte, dass die Finanzierung ein Albtraum werden würde, und wollte, dass er sich irgendwie an der Sache beteiligt fühlte. Sie war keine manipulative Person, ganz im Gegenteil, aber manchmal war sie auf eine Weise hellsichtig, die ihn überraschte. »Und wenn wir Erfolg haben, kriegst du dein Geld zurück«, sagte sie gut gelaunt, als er anbot zu helfen. »Und wer weiß, vielleicht machst du Gewinn.« Das glaubst auch nur du, dachte Jackson, aber er sagte es nicht.

»Unser Engel«, hatte ihn Tobias, der Regisseur, gestern Abend genannt und ihn in eine tuntige Umarmung gezogen. Tobias war schwuler als ein ganzes Pfadfindertreffen. Jackson hatte nichts gegen Schwule, er wünschte nur manchmal, sie wären nicht ganz so *schwul*, vor allem wenn sie ihm in einem guten, altmodischen schottischen Macho-Pub vorgestellt wurden. Ihr »Erlöser«, ihr »Engel« – so viel religiöser Wortschatz bei Leuten, die überhaupt nicht religiös waren. Jackson wusste, dass er weder ihr Erlöser noch ihr Engel war. Er war nur ein Mann. Ein Mann, der mehr Geld hatte als sie.

Julia entdeckte ihn und winkte ihn zu sich. Ihr Gesicht war gerötet, und das linke Auge zuckte, für gewöhnlich ein Zeichen größter Anspannung. Von ihrem Lippenstift war fast nichts mehr zu sehen, und ihr Körper war mit dem Sack-und-Asche-Kostüm getarnt, so dass sie nicht wirklich wie Julia aussah. Jackson vermutete, dass der Vormittag nicht gut verlaufen war. Nichtsdestoweniger umarmte sie ihn lächelnd (man konnte über Julia sagen, was man wollte, aber sie war ein Pfundskerl), und er schlang die Arme um sie und hörte ihren Atem, feucht und flach. Der »Veranstaltungsort«, an dem sie auftraten, befand sich unter der Erde, im Bauch eines jahrhundertealten Gebäudes, ein Labyrinth feuchter steinerner Gänge, die in alle Richtungen verliefen, und er fragte sich, ob Julia hier unten überleben konnte, ohne an Schwindsucht zu sterben.

»Kein Mittagessen?«, fragte er.

Sie schüttelte den Kopf. »Wir sind noch nicht mal mit der Technik fertig. Wir müssen über Mittag arbeiten. Was hast du gemacht?«

»Ich war spazieren«, sagte Jackson, »und in einem Museum und der Camera obscura. Habe mir das Grab von dem Terrier Greyfriars Bobby angeschaut –«

»Oh.« Julia machte ein tragisches Gesicht. Wenn ein Hund, irgendein Hund, erwähnt wurde, reagierte Julia reflexartig emotional, aber die Vorstellung eines toten Hundes erhöhte den Einsatz an Gefühlen noch einmal beträchtlich. Der Gedanke an einen toten *treuen* Hund war fast mehr, als sie ertragen konnte.

»Ja, ich habe ihn vor dir gegrüßt«, sagte Jackson. »Und ich habe mir das neue Parlamentsgebäude angeschaut.«

»Wie ist es?«

»Ich weiß nicht. Neu. Seltsam.«

Er sah, dass sie nicht wirklich zuhörte. »Soll ich dableiben?«, fragte er.

Sie blickte erschrocken drein und sagte rasch: »Ich möchte nicht, dass du das Stück vor der Pressevorstellung siehst, es hat noch ein paar Ecken und Kanten.«

Wenn sie arbeitete, war Julia immer euphorisch, und Jackson wusste, dass »Ecken und Kanten« mit »verdammt grauenhaft« übersetzt werden musste. Aber darüber sprachen sie nicht. Er bemerkte Falten um ihre Augen, die zwei Jahre zuvor noch nicht da gewesen waren. Sie stellte sich auf die Zehenspitzen, um sich küssen zu lassen, und sagte: »Du hast meine Erlaubnis zum Herumstreunen. Geh und amüsier dich.«

Jackson küsste sie keusch auf die Stirn. Am Abend zuvor, nach der Kneipe, hatte Jackson mit heroischem Sex gerechnet, kaum dass sie durch die Tür der Mietwohnung in Marchmont getreten waren, die der Veranstalter für sie gefunden hatte. Eine neue Unterkunft machte Julia normalerweise forsch, was Sex anbelangte, aber stattdessen sagte sie: »Ich *sterbe,* Liebster, wenn ich nicht *augenblicklich schlafe.*« Es sah Julia gar nicht ähnlich, keinen Sex zu wollen, Julia wollte immer Sex.

Jackson vermutete, dass die Wohnung während des Semesters

an Studenten vermietet war – Tesafilmstreifen an der Wand und eine Toilette, die Jackson mit zwei Flaschen WC-Reiniger putzte, bevor sie annähernd sauber schien. Julia putzte keine Toiletten, Julia machte eigentlich überhaupt keine Hausarbeit oder zumindest nicht so, dass man es bemerkte. »Das Leben ist zu kurz«, pflegte sie zu sagen. Es gab Tage, an denen Jackson dachte, dass das Leben zu lang war. Er hatte angeboten, für etwas Hübscheres, etwas Teureres, sogar für ein Hotel zu zahlen, wenn Julia es wollte, aber sie hatte abgelehnt. *Alle anderen leben in ärmlichen Verhältnissen, und ich soll im Luxus wohnen? Das finde ich nicht richtig, Liebster, du etwa? Solidarität mit der Gruppe und so.*

Als er an diesem Morgen die Augen aufschlug, war Julias Seite des Betts so kalt und glatt, als hätte sie nicht die ganze Nacht unruhig neben ihm gelegen. Er wusste, dass sie nicht mehr da war, sie war nicht im Bad oder atmete oder las, nichts davon hätte sie lautlos getan. Sein Herz zog sich betrübt ein wenig zusammen. Er versuchte sich an das letzte Mal zu erinnern, als Julia vor ihm aufgewacht war. Er glaubte nicht, dass es schon einmal vorgekommen war. Jackson mochte keine Veränderungen, der Gedanke, dass alles immer gleich blieb, gefiel ihm. Veränderungen waren tückisch, sie schlichen sich an, als würden sie das Statuenspiel spielen. Eigentlich schienen Julia und er sich nicht zu verändern, aber wenn er zwei Jahre zurückdachte, dann waren sie heute andere Menschen. Damals hatten sie sich aneinandergeklammert, dankbare, zügellose Überlebende von Untergang und Zerstörung, jetzt waren sie nur noch Treibgut, das auf den Nachwirkungen trieb. Oder hieß es Strandgut? Er wusste nie, was der Unterschied war.

»Warte, ich habe noch was für dich«, sagte Julia, kramte in ihrer Tasche und holte schließlich einen Busfahrplan heraus.

»Ein Busfahrplan?«, fragte er, als er ihn entgegennahm.

»Ja, ein Busfahrplan. Damit du mit dem Bus fahren kannst. Und, hier, meine Tageskarte.«

Jackson hatte nicht die Gewohnheit, mit dem Bus zu fahren. Busse waren, seiner Meinung nach, etwas für Alte, Junge und Arme.

»Ich weiß, was ein Busfahrplan ist«, sagte er und klang ziemlich mürrisch, selbst in seinen eigenen Ohren. »Danke«, fügte er hinzu, »aber ich werde mir wahrscheinlich die Burg anschauen.«

»Und mit einem Sprung rettete er sich das Leben«, hörte Jackson sie sagen, als er ging.

Während Jackson durch das Labyrinth ging, rechnete er nahezu damit, auf Stalaktiten und Stalagmiten zu stoßen (»Stala*k*titen von der De*ck*e, Stalagmiten vom *G*rund«, hörte er überraschenderweise die Stimme seines alten Erdkundelehrers im Hinterkopf murmeln). Die Gänge waren in den Felsen gehauen, die Wände waren verschimmelt, die Beleuchtung war dämmrig, eine unterirdische Höhle, die Jackson einen Schauder über den Rücken jagte. Er dachte an seinen Vater, der jeden Abend in die Grube eingefahren war.

Das Gebäude fühlte sich unglaublich krank an. Jackson vermutete, dass er Pestbazillen einatmete. Und wenn es hier brennen sollte, käme wahrscheinlich niemand lebend raus. Ein Stück weiter an der Straße hatte es vor ein paar Jahren lichterloh gebrannt, und Jackson fand die Idee gut – die Pest, gefolgt von einem reinigenden Feuer. Er hatte ein lethargisches Mädchen an einem Kartenschalter gefragt, ob sie die Brandschutzbestimmungen einhielten, und wenn ja, ob er die Bescheinigung sehen könne, und sie hatte ihn angestarrt, als wäre ihm vor ihren Augen gerade ein zweiter Kopf gewachsen.

Jackson mochte es, wenn man etwas richtig machte. In seinem

Haus in Frankreich lag eine Mappe mit der Beschriftung »Was zu tun ist, wenn ich sterbe«, und darin befanden sich alle Informationen, die nötig waren, um seine Angelegenheiten abzuwickeln – Name und Adresse seines Steuerberaters und seines Anwalts, eine Vollmacht für ebendiesen Anwalt (für den Fall, dass er gaga wurde, bevor er starb), sein Testament, eine Versicherungspolice, seine Bankunterlagen … Er war ziemlich sicher, dass er alles bedacht, alles geregelt hatte, denn im Grunde seines Herzens war er noch immer Soldat. Jackson war siebenundvierzig und gesund, aber er hatte eine Menge Leute sterben sehen, als sie es nicht vorgehabt hatten, und er hatte keinen Grund anzunehmen, dass es ihm nicht auch so ergehen könnte. Es gab Dinge, die man kontrollieren konnte, und andere, die unmöglich zu kontrollieren waren. Den Papierkram, so hieß es, konnte man kontrollieren.

Jackson war Exsoldat, Expolizist und Exprivatdetektiv. Ex alles, außer in Bezug auf Julia. Er hatte seine Detektei verkauft und sich überstürzt und unerwartet aus der Arbeitswelt zurückgezogen, als er von einer Mandantin Geld erbte, von einer alten Frau namens Binky Rain. Es war eine ernst zu nehmende Summe Geld – zwei Millionen –, mehr als genug, um etwas für seine Tochter zurückzulegen und in Frankreich ein Haus am Fuß der Pyrenäen zu kaufen, samt Bach mit Forellen, einem Obstgarten und einer Wiese und zwei Eseln dazu. Seine Tochter Marlee war jetzt zehn und kam in ein Alter, in dem sie die Esel ihm vorzog. In Frankreich zu leben war sein Traum gewesen, und jetzt war es seine Wirklichkeit. Der Unterschied dazwischen hatte ihn überrascht.

Julia behauptete, dass zwei Millionen nicht wirklich viel waren, zwei Millionen waren »kaum« eine Wohnung in London oder New York. »Ein Learjet kostet dich fünfundzwanzig Millionen«, sagte sie leichthin, »und von fünf Millionen kriegst du nicht viel Wechselgeld zurück, wenn du dir heutzutage eine gute Yacht kaufst.« Julia hatte nie Geld, sie tat aber immer so, als hätte sie welches *(Das ist der Trick, Liebster).* Soweit er wusste, hatte sie noch nie eine Yacht für fünf Millionen Pfund gesehen, geschweige denn betreten. Jackson andererseits hatte Geld und tat so, als hätte er keins. Er trug dieselbe alte verbeulte Lederjacke wie zuvor, dieselben zuverlässigen Stiefel. Sein Haar war noch immer schlecht geschnitten, und er war nach wie vor ein Pessimist. *Alle anderen leben in ärmlichen Verhältnissen, und ich soll im Luxus wohnen? Das finde ich nicht richtig, Liebster, du etwa?* Nein, er auch nicht.

»Mensch, wenn man wollte, könnte man zwei Millionen an einem Tag ausgeben«, hatte Julia gesagt. Sie hatte natürlich recht, die zwei Millionen zu erben war wie ein Lottogewinn gewesen (*Arme-Leute-Geld,* hatte Julia es genannt). Wirkliches Geld war altes Geld, die Art Geld, die man nicht durchbringen konnte, sosehr man sich auch bemühte. Es wurde von Generation zu Generation weitergegeben und *gehortet.* Es stammte daher, dass man die Felder seiner Bauern eingezäunt hatte, dass man sofort zu Beginn der industriellen Revolution eingestiegen war und Sklaven gekauft hatte, die einem das Zuckerrohr ernteten. Den Leuten mit wirklichem Geld gehörte die Welt.

»Und das sind die Leute, die wir nicht mögen«, sagte Julia. »Die Feinde der sozialistischen Zukunft. Die an der nächsten Ecke auf uns wartet, ist es nicht so, Schatz? Und so wird es auch bleiben, in alle Ewigkeit, Amen – Gott bewahre, dass uns jemals so etwas wie eine prälapsarische Utopie auf der Welt gelingen sollte, denn dann müssten wir unser Leben leben, statt uns darüber zu beklagen.«

Jackson sah sie zweifelnd an. Er konnte sich nicht erinnnern, das Wort »prälapsarisch« je zuvor gehört zu haben, doch er wollte nicht fragen, was es bedeutete. Es war noch nicht lange her, dass er sie hatte lesen können wie ein Buch, jetzt verstand er sie manchmal überhaupt nicht mehr.

»Gewöhn dich dran, Jackson«, sagte Julia, »die Sklaven sind befreit, durchstreifen das Land und kaufen hochriskante Aktien auf asiatischen Märkten.«

Das Komische war, dass sie manchmal wie seine Frau klang. Auch seine Frau war eine streitlustige Frau. »Ich streite nur mit Menschen, die ich mag«, sagte Julia. »Das heißt, dass ich mich bei dir sicher fühle.« Im Allgemeinen stritt Jackson mit Leuten, die er *nicht* mochte. Seine *Ex*frau, erinnerte er sich. Ein weiteres »Ex« in seinem Leben. Sie waren geschieden, sie hatte wieder geheiratet und war mit dem Kind eines anderen Mannes schwanger, dennoch dachte er an sie – mehr in technischem als emotionalem Sinn – als seine Frau. Vielleicht war das der Katholik in ihm.

Und Julia irrte sich. Die Sklaven sahen alle Reality-TV, das neue Opium fürs Volk. Er tat es manchmal selbst, in Frankreich hatte er Breitband via Satellit, und er konnte die Beschränktheit und den Wahnsinn des Lebens der Menschen kaum fassen. Wenn er den Fernseher einschaltete, hatte Jackson bisweilen das Gefühl, dass er in einer schrecklichen Version der Zukunft lebte, für die er sich, soweit er sich erinnerte, nicht angemeldet hatte.

Er kämpfte sich an einer langen Schlange vorbei, die sich an der Tür staute. Die Leute standen an für eine Comedy-Veranstaltung. Er betrachtete ein Plakat, das Foto eines Mannes, der ein schwachsinnig komisches Gesicht zog: »Richard Moat – Komisches Viagra für den Kopf« stand darunter. Es brauchte viel, um Jackson zum Lachen zu bringen. Zu meiner Zeit, dachte er, war Comedy lustig. *Zu meiner Zeit* – das sagten alte Leute, deren Zeit abgelaufen war.

Draußen in dem, was als Tageslicht durchging, erwarteten ihn uralte große Mietskasernen, die sich von beiden Seiten der Straße ausdruckslos anstarrten, so dass man das Gefühl hatte, in einem Tunnel zu stehen, so dass man das Gefühl hatte, es wäre Nacht geworden. Wenn keine Leute unterwegs gewesen wären, hätte man sie mit einer Kulisse für eine Dickens-Verfilmung verwechseln können. Man hätte sie mit der Vergangenheit selbst verwechseln können.

Julia behauptete, es sei ein guter Veranstaltungsort, obwohl sie enttäuscht gewesen waren, dass sie »das Traverse nicht gekriegt« hatten. »Es ist wirklich gut«, beharrte Julia, »zentral, jede Menge Leute.« Sie hatte recht, was die Leute anbelangte, es wimmelte von ihnen, »gruslig« hätte sein Vater gesagt. Jacksons Vater war Bergarbeiter gewesen, ursprünglich aus Fife, und hätte nicht viel übrig gehabt für diese teure, blühende Hauptstadt. Zu chichi. »Chichi« war Julias Ausdruck. Jacksons Wortschatz schien dieser Tage voller Wörter anderer Leute, vor allem voller französischer Wörter, da Frankreich jetzt sein »Wohnort« war, was nicht das Gleiche war wie ein »Zuhause«.

Abgesehen davon, dass er im Urlaub in Ayrshire gezeugt worden war (zumindest laut seinem Vater), war Jackson nie zuvor in Schottland gewesen. Er hatte auch nie darüber nachgedacht, aber jetzt kam es ihm merkwürdig (und psychologisch erhellend) vor, dass er nie zuvor das Land seines Vaters besucht hatte. Als er gestern im Bahnhof Waverley aus dem Zug gestiegen war, hatte er erwartet, dass die fünfzig Prozent seiner Gene, die schottisch waren, ihr Erbe wiedererkannten. Dass er vielleicht eine emotionale Verbindung mit der Vergangenheit, die er nicht kannte, entdecken oder eine Straße entlanggehen würde und die Gesichter kämen ihm bekannt vor, dass er um eine Ecke biegen oder eine Treppe hinaufgehen und eine Art Epiphanie erleben würde, aber tatsächlich kam ihm Edinburgh fremder vor als Paris.

Während er sich einen Weg durch die Menschenmenge bahnte,

versuchte er sich in Richtung Burg zu orientieren. Der alte Vogelteil seines Gehirns, der sich normalerweise mühelos zurechtfand, schien seit seiner Ankunft in Edinburgh Urlaub genommen zu haben, wahrscheinlich weil er zum Fußgänger degradiert worden war (»degradiert« war hier das angemessene Wort, weil, seien wir ehrlich, Fußgänger minderwertige Geschöpfe waren). Um die Topografie Edinburghs zu begreifen, hätte sein Gehirn direkt mit dem Kompass eines Lenkrads verbunden sein müssen. Jackson war ein Mann, für den ein Auto eine Erweiterung seines Denkens bedeutete. Nachdem er nach Frankreich gezogen war, hatte er seine alte Liebe, den BMW, aufgegeben und einen brandneuen Mercedes für einhundertfünfzigtausend Euro erworben, der die meiste Zeit in seiner französischen Scheune stand.

Im Augenblick besaß er allerdings nichts außer der Tageskarte in seiner Tasche. Er verstand nicht, wie Menschen ohne Autos auskamen. »Sie gehen zu Fuß«, sagte Julia. Julia ging nicht oft zu Fuß, sie fuhr mit der U-Bahn oder mit dem Fahrrad. Jackson konnte sich nichts Gefährlicheres vorstellen, als in London mit dem Rad zu fahren. *(Hast du dir schon immer so viele Sorgen gemacht?*, fragte ihn Julia. *Oder erst, seitdem du mich kennst?)* Julia hatte einen mindestens einen Kilometer breiten Hang zum Draufgängertum. Jackson fragte sich, ob sie glaubte, unsterblich zu sein, oder ob es ihr gleichgültig wäre, wenn sie stürbe. Abgesehen von einer Schwester, waren alle Mitglieder von Julias Familie tot, eine Tatsache, die sie zu veranlassen schien, dem Leben mit einer merkwürdigen Nonchalance gegenüberzustehen. (*Wir müssen alle irgendwann sterben*. Ja, aber jetzt noch nicht.)

»Sei ehrlich, Jackson, ohne Auto fühlst du dich *entmannt*«, hatte Julia zu ihm auf der Zugfahrt von London gesagt. »Entmannt« war ein typisches Julia-Wort – archaisch und theatralisch.

»Nein, tue ich nicht«, sagte Jackson, »ich habe bloß das Gefühl, dass ich nirgendwo hinkomme.«

»Du kommst gerade wohin«, sagte sie, als sie durch den Bahnhof von Morpeth fuhren. »Hier fahren wir, hinauf nach Schottland«, hatte Jackson zu Beginn der Reise gesagt, und jetzt, Stunden später, wandte sich Julia mit einem ihrer typischen Gedankensprünge an ihn und sagte mürrisch: »Und außerdem heißt es nicht *hinauf,* wenn man aus London kommt, sondern *hinunter,* weil London die Hauptstadt ist.«

»Das weiß ich«, sagte Jackson. »Ich bin kein Hinterwäldler. Aber ich finde es bescheuert, weil Edinburgh auch eine Hauptstadt ist, und der ganze Norden Englands ist geografisch gesehen *oben.*«

»Menschenskind«, sagte Julia nachsichtig, »ich wusste nicht, dass es dir so wichtig ist.«

Julia irrte sich, nicht dass er keinen Wagen hatte, *entmannte* ihn, sondern das Geld. Richtige Männer mussten sich ihr Geld hart verdienen. Sie mussten sich an der Kohle abarbeiten, im wörtlichen und im übertragenen Sinn. Sie verbrachten ihre Tage nicht damit, traurige Countrysongs auf ihre iPods zu laden und französische Esel mit Äpfeln zu füttern.

Er verließ Julias Veranstaltungsort gerade rechtzeitig, um mitzubekommen, wie ein Honda Civic (ein Wagen für Verlierer, so es je einen gab) auf einen silberfarbenen Peugeot auffuhr. Der Kerl, der aus dem Honda stieg, tobte herum – unnötigerweise, denn seine Stoßstange hatte nicht einmal eine Delle. Er konnte den Akzent einordnen, der Kerl war Engländer wie er selbst. Fremde in einem fremden Land. Honda-Mann trug Autofahrerhandschuhe. Jackson hatte Autofahrerhandschuhe noch nie verstanden. Der Peugeot-Fahrer war nicht kräftig, aber drahtig und zäh, der Typ, der aussah, als könnte er auf sich selbst aufpassen, aber seine Körpersprache war auf Versöhnung aus, und Jackson dachte unwillkürlich, dass er wohl haarige Situationen gewohnt war – Armee oder Polizei. Er verspürte ein wenig Sympathie für den Peugeot-Fahrer.

Honda-Mann andererseits war ein Irrer, der auf Ärger aus war, und als er plötzlich einen Baseballschläger in der Hand hatte, war Jackson klar, dass er ihn schon dabeigehabt haben musste, als er ausgestiegen war. Vorsätzliche schwere Körperverletzung, dachte der Expolizist in ihm. Hier oben hatten sie einen anderen Ausdruck dafür, hier oben hatten sie wahrscheinlich für alles andere Ausdrücke. Hinten im Honda befand sich ein Hund. Er hörte das laute, tiefe Grollen seines Gebells, sah seine Schnauze das Fenster attackieren, als wollte er es durchstoßen und den Peugeot-Fahrer fertigmachen. Es stimmte, dass die Leute ihren Hunden ähnlich sahen. Auch Julia bedauerte noch immer den Verlust des Haustiers ihrer Kindheit, Rascal, ein enthusiastischer Terrier. Und das war Julia, ein enthusiastischer Terrier.

Beim Anblick des Baseballschlägers war Jackson plötzlich nur noch Instinkt. Er begann sich rasch einen Weg durch die Menge zu bahnen, auf den Fußballen, bereit für alles, aber bevor er nahe genug war, um einzugreifen, schleuderte jemand aus der Schlange so etwas wie eine Aktentasche und setzte den Honda-Fahrer außer Gefecht. Jackson hielt sich zurück und schaute zu. Er wollte sich nicht unnötig einmischen. Honda-Mann rappelte sich auf und verzog sich, und innerhalb von Minuten war ein Polizeiauto da. Der Klang der Sirene ließ Jacksons Herz schneller schlagen. Im ländlichen Frankreich hörte man keine Polizeisirenen. Zwei junge Polizistinnen, eine hübscher als die andere, stiegen aus, sie wirkten gebieterisch mit ihren fluoreszierenden gelben Westen und schweren Gürteln.

Der Mann, der die Aktentasche geworfen hatte, saß auf dem Bordstein und sah aus, als würde er gleich in Ohnmacht fallen. Jackson sagte: »Alles in Ordnung? Stecken Sie den Kopf zwischen die Beine.« Der Vorschlag klang nach Akrobatik und irgendwie sexuell aufgeladen, aber der Mann tat es.

»Kann ich Ihnen helfen?«, fragte Jackson und ging neben ihm in die Hocke. »Wie heißen Sie?«

Der Mann schüttelte den Kopf, als wüsste er es nicht. Er war weiß wie Milch. »Ich heiße Jackson Brodie«, sagte Jackson. »War früher bei der Polizei.« Plötzlich durchfuhr ihn ein unerwarteter Schauder. Das war es, das war sein ganzes Leben, zusammengefasst in zwei Sätzen: *Ich heiße Jackson Brodie. War früher bei der Polizei.* »Kann ich Ihnen helfen?«

»Alles in Ordnung«, sagte der Mann unter Mühen. »Entschuldigung. Martin Canning«, fügte er hinzu.

»Bei mir müssen Sie sich nicht entschuldigen«, sagte Jackson. »Ich bin nicht der Typ, den Sie umgehauen haben.« Das war ein Fehler, der Mann starrte ihn entsetzt an. »Ich habe ihn nicht angegriffen. Ich wollte *ihm* helfen«, sagte er und deutete auf den Peugeot-Fahrer, der noch immer auf der Straße lag und jetzt von Sanitätern versorgt wurde.

»Ich weiß, ich weiß«, sagte Jackson. »Ich hab's gesehen. Ich gebe Ihnen meine Handynummer. Rufen Sie mich an, wenn Sie jemanden brauchen, der Ihre Geschichte bestätigt, falls die Polizei oder der Honda-Fahrer Ihnen Ärger machen. Aber das werden sie nicht, keine Sorge.« Jackson schrieb seine Nummer auf die Rückseite des Flyers einer Fringe-Show, den er sich in die Tasche gestopft hatte, und reichte ihn dem Mann. Er stand auf, registrierte dabei ein Knacken in seinen Knien. Er wollte hier weg. Er hielt sich nicht gern an Tatorten auf und sah zu, wie Polizistinnen ermittelten, die nur ein paar Jahre älter waren als seine Tochter, dabei kam er sich alt vor. Er wurde hier nicht gebraucht. Eine unerwartete Sehnsucht nach seinem Polizeiausweis erfüllte ihn.

Jackson hatte sich das Kennzeichen des Hondas gemerkt, aber er ging, ohne eine Aussage zu machen. Jemand anders hätte es sich ebenfalls gemerkt, es waren genug Leute da, die als Zeugen infrage kamen, sagte sich Jackson, aber in Wahrheit wollte er das bürokratische Brimborium vermeiden. Wenn er die Ermittlungen nicht leitete, wollte er auch nichts damit zu tun haben. Er war schließlich nur ein unschuldiger Zuschauer.

5

Archie und Hamish hatten eine eigene Methode entwickelt. Eigentlich war es Schauspielerei, es war, als würden sie bei einem Film mitmachen. Sie betraten ein Geschäft, getrennt, im Abstand von mehreren Minuten, denn sobald mehr als ein männlicher Jugendlicher in einen Laden kam, verlor jede Verkäuferin den Verstand vor Paranoia (was lächerlich war – denn wie viele tausend Male war er schon mit Hamish in einem Geschäft gewesen, *ohne* eine Straftat zu begehen?). Sie schauten sich eine Weile in verschiedenen Ecken des Ladens um, und dann, außer Sichtweite der Verkäuferin, rief Archie auf dem Handy Hamish an, Hamish meldete sich und drehte dann durch, vor den Augen des Personals. Manchmal wurde er wütend auf den »Anrufer« – *Verdammt noch mal, du verdammtes Schwein, das wirst du verdammt noch mal nicht tun* –, etwas in der Art, andere Male fügte er eine tragische Note hinzu: Der »Anrufer« berichtete ihm offenbar von einem schrecklichen Unfall, den ein Familienmitglied erlitten hatte. Irgendetwas, es spielte keine Rolle, solange es die Aufmerksamkeit der Verkäuferinnen fesselte – *Oh, mein Gott, nicht meine kleine Schwester! Oh, bitte, lieber Gott, nein*. Bisweilen trieb Hamish es ein *wenig* zu weit.

Die ganze Zeit tat Archie so, als würde er sich im Laden umsehen. Die Waren. Tatsächlich aber *stahl* er sie. Ha ha! Damit es funktionierte, musste es ein kleines Geschäft sein – nicht zu viel Personal, keine Alarmanlage an der Tür, die Diebstahlsicherungen und so Zeug aufspürte. Er hatte aus früheren Fehlern gelernt. Wenn Läden keine Alarmanlagen hatten, hieß das natürlich, dass sie normalerweise auch nichts hatten, was sich zu stehlen lohnte (sie klauten nicht um des Klauens willen, das war Scheiße, man stahl, weil man etwas *wollte*). Manchmal ließ Archie sich anrufen und Hamish klaute, aber Archie war ein miserabler Schauspieler, auch wenn er es nicht gern zugab.

Es war der erste Tag des neuen Schuljahrs, Mittagspause, und Archie war unsicher, ob sie mit ihrer Schuluniform bedrohlich aussahen. Es war die Uniform einer »guten Schule«, seine Mutter hatte gelogen, was ihren Wohnort betraf, und die Adresse einer Freundin angegeben, damit sie zum Einzugsbereich von Gillespie's gehörten. Und dann sagte sie, man dürfe nicht lügen! Dabei log sie die ganze Zeit. Und Archie musste jetzt jeden Tag zwei lange Busfahrten absolvieren.

Es war mitten während des Festivals, nahezu die Mitte des Sommers, und überall in der Stadt liefen diese Wichser von Ausländern und Besuchern herum, amüsierten sich, hatten noch Ferien, und sie mussten wieder in die Schule. »Das reicht, um einen Jungen zum Verbrecher zu machen, was, Archie?«, hatte Hamish gesagt. Er hatte eine komische Art, sich auszudrücken, und Archie hatte zuerst befürchtet, dass es unmännlich wäre, doch jetzt glaubte er, dass es wahrscheinlich nur piekfein war. Hamish war vom Fettes verwiesen worden und erst letztes Jahr in Archies Klasse gekommen. Er war eigenartig, aber das lag vermutlich daran, dass er reich war.

Dieses Geschäft war eine Entdeckung, ein kleiner Laden am Grassmarket, der Snowboard-Zubehör verkaufte. Wirklich nett.

Hatte Stil. Es gab nur eine Verkäuferin, eine hochnäsige Schlampe, stark geschminkt und eingebildet. Er würde es ihr gern besorgen, das hätte sie dann davon. Er hatte es bislang noch keinem Mädchen besorgt, aber er dachte neunzig Prozent der Zeit, die er wach war, und hundert Prozent seiner Traumzeit an nichts anderes.

Er wählte Hamishs Nummer, legte wieder auf, und Hamish machte einen auf Dramaqueen – *Wie meinst du das, Mum? Welches Krankenhaus? Aber heute Morgen ging es Dad doch noch gut,* und so weiter, während Archie ein Quiksilver-T-Shirt in die Tasche stopfte. Vielleicht trug Hamish zu dick auf, vielleicht war die hochnäsige Schlampe mehr auf Draht, als er gedacht hatte, was auch immer, plötzlich rannten sie beide durch die Tür, rasten wie bescheuerte *Athleten* davon, Archie glaubte, er hätte gleich einen Herzinfarkt. Er blieb stehen, beugte sich vor, schnappte nach Luft. Hamish schlitterte und rumpelte von hinten gegen ihn, lachte sich halb tot. »Die blöde Kuh ist nicht mal aus dem Laden gekommen«, sagte er und schaute sich um. »Was geht hier ab?«

»Weiß nicht, irgendwas.«

»Eine Schlägerei.« Hamish reckte triumphierend den Arm in die Luft. *»Ja!«*

Archie sah den erhobenen Baseballschläger, sah den Mann auf dem Boden liegen, wandte sich zu Hamish um und sagte: »Cool.«

6

Eine Polizistin fragte: »Fahren Sie mit dem Krankenwagen mit?« Sie schien zu glauben, dass er ein Freund des verletzten Mannes war, und da der verletzte Mann im Augenblick ohne Freunde war, stieg Martin pflichtbewusst in den Krankenwagen. *Was du nicht willst, dass man dir tu, das füg auch keinem andern zu.*

Erst als sie vor dem neuen Royal Infirmary am Rand der Stadt ankamen, fiel ihm auf, dass er seine Tasche nicht mehr hatte. Er erinnerte sich, dass sie über die nassen Pflastersteine geklappert und geschlittert war, aber er wusste nicht, was danach damit geschehen war. Das war keine Katastrophe, alles war gesichert – der kleine fliederfarbene Sony-Stick befand sich in seiner Brieftasche –, und diese Sicherungskopie war noch einmal gesichert, das Backup lag in einer Schublade in seinem »Büro«. Er stellte sich vor, dass, wer immer den Laptop gefunden hatte, ihn einschaltete, »Eigene Dateien« öffnete, seine Arbeit las und dachte, was für ein Schrott es doch war, Freunden einige Passagen laut vortrug und sie sich alle vor Lachen bepissten – denn er stellte sich die Person, die seinen Laptop fand, als jemanden vor, der sich »vor Lachen bepisste«, statt einfach nur zu lachen. Kichern würde er jedenfalls nicht. Eine weniger bürgerliche, weniger armselige Person als Martin *(Du bist wirklich ein altes Weib*, hatte sein Vater bei mehr als einer Gelegenheit zu ihm gesagt), eine Person, die Martins Leben und Arbeit des Spotts für würdig befand. *»Hier stimmt was nicht, Bertie«, flüsterte Nina, während sie auf Berties Schultern balancierte, um zwischen den Palmen im Wintergarten von Dunwrath Castle hindurch einen Blick auf Lord Carstairs zu werfen.* Bertie war Nina Rileys siebzehnjähriger Kumpel, den sie vor einem Leben als Dieb gerettet hatte.

Unter Martins Dateien befand sich auch Korrespondenz *(Vielen Dank für Ihren Brief, ich freue mich sehr, dass Ihnen die Nina-Riley-Bücher gefallen. Herzliche Grüße, Alex Blake).* Vielleicht fanden die Fremden, die sich vor Lachen bepissten, seine Adresse und brachten ihm den Laptop zurück. Oder vielleicht kamen sie zu seinem Haus und stahlen alles, was er sonst noch besaß. Oder ein Auto fuhr darüber, zerquetschte das geheimnisvolle Motherboard und den Plasmabildschirm.

Der Peugeot-Fahrer war jetzt bei Bewusstsein und bei Verstand. An einer Schläfe hatte er eine grimmige Beule, als wäre ein Ei unter der Haut vergraben. »Mein guter Samariter«, sagte er zu der Sanitäterin und nickte Martin zu. »Hat mir das Leben gerettet.«

»Wirklich?« Die Sanitäterin wirkte unsicher, ob sie dieser Übertreibung Glauben schenken sollte.

Der Peugeot-Fahrer war wie ein Baby in eine große Decke aus weißer Baumwolle gewickelt. Er kämpfte einen Arm frei und streckte ihn Martin entgegen. »Paul Bradley«, sagte er, und Martin schüttelte ihm die Hand und sagte: »Martin Canning.« Er achtete darauf, die Hand des Peugeot-Fahrers nicht zu fest zu drücken, um ihm keine Schmerzen zu verursachen, sorgte sich aber sofort, dass sein Händedruck zu schlapp war. Martins Vater Harry hatte auf einem männlichen Händedruck bestanden *(Du bist keine Mary-Ellen mit einem schlaffen Handgelenk – schüttle einem die Hand wie ein Mann).* Er hätte sich keine Gedanken machen müssen, Paul Bradleys überraschend kleine, glatte Hand griff mit der schraubstockartigen Kraft eines Roboters zu.

Martin hatte seit Monaten kein anderes menschliches Wesen berührt außer zufällig, als er von der Kassiererin im Supermarkt Wechselgeld entgegennahm, eines Abends Richard Moat über die Toilettenschüssel hielt, während dieser die Alkoholration erbrach, die er den Abend über geschluckt hatte. Vor einer Woche hatte er einer alten Frau in den Bus geholfen und war ergriffen gewesen von der Berührung der gewichtslosen papiernen Hand.

»Sie sehen aus, als sollten Sie hier liegen, nicht ich«, sagte Paul Bradley. »Sie sind weiß wie ein Leintuch.«

»Wirklich?« Er fühlte sich ausgesprochen schwach.

»Es war ein hässlicher Zwischenfall«, sagte die Sanitäterin. »Zwischenfall«, so hatte auch eine der Polizistinnen den Gewaltausbruch auf der Straße genannt. *Wir müssen Ihre Aussage zu dem Zwischenfall aufnehmen, Sir.* Ein nettes, neutrales Wort, fast wie »unschuldig«. Vielleicht könnte er es für das verwenden, was ihm passiert war. *Oh, ja, damals, als ich in Russland war, kam es zu diesem unglücklichen Zwischenfall ...*

In der Notaufnahme fragte ihn eine Angestellte nach den Daten des Peugeot-Fahrers, aber Martin hatte den Namen bereits wieder vergessen. Der Peugeot-Fahrer war auf einem Rollstuhl ins Hinterland der Station gebracht worden, und die Frau warf Martin einen Lehrerinnenblick zu und sagte: »Nun, können Sie es herausfinden? Und auch die Adresse und die nächsten Angehörigen.«

Martin machte sich auf die Suche nach dem Peugeot-Fahrer und fand ihn in einer mit Vorhängen abgeteilten Kabine, wo eine Schwester gerade den Blutdruck maß. »Entschuldigung«, flüsterte

Martin, »ich brauche seine Daten.« Der Peugeot-Fahrer versuchte sich aufzusetzen, und wurde von der Schwester sanft zurückgestoßen.

»Nehmen Sie die Brieftasche aus meiner Jacke, Partner«, sagte der Peugeot-Fahrer im Liegen. Über einem Metallstuhl in der Ecke hing eine schwarze Lederjacke, und Martin griff vorsichtig in die Innentasche und holte eine Briefmappe heraus. Es war ein merkwürdig intimes Gefühl, in den Taschen von jemand anderem nach etwas zu suchen wie ein Dieb wider Willen. Die Jacke war aus teurem, buttrig weichem Leder, Lamm, vermutete Martin, und er musste den Impuls unterdrücken, hineinzuschlüpfen und sich wie eine andere Person zu fühlen. Er hielt die Brieftasche hoch, damit die Schwester sah, dass er sie an sich genommen hatte, dass er sich keiner Betrügereien schuldig machte, und sie bedachte ihn mit einem hübschen Lächeln.

»Soll ich auf Ihre Tasche aufpassen?«, fragte er den Peugeot-Fahrer. Sie hatten die Reisetasche im Krankenwagen mitgenommen, und der Peugeot-Fahrer sagte »Danke«, was Martin als Zustimmung auffasste. Die Tasche sah aus, als wäre sie fast leer, aber sie war erstaunlich schwer.

Die Frau an der Aufnahme kramte effizient in der Brieftasche des Peugeot-Fahrers. Paul Bradley war siebenunddreißig Jahre alt und wohnte im Norden Londons, er hatte einen Führerschein, ein Bündel Zwanzig-Pfund-Scheine und einen Mietvertrag von Avis für den Peugeot. Sonst nichts, keine Kreditkarten, keine Fotos, keine Zettel mit aufgekritzelten Telefonnummern, keine Quittungen oder Abrisse von Eintrittskarten. Keine Hinweise auf einen nächsten Angehörigen. Martin bot sich an, und die Frau sagte: »Sie wussten nicht einmal seinen Namen«, schrieb aber trotzdem »Martin Canning« in das Formular.

»Church of Scotland?«, fragte sie, und Martin sagte: »Er ist Engländer, schreiben Sie Church of England.« Er fragte sich, ob es eine Church of Wales gab. Er hatte nie von einer solchen gehört.

Das Krankenhaus wirkte wie ein Bahnhof oder ein Flughafen, nicht wie ein Krankenhaus, die Leute schienen sich auf der Durchreise zu befinden und nicht aus irgendeinem zwingenden Grund hier zu sein. Es gab ein Café und einen Laden, gut sortiert wie ein kleiner Supermarkt. Doch es fanden sich keinerlei Anzeichen dafür, dass sich irgendwo Kranke aufhielten.

Er setzte sich ins Wartezimmer. Er nahm an, dass er die Sache jetzt bis zum Ende durchstehen musste. Erst las er eine Ausgabe von *Historische Häuser,* dann eine drei Jahre alte Ausgabe von *Hello!*. Er erinnerte sich daran, irgendwo gelesen zu haben, dass Hepatitis-C-Erreger lange Zeit außerhalb des Körpers überlebten. Man konnte sie sich zuziehen, indem man irgendetwas berührte – einen Türgriff, eine Tasse, eine Zeitschrift. Die Zeitschriften waren älter als das Krankenhaus. Jemand musste sie in Schachteln verpackt und aus dem alten Royal am Lauriston Place hierhergeschafft haben. Martin war einmal dort in der Notaufnahme gewesen, als sich seine Mutter während einer ihrer seltenen Besuche bei ihm die Hand verbrüht hatte. Das war das Einzige, woran sie sich später erinnerte, nicht an die Fahrt zum Hopetoun House, wo sie einen schönen Spaziergang gemacht hatten, gefolgt von Nachmittagstee im Pompadour im Caledonian Hotel, nicht an den Besuch von Holyrood Palace, sondern nur, wie sie es geschafft hatte, sich Wasser aus dem Kessel über die Hand zu gießen. *Dein Kessel,* sagte sie, als wäre Martin höchstpersönlich für den Siedepunkt des Wassers verantwortlich.

Im Wartezimmer war es gewesen wie in einem Entwicklungsland, schmutzig, mit alten Stühlen, die nach Urin rochen. Seine Mutter war hinter blassgrünen Vorhängen verschwunden, die mit getrockneten Blutflecken übersät waren. Jetzt wurde das alte Krankenhaus in Wohnungen umgewandelt, unter anderem. Martin fand es seltsam, dass Menschen leben wollten, wo andere gestorben waren und unter Schmerzen gelitten oder sich einfach zu Tränen gelangweilt hatten, während sie auf ambulante Behandlung warteten. Martin wohnte in einem viktorianischen Haus in Merchiston, wo früher vermutlich eine Wiese gewesen war. Er zog es vor, irgendwo zu leben, wo früher eine Wiese gewesen war, als in einem ehemaligen Operationssaal oder Leichenschauhaus. Aber das war den Leuten gleichgültig, in Edinburgh herrschte eine Gier nach Wohnraum, die nahezu barbarisch war. Erst in der vergangenen Woche hatte er in der Zeitung gelesen, dass eine Garage für hunderttausend Pfund verkauft worden war. Martin fragte sich, ob die Leute dort einziehen wollten.

Er hatte sein Haus vor drei Jahren gekauft. Nachdem er seinen ersten Vertrag unterschrieben hatte und nach Edinburgh gezogen war, wohnte er zuerst in einer kleinen Wohnung nahe der Ferry Road und sparte für etwas Besseres. Er war ebenso obsessiv und verrückt gewesen wie alle anderen Wohnungssuchenden in der Stadt, hatte die Anzeigen studiert und am Donnerstagabend und Sonntagnachmittag in den Startblöcken gestanden für die Besichtigungen.

In das Haus in Merchiston verliebte er sich, kaum dass er an einem nebligen Oktobertag durch die Tür getreten war, um es sich anzusehen. Die Räume schienen voller Geheimnisse und Schatten, und das schwindende Nachmittagslicht fiel matt durch die Fenster aus buntem Glas. *Opulent,* hatte er gedacht. Er sah vor sich, wie es einst gewesen sein musste, er hörte das Echo des Gelächters altmodischer Kinder, die Jungen trugen gestreifte Schulmützen, die Mädchen Kittelkleider und weiße Söckchen. Die Kinder waren Verschwörer, dachten sich vor dem Feuer im Spielzimmer lustige Streiche aus. Überall im Haus herrschte geschäftiges Treiben – ein Dienstmädchen wusch und schrubbte willig (ohne jeden Klassenhass) und half bisweilen mit den Kindern und bremste ihren Elan. Es gab einen Gärtner und eine Köchin, die altmodische Gerichte zubereitete (Räucherheringe, Maispudding mit Milch, Auflauf aus Hackfleisch und Kartoffelbrei). Und das alles unter den Augen liebevoller Eltern, elegant und gutmütig, außer wenn die Streiche außer Kontrolle gerieten, dann wurden sie zu strengen und ernsten Richtern. Vater pendelte jeden Tag und arbeitete etwas Geheimnisvolles »im Büro«, während Mutter Bridgepartys gab und Briefe schrieb. In dunkleren Tagen wurde der Vater für einen Verbrecher oder Spion gehalten und die Familie kurzzeitig in Not und Armut gestürzt (Mutter schaukelte es großartig), bevor alles aufgeklärt und wiedergutgemacht wurde.

»Ich will es«, sagte er zu der Frau von der Maklerfirma, die ihn durch das Haus führte.

»Sie und zehn andere Personen, die schriftlich ihr Interesse bekundet haben«, antwortete sie.

Sie verstand nicht, dass sein »Ich will es« keine einfache Feststellung seiner Kaufabsicht, keine Einschätzung, kein Gebot oder die Bezahlung war, sondern ein Schrei seines Herzens nach einem Heim. Nach einer Kindheit in wechselnden Militärkasernen, einer Jugend im Internat und in einem Lehrerhäuschen auf dem Anwesen der Schule im Lake District sehnte er sich nach einem eigenen Heim. An der Universität hatte er einmal für das Psychologiemodul eines Kommilitonen einen Wortassoziationstest gemacht, und als ihm das Wort »Heim« vorgelegt wurde, hatte Martin eine Niete gezogen – wo Emotionen hätten sein sollen, herrschte bei ihm eine verbale Leerstelle.

Als Harry, sein Vater, in den Ruhestand trat, versuchte seine Mutter, ihn zu überreden, in ihre Heimatstadt Edinburgh zurückzukehren. Sie versagte kläglich, und sie ließen sich stattdessen in Eastbourne nieder. Wie sich herausstellte (und das war wirklich keine Überraschung), war er von seinem Temperament her weder geeignet für den Ruhestand noch für ein sesshaftes Leben in einem soliden Reihenhaus mit drei Schlafzimmern und hübschen Zierleisten aus weißem Holz in einer stillen Straße keine fünf Minuten vom Kanal. Das Meer hatte keinerlei Anziehungskraft für ihn, jeden Morgen machte er zwar einen forschen Spaziergang am Strand, allerdings nur zur Körperertüchtigung, nicht zum Vergnügen. Alle, besonders seine Frau, waren erleichtert, als er drei Jahre später einen Herzinfarkt erlitt und tot umfiel während eines Streits mit einem Nachbarn, der seinen Wagen vor ihrem Haus abgestellt hatte. »Er hat nie akzeptiert, dass es eine öffentliche Straße war«, erklärte die Mutter Martin und seinem Bruder Christopher bei der Beerdigung, als wäre das irgendwie die Ursache seines Todes.

Ihrer Mutter fehlte der Wille, Eastbourne zu verlassen – sie war noch nie sehr unternehmungslustig gewesen –, doch sowohl Martin als auch Christopher zog es nach Schottland zurück (wie Aale oder Lachse), und sie wohnten beide so weit wie möglich von ihr entfernt.

Christopher war Bausachverständiger in den Borders, lebte über seine Verhältnisse mit seiner neurotischen, ständig nörgelnden Frau Sheena und den beiden überraschend netten Kindern im Teenageralter. Die geografische Distanz zwischen Martin und seinem Bruder war klein, aber sie sahen sich selten. Christopher war unangenehme Gesellschaft für ihn, es war etwas Gestelztes und

Gekünsteltes daran, wie er sich durch die Welt manövrierte, als würde er andere Leute beobachten und glauben, er wirke sympathischer, authentischer, wenn er sie nachahmte. Martin hatte vor langer Zeit die Hoffnung aufgegeben, zu sein wie die anderen.

Weder für Martin noch für Christopher war das Haus in Eastbourne ein Zuhause, ihre Mutter hatte zu wenig Persönlichkeit, um dem Haus etwas Anheimelndes einzuflößen. Sie sagten immer: *Wann fährst du mal wieder zum Haus?*, als hätte das Haus mehr Charakter als ihre Mutter, und doch hatte es kaum etwas Unverwechselbares; alle paar Jahre wurde es in dem gleichen dezenten Biskuitton gestrichen, und danach dauerte es nicht lange, bis die Wände wieder das gewohnte Nikotingelb angenommen hatten. Seine Mutter war eine starke Raucherin, es war vielleicht ihre auffälligste Eigenschaft. Martin glaubte, dass die Hölle darin bestünde, für alle Ewigkeit einen verregneten Sonntagnachmittag im Haus seiner Mutter verbringen zu müssen – immer vier Uhr nachmittags im Januar, in der nicht gelüfteten Küche der Geruch von Beinscheibeneintopf. Rauchwolken, schwacher Tee, die zahnfleischzersetzende Süße eines Zuckerkuchens. Ständige Wiederholungen von *Inspector Barnaby* auf Video.

Ihre Mutter war jetzt zittrig alt, machte jedoch keine Anstalten zu sterben. Christopher, der mit seinem Gehalt nicht auskam, jammerte oft, dass sie ihn überleben und er nie die Hälfte des Hauses in Eastbourne erben würde, die sein Konto so dringend brauchte.

Martin hatte seine Mutter besucht, kurz nachdem er es zum ersten Mal in die Bestsellerlisten geschafft hatte. Er zeigte ihr die Liste der fünfzig bestverkauften Bücher im *Bookseller* und erklärte: »Alex Blake – das bin ich, mein Pseudonym.« Er lachte, und sie seufzte: »Oh, *Martin*«, als hätte er sich etwas besonders Ärgerliches zuschulden kommen lassen. Als er das Haus in Merchiston kaufte, wusste er vielleicht nicht, was aus einem Haus ein Zuhause machte, aber er wusste, was es verhinderte.

Christopher war nur einmal in Martins Haus gewesen, kurz nachdem er es gekauft hatte – ein schwieriger Besuch, der noch schwieriger wurde dank Sheena, einer Frau wie eine Hyäne.

»Wozu brauchst du eigentlich ein so großes Haus, Martin?«, fragte Christopher. »Du bist doch allein.«

»Vielleicht heirate ich und kriege Kinder«, sagte Martin kleinlaut, und Sheena kreischte: »Du?«

Oben im Haus, mit Blick auf den Garten, befand sich ein kleines Zimmer, das Martin zu seinem Arbeitszimmer auserkor. Er hatte das Gefühl, in diesem Raum etwas Starkes und Gehaltvolles schreiben zu können, nicht die abgedroschene und formelhafte Nina Riley, sondern einen Text, in dem jede Seite von der kreativen Dialektik von Leidenschaft und Vernunft zeugte, etwas von lebensverändernder Kunstfertigkeit. Enttäuschenderweise passierte nicht nur das nicht, sondern das ganze Leben, das er in dem Haus gespürt hatte, bevor er es kaufte, verschwand spurlos. Wenn Martin jetzt durch die Haustür trat, hatte er oft das Gefühl, als hätte hier noch nie jemand gelebt, nicht einmal er selbst. Nirgends fanden sich Anzeichen für lustige Streiche. »Lustig« war ein Wort, das Martin besonders mochte. Er hatte immer gedacht, dass er, sollte er einmal Kinder haben, ihnen heitere Namen wie Sonny und Merry geben würde. Namen machen Leute. Auch religiös motivierte Namen hatten etwas für sich – Patience, Grace, Chastity, Faith. Besser nach einer Tugend benannt zu sein, als nichtssagend Martin zu heißen. Jackson Brodie, das war ein guter Name. Der Mann war von den Ereignissen nicht erschüttert worden *(Ich war früher bei der Polizei)*, während Martin vor Aufregung schlecht geworden war. Nicht die angenehme Art Aufregung, nicht die Lustige-Streiche-Art, sondern die Art eines *Zwischenfalls.*

Während des Studiums war er kurzzeitig mit einem Mädchen namens Storm zusammen gewesen (denn er hatte wirklich Freundinnen gehabt, auch wenn es die meisten nicht glaubten). Es war eine Erfahrung gewesen – mehr eine Erfahrung als eine Beziehung –, die ihn davon überzeugt hatte, dass die Menschen ihren Namen alle Ehre machten. Martin war als Name ziemlich langweilig, aber »Alex Blake« hatte etwas Forsches. Seine Verleger fanden Martins richtigen Namen nicht »flott« genug. Für das Pseudonym »Alex Blake« entschied man sich nach reiflicher Überlegung, an der Martin überwiegend nicht beteiligt war. »Ein starker, geradliniger Name«, sagte seine Lektorin. »Zum Ausgleich.« Wofür, sagte sie nicht.

Aus Versehen stieß er mit dem Fuß gegen Paul Bradleys Reisetasche und spürte etwas Hartes, Unnachgiebiges, wo er mit weicher Kleidung gerechnet hatte. Er fragte sich, was ein Mann wie er – der sogar verletzt bewundernswert kompetent war – mit sich trug. Woher kam er? Wohin wollte er? Paul Bradley wirkte nicht wie jemand, der wegen des Festivals gekommen war, er wirkte wie jemand, der zielbewusster war.

Martin blickte auf seinen Arm und erinnerte sich, dass er seine Uhr am Morgen nicht gefunden hatte. Er vermutete, dass Richard Moat sie sich »geliehen« hatte. Er lieh sich die ganze Zeit Dinge, als hätte er ein Anrecht auf Martins gesamte Besitztümer, nur weil er in seinem Haus wohnte. Martins Bücher, Hemden, iPod *(Du hörst ziemliche Scheiße, Martin),* alles hatte sich sein Hausgast zu irgendeinem Zeitpunkt bereits angeeignet. Er hatte sogar den Ersatzschlüssel von Martins Wagen gefunden und schien zu glauben, dass er damit fahren konnte, wann immer er wollte.

Die Uhr war eine Rolex Yacht-Master, die Martin sich geleistet hatte, um den Verkauf seines ersten Buches an einen Verlag zu feiern, eine Extravaganz, deretwegen er sich schuldig gefühlt hatte, und um sein Gewissen zu beruhigen, spendete er den gleichen Betrag einer wohltätigen Einrichtung, Mobility Outreach International, die Opfer von Landminen mit künstlichen Gliedmaßen ausstattete. Seine Rolex entsprach ungefähr hundert Armen und Beinen in den unvorstellbaren Niederungen der sogenannten Zivilisation. Natürlich hätte er zweihundert Arme und Beine kaufen können, wenn er die Rolex nicht gekauft hätte, insofern wurden seine Schuldgefühle nicht beschwichtigt, sondern verdoppelt. Der Preis seiner Uhr war nichts im Vergleich zum Preis seines Hauses in Merchiston. Von diesem Geld hätte er wahrscheinlich alle Amputierten der Welt mit künstlichen Gliedmaßen versorgen können. Er trug die Uhr noch immer, obwohl sie ihn jeden Tag an den *Zwischenfall* in Russland erinnerte. Das war seine Strafe: nie zu vergessen.

Richard Moats Show wäre jetzt wahrscheinlich zu Ende. Danach, so vermutete Martin, würde Richard in einer Bar etwas trinken, Kontakte knüpfen – netzwerken. Es war eine einmalige Sache, dass die BBC diesen Auftritt mehrerer Comedians aufzeichnete. Normalerweise trat Richard um zehn Uhr abends auf. »Comedy findet am Abend statt«, erklärte er Martin, eine Behauptung, die Martin amüsierte, was er Richard auch sagte. »Jaa«, sagte Richard nur auf seine merkwürdige, lakonische Londoner Art. Er war ein Gag-Mann, nicht eine von Natur aus komische Person, und in den zwei Wochen, die sie sich kannten, hatte er Martin kein einziges Mal zum Lachen gebracht, zumindest nicht vorsätzlich. Vielleicht hob er sich alles für die Zehn-Uhr-Vorstellung auf. Seine größten Erfolge hatte er in den Achtzigerjahren gefeiert, als es einfach war, so zu tun, als sei man politisch. Nach Thatchers Abgang begann Richards Stern zu sinken, aber er war nie tief genug gesunken, um wieder aufzusteigen, Richard hatte sich im Gespräch gehalten mit Auftritten in »alternativen« Quizshows, als zuverlässiger Ersatzmann in Talkshows und mit ein bisschen (schlechter) Schauspielerei.

Alles in allem war es Martin lieber, in einem Krankenhaus alte bakterienverseuchte Zeitschriften zu lesen und auf Nachrichten von einem Fremden zu warten, als irgendwo in einer Festivalbar mit Richard Moat Kontakte zu knüpfen.

Richard war der Freund eines Freundes eines Bekannten. Er hatte vor ein paar Monaten aus heiterem Himmel angerufen, gesagt, dass er »einen Auftritt beim Fringe« habe, und könne er eventuell bei Martin ein Zimmer mieten? Martin verfluchte den Bekannten lautlos, weil er seine Telefonnummer weitergegeben hatte. Es war ihm immer schon schwergefallen, Nein zu sagen. Vor ein paar Jahren, als er verzweifelt versuchte, ein Buch zu Ende zu bringen, war er ständig von Leuten unterbrochen worden, die vor seiner Tür standen, eine endlose Reihe Tagesausflügler aus Porlock (so nannte er sie insgeheim), und er war dazu übergegangen, im Flur eine Jacke und eine leere Aktentasche bereitzulegen, so dass er die Jacke anziehen und die Tasche in die Hand nehmen und sagen konnte: »Oh, tut mir leid, ich wollte gerade gehen«, wann immer es klingelte.

Das war kurz nachdem er vom Lake District nach Edinburgh gezogen war und versuchte, Leute kennenzulernen, neu anzufangen und ein aktives Sozialleben zu führen, nicht länger »Mr Canning«, der alte Trottel, zu sein, sondern *Martin Canning, guten Tag. Ich? Oh, ich bin Schriftsteller. Krimis. Man nennt es* Highland Fling. *Bin in den Bestsellerlisten. Woher ich meine Ideen nehme?*

Oh, ich weiß nicht, ich hatte schon immer eine lebhafte Phantasie, das Bedürfnis, kreativ zu sein. Sie wissen ja, wie es ist. Aber anstatt eines aktiven Soziallebens drängten sich ihm alle möglichen unerwünschten Leute auf, und er verbrachte Monate (in manchen Fällen Jahre) damit, sie wieder loszuwerden. Nahezu alle diese unerwünschten Personen schienen nichts Besseres zu tun zu haben, als zu jeder Tages- und Nachtzeit bei Martin vorbeizuschauen. Einer – ein Mann namens Bryan Legat – verfolgte ihn über Jahre.

Bryan war ein Verlierertyp in den Vierzigern mit einem nicht publizierten Manuskript und einem bitteren Groll auf alle Literaturagenten Großbritanniens, die sämtlich nicht in der Lage waren, Bryans Genie zu erkennen. Martin hatte ein paar der Briefe gelesen, die Bryan als Antwort auf die erhaltenen Absagen geschrieben hatte. Briefe von der Sorte *Sie blöde, dumme, dämliche, arrogante Schlampe* und *Ich weiß, wo Sie wohnen, Sie ignoranter Idiot,* deren Wahnsinn Martin Angst einjagte. Bryan hatte ihm sein Manuskript gezeigt, »das Magnum Opus« mit dem Titel »Der letzte Busfahrer«. »Nun ja«, hatte Martin höflich gemurmelt, als er es Bryan zurückgab, »es ist auf jeden Fall *anders*. Und Sie können schreiben, daran besteht kein Zweifel.« Und er log nicht, Bryan konnte wirklich schreiben, er konnte einen Füller mit türkiser Tinte in die Hand nehmen und lange, verschlungene, ineinander übergehende Wörter schreiben, Verben willkürlich in Sätze einstreuen, die mit jedem Komma, jedem Ausrufezeichen *verrückt* schrien. Aber Bryan wusste, wo Martin wohnte, und deswegen wollte er ihn sich nicht zum Feind machen.

Als es an jenem besonderen Tag läutete, schlüpfte Martin in seinen Mantel, nahm die Aktentasche und riss die Tür auf, vor der ein hoffnungsvoller Bryan stand. »Bryan!«, grüßte Martin mit einer Munterkeit, die er nicht empfand. »Was für eine Überraschung. Tut mir leid, aber ich wollte gerade gehen.«

»Wohin denn?«

»Ich muss einen Zug erwischen.«

»Ich begleite Sie zum Bahnhof«, sagte Bryan fröhlich.

»Das ist nicht nötig.«

»Kein Problem, Martin.«

Schließlich waren sie zusammen mit dem Zug um halb zwölf nach Newcastle gefahren. In Newcastle hatte Martin sich willkürlich für ein Bürogebäude im Stadtzentrum entschieden, gesagt: »Hier muss ich hin«, und war in einen Aufzug gestiegen. Im achten Stock landete er in einem Timesharing-Büro, wo er erleichtert den Kauf eines Luxusanwesens in Florida erwog, »direkt neben einem Golfplatz und einem Freizeitpark«. Er nahm die nicht unterschriebenen Unterlagen mit, um »sie zu studieren«, und warf sie auf dem Weg hinaus in den nächsten Abfalleimer. Unnötig zu erwähnen, dass Bryan in der Eingangshalle auf ihn wartete. »Alles gut gelaufen?«, erkundigte er sich freundlich. Mit dem Zug um halb fünf kehrten sie gemeinsam nach Edinburgh zurück, und irgendwie saß Bryan neben ihm im Taxi. Martin fiel nichts ein, was er zu ihm hätte sagen können außer *Verdammte Scheiße, verschwinde für immer aus meinem Leben, du verrückter Irrer*, aber als er das Taxi bezahlt hatte, stand Bryan schon vor seiner Tür und sagte: »Soll ich Wasser aufsetzen? Ich wollte mit Ihnen über meinen Roman reden. Ich habe überlegt, ob ich ihn ins Präsens setzen soll.«

Im nächsten Jahr stürzte Bryan Legat von den Salisbury Crags zu Tode. Es war nicht klar, ob er gesprungen oder gefallen (oder gestoßen worden) war. Martin hatte gleichermaßen Erleichterung und Schuld empfunden, als er von Bryans Abgang erfuhr. Irgendetwas hätte unternommen werden müssen, um einer so deutlich irregeleiteten Person zu helfen, doch Martin hatte nichts weiter zu ihm gesagt als: »Wie Sie die Umgangssprache einsetzen, ist wirklich verblüffend.«

Und vor die Wahl gestellt, war Martin nicht in der Lage, Richard Moat abzuweisen. Als Richard fragte: »Und wie viel sagen wir?«, erwiderte Martin: »Ach, nein – seien Sie nicht albern, ich kann Ihnen kein Geld abnehmen.«

Als Geschenk brachte ihm Richard eine DVD seiner letzten Tour mit, seitdem hatte er eine Flasche Wein gekauft, die er nahezu allein getrunken hatte, und als Beitrag zur Hausarbeit hatte er einmal die Geschirrspülmaschine eingeräumt und dabei versucht, eine komische Vorstellung aus dieser alltäglichen Verrichtung zu machen. Martin musste das gesamte Geschirr in der Maschine umräumen, nachdem Richard die Küche verlassen hatte. Einmal hatte Richard sich ein teures Steak gekauft, das er sich briet, wobei er den gesamten Herd mit Fett vollspritzte, sonst schien er auswärts zu essen.

Vor zwei Tagen, nach der Premiere (der Martin sich entziehen konnte), hatte Richard Martin zu »einem Curry« mit »ein paar Leuten« aus London eingeladen, die gekommen waren, um seine Show zu sehen. Martin hatte das Kalpna am St. Patrick Square vorgeschlagen, weil er Vegetarier war *(nichts mit einem Gesicht)*, aber irgendwie waren sie in einem tollwütig karnivoren Restaurant gelandet, das andere »Leute in London« Richard empfohlen hatten. Als es ans Zahlen ging, stellte Martin fest, dass er darauf bestand, die Rechnung zu begleichen. »Danke, Martin, vielen Dank«, sagte einer aus London, »ich hätte es als Spesen absetzen können.«

»Wie steht es mit Rauchen im Haus?«, hatte Richard kaum zehn Minuten nach seiner Ankunft gefragt, und Martin war hin- und hergerissen zwischen dem Bedürfnis, ein herzlicher, großzügiger Gastgeber zu sein, und dem Wunsch zu erklären, dass er alles hasste, was mit Zigaretten zu tun hatte. »Also …«, setzte er an, und Richard sagte: »Nur in meinem Zimmer natürlich. Ich möchte nicht, dass Sie meinen schmutzigen karzinogenen Rauch einatmen.« Aber jeden Morgen, wenn Martin herunterkam, fand er im Wohnzimmer ein kleines Häufchen Kippen auf einer Untertasse oder einem Teller (einmal in einer Terrine) des Wedgwood-Service, das Martin zu seinem Einzug gekauft hatte.

Richard kam spät nach Hause und tauchte erst gegen Mittag aus seinem Zimmer auf, wofür man dankbar sein musste. Wenn er auf war, telefonierte er. Er hatte ein neues Videotelefon, das Martin höflich bewunderte (»Ja, das ist ein sexy Teil, nicht wahr?«, sagte Richard), obwohl er es blöd und unelegant fand und es ihn an den *Raumschiff-Enterprise*-Kommunikator erinnerte.

Richard hatte die Erkennungsmelodie von *Robin Hood,* der alten Fernsehserie aus den Fünfzigerjahren, als Klingelton heruntergeladen, und das blöde, blecherne Geräusch trieb Martin langsam in den Wahnsinn. Als Gegenmaßnahme hatte sich Martin vor kurzem für »Vogelgezwitscher« entschieden und war angenehm überrascht, wie echt die Vögel klangen.

Er schaute sich im Wartezimmer um, entdeckte an der Wand eine Uhr, die halb zwei anzeigte. Es fühlte sich wesentlich später an, der Tag hatte seine Fasson verloren, war unter dem Gewicht der unerwarteten Realität aus den Fugen geraten.

Martin hatte eine gehässige Kritik von Richard Moats Show im *Scotsman* gelesen. Unter anderem stand da: »Richard Moats Humor knarzt heutzutage vor Banalität. Er wärmt das gleiche alte abgenutzte Material auf, das er schon vor zehn Jahren verwendet hat. Die Welt hat sich weiterbewegt, Richard Moat nicht.« Allein die Lektüre war Martin peinlich. Richard gegenüber wagte er nicht zu erwähnen, dass er den Verriss gelesen hatte, denn dann hätten sie sich beide diesem Schrecken stellen müssen, und Martin selbst war oft genug schlecht besprochen worden, um die abgründigen Gefühle zu kennen, die es hervorrief.

»Ich lese nie Kritiken«, sagte Richard von sich aus verdrossen nach dem Premierenabend. Martin glaubte ihm nicht. Alle lasen ihre Kritiken. Es war schon ein paar Jahre her, dass Richard zuletzt »das Festival gemacht« hatte, und welche Gefühle auch immer er für Edinburgh empfunden haben mochte (zu Beginn seiner Karriere war er hier höchst erfolgreich gewesen), jetzt empfand er überwiegend Ablehnung für die Stadt. »Weißt du, es ist eine großartige Stadt«, sagte er zu einem von den »Leuten aus London« während ihrer fleischfressenden Raserei in dem beängstigend vollen indischen Restaurant, »phantastisch zum Anschauen und so, aber keine *Libido*. Und daran ist natürlich Knox schuld.« Martin ertrug nicht, mit welch lässiger Vertrautheit Richard »Knox« sagte. Am liebsten hätte er eingeworfen, John Knox mag ein sturer, verklemmter, puritanischer Idiot gewesen sein, aber er war *unser* sturer, verklemmter, puritanischer Idiot, nicht eurer.

»Genau!«, rief einer von ihnen. Er hatte eine Brille mit schmalen Gläsern in einer breiten schwarzen Fassung auf der Nase und rauchte noch mehr als Richard. Martin, seit dem achten Lebensjahr Brillenträger, trug eine randlose, federleichte Brille in dem Versuch, seine Fehlsichtigkeit zu kaschieren, statt einen Charakterzug daraus zu machen. »Keine Libido – sehr gut, Richard.« Der Mann mit der schwarzen Brille stieß die Zigarette in die Luft, um seine Zustimmung zu betonen. »Das trifft Edinburgh *genau.*« Martin wollte seine Heimatstadt verteidigen, aber er wusste nicht so recht, wie. Es stimmte, Edinburgh mangelte es an Libido, aber warum sollte man in einer Stadt mit Libido leben wollen?

»Barcelona!«, rief ein anderer von Richards Freunden über den Tisch (sie waren laut und ziemlich betrunken), und der Mann mit der altmodischen, aber trendigen Brille bellte: »Rio de Janeiro!« Es wurden mehr Städtenamen geschrien (»Marseille!«, »New York!«), bis sie zu »Amsterdam!« kamen und ein Streit ausbrach, ob Amsterdam über Libido verfügte oder »nur der Ort für die ausbeuterischen, kommerziellen Transaktionen der Libido anderer Leute« war.

»Sex und Kapitalismus«, mischte sich Richard gelangweilt ein, »wo ist der Unterschied?«

Martin wartete auf die Pointe, aber vergeblich. Persönlich glaubte er, dass es einen großen Unterschied gab, aber dann fiel ihm ein, wie er sich vor Irina in diesem schrecklichen Hotelzimmer mit Blick auf die Newa und den Kakerlaken auf den Fußleisten ausgezogen hatte. »Gut gepolstert. Gemacht für Behaglichkeit, nicht für Eile«, hatte er gescherzt und sich vor Verlegenheit gewunden. »*Da?*« Sie hatte offenbar kein Wort verstanden, aber entgegenkommend gelacht. Die Erinnerung traf ihn wie der Hieb einer unsichtbaren Faust in den Bauch, und er beugte sich vor.

»Mädchen«, sagte einer von ihnen plötzlich, »wir sollten losziehen und ein paar Mädchen auftreiben.« Die Idee wurde mit furchterregender Begeisterung aufgenommen.

»Tabledancing!« Richard kicherte wie ein Teenager.

»Oh, entschuldigen Sie, Martin«, sagte ein anderer, »tut mir leid, dass wir so hemmungslos hetero sind.«

»Glauben Sie, ich bin schwul?«, fragte Martin erstaunt. Alle wandten sich ihm zu, als hätte er zum ersten Mal etwas Interessantes gesagt.

»Das ist schon in Ordnung, Martin«, sagte Richard. »Alle sind schwul.«

Martin hätte dieser lächerlichen Behauptung widersprochen, musste aber feststellen, dass er gerade ein Stück Huhn aus seinem »Gemüse-Biryani« kaute. So diskret wie möglich entfernte er es aus dem Mund und legte es auf den Tellerrand. Das letzte knorpelige Überbleibsel eines armen, misshandelten Vogels, der in einem fremden Land mit Hormonen, Antibiotika und Wasser vollgepumpt worden war. Er hätte weinen mögen.

»Ist schon okay, Martin«, sagte Richard Moat und schlug ihm auf den Rücken, »Sie sind unter Freunden.«

Ohne ihn zu fragen, ob er überhaupt hingehen wollte, setzte Richard ihn davon in Kenntnis, dass er ihm an der Kasse eine Karte für die Radioaufzeichnung hatte zurücklegen lassen. Aber als Martin dort nachfragte, sagte ein gleichgültiges Mädchen hinter dem Schalter zu einem anderen gleichgültigen Mädchen: »Haben wir Freikarten auf Richard Moats Namen?« Das andere Mädchen zog ein Gesicht und schaute sich um, während das erste wieder auf ihren grellen Bildschirm blickte.

Martin starrte auf ein Plakat für Richards Show, eine Nahaufnahme von Richards komisch verzogenem Gesicht. Darunter stand: »Richard Moat – Komisches Viagra für den Kopf«. Martin fand das eher abstoßend als einladend.

Als keins der beiden Mädchen ihn weiter beachtete, deutete Martin auf den schiefen hölzernen Kasten an der Rückwand. Unter jedes Fach war mit Tesafilm ein Namensschild geklebt. Das Fach »Richard Moat« enthielt einen weißen Umschlag. Das zweite gleichgültige Mädchen las den Namen auf dem Umschlag. »Martin Canning?«, sagte sie argwöhnisch und reichte ihm den Umschlag, ohne eine Bestätigung abzuwarten. Er kontrollierte die Karte und fand eine handgeschriebene Nachricht: »Ihr Wagen steht vor Macbet im Leith Walk, Gruß, R.«

»Kann ich gleich rein?«, fragte Martin, und das erste Mädchen sagte, ohne vom Bildschirm aufzublicken: »Nein, Sie müssen sich anstellen.«

»Danke«, sagte er, unsichtbar und ungehört, und reihte sich in die Schlange ein. Und dann stieg der Mann mit dem Baseballschläger aus dem Honda.

7

Jackson kämpfte sich die Royal Mile hinauf, durch die Menschenmassen, vorbei an Ständen mit billigen schottischen Souvernirs, bis er schließlich vor der Burg haltmachte, die wie eine Festung der Katharer auf dem vulkanischen Felsen emporragte.

Er bezahlte den Eintrittspreis, ging die Esplanade entlang, passierte zwei hohe Gerüste, die für das Edinburgh Tattoo, den Zapfenstreich, errichtet worden waren – »Der Zapfenstreich ist zu hundert Prozent ausverkauft«, hatte Julia neidisch gesagt, und Karten waren so selten wie »Goldstaub«, doch ein paar Minuten nach ihrer Ankunft in Edinburgh schenkte ihr ein Fremder (angeblich ein Dudelsackpfeifer, obwohl Jackson keine Anzeichen eines Dudelsacks entdeckte) Freikarten für den Zapfenstreich. Sie versuchte, sie Jackson anzudrehen, aber er konnte sich nichts Schlimmeres vorstellen, als zwei Stunden in der Dunkelheit und sommerlichen Feuchtigkeit zu sitzen und ein kitschiges Spektakel anzusehen, das nichts mit der militärischen Wirklichkeit zu tun hatte.

»Betrachte es nicht als etwas Militärisches, sondern als Theater. Massenhaft Dudelsäcke und Trommeln«, sagte Julia und las aus dem Programmheft vor, das ihr der angebliche Dudelsackspieler überreicht hatte, »und eine Stuntshow mit Armeemotorrädern.

Highland-Tänzer? Und, schau nur, ›Russischer Kosakentanz‹. Das hört sich doch gut an, oder?«

»Nein.«

Jackson konnte sich nicht vorstellen, dass für Julias Stück auch nur eine Karte verkauft wurde, dass jemand tatsächlich gutes faltbares Geld zahlte, um *Auf der Suche nach dem Äquator in Grönland* zu sehen.

Die Burg war ein Monster von Gebäude, von unten gesehen märchenhaft schottisch, aber kaum befand man sich innerhalb ihrer finsteren Mauern, war es feucht und unheilvoll. (Dieses Stück Edinburgh hätte seinem Vater vielleicht gefallen.) Die Burg wirkte nicht wie ein Werk der Baukunst, sondern wie etwas organisch Gewachsenes, der behauene Stein war mit dem rauen schwarzen Basalt des Felsens und seiner eigenen blutigen Geschichte verschmolzen. Jackson kaufte einen Führer, nahm jedoch kein Audiogerät, er hasste diese Dinger, die monotone Stimme irgendeiner Frau (es war immer eine Frau), die vorverdaute Stücke Information ausspie. Wie die Stimme seines GPS (»Jane«). Er hatte es bei seinem GPS mit anderen Stimmen versucht, aber vergeblich: Die französische war zu sexy, die amerikanische zu amerikanisch, und selbst wenn er die Sprache verstünde, glaubte er nicht, dass er einer italienischen Stimme vertrauen könnte, die ihm den Weg wies, deswegen kehrte er immer wieder zu den leise insistierenden Tönen von Jane zurück, einer Frau, die glaubte, immer recht zu haben. Es war, als säße er mit seiner Frau im Wagen. Mit seiner Exfrau.

Er hatte Julias Fotoapparat dabei und machte ein paar Aufnahmen von der Brustwehr. Julia fotografierte nie die Aussicht, sie war der Ansicht, dass Bilder ohne Leute belanglos waren, und so bat er eine Gruppe Japaner, ihn neben der One O'Clock Gun aufzunehmen. Die Japaner schienen das wahnsinnig komisch zu finden und bestanden darauf, neben ihm zu posieren, bevor sie wie ein Schwarm Fische ihrem Führer hinterhereilten.

Julia grinste immer in die Kamera, als wäre es der glücklichste Tag ihres Lebens. Manche Leute hatten's eben, andere nicht. Jackson hingegen neigte zur Verdrossenheit. Vielleicht nicht nur auf Fotos. Julia hatte einmal zu ihm gesagt, dass er eine »etwas bedrohliche Haltung« habe, eine Wahrnehmung seiner Person, die er beunruhigend fand. Für das Foto mit den Japanern versuchte er es mit einer etwas gütigeren Aura. Einen Augenblick beneidete Jackson sie. Es konnte angenehm sein, zu einer Gruppe zu gehören. Die meisten Leute hielten ihn für einen Einzelgänger, aber er hatte den Verdacht, dass er sich in Institutionen stets am wohlsten gefühlt hatte, bei der Armee und dann bei der Polizei. Jacksons Ansicht nach wurde das Individuum überschätzt.

Er fand einen Tisch vor dem Café, trank eine Tasse Tee und aß einen Kuchen, Zitrone-Mohn. Die Mohnsamen im Kuchen sahen aus wie Insekteneier, und er ließ den größten Teil stehen. Julia war der Ansicht, dass kein Ausflug etwas taugte, wenn er nicht mit Tee und Kuchen endete. Er kannte Julias Ansichten. Er hätte an einer dieser *Mann-und-Frau*-Quizsendungen teilnehmen und alle Fragen über ihre Vorlieben und Abneigungen beantworten können. Er fragte sich, ob das Gleiche auch für sie galt. Er wusste es wirklich nicht.

Ein aufgeregtes Raunen ging dem Abfeuern der One O'Clock Gun voraus. Angeblich waren die Bürger von Edinburgh zu geizig gewesen, um für zwölf mittägliche Kanonenschläge zu zahlen, und hatten sich mit einem Schuss um ein Uhr begnügt. Jackson fragte sich, ob das stimmte. Waren die Schotten wirklich geizig? Er war selbst ein halber Schotte (obwohl er sich nicht so fühlte) und meinte, stets großzügig mit Geld umgegangen zu sein, auch als er noch keines gehabt hatte. Jetzt, da er Geld hatte, versuchte er, es nah und fern zu verteilen – Diamantohrringe für Julia, eine Kuhherde für ein Dorf irgendwo in Afrika. Heutzutage konnte man im Internet Wohltätigkeit so mühelos einkaufen wie in den Cyberregalen von Tesco.com, Ziegen und Hühner in den »Warenkorb« legen, als wären es Pakete mit Zucker und Dosen mit Bohnen.

Seitdem er das Geld geerbt hatte, suchte Jackson nach Wegen, sein Gewissen davon zu entlasten – das war der Puritaner in ihm, die leise Stimme, die sagte, wenn du nicht dafür gelitten hast, dann hast du es dir nicht verdient. An Julia bewunderte er, dass sie durch und durch Hedonistin war. Es war ja nicht so, als hätte Julia im Leben nicht gelitten, das hatte sie, mehr als Jackson. Beide hatten sie eine Schwester gehabt, die ermordet worden war, beide waren sie mutterlos aufgewachsen, Jacksons älterer Bruder und Julias ältere Schwester hatten sich beide umgebracht. Unglück über Unglück. Dinge, über die man nicht gern sprach, weil es normalerweise keine gute Idee ist, vor anderen so viel Nichtwiedergutzumachendes zu enthüllen. Und das war das Gute an Julia: Ihr Familienhintergrund war noch kaputter als seiner. Sie waren zwei auf verrückte Weise Hinterbliebene.

Jackson und Julia hatten Seite an Seite in einem Leichenschauhaus der Polizei gestanden und die zerbrechlichen Vogelknochen von Julias seit vielen Jahren vermisster Schwester Olivia betrachtet. So etwas wirft einen langen Schatten auf die Seele, und Jackson befürchtete, dass es diese Erfahrung von Verlust war, die sie zu wahren Herzensverwandten machte. Er argwöhnte, dass es vielleicht keine gesunde Sache war – andererseits, war geteiltes Leid nicht eine stärkere Bindung als zum Beispiel eine gemeinsame Vorliebe fürs Skifahren oder für thailändisches Essen oder all die anderen Dinge, auf die Paare ihr Leben gründeten?

»Ein Paar?«, sagte Julia nachdenklich, als er dieses Thema ansprach. »Siehst du uns so?«

»Du nicht?«, fragte er plötzlich beunruhigt, und sie lachte und sagte »Doch natürlich« und warf den Kopf zurück, so dass ihre Locken herumhüpften wie Sprungfedern. Er kannte diese Bewegung gut, sie bedeutete fast immer, dass Julia sich verstellte.

»Du siehst uns nicht als Paar?«

»Ich sehe uns als dich und mich«, antwortete Julia, »zwei Menschen, nicht eine Einheit.«

Etwas, was Jackson an Julia mochte, war ihre Unabhängigkeit, etwas, was er an Julia nicht mochte, war ihre Unabhängigkeit. Sie führte ihr eigenes Leben in London, Jackson besuchte sie. Und sie besuchte ihn in seinem Haus am Fuß der Pyrenäen, wo sie in riesigen Steinkaminen Holzfeuer machten, viel Wein tranken, viel Sex hatten und davon sprachen (oder vielmehr sprach Julia davon), sich einen Pyrenäenberghund zuzulegen. Manchmal fuhren sie zusammen nach Paris, sie beide mochten Paris, aber Julia kehrte immer nach London zurück. »Ich bin wie eine Urlaubsaffäre für dich«, beklagte sich Jackson, und Julia sagte: »Aber das ist doch wunderbar, oder?«

Zu ihrem Geburtstag im April fuhr Jackson mit ihr nach Venedig ins Cipriani, und sie mussten feststellen, dass eine Woche von einem, ganz zu schweigen von beidem, ein bisschen zu viel des Guten war. Julia meinte, es sei, als hätte man den besten Kuchen der Welt entdeckt und würde nichts anderes mehr essen, so dass man »dessen überdrüssig wird, wonach man sich am meisten gesehnt hat«. Jackson fragte sich, ob sie aus einem Stück zitierte, was sie häufig tat und er selten begriff. »Ich mag sowieso keine Süßigkeiten«, erwiderte er etwas missmutig.

»Umso besser für dich, dass das Leben keine Schachtel Pralinen ist, oder?«, sagte sie. Die Anspielung wiederum verstand er. *Forrest Gump.* Er hasste den Film. Dabei fuhren sie gerade mit einem Vaporetto den Canal Grande entlang, und als sie an der Santa Maria della Salute vorbeikamen, hatte Jackson nichts Besseres zu tun, als Julia anzuschnauzen. Gleichgültig, wo sie waren, es war immer wie auf einer Bühne. Julia war hochzufrieden.

An ihrem Geburtstag machte Jackson mit Julia eine Gondelfahrt – gleichzeitig mit fast allen anderen Venedig-Touristen.

»Er wird doch nicht singen, oder?«, flüsterte Julia, als sie sich auf das rote Samtbänkchen setzten. »Ich hoffe nicht«, sagte Jackson. »Ich glaube, dafür muss man extra zahlen.«

Der Gondoliere mit seiner gestreiften Weste und dem Strohhut wirkte wie ein schreckliches Touristenklischee und erinnerte Jackson an das Staken auf dem Fluss in Cambridge. In Cambridge hatte Jackson in der »Vor«-Zeit gelebt, dort war Julia aufgewachsen, dort wuchs jetzt seine Tochter auf. Früher hatte Jackson Cambridge nie als Zuhause betrachtet, Zuhause war (merkwürdigerweise) die Armee oder der dunkle Ort, wo er selbst groß geworden war, ein Ort, an dem es in seiner Erinnerung und möglicherweise auch in Wirklichkeit ständig regnete. Jetzt, da ihn der Fluch des Rückblicks eingeholt hatte, begriff er, dass Cambridge vielleicht ein richtiges Zuhause gewesen war – ein sicherer Ort mit einer Frau, einem Haus und einem Kind. Eine weitere Institution. Vorher und nachher – so teilte er sein Leben ein. In vor und nach dem Geld.

Der Gondoliere sang nicht, und die Fahrt war letztlich doch nicht so klischeehaft. Nachts war Venedig noch großartiger, die Lichter glitzerten auf dem schwarzen Wasser wie sanft schimmernde Juwelen, und in dem schmalen Kanal erwartete sie hinter jeder Ecke eine Überraschung – Jackson spürte Poesie in seiner

Seele aufsteigen, bis Julia ihn anzischte: »Du wirst mir doch keinen Heiratsantrag machen, oder?«

Er hatte an nichts dergleichen gedacht, aber kaum hatte sie es erwähnt – in genau dem Tonfall, in dem sie ihre Angst bezüglich des singenden Gondoliere zum Ausdruck gebracht hatte –, war er sauer auf sie. Warum sollte er ihr keinen Heiratsantrag machen, wäre das so schrecklich? Er wusste, dass es nicht die richtigen Umstände waren (Venedig, Geburtstag, Gondel etc.), um einen Streit vom Zaun zu brechen, aber er konnte sich nicht bremsen. »Du würdest also ablehnen, wenn ich dich fragen würde?«, sagte er unsicher.

»Ist das ein Antrag, Jackson?«

»Nein. Ich will nur wissen, ob du Nein sagen würdest, wenn ich dich fragen würde.«

»Ja, natürlich würde ich das.« Sie waren in einen Stau geraten, schoben sich an einer großen Gondel mit einer Ladung Amerikaner vorbei. »Sei doch vernünftig, Jackson, wir sind beide nicht der Typ, der heiratet.«

»*Ich* schon«, sagte Jackson. »Und du warst nie verheiratet, woher willst du es also wissen?«

»Das ist ein Scheinargument.« Julia wandte ihr Gesicht ab und blickte übertrieben aufmerksam zu den Fenstern irgendeines Palazzos hinauf. Die Gondel schaukelte auf dem Wasser, als der Gondoliere sie endlich an den Amerikanern vorbeimanövrierte.

»Wie siehst du eigentlich unsere Beziehung?«, beharrte er. Er wusste, er sollte es nicht. »Sehen wir uns nur hin und wieder, wann immer dir danach ist, vögeln uns zu Tode, und nach ein paar Jahren hast du es satt, und dann ist es aus? Siehst du es so? Herrgott, Julia«, sagte er sarkastisch, »du warst noch nie so lange mit jemandem zusammen. Was war dein bisheriger Rekord – eine Woche?«

»Mann, du hast wirklich darüber nachgedacht, stimmt's, Jackson?«

»Natürlich habe ich darüber nachgedacht. Du etwa nicht?«

»Offenbar nicht bis in so grässliche Einzelheiten«, sagte Julia nachsichtig. »Glaubst du wirklich, Schatz, dass wir verhindern könnten, uns miteinander zu langweilen, wenn wir verheiratet wären?«

»Nein, aber darum geht es nicht.«

»Doch, darum geht es. Hör auf, Jackson, sei nicht so ein Brummbär, du verdirbst uns den schönen Abend.«

Aber der Abend war bereits verdorben.

Er war nicht sicher, ob er Julia wirklich heiraten wollte, aber ihre absolut negative Einstellung in dieser Frage fand er beunruhigend. Er konnte das Thema nicht wieder ansprechen, ohne einen Riesenstreit heraufzubeschwören, und diese Tatsache nagte erstaunlich heftig an ihm.

Die One O'Clock Gun dröhnte über die Stadt hinweg, und die Touristen zuckten pflichtbewusst zusammen und lachten. Es schien mehr mit Theater zu tun zu haben als mit der Angabe der Uhrzeit, eine Show für die Japsen und die Amis. Nicht zu vergleichen mit wirklichem Geschützfeuer. Richtiges Geschützfeuer grollte und krachte geheimnisvoll in der Ferne oder explodierte so laut neben einem, dass einem die Trommelfelle platzten.

In der Burg schaute er sich das Scottish National War Memorial an. Er war überrascht, wie schön es innen war – Arts-and-Crafts-Stil, das wusste er von Julia. Die Namen der Toten, so vieler Toter, waren in dicken roten Büchern notiert. Drei Großonkel von ihm (drei Brüder, Gott stehe ihrer Mutter bei) waren irgendwo in diesen Listen aufgeführt, aber er suchte nicht nach ihnen. Überall auf der Welt hatten Schotten geholfen, das British Empire zu errichten, und waren dafür gestorben. Sein Vater hatte im Zweiten Weltkrieg nicht gekämpft, weil die Arbeit in den Kohlebergwerken vorging. »Als wäre es eine gemütliche Alternative gewesen«, höhnte sein Vater, »doppelte Schichten in den Eingeweiden der Erde zu arbeiten.« Als Jackson mit sechzehn von der Schule abging, wollte auch er in die Grube, aber sein Vater sagte, dass er nicht sein ganzes Leben »in diesem dreckigen Höllenloch« geschuftet habe, nur damit sein Sohn es ihm nachtat. Jackson ging also zur Armee, zu einem Yorkshire-Regiment, weil Yorkshire sein Zuhause war, nicht dieser Ort aus grauem Stein und heftigem Wind. Francis, sein Bruder, hatte als Schweißer bei der Bergbaugesellschaft gearbeitet, und sein Vater hatte nicht versucht, ihn aufzuhalten. Aber Francis war schon tot, als Jackson sechzehn wurde, und Jackson war das einzige Kind, das seinem Vater geblieben war, und er vermutete, dass er dadurch irgendwie kostbarer geworden war, nicht, dass der alte Mann es je gezeigt hätte.

Die Reihen der Toten (der Tod war so weit verbreitet), die Gedenktafeln für die Gefallenen, für die Frauen, für die Matrosen der Handelsmarine ließen ihn relativ kalt. Nicht einmal die Zeile aus dem Gedicht von Binyon, *Wenn die Sonne untergeht und am Morgen/gedenken wir ihrer,* auf dem Women's Services Memorial konnte ihn wie gewöhnlich rühren; etwas ganz anderes bewegte ihn – ein kleines Relief, das auf Kniehöhe in den Stein gemeißelt war und einen Käfig mit Kanarienvögeln und eine kleine Schar Mäuse darstellte. »The Tunnellers' Friends«, die Freunde der Bergarbeiter, besagte die Inschrift. Er blinzelte die Tränen zurück, hustete und räusperte sich männlich, um seine Rührung zu verbergen. Julia wäre daneben auf die Knie gesunken und hätte den Stein gestreichelt, als wäre er ein Tier. Wahrscheinlich hätte sie ihn geküsst. Er könnte mit ihr wiederkommen. Es würde ihr gefallen.

Draußen ging er auf die andere Seite des Hofs und machte eine Aufnahme, aber er wusste bereits, dass es einfach nur wie ein Gebäude aussehen würde, wenn er es Julia zeigte.

Die Kamera hatte er letztes Weihnachten Julia geschenkt, eine nette handliche Digitalkamera von Canon, die ihm gefallen hatte. Die Fotos von Venedig befanden sich noch auf dem Chip, und während er im Café der Burg Tee trank, schaute er sich noch einmal die kleinen Farbbilder an, die wie Miniaturgemälde wirkten. Die ganze Woche war der Frühlingshimmel strahlend blau gewesen, so dass die Bilder auf dem Display wie Hintergründe von Canaletto wirkten, vor denen Julia oder Jackson posierten. Es gab nur zwei Fotos, auf denen sie beide zu sehen waren, eins auf der Rialtobrücke, aufgenommen von einem hilfsbereiten deutschen Touristen, und ein zweites, aufgenommen mit dem Selbstauslöser – beide saßen auf dem Bett im Cipriani und stießen mit Champagner an. Sie hatten das Foto gemacht, kurz bevor sie zu der Gondelfahrt aufbrachen.

Julia war sehr fotogen, ihr Lippenstiftmund strahlte auf jedem Bild. Sie hatte ein großartiges Lächeln. Jackson seufzte, zahlte die Rechnung für den Tee und den Kuchen, legte ein großes Trinkgeld auf den Tisch und verließ die Burg.

Menschenmassen wälzten sich die Royal Mile hinunter wie die Lava, die einst die Landschaft aus dem Feuer erschaffen hatte, wichen Hindernissen aus – der Statue von David Hume, einem Pantomimen, einem Dudelsackpfeifer, mehreren studentischen Theatergruppen, Leuten, die (jede Menge) Flugblätter verteilten, einem weiteren Dudelsackpfeifer, einem Feuerschlucker, einem Jongleur, der mit Feuer jonglierte, einer Frau, gekleidet wie Maria, Königin der Schotten, einem Mann, gekleidet wie Sherlock Holmes. Noch einem Dudelsackpfeifer. Es war definitiv eine Stadt *en fête*. Ein merkwürdiger Gedanke, dass irgendwo – weit weg in einem fremden Land, von dem die Leute nichts wussten – Krieg geführt wurde. Aber andererseits wurde immer irgendwo Krieg geführt. Krieg war die *condition humaine*. Der Krieg hatte Jackson seinerzeit ernährt, gekleidet und bezahlt, also sollte er sich vielleicht nicht beklagen. (Aber irgendjemand sollte es tun.)

Er ging zum Holyrood Palace, kaufte sich eine Tüte Pommes und ging die Royal Mile wieder hinauf. Ein weiterer Tag, an dem nichts passiert ist, dachte er. Das war gut, ermahnte er sich – wie lautete der chinesische Fluch? *Mögest du in interessanten Zeiten leben*. Ein *wenig* interessanter wäre also nicht zu viel verlangt. Er erinnerte sich an Honda-Mann und den Peugeot-Fahrer, für sie war es ein interessanter Tag gewesen. Er hatte Gewissensbisse, weil er sich nicht wie ein engagierter Bürger verhalten und das Autokennzeichen von Honda-Mann gemeldet hatte. Er wusste es noch, er hatte ein gutes Gedächtnis für Zahlen, obwohl er mit Mathe nichts anfangen konnte – eine der vielen verblüffenden Anomalien des Gehirns.

Er musste aussehen, als gehörte er hierher, denn jemand, ein Schwede oder Norweger, fragte ihn nach dem Weg, und Jackson sagte: »Tut mir leid, ich bin auch ein Fremder.« Man sagte das anders, oder? *Fremder – Ich bin fremd hier,* war der korrekte Ausdruck. Ein »Fremder« zu sein implizierte Außenseiter, Bedrohung. »Ein Tourist«, fügte er zur Klärung hinzu. »Ich bin auch Tourist.«

8

Gloria öffnete die Haustür und stand zwei weiteren Polizistinnen gegenüber. Sie sahen den beiden von vorhin sehr ähnlich, als wären sie alle aus demselben Nest geschlüpft.

»Mrs Hatter?«, sagte eine. Ihre Miene ließ auf schlechte Nachrichten schließen. »Mrs Gloria Hatter?«

Graham war nicht, wie Gloria gedacht hatte, bei einem Krisentreffen mit seinen Buchhaltern am Charlotte Square, sondern in der Notaufnahme des neuen Royal Infirmary. Er hatte einen Herzinfarkt in einem Zimmer des Apex Hotel erlitten in Gesellschaft von jemandem, der unter dem Namen »Jojo« lief. Jojo hießen Glorias Ansicht nach nur Clowns, aber hier handelte es sich um ein Callgirl, was nur ein anderes Wort für Hure war.

»Man sollte das Kind beim Namen nennen«, sagte Gloria und seufzte.

Die Polizistinnen (»PC Clare Deponio, und das ist PC Gemma Nash«) sahen aus wie junge Mädchen, die sich für ein Kostümfest Polizeiuniformen ausgeliehen hatten. »Ein Telefonanruf hätte es auch getan«, sagte Gloria zu ihnen. Sie kochte Tee, und dann saßen sie auf dem mit pfirsichfarbenem Damast bezogenen Sofa in ihrem in Pfirsichtönen gehaltenen Wohnzimmer, balancierten die Tassen und Untertassen des Royal-Doulton-Service steif auf den Knien und knabberten höflich an Glorias selbst gemachtem Shortbread. Gloria war überzeugt, dass sie Besseres zu tun hatten, aber sie schienen dankbar für die Verschnaufpause. »Es ist eine Abwechslung«, sagte die eine (Clare). Sie hätten viel zu tun, sagte Gemma, weil eine »Sommergrippe« die Polizisten des Bezirks Lothian und Borders umhaute »wie Kegel«.

»Sie haben ein schönes Haus«, sagte Clare anerkennend. Gloria blickte sich im pfirsichfarbenen Wohnzimmer um und versuchte, es mit den Augen einer Fremden zu sehen. Was würde sie vermissen, wenn ihr alles weggenommen würde? Die Moorcroft-Vase? Die chinesischen Teppiche? Die Staffordshire-Figuren? Sie mochte ihre Staffordshire-Sammlung. Das Bild über dem Kamin, ein Gemälde aus dem neunzehnten Jahrhundert, auf dem ein Hirsch von einer Meute wütender Hunde in die Enge getrieben wird – ein Geschenk von Murdo Miller zu Grahams sechzigstem Geburtstag –, würde sie allerdings nicht vermissen. Und die hässliche Auszeichnung zum schottischen Geschäftsmann des Jahres, die auf dem Ehrenplatz auf dem Kaminsims stand, erst recht nicht. Die Figur stand neben dem Hochzeitsfoto von Gloria und Graham, dem einzigen Foto, das sie von diesem Tag hatten.

Sollte ein Feuer ausbrechen und Graham müsste zwischen dem Foto und der Auszeichnung zum schottischen Geschäftsmann des Jahres wählen, zweifelte Gloria nicht daran, dass er die hässliche Skulptur aus Kunstharz retten würde. Ja, sie war sich ziemlich sicher, dass er, müsste er wählen zwischen dem Preis und Gloria, den Preis ihr vorziehen würde.

Die Polizistin namens Clare nahm das Hochzeitsfoto in die Hand und sagte mit schräg gelegtem Kopf, mitfühlend, als wäre Graham bereits abgeschrieben: »Ist das Ihr Mann?« Gloria fragte sich, ob es seltsam war, dass sie Tee aus einer zerbrechlichen Doulton-Tasse trank, statt theatralisch in die Notaufnahme zu rasen und ihre eheliche Pflicht zu erfüllen. Die unanfechtbare Tatsache namens Jojo schien diesen Imperativ durchkreuzt zu haben. Ein Schmutzfleck auf der triumphalen Möglichkeit von Grahams Ableben.

Gloria nahm Clare das Foto aus der Hand und betrachtete es. »Das ist neununddreißig Jahre her.«

Gemma meinte: »Sie sollten einen Orden für langjährige Verdienste bekommen«, und Clare sagte: »O Gott, das ist ja eine Ewigkeit her, entschuldigen Sie meine Ausdrucksweise. Was passiert ist«, fügte sie hinzu, »ist eine Schande, so wie er gefunden wurde. Nicht angenehm für Sie.«

»Sie sind alle Wichser«, murmelte Gemma, die kein Blatt vor den Mund nahm.

Der schwere Silberrahmen konnte die Tatsache nicht verbergen, dass das Hochzeitsfoto nicht von einem professionellen Fotografen aufgenommen worden war. Es war vergilbt und sah aus wie ein Schnappschuss, den ein unfähiger Verwandter gemacht hatte (was es auch war). Gloria wunderte sich über die Nachlässigkeit der beiden Elternpaare, die verschuldet hatten, dass es kein würdigeres Zeugnis von diesem Tag gab.

Gloria bedauerte, dass es keine weiße Hochzeit mit allem Drum und Dran gewesen war, denn dann besäße sie jetzt ein großes weißes ledergebundenes Album mit Fotos, die sie sich anschauen könnte, Fotos, die bewiesen, dass sie einst eine Familie hatte, die sie mehr liebte, als ihr damals klar gewesen war, und in dem Album sähen alle für immer gut aus. Und Gloria stünde im Mittelpunkt, strahlend und schlank, nicht ahnend, dass ihr das Leben bereits durch die Finger zu gleiten begann. Gloria war überrascht, dass

Graham in einem Apex Hotel gewesen war, das war überhaupt nicht sein Stil.

Es war eine eher braune Hochzeit gewesen. Graham hatte einen supermodernen Anzug an in der Farbe, die in Glorias Kindheit alle vergnügt »negerbraun« genannt hatten. Gloria trug einen Pelzmantel, den sie in einem Secondhandladen am Grassmarket gekauft hatte. Der Mantel im Stil der Vierzigerjahre war aus kanadischem Biber, gefertigt zu einer Zeit, als noch keiner darüber nachdachte, ob es falsch war, Pelz zu tragen. Heutzutage hätte Gloria nicht mehr die Haut eines anderen Tieres über ihre eigene gezogen, aber so, wie sie es jetzt sah, waren die Tiere damals bereits lange tot gewesen und hatten das glückliche, unkomplizierte Leben kanadischer Vorkriegsbiber gelebt.

Wenn Gloria das weiße ledergebundene Album hätte, wäre darin das Andenken an ihre Mutter, ihren Vater und ihre ältere Schwester bewahrt. Und natürlich an Jill, »die Erste, die von uns gegangen ist«, die mit einer Schar Schulfreundinnen gekommen war und bis tief in die Nacht getrunken hatte, lange nachdem alle anderen schon zu Bett gegangen waren. Glorias Bruder Jonathan wäre nicht auf den Fotos, er war bereits mit achtzehn gestorben. Gloria war erst vierzehn, als Jonathan starb, und das Kind in ihr hatte angenommen, dass er irgendwann zurückkommen würde. Jetzt, da sie älter war und wusste, dass er nicht mehr zurückkehren würde, vermisste sie ihn noch mehr als damals.

Während sie zusah, wie die jungen Polizistinnen in ihren Streifenwagen stiegen, dachte Gloria an Graham, wie er auf einem Doppelbett lag, das furnierte Kopfende hinter sich, und durch die Fernsehkanäle zappte, während er ein Steak mit Pommes frites und einer erbärmlichen kleinen Salatgarnitur aß, eine halbe Flasche Rotwein trank und auf die Frau wartete, die professionellen Sex mit ihm haben sollte. Wie oft hatte er sie schon auf diese schäbige Weise betrogen, während sie zu Hause saß, allein vor dem Bang & Olufsen BeoVision Avant? Hatte sie es nicht tief in ihrem Innern gewusst? Unbedarftheit war keine Entschuldigung für Unwissenheit.

Beiläufig schaute Gloria an sich hinunter. Sie hatte eine unförmige kamelhaarfarbene Strickjacke aus Kaschmir von Jenners an, mit Messingknöpfen, die man nur als geschmacklos bezeichnen konnte. Und ihr wurde schlagartig bewusst, dass sie die Art Kleidung trug, die ihre Mutter getragen hätte, so sie mehr Geld gehabt hätte. Das matronenhafte Kaschmir schien etwas zu bestätigen, was Gloria schon eine Weile vermutete, nämlich dass sie geradewegs von der Jugend ins Alter übergewechselt und die gute Zeit dazwischen irgendwie ausgelassen hatte.

Das war kein unbekanntes Gefühl. Gloria hatte oft den Eindruck, ihr Leben sei eine Reihe Räume, die sie erst betrat, kaum hatten alle anderen sie bereits verlassen. Bei ihrer Geburt war der Krieg ein knappes Jahr zu Ende und in ihrem Elternhaus noch omnipräsent. Ihr Vater hatte »mit Monty« gekämpft – als hätten sie Seite an Seite in der Schlacht gestanden –, während ihre Mutter sich an der Heimatfront engagierte, heroisch Gemüse anbaute und Hühner hielt.

Gloria wuchs in dem Gefühl auf, etwas Bedeutendes unwiederbringlich verpasst zu haben (was natürlich stimmte), als wäre dadurch ihr Leben geschmälert. Ebenso erging es ihr mit den Sechzigerjahren. Letztlich hatte sie ihre prägenden Jahre in dem Niemandsland zwischen zwei revolutionären Epochen verbracht. Als die Sechziger in vollem Gange waren, war Gloria bereits verheiratet und schrieb Einkaufslisten auf abwaschbare »Memotafeln«.

Hätte Gloria noch einmal von vorn anfangen können, sie wäre im Pub auf der George IV Bridge nicht vom Barhocker gerutscht und mit Graham gegangen. Sie hätte zu Ende studiert, wäre nach London gezogen, hätte hohe Absätze und schlichte Businesskostüme getragen (und ihre Figur behalten), an Wochenenden getrunken und mit so vielen verschiedenen Männern geschlafen, dass sie sich nicht mehr an ihre Namen, geschweige denn an ihre Gesichter, erinnern könnte. Sie blickte auf die Uhr und stellte fest, dass die Auktion bei eBay zu Ende war. Ob jemand sie bei den Staffordshire-Windhunden überboten hatte? Noch auf der Schwelle zum Tod war auf Graham Verlass, wenn es darum ging, ihr den Spaß zu verderben.

Auf der Fahrt zu dem neuen Krankenhaus in Little France übte Gloria die Art Gespräch, die sie mit Graham führen wollte. Obwohl ihr Gemma und Clare erklärt hatten, dass er bewusstlos war, hatte sich Gloria nicht vorgestellt, dass er deswegen nicht reden konnte. Graham *redete*, das machte ihn zu Graham, und als sie in der Notaufnahme eintraf, wo er an ein Sortiment blinkender und piepender Monitore angeschlossen war, erwartete sie, dass er den Mund aufmachte und etwas typisch Graham'sches sagte (»Du hast dir verdammt viel Zeit gelassen, Gloria«). Seine absolute Passivität verwirrte sie.

Der Arzt in der Notaufnahme erklärte, dass Grahams Herz »überlastet« gewesen und stehen geblieben sei. Sein »System« sei lange Zeit »unten« gewesen, was den derzeitigen komatösen Zustand zur Folge hatte, von dem er sich eventuell wieder erholen würde oder auch nicht. »Wir schätzen«, sagte der Arzt zu Gloria, »dass ungefähr einer von hundert Männern während des Geschlechtsaktes stirbt. Der Puls eines Mannes, der mit seiner Frau schläft, beträgt neunzig Schläge pro Minute, mit einer Geliebten steigt er auf einhundertsechzig.«

»Und mit einem Callgirl?«, fragte Gloria.

»Schießt er vermutlich noch höher«, sagte der Arzt gut gelaunt. »Er hätte natürlich schneller reanimiert werden können, wenn er nicht gefesselt gewesen wäre.«

»Gefesselt?«

»Das Mädchen, das bei ihm war, hat versucht, ihn wiederzubeleben, sie scheint recht einfallsreich zu sein.«

»Gefesselt?«

Gloria fand das fragliche einfallsreiche Callgirl mit dem Clownsnamen Jojo im Wartezimmer der Notaufnahme. Ihr richtiger Name war offenbar Tatiana.

»Ich bin Gloria«, sagte Gloria.

»Hallo, Gloria«, sagte Tatiana. Ihre satten L ließen die Begrüßung etwas düster klingen, als wäre sie eine Schurkin aus einem James-Bond-Film.

»Seine Frau«, stellte Gloria klar.

»Ich weiß. Graham spricht von Ihnen.«

Gloria fragte sich, zu welchem Zeitpunkt einer Transaktion zwischen Graham und einem Callgirl ihr Name fallen könnte. Vorher, nachher – während?

»Nicht während«, sagte Tatiana. »Er kann nicht sprechen während.« Auf Glorias unausgesprochene Frage hin zog sie die ausdrucksstarken Augenbrauen in die Höhe. »Knebel«, ergänzte sie.

»Knebel?«, murmelte Gloria über einer Tasse Kaffee und einem Blätterteiggebäck im Café des Krankenhauses. Es war das erste Mal, dass sie im neuen Royal war, und sie war leicht desorientiert aufgrund der Tatsache, dass es einem Einkaufszentrum glich.

»Damit er nicht schreit«, sagte Tatiana sachlich und entrollte den Wirbel einer Rosinenschnecke, bevor sie ihn anmutig auf eine Weise kaute, die Gloria an die Eichhörnchen in ihrem Garten erinnerte.

Gloria runzelte die Stirn und versuchte sich vorzustellen, wie man in einem Apex Hotel ans Bett gefesselt werden konnte (keine Bettpfosten). »Was sagt er?«, fragte sie. »Wenn er reden kann.«

Tatiana zuckte die Achseln. »Dies und das.«

Gloria fragte: »Woher kommen Sie?«, und Tatiana sagte: »Tollcross«, und Gloria sagte: »Nein, ich meine ursprünglich«, und das Mädchen blickte sie aus seinen grünen Katzenaugen an und sagte: »Aus Russland, ich bin Russin«, und einen Augenblick lang sah Gloria endlose Wälder schlanker Birken und das Innere verrauchter fremdländischer Kaffeehäuser vor sich, obwohl das Mädchen wahrscheinlich in einem Betonhochhaus in einem entsetzlich trostlosen Vorort gelebt hatte.

Sie trug Jeans und ein ärmelloses Top. War das ihre Arbeitskleidung?

»Nein«, sagte sie, »hier ist Kostüm«, und deutete auf den Inhalt einer großen Tasche, die sie dabeihatte.

Gloria warf einen Blick auf Gürtelschnallen und Leder und eine Art Korsett, das Gloria einen surrealen Augenblick lang an das fleischfarbene medizinische Korsett ihrer Mutter erinnerte.

»Er ist gern unterwürfig.« Tatiana gähnte. »Mächtige Männer, sie sind alle gleich. Graham und seine Freunde. *Idjoten.*«

Seine *Freunde?* »Oh, Gott.« Gloria dachte an Pams Mann Murdo. Sie dachte an Pam, wie sie in ihrem brandneuen Audi A8 herumgondelte, in den Bridge-Club fuhr, ins Fitnesscenter, ins Plaisir du Chocolat zum Nachmittagstee. Während Murdo – was tat? Gloria schauderte.

Sie seufzte. War es das, was Graham wirklich wollte, nicht legere Kleidung von Windsmoor und Country Casuals, keine geschmacklosen Messingknöpfe, sondern eine Frau, die jung genug war, um seine Tochter zu sein, und die ihn verschnürte wie einen Truthahn? Es war seltsam, wie etwas, womit man überhaupt nicht gerechnet hatte, trotzdem keine Überraschung war.

Gloria bemerkte die winzigen goldenen Kruzifixe in Tatianas Ohren. War sie gläubig? Waren Russen jetzt, da sie keine Kommunisten mehr waren, religiös? Sie konnte nicht fragen, das tat man nicht. Nicht in Großbritannien. Im Urlaub auf Mauritius hatte der Taxifahrer, der sie vom Flughafen ins Hotel fuhr, Gloria gefragt: »Beten Sie?«, einfach so, fünf Minuten nachdem er sie aufgepickt und ihr Gepäck im Kofferraum verstaut hatte. »Manchmal«, sagte sie, was nicht stimmte, aber sie spürte, dass er enttäuscht wäre, wenn er erführe, dass sie gottlos war.

Gloria hatte noch nie verstanden, warum man ein Instrument der Folter und des Tötens als Schmuckstück tragen wollte. Genauso gut könnte man eine Schlinge oder eine Guillotine tragen. Zumindest waren Tatianas Kreuze schlicht, kein sich im Tod windender Christus darauf. Stießen die Kruzifixe manchmal die Kunden ab? Juden, Muslime, Atheisten, Vampire, wie fühlten sie sich dabei?

Ihr Vater, erzählte Tatiana plötzlich, sei ein »großer Clown« gewesen. (Das erklärte vielleicht ihren Künstlernamen.) Im Westen, so sagte sie, hielten sie Clowns für »Slapsticktrottel«, aber in Russland seien sie »existenzielle Künstler«. In einem plötzlichen Anfall slawischer Melancholie ließ sie den Kopf hängen und bot Gloria einen Kaugummi an, den diese jedoch ablehnte.

»Also nicht lustig?« Gloria holte fünfhundert Pfund am Bankomaten auf dem Flur des Krankenhauses. Sie hatte während des letzten halben Jahrs jeden Tag fünfhundert Pfund an Automaten abgehoben. Sie bewahrte das Geld in einem schwarzen Plastikmüllsack in ihrem Kleiderschrank auf. Bislang waren es zweiundsiebzigtausend Pfund in Zwanzig-Pfund-Scheinen. Es nahm erstaunlich wenig Platz ein. Gloria fragte sich, wie viel Platz eine Million brauchen würde. Sie mochte Bargeld, man konnte es anfassen, es tat nicht so, als wäre es etwas anderes. Auch Graham mochte Bargeld. Graham mochte Bargeld ein bisschen zu sehr, riesige Summen davon wurden auf den Konten von Hatter-Häuser gewaschen und kamen sauber wie neue weiße Wäsche wieder heraus. Graham scheute die altmodischen Wege – Waschsalons und Sonnenstudios –, die sein Freund Murdo noch nutzte. Pam schien keine Ahnung zu haben, dass das Kaschmir von Jean Muir und Ballantyne, das ihren Körper kleidete, mit gewaschenem Geld bezahlt wurde. Unwissenheit war nicht gleich Unschuld.

Gloria teilte sich das Geld aus dem Bankomaten mit Tatiana. Sie hatten sich schließlich beide, wenn auch auf unterschiedliche Weise, Grahams Geld verdient. In den Siebzigerjahren waren Frauen für »bezahlte Hausarbeit« auf die Straße gegangen. Sich für Sex bezahlen zu lassen schien ihr sinnvoller. Die Hausarbeit musste erledigt werden, ob man wollte oder nicht, aber Sex war freiwillig.

»O nein, ich habe keinen *Sex* mit ihnen«, sagte Tatiana. Sie lachte, als wäre es das Lächerlichste, was sie je gehört hatte. »Ich bin nicht *Idjot,* Gloria.«

»Aber Sie verlangen Geld?«

»Klar. Ist Geschäft. Alles ist Geschäft.« Tatiana rieb auf die Art der internationalen Geldsprache Daumen und Zeigefinger aneinander.

»Also, wofür bezahlen sie … genau?«

»Ohrfeigen. Fesseln. Schlagen. Befehle erteilen, Dinge tun.«

»Was für Dinge?«

»Sie wissen schon.«

»Nein, ich kann es mir nicht einmal vorstellen.«

»Meine Stiefel lecken, auf Boden kriechen, fressen wie Hund.«

»Nichts Nützliches wie zum Beispiel staubsaugen?«

Wer weiß – hätte Gloria Graham all die Jahre versohlen und wie einen Hund fressen lassen können? *Und sie wäre dafür bezahlt worden!*

»In Russland ich arbeite in *Bank*«, sagte Tatiana düster, als wäre eine Bank der gefährlichste Arbeitsplatz der Welt. »In Russland ich bin immer hungrig.«

Gloria fiel auf, dass sie sehr bewegliche Gesichtszüge hatte, und sie fragte sich, ob es etwas mit ihrem Clownvater zu tun hatte.

Als Gegenleistung für das Bargeld zog Tatiana von irgendwo aus dem Inneren ihres BH eine kleine rosa Visitenkarte und schrieb auf die Rückseite eine Handynummer und »Nach Jojo fragen«. Sie reichte Gloria die Karte. Auf der Vorderseite stand in schwarzen Lettern »*Hilfe* – stets zu Ihren Diensten!«. Das Ausrufezeichen vermittelte den Eindruck, dass *Hilfe* Kinderpartys mit Alleinunterhaltern und Luftballons belieferte. Wieder die Clowns, dachte Gloria. Irgendwo hatte sie dieses Logo schon mal gesehen, war *Hilfe* nicht eine Reinigungsfirma? Gloria kannte die rosa Kombis aus ihrer Gegend, und Pam hatte *Hilfe* gerufen, als ihre Putzfrau letztes Jahr einen Blasenvorfall hatte. Gloria putzte selbst, sie putzte gern. Es war eine nützliche Art, die Stunden zu füllen.

»Ja, klar.« Tatiana zuckte die Achseln. »Sie putzen, wenn Sie das wollen.« Das Wort »putzen« schien in Tatianas schwermütiger Sprechweise eine ganz neue Bedeutung anzunehmen, als wäre es paradoxerweise eine schmutzige (wenn nicht gar etwas makabre) Aktivität.

Die Karte war noch warm von Tatianas Busen. Gloria fühlte sich daran erinnert, wie sie Eier unter den Hühnern hervorgeholt hatte, die ihre Mutter noch hielt, nachdem der Krieg und die Notwendigkeit längst Vergangenheit waren. Tatiana steckte das Geld in ihren BH. Auch Gloria verbarg Wertgegenstände häufig in der Panzerung ihrer Unterwäsche in dem Glauben, dass selbst der unerschrockenste Dieb die Brustwehr ihres postmenopausalen 42EE »Doreen« von Triumph nicht überwinden würde.

Sie gingen zusammen zum Eingang des Einkaufszentrums / Krankenhauses, und Gloria erwarb unterwegs einen halben Liter Milch, ein Heft mit Briefmarken und eine Zeitschrift. Es hätte sie nicht überrascht, wenn draußen irgendwo eine Autowaschanlage gewesen wäre.

Den Eingang bildete eine riesige Luftschleuse auf der Vorderseite des Gebäudes, in der Leute herumstanden, mit ihren Handys telefonierten, auf Taxis oder andere Fahrgelegenheiten warteten oder eine Pause einlegten beim Gebären oder Sterben oder Behandeltwerden. Ein paar Patienten in Morgenmänteln und Slippern starrten niedergeschlagen durch das regennasse Glas in die Welt hinaus. Von der anderen Seite der Fenster starrten die Raucher hinein, ebenso niedergeschlagen.

Nach der Treibhausatmosphäre im Krankenhaus war es draußen kalt. Tatiana zitterte, und Gloria bot dem Mädchen ihren dreiviertellangen grünen Regenmantel von Dannimac an. Gloria sah damit aus wie der Inbegriff der Frau mittleren Alters, aber an Tatiana entfaltete er einen seltsamen nicht-Dannimac'schen Schick. Sie ließ Kaugummiblasen platzen und rauchte eine Zigarette, während sie sehr schnell Russisch in ihr Handy sprach. Gloria verspürte ein wenig Bewunderung für sie. Tatiana war so viel interessanter als ihre eigene Tochter.

»Das ist Überraschung für Sie«, sagte Tatiana, nachdem sie den Anruf beendet hatte.

»Ja«, sagte Gloria, »das kann man sagen. Ich dachte immer, er würde auf dem Golfplatz umfallen. Nicht, dass er schon gestorben wäre, natürlich.«

Tatiana tätschelte ihr die Schulter und sagte: »Machen Sie sich keine Sorgen, Gloria, bald ist es so weit.«

»Glauben Sie?«

Tatiana blickte in die Ferne wie eine Hellseherin und sagte: »Vertrauen Sie mir.« Dann schauderte sie noch einmal, diesmal nicht vor Kälte, und sagte: »Ich muss gehen.« Sie zog Glorias Dannimac mit einer eleganten, wenn auch theatralischen Bewegung aus, und Gloria fragte sich, ob sie eine Balletttänzerinnenausbildung hatte, aber sie schüttelte den Kopf und sagte: »Trapez.«

Das Letzte, was Gloria von Tatiana sah, war, wie sie in ein Auto mit schwarzen Scheiben stieg, das geräuschlos vorgefahren war. Einen Augenblick lang glaubte Gloria, es wäre Grahams Wagen, aber dann fiel ihr wieder ein, wo er war.

9

Die Krankenschwester mit dem freundlichen Lächeln kam zu Martin ins Wartezimmer. Sie setzte sich neben ihn, und einen Moment lang dachte Martin, sie würde ihn davon unterrichten, dass Paul Bradley gestorben war. Müsste er jetzt die Beerdigung arrangieren, da er doch irgendwie für ihn verantwortlich war?

»Es wird noch eine Weile dauern«, sagte sie. »Wir warten, bis der Arzt zurückkommt, dann wird er wahrscheinlich entlassen.«

»Entlassen?« Martin staunte, das Bild Paul Bradleys im Krankenwagen vor sich, Blut aus seinem Kopf auf dem Babydeckenleichentuch, in das er gewickelt war. Er hatte geglaubt, dass der Mann mit dem Tod kämpfte.

»Die Kopfverletzung ist nur oberflächlich, nichts gebrochen. Es gibt keinen Grund, warum er nicht nach Hause kann, solange Sie da sind und ihn für den Rest der Nacht im Auge behalten. Darauf achten wir, wenn jemand bewusstlos war, egal, wie kurz.«

Sie lächelte ihn noch immer an, weswegen er sagte: »Gut, okay. Kein Problem. Danke –?«

»Sarah.«

»Sarah. Danke, Sarah.« Sie schien sehr jung und klein, die Verkörperung der Sauberkeit, das blonde Haar zu einem festen Knoten gebunden, wie ihn Ballerinen tragen.

»Er hat gemeint, Sie sind ein Held«, sagte sie.

»Da täuscht er sich.«

Sarah lächelte, aber er war sich nicht sicher, worüber. Sie legte den Kopf schräg, ein Spatz von einem Mädchen. »Sie kommen mir bekannt vor«, sagte sie.

»Wirklich?« Er wusste, dass er ein leicht zu vergessendes Gesicht hatte. Er war eine leicht zu vergessende Person, eine immerwährende Enttäuschung für Fremde, wenn er ihnen in Fleisch und Blut gegenüberstand. »Oh, Sie sind so *klein!*«, hatte eine Frau nach einer Lesung letztes Jahr erklärt. »Nicht wahr?«, wandte sie sich zwecks Bestätigung an das versammelte Publikum, das ihr gern recht gab, alle nickten und lächelten, als hätte er sich vor ihren Augen gerade in einen Jungen verwandelt. Er war eins fünfundsiebzig groß, nicht gerade ein Zwerg.

Schrieb er wie ein kleiner Mann? Wie schrieben kleine Männer? Auf den Umschlägen seiner Bücher war noch nie ein Foto von ihm gewesen, vermutlich weil seine Verleger nicht glaubten, dass sie sich damit besser verkauften. »O nein«, sagte Melanie, »es macht Sie geheimnisvoller.« Für sein letztes Buch hatten sie es sich anders überlegt und eine berühmte Fotografin geschickt, die versuchen sollte, »Atmosphäre« einzufangen. (»Mach ihn sexy«, lautete ihr genauer Auftrag in einer E-Mail, die versehentlich an Martin weitergeleitet wurde. Zumindest hoffte er, dass es ein Versehen war.)

Die Fotografin schlug Blackford Pond vor mit dem Ziel, triste Schwarzweißaufnahmen unter winterlichen Bäumen zu schießen. »Denken Sie an etwas wirklich Trauriges«, instruierte sie ihn, während Mütter mit kleinen Kindern im Schlepptau, die Enten und Schwäne fütterten, sie mit unverhohlener Neugier beobachteten. Martin konnte nicht auf Befehl traurig sein, Traurigkeit entsprang einem nicht beeinflussbaren visuellen Quell, der allein vom Zufall angezapft wurde – von toten Kätzchen auf Anzeigen des Tierschutzvereins, alten Dokumentaraufnahmen von Brillen- und Kofferhaufen, vom Cellokonzert Nr. 2 von Haydn. Das Rührselige, das Schreckliche und das Erhabene trieben ihm Tränen in die Augen.

»Etwas aus Ihrem Leben«, schmeichelte ihm die Starfotografin. »Wie fühlten Sie sich zum Beispiel, als Sie die Priesterwürde aufgaben, das muss schwer gewesen sein.«

Und Martin, untypisch rebellisch, sagte: »Das mache ich nicht.«

»Zu schwierig für Sie?« Die Fotografin nickte und zog ein gequält mitfühlendes Gesicht.

Auf den Fotos sah er schließlich aus wie ein höflicher Serienmörder aus der Vorstadt, und das Buch wurde wie üblich ohne Foto auf dem Umschlag gedruckt.

»Sie müssen *präsenter* sein, Martin«, sagte Melanie. »Es ist meine Aufgabe, Ihnen das zu sagen«, fügte sie hinzu. Er runzelte die Stirn und sagte: »Ja?« Das Gegenteil von präsent war absent. Ein leicht zu vergessender Mann mit einem leicht zu vergessenden Namen. In der Welt eher absent als präsent.

»Nein, wirklich«, beharrte Sarah, »ich bin sicher, dass ich Sie schon mal irgendwo gesehen habe. Was machen Sie?«

»Ich bin Schriftsteller.« Er bereute sofort, es gesagt zu haben. Zum einen klang es immer, als wollte er angeben (und doch war die Tatsache, dass man Schriftsteller war, als solche kein Grund für Hybris). Und das darauf folgende Gespräch nahm den immer gleichen unvermeidlichen Verlauf und endete in einer Sackgasse. *»Wirklich? Sie sind Schriftsteller? Was schreiben Sie?« – »Romane.« – »Was für Romane?« – »Kriminalromane.« – »Wirklich? Woher nehmen Sie Ihre Ideen?«* Die letzte Frage empfand Martin als zu ungeheuer, zu neurowissenschaftlich und existenziell, als dass er sich in der Lage gesehen hätte, sie zu beantworten, und trotzdem wurde sie ihm ständig gestellt. »Ach, wissen Sie«, sagte er dieser Tage, »da und dort.« (»Sie denken zu viel nach, Martin«, pflegte sein chinesischer Akupunkteur Ming Chen zu sagen, »aber nicht auf positive Weise.«)

»Wirklich?«, sagte Sarah, und ihre unschuldigen Gesichtszüge kämpften darum, sich vorzustellen, was es hieß, »ein Schriftsteller« zu sein. Aus unerfindlichem Grund hielten es die Leute für einen glamourösen Beruf, aber Martin fand nichts Glamouröses daran, Tag für Tag allein in einem Zimmer zu sitzen und zu versuchen, nicht wahnsinnig zu werden.

»Harmlose Krimis«, sagte er, »nichts zu Böses oder Grusliges. So was wie Miss Marple trifft Dr. Finlay«, fügte er hinzu und war sich bewusst, wie defensiv er klang. Er fragte sich, ob sie von den beiden gehört hatte, wahrscheinlich nicht. »Die Protagonistin heißt Nina Riley«, sah er sich gezwungen fortzufahren. »Sie hat von ihrem Onkel eine Detektei geerbt.« Wie dumm sich das anhörte. Dumm und plump.

Die Polizistinnen von zuvor betraten das Wartezimmer. Bei Martins Anblick rief die eine: »Da sind Sie ja, wir müssen Ihre Aussage aufnehmen. Wir haben Sie schon überall gesucht.«

»Ich war die ganze Zeit hier«, sagte Martin.

»Sie wissen bestimmt nicht, was er für einen Beruf hat«, sagte Sarah zu den Polizistinnen.

Beide Frauen schauten ihn eine Weile ernst an, dann sagte die andere: »Weiß nicht. Ich geb's auf.«

»Er ist Schriftsteller«, erklärte Sarah triumphierend.

»Wäre ich nie draufgekommen«, sagte die eine.

Die andere schüttelte erstaunt den Kopf. »Bei Schriftstellern frage ich mich immer, woher nehmen sie ihre Ideen?«

Martin nahm Paul Bradleys Tasche, die sich anzufühlen begann, als gehörte sie ihm, und machte einen Spaziergang durchs Krankenhaus. Er betrat ein Geschäft und schaute sich die Zeitungen an. Er ging ins Café und trank eine Tasse Tee, bezahlte mit dem Kleingeld in seiner Tasche. Er fragte sich, ob es möglich wäre, im Krankenhaus zu leben, ohne dass es jemand bemerkte. Es gab alles, was man unbedingt brauchte, Essen, Wärme, Toiletten, Betten, Lektüre. Jemand hatte einen *Scotsman* auf dem Tisch liegen lassen. Er begann lustlos ein Kreuzworträtsel zu lösen. Um die Ecke gedacht. *Drei Lichter für eine Lampe.* Fünf Buchstaben. *Ampel.*

Während er den Tee trank, fiel ihm ein Akzent auf – ein Mädchen oder eine Frau –, der durch das Geklapper und die Gespräche im Café bis zu ihm drang. Russisch. Aber als er sich umsah, konnte er ihn keiner Person zuordnen. Eine russische Frau, die unerwartet im Royal Infirmary auftauchte, um ihn zu geißeln, ihn der Gerechtigkeit zuzuführen. Vielleicht hatte er Halluzinationen. Er versuchte sich auf die schwarzen und weißen Quadrate zu konzentrieren. Kreuzworträtsel waren nicht seine Stärke. *Jonas in weiblichem Namen.* Fünf Buchstaben. Anagramme waren ihm am liebsten. Kleine Umstellungen. *Sonja.*

Idjot, hörte er das unsichtbare russische Mädchen sagen. In St. Petersburg gab es ein Café namens »Der Idiot«. Er war mit Irina dort gewesen und hatte Borschtsch gegessen, genau in der Farbe des Blazers, den er als Schüler jeden Tag hatte tragen müssen. Für einen Mann, der mit einer unmoralischen, gleichgültigen Welt rang, musste Dostojewski sehr viel Zeit in Cafés verbracht haben, in St. Petersburg beanspruchte ihn jedes zweite als Stammgast. *Jack und Arthur fahren in eine Hauptstadt.* Sieben Buchstaben. *Jakarta.* Er nahm die Brille ab und rieb sich den Nasenrücken.

Es war eine organisierte Reise gewesen, für die sie samstags in den Reisebeilagen der Zeitungen warben: »Erleben Sie das Licht des Nordens – fünftägige Kreuzfahrt vor der Küste Norwegens«, »Die Wunder von Prag«, »Betörendes Bordeaux – Weinproben für den Anfänger«, »Herbst am Comer See«. Es war eine sichere Art zu reisen (eine feige Art), alles organisiert, so dass man nur noch mit dem Pass in der Hand erscheinen musste. Mittelschicht, mittleren Alters, aus Mittelengland. Und natürlich aus Mittelschottland. Sicherheit in der Masse, in der Herde.

Letztes Jahr hieß es »Der Zauber Russlands – fünf Nächte in St. Petersburg«, eine Stadt, die Martin schon immer hatte sehen wollen. Die Stadt von Peter dem Großen, von Dostojewski und Diaghilev, die Stadt, in der Tschaikowsky sein letztes Jahr verbrachte und Nabokov sein erstes. Die Erstürmung des Winterpalastes, Lenins Ankunft im Finnischen Bahnhof, Schostakowitsch, der während der Belagerung seine Siebte Sinfonie im August 1942 live übertragen ließ – kaum vorstellbar, dass es einen so von Geschichte berauschten Ort gab. (Warum hatte er statt Religionswissenschaft nicht Geschichte studiert? In der Geschichte gab es mehr Leidenschaft, in den Handlungen der Menschen mehr spirituelle Wahrheit als im Glauben.) Er dachte, dass er gern einen Roman schreiben würde, der in St. Petersburg spielte, einen richtigen Roman, nicht Nina Riley. Und außerdem hätte Nina in den späten Vierzigerjahren wohl kaum nach St. Petersburg reisen können – Leningrad hieß es damals. Vielleicht hätte sie heimlich die Grenze zwischen Schweden und Finnland und der Sowjetunion überschreiten oder in einem kleinen Boot die Ostsee überqueren können (sie war gut im Rudern).

Wie üblich hatte Martin mühelos einen unerwünschten Begleiter erworben – einen Mann, der sich in der Abflughalle wie eine Klette an ihn hängte und ihm anschließend kaum mehr von der Seite wich. Es war ein pensionierter Lebensmittelhändler aus Cirencester, der Martin sofort erzählte, dass er unheilbar an Krebs erkrankt war und dass St. Petersburg auf seiner Liste der »Dinge, die ich tun will, bevor ich sterbe« stand.

Ihr Hotel war als »eines der besten Touristenhotels« angepriesen worden, und Martin fragte sich, ob »Touristenhotel« der russische Ausdruck für einen gesichtslosen Betonblock aus der Sowjetära war, mit endlosen identischen Korridoren und einem miserablen Restaurant. In seinem Führer hatte er vor der Reise Innenaufnahmen vom Astoria und Grand Hotel Europe betrachtet, Hotels, umwittert von Luxus und vorbolschewistischer Dekadenz. In seinem Hotel waren die Zimmer so groß wie Schuhschachteln. Er war allerdings nicht allein in seiner Schuhschachtel. Als er in der ersten Nacht ins Bad ging, trat er fast auf eine Kakerlake, die auf dem Zimmerteppich weidete. Und zudem wurde gebaut, das Hotel schien gleichzeitig abgerissen und rekonstruiert zu werden. Männer und Frauen auf Gerüsten – offenbar völlig ungesichert. Überall eine feine Schicht aus Zementstaub. Sein Zimmer befand sich im siebten Stock, und als Martin am ersten Morgen die Vorhänge aufzog, sah er vor dem Fenster zwei Frauen mittleren Alters auf dem Gerüst, Kopftücher auf dem Kopf, Werkzeug in der Hand.

Das Zimmer wurde erträglich durch die Aussicht – die weite Fläche der Newa, verziert vom Schnörkel des Winterpalastes, eine so ikonenhafte Ansicht wie Venedig, wenn man über die Lagune darauf zufährt. Vom Fenster aus sah er die *Aurora,* die am Ufer vor Anker lag. »Die *Aurora!*«, rief er aufgeregt am nächsten Morgen beim Frühstück dem sterbenden Lebensmittelhändler zu. »Von ihr wurde während der Revolution der erste Schuss abgefeuert«, erklärte er, als ihn der sterbende Lebensmittelhändler verständnislos anblickte.

Am ersten Tag besichtigten sie Kirchen und folgten ihrer Reiseleiterin Maria pflichtbewusst durch die Kasaner Kathedrale, die Isaakskathedrale, die Kirche Christi Auferstehung und die Peter-und-Paul-Kathedrale (»In der unsere Zaren begraben sind«, sagte Maria stolz, als ob es den Kommunismus nie gegeben hätte).

»Das muss Ihnen gefallen«, sagte der Lebensmittelhändler zu Martin während einer kurzen Mittagspause an einem Ort, der Martin an eine Schulcafeteria erinnerte, nur dass hier Rauchen erlaubt war. »Weil Sie doch so ein religiöser Mensch sind.«

»Nein«, sagte Martin nicht zum ersten Mal, »Religions*lehrer!* Das heißt nicht notwendig, dass ich *religiös* bin.«

»Sie unterrichten also etwas, woran Sie nicht glauben?«, fragte der sterbende Lebensmittelhändler plötzlich richtig streitlustig. Das Sterben machte den Mann selbstgerecht. Oder vielleicht war er es schon immer gewesen.

»Nein, ja, nein«, sagte Martin. Das Gespräch war ihm unangenehm, allein weil er so tat, als wäre er noch Religionslehrer, obwohl er seit sieben Jahren keinen Fuß mehr in eine Schule gesetzt hatte. Er wollte sich nicht als Schriftsteller zu erkennen geben, denn dann wäre er fünf Tage mit den Fragen konfrontiert gewesen, die der Beruf nun einmal provozierte, und der Unmöglichkeit, sich zu verstecken. Einer von ihnen, ein Mann, der während des Flugs auf der anderen Seite des Gangs saß, las *Der verwunschene Hirsch*, den zweiten Nina-Riley-Krimi. Martin hätte gern – beiläufig – »Gutes Buch?« gesagt, wollte jedoch die Antwort nicht hören, die wahrscheinlich »Ein Haufen Mist« und nicht »Das ist ein phantastisches Buch, Sie sollten es unbedingt lesen!« gelautet hätte.

Martin gab es auf, dem Lebensmittelhändler gegenüber seine nicht vorhandene Religiosität zu beteuern, schließlich bereitete sich der Mann aufs Sterben vor, und womöglich war der Glaube alles, was ihn noch am Leben hielt, der Glaube und das Abhaken der Posten auf seiner Liste. Martin fand es nicht gut, eine Liste zu machen, denn wenn man den letzten Punkt abgehakt hatte, blieb nur noch das Sterben. Aber vielleicht war das der letzte Punkt.

Als sie nach dem Mittagessen in einer Seitenstraße einen Kanal entlanggingen, kamen sie an einem Schild vorbei, einer hölzernen Anzeigentafel auf dem Gehsteig, auf der stand: »St. Petersburger Bräute – treten Sie ein«. Ein paar aus ihrer Gruppe kicherten, und der Lebensmittelhändler, der an Martin klebte, bis er tatsächlich starb, sagte: »Wir wissen alle, was das heißt.«

Martin fühlte sich kurz schuldig. Er hatte im Internet recherchiert. Und überlegt, sich eine Braut zu kaufen (denn, seien wir ehrlich, umsonst bekam er keine). Als der Erfolg einsetzte, hatte er geglaubt, dass er dadurch für Frauen attraktiver würde, dass er sich ein wenig Charisma von seinem interessanteren Alter Ego, Alex Blake, würde leihen können. Aber es hatte sich nichts geändert, ihn umgab offenbar eine Aura der Unberührbarkeit. Er gehörte zu der Kategorie, die am Ende einer Party in der Küche stand und Gläser spülte. »Du wirkst einfach asexuell, Martin«, hatte einmal ein Mädchen zu ihm gesagt in dem Glauben, ihm damit zu helfen.

Hätte es eine Website gegeben, die für »altmodische britische Bräute (aber nicht wie Ihre Mutter)« warb, hätte er sich angemeldet, es gab jedoch keine, und so hatte er sich zuerst die Thai-Bräute angeschaut (»zierlich, sexy, aufmerksam, liebevoll, gefügig«), nur war ihm allein die Vorstellung schon zu *schmierig*. Ein paar Monate zuvor hatte er bei John Lewis so ein Paar gesehen – ein hässlicher, übergewichtiger Mann mittleren Alters und an seinem Arm dieses schöne *winzige* Mädchen, das ihn anlächelte und anlachte, als wäre er ein Gott. Die Leute starrten sie an. *Wissend*. Sie sah so aus wie die Mädchen im Internet – verletzlich und klein, wie ein Kind. Er fühlte sich mies, als hätte er eine pornografische Seite aufgerufen. Er würde lieber sterben, als das tun – er hatte Angst, dass sie überwacht wurden, und wenn er aus Neugier nur kurz einmal »Komm rein« oder »Sexy Fotos« anklickte, stünde im nächsten Moment die Polizei vor seiner Tür, die Polizisten würden sie aufbrechen, hereinstürmen und ihn verhaften. Ebenso peinlich wäre es ihm, wenn er etwas aus dem obersten Regalfach eines Zeitungshändlers kaufen würde. Er wusste (denn auch das gehörte zu seinem Karma), wenn er mit so einem Heft zur Kasse ginge, würde das Mädchen (denn es wäre ein Mädchen) dem Manager zurufen: »Wie viel kostet *Große Titten*?« Oder wenn er sich etwas mit der Post schicken ließe, würde es just in dem Augenblick aus dem Umschlag fallen, in dem der Briefträger es ihm an der Tür aushändigte – und zweifellos würden genau in dem Moment ein Pfarrer, eine alte Frau und ein kleines Kind vorbeigehen. *Die Gute hat was von einer Heiligen und ist führend, auch im Namen einer Krimiautorin.* Sechs Buchstaben. *Agatha.*

Die russischen Bräute im Internet sahen nicht wie Kinder aus und auch nicht besonders gefügig. Die Ludmillas und Swetlanas und Lenas sahen wie Frauen aus, die wussten, was sie taten (sich verkaufen, seien wir ehrlich). Sie verfügten über eine erstaunliche Bandbreite an Eigenschaften und Talenten, sie mochten »Disco« ebenso wie »klassische Musik«, sie gingen gern in Museen und Parks, sie lasen Zeitungen und Romane, sie hielten sich fit und sprachen fließend mehrere Sprachen, sie arbeiteten als Steuerberaterinnen und Betriebswirtinnen, sie waren »ernsthaft«, »liebenswürdig«, »zielbewusst« und »elegant«, sie wollten einen »anständigen Mann«, »freundliche Gespräche« und »Romantik«. Es war kaum zu glauben, dass diese prägnanten Lebensläufe zu lebenden, atmenden Frauen gehörten, aber da waren sie – sie trieben nicht im virtuellen Raum, sondern die Ludmillas, Swetlanas und Lenas oder ihre Äquivalente befanden sich hinter einer großen Holztür in den (etwas angsteinflößenden) Straßen von St. Petersburg. Bei dieser Vorstellung begann er innerlich vor Schreck zu zittern. Er erkannte das Gefühl: Es war nicht Verlangen, es war Versuchung. Er konnte haben, was er wollte, er konnte sich eine Ehefrau kaufen. Selbstverständlich glaubte er nicht, dass sie sich tatsächlich *in* dem Gebäude aufhielten, eingesperrt hinter den abblätternden Mauern. Aber sie waren in der Nähe. In der Stadt. Und warteten.

Martin hatte eine Idealfrau. Nicht Nina Riley, nicht eine gekaufte Braut, der es um ökonomische Sicherheit oder einen Pass ging, nein, seine Idealfrau stammte aus der Vergangenheit – eine altmodische Frau aus den Home Counties, eine junge Witwe, die ihren Mann, einen Kampfpiloten, in der Luftschlacht um England verloren hatte und jetzt tapfer weiterkämpfte und ihr Kind allein aufzog. *Papa ist gestorben, Schatz, er sah gut aus und war tapfer und kämpfte um sein Leben, damit er bei dir bleiben konnte, aber er musste uns verlassen.* Das Kind, ein ziemlich ernster Junge namens Peter oder David, trug Fair-Isle-Pullover über grauen Hemden. Er hatte Brillantine im Haar und aufgeschürfte Knie und tat nichts lieber, als am Abend mit Martin Flugzeuge zu basteln. *(So eines ist doch Papa geflogen, oder?)* Martin machte es nichts aus, nur die zweite Stelle hinter dem Spitfire-Piloten (»Roly« oder »Jim«) einzunehmen, einem Mann, der den blauen, blauen Himmel über England wie eine Schwalbe durchschnitten hatte. Martin wusste, die Frau war ihm dankbar, weil er die Scherben ihres zerbrochenen Lebens gekittet hatte, und würde ihn nie verlassen.

Gelegentlich hieß sie Martha, ganz selten Abigail (im imaginären Leben waren Identitäten nicht unwandelbar), aber meist blieb sie namenlos. Ihr einen Namen zu geben hieß, dass sie zu einer Realität wurde. Wenn sie zu einer Realität wurde, wurde sie unmöglich.

Am besten war es, Frauen in der Phantasie einzusperren. Wenn sie in das chaotische Durcheinander der wirklichen Welt entkamen, wurden sie unstet, unfreundlich, letztlich furchterregend. Sie sorgten für *Zwischenfälle.* Plötzlich fühlte er sich unwohl. *Sich plötzlich übergeben ist hierbei verboten. Sie machen sich sonst strafbar.* Zehn Buchstaben.

10

Auf dem Mound stieg Jackson in den Bus 41 und dachte, okay, wenn sie wollte, dass er mit dem Bus fuhr, dann fuhr er eben mit dem Bus. Der 41 fuhr eine lange Strecke, die in Cramond endete. Er kannte Cramond als Komponisten eines Kirchenlieds, nicht als Ort. Oder war es »Crimond«? So viele Dinge, die er nicht wusste. »Der Herr ist mein Hirte.« War er das? Es erschien ihm irgendwie unwahrscheinlich.

Eine alte Frau, die an der Bushaltestelle mit ihm wartete, sagte: »Oh, es ist sehr schön in Cramond, von dort kommen Sie nach Cramond Island. Es wird Ihnen gefallen.« Er glaubte ihr. Jahre der Erfahrung hatten Jackson gelehrt, dass alte Frauen für gewöhnlich die Wahrheit sagten.

Er saß ganz vorn auf dem Oberdeck und fühlte sich einen Augenblick lang wieder wie ein Kind – eine Erinnerung daran, wie er als Belohnung oben neben seiner großen Schwester sitzen durfte. Das waren die Zeiten, als oben das Rauchen noch erlaubt war. Und es war die Zeit, als das Leben schmerzhaft einfach war. Er dachte oft an seine tote Schwester, normalerweise war sie ein isoliertes Bild (gleichsam die *Idee* seiner Schwester), nur selten sah er etwas deutlich vor sich, was sich tatsächlich ereignet hatte, und diese plötzliche, unerwartete Erinnerung, wie er neben Niamh im Bus gesessen hatte – der Duft ihres Veilchenparfums, das Rascheln ihres Petticoats, das Gefühl, als sein Arm den ihren berührt hatte –, schnürte ihm das Herz zusammen.

Die alte Frau hatte recht, es war wirklich schön in Cramond. Der Vorort von Edinburgh wirkte wie ein Dorf. Er ging an teuren Häusern vorbei, an einer hübschen alten Kirche, zum Hafen, wo müßig Schwäne schwammen. Der Duft von Kaffee und gebratenem Essen trieb aus dem Lüftungsschlitz des Cramond Inn zu ihm, vermischt mit den salzigen Gerüchen der Flussmündung. Er hatte eine Fähre zur Insel nehmen wollen, sah aber jetzt, dass sie leicht über den kurzen Damm auf den Felsen zu erreichen war. Er brauchte keine Gezeitentabelle, um zu wissen, dass das Meer sich von dem felsigen Grat des Damms zurückzog. Die Luft war noch gesättigt vom Regen am Vormittag, doch die Sonne gab ein unerwartetes und willkommenes Zwischenspiel, und der frisch gewaschene Sand- und Kiesstrand glitzerte. Eine Schar der verschiedensten Watvögel und Möwen pickte geschäftig zwischen den Felsen. Bewegung und frische Luft wären genau das Richtige, wie Julia gesagt hätte. Er musste die abgestandenen Gedanken loswerden, die sich in seinem Kopf angehäuft hatten, den alten Jackson wiederfinden, den er aus den Augen verloren zu haben schien. Er begann den Damm entlangzugehen.

Ein Paar kam ihm entgegen, pensionierte Mittelschicht in Jacken von Peter Storm, Ferngläser um den Hals, marschierten sie forsch zurück zur Küste, ihr flottes »Guten Tag« klang Jackson in den Ohren. »Gezeitenwechsel!«, fügte die weibliche Hälfte des Paars frohgemut hinzu. Jackson nickte zustimmend.

Vogelbeobachter, vermutete er. Den Reiz des Vogelbeobachtens hatte er noch nie nachvollziehen können, Vögel waren hübsch als solche, aber sie zu beobachten war ein bisschen wie Züge zählen. Jackson hatte dieses autistische, (überwiegend) männliche Bedürfnis, zu sammeln und einzuordnen, nie verspürt.

Die Sonne verschwand, kaum hatte er die Insel erreicht, und die Atmosphäre wurde merkwürdig bedrückend. Hin und wieder stolperte er über Reste von Befestigungsanlagen aus dem Krieg, hässliche Betontrümmer, die dem Ort etwas Trostloses, Belagertes verliehen. Über ihm stießen Möwen herab und kreischten drohend, verteidigten ihr Territorium. Die Insel war viel kleiner, als er gedacht hatte, in null Komma nichts hatte er sie umrundet. Er begegnete niemandem, worüber er froh war. Er wollte gar nicht daran denken, was für Psychopathen sich an einem Ort wie diesem herumtreiben mochten. Offensichtlich zählte er sich nicht zu dieser Kategorie. Obwohl er keine Menschenseele sah, hatte er das seltsame Gefühl – dem er bei helllichtem Tag nicht nachgeben wollte –, dass er beobachtet wurde. Ein kleiner Anfall von Paranoia, nichts weiter. Er wollte nicht schrullig werden, aber als sich eine dicke lila Wolke vom Meer her näherte und unerbittlich den Forth hinaufzog, schien sie ein willkommenes Signal, den Rückweg anzutreten.

Er blickte auf die Uhr. Vier Uhr – Zeit für Tee auf dem Planeten Julia. Er erinnerte sich an einen warmen trägen Nachmittag im vergangenen Sommer, den sie gemeinsam in den Orchard Tea Rooms in Grantchester verbracht hatten, auf Liegestühlen unter Bäumen, angefüllt mit Tee. Sie hatten Julias Schwester, die noch in Cambridge lebte und abgelehnt hatte, sich an ihrer Spritztour zu beteiligen, einen kurzen, etwas unangenehmen Besuch abgestattet. »Spritztour« war Julias Wort. Julias Vokabular war »knallvoll« mit merkwürdig archaischen Wörtern – »knorke«, »Dummlack«, »ojemine« –, die aus einem Mädchen-Jahrbuch aus der

Vorkriegszeit zu stammen schienen und nicht aus Julias eigenem Leben. Für Jackson waren Wörter funktional, sie waren hilfreich, um an Orte zu gelangen und Dinge zu erklären. Für Julia waren sie aufgeladen mit unerklärlichen Gefühlen.

»Nachmittagstee« gehörte selbstredend zu Julias ewigen Lieblingsausdrücken (»Auch einzeln gute Wörter, aber zusammen perfekt«). »Nachmittagstee« ging in der Regel mit ein paar ausdrucksstarken Adjektiven einher – »prima«, »lecker«, »himmlisch«.

»Warme Brotzeit« war ein weiterer ihrer Lieblingsausdrücke, ebenso wie (mysteriöserweise) »Herbsttagundnachtgleiche« und »Lampenruß«. Bei manchen Wörtern, sagte sie, zogen sich ihr »eindeutig die Zehen vor Glück zusammen« – »ulkig«, »ordinär«, *»blanchisserie«*, »Wagnis«, »perfide«, »Schatz«, *»divertimenti«*. Bestimmte Fragmente oder Gedichtzeilen – *Sein Gebein ward zu Corallen* und *Sie fliehen mich, die mich suchten* – lösten eine sentimentale Verzückung bei ihr aus. Beim »Halleluja-Chor« musste sie schluchzen, ebenso bei *Lassies Heimweh* (den ganzen Film über, vom Titel bis zum Abspann). Jackson seufzte. Jackson Brodie, der ewige Gewinner bei *Mann und Frau*.

Sein Handy summte in seiner Tasche wie eine gefangene Biene. Er schaute auf das Display – ein Sehtest wäre etwas Sinnvolles, was er hier machen könnte. Eine SMS von Julia: *wg? freik. für r moat, heute abend! ild julia xxxxxxxxxxxx*. Jackson hatte keine Ahnung, was der Text bedeutete, aber er fühlte Zuneigung in sich aufsteigen, als er daran dachte, wie fleißig Julia die x-Taste gedrückt hatte.

Er wollte gerade umkehren, als ihm auf den Felsen, unterhalb der Überreste einer Aussichtsplattform aus Beton, etwas ins Auge stach. Einen Augenblick lang dachte er, es wäre ein Kleiderbündel, das jemand dort hingeworfen hatte, aber es dauerte nicht länger als einen erschrockenen Herzschlag, bis ihm klar war, dass die Flut eine Leiche angespült hatte. Strandgut, oder hieß es Treibgut?

Eine junge Frau, Jeans und ärmelloses Top, nackte Füße, langes Haar. Der Polizist in ihm registrierte automatisch: sechzig Kilo, knapp eins siebzig – die Größe war geschätzt, weil sie dalag wie ein Fötus, die Beine angezogen, als hätte sie sich zum Schlafen auf die Felsen gelegt. Was für ein schöner Körper – ästhetisch und asexuell wie die kalten marmornen Glieder einer Statue im Louvre.

Ertrunken? Frisch, keine Wasserleiche, die untergegangen und als Albtraum aus glitschigem, aufgeschwemmtem Fleisch wieder aufgetaucht war. Er war froh, dass sie nicht nackt war, denn das hätte sofort etwas anderes impliziert. Jackson rutschte den grasbewachsenen Abhang hinunter auf die Felsen, die von heimtückischen Muscheln und glattem Tang übersät waren. Der Körper wies keine Auffälligkeiten auf, keine Würgemale am Hals, der Schädel schien unverletzt. Keine Nadeleinstiche, keine Tätowierungen, keine Muttermale, keine Narben, sie war eine leere Leinwand, nur winzige goldene Kruzifixe in den Ohren. Die grünen Augen – halb geöffnet – waren trübe vom Tod und so blind wie die oben erwähnter Statue.

Eine Art Visitenkarte ragte aus ihrem BH heraus. Die Karte war blassrosa, ein Extrastück faltiger nasser Haut. Er zog sie vorsichtig heraus. In schwarzen Buchstaben standen »*Hilfe* – stets zu Ihren Diensten!« und eine Handynummer darauf. Eine Prostituierte? Eine Stripteasetänzerin? Oder vielleicht war *Hilfe* ja auch nur eine hilfsbereite wohltätige Organisation, die für alte Frauen die Einkäufe erledigte. Klar, das wird's sein, dachte Jackson zynisch.

Er berührte ihre Wange, er wusste nicht, warum, sie war eindeutig tot. Vielleicht wollte er, dass sie eine freundliche Hand spürte. Zwischen ihrem vorzeitigen Tod und der Obduktion sollte sie wissen, dass jemand Mitgefühl für ihre missliche Lage empfunden hatte. Eine Welle schwappte über das Mädchen und Jacksons Stiefel. Sie war unterhalb der Gezeitenmarke angespült worden, und er würde sie höher hinaufschaffen müssen. Noch eine Welle. Die Flut würde sie ins Meer zurückschwemmen, wenn er nicht schnell etwas unternahm. Die Flut? Als er sich aufrichtete und auf den Damm blickte, sah er, dass sich die Vertiefungen zwischen den Felsen mit Meerwasser füllten und der Sand- und Kiesstrand nahezu verschwunden war. *Gezeitenwechsel,* hatte die Vogelbeobachterin gesagt. Das Wasser zog sich nicht zurück, wie er gedacht hatte, sondern stieg. Scheiße.

Eine weitere Welle rollte heran, leckte an Jacksons Stiefeln. Er säße hier in der Falle, wenn er sich nicht beeilte. Er nahm sein Handy, wählte den Notruf, hörte aber nur das elektronische Rauschen, das ein Funkloch signalisierte. Er erinnerte sich an die Kamera in seiner Tasche, zumindest konnte er der Polizei ein Foto von ihr *in situ* liefern, bevor er sie holte. Er machte schnell eine Aufnahme, nicht der übliche Urlaubsschnappschuss eines Touristen, dann aber musste er das Fotografieren einstellen, denn das Wasser stieg jetzt so rasch, dass er hineinwaten musste, um nach ihr zu greifen. Als er das tat, erfasste sie eine Welle, die größer war als alle anderen zuvor, und riss sie fort. Verdammt, dachte Jackson. Er ließ die Kamera fallen, zog seine Jacke aus und stürzte sich in die eiskalten grauen Fluten. Die Kälte des Wassers überraschte ihn, der Sog war stärker als erwartet. Jackson glaubte nicht, dass irgendeiner seiner keltischen Altvorderen ein Seefahrer gewesen war. Er war ein guter Schwimmer, aber das Wasser war nicht sein Element, er mochte Erde, festen Boden unter den Füßen.

Im Garten seines Hauses in Frankreich hatte er einen Swimmingpool bauen lassen, der gefliest war mit kleinen türkisblauen

Mosaiken, und wenn im Sommer die Sonne darauf schien, blendete das Wasser so sehr, dass man kaum hinsehen konnte. Als er in Cambridge lebte, war er jeden Morgen gelaufen, aber in Frankreich wäre es lächerlich gewesen. Im ländlichen Frankreich joggte niemand. Sie tranken, wenn man nicht trank, gehörte man nicht dazu. Die Franzosen konnten anscheinend folgenlos literweise Alkohol schlucken, wohingegen Jackson die Folgen am Morgen deutlich spürte. Deswegen schwamm er in seinem türkis gemusterten Swimmingpool auf und ab, Bahn um Bahn, um den Alkohol und die Langeweile wegzuschwimmen.

Sein Swimmingpool hatte keinerlei Ähnlichkeit mit den feindseligen Wassern des Forth im August. »Du bist Schütze«, sagte Julia, »ein Feuerzeichen, Wasser ist dein Feind.« Glaubte sie diesen Mist wirklich? »Hüte dich vor Pisces«, erklärte sie Jackson. »Pisces« war lateinisch für »Fische«. »Swimmingpool« hieß auf Französisch *piscine*. Julia war Widder, ein weiteres Feuerzeichen, nicht gerade ideal, meinte sie. Feuer mit Feuer bekämpfen. Was würde mit ihnen passieren, würden sie einfach verbrennen? Zu kalter Asche werden?

Er schaffte es, die Tote wie ein Rettungsschwimmer unter den Schultern zu fassen, aber sie war in jeder Hinsicht ein totes Gewicht. Eine unerbittliche Folge von Wellen warf sie beide hin und her. Jackson schluckte brackiges Meerwasser und musste würgen. Er versuchte, Wasser zu treten, während er sich überlegte, wie er sie beide am besten aus dem Meer schaffen könnte, aber es rollte eine Woge nach der anderen heran. Jackson hatte schon Menschen vor dem Ertrinken gerettet, einmal im Dienst und einmal in der Freizeit. Und als er ein Wochenende mit Josie und Marlee in Whitby verbrachte, wurde er Zeuge, wie ein Mann seinem Hund vom Pier aus ins Meer hinterhersprang – es war ein wilder kleiner Terrier, der so aufgeregt war, dass er einfach über das Ende des Piers hinauslief und ins Wasser fiel, während die Leute vor Entsetzen aufschrien. Der Mann geriet sofort in Schwierigkeiten, und zwei weitere Männer stürzten sich hinein. Es waren Brüder, beide zwischen dreißig und vierzig, verheiratet, mit zusammen fünf Kindern. Nur der Hund schaffte es lebend aus dem Wasser. Auch Jackson wäre hineingesprungen, hätte sich nicht eine hysterische vierjährige Marlee an sein Bein geklammert und ihn festgehalten. Das Boot der Wasserwacht war bereits unterwegs, sagte er sich später, doch bis heute hatte er es sich nicht verziehen, und wenn er die Zeit zurückdrehen könnte, würde er Marlee abschütteln und ins Wasser springen. Es war kein Heroismus, es war eine Notwendigkeit. Vielleicht war es auch etwas Katholisches.

Er tauchte unter, hielt noch immer das bleischwere Mädchen fest. Irgendwo in seinem Kopf hörte er Marlee schreien, *Daddiie,* und die alte Frau an der Bushaltestelle sagen: *Es ist sehr schön in Cramond, es wird Ihnen gefallen,* und einen glorreichen Augenblick war er wieder in seinem Swimmingpool in Frankreich, die warme Sonne schien auf die türkisfarbenen Mosaike. Er wusste, dass er immer weiter vom Land wegtrieb, dass die Tote ihn hinunterziehen würde wie eine liebeskranke Meerjungfrau. Halb Frau, halb Fisch, Pisces. Er erinnerte sich an eine Zeile des Gedichts von Laurence Binyon: *Sie werden nicht alt werden, wie wir, die wir noch leben, alt werden.* Es wäre wahrhaftig eine Ironie des Schicksals, wenn er ertrinken würde bei dem Versuch, eine Leiche zu retten. Er fragte sich, ob ein Teil von ihm glaubte, dass sie tatsächlich noch zu retten war. (Das wäre wieder der verflixte Katholizismus.) Er fragte sich, ob er noch immer die drei Männer vom Pier in Whitby zu retten versuchte. Wenn er sich selbst retten wollte, musste er sie loslassen. Aber er konnte es nicht.

Die kleine Meerjungfrau, Marlee hatte das Buch geliebt, als sie klein war. Sie würde nie wieder klein sein, sie stand auf der Schwelle zu ihrer Zukunft. Wenn er ertränke, würde er sie nie sehen in dieser Zukunft. *Die brausenden Wasser.* Er wusste nicht, warum ihm diese Worte einfielen, sie mussten jemand anderem gehören. *Sein Gebein ward zu Corallen.* Keine Korallen im Forth. Julia, braun wie eine Haselnuss, schwamm in seinem Pool in Frankreich, Julia stakte ihn im Boot den Fluss in Cambridge hinunter, Julia, die Fährfrau, die ihn über den Styx ruderte. Marlee hatte ein Buch mit dem Titel *Griechische Mythen für Kinder*, das er ihr vorlesen musste. Er hatte eine Menge dabei gelernt, seine Einführung in die Klassik.

Er schickte ein Gebet zu dem Gott empor, der an diesem Nachmittag Dienst hatte, ein weiteres zu Maria, der Mutter Gottes, ein rezessiver Instinkt, der Kniereflex eines vom Glauben abgefallenen Katholiken, der dem Tod ins Gesicht blickte. Würde es so passieren? Keine Sterbesakramente, keine Letzte Ölung? Er hatte immer gedacht, dass er am Schluss zurückkehren, sich wieder zur Herde gesellen, die Mutter aller Kirchen umarmen und sich seine Sünden vergeben lassen würde, aber jetzt hätte er wohl nicht mehr Zeit dafür.

Er hatte gesehen, wie die Leiche seiner Schwester aus dem Kanal gezogen wurde. Natürlich – *deswegen* war es nicht sein Element, warum war er nicht schon früher darauf gekommen? Es hatte nichts mit Sternzeichen zu tun. *Stella maris.* Maria mit der Sternenkrone auf dem Kopf. Wasser, überall Wasser. Er sank in die Tiefe, hinunter in Poseidons Reich, die Meerjungfrau nahm ihn mit nach Hause.

11

Graham war von der Notaufnahme auf die Intensivstation verlegt worden. Sein Zustand war unverändert. Gloria fragte sich, ob er für immer so bleiben würde, reglos wie ein Steinbildnis auf einem Sarkophag. Vielleicht müsste er in ein Pflegeheim, wo er noch jahrzehntelang kostbare Ressourcen verbrauchte und anderen Menschen, die es mehr verdienten, Nieren und Hüften vorenthielt. Wenn er jetzt starb, konnten Teile von ihm in einer nützlicheren Person recycelt werden.

Es war still auf der Intensivstation, der Rhythmus des Lebens schien langsamer und dichter als in der Welt draußen. Man spürte förmlich, dass das Krankenhaus eine große brummende Maschine war, Luft einsaugte und ausstieß, aus seinen Poren unsichtbares Leben – Chemikalien, atmosphärisches Rauschen, Bakterien – verströmte.

Gloria bedauerte, dass sie nicht strickte, sie könnte nützliche Kleidungsstücke produzieren, während sie darauf wartete, dass Graham starb. Die *tricoteuse* der Intensivstation. Beryl, Grahams Mutter, hatte gestrickt, ununterbrochen ganze Sets produziert, als Emily und Ewan Babys waren – Mützen, Jäckchen, Fäustlinge, Schühchen, Strampelhosen, verziert mit kniffligen Bändern und voller Löcher, in denen sich winzige Finger verfingen. Gloria hatte ihre Kinder herausgeputzt wie Puppen. Emily steckte die seltsamerweise Xanthia genannte Tochter in praktische elastische weiße Strampelanzüge und Pudelmützen. Gloria sah ihre Enkelin nur selten. Als Emily verkündete, sie sei schwanger, hätte man meinen können, sie wäre die erste Frau auf dem Planeten, die ein Baby bekam. Gloria wäre aufgeregter gewesen, wenn ihre Tochter ein Hündchen zur Welt gebracht hätte statt der permanent zornigen Xanthia, die Emilys schlimmste Eigenschaften geerbt zu haben schien.

Sie schaute auf das regelmäßige Heben und Senken von Grahams Brustkorb, sein ausdrucksloses Gesicht. Er wirkte kleiner, verlor seine Macht, schrumpfte, war nicht länger ein Halbgott. Wie die Mächtigen gefallen sind. Graham gab ein leises Geräusch von sich, flüsternd, als würde er im Schlaf sprechen. Sein Gesicht jedoch blieb reglos. Gloria strich mit der Rückseite eines Fingers über seine Hand und verspürte einen Stich Bedauern. Nicht so sehr für den Mann Graham als für den Jungen Graham, den sie nie gekannt hatte, ein Junge in langer Hose und grauem Hemd, mit Schulkrawatte und -mütze, ein Junge, der nichts von Ehrgeiz, von Bereicherung und Callgirls wusste. »Du dummer Idiot«, sagte sie nicht gänzlich gefühllos.

Was würde mit ihm geschehen, sollten die Maschinen abgestellt werden? Würde er in einen inneren Raum treiben, ein einsamer Astronaut, aufgegeben von seinem Mutterschiff? Es wäre komisch (vielleicht nicht komisch, sondern erstaunlich), wenn es ein Leben nach dem Tod gäbe. Wenn es einen Himmel gäbe. Gloria glaubte nicht an das Paradies, aber bisweilen sorgte sie sich, dass das Paradies nur für die existierte, die tatsächlich daran glaubten.

Sie fragte sich, ob die Leute so erpicht auf ein nächstes Leben wären, wenn es unter der Erde stattfände. Oder von Menschen wimmelte, die wie Pam wären. Und unbarmherzig langweilig wie eine endlose baptistische Predigt, aber ohne die Aufregung einer gelegentlichen Trance. Für Graham bestünde das Paradies vermutlich in einem dreißig Jahre alten Macallan, einer Montecristo und offenbar Miss Peitsche.

Er hatte sich für unbesiegbar gehalten, doch der Tod hatte ihn gekennzeichnet. Graham hatte geglaubt, dass er sich überall freikaufen konnte, aber der Sensenmann ließ sich mit Grahams Bakschisch nicht schmieren. Der SENSENMANN, korrigierte sich Gloria – wenn jemand Großbuchstaben verdiente, dann der TOD. Gloria wäre gern der SENSENMANN gewesen, ein gut gelaunter. *(Jetzt komm schon mit, mach nicht so ein Theater.)*

Die werden mich nie kriegen, hatte Graham gesagt. Graham, der sich immer gerierte, als wäre er unantastbar, ein Außenseiter, ein Gesetzloser, für den die normalen Regeln nicht galten, der triumphierend damit prahlte, wenn er das Finanzamt oder den Zoll übers Ohr haute, die Gesundheits-, Sicherheits- und Bauvorschriften umging, durch das Baureferat stürmte und Bestechungs- und Schmiergelder verteilte, mit hundertsechzig Stundenkilometern auf der Überholspur dahinraste in seinem verdammten großen Wagen mit den schwarzen Fenstern. Wozu brauchte man schwarze Fenster, wenn man nichts Unrechtes vorhatte? Gloria mochte keine zugezogenen Vorhänge, keine geschlossenen Türen, alles sollte voll einsehbar sein. Wenn man etwas tat, wofür man sich schämte, sollte man es nicht tun.

Zweimal hatte er es verhindern können, dass er wegen Geschwindigkeitsüberschreitung angeklagt wurde, einmal wegen Gefährdung anderer und einmal wegen eines zu hohen Alkoholspiegels – zweifellos dank eines Kumpels bei Gericht. Vor ein paar

Monaten war er auf der A9 mit hundertachtzig Stundenkilometern angehalten worden, während er gerade ein Gespräch auf seinem Handy führte und gleichzeitig einen doppelten Cheeseburger aß. Und nicht nur das! Als er blasen musste, hatte er zu viel Alkohol im Blut. Doch der Fall kam nie vor Gericht. Er wurde praktischerweise wegen eines Formfehlers eingestellt, weil Graham die falschen Unterlagen erhalten hatte. Gloria konnte ihn sich nur zu gut vorstellen, eine Hand am Steuerrad, das Handy zwischen Schulter und Ohr geklemmt, das Fett tropfte ihm aufs Kinn, sein Atem stank nach Whisky. Seinerzeit hatte Gloria gedacht, dass in diesem schäbigen Szenario nur eins fehlte: eine Frau auf dem Beifahrersitz, die ihm einen blies. Fellatio. Jetzt glaubte sie, dass genau das auch noch passiert war. Gloria hasste den Ausdruck »Schwanz lutschen«, das Wort »Fellatio« hingegen gefiel ihr, es klang wie ein italienischer Musikbegriff – Contralto, Alto, Fellatio –, obwohl sie den Vorgang als solchen geschmacklos fand, in jedem Sinn des Wortes.

Als die letzte Anklage fallen gelassen wurde, feierte er mit einem lärmenden, überdimensionalen Abendessen im Prestonfield House mit Gloria, Pam, Murdo und Sheriff Alistair Crichton. Ohne Zweifel half es, wenn dein bester Golfpartner Sheriff war. Obwohl sie seit vier Jahrzehnten in Schottland lebte, beschwor das Wort »Sheriff« nicht sofort die schottische Richterschaft herauf, stattdessen sah Gloria die Blechsterne aus *Zwölf Uhr mittags* und Alan Wheatley als den bösen Sheriff von Nottingham in der Kinderserie *Robin Hood* vor sich. Sie begann die Titelmelodie zu summen. Warum ritt Robin Hood durch eine Bergschlucht? Gab es Schluchten in Nottingham?

Gloria mochte *Robin Hood* und seine schlichte Botschaft – die Bösen werden bestraft, die Guten werden belohnt, Gerechtigkeit siegt. Von den Reichen wird genommen, den Armen wird gegeben, das waren grundlegende kommunistische Lehrsätze. Statt vom Barhocker zu rutschen und Graham zu folgen, hätte sie besser einen Dufflecoat angezogen und samstagvormittags den *Socialist Worker* an nassen, windigen Straßenecken verkauft (und dennoch Sex mit so vielen verschiedenen Männern haben sollen, dass sie sich nicht mehr an ihre Namen, geschweige denn an ihre Gesichter, erinnern würde).

Die werden mich nie kriegen. Oh, doch. Sie dachte an den Hirsch an der Wohnzimmerwand, wie er das Gebiss entblößte vor Entsetzen, weil die Hunde ihn umzingelten. Für ihn gab es kein Entkommen. Natürlich war ein Hirsch ein viel zu nettes Tier, um es mit Graham zu vergleichen. Graham war eher eine Elster, ein keckernder, rowdyhafter Vogel, der in den Nestern anderer Vögel räuberte.

»Nadelöhre und Kamele«, sagte Gloria zu Graham. Er hatte weder zum einen noch zum anderen etwas beizutragen, nur die Maschinen, die ihn am Leben hielten, machten Geräusche. »Denn was hülfe es dem Menschen, wenn er die ganze Welt gewönne und nähme an seiner Seele Schaden? Beantworte mir das, Graham.«

In diesem Augenblick betrat ein Priester der Church of Scotland die Intensivstation und stattete pflichtbewusst dem verlorenen Lamm seiner Herde einen Besuch ab. Gloria hatte »Church of Scotland« auf Grahams Aufnahmeformular geschrieben, nur um ihn zu ärgern, sollte er überleben. Jetzt bedauerte sie, dass sie nicht »Jaina« oder »Druide« geschrieben hatte, da es ein interessantes und informatives Gespräch mit dem Hierophanten der einen oder anderen Religion zur Folge gehabt hätte. Der Pfarrer der Church of Scotland staunte, als er Gloria die Bibel zitieren hörte (»Das tut niemand mehr«), und erwies sich ansonsten als harmlos. Er plauderte mit ihr über die Erderwärmung und über Nacktschnecken.

»Wenn man sie nur davon überzeugen könnte, das *Unkraut* zu fressen«, sagte er und rang die Hände.

»Ihr Wort in Gottes Ohr«, sagte Gloria.

»Nun, der Teufel ruht nicht«, sagte der Pfarrer schließlich, stand auf und hielt einen intensiven Augenblick lang Glorias Hand. »Es ist immer eine schwierige Zeit, wenn ein geliebter Mensch im Krankenhaus ist«, sagte er und blickte kurz zu Graham. Auch hingestreckt und im Koma sah Graham nicht wie ein geliebter Mensch aus. »Ich hoffe, alles geht gut«, murmelte der Pfarrer.

»Ich auch«, sagte Gloria.

12

Louise lief. Louise hasste Laufen, aber es war ihr eine Spur lieber, als ins Fitnessstudio zu gehen. Der Gang ins Fitnessstudio setzte eine verbindliche Regelmäßigkeit voraus, und abgesehen von ihrer Arbeit tat sie sich mit verbindlichen Regelmäßigkeiten schwer. Man brauchte nur Archie fragen. Und so war es einfacher, die Zähne zusammenzubeißen, die Laufsachen anzuziehen, dann langsam durch die Siedlung zu laufen, um sich aufzuwärmen, bevor sie über die Wiesen lief und, wenn sie sich gut fühlte oder ein schlechtes Gewissen hatte (die andere Seite der Medaille), den Berg hinauf und wieder zurück. Das einzig Gute am Laufen war, dass man Zeit zum Nachdenken hatte. Das war natürlich auch der Nachteil. Dualismus, die Edinburgh-Krankheit, Jekyll und Hyde, dunkel und hell, Berg und Tal, New Town, Old Town. Katholiken und Protestanten. Ein Spiel mit zwei Seiten. Eine immerwährende manichäische Dichotomie. Es war ihr freier Tag, und sie hätte schwimmen gehen können, ein Buch lesen, Wäsche waschen können, aber nein, sie hatte sich dafür entschieden, den verdammten Berg hinaufzulaufen. Bekenntnisse eines gerechtfertigten Sünders. »(Scheinbar) Unauflösliche Gegensätze und die schottische Psyche.« Sie hatte ihre Abschlussarbeit über James Hogg geschrieben, aber wer hatte das nicht?

Am Abend zuvor hatte sie drei, wie sie dachte, bescheidene Gläser Wein getrunken, aber jetzt forderten sie ihren Tribut. Ihr Mund fühlte sich an wie ein alter Stiefel, und die Pekingente, die sie zum Wein gegessen hatte, lebte noch in ihr wie ein zäher alter Vogel. Ein seltener, verspäteter Mädchenabend im Jasmine, um Louises zwei Wochen zurückliegende Beförderung zu feiern. Danach hatten sie sich noch »etwas auf dem Festival« angesehen, ein vages, nicht geplantes Unterfangen, das nicht berücksichtigte, dass alles Gute längst ausverkauft war, als sie ankamen. Sie landeten in einer Spelunke, angemessenerweise neben dem Leichenschauhaus der Polizei, wo ein schrecklicher Comedian auftrat, der seine besten Zeiten längst hinter sich hatte. Drei Glas Wein, und Louise hechelte. Auf dem Rückweg waren sie wie Rowdys durch die Old Town gezogen und hatten »You Make Me Feel Like a Natural Woman« gegrölt – was für ein Kaffeekränzchen. Louise dachte, es sei bestimmt Carole Kings Version des Songs und nichts Zügelloseres gewesen, aber vielleicht täuschte sie sich da auch. Sie hatten Glück gehabt, dass die Polizei nicht eingeschritten war. Sie schämte sich.

Das hatte sie jetzt davon, dafür bezahlte sie, denn kein noch so tugendhaftes Mitglied der engstirnigen Church of Scotland kam ungeschoren davon.

Auf halber Höhe der Steigung begann sie zu keuchen. Sie war achtunddreißig und besorgt, dass sie nicht so fit war, wie sie sein wollte, sein sollte.

Sie spürte einen Schmerz genau an der Stelle, wo ihr Blinddarm gewesen wäre, hätte sie ihn noch – sie stellte sich einen leeren Raum vor, in dem er sich wie ein fetter Wurm geaalt hatte. Er war letztes Jahr entfernt worden (»herausgerupft« war die Version, an die sich das Krankenhauspersonal hielt). Sowohl ihrer Mutter als auch ihrer Großmutter war der Blinddarm herausgenommen worden, und sie fragte sich, ob sich auch Archie einer Appendektomie würde unterziehen müssen.

Archie sprach davon, in dem Jahr zwischen Schule und Universität zu reisen, obwohl mit vierzehn beides – das Reisen und das freie Jahr – noch wie eine weit entfernte, nebulöse, unwahrscheinliche Zukunft erscheinen musste. Vielleicht könnte sie ihn davon überzeugen, sich überflüssige Organe freiwillig entfernen zu lassen, bevor er loszog *(falls* er loszog, sie konnte sich nicht vorstellen, dass er die Energie aufbrachte, er war so träge), damit er nicht auf halber Höhe bei der Besteigung eines Bergs in Neuseeland mit Bauchfellentzündung hängen blieb. Hundert Jahre früher, und Louise wäre jetzt tot. Oder Zähne – Zähne mussten viele Leute umgebracht haben, Abszesse, die zu Blutvergiftung führten. Ein Kratzer, eine Erkältung. Es brauchte nur ganz wenig. Ihre Mutter war an Leberversagen gestorben, ihre Haut verfärbt wie altes Pergament, ihre Organe gepökelt. Geschah ihr recht. Als Louise letzte Woche beim Bestattungsunternehmen war, um sich ihre Mutter anzusehen, musste sie dem Impuls widerstehen, eine Nadel mitzunehmen und sie ihr in das gelbe Fleisch (wie ranziger Käse) ihrer Nase zu stoßen – der alte Matrosentrick für auf See Gestorbene –, nur um sich zu überzeugen, dass sie wirklich tot war.

Die Mutter war vor drei Tagen bestattet worden, im Mortonhall-Krematorium, eine Zeremonie so dumpf wie ihr Leben. Obwohl sie Aileen hieß, hatte der zuständige Pfarrer sie immer Eileen genannt, doch weder Louise noch die klapprige Truppe von Leuten, die sich als die Freunde ihrer Mutter betrachteten, machten sich die Mühe, ihn zu korrigieren. Louise gefiel die Art, wie »Eileen« ihre Mutter als jemand ganz anders erscheinen ließ, als eine Fremde.

Als sie in der Einfahrt ihre abschließenden Dehnübungen machte, bemerkte sie, dass etwas vor der Tür stand, dort, wo die Milch stünde, würde in dieser Gegend Milch ausgeliefert. Ein unauffälliger brauner Behälter. Plötzlich überkam sie eine irrationale Angst. Eine Bombe? Irgendein verrückter Scherz? Würde sie Fäkalien oder Würmer oder etwas Giftiges darin finden? Es dauerte ein paar panische Momente, bis sie erkannte, dass es eine Urne war und dass sich in der Urne die Überreste ihrer Mutter befanden. Aus unerfindlichem Grund hatte sie etwas Geschmackvolles, Klassisches erwartet – eine Amphore aus Alabaster mit Deckel und Blätterknauf, nicht dieses Plastikding, das alle Welt für eine Teedose gehalten hätte. Sie erinnerte sich, dass der Cousin ihrer Mutter angeboten hatte, die Asche aus dem Krematorium abzuholen. Wenn sie sich hätte darum kümmern müssen, sie hätte sich die Mühe gespart.

Jetzt hatte sie das Problem, was sie mit den Überresten tun sollte. Konnte sie sie einfach in die Abfalltonne werfen? Das verstieß womöglich gegen das Gesetz.

Sie drehte den Schlüssel im Schloss und musste der Tür einen heftigen Stoß versetzen, damit sie sich öffnete. Der Sommer war nass gewesen, und alles Holz im Haus hatte sich verzogen. Die Tür hatte allerdings von Anfang an nicht richtig geschlossen. Das Haus war erst drei Jahre alt, doch ärgerlicherweise waren alle möglichen Dinge nicht in Ordnung – und wurden auch nie in Ordnung gebracht, gleichgültig, wie oft sie sich beschwerte –, Risse im Verputz, schief angebrachte Steckdosen, eine Küchenspüle, die nicht richtig montiert war. Danke, Graham Hatter. Das Modell Kinloch war das kleinste Reihenhaus, das zum Kauf angeboten wurde, aber es war ein Haus, ein richtiges Haus, mit zwei Fenstern und einer Tür, wie sie es als Kind gezeichnet hatte. Ein Haus für eine ideale Familie, auch die hatte sie gezeichnet – Mutter, Vater, zwei Kinder und ein Hund. Tatsächlich hatte sie nur eine Mutter gehabt, noch dazu eine hundsmiserable. Arme Louise.

Wenn sie an sich als Kind dachte, dann für gewöhnlich in der dritten Person. Sie war davon überzeugt, dass ein Psychiater einen Mordsspaß damit haben würde, aber kein Psychiater käme jemals in die Nähe ihres Kopfes.

Moderne Häuser waren Scheiße, aber die Siedlung (Glencrest) war sicher, soweit etwas überhaupt sicher sein konnte. Die meisten Nachbarn in ihrer kleinen Enklave kannten einander, wenn auch nur vom Sehen. Es gab keine Kneipen in der Nähe, dafür eine Bürgerpatrouille und junge Frauen mit Buggys, die in Mutter-Kind-Gruppen gingen, und Männer, die am Wochenende die Autos wuschen. Es war so normal, wie es nur sein konnte.

Sie nahm die Urne mit ins Haus und stellte sie auf die Ablauffläche der Spüle. Sie schraubte den Deckel ab, schüttete etwas vom Inhalt auf eine Untertasse und stocherte mit einem Messer darin herum wie jemand von der Spurensicherung. Es war sandig, mehr wie Schlacke als Asche, und es hätte Louise nicht verwundert, wenn sie ein Stück Zahn entdeckt hätte, einen identifizierbaren Knochen. Giftiger Sondermüll. Wenn sie etwas Wasser dazutäte, würde ihre Mutter vielleicht wiederauferstehen, Lehm aus Staub in neuer Form. Ihre Mottenflügellungen würden sich wieder mit Luft füllen, und sie würde wie ein Dschinn aus der Urne entweichen und sich Louise gegenüber an den zu kleinen Tisch in der zu kleinen Küche setzen und ihr erklären, wie sehr sie all die schlimmen Dinge bedauerte, die sie getan hatte. Und Louise würde sagen: »Es ist viel zu spät, sieh zu, dass du zurückkommst in deine Urne.«

Der alte, arthritische Kater sprang unbeholfen auf die Ablauffläche und schnüffelte hoffnungsvoll an der Untertasse. Jellybeans Gesundheit ließ nach, in ihm wuchs ein Tumor, und der Tierarzt sagte, dass »es bald so weit sei, eine Entscheidung zu treffen«.

Jellybean war einst ein winziges, rasendes Fellknäuel gewesen, so leicht wie ein Federball, jetzt war er ein schlaffer Sack Knochen. Er war älter als Archie, ja, Louise kannte den Kater länger als sonst irgendjemanden, abgesehen von ihrer Mutter, aber die zählte nicht. Sie hatte ihn als Kätzchen gefunden, zurückgelassen in einem leeren Haus. Sie hatte nie ein Haustier gehabt und mochte keine Katzen – sie mochte immer noch keine Katzen, aber sie liebte Jellybean. Das Gleiche galt für Kinder, sie mochte keine Babys, sie mochte keine Kinder, aber sie liebte Archie. Sie konnte es nie jemandem sagen (vor allem nicht Archie), weil man sie für verrückt halten würde, aber sie liebte Jellybean möglicherweise ebenso sehr wie Archie. Vielleicht sogar mehr. Die beiden waren ihre Achillesferse. Es hieß, Liebe mache stark, aber Louises Ansicht nach machte sie schwach. Liebe drehte sich wie ein Korkenzieher ins Herz, und man konnte ihn nicht mehr herausziehen, jedenfalls nicht ohne das eigene Herz in Stücke zu reißen. Sie küsste Jellybean auf den wackligen Kopf und spürte, wie ihr ein Schluchzer in den Hals stieg. Herrgott, Louise, reiß dich verdammt noch mal zusammen.

Die Haustür wurde aufgerissen und wieder zugeknallt. Archies Weg durch das Haus war unterlegt mit dem Lärm der Dinge, die er hinwarf und fallen ließ und umrannte. Er war wie der Ball in einem Flipper. Er platzte in die Küche, stolperte dabei fast über die eigenen Füße. Nach seiner Geburt hatte die Hebamme gesagt: »Jungen ruinieren einem das Haus, Mädchen den Kopf.« Archie schien erpicht, beides zu tun.

Er schwitzte und wirkte unglücklich. Louise erinnerte sich an das Gefühl, wenn man mitten im Sommer eine Schuluniform anziehen musste. In England begann das neue Schuljahr im September, aber in Schottland hatte man es schon immer für eine gute Idee gehalten, die Kinder während der Hundstage wieder in die Schule zu schicken. Vermutlich etwas Presbyterianisches. Zweifellos hatte John Knox eines schönen Morgens im August aus dem Fenster geschaut, als gerade ein Kind mit einem Reifen – oder womit auch immer Kinder im 16. Jahrhundert spielten – die Straße entlanggelaufen kam, und gedacht: Dieses Kind sollte in einem heißen, luftlosen Klassenzimmer leiden in einer Uniform, in der es lächerlich aussieht. Ja, das sähe Knox ähnlich, dachte Louise. He, Knox, lass das Kind in Ruhe.

Was war mit ihrem kleinen Jungen geschehen, war er von diesem Ungeheuer gefressen worden? Vor nicht allzu langer Zeit war Archie ein hübsches Kind gewesen – seidiges blondes Haar, runde Knuddelarme. Wenn sie ihn sich jetzt anschaute, seinen schlecht passenden Körper, der aus den wiederverwerteten Gliedmaßen anderer Leute zusammengesetzt schien, war es schwer vorstellbar, dass Frauen ihn jemals attraktiv finden könnten, dass er Sex mit ihnen haben, dass er fummeln, sich abmühen und in Ekstase geraten würde, dass er es mit Jungfrauen und verheirateten Frauen, mit Studentinnen und Verkäuferinnen treiben würde. Ihr tat das Herz weh angesichts seiner neuen Hässlichkeit, die irgendwie noch schmerzlicher wurde, weil er sich ihrer überhaupt nicht bewusst zu sein schien.

»Was ist das?« Archie warf einen fragenden Blick auf die Untertasse mit Asche. Kein »Hallo, Mum«, kein »Wie war dein Tag?«.

»Meine Mutter, was von ihr übrig ist.«

Er brummte verständnislos.

»Sie wurde letzte Woche verbrannt«, erinnerte ihn Louise. Eine öffentliche Zeremonie. Sie hatte Archie verboten, ins Krematorium zu kommen, sie hatte ihn von seiner Großmutter ferngehalten, als sie noch lebte, sie wollte nicht, dass er seine Zeit für sie verschwendete, jetzt, da sie tot war. Louise hatte sich den Vormittag freigenommen und einen Krankenhaustermin vorgeschoben. Es war erstaunlich, welche Lügen einem fraglos geglaubt wurden. Wenn man sich ihre Arbeitsakten ansähe, hätte man den Eindruck, dass ihre Mutter vor langer Zeit gestorben war. Alle ihre Bekannten glaubten, dass ihre Mutter bereits vor ewigen Zeiten gestorben war. »Für mich ist sie tot«, hätte sie gesagt, so man sie der Lüge bezichtigte.

Archie nahm ihr die Untertasse aus der Hand und inspizierte den Inhalt. »Cool«, sagte er, »kann ich das haben?«

Es war nicht seine Schuld (musste sie sich tagtäglich erinnern), dass ein unguter biologischer Imperativ ihn in eine Hormonfabrik verwandelt hatte, die Überstunden und Sonderschichten einlegte, um Unmengen von dem Zeug zu produzieren. Er hätte Fußball spielen sollen, Billard in einer kirchlichen Jugendgruppe, mit Armeekadetten eine Parade abhalten, alles, was die Schwemme an chemischen Stoffen in seinem Körper kanalisiert hätte, aber nein, er lag die ganze Zeit in der muffigen Höhle seines Zimmers, angeschlossen an seinen iPod, seine Playstation, seinen Computer, seinen Fernseher wie ein Hybride, halb Mensch, halb Roboter, der Elektrizität zum Leben brauchte. Bionischer Junge.

Zumindest war er nicht drogensüchtig (noch nicht). Sie war sich ziemlich sicher, dass sie es merken würde. Ein bisschen Porno in Form von Zeitschriften – sie bezweifelte, dass er etwas vor ihr verstecken könnte, sie war ruchlos, sie war eine Expertin, sie war eine Mutter. Ein paar relativ harmlose Pornohefte, das war alles. Durchschnitt für einen Vierzehnjährigen, oder? Besser, realistisch zu sein, als drakonisch. Keine Pornografie im Internet, soweit sie wusste, außer er hätte sich eine Kreditkarte besorgt, was nicht besonders schwierig war, er war gut mit Computern, aber nicht so gut wie sein Freund Hamish Sanders. Hamish war erschreckend gut für einen Vierzehnjährigen. Jungen waren definitiv dafür programmiert. Hamish hatte Louise drahtloses Breitband installiert. Der Junge war ein Hacker, davon war sie überzeugt. Sie mochte Hamish nicht, er war ein geborener Lügner und steckte voller beschissener Ideen. Auch Louise war eine geborene Lügnerin, aber ihre Lügen neigten dazu, nützlich zu sein, nicht bösartig. Das war zumindest ihre Entschuldigung.

Als Archie ihn zum ersten Mal nach Hause mitbrachte, sagte Hamish: »Hallo, Ms Monroe, ist es okay, wenn ich Sie Louise nenne?« Und sie war so überrascht, dass sie nicht sagte: »Nein, ist es nicht, du kleiner Wichser.« Hamish war Archies neuer Freund. Er war von seiner schicken Schule verwiesen worden, und seine Eltern hatten Gillespie's so lange geschmeichelt, bis sie ihn dort aufnahmen. Louise versuchte noch immer herauszufinden, weswegen er von der Schule verwiesen worden war. »Wegen irgendwas«, sagte Archie. »Deine Mum ist so eine Schnüfflerin, Archie«, hatte sie Hamish sagen hören, »sie ist so energisch, das liebe ich.«

Sie war nicht sicher, was Archie selbst vom Hacken verstand. Es wäre nicht so besorgniserregend, wenn sie versuchen würden, das Pentagon zu knacken oder einen Multi zu stürzen, aber wahrscheinlich brachten sie das E-Mail-Programm eines armen Kerls in Singapur oder Düsseldorf zum Absturz.

Die Sache mit dem Ladendiebstahl war vermutlich eine einmalige Sache gewesen. Alle Kinder klauten. Louise hatte geklaut. Woolworth bat einen ja darum, die Sachen in die eigene Tasche zu stecken – Süßigkeiten, Stifte, Schlüsselanhänger, Lippenstifte –, und Louise hätte nichts von dem Zeug gehabt, wenn sie es nicht geklaut hätte. Als sie älter war, arbeitete sie samstags als Aushilfe bei Woolworth und übersah die stehlenden Kinder geflissentlich. Aber bei ihrem eigenen Sohn war es etwas anderes. Tu, was ich dir sage, nicht, was ich getan habe.

Aber man musste auch das Positive sehen – er hatte Freunde (Möchtegern-Grufti-Faulpelze wie er selbst, doch Freunde waren Freunde), und er war nicht tot. Was Kinder betraf, war das das Wichtigste. Der Tod war unvorstellbar. Denk nicht dran, sonst wird es wahr, wie eine Art böses Voodoo.

»Wie war's in der Schule?« Die tägliche Litanei, seit er fünf war. »Was habt ihr gemacht?« Noch nie hatte sie eine befriedigende Antwort erhalten. *Wir haben einen Baum gezeichnet, es gab Eiercreme zum Essen, ein Junge ist hingefallen und hat sich wehgetan.* Keinerlei Information über den Lehrplan. Louise fragte sich, ob sie ihnen überhaupt etwas beibrachten. Jetzt bekam sie nicht einmal mehr diese kleinen Häppchen.

Archie murmelte etwas.

»Was?«

»Irgendwas«, sagte er und schaute auf den Boden.

Sie konnte sich nicht an das letzte Mal erinnern, dass er ihr in die Augen geblickt hatte.

»Ihr habt ›irgendwas‹ in der Schule gemacht?«

»Ja.«

»Kannst du etwas genauer werden?«

»Hm.« Er machte den Eindruck, als würde er nachdenken, aber sein Blick war verschwommen, distanziert. Hatte er etwas genommen? »Was die Nazis für uns getan haben«, sagte er schließlich.

»Ich glaube, da hast du was falsch verstanden.«

Sie hätte gern mit ihm gestritten, laute, heftige Worte gewechselt, aber das ließ er nicht zu. Wenn sie ihn hart anging, blieb er stumm, wartete geduldig, bis sie fertig war, und sagte dann: »Kann ich jetzt gehen?«

Das Telefon klingelte. Sie wusste, dass es wegen der Arbeit war. Es war ihr freier Tag, aber sie waren unterbesetzt, viele hatten die

Grippe, sie hatte den ganzen Tag damit gerechnet, dass man sie anrufen würde. Sie beobachtete Archie, während sie telefonierte. Er trug einen Starrwettbewerb mit dem Kater aus, vermutlich war Jellybean keine große Konkurrenz, weil er den grauen Star hatte und jetzt ebenso gegen Wände und Möbel rumpelte wie Archie. Archie schien keine zärtlichen Gefühle für Tiere zu hegen, aber sie hatte nie gesehen, dass er ein Tier aktiv quälte. Er war kein potenzieller Psychopath, rief sie sich ins Gedächtnis, nur ein vierzehnjähriger Junge. Ihr Baby. Sie legte auf. »Ich muss weg«, sagte sie. »Draußen in Cramond hat es einen Zwischenfall gegeben.«

»Ich weiß, was Zwischenfall heißt«, sagte er. »Es heißt, dass jemand tot ist.«

Louise wünschte, die Vorstellung würde ihn nicht so erregen.

»Wahrscheinlich«, sagte sie.

13

Martin wurde es allmählich schlecht. Er hatte zu viele Minzbonbons gegessen, sonst nichts seit dem bescheidenen Stück Toast, das er am Morgen gefrühstückt hatte, in einem anderen Leben.

Er trat hinaus ins Freie, um Luft zu schnappen, und las den Busfahrplan. Er setzte sich auf eine Mauer, bis es anfing zu regnen, dann ging er wieder hinein und in die Krankenhauskapelle, die angenehm unaufdringlich war, eine Erleichterung nach dem ständigen Hin und Her, diesem Kern des Krankenhauslebens. Die ganze Zeit hatte er Paul Bradleys Reisetasche dabei. Sie war schwarz, aus einem billigen Kunstleder, das unerklärlich maskulin wirkte. Die Tasche sah eingefallen aus wie ein zahnloser Mund, und ihr seltsames Gewicht legte nahe, dass sich ein Ziegelstein oder eine Bibel darin befand. Er stellte sie auf den Stuhl neben seinem.

Martin wurde immer neugieriger auf den Fremden, auf den er so stoisch wartete, und je länger er wartete, desto heftiger nagte die Neugier an ihm. Vielleicht konnte er eine Erzählung daraus machen, womöglich einen Roman, einen ernsthaften Roman, nicht eine Nina Riley. Sich einen Plot ausdenken, der sich um einen geheimnisvollen Fremden rankte, der in die Stadt kam. Nein, das klang zu sehr nach *Für eine Handvoll Dollar.* Ein Plot um einen Mann, dessen Tag sich veränderte, der aus Anonymität und Unbekanntheit hineingezogen wurde in den Mittelpunkt eines unerwarteten Dramas. Etwas Existenzielles, Packendes (was Martins Erfahrung nach selten Hand in Hand ging). Wohin war Paul Bradley unterwegs gewesen, bevor sich sein Schicksal änderte? Es brauchte nur ganz wenig. Einen Mann, der vor deinen Augen vom Gehsteig trat. Ein Mädchen, das sagte: *Möchten Sie Kaffee?* Es brauchte nur ganz wenig, und ein Schicksal war für alle Zeiten ein anderes.

Martin fragte sich, ob er wirklich zufällig in die Kapelle geraten war. Und nicht deswegen, weil er wusste, dass es der ruhigste Ort im ganzen Krankenhaus war. Hatte ihn nicht die Versuchung wie irgendetwas vage Obszönes hierhergelockt, damit er nachsehen konnte, was in der Tasche war? War nicht Erkenntnis der Lohn der Versuchung? Eva, Adams ungehorsame Frau, wusste die Antwort. Ebenso Blaubarts ungehorsame Frau, namenlos wie seine eigene imaginäre Braut.

Doch er machte sich selbst was vor. Müsste er es nicht besser wissen? In St. Petersburg war er der Versuchung erlegen, und man schaue sich an, was passiert war. Erkenntnis war nicht notwendigerweise etwas Gutes. Man frage Eva. Es war falsch, in die Tasche zu schauen, daran führte kein Weg vorbei, moralisch war es absolut falsch, dennoch hatte sich die Idee in seinem Kopf eingenistet und war nicht mehr auszumerzen. Er hatte eine Verbindung zu Paul Bradley, er hatte ihm das Leben gerettet, womöglich war es das Beste gewesen, das zu tun ihm im Leben bestimmt war. Aber gestattete ihm diese Verbindung nicht, mehr in Erfahrung zu bringen? Man konnte der Versuchung ausweichen und sagen: *Nein, ich gehe nicht durch diese Holztür und kaufe mir eine Ludmilla oder Swetlana,* aber dann gabelte man ein Mädchen an einem Matroschka-Stand auf. *Du bist eine willensschwache, vor Angst schlotternde kleine Memme, Martin.* Die blumige Sprache seines Vaters, bei welcher Gelegenheit? Er erinnerte sich nicht, wahrscheinlich als er bei den Armeekadetten rausflog, weil er den Hindernisparcours nicht überstand. Ein Mädchen namens Irina, die ganz blasse Haut hatte, die ihn Marty nannte.

Natürlich könnte es auch eine Geschichte über einen Mann wie Martin werden, einen Mann, der nichts erlebte – »Der Mann, der nichts erlebte«. Wie dieser Mann unerwarteterweise in das Leben eines anderen verstrickt wurde, wie er etwas in einer Tasche fand, was seine Welt für immer veränderte. Es war eine Lüge. Er belog sich die ganze Zeit. Etwas hatte er erlebt. Einmal. Der *Zwischenfall.* Das Mädchen vom Matroschka-Stand hatte er erlebt. Einmal. Aber einmal war genug.

Die Kapelle war leer. Er vergewisserte sich mehrmals. Er fühlte sich, als wollte er in der Öffentlichkeit masturbieren – nicht, dass er das jemals tun würde. Das Grauen, dabei erwischt zu werden. Dann, beiläufig, als wäre es seine eigene Tasche, aus der er etwas brauchte, zog er den Reißverschluss auf und schaute hinein. Ein Kulturbeutel, Unterwäsche zum Wechseln und eine Schachtel, das war alles. Die Schachtel war unauffällig wie die Tasche, aus hartem Plastik, narbig wie Orangenschale und mit stählernen Schließen. Das war es also, er hatte in die Tasche geschaut, und es war nichts darin, was ihm etwas über Paul Bradley sagte, nur eine schwarze Plastikschachtel, ein Geheimnis in einem Geheimnis. Vielleicht war in der Schachtel eine weitere Schachtel und in der Schachtel noch eine Schachtel und so weiter wie bei den russischen Puppen. Wie seine eigene russische Puppe, das Vorspiel zu seinem kurzen Werben um das Mädchen vom Matroschka-Stand und zu dem Vollzug des Aktes mit ihr. War das keine Lektion? Die Lektion, nicht irgendwohin zu gehen, wohin man nicht gehen sollte?

Jemand betrat die Kapelle, und Martin packte die Tasche, als könnte sie seine Schuld herausschreien. Er dachte, es wäre ein Patient oder der Verwandte eines Patienten, aber es war ein Geistlicher, der ihn aufmunternd lächelnd ansah. »Alles in Ordnung?« Martin bejahte, alles in Ordnung, und der Geistliche nickte und sagte: »Gut, gut, es ist immer eine schwierige Zeit, wenn ein geliebter Mensch im Krankenhaus ist«, und schlenderte wieder hinaus.

Paul Bradley konnte Vertreter sein, ein Handelsvertreter, und die schwarze Schachtel mochte Muster enthalten. Muster wovon? Oder Schmuck? Ein Geschenk. Etwas, was er überbringen wollte. Wäre es wirklich schlimm, wenn er nachsehen würde? Könnte er jetzt *nicht* mehr nachsehen? Erst als er die Schließen geöffnet hatte und den Deckel anheben wollte, fragte er sich, ob es eine Bombe war.

»Da sind Sie ja, Martin!« Er klappte die schwarze Schachtel augenblicklich zu. Sein Herz war mehrere Etagen nach oben geschossen und dann auf den Grund des Schachts gestürzt. »Wir haben Sie schon überall gesucht«, sagte Sarah, die Krankenschwester mit dem hübschen Lächeln. Sie stand in der Tür zur Kapelle und grinste ihn an. »Ihr Freund wurde entlassen, er kann jetzt gehen.«

»Gut, ich komme«, sagte Martin etwas zu laut, grinste sie dämlich an, während er verstohlen den Reißverschluss zuzog. Er stand auf, und Sarah fragte: »Alles in Ordnung, Martin?« Sie berührte ihn am Ellbogen, blickte besorgt drein, aber morgen, das wusste er, hätte sie seinen Namen vergessen.

»Hallo, Martin«, sagte Paul Bradley. Er wartete im Flur, den Kopf verbunden, aber ansonsten unverändert. Er nahm Martin die Tasche ab mit den Worten: »Danke, dass Sie darauf aufgepasst haben.« Martin war überzeugt, er würde beim ersten Blick auf die Tasche sehen, dass Martin darin gekramt hatte.

»Haben Sie da drin gebetet, Martin?«, fragte Paul Bradley und machte eine Kopfbewegung in Richtung Kapelle.

»Nicht wirklich«, sagte Martin.

»Sie sind also nicht gläubig?«

»Nein. Überhaupt nicht.« Es klang seltsam, wie Paul Bradley »Martin« sagte, als wären sie Freunde.

Ein einsames Taxi stand vor dem Krankenhaus. Martin fiel plötzlich der silberfarbene Peugeot ein, und er fragte sich, was aus ihm geworden war. Die Polizei hatte sich vermutlich des Wagens angenommen, aber Paul Bradley kümmerte es nicht. »Er war gemietet«, sagte er. Martins Wagen parkte noch da, wo ihn Richard Moat abgestellt hatte, im Parkhaus des St. James Centre. Zu spät, ihn jetzt noch zu holen, er mochte sich gar nicht vorstellen, wie viel es ihn morgen kosten würde, ihn auszulösen.

Martin hatte nicht wirklich darüber nachgedacht, wohin sie fahren würden, bis sie einstiegen und der Taxifahrer »Wohin?« fragte. Paul Bradley sagte: »Das Four Clans Hotel.« Martin protestierte, bot sein eigenes Haus an (als hätte er die Lektion, die ihm Richard Moat erteilt hatte, nicht gelernt), aber Paul Bradley lachte nur und sagte, dass er sich mit »der Überwachung« durch Martin nur einverstanden erklärt hätte, um aus dem Krankenhaus entlassen zu werden, aber jetzt sei Martin »seiner Pflicht entbunden«. Er fragte Martin nach seiner Adresse und sagte zum Taxifahrer: »Haben Sie gehört?«, zog einen Zwanzig-Pfund-Schein aus dem Bündel in seiner Brieftasche und reichte sie durch das Trennfenster. »Fahren Sie ihn nach Hause, nachdem Sie mich abgesetzt haben, okay, Kumpel?« Man musste seine Kaltblütigkeit bewundern, dachte Martin, er hätte heute sterben können, und doch saß er hier, als wäre nichts geschehen; nur der professionelle Kopfverband deutete darauf hin, dass der Tag nicht so verlaufen war wie geplant. Martin hatte Paul Bradley die Tasche mit einem seltsamen Widerstreben zurückgegeben, das er sich selbst nicht erklären konnte.

Das Taxi hielt vor einem kleinen Touristenhotel im West End. Ein beleuchtetes rotes Schild mit der Aufschrift »Zimmer frei« hing in einem Fenster. Martin fand, dass das Four Clans Hotel mit diesem Schild wie ein Bordell aussah. Er hatte keine Ahnung, wer oder was die »vier Clans« waren. Von Geburt und Neigung her Schotte, in Edinburgh geboren, wenn auch nicht aufgewachsen, gab es gewisse Dinge in der Kultur und Geschichte seiner Heimat, die er nie begreifen würde.

»Das war alles, was ich kriegen konnte«, sagte Paul Bradley und musterte durch das Taxifenster die nicht gerade vielversprechende Fassade des Hotels. »Die Stadt ist ausgebucht.«

»Das Festival«, sagte Martin düster.

Paul Bradley stieg aus dem Taxi, und Martin seufzte, folgte ihm aber entschlossen. Es half nichts, sosehr er auch nach Hause und in sein bequemes Bett fallen wollte, er konnte Paul Bradley nicht einfach so gehen lassen. Er hatte schließlich mit einer netten Krankenschwester namens Sarah eine Abmachung getroffen.

»Wirklich«, sagte Paul Bradley, »fahren Sie nach Hause, Kumpel.«

Martin schüttelte stur den Kopf und baute sich auf dem Gehsteig auf, als hätte Paul Bradley vor, ihn mit Gewalt ins Taxi zurückzubefördern. »Ich kann nicht«, sagte er. »Ich könnte es mir nie verzeihen, wenn Sie heute Nacht sterben würden in einem fremden Hotelzimmer, weit weg von zu Hause, Familie, Freunden.« Martin hörte sich selbst reden wie eine Kummerkastentante und glaubte nicht, dass er eine überzeugende Wirkung auf einen Mann wie Paul Bradley hätte.

»Ich werde nicht sterben, Martin«, sagte er.

»Hoffentlich nicht«, sagte Martin, »aber ich will sicher sein. Sie können fahren«, sagte er zum Taxifahrer, schlug die Wagentür zu und tätschelte sie zweimal mit der Hand, als wäre es die Flanke eines Pferdes, eine untypisch emphatische Geste, die ihn selbst überraschte. Er nahm Paul Bradleys Tasche, ging die Treppe aus Stein hinauf und bahnte sich einen Weg durch die Drehtür des Four Clans, bevor Paul Bradley weitere Einwände erheben konnte.

Paul Bradley folgte ihm zur verlassenen Rezeption, zuckte die Achseln, lachte und sagte: »Okay, Martin, Kumpel, wie Sie wollen.«

Im Hotel roch es ungeachtet der Tageszeit nach gebratenem Speck, und Martin lief das Wasser im Mund zusammen, obwohl er seit zwanzig Jahren kein Schweinefleisch mehr gegessen hatte und nicht vorhatte, jetzt wieder damit anzufangen. Das Hotel wirkte überraschend billig und nicht überraschend schrecklich. Alles, was mit Schottenmuster dekoriert werden konnte, war es auch, sogar die Decke war mit einem düsteren Black-Watch-Muster tapeziert. An den Wänden hingen gerahmte Drucke vom alten Edinburgh und heraldische Clan-Insignien auf hölzernen Schildern.

Martin hatte ein Buch über Schottenmuster gekauft, als er sich einen Kilt nähen lassen wollte, in dem Glauben, dass er als Schriftsteller ein glamouröses Leben führen, im Smoking an Abendessen und Veranstaltungen mit Berühmtheiten teilnehmen würde, zum Beispiel einem Empfang im Holyrood Palace. Alex Blake hatte in der Vergangenheit viele Einladungen erhalten, Martin hatte jedoch stets das Gefühl gehabt, ein unzureichender Ersatz für sein aufregenderes Gegenstück zu sein. Die Leute schienen ihm immer über die Schulter zu blicken und nach dem wahren Alex Blake Ausschau zu halten, und heutzutage ging er fast nirgendwo mehr hin.

Seine Mutter war vor ihrer Heirat eine MacPherson gewesen, weswegen er sich schließlich für das Grün der MacPherson-Frauen entschied, aber er hatte nie den Mut aufgebracht, den Kilt in der Öffentlichkeit zu tragen, der nun vernachlässigt in seinem Schrank hing. Gelegentlich probierte er ihn an und trug ihn im Haus, aber es war ein merkwürdig privater Akt, als wäre er ein heimlicher Transvestit und nicht ein stolzer Schotte.

An der Rezeption schlug Paul Bradley gebieterisch auf die altmodische Messingglocke. Sie klang sehr laut in der gedämpften Atmosphäre.

»Glauben Sie nicht, dass es schon ein bisschen spät ist, um einzuchecken?«, fragte Martin.

Paul Bradley runzelte die Stirn. »Ich bezahle sie dafür, Martin, es ist nicht so, als würden sie mir einen *Gefallen* tun.«

Ein unfreundlicher Nachtportier kam und suchte umständlich nach Paul Bradleys Reservierung. Er musterte sie beide von Kopf bis Fuß und sagte: »Hier steht Einzelzimmer.«

Martin wollte protestieren: »Wir sind nicht schwul«, aber womöglich war Paul Bradley schwul und fände seinen Einwand kränkend. (Vielleicht war der Nachtportier schwul.) Martin dachte, dass er für Paul Bradley, auch wenn er schwul wäre, als Partner nicht infrage käme, nicht einmal für eine Nacht.

»Ich bleibe nicht«, sagte Martin zum Nachtportier, »nicht wirklich. Ich *schlafe* nicht.«

»Ist mir piepegal, was Sie tun«, sagte der Nachtportier langmütig und blickte flüchtig auf Paul Bradleys verbundenen Kopf. »Aber Sie müssen für ein Doppelzimmer zahlen, wenn Sie zu zweit sind.«

»Kein Problem«, erklärte Paul Bradley freundlich, zog ein paar weitere Zwanziger aus seiner Brieftasche und legte sie auf den Tisch.

Martin versuchte, erneut die Reisetasche zu nehmen, doch Paul

Bradley sagte: »Nicht nötig, Martin, Sie sind nicht mein Kammerdiener«, schwang sich die schwere Tasche über die Schulter, als würde sie nichts wiegen, und begann die Treppe hinaufzugehen.

Martin folgte ihm über den Teppich im Stewart-Muster. Er mied den traurigen Blick des großen, mottenzerfressenen Hirsches, dessen Kopf oberhalb der Treppe hing. Er wäre nicht überrascht gewesen, wenn er plötzlich den Mund aufgemacht und zu ihm gesprochen hätte. Martin fragte sich, warum man Hirschköpfe aufhängte, aber keine Pferde- oder Hundeköpfe.

Im Zimmer stand ein Doppelbett, obschon es nominell ein Einzelzimmer war. Paul Bradley warf seine Tasche auf die braun-orange karierte Tagesdecke und sagte leichthin: »Ich nehme die linke Seite, Sie die rechte«, und Martin dachte, dass er gewohnt schien, überall zu schlafen, auch mit Männern, auf eine nicht-sexuelle Weise. In seiner Jugend hatte er eine Menge Paul Bradleys gekannt. Militär.

»Waren Sie beim Militär?« Es war die erste persönliche Frage, die er ihm stellte. Paul Bradley blickte ihn komisch an, ein bisschen länger, als es die meisten Menschen getan hätten, und Martin sagte: »Entschuldigen Sie, ich wollte nicht neugierig sein.«

Paul Bradley zuckte die Achseln: »Ist schon in Ordnung, ich habe nichts zu verbergen. Ich war bei der Marine. Bei einer Spezialeinheit. Wir machen da nicht so viel Wind drum wie die Luftwaffe. Jetzt bin ich ein Bürohengst und schiebe Papiere herum. Sehr langweilig. Waren Sie bei der Armee?«

»Nicht wirklich«, sagte Martin. »Mein Vater war Hauptfeldwebel, wir sind in einem heimeligen Rekruten-Trainingslager aufgewachsen.«

»Wir?«

»Mein Bruder Christopher und ich.«

»Stehen Sie sich nahe?«

»Nein, nicht wirklich.« Martin durchschaute, was Paul Bradley tat: Er drehte den Spieß um, stellte Fragen, um selbst keine beantworten zu müssen. »Ich setze mich auf den Stuhl«, sagte er. »Ich soll auf Sie aufpassen, nicht schlafen.«

»Wie Sie wollen.« Paul Bradley ging mit seiner Reisetasche in das winzige Bad und schloss die Tür.

Martin versuchte, die Geräusche des anderen zu überhören, der sich wusch, die Zähne putzte, pinkelte. Um sie zu übertönen, schaltete er den Fernseher ein, aber auf allen Kanälen grieselte es. Er blätterte müßig in der einzigen Lektüre, die sich im Zimmer befand, einer Werbebroschüre über schottische Touristenattraktionen, ein Mischmasch aus Whiskybrennereien, Textilfabriken und historischen Routen.

»Das Bad ist frei«, sagte Paul Bradley, als er herauskam, nach billiger Seife und Zahnpasta riechend. Martin fühlte sich wie die schüchterne jungfräuliche Braut in den Flitterwochen, deren Bräutigam ihre züchtige Zurückhaltung nicht bemerkt.

Paul Bradley öffnete die Minibar und sagte: »Trinken Sie was.«

»Vielleicht ein Mineralwasser«, erwiderte Martin, aber ein Blick in die Minibar belehrte ihn, dass Wasser zu viel verlangt war. Der Inhalt umfasste die Grundausstattung, kein Wasser oder andere Getränke zum Mixen, keine Toblerone, keine ungenießbaren japanischen Cracker oder Piccolos, nicht einmal gesalzene Erdnüsse – nur Dosenbier, kleine Schnapsfläschchen und Irn-Bru. Der Anblick der Schnapsfläschchen löste in ihm ein plötzliches Bedürfnis nach Alkohol aus, mit dem er die Aufregung des Tages hinunterspülen könnte.

»Ich mixe Ihnen was.« Paul Bradley nahm ein Fläschchen Whisky und eine Dose Irn-Bru. »Moment, ich hole ein Glas aus dem Bad.«

Martin blickte entsetzt auf die orangefarbene Flüssigkeit in dem Glas, mit dem Paul Bradley zurückkehrte, fühlte sich jedoch verpflichtet, Danke zu sagen und danach zu greifen. Er war überzeugt, dass die Zellen seiner Leber lieber Selbstmord begingen, als diesen widerlichen Cocktail zu verarbeiten, bestehend aus Schottlands zwei Nationalgetränken. Die Kupfertöne der Einrichtung, das fluoreszierende Orange des Irn-Bru und das orangenmarmeladige Licht der Straßenlampe vor dem Fenster trugen zu Martins Gefühl der Entfremdung bei, als wäre er plötzlich in eine kranke Science-Fiction-Welt geraten, die von einer ökologischen Katastrophe heimgesucht wurde.

»Alles in Ordnung?«, fragte Paul Bradley.

»Ja«, sagte Martin. Er trank einen weiteren Schluck der orangefarbenen Flüssigkeit. Sie schmeckte überaus eklig und doch seltsam verführerisch. Rasch und ohne Anzeichen von Unsicherheit zog sich Paul Bradley aus bis auf ein graues T-Shirt und graue Boxershorts. Edle teure Baumwolle, bemerkte Martin, obwohl er sofort den Blick abwandte und auf einen erstaunlich plakativen Druck der Schlacht von Culloden starrte, der über dem Bett hing – Leiber, die von Bajonetten und Schwertern durchbohrt wurden, aufgerissene Münder, purzelnde Köpfe. Als Nächstes lag Paul Bradley auf der orangebraunen Tagesdecke. Martin fragte sich, wann sie zum letzten Mal gewaschen worden war. Innerhalb von Sekunden entspannten sich Paul Bradleys Züge, er schlief.

Martin ging ins Bad und schloss die Tür ab. Er versuchte, leise zu pinkeln. Dann wusch er sich die Hände und trocknete sie an dem dünnen Handtuch ab, das feucht war von Paul Bradleys Waschungen. Paul Bradleys Zahnbürste stand still in einem Glas neben den Wasserhähnen. Sie war alt, die Borsten, abgenutzt und schräg, Beweis für ein Leben vor ihrer merkwürdigen Begegnung.

Der Anblick einer einzelnen Zahnbürste versetzte Martin immer einen Stich. Noch nie hatte er sein eigenes Bad betreten und zwei einander Gesellschaft leistende Zahnbürsten gesehen.

Die Reisetasche stand auf dem Boden, weit geöffnet. Darin die schwarze Schachtel. Paul Bradley hätte sie doch gewiss nicht so stehen lassen, wenn sie etwas Intimes oder Illegales enthielte?, flüsterte Adams Frau ihm ins eine Ohr, und Blaubarts Frau wisperte drängend in das andere: *Nur ein kurzer Blick.* Und Pandora natürlich, nicht zu vergessen Pandora, die hinter ihm stand und sagte: *Mach die Büchse auf, Martin, was kann es schaden?* Er erinnerte sich vage daran, wie er als Kind *Take Your Pick!* im Fernsehen gesehen und das Publikum den Kandidaten *Mach die Schachtel auf!* zugeschrien hatte. Die Vernünftigen nahmen das Geld, die Spielernaturen öffneten die Schachtel. Martin öffnete die Schachtel.

Im Inneren befand sich ein anthrazitfarbener harter Schaumgummi, worin eine Figur gelagert war – eine Golftrophäe, ein ungefähr fünfundzwanzig Zentimeter großer verchromter Golfspieler, der das Licht im Bad reflektierte wie ein Spiegel. Gekleidet in Golfhose, Pullover mit Rautenmuster und Schottenmütze, holte er zum Schlag aus, ein kleiner Ball lag für immer zu seinen Füßen. In den flachen Sockel war »R. J. Benson – 1938« eingraviert, aber es war nicht ersichtlich, bei welchem Turnier diese Trophäe verliehen worden war. Sie wirkte billig, ein Allerweltsding vom Trödel, dort gelandet nach dem Tod eines alten Mannes und der Entrümpelung seines Hauses. Die Sorte alter Mann, der allein lebte, mit nur einer Zahnbürste.

Die Figur war nicht wertvoll genug, um eine so aufwendige Schachtel zu verdienen, zudem passte die Schachtel überhaupt nicht, sie war zu groß und ließ auf mehr Raum schließen. Nina Riley hätte den falschen Boden sofort entdeckt, aber Martin brauchte etwas länger. Er stellte den Golfspieler auf das Waschbecken neben das Glas mit Paul Bradleys einsamer Zahnbürste und rang mit dem anthrazitfarbenen Einsatz. Er fühlte sich klamm an wie der grüne Schwamm, in den seine Mutter Blumen steckte bei ihren nicht einmal halbherzigen Versuchen, ein kunstvolles Arrangement zu gestalten. Pandora, Eva, Blaubarts anonyme Frau und das gesamte geisterhafte Publikum von *Take Your Pick!* standen in seinem Rücken und drängten ihn weiter. Schließlich gelang es ihm, den harten Schaum zu entfernen.

Eine Pistole.

Er hatte nicht damit gerechnet, doch als er sie sah, schien es absolut logisch.

Die Tatsache, dass dort eine Pistole lag, war überwältigend, merzte jeden Gedanken an das Warum aus, raubte ihm buchstäblich den Atem, und er musste sich kurz am Waschbecken festhalten, bis er sich wieder gefasst hatte.

Nicht irgendeine Pistole. Eine Welrod. Natürlich, das passte, ein ehemaliges Mitglied einer Spezialeinheit hätte eine Welrod. Sein Vater hatte widerrechtlich eine alte Welrod besessen. Er bewahrte sie in einer Schuhschachtel auf dem Kleiderschrank auf, am selben Ort, wo Martins Mutter ihre »Partyschuhe« aufbewahrte – untypisch frivoles Schuhwerk aus goldenem oder silbernem Leder. Obwohl Martin über zehn Jahre nach Kriegsende geboren war, waren Christopher und er mit den Geschichten über die Heldentaten seines Vaters aufgewachsen – Fallschirmsprünge hinter Feindeslinien, Mann-gegen-Mann-Kämpfe, waghalsige Fluchten –, als wäre jemand aus ihren Comicheften zum Leben erwacht. Entsprachen Harrys Geschichten der Wahrheit? Von heute aus betrachtet, schien es weniger wahrscheinlich. Das Leben nach dem Krieg war notwendigerweise eine Enttäuschung für Martins Vater.

Martin wusste seit seiner Jugend, dass jede Chance, selbst ein Held im Leben zu werden, bereits von seinem Vater verbraucht worden war.

Martin konnte mit einer Pistole umgehen, die Lässigkeit seines Vaters im Umgang mit Waffen hatte dafür gereicht, dass er seinen Söhnen das Schießen beibrachte. Christopher war ein miserabler Schütze, aber Martin war zum fortwährenden Erstaunen seines Vaters nicht allzu schlecht. Er mochte nicht in der Lage sein, einen Kricketball zu schlagen, aber er konnte etwas ins Visier nehmen und ins Schwarze treffen. Er hatte nie auf etwas Lebendiges geschossen (sehr zum Unmut seines Vaters), sondern sich auf unbelebte Ziele beschränkt.

Harry war gern mit ihnen in den Wald gegangen, um mit Schrotflinten Kaninchen zu schießen. Martin sah in einer unangenehmen Rückblende das Bild vor sich, wie sein Vater einem Kaninchen so mühelos das Fell abzog, als würde er eine Banane schälen. Von der Erinnerung an das schimmernde bonbonrosa Fleisch unter dem Fell wurde Martin jetzt noch übel.

Als Martin und Christopher einmal aus der Schule nach Hause gekommen waren, hielt ihr Vater ihrer Mutter eine Pistole – die Welrod – an den Kopf. »Was meint ihr, Jungs«, sagte Harry und drückte den Lauf noch ein bisschen fester an die Schläfe seiner Frau. »Soll ich sie erschießen?« Natürlich war er betrunken. Martin wusste nicht mehr, was er gesagt oder getan hatte, er war damals erst acht gewesen, den Rest des »Zwischenfalls« schien er verdrängt zu haben. Er hoffte, dass er sich für seine Mutter eingesetzt hatte, obwohl Gott wusste, dass sie sich so gut wie nie für ihn verwendet hatte. Martin hatte immer damit gerechnet, dass sich sein Vater schließlich eine Kugel in den Kopf jagen würde, und war von seinem zahmen Abgang überrascht gewesen.

Heutzutage konnte er keine Waffe mehr ansehen und sie für etwas Gutes halten. Er berührte sie, bemerkte das leichte Zittern seiner Hand, strich über die metallische Glätte, erwartete Kälte, aber sie war fast so warm wie seine Hand. Die Welrod, geliebt von Spezialeinheiten auf der ganzen Welt, während des Kriegs in England entwickelt. Die einzige einschüssige 9-Millimeter-Pistole mit integriertem Schalldämpfer. Keine große Reichweite, am besten geeignet für Schüsse aus der Nähe. Es gab nur eins, wofür man eine Welrod benutzen würde, und zwar, um eine einzelne Person aus nächster Nähe so leise wie möglich zu erschießen. Mit anderen Worten: Es war die Waffe eines Meuchelmörders.

Martin holte tief Luft. Er würde jetzt lautlos das Bad, das Hotelzimmer verlassen. Er würde auf Zehenspitzen die Treppe hinunterschleichen, an der Rezeption vorbei, aus dem Haus, dann würde er in das erste Taxi springen, das er fand, und sich zum nächsten Polizeirevier fahren lassen.

Er öffnete die Badezimmertür. Paul Bradley schlief tief und fest, schnarchte leise, die Arme unschuldig ausgebreitet wie ein Kind. Martin begann auf die Zimmertür zuzugehen, aber er bekam weiche Knie. Als er hinunterblickte, verschwamm der Teppich vor seinen Augen. Ihm schwindelte. Er war plötzlich ungewöhnlich müde, nie zuvor war er so müde gewesen, er hatte nicht gewusst, dass man überhaupt so müde sein konnte. Er musste sich hinlegen und einen kurzen Moment schlafen, auf der Stelle, auf diesem hässlichen karierten Teppich.

14

Gloria verriegelte alle Fenster und Türen, schaltete die Alarmanlage ein und ging dann in den Keller, um die Überwachungskameras zu kontrollieren.

Im Garten vor dem Haus war alles ruhig, abgesehen von einer Füchsin, die forsch über den Rasen trottete. An den meisten Abenden stellte Gloria den Füchsen etwas zu fressen hin. Angefangen hatte sie mit Essensresten, aber jetzt kaufte sie oft etwas für sie, Pakete mit Schweinswürsten, kleine Stücke Schmorfleisch. Für den Igel (es mochte mehr als einer sein, wer wusste das schon?) gab es Katzenfutter, Brot und Milch. Das fraßen natürlich auch die Füchse. Manchmal hoppelten Kaninchen über den Rasen (die Füchse fraßen auch sie), und Gloria hatte zahllose Katzen aus der Nachbarschaft beobachtet, ebenso wie kleine scheue Nagetiere, die nur nachts herauskamen. Die Füchse fraßen die kleinen scheuen Nagetiere besonders gern. Hier unten im Keller hatte sie manchmal den Eindruck, sie würde eine Tiersendung im Fernsehen anschauen.

Die Nachtsichtkameras übertrugen alles in seltsamen Grau- und Grüntönen, so dass der Garten fremd wirkte, ein schattenhafter Ort, gesehen durch gespenstische Augen. Etwas bewegte sich in dem Blättergewirr der großen Rhododendronbüsche neben der Einfahrt. Etwas Glitzerndes, Diamanten in Jett gefasst. Augen. Was konnte das für ein Tier sein? Ein Bär? Ein Pferd? Beides war unwahrscheinlich. Sie blinzelte, und es war verschwunden. Ein Geschöpf der Nacht.

Trotz aller Technologie konnten die Kameras nicht losmarschieren und im Laub schnüffeln, sie konnten einen Eindringling nicht anheulen und anbellen. Sollte Graham sterben, würde Gloria als Erstes ins Hundeheim nach Seafield fahren und einen sanftäugigen Lurcher oder einen temperamentvollen kleinen Terrier holen. Graham mochte Tiere nicht, sie hatten nie ein Haustier gehabt, weil er behauptete, er habe eine schwere Allergie gegen Tierhaare und Federn. Gloria hatte nie Symptome von dieser oder irgendeiner anderen Allergie bei Graham bemerkt. Einmal hatte sie Haare von einer Nachbarkatze genommen – das arme Ding hatte eine Art Alopezie, man musste sie nur streicheln und hatte die Hand voller Haare – und sie unter Grahams Kopfkissen gelegt. Dann war sie die halbe Nacht wach geblieben, um zu sehen, was passierte, doch er war morgens wie immer aufgewacht und hatte nach »zwei pochierten Eiern« verlangt. Gloria vermutete, dass ihre Kinder sympathischere Menschen geworden wären, wenn sie mit einem Hund aufgewachsen wären.

Sie dachte an Graham auf der Intensivstation, der sich in einem dämmrigen Niemandsland zwischen Leben und Tod befand und darauf wartete, dass der Große Architekt im Himmel ihm seine Pläne enthüllte. Gloria behielt dieses geheimnisvolle Geschehen für sich und bereitete sich auf die Folgen vor. Sie hatte weder Ewan noch Emily angerufen, um ihnen mitzuteilen, dass ihr Vater vor der Tür des Todes herumlungerte und darauf wartete, ob er eingelassen würde. Sie hatte es niemandem gesagt. Sie wusste, dass sie es tun sollte, aber sie hatte keine Lust. Die Leute würden so ein Drama daraus machen, und Gloria glaubte, die Sache würde besser über die Bühne gehen, wenn sie sich ruhig verhielt. Außerdem hatte sie noch einiges zu erledigen, bevor er starb, bevor die Leute es erfuhren. Deshalb würde sie ihn in seinem Krankenhausbett liegen lassen, verborgen vor aller Augen, während sie Vorbereitungen für ihre Witwenschaft traf. Seine plötzliche Neigung zur Sterblichkeit hatte sie frappiert. Graham überraschte sie nicht oft.

Gloria legte sich mit einem Becher Horlicks und einem Teller Haferplätzchen mit Wensleydale-Käse und einem dicken Wälzer von Maeve Binchy ins Bett. Sie aß immer Wensleydale, nie Lancashire, aus tief empfundener Loyalität zu ihrer Grafschaft. Mit derselben Einstellung sah sie lieber *Emmerdale* als *Coronation Street*, einfach weil *Emmerdale* in Yorkshire spielte, wenn auch nicht in einem Teil von Yorkshire, den sie wiedererkannte.

Wie groß und wunderbar ihr das Ehebett plötzlich erschien. Sie hatte bereits die Bettwäsche gewechselt, die Matratze umgedreht und gelüftet, Grahams tote Haut von den Kissen gesaugt. Kaum hatte sie es sich gemütlich gemacht, Murphys Gesetz, hörte sie das geduldige Klingeln des Telefons. Gloria war der Ansicht, dass Alexander Graham Bell für eine Menge zur Rechenschaft zu ziehen war, und hatte sich geweigert, ein Telefon neben dem Bett installieren zu lassen. Sie sah die Notwendigkeit nicht ein. Wenn sie im Bett lag, wollte sie schlafen, nicht reden. Grahams Handy war buchstäblich mit seinem Ohr verbunden, er brauchte kein Telefon im Schlafzimmer, und in Reichweite des Betts befand sich »für Notfälle« ein Panikschalter, obschon Gloria sich nur ungern vorstellte, was für ein Notfall sich im Schlafzimmer ereignen sollte, damit sie auf den Panikschalter drückte. Vielleicht wenn Graham Sex wollte. Sie hievte sich widerwillig aus dem Bett und ging nach unten. Vermutlich war es am besten, alle Fragen offensiv zu beantworten.

Auf dem Display stand »Pam«. Gloria seufzte und hob ab, aber es war nicht Pam, sondern ihr Mann Murdo.

»Gloria! Entschuldige, dass ich dich so spät störe, aber ich versuche Graham auf seinem Handy zu erreichen.«

Gloria hörte, dass er sich bemühte, liebenswürdig zu klingen, aber Murdo war kein liebenswürdiger Mensch, und vor Anstrengung, so zu tun, hörte er sich an, als wäre er nicht ganz bei Trost.

»Wir waren heute Nachmittag zu einer Besprechung verabredet, aber er ist nicht gekommen. Ist er zu Hause? Liegt er im Bett?«

»Nein, er ist in Thurso.«

Das Wort schien einen hysterischen Anfall bei Murdo hervorzurufen. »Thurso? Du machst Witze. Was soll das heißen, Thurso? Was tut er in Thurso, verdammt noch mal, Gloria?«

Warum hatte sie Thurso gesagt? Vielleicht weil es sich auf Murdo reimte. Oder weil es der am weitesten entfernte Ort war, der ihr eingefallen war. »Er baut dort eine Siedlung.«

»Seit wann?«

»Seit heute.«

»Das erklärt nicht, warum er nicht ans Telefon geht.«

»Er hat es vergessen«, sagte Gloria beherzt.

»*Graham* hat sein *Handy* vergessen?«

»Ich weiß, es ist kaum zu glauben, aber so ist es. Die ganze Zeit passieren erstaunliche Dinge.« (Das stimmte.)

Murdo gab einen aufgeregten Laut von sich, gleichermaßen frustriert und panisch. Glücklicherweise begann in diesem Moment irgendwo in den Tiefen des Hauses Grahams Handy zu läuten, erkennbar am irritierenden »Walkürenritt«-Klingelton. Gloria folgte dem Wagner-Faden durchs Haus, wie eine Ratte dem Rattenfänger von Hameln, bis in die Waschküche, in der sie den Plastiksack mit Grahams Sachen aus dem Krankenhaus abgestellt hatte. Er wäre sehr wütend geworden, hätte er gewusst, dass sein maßgeschneiderter Sommeranzug aus leichter Wolle und seine handgefertigten Schuhe in einem Müllsack des Krankenhauses steckten.

Gloria wühlte in dem Sack, bis sie das Telefon endlich in der Innentasche von Grahams Jackett fand. Sie hielt es hoch, damit Murdo das Klingeln hören konnte.

»Hörst du das?«, sagte sie. »Der ›Walkürenritt‹. Ich habe dir doch gesagt, dass er's vergessen hat.« Murdo gab ein Schnauben von sich und legte auf. »Den Blödmann wären wir los«, sagte Gloria. Manche Leute hatten einfach keine Manieren.

Sie nahm den Anruf auf Grahams Handy an und hörte eine drängende Stimme sagen: »Graham, ich bin's, Maggie. Wo bist du? Ich versuche schon den ganzen Nachmittag, dich zu erreichen.«

»Maggie Louden«, murmelte Gloria und beschwor ein Bild von ihr herauf. Sie war neu im Team von Grahams Verkaufsabteilung, eine schmalgesichtige Frau Ende vierzig mit einem Helm schwarz gefärbten Haars, am Kopf festgesprayt wie der Panzer eines Käfers. Gloria hatte sie an Weihnachten zum letzten Mal gesehen. Einmal im Jahr waren alle, angefangen von den Richtern und Polizeipräsidenten über die Ziegellieferanten und Leiter der Dackdeckerfirmen bis zu privilegierten Mitarbeitern aus dem Hatter-Häuser-Büro, eingeladen, unter dem Hatter-Dach in Grange Champagner zu trinken und süße Pasteten zu essen. Sie erinnerte sich, dass Maggie in ihren schlecht sitzenden Stöckelschuhen von Kurt Geiger wie ein Kakerlak über die Fliesen in der Halle geklappert war. Gloria erinnerte sich nicht, dass jemals zuvor Leute vom Verkauf zu ihrer Weihnachtsparty eingeladen gewesen waren.

Gloria wollte gerade »Hallo Maggie, hier ist Gloria« antworten, als Maggie sagte: »Graham, Liebling, bist du da?«

Liebling? Gloria runzelte die Stirn. Sie erinnerte sich, dass Graham zusammen mit Maggie Louden, Murdo Miller und Sheriff Crichton vor dem Weihnachtsbaum gestanden hatte, in der einen Hand ein Glas mit Malt Whisky, die andere unverhohlen auf Maggies Rücken genau an der Nahtstelle zwischen dem schwarzen Crêpe ihres Cocktailkleides und dem weißen Crêpe ihrer Haut. Eine Kellnerin hielt ihnen einen Teller mit Pasteten hin, und Graham nahm zwei davon und schaffte es, sie sich gleichzeitig in den Mund zu stecken. Doch Maggie Louden winkte ab, als wären sie radioaktiv. Gloria war misstrauisch gegenüber jedem, der keine Zeit für Zucker hatte, es war ein persönlicher Makel wie eine Vorliebe für schwachen Tee. Zucker und Tee waren Charaktertests. Sie hätte es damals schon wissen müssen.

Graham hatte sich zu Maggie geneigt, seine hängenden Backen streiften nahezu den Schellack ihres Haars, und ihr etwas ins Ohr geflüstert. Gloria war es unwahrscheinlich erschienen, dass er die neue Baumbeleuchtung kommentierte, die sie vor kurzem bei Dobbies erworben hatte, aber sie hatte geglaubt, dass er einfach Graham war. Sie dachte oft, wenn er ein Müllmann oder ein Zeitungshändler wäre, er wäre für Frauen nicht so attraktiv. Ohne Geld, ohne Macht, ohne Charisma wäre er – seien wir ehrlich – nur ein *alter Mann*.

Das Telefon fühlte sich plötzlich heiß an in ihrer Hand. »Ist es erledigt, ist es vorbei?«, fragte Maggie. »Bist du Gloria los? Bist du die alte Schachtel los?«

Gloria war so verdattert, dass ihr beinahe das Telefon aus der Hand gefallen wäre. Graham wollte sich von ihr *scheiden* lassen? Graham hatte eine Affäre mit jemandem aus der Verkaufsabteilung, und die beiden sprachen davon, sie *loszuwerden?* Gloria steckte das Handy zurück in Grahams Tasche und ließ Maggie

Louden mit seiner Sommerwolle sprechen. Sie hörte sie noch immer gedämpft »Graham? Bist du da, Graham?« sagen wie eine beharrliche Hellseherin bei einer Séance. In der Ferne explodierte leise das Feuerwerk am Schluss des Zapfenstreichs. Hatte der Kapitalismus wirklich die Menschheit gerettet? Es schien unwahrscheinlich, aber jetzt war es vermutlich zu spät, um mit Graham darüber zu diskutieren.

15

Er hatte sie losgelassen. Er hatte Marlees Stimme gehört, die ihm *Daddy* ins Ohr flüsterte, als würde sie neben ihm Wasser treten, und er hatte die tote Meerjungfrau preisgegeben und war an Land geschwommen. Helfende Hände hatten ihn aus dem Hafenbecken geholt und ins Cramond Inn gebracht, wo ein Malt Whisky und ein Teller heiße Suppe wieder Leben in ihn brachten. Als die Polizei eintraf, saß er in Decken gewickelt da, seine Kleider wurden irgendwo im Haus in Industriemaschinen gewaschen und getrocknet.

Dann begann der scheinbar endlose Prozess, immer wieder anderen Leuten seine Geschichte zu erzählen. »Haben Sie getrunken, Sir?«, fragte ihn der uniformierte Sergeant, der als Erster eintraf, und blickte unverblümt auf das Glas in seiner Hand, das gerade neu gefüllt worden war. Jackson überlegte kurz, ihm einen Schlag zu verpassen, doch er brachte nicht die Energie auf. Andererseits gestand er widerwillig ein, dass der Mann nur seine Arbeit machte.

Als Letztes kam (»Heute ist eigentlich mein freier Tag«, hörte er sie sagen) eine Kriminalpolizistin, deren Haltung auf einen Mangel an Manieren schließen ließ. Sie gab ihm ihre Karte, auf die »Detective Sergeant Louise Monroe« aufgedruckt war, das Wort »Sergeant« war mit Kugelschreiber durchgestrichen und durch ein handschriftliches »Inspector« ersetzt worden war. Das fand er komisch. Eine frischgebackene Detective Inspector. Er hoffte, dass sie sich nichts beweisen musste. Auch sie fragte, ob er getrunken habe.

»Ja, das habe ich«, sagte er und hielt ihr das jetzt halbleere Glas hin. »Das hätten Sie unter diesen Umständen auch.«

»Keine Unterstellungen«, sagte sie scharf. Sie war hübsch, gewissermaßen. Ihr Mund war ein bisschen zu groß für ihr Gesicht, und die Nase war ein bisschen zu klein, und sie hatte einen schiefen Vorderzahn, trotzdem war sie hübsch. Gewissermaßen. Ende dreißig, dunkles Haar, dunkle Augen. Bei Blonden hatte Jackson noch nie viel Glück gehabt. Ihr Haar war zu einem Bubikopf geschnitten, ordentlich und praktisch, und sie schob sich gelegentlich eine Strähne hinters Ohr mit einer Geste, die Jackson immer ansprechend fand. Bei Frauen zumindest. Es war ein weit vorgeschobener Außenposten seines Gehirns, der diese Beurteilung vornahm. Der Rest von ihm versuchte zu verhindern, dass er vor Erschöpfung einschlief.

Sie stellte gern Fragen: Was hatte er auf Cramond Island getan? War ihm klar gewesen, dass die Flut einsetzte, als er aufbrach? Wie war er hierhergekommen?

»Mit dem Bus«, sagte er widerstrebend. Ihm war, als würde er eingestehen, eine niedrigere Lebensform zu sein. Unter den Decken war er nackt, und er fühlte sich absurd verletzlich. Ein nackter Mann, der Bus fuhr und nichts Besseres mit seiner Zeit anzufangen wusste, als sich verdächtigerweise auf unbewohnten Inseln herumzutreiben. Bei einsetzender Flut. Wie blöd war er? Sehr blöd, offenbar.

Was tat er in Edinburgh? Er zuckte die Achseln und sagte, dass er wegen des Festivals gekommen sei. Sie warf ihm einen skeptischen

Blick zu, woraufhin er sich wie ein Lügner fühlte, weil er augenscheinlich nicht in die Kategorie Festivalbesucher passte. Er überlegte, ob er sagen sollte: »Meine Freundin spielt in einem Stück mit, sie ist Schauspielerin«, aber das ging außer ihn wirklich niemanden etwas an, und »Freundin« klang dumm, Jungen hatten Freundinnen. Jackson überlegte, was er täte, würde er die Ermittlungen leiten. Würde er seinen Angaben ebenso misstrauen wie Louise Monroe, oder hätte er bereits Boote mit Tauchern rausgeschickt und ließe Polizisten den Strand absuchen?

»Die meisten Menschen sind aufgewühlt, wenn sie eine Leiche finden«, sagte Louise Monroe. »Schock und Entsetzen sind die üblichen Reaktionen, aber Sie wirken bemerkenswert ruhig, Mr Brodie. Haben Sie schon einmal eine Leiche gesehen?« Was glaubte sie – dass er eine junge Robbe mit einer Frau verwechselt hatte, ein Bündel Treibholz mit einer Leiche?

»Ja«, sagte er, und die Erschöpfung verlieh ihm endlich Biss. »Ich habe Hunderte von Leichen gesehen. Ich weiß genau, wie eine Leiche aussieht, ich weiß, wie eine Leiche aussieht, wenn sie in die Luft gesprengt, verbrannt, aufgehängt, ertränkt, erschossen, erstochen, zu Tode geprügelt und in Stücke gehackt wurde. Ich weiß, wie Leute aussehen, wenn sie sich vor einen Zug werfen, der hundertsechzig Stundenkilometer fährt, wenn sie einen ganzen Sommer lang in einer Wohnung verwesen und wenn sie im Alter von drei Monaten aus keinem offensichtlichen Grund im Schlaf sterben. Ich weiß, wie eine Leiche aussieht, okay?«

Das Mannweib von DC in Louise Monroes Begleitung schien ihm Handschellen anlegen zu wollen, aber Louise Monroe nickte und sagte: »Okay«, und dafür mochte er sie. »Polizei?«, fragte sie, und er sagte: »Ex. Militär- und Kriminalpolizei, Cambridge.« Name, Rang und Nummer, erzähle dem Feind nichts anderes.

Irgendwo in der Einsatzzentrale, erklärte sie, musste jemand entschieden haben, dass die Frau möglicherweise noch am Leben war, und die Küstenwache hatte ein Boot losgeschickt und einen RAF-Helikopter gerufen. »Sie können also aufhören, sich Sorgen zu machen, Mr Brodie.«

»Sich Sorgen machen« war nicht unbedingt der Ausdruck, den er verwendet hätte. »Es ist sinnlos«, sagte er, »sie war tot.« Jedes Mal, wenn er es sagte, schien sie ihm weiter zu entgleiten. »Wurde ein Mädchen vermisst gemeldet?«, fragte er. Es wurden immer Mädchen vermisst, es waren immer Mädchen vermisst worden, und es würden immer Mädchen vermisst werden. Es wurden keine Frauen oder Mädchen vermisst, auf die seine Beschreibung passte, erklärte Louise Monroe.

»Wahrscheinlich ist sie noch nicht vermisst gemeldet worden«, sagte Jackson. »Sie war noch nicht lange im Wasser. Und manchmal dauert es, bis jemand merkt, dass jemand anders nicht da ist, wo er sein sollte. Und manche werden nie vermisst. Nicht alle haben jemanden, der merkt, wenn sie verschwunden sind.« Wer würde ihn vermissen? Julia, Marlee, das war's. Ohne Julia wäre es nur Marlee.

»Haben Sie die Eule dabei? In Ihrer Tasche vielleicht?«

Jackson runzelte die Stirn. »Wie meinen Sie das?«

»Ich habe mich gerade gefragt, ob Sie die Eule dabeihaben, die Eule, die Sie nach Athen tragen wollen.« Sie war ein griesgrämiges kleines Ding. Nicht wirklich klein, größer als Julia, aber andererseits waren alle größer als Julia.

Jackson fragte sich, ob sie jemanden hatte, der ihr Verschwinden bemerken würde. Kein Ehering, aber das hieß nichts. Seine eigene Frau (Exfrau) hatte nie einen Ring getragen, sie hatte nicht einmal seinen Namen angenommen. Interessanterweise befand sich jedoch auf der Weihnachtskarte, die sie ihm letztes Jahr geschickt hatte, ein kleiner Adressaufkleber, auf dem unmissverständlich stand: »Mr und Mrs D. Lastingham«. Jackson hatte seinen Ehering immer getragen. Erst Ende letzten Jahres hatte er ihn abgezogen und bei einem Wochenendausflug nach Paris vom Pont Neuf in die Seine geworfen. Es hätte eine dramatische Geste werden sollen, letztlich ließ er ihn einfach nur fallen – ein kurzes Aufblitzen von Gold in der Wintersonne –, weil ihm peinlich war, was die Leute von ihm denken könnten *(trauriger Verlierer mittleren Alters, dessen Scheidung endlich rechtskräftig ist).*

»Könnte Selbstmord gewesen sein«, spekulierte er. (Ja, offenbar hatte er die Eule dabei.) »Allerdings sind junge Frauen nicht dafür bekannt, dass sie ins Wasser gehen. Vielleicht ist sie einfach ins Wasser gefallen, vielleicht war sie betrunken. Eine Menge Mädchen betrinken sich heutzutage.«

Eines Tages würde sich seine Tochter Marlee zweifellos betrinken. Statistisch gesehen würde sie in der Pubertät Zigaretten rauchen, mindestens einmal Drogen nehmen, mit dem Auto einen Beinaheunfall bauen. Sie würde einmal (oder mehrmals) an gebrochenem Herzen leiden, zwei Kinder auf die Welt bringen, sich einmal scheiden lassen, krank werden, operiert werden, alt werden. Im Alter hätte sie Osteoporose und Arthritis, würde mit einem Spazierstock oder einem Einkaufstrolley herumschlurfen, ein künstliches Hüftgelenk brauchen, zusehen, wie ihre Freunde einer nach dem anderen starben, in ein Pflegeheim ziehen. Selbst sterben.

»Mr Brodie?«

»Ja?«

Gegen Ende des Nachmittags war eine Menge Hardware durch die Gegend gebrummt, die Luftwaffe, die Küstenwache, ein Polizeiboot, ein Boot der Hafenbehörde – plus eine Menge Manpower – vergeblich. Sie fanden nichts, nicht einmal die Kamera, die er zurückgelassen hatte, als er ins Wasser sprang. Allerdings fanden sie seine Jacke (danke), die zumindest bewies, dass er auf der Insel gewesen war, denn auch das schien bezweifelt zu werden.

»Na, zumindest das haben Sie nicht erfunden«, sagte Louise Monroe. Sie lächelte, ein schiefes Lächeln, das jeglicher Hoffnung auf Seelenverwandtschaft den Boden entzog.

»Ich habe gar nichts erfunden«, sagte Jackson.

Betrachte die erste Person am Tatort als Verdächtigen. Und genau das tat sie. Er würde es auch tun. *Was war der Zweck Ihres Besuches in Cramond, Sir?* Was sollte er sagen – herumlungern? Dass er zurzeit überhaupt nicht wusste, was er mit sich anfangen sollte? Ihm ging durch den Kopf, zu sagen: »Soweit ich weiß, bin ich einer von euch«, aber es stimmte nicht, nicht mehr, er war nicht mehr Mitglied des exklusiven Zirkels. Des Clubs. Und ein Teil von ihm – ein perverser Teil zweifellos – war neugierig zu erfahren, wie es war, auf der anderen Seite zu stehen.

Es war lange her, dass er der anderen Seite einen Besuch abgestattet hatte: Jacksons Karriere als Verbrecher begann und endete, als er fünfzehn war und dabei erwischt wurde, wie er zusammen mit einem Freund in den Laden am Ort einbrach, um Zigaretten zu klauen. Die Polizei erwischte sie, verfrachtete sie aufs Revier und jagte ihnen eine Heidenangst ein.

»Da war eine Karte«, sagte er unvermittelt zu Louise Monroe. »Hatte ich vergessen. Es war eine Visitenkarte. Rosa mit schwarzer Aufschrift, die lautete …« Wie lautete sie? Er sah die Karte vor sich, er sah die Worte, aber er konnte sie nicht lesen. Es war, als würde er versuchen, etwas in einer fremden Sprache oder in einem Traum zu entziffern. Himmel? Hitze? Und eine Telefonnummer. Sein gutes Gedächtnis für Zahlen, das Einzige, wofür er dieser Tage noch ein gutes Gedächtnis hatte, schien sich davongestohlen zu haben. »Der Name begann mit einem ›H‹«, sagte er. Er konnte sich nicht erinnern, was er mit der Karte getan hatte, man hätte meinen sollen, dass er sie eingesteckt hatte, aber in seiner Jackentasche fand sich keine Spur davon.

»Wir haben auf der Insel keine rosa Karte gefunden«, sagte Louise Monroe.

»Sie haben ja auch keine gesucht, oder?«, sagte Jackson. »Sie war nicht gerade groß.«

»Sie haben eine Leiche fotografiert?«, sagte das Mannweib plötzlich und starrte ihn an, als wäre er ein verrückter Psychopath.

Er dachte an die Aufnahmen in der Kamera, die kleinen Schätze, die Kompositionen von Venedig mit Julia in all ihrer Schönheit neben den Bildern einer unbekannten Leiche. »Selbstverständlich«, sagte er.

Das Mannweib hieß Jessica Irgendwas, er hatte den Nachnamen überhört, als sie sich vorstellte. »Jessica« war ein mädchenhafter Name für eine Frau, die nicht gerade fraulich war. »Sie nehmen uns hier doch nicht auf den Arm, Mr Brodie?«, sagte Jessica Irgendwas. Er ignorierte sie, der Name lag ihm auf der Zunge, Himmel, Hitze, Hiebe – »Hilfe!«, sagte er unvermittelt, das war es, das war, was auf der verlorenen Karte gestanden hatte.

Als er ging, hörte er, wie Louise Monroe Polizeitaucher anforderte. Er fragte sich, wie sauer sie auf ihn wäre, wenn sie nichts fänden. Wahrscheinlich sehr sauer. Ein uniformierter Polizist fuhr ihn zurück in die Stadt zu Julias Spielort, wo die Schauspieler gerade eine Pause von der Generalprobe machten. Julia, jetzt nicht mehr mit geröteten Wangen, sondern bleich, ging mit ihm ins Freie, wo sie erschreckend entschlossen eine Zigarette rauchte und zwischen den Zügen keuchend Luft holte. »Tobias ist ein Trottel«, sagte sie zornig. Sie war nervös und redselig, wo sie früher still und bedrückt gewesen war. »Und kennst du Molly?«

»Mhm«, sagte Jackson. Natürlich kannte er sie nicht.

»Die Neurotische«, sagte Julia (nicht sehr hilfreich, sie waren alle neurotisch, soweit Jackson es beurteilen konnte). »Kann ihren Text nicht. Hängt noch immer am Buch.«

»Wirklich?« Jackson versuchte, ein bisschen empört zu klingen.

»Es war heute die ganze Zeit zu spüren, Gott sei Dank haben wir morgen noch eine Probe. Hast du meine Nachricht wegen der Karte für die Richard-Moat-Veranstaltung bekommen?«

Das hatte der Text der SMS also bedeutet. Der Name Richard Moat kam ihm vage bekannt vor, aber er konnte ihm kein Gesicht zuordnen. »Wie kommst du zu der Freikarte?«, fragte er.

»Ich habe heute Mittag mit ihm etwas getrunken. Da hat er sie mir gegeben.«

»Nur du?«

»Ja. Nur ich.« Er erinnerte sich deutlich, dass sie keine Zeit zum Mittagessen hatte. *Wir müssen über Mittag arbeiten.* Jackson runzelte die Stirn.

»Mach dir keine Sorgen«, sagte Julia. »Richard Moat ist nicht mein Typ.«

»Ich mache mir keine Sorgen.«

»Du machst dir immer Sorgen, Jackson. Das ist dein Normalzustand. Du könntest mich nachher abholen. Wir werden noch *Stunden* brauchen.« Julia seufzte, drückte ihre Zigarette aus und fragte, als wäre es ihr gerade erst eingefallen: »Wie war dein Nachmittag?«

Jackson dachte an all die Dinge, die er erzählen könnte *(Ich wäre beinahe ertrunken, ich habe eine Leiche gefunden, ich habe eine riesige, sinnlose Suche in der Luft und auf dem Wasser in Gang gesetzt, und ach, die Polizei hält mich für einen paranoiden, verblendeten Irren),* und entschied sich für: »Ich war in Cramond.«

»Wie schön, hast du Fotos gemacht?«

»Ich habe die Kamera verloren.«

»Nein! Unsere Kamera? Oh, Jackson, das ist schrecklich.« Er fühlte sich seltsam gerührt, als sie »unsere Kamera« und nicht »meine Kamera« sagte.

Von Julias Standpunkt aus war es vermutlich schrecklich, aber verglichen mit allem anderen, was er an diesem Nachmittag erlebt hatte, fiel es ihm schwer, sich deswegen aufzuregen. »Ja«, sagte er. »Tut mir leid.«

Er begleitete sie zurück in den inneren Kreis der Hölle, sah zu, wie sie die Bühne betrat und ihren Platz in der von Angst beherrschten Szene einnahm, in der sie zehn Minuten lang auf ein schwarzes Quadrat starren musste, das im Moment (es war ein multifunktionelles Stück Kulisse) ein auf einen wütenden arktischen Sturm hinausgehendes Fenster darstellen sollte – was Jackson nur wusste, weil er mit Julia in London den Text geübt hatte. Er vermutete, dass er im Notfall für sie hätte einspringen können (und das wäre wirklich ein Albtraum). Die stumme Pose, in der sie dastand, hatte etwas Nobles und Tragisches, mit dem Sackleinen und dem zerzausten Haar sah sie aus, als hätte sie etwas unaussprechlich Schreckliches überlebt. Er fragte sich, ob sie an ihre eigene Vergangenheit dachte, wenn sie solche Szenen spielte.

Er drehte sich um und suchte sich einen Weg aus dem Gebäude. Als er in der Ferne das Sirenengeheul eines Polizeiautos hörte, schlug sein Herz schneller, und er verspürte die altbekannte Aufregung. Als der Helikopter und Boote in Cramond eintrafen, hatte er unbedingt die Kontrolle übernehmen wollen, und es war ihm erstaunlich schwergefallen, dabei zuzusehen, wie Louise Monroe das Heft in der Hand hatte. Zweimal hatte er an diesem Tag erleben müssen, dass Frauen, die jünger waren als er, über mehr Autorität verfügten. Es hatte nichts damit zu tun, dass sie Frauen waren (sein einziges, geliebtes Kind war schließlich ein Mädchen), sondern mehr damit, dass Jackson kein Mann war. Kein richtiger Mann. Ein richtiger Mann nahm von einer alten toten Dame kein Geld an und lebte von da an in Frankreich. Er vermisste seinen Dienstausweis, er vermisste sein Kind, er vermisste seinen iPod, den er versehentlich zurückgelassen hatte. Er vermisste die Frauen mit den traurigen Stimmen, deren Schmerz er hatte teilen dürfen. Lucinda, Trisha, Eliza, Kathryn, Gillian, Emmylou. Am meisten vermisste er Julia, und doch war sie es, die bei ihm war.

Da er nichts Besseres zu tun hatte, als in einem leeren Bett zu liegen und darüber nachzudenken, was er alles nicht hatte, ging er los und holte seine Eintrittskarte für Richard Moat.

Jackson kannte Richard Moat noch aus den Achtzigerjahren, er hatte ihn damals nicht komisch gefunden und fand ihn jetzt nicht komisch. Ebenso erging es den meisten Zuschauern – Jackson war schockiert, wie böse manche Zurufe und Pfiffe klangen. Ein paarmal döste er ein, aber die Umstände waren dem Schlaf nicht gerade förderlich. Als Richard Moat seine Vorstellung zu widerwilligem Applaus beendete, dachte Jackson: Und wieder sind ein paar Stunden meines Lebens futsch. Er war zu alt und sich der begrenzten Frist zu bewusst, um wertvolle Zeit auf schlechte Comedy zu verschwenden.

Er verdrückte sich so schnell wie möglich und stieg in die unterirdischen Tiefen von Julias Bühne hinunter, die dunkel und leer war. Eines Tages würde er dort unten auf einen Minotaurus stoßen. Julia hatte von stundenlangen Proben gesprochen, aber hier war niemand mehr. Er schaltete sein Handy ein und fand eine Nachricht von Julia: *Alles erledigt, warte auf Dich in der Wohnung.*

Er fand einen Notausgang und beging den Fehler, das Gebäude durch ihn zu verlassen, so dass er nicht wusste, wo er war, als er auf der Straße stand. Er hatte in *National Geographic* (seit kurzem war er Abonnent, was zweifelsfrei seinen Status als Mann in mittleren Jahren bestätigte) gelesen, Genforscher hätten nachgewiesen, dass sich Frauen an Wahrzeichen, Männer an räumlichen Indikatoren orientieren. Es war dunkel, und in Ermangelung räumlicher Indikatoren hielt er nach Wahrzeichen Ausschau, nach der Royal Mile, der Skyline der Türme und Zinnen, die sich zu Pracht, Pomp und Rüstung der Burg zusammenfügten. Er blickte sich um nach dem massiven Museumsbau in der Chambers Street, nach den landumschlossenen Brücken, aber er sah nur den Schlund einer dunklen schmalen Gasse, die zu einer endlos langen Steintreppe führte. Oben schimmerten die Lichter einer Straße, auf der es noch immer von Festivalbesuchern wimmelte, und er setzte sich in Bewegung, ohne mehr zu denken als: Das ist eine Abkürzung. »Durchlass« hätte er es als Junge genannt. Andere Sprache, andere Zeiten.

Jackson warnte Marlee (und auch Julia, aber sie hörte nie auf ihn) beständig davor, durch dunkle Gassen zu gehen. *Daddy, ich darf nicht mal raus, wenn es dunkel ist*, sagte die vernünftige Marlee. Andererseits musste man als Mädchen oder Frau nicht durch eine dunkle Gasse gehen, um attackiert zu werden. Sie konnten in einem Zug sitzen, aus einem Bus steigen, an einer Fotokopiermaschine stehen und dennoch viel zu früh von einem verrückten

Typen aus dem Leben gerissen werden. Noch nicht einmal von einem verrückten Typen, die meisten waren nicht verrückt, sie waren nur Typen, Punkt. Jackson wäre glücklicher, wenn die Frauen in seinem Leben das Haus überhaupt nicht verlassen hätten. Aber er wusste, dass auch das nicht ausreichte, um für ihre Sicherheit zu garantieren. *Du bist wie ein Schäferhund,* sagte Julia. *Du fühlst dich auch noch für das letzte Lämmchen verantwortlich.*

Jackson selbst hatte keine Angst vor dunklen Gassen, er hielt sich in einer dunklen Gasse für die größere Bedrohung, wem er dort auch begegnete, doch er hatte die Rechnung ohne den Honda-Mann gemacht. Der unglaubliche Bulle auf Steroiden schoss in all seiner aufgepumpten Glorie aus dem Nirgendwo und prallte mit der Anmut eines Rugbyspielers gegen Jackson. Himmel noch mal, dachte Jackson, als er auf dem Boden aufschlug, das war vielleicht eine Stadt. Der Minotaurus war aus dem Labyrinth entkommen.

Instinktiv rappelte er sich auf, niemals liegen bleiben, liegen bleiben hieß getreten werden, hieß tot zu sein, aber bevor Jackson auch nur einen rationalen Gedanken fassen konnte – *warum?* wäre ein guter Anfang gewesen –, traf ihn Honda-Mann mit einem Hieb wie von einem Rammbock. Jackson hörte die Luft mit einem *Uff!* aus seinem Körper entweichen, bevor er zusammenbrach. Sein Zwerchfell wurde zu Stein, und er verlor jegliches Interesse an rationalem Denken, seine Sorge galt einzig der Mechanik seiner Atmung – warum hatte sie ausgesetzt, wie brachte man sie wieder in Schwung. Er schaffte es auf alle viere wie ein Hund und wurde damit belohnt, dass Honda-Mann ihm auf die Hand trat, Jacksons Ansicht nach ein gemeiner Schachzug, aber es tat so weh, dass er am liebsten geweint hätte.

»Sie werden vergessen, was Sie gesehen haben«, sagte Honda-Mann.

»Was vergessen? Was habe ich gesehen?«, keuchte Jackson. Volle Punktzahl für den Versuch, ein Gespräch zu führen, Jackson, dachte er. Auf allen vieren und redet immer noch, gebt dem Mann einen Orden. Er keuchte und schnappte nach Luft.

»Versuchen Sie bloß nicht, den Schlaumeier zu spielen, Sie wissen genau, was Sie gesehen haben.«

»Wirklich?« Zur Antwort gab ihm Honda-Mann einen beiläufigen Tritt in die Rippen, und ein höllischer Schmerz durchfuhr ihn. Der Typ hatte recht, er sollte nicht versuchen, den Schlaumeier zu spielen.

»Mir ist zu Ohren gekommen, dass Sie für Unruhe gesorgt haben, Mr Brodie.« (Der Typ kannte seinen *Namen*?) Jackson überlegte, ob er erklären sollte, dass er nichts dergleichen getan habe, dass er im Gegenteil davon abgesehen habe, bei der Polizei eine Aussage zu seinem Ausraster auf der Straße zu machen, und keinerlei Interesse daran habe, als Zeuge aufzutreten, aber er brachte nur ein »Uh« heraus, weil ihm Honda-Mann erneut einen Springerstiefel kräftig in die Rippen gestoßen hatte. Er musste vom Boden hoch, musste aufstehen. Alle *Rocky*-Filme schienen gleichzeitig vor seinem inneren Auge abzulaufen. Stallone, wie er am Ende den Namen seiner Frau rief, als würde er sterben. *Adrian! Rocky I–V* enthielten wichtige moralische Lektionen, überlebenswichtige sogar, aber was lehrten sie einen über den Umgang mit unschlagbaren Feinden? Mach weiter, auch wenn du keine Chance hast. Wenn es sonst nichts mehr zu tun gab, blieb einem nur, es bis zum Ende durchzustehen.

Honda-Mann war wie ein Sumoringer in die Knie gegangen und provozierte Jackson mit Handbewegungen, als wollte er ihm helfen, rückwärts einzuparken, die universelle Macho-Geste für: *Mach schon, greif an.*

Der Typ war doppelt so groß wie er, mehr eine unaufhaltbare Naturgewalt als ein Mensch. Jackson wusste, dass er nicht gegen ihn kämpfen und gewinnen, gegen ihn kämpfen und am Leben bleiben konnte. Plötzlich fiel ihm der Baseballschläger ein. Wo war er? Steckte er in seinem Ärmel? Nein, das wäre lächerlich, ein Zaubertrick. Sie umkreisten einander wie Gladiatoren, den Schwerpunkt tief gelagert. Honda-Mann hatte offensichtlich keinen Sinn für Humor, denn sonst hätte er Jackson dafür ausgelacht, dass er sich aufführte, als hätte er eine Chance gegen ihn. *Wo war der Baseballschläger?*

Der zweite gute Rat, den er Marlee und Julia immer wieder gab, betraf ihr Verhalten bei einem Angriff, sollten sie dumm genug gewesen sein, seinen ersten guten Rat zu ignorieren, und durch eine dunkle Gasse gegangen sein.

»Du bist im Nachteil«, bläute er ihnen ein. »Größe, Gewicht, Kraft, alles spricht gegen dich, also musst du schmutzige Tricks anwenden. Daumen in die Augen, Finger in die Nase, Knie in den Schritt. Und schrei, vergiss nicht zu schreien. Jede Menge Lärm. Wenn es ganz schlimm wird, beiß zu, wo immer du kannst – in die Nase, in die Lippen, und zwar fest. Und dann schrei wieder. Immer schreien.«

Er musste vergessen, wie ein Mann kämpfte, und wie ein Mädchen kämpfen. Sich wie das schwache Geschlecht zu orientieren hatte zwar nicht funktioniert, trotzdem ging er mit den Daumen auf Honda-Manns Augen los – und verfehlte sie, es war, als müsste er zu einem Basketballkorb hochspringen. Aber er schaffte es bis zur Nase und biss zu, lange. Nicht das Ekelhafteste, was er jemals getan hatte, aber fast. Honda-Mann schrie – das schauerliche Geheul eines Märchenbuchriesen.

Jackson ließ los. Honda-Manns Gesicht war blutüberströmt, das gleiche Blut, das Jackson im Mund schmeckte, kupfern, widerlich. Er hielt sich an den eigenen Rat und schrie. Er wollte die Polizei alarmieren, er wollte besorgte Bürger und unschuldige Zuschauer alarmieren, er wollte irgendjemanden alarmieren, der den wahnsinnigen Berg von einem Mann aufhalten konnte. Bedauerlicherweise lockte sein Geschrei den Hund an, und da fiel es Jackson ein – nicht um den Baseballschläger musste er sich Sorgen machen, sondern um den Hund. Der Hund stürzte sich schnurstracks auf ihn, die Zähne gefletscht wie ein Höllenhund.

Er wusste, wie man einen Hund umbrachte, theoretisch zumindest – man packte ihn an den Vorderpfoten und riss ihn im Grunde entzwei –, aber ein theoretischer Hund war etwas anderes als ein echter Hund, voll bepackt mit Muskeln und Zähnen, dessen einziger Ehrgeiz darin bestand, ihm die Kehle durchzubeißen.

Honda-Mann hörte lange genug auf zu schreien, um dem Hund Befehle zu geben. Er deutete auf Jackson und brüllte: »Fass ihn! Bring ihn um!«

Stumm und gelähmt vor Entsetzen, sah Jackson zu, wie der Hund durch die Luft auf ihn zusprang.

MITTWOCH

16

Richard Moat fuhr aus dem Schlaf hoch. Sein Kopf fühlte sich an, als wäre ein Wecker darin losgegangen. Er hatte keine Ahnung, wie viel Uhr es war. Martin war nicht so vorausschauend gewesen, ihm einen Wecker ins Gästezimmer zu stellen.

Draußen war es hell, aber das hatte nichts zu sagen, hier oben schien es überhaupt nicht richtig dunkel zu werden. »Jockland« nannte er es jetzt wie ein guter Schotte. Edinburgh, das Athen des Nordens, das war wohl ein verdammter Witz. Sein Mund fühlte sich an, als wäre im Schlaf eine Nacktschnecke hineingekrochen und hätte seine Zunge übernommen. Auf seinem Kinn spürte er einen Faden Schneckensabber.

Er war erst um vier Uhr ins Bett gegangen, und zu dieser Zeit kämpfte die Dämmerung bereits um ihren Auftritt. Tirili, tirila, verdammtes Gezwitscher auf dem ganzen Nachhauseweg. War er mit dem Taxi gefahren oder zu Fuß gegangen? Er hatte bis lange nach Mitternacht in der Traverse Bar getrunken und sowohl eine lebhafte wie auch bizarre Erinnerung daran, in einem Tabledance-Club in der Lothian Road gewesen zu sein – »Shania«, wenn er sich nicht täuschte, hatte ihm die Möse ins Gesicht gereckt. Eine echte Prollnutte.

Der Auftritt für die BBC war okay gewesen, diese Vorstellungen am helllichten Tag für die BBC zogen stets ein älteres, artiges Publikum an, das noch immer glaubte, die BBC stünde für Qualität. Aber die Vorstellung um zehn Uhr abends … Wichser, alle miteinander. Verdammte Wichser.

Die Sonne steckte einen leidenschaftslosen Finger zwischen den Vorhängen herein, und er bemerkte Martins Rolex an seinem Handgelenk. Zwanzig vor fünf. Martin brauchte keine Uhr wie diese, er war kein Rolex-Mann. Wie groß war die Chance, dass Martin sie ihm schenkte? Ob er sie vielleicht »aus Versehen« nach Hause mitnehmen konnte?

Wieder ging der Wecker in seinem Kopf los, und ihm wurde klar, dass es tatsächlich an der Tür läutete. Warum zum Teufel öffnete Martin nicht? Wieder, diesmal länger. Herrgott noch mal. Er torkelte aus dem Bett und die Treppe hinunter. Die Haustür war nur ins Schloss gefallen und nicht mit der endlosen Reihe von Riegeln und Schlössern und Ketten gesichert, hinter denen Martin sich normalerweise verbarrikadierte. In mancher Hinsicht verhielt der Mann sich wie eine alte Frau. In vieler Hinsicht. Richard Moat zog die Tür auf. Das Tageslicht schlug ihm entgegen, und er wusste, wie Vampire sich fühlen mussten. Ein Kerl stand vor ihm, einfach ein Kerl, nicht der Briefträger, nicht der Milchmann oder sonst irgendjemand, der das Recht beanspruchen konnte, ihn um diese Uhrzeit zu wecken.

»Was? Es ist noch nicht mal fünf. Es ist noch immer gestern, verdammte Scheiße.«

»Nicht für dich«, sagte der Mann vor der Tür und schubste ihn grob ins Haus. »Für dich ist es schon morgen.«

»Was zum –?«, sagte Richard Moat, als der Mann ihn ins Wohnzimmer stieß.

Der Kerl war riesig, die Nase geschwollen und hässlich, als hätte er sich mit jemandem geprügelt. Er sprach sehr nasal, englisch, tonlos, Nottingham oder Lancaster vielleicht. Richard Moat stellte sich vor, wie er ihn später der Polizei beschreiben, wie er sagen würde: »Ich kenne mich aus mit Akzenten, gehört zu meinem Beruf.« Anfang der Neunzigerjahre hatte er sich als Schauspieler versucht und eine kleine Rolle in der Krimireihe *The Bill* gespielt: einen Mann (einen Komiker, damit er sich nicht »verbiegen« musste), dem eine verrückte Frau nachstellte mit der Absicht, ihn umzubringen. Ein echter Polizist hatte ihn bezüglich der Rolle beraten und gesagt, dass man wie ein Überlebender *denken* müsse, um zu überleben, man müsse sich ein Bild machen von sich selbst in der Zukunft, in der Zeit *nach* dem Überfall. Er erinnerte sich jetzt an diesen Rat, aber es fiel ihm auch ein, dass die verrückte Frau den Mann letztlich umgebracht hatte.

Der wahnsinnige Fremde trug Autofahrerhandschuhe, und Richard dachte, dass das wahrscheinlich kein gutes Zeichen war. Die Handschuhe hatten Löcher, aus denen seine Handknöchel ragten wie kleine Atolle aus weißem Fleisch, und Richard glaubte, dass hier irgendwo ein Witz versteckt sein musste, vielleicht hatte es etwas mit der klassischen Schlägertypen-Knöcheltätowierung »love« und »hate« zu tun, aber sosehr er es auch versuchte, er konnte seine Gedanken nicht ordnen, geschweige denn in einen witzigen Zusammenhang bringen. Aus dem Nirgendwo holte der Kerl plötzlich einen Baseballschläger hervor.

Was folgte, hätte in Zeitlupe geschehen sollen, ohne Geräusche, stattdessen mit Musik unterlegt – »Psycho Killer« von den Talking Heads oder etwas Ergreifendes, etwas Klassisches – ein Cello –, Martin wüsste es. Richards Beine knickten plötzlich ein, und er fiel auf die Knie. So etwas hatte er noch nie zuvor erlebt, man hörte davon, aber man glaubte nicht, dass es wirklich geschah.

»Sehr gut«, sagte der Mann.« Auf den Boden mit dir, wo du hingehörst.«

»Was wollen Sie?« Richards Mund war so trocken, dass er kaum sprechen konnte. »Nehmen Sie alles. Alles hier im Haus.« Richard Moat machte im Kopf verzweifelt Inventur von Martins Haus. Da war eine gute Stereoanlage, ein phantastischer Fernseher mit Flachbildschirm in der Ecke hinter ihm. Er versuchte, mit einem gefühllosen Arm auf den Fernseher zu deuten, und sein Blick fiel auf Martins Rolex an seinem Handgelenk. Er versuchte, den Mann darauf aufmerksam zu machen.

»Ich will nichts«, sagte der Mann (ganz ruhig, seine Ruhe war das Schlimmste).

Richards Handy, das auf dem Tisch lag, klingelte und zerstörte die seltsame intensive Intimität zwischen ihnen. Sie starrten beide darauf, eine bizarre Einmischung von außen. Richard Moat überschlug im Kopf, ob er sich darauf stürzen, es aufklappen und wen immer ihn um diese Uhrzeit anrief anschreien konnte: *Hilfe, ein Verrückter ist hier.* Ob er beweisen könnte, dass er keine Witze machte, und die Adresse nennen (wie jemand in einem Film, ein plötzlicher Erinnerungsfetzen, Jodie Foster in *Panic Room*), aber er wusste, dass es keinen Sinn hatte. Bevor er das Telefon auch nur berührte, hätte der Verrückte mit dem Baseballschläger seinen Arm getroffen. Richard ertrug nicht einmal den Gedanken an den Schmerz, den ihm der Verrückte zufügen konnte.

Er begann wie ein Hund zu wimmern, er hörte es selbst. Jodie Foster war aus härterem Holz geschnitzt, sie würde nicht wimmern.

Das Handy hörte auf zu klingeln, der Verrückte steckte es ein, lachte und sang die Titelmelodie von Robin Hood. »Eine Bande Schwuler, wenn du mich fragst«, sagte er zu Richard. »Glaubst du nicht?«

Richard spürte, wie ihm warmer Urin den Oberschenkel hinunterrann.

»Mir hat nicht gefallen, was du heute getan hast.«

»Die Show?«, sagte Richard ungläubig. »Sie sind hier, weil Ihnen die *Show* nicht gefallen hat?«

»So nennst du das?«

»Ich verstehe nicht. Ich habe Sie noch nie gesehen. Oder?« Er war durchs Leben gegangen, ohne einen Gedanken daran zu verschwenden, ob er andere kränkte oder nicht, jetzt ging ihm auf, dass er vielleicht besser aufgepasst hätte.

»Bleib auf den Knien und schau mich an.«

»Soll ich Ihnen den Schwanz lutschen?«, fragte Richard verzweifelt. Er versuchte, begierig zu klingen trotz seines strohtrockenen Mundes, trotz des warmen Flecks auf seinen Boxershorts. Er fragte sich, was er tun würde, damit dieser Mann ihn nicht schlug. Wahrscheinlich alles.

»Du dreckiges Schwein«, sagte der Mann. (Okay, er hatte ihn missverstanden.) »Du sollst überhaupt nichts *tun,* Martin. Bloß deine verdammte Schnauze halten, verstanden?«

Richard Moat öffnete den Mund, wollte erklären, dass er nicht Martin war, dass Martin oben in seinem Zimmer schlief und er ihn gern hinaufführen würde, damit er Martin statt seiner schlagen könnte. Aber er brachte nur ein Krächzen zustande: »Ich bin ein Komiker«, und der Mann warf den Kopf zurück und lachte, riss den Mund so weit auf, dass Richard Moat die Füllungen in seinen Backenzähnen sah. Er spürte, wie ihm ein Schluchzen in die Kehle stieg.

»Oh, das bist du wirklich, daran besteht kein Zweifel«, sagte der Kerl, und dann schlug er zu, schneller, als Richard Moat es sich hatte vorstellen können, und Richard Moats Welt explodierte in

Lichtblitzen – kleine glühende Fäden wie aus altmodischen Glühbirnen –, und ihm war klar, dass er seinen letzten Witz erzählt hatte. Er hätte schwören können, dass er Applaus hörte, und dann erloschen die kleinen Fäden einer nach dem anderen, bis es dunkel war, und Richard Moat entschwebte in die Dunkelheit.

Seine letzten Gedanken galten seinem Nachruf. Wer würde ihn schreiben? Wäre er gut?

17

Jackson erwachte aus dem Chaos eines Albtraums. Jemand, eine schattenhafte Gestalt, die er nicht erkannte, hatte ihm ein Paket überreicht. Jackson wusste, dass das Paket sehr wertvoll war, und wenn er es fallen ließe, würde etwas unvorstellbar Schreckliches geschehen. Das Paket war zu schwer und unhandlich, es hatte keinen fixen Schwerpunkt und schien sich in seinen Armen zu bewegen, und sosehr er es auch versuchte, er konnte es nicht festhalten. In dem Moment, als er begriff, dass ihm das Paket endgültig aus den Händen rutschen würde, wachte er zu Tode erschrocken auf.

Er setzte sich aufrecht auf die Kante dessen, was hier als Bett galt. Er fühlte sich hundeelend, als wäre sein Körper über Nacht durch eine riesige Mangel gedreht worden, und seine Augen schienen pochiert worden zu sein – möglicherweise auch gebraten –, während er schlief. Seine Rippen schmerzten, und in seiner Hand pochte es, sie war dick angeschwollen, der Abdruck eines Stiefels deutlich erkennbar.

Das Meerwasser, das gestern durch seinen Körper geströmt war, hatte sein Blut verdünnt, und es wären Hektoliter heißen starken Kaffees nötig, um seine Viskosität wiederherzustellen und Jackson zumindest wieder einen Anschein von Leben einzuhauchen. Er fragte sich, was für Gifte und Schadstoffe in dem Wasser herumschwammen. Und Abwässer, was war mit Abwässern? Am besten nicht daran denken.

Die tote Frau fiel ihm ein – nicht dass er sie vergessen hätte –, er fragte sich, ob sie über Nacht irgendwo angeschwemmt worden war.

In Frankreich würde er ungefähr um diese Uhrzeit in seiner *piscine* schwimmen gehen. Aber er war nicht in Frankreich, er war in einer Arrestzelle im Polizeirevier St. Leonard's in Edinburgh.

Nie zuvor war er in einer Gefängniszelle gewesen. Er hatte Leute hineingesteckt und Leute herausgeholt, aber er war nie in einer eingesperrt gewesen. Ebenso wenig war er schon einmal von einer Arrestzelle zu einem Sheriff Court in einer grünen Minna transportiert worden, die ihm vorkam wie eine Kreuzung zwischen einer öffentlichen Bedürfnisanstalt und seiner Vorstellung von einer Pferdebox. Auch hatte er nie zuvor auf der falschen Seite der Brüstung vor Gericht gestanden, und er war definitiv noch nie schuldig gesprochen und zu hundert Pfund Strafe verurteilt worden wegen Körperverletzung – von einem aufrechten Bürger zu einem abgeurteilten Straftäter, während der Sheriff mit seinen Reptilienaugen einmal langsam blinzelte. Mit jedem Moment wurde seine Lage ungewohnter. Er erinnerte sich, dass er, von Louise Monroe befragt, gedacht hatte, es sei interessant, auf der anderen Seite zu stehen. »Interessant« – da war das Wort: Offenbar hatte er den chinesischen Fluch aktiviert.

Nachdem er das Gericht verlassen hatte, rief er Julia an, um ihr mitzuteilen, dass er wieder auf freiem Fuß war. Er hatte mit ihrer Mailbox gerechnet, weil er sich zu erinnern meinte, dass sie heute um elf eine Probe hätten – aber sie meldete sich verschlafen, als hätte er sie geweckt. »Oh, Gott, Schatz, alles in Ordnung?«

Heute Morgen hörte er echte und rührende Besorgnis um sein

Wohlergehen in ihrer Stimme, wohingegen sie gestern Abend, als er sie anrief, um ihr zu erzählen, was passiert war, deprimiert geklungen hatte, was für sie untypisch war.

»Verhaftet? Du bist ein Witzbold, Jackson«, hatte sie seufzend gesagt.

»Nein, wirklich – verhaftet und angeklagt«, erwiderte er. *Witzbold?* Was sollte das denn?

»Wegen einer *Rauferei?*«

»Der technische Ausdruck lautet Körperverletzung. Morgen früh muss ich vor den Sheriff und über Nacht ins Gefängnis.«

»Um Himmels willen, Jackson, *musst* du denn immer Ärger suchen?«

»Ich habe nicht danach gesucht, er hat mich von ganz allein gefunden. Wirst du mich fragen, wie es mir geht?«

»Wie geht es dir?«

»Meine Hand tut höllisch weh, und womöglich habe ich mehr als eine gebrochene Rippe.«

»So was passiert, wenn man Faxen macht.«

»Faxen?« Seine missliche Lage schien die bizarreren Elemente ihres Vokabulars zum Vorschein gebracht zu haben. Er hatte gedacht, sie wäre mitfühlend, aber sie hatte ihn mehr oder weniger abgewürgt, allerdings vermutete er, dass er sie mitten in der Nacht geweckt hatte, nachdem er angeklagt und ins Gefängnis geschafft worden war. Er hatte gehofft, dass sie ihm eine freundliche Nachricht auf dem Handy hinterlassen hätte, während es zusammen mit seinen anderen Habseligkeiten auf ihn wartete, aber die Mailbox war leer.

Er wusste, was immer auch passierte, er durfte Julia nichts von dem Hund erzählen.

»Du hast einen *Hund* umgebracht, Jackson?«

»Nein! Der Hund ist einfach gestorben, ich habe ihn nicht umgebracht.«

»Du hast ihn mit der Kraft deiner Gedanken getötet?«

»Nein! Er hatte einen Herzinfarkt oder vielleicht einen Hirnschlag, ich weiß es nicht genau.« Er hörte, wie sich Julia eine Zigarette anzündete und tief inhalierte. Ihre Akkordeonlungen zogen sich auseinander und wieder zusammen, pfiffen ihre kränkliche Melodie.

Er hatte vor Entsetzen gelähmt dagestanden und zugesehen, wie der Hund zähnefletschend auf ihn zustürmte wie ein übergewichtiger Turner auf das Pferd. Und »Heilige Mutter Gottes« gedacht, weil er glaubte, dass ihn nur göttliche Intervention retten könnte. Er wappnete sich, erinnerte sich an seine Ausbildung, *pack ihn an den Beinen, reiß ihn auseinander,* und siehe da, die Heilige Jungfrau höchstpersönlich musste für ihn eingeschritten sein, denn genau in dem Augenblick, als das wütende Biest nach ihm schnappte, sackte es zu seinen Füßen zusammen wie ein Luftballon mit einem Loch. Jackson starrte den Hund sprachlos vor Erstaunen an, wartete darauf, dass er sich aufrappelte und ihn mit den Zähnen zerfleischte, aber er zuckte nicht einmal mehr mit dem Schwanz. Und der Hundeliebhaber in Honda-Mann stieß einen entsetzlichen, gequälten Schrei aus, und er sank neben dem Tier auf die Knie. Und obwohl er ein verrückter, rasender Psychopath war, verspürte Jackson ein klein wenig Mitgefühl für jemanden, der einen so tiefen Schmerz empfand.

Er kratzte sich am Kopf, Stan neben Honda-Mann Ollie, und überlegte, was er tun sollte. Wegrennen schien eine gute Option, aber irgendwie fühlte es sich nicht richtig an, einfach zu gehen. Bevor er sich für eine Variante entscheiden konnte – Honda-Mann umbringen oder trösten –, traf ein Polizist am Schauplatz des Geschehens ein. Sie befanden sich zwar in einer stockfinsteren Gasse, aber nahe der Royal Mile, und hatten genug Lärm verursacht, um den guten alten Bobby von Greyfriars zu wecken, der einen Katzensprung entfernt den Schlaf der Gerechten schlief. Schreien funktionierte also, er würde diese Tatsache Marlee gegenüber betonen. Und auch Julia gegenüber.

Jackson nahm an, dass es aus der Perspektive eines Polizisten nicht gut für ihn aussah – Honda-Mann mit zu Brei gebissener Nase auf dem Boden, der um seinen Hund schluchzte, und Jackson, der vor beiden aufragte, sich nachdenklich am Kopf kratzte, den Mund voller Blut, das nicht seines war. Er hätte einfach die Hände hinhalten und sagen sollen: »Ich bin erledigt, Sie haben mich genau im richtigen Augenblick erwischt, Sergeant«, aber das tat er nicht. Er protestierte heftig *(Es war Notwehr, er hat mich angegriffen, er ist irre)* und landete in Handschellen auf dem Rücksitz eines Streifenwagens.

Sein Auftritt vor Gericht heute Morgen war kurz und brutal gewesen. Der Polizist, der ihn verhaftet hatte, las seine Aussage vor. Er habe »Mr Terence Smith« auf dem Boden in einer Blutlache und um seinen Hund weinend vorgefunden. Das Opfer beschuldige den Angeklagten, seinen Hund umgebracht zu haben, allerdings wies die Leiche keine erkennbaren Verletzungen auf. Der Angeklagte schien Mr Smith zuvor in die Nase gebissen zu haben. Mr Smith selbst gab ein weitgehend glaubhaftes Opfer ab – schick gekleidet in Hugo Boss, die Nase lila angeschwollen auf eine Weise, die Jackson eindeutig belastete. Mr Smith sei seiner Wege gegangen, habe seinen Hund ausgeführt. Gab es einen unschuldigeren Zeitvertreib für einen Bürger, als den eigenen Hund auszuführen?

Jackson hatte sich gestern Abend geweigert, sich vom Polizeiarzt untersuchen zu lassen, und behauptet, es gehe ihm »gut«. Dummer männlicher Stolz hatte ihn daran gehindert, seine Verletzungen einzugestehen. »Sie sind ein Besucher in dieser Stadt, Mr Brodie«, hatte ihn Sheriff Alistair Crichton ermahnt, »und ich kann nur bedauern, dass wir nicht mehr in den alten Zeiten leben, als Sie der Stadt verwiesen worden wären.« Stattdessen hatte er ihm hundert Pfund wegen Körperverletzung aufgebrummt und gesagt, er solle »sich vorsehen«.

»Warum hast du nicht auf unschuldig plädiert?«, fragte Julia. »Du bist ein Idiot, Jackson.« Sie klang nicht mehr verschlafen, ganz im Gegenteil.

»Danke für dein Mitgefühl.«

»Und was jetzt?«, fragte sie.

»Weiß nicht. Werde wahrscheinlich versuchen, mich von jetzt an nicht mehr danebenzubenehmen.«

»Das ist nicht komisch.«

»Außer du wärst gern eine Gangsterbraut.«

»Das ist nicht komisch.«

Jackson hörte, wie im Hintergrund eine Tür geöffnet und wieder geschlossen wurde, und dann Stimmen. Ein Mann stellte eine Frage, die Jackson nicht verstand, und Julia wandte den Kopf vom Telefon ab und sagte: »Ja, bitte.«

»Bist du in einem Geschäft?«

»Nein, bei der Probe. Ich muss jetzt los, bis später.« Und weg war sie. Sie konnte nicht bei der Probe sein, die Bühne lag so weit unter der Erde, dass kein Handysignal den Stein durchdringen konnte. Jackson seufzte. Harte Zeiten in Babylon.

18

Louise brauchte zwanzig Minuten, um Archie zu wecken. Ohne diesen Aufwand hätte sie ihn noch im Bett vorgefunden, wenn sie von der Arbeit nach Hause kam. Jetzt stand er seit fast einer halben Stunde unter der Dusche. Es hätte sie nicht überrascht, wenn er dort wieder eingeschlafen wäre, jedenfalls wirkte er hinterher nie sauberer als zuvor. Sie dachte nicht gern darüber nach, was für andere Dinge er dort drin tun mochte mit seinem Mann/Jungen-Körper. Sie konnte sich kaum mehr erinnern, dass er einst brandneu gewesen war, so rosa und rein wie die Ballen von Jellybeans Pfoten, als er noch ein Kätzchen gewesen war. Jetzt wuchsen Archie überall Haare und Stoppeln, Pickel sprossen, seine Stimme fuhr Achterbahn, überschlug sich und stürzte ab aufs Geratewohl. Er machte eine unnatürliche Veränderung durch, als würde er sich von einem Jungen in ein Tier verwandeln, mehr Werwolf als Mensch.

Es war jetzt nahezu unvorstellbar, dass Archie aus ihrem Körper gekommen war, sie konnte nicht glauben, dass er jemals in sie hineingepasst hatte. Eva wurde aus Adams Körper geformt, aber in Wahrheit kamen die Männer aus den *Frauen* – kein Wunder, dass sie das um den Verstand brachte. Der Mensch, vom Weibe geboren, lebt kurze Zeit und ist voll Unruhe. Manchmal fragte man sich, warum sich irgendjemand die Mühe machte, aus der Wiege zu kriechen, wenn alles, was vor ihm lag, so verdammt schwierig war. Sie wusste, sie sollte nicht so denken, depressive Mütter produzierten depressive Kinder (sie hatte eine klinische Studie gelesen), sie hatte gedacht, sie könnte diesen Kreis durchbrechen, aber sie hatte keine sehr gute Arbeit geleistet.

Louise trank Kaffee und starrte auf die Urne, die noch immer auf der Ablauffläche stand. Weib vom Weibe geboren. Vielleicht könnte sie ihren Inhalt wie Dünger im Garten verstreuen? Es gab kaum Mutterboden draußen – danke, Graham Hatter –, und ihre Mutter könnte zum ersten Mal in ihrem Leben zu etwas nütze sein. Sie merkte, dass sie sich auf die Lippe gebissen hatte und blutete. Sie mochte den Geschmack ihres Blutes, Salz und Eisen. Irgendwo hatte sie gelesen, dass Blut Salz enthielt, weil alles Leben aus dem Meer stammte, aber es fiel ihr schwer, es zu glauben – es klang eher poetisch als nach wissenschaftlicher Erkenntnis. Sie dachte an Archie als Embryo, mehr Fisch als Vogel, zusammengerollt in seiner wässrigen Umgebung, in ihr taumelnd wie ein Seepferdchen.

Sie seufzte. Sie konnte sich jetzt noch nicht ihrer Mutter widmen. »Ich denke morgen darüber nach«, murmelte sie. Der Geist von Scarlett ließ grüßen, und sie zeigte sich mit einer kleinen Erwiderung erkenntlich: *Schön, Sie zu sehen, Ms O'Hara.*

Es hätte der erste Mordfall werden können, in dem sie die Ermittlungen leitete, aber er erwies sich als Fata Morgana. Die Taucher hatten bei Tagesanbruch zu suchen begonnen und nichts gefunden. Sie hatte Sandy Mathieson hinausgeschickt. Irgendwie hatte sie gewusst, dass die Taucher nichts finden würden. Wahrscheinlich würde man ihr die Hölle heißmachen, weil sie Geld und Ressourcen verschwendet hatte. Sie wollte, dass die tote Frau auftauchte, nicht weil sie einer Frau den Tod wünschte, sondern weil sie beweisen wollte, dass die Frau nicht Jackson Brodies Phantasie entsprungen war. Sie wollte Rechtfertigung für Jackson Brodie. Der gerechtfertigte Sünder. War er ein Sünder? Waren wir das nicht alle?

Gestern hatte Jessica Drummond seine Aussage bei der Polizei von Cambridge überprüft. Ja, er war dort bei der Kriminalpolizei gewesen, hatte aber vor ein paar Jahren aufgehört und sich als Privatermittler etabliert. »Ein Schnüffler, ein Privatdetektiv«, schnaubte Jessica (sie schnaubte wirklich). »*Boy's-Own*-Phantasien.«

Übereifrig hatten andere sie genannt. Sie versuchte so sehr, einer von den Männern zu werden, dass es schien, als habe sie angefangen, sich zu rasieren. Verglichen mit ihr, fühlte sich Louise wie ein großer, dicker, aufgeblähter rosa Marshmallow der Weiblichkeit.

Schlimmer, fuhr Jessica fort. Brodie hatte Geld geerbt von einer Mandantin und sich nach Frankreich abgesetzt.

»Wie viel Geld?«, fragte Louise.

»Zwei Millionen.«

»Sie machen Witze.«

»Nein. Zwei Millionen Pfund von einer *sehr* alten Frau. Da fragt man sich doch, ob nicht *Nötigung* im Spiel war. Verwirrte alte Dame ändert ihr Testament zugunsten eines Süßholzrasplers. Ich glaube, mit unserem Mr Brodie stimmt was nicht« – sie tippte sich an die Stirn. »Ein geschickter Heuchler, schafft es nicht, Polizist zu sein, einen richtigen Beruf auszuüben, will im Mittelpunkt der Aufmerksamkeit stehen. Ein Phantast.«

»Klingt nach Seifenoper«, sagte Louise. »Und für Süßholzraspeln habe ich keine Beweise gefunden.« Wenn schon, dann fürs Gegenteil. Er hatte zwei Millionen auf der Bank und fuhr mit dem

Bus? Er sah nicht aus wie jemand, der mit dem Bus fuhr. *Nicht alle haben jemanden, der merkt, wenn sie verschwunden sind.* Hatte er von sich gesprochen? Er hatte sie direkt angesehen, als er es sagte. Glaubte er, sie hätte niemanden, der sie vermissen würde? Archie würde sie vermissen. Jellybean würde sie vermissen. Jellybean würde sie mehr vermissen als Archie. Archie würde sich in seinem Zimmer verkriechen, Mercenaries: Playground of Destruction spielen, *Punk'd, Cribs* und *Pimp My Ride* auf MTV ansehen und Pizzas auf ihre Kreditkarte bestellen.

Und wenn das Geld alle wäre, was dann? Archie konnte kaum eine Dose Bohnen öffnen. Sollte sie vorzeitig sterben, wäre Archie eine Waise. Die Vorstellung von Archie als Waise versetzte ihrem Herzen einen Tritt, es war das Zweitschlimmste gleich nach Archies Tod (nicht daran denken). Aber schließlich wurde jeder mal zu einer Waise, oder? Sie war jetzt selbst Waise, obwohl der Unterschied zwischen ihrer lebenden Mutter und ihrer toten Mutter minimal schien.

Nicht um ihretwillen, sondern um Archies willen hoffte Louise, dass sie in ihrem eigenen Bett eines natürlichen Todes sterben würde, wenn sie eine zufriedene alte Frau und Archie vollständig erwachsen und unabhängig und bereit wäre, sie gehen zu lassen. Er hätte Frau und Kinder und einen Beruf. Wahrscheinlich wäre er ein erzkonservativer Investmentbanker und würde zu seinen Kindern Dinge sagen wie: »Als ich so alt war wie ihr, war ich auch ein kleiner Rebell.« Sie wäre tot, aber das wäre für alle in Ordnung, einschließlich Louise selbst, und ihre Gene würden weiterleben in ihrem Kind und seinem Kind, und auf diese Weise wurde die Welt zusammengehalten.

Louise konnte sich vorstellen, alt zu sein, aber sie konnte sich nicht vorstellen, zufrieden zu sein.

Frauen sind nicht dafür bekannt, dass sie ins Wasser gehen. Vermutlich hatte Jackson Brodie recht. Louise ging im Geiste die Frauen durch, die sich ertränkt hatten – Maggie Tulliver, Virginia Woolf, Natalie Wood, Rebecca de Winter. Na gut, sie waren nicht alle real gewesen, und genau genommen war Rebecca nicht ins Wasser gegangen, oder? Sie wurde ermordet, und sie hatte Krebs. Der Rasputin der romantischen Literatur – böse Frauen mussten offenbar mehrmals umgebracht werden. Man konnte eine gute Frau unterdrücken, aber nicht eine böse. Nachdem sie in St. Andrews mit Auszeichnung ihren Abschluss in Anglistik gemacht hatte, war Louise sofort zur Polizei gegangen. Ohne zu zögern. Sie hatten gewollt, dass sie ihren Master machte, aber wozu? Bei der Polizei konnte man draußen sein, auf der Straße, etwas tun, etwas verändern, Türen einbrechen und kleine hilflose Kinder finden, die der Gnade ihrer betrunkenen Mütter ausgeliefert waren. Und man hatte die Macht, die kleinen hilflosen Kinder ihren betrunkenen Müttern wegzunehmen und sie zu retten, sie Pflegeeltern zu übergeben, sie in ein Waisenhaus zu bringen. Alles war besser, als sie zu Hause zu lassen, wo sie Zeugen ihrer eigenen verwüsteten Kindheit wurden. Jackson Brodie wirkte nicht wie ein Bluffer, aber das war ja die Sache mit Bluffern und Betrügern; sie wirkten oft überzeugend. Vielleicht war er ins Wasser gefallen und in Panik geraten, hatte halluziniert oder aus einer Fliege einen Elefanten gemacht. Aus Bosheit oder Enttäuschung oder schlicht aus Wahnsinn eine Leiche erfunden. Er hatte sie anfänglich in die Defensive gedrängt mit seiner professionellen Art – die Beschreibung der Leiche und der Umstände, wie er sie gefunden hatte, waren so, wie sie es von einem Mitarbeiter ihres Teams erwartet hätte –, aber wer wusste schon, ob er nicht ein pathologischer Lügner war? Er hatte Fotos gemacht, aber die Kamera war verschwunden, ebenso wie die Visitenkarte, die er gefunden haben wollte bei dem Versuch, eine tote Frau aus dem Wasser zu ziehen, aber es gab keine Leiche. Es stand alles auf sehr wackligen Beinen.

Er hätte früher aufs Festland zurückkehren, die Jacke ausziehen und dann von Cramond aus ins Wasser waten können, andererseits war sie für eine erfundene Geschichte sehr durchdacht.

Oder vielleicht gab es tatsächlich eine tote Frau, und Jackson Brodie hatte sie umgebracht. Die Person, die die Leiche fand, war immer der Hauptverdächtige. Er war ein Zeuge, aber er hatte sich verdächtig gemacht. (Warum?) Jackson behauptete, er habe versucht, sie aus dem Wasser zu ziehen, damit die Flut sie nicht fortspülte, aber genauso gut hätte er sie ins Wasser stoßen können. Den Verdacht von sich selbst ablenken, indem man die Polizei ruft.

Sie hörte Archie die Treppe herunterpoltern, in die Küche einfallen und etwas grunzen, was bestimmt nicht »Guten Morgen« bedeutete. Sein Gesicht war wund vor Pickeln, seine Haut sah aus wie gekocht. Was, wenn Archie keine Verwandlung durchmachte? Was, wenn er sich nicht im Stadium einer Puppe befand? Was, wenn es *das* war?

Sie legte Weetabix-Kekse in eine Schale, goss Milch darüber, reichte ihm einen Löffel. »Iss«, sagte sie. Ein Hund wäre fähiger. Mit vierzehn war er die evolutionäre Leiter auf eine präsoziale Stufe hinuntergerutscht. Ein paar Männer in Louises Bekanntschaft waren nie wieder nach oben geklettert.

Sie wollte mit ihm über den Ladendiebstahl reden. Sie wollte nicht die Beherrschung verlieren, ihn nicht anschreien und einen verdammten Idioten nennen. Viele Kinder klauten und schlugen dennoch keine Verbrecherlaufbahn ein. Sie selbst zum Beispiel. Obwohl sie eine Verbrecherlaufbahn eingeschlagen hatte, aber sie stand auf der Seite der Guten. Hoffentlich.

Vielleicht tat er es regelmäßig, vielleicht hatte er es nur einmal getan. Sie wusste es nicht. Louise war dabei gewesen, deswegen musste sie annehmen, dass es sich um eine Art Rebellion gegen sie handelte, ein psychologisches Ausagieren. Sie waren bei Dixons im St. James Centre gewesen, begingen den Tod ihrer Mutter, indem sie in Erwartung des Versicherungsgeldes einen großen Flachbildschirm kauften. Louise hatte vor Jahren eine Lebensversicherung für ihre Mutter abgeschlossen. Sie war der Meinung, dass sie bei deren Tod ruhig abkassieren könne, da sie nie in irgendeiner Weise von ihrem Leben profitiert hatte. Es war eine kleine Police, sie konnte keine großen Beiträge zahlen, und ein-, zweimal war ihr durch den Kopf gegangen, dass sie versucht gewesen wäre, ihre Mutter um die Ecke zu bringen, wenn es sich um eine wirklich große Summe *(zwei Millionen)* gehandelt hätte. Ein einfacher Unfall, Alkoholiker fallen schließlich ständig die Treppe hinunter. Und eine Kriminalpolizistin weiß, wie man Spuren beseitigt.

Archie hatte etwas Blödes geklaut – eine Packung AA-Batterien, für die er leicht hätte zahlen können. Aber ums Zahlen ging es natürlich nicht. Sie war am anderen Ende des Ladens, als der Alarm an der Tür losging, und dann rannte ein Wachmann an ihr vorbei, stürzte sich auf Archie, der gerade hinausging, packte ihn an Schulter und Ellbogen, drehte ihn um und holte ihn zurück. Der professionelle Teil ihres Gehirns registrierte die Aktion als routiniert und effizient. Der unprofessionelle Teil ihres Gehirns zog in Betracht, dem Wachmann auf den Rücken zu springen und ihm die Daumen in die Augen zu drücken. Niemand warnte einen davor, wie wild Mutterliebe sein konnte. Doch sehen wir den Tatsachen ins Auge, niemand warnte einen vor irgendetwas.

Sie überlegte, ob sie die Hilflose spielen und sich seiner Gnade ausliefern sollte. Bedauerlicherweise war es nicht ihr größtes

Talent, die Hilflose zu spielen. Stattdessen ging sie zu den beiden, zog ihren Polizeiausweis heraus und fragte kühl, ob sie etwas tun könne. Der Wachmann begann seine Erklärung, und sie sagte: »Okay, ich nehme ihn mit, werde ihn mir vorknöpfen«, und marschierte mit Archie aus dem Laden, bevor der Wachmann protestieren und Archie etwas Dummes von sich geben konnte (*Mum* zum Beispiel). Sie hörte, wie ihr der Mann »Wir erstatten immer Anzeige!« nachrief, und wusste, dass sie auf Band aufgenommen worden waren. Einige Zeit wartete sie ängstlich, ob die Sache noch ein Nachspiel hatte, aber es kam nichts, Gott sei Dank. Wahrscheinlich hätte sie am Ende eine Möglichkeit gefunden, das Band verschwinden zu lassen. Wenn nötig, hätte sie das Band *gegessen*.

Draußen, in der unterirdischen Düsternis des mehrstöckigen Parkhauses, saßen sie zusammen im kalten Wagen, starrten durch die Windschutzscheibe auf den ölbefleckten Boden, die Betonpfeiler, die Mütter, die Kleinkinder in und aus Kindersitzen und Buggys hievten. O Gott, wie sie Einkaufszentren hasste. Es hatte keinen Sinn, ihn nach dem Warum zu fragen, denn er würde nur die Achseln zucken, auf seine Turnschuhe starren und »Weiß nich« brummen. Das schlaue Schlitzohr.

Louise verstand, dass es aus seiner Perspektive unfair war – sie hatte so viel Macht, während er überhaupt keine hatte. In ihrem Inneren zog sich etwas schmerzhaft zusammen. Eine weitere Drehung des Korkenziehers. Das war Liebe. So stark wie beim ersten Mal, als sie ihn nach seiner Geburt berührte, als er wie eine Muschel auf ihrer Brust lag im Kreißsaal des alten Simpson Memorial Maternity Pavilion (jetzt, im neuen Krankenhaus, umbenannt in Simpson-Zentrum für Reproduktionsmedizin, es war nicht mehr das Gleiche). Seit dieser ersten Berührung wusste Louise, dass sie auf die eine oder andere Weise für immer aneinander gebunden waren.

Während sie im Wagen saßen, schien er so hilflos wie damals, und sie wollte sich zu ihm drehen und ihm mit der Faust auf den Kopf schlagen. Sie hatte ihn nie geschlagen, kein einziges Mal, aber sie war tausendmal kurz davor gewesen, vor allem im vergangenen Jahr. Stattdessen drückte sie auf die Hupe. Lange. Die Leute im Parkhaus schauten sich um in dem Glauben, es wäre eine Alarmanlage. »Mum«, sagte er schließlich leise. »Nicht. Bitte, hör auf.« So deutlich hatte er seit Wochen nicht mehr mit ihr gesprochen. Sie hörte auf. Das alles schien ein hoher Preis für eine verzweifelte, betrunkene Runde Sex mit einem verheirateten Kollegen, der niemals erfuhr, dass er ein Kind gezeugt hatte.

Plötzlich und unerwünscht sah sie es vor sich, das Gestoße und Geschinde von Archies Genese. PC Louise Monroe auf dem Rücksitz eines zivilen Polizeiwagens mit DI Michael Pirie am Abend seines Ausstandes. Er war auf eine neue Stelle befördert worden und hatte eine alte Frau, aber das hielt ihn nicht auf. Manche Menschen glaubten, die Umstände der Zeugung eines Kindes prägten dessen Charakter. Sie hoffte es nicht.

»Was?«, sagte Archie und starrte sie wütend an, einen Schnurrbart aus Milch um den Mund.

»Ophelia«, sagte Louise. »Sie hat sich ertränkt. Ophelia ist ertrunken.«

Louise ging nach oben ins Bad und öffnete das Fenster, putzte die Dusche, hob nasse Handtücher auf, betätigte die Toilettenspülung. Sie fragte sich, ob er je stubenrein würde. Sein Verhalten war unmöglich zu ändern. Wie würde er unter Androhung von Folter reagieren … Vielleicht sollte sie ihn an die Wissenschaft oder die Armee verkaufen. Für die CIA wäre er eine phantastische Versuchsperson – der Junge, der nicht gebrochen werden konnte.

Sie fummelte die Kontaktlinsen in die Augen, legte Make-up auf, genug, um als solches erkennbar zu sein, nicht genug, um aufdringlich weiblich zu wirken, sie zog eine weiße Bluse zu einem adretten schwarzen Kostüm von Next an, Pumps mit kleinem Absatz, kaum Schmuck, nur eine Armbanduhr und schlichte goldene Ohrstecker. Sobald sie konnte, wollte sie nach Cramond fahren zu ihrem Team, um den Fall, den es nie gegeben hatte, ein für alle Mal abzuhaken, aber am Morgen musste sie erst vor Alistair Crichtons Gericht aussagen – in einem Fall von Autohehlerei: Luxuskarossen, gestohlen in Edinburgh und mit neuen Nummernschildern in Glasgow verkauft. Sie und ihr Kollege Jim Tucker hatten verbissen daran gearbeitet, einen Fall für den Staatsanwalt zusammenzubasteln. Crichton war ein alter Mistkerl und ein Pedant, was Verfahrensvorschriften anging, und sie wollte nicht, dass ihr Aussehen der Beweislage in die Quere kam. Letztes Jahr hatte sie Jim einen Riesengefallen getan. Er hatte eine Tochter, Lily, eins dieser wohlerzogenen Mädchen, dickes Haar, jede Menge Kieferorthopädie, hervorragend auf dem Klavier. Lily hatte gerade die Schule triumphal abgeschlossen und wollte mit einem Stipendium der Königlichen Marine Medizin studieren, und dann war Louise dabei gewesen, als sie eine Drogenrazzia in einer Wohnung in Sciennes durchführten. Sie fanden nur ein bisschen Dope, Abiturienten von der Gillespie's und ein paar Studenten im ersten Semester. Louise hatte Lily sofort erkannt. Alle wurden aufs Revier gebracht, ein paar wegen Drogenbesitzes angeklagt. Es war eine dieser Aktionen, die im Nachhinein wie Overkill wirkten, ein Riesengeschrei und viele eingebrochene Türen, und in dem Durcheinander hatte Louise sich Lily gegriffen, aus der Wohnung geführt, ihr ein »Verzieh dich« ins Ohr gezischt und sie mehr oder weniger die Treppe hinuntergestoßen, hinaus in die Nacht, in ihre sichere Hochleistungszukunft.

Jim war ein guter Kerl, er war ihr so dankbar, dass er sich einen Arm abgehackt und ihn ihr in einem Glaskasten überreicht hätte, wenn sie ihn darum gebeten hätte. Für Lily musste Ehrlichkeit ein übermächtiges Bedürfnis sein, denn sie beichtete ihrem Vater alles. Louise konnte sich nicht vorstellen, dass sie in diesem Alter so etwas zugegeben hätte. Eigentlich in keinem Alter.

Louise hatte Jim nichts von der Razzia erzählt, sie hielt nichts von Petzen. So wie sie es sah, hatte Archie eine Du-kommst-aus-dem-Gefängnis-frei-Karte und zumindest ein Mitglied der Lothian-and-Borders-Polizei (mit ihr selbst waren es natürlich zwei) auf seiner Seite, sollte er sich in einer ähnlichen Situation mit Jim wiederfinden.

Sie schüttete sich eine halbe Schachtel Tic Tacs in den Mund und war so bereit wie nur irgend möglich.

19

Richard Moat erwachte nicht. Er lag seelenruhig in Martin Cannings Wohnzimmer in Merchiston. Es war ein großes viktorianisches Landhaus im neogotischen Stil und hatte etwas von einem Pfarrhaus. Der Rasen davor wurde beherrscht von einem einzelnen riesigen Affenschwanzbaum, der so alt war wie das Haus. Von der Straße wurde das Anwesen durch große alte Bäume und Büsche abgeschirmt. Die komplizierte Verästelung der Wurzeln des Affenschwanzbaums reichte jetzt weit über den Rasen hinaus, wand sich um Gas- und Abwasserrohre bis auf die Straße und schob sich lautlos in anderer Leute Gärten.

Die zerschlagene Rolex an Richard Moats Handgelenk tat kund, dass er um zehn vor fünf gestorben war (auch sie tickte angemessenerweise nicht mehr), bewacht nur von dem kleinen, roten dämonischen Auge des Fernsehers – der »phantastische«, den für sein Leben einzutauschen Richard einen Augenblick lang gehofft hatte –, mit nichts zur Gesellschaft als den leisen Geräuschen der Vorortwelt, die lauter wurden, als der Morgen voranschritt. Das Milchauto war durch die Straße gerattert. Es war ein wohlhabender Vorort, in dem Milchautos die Glasflaschen noch bis zur Haustür brachten. Die Post war nahezu lautlos durch den Briefschlitz gefallen. In London begann der Tag für Richard Moat erst, wenn die

Post eintraf. Ein Tag ohne Post (obwohl immer Post kam) begann gar nicht erst. Heute kam Post, nahezu ausschließlich für ihn, weitergeleitet an »c/o Martin Canning« – ein Scheck seines Agenten, die Postkarte eines Freundes aus Griechenland, zwei Fanbriefe und zwei Hassbriefe. Doch obwohl die Post eingetroffen war, sollte dieser Tag für Richard Moat nie beginnen.

Das Mädchen fand ihn. Das Mädchen war eine Tschechin aus Prag, eine Physikerin mit abgeschlossenem Studium. Sie hieß Sophia und verbrachte den Sommer damit, sich für einen Hungerlohn »den Arsch abzuarbeiten«. Sie waren keine »Mädchen«, sie waren Putzfrauen, »Mädchen« war eine dumme, altmodische Bezeichnung. Sie waren angestellt bei einer Firma namens *Hilfe,* und sie trafen ein, den Mopp in der Hand, in einem rosa Kombi, beaufsichtigt von einer Bandenführerin, die sich als »Haushälterin« bezeichnete – eine Frau, die von der Isle of Lewis stammte und die Mädchen schlecht behandelte. Mit den Gebühren für Agentur und versteckte Zulagen kostete *Hilfe* dreimal mehr als eine normale Putzfrau, die ein-, zweimal in der Woche kam. Im Allgemeinen putzten sie bei Leuten, die zu reich oder zu dumm (oder beides) waren, um an eine billigere Alternative zu denken. Sie hatten kleine rosa Visitenkarten, deren Slogan lautete: »Wir haben Ihnen *Hilfe* geleistet!« Sophia hatte Wörter wie »Slogan« (und das Wort »Arsch« und viele andere Dinge) von ihrem schottischen Freund gelernt, der Marketing studiert hatte. Wenn die Mädchen fertig waren, sollten sie eine kleine rosa Karte zurücklassen, auf die sie schrieben: »Ihre Mädchen waren heute Maria und Sharon.« Oder wer auch immer. Die Hälfte der Mädchen waren Ausländerinnen, die meisten aus Osteuropa. Wirtschaftsmigration wurde es genannt, aber in Wirklichkeit war es Sklavenarbeit.

Die Haushälterin gab ihnen eine Liste mit Aufgaben mit. Die

Liste war zuvor mit dem Hausbesitzer vereinbart worden und umfasste Selbstverständliches wie »Waschbecken im Bad putzen«, »Treppe saugen«, »Bettwäsche wechseln«. Nie stand darauf »Katzenkotze wegwischen«, »Versiffte Laken wechseln«, »Haare aus Abfluss entfernen«, was der Wahrheit mehr entsprochen hätte. Manche Menschen waren Schweine, sie ließen ihre schönen Häuser auf ekelhafte Weise verkommen. »Versifft« war natürlich ein Wort, das Sophia von ihrem schottischen Freund gelernt hatte. Er war eine gute Quelle für die Umgangssprache, obwohl er ziemlich oberflächlich war, und ein guter Fick (sein Ausdruck), was man ja schließlich von einem ausländischen Freund erwartete, warum sonst sollte man sich die Mühe machen?

Die Haushälterin fuhr sie gewöhnlich in dem rosa Kombi herum, setzte sie ab und tat dann weiß Gott was, wahrscheinlich nichts Anstrengendes. Sophia stellte sich vor, dass sie irgendwo in einem bequemen Sessel saß, Schokoladenkekse aß und *Good Morning* sah.

In Merchiston mussten sie drei Häuser putzen, alle nahe beieinander, es war also wahrscheinlich Mundpropaganda – denn was immer sie sonst taten, die *Hilfe*-Mädchen putzten gut. Das Haus mit dem Affenschwanzbaum (sehr schön, Sophia stellte sich vor, dort zu leben) putzten sie jede Woche. Der Besitzer war nur selten da. Wenn sie das Haus durch die Vordertür betraten, verließ er es durch die Hintertür wie eine Katze. Er war Schriftsteller, behauptete die Haushälterin, also keine Papiere, keine Manuskripte durcheinanderbringen. Es war das sauberste, ordentlichste Haus, das sie putzten, alles stand an seinem Platz, die Betten waren gemacht, die Handtücher gefaltet, die Lebensmittel im Kühlschrank alle in ordentlichen Plastikbehältern von Lakeland. Sie hätte sich in die Küche setzen, Kaffee trinken, die Zeitung lesen und wieder gehen können, ohne einen Finger zu rühren, und die Haushälterin hätte es nicht gemerkt. Aber das tat Sophia nicht. Sie war nicht faul. In diesem Haus polierte und wischte und saugte sie noch mehr, denn der Schriftsteller verdiente es, weil er selbst so ordentlich und sauber war. Und jetzt erst recht, weil der Schriftsteller einen Besucher hatte, der ein Schwein war, der rauchte und trank und seine Kleider auf dem Boden liegen ließ und, wenn er sie sah, schmutzige, anzügliche Dinge zu ihr sagte.

Er hatte einem der anderen Mädchen Geld angeboten, einer traurigen Rumänin, und sie war mit ihm nach oben gegangen (»um zu bumsen«), und dann hatte er ihr nur die Hälfte des Geldes und ein unterschriebenes Foto von sich gegeben. »Wichser«, war die einhellige Meinung der Mädchen. Sophia hatte ihnen das Wort beigebracht mit freundlicher Genehmigung ihres schottischen Freundes. Es war ein sehr nützliches Wort. Aber es war dumm von dem Mädchen gewesen, mit ihm zu gehen. Danach weinte sie tagelang, vergoss Tränen auf hübsch polierte Flächen und verbrauchte saubere Handtücher. Sie sei Jungfrau gewesen, sagte sie, aber sie habe das Geld gebraucht. Alle brauchten Geld. Viele von ihnen waren illegal im Land, manchen war der Pass weggenommen worden, andere verschwanden nach einer Weile. Sexhandel. Das würde auch mit dem rumänischen Mädchen passieren, man sah es ihren Augen an. Es gab Gerüchte über schlimme Dinge, die manchen Mädchen von *Hilfe* zugestoßen waren, aber es gab immer Gerüchte, und Mädchen stießen immer schlimme Dinge zu. So war das Leben.

Sophia gefiel der Gedanke, dass der Schriftsteller nicht zu reich oder zu dumm war, um eine normale Putzfrau einzustellen, sondern dass er die Unpersönlichkeit des *Hilfe*-Dienstes mochte. Sophia stellte sich vor, dass Schriftsteller Menschen waren, die anderen Menschen nicht zu nahe kommen wollten, damit sie sie nicht vom Schreiben abhielten.

Heute waren sie unterbesetzt, weil die Grippe grassierte, und die Haushälterin sagte: »Fang allein an«, und so klopfte Sophia an die Tür des Schriftstellers. Sie hatte einen Schlüssel, aber sie sollten trotzdem zuerst klopfen. Wieder klopfte sie laut. Der Schriftsteller hatte einen soliden Messingklopfer in Form eines Löwenkopfes, und es hatte etwas Befriedigendes, ihn zu benutzen, als wäre sie Polizistin. Als niemand öffnete, schloss sie auf, trat ein und rief »*Hilfe* hier«, mit einer lauten melodiösen Stimme für den Fall, dass der Schriftsteller im Bett war und mit jemandem bumste. Sehr unwahrscheinlich, im ganzen Haus des Schriftstellers fanden sich keine Anzeichen für Sex mit einer Frau oder einem Mann. Nicht einmal Pornos. Ein paar gerahmte Fotos, sie erkannte Notre-Dame in Paris, holländische Häuser an einem Kanal – Touristenfotos wie Postkarten, keine Leute darauf.

Er hatte einen Satz russischer Puppen, eine Matroschka von der teuren Sorte. Die Touristenläden in Prag waren dieser Tage voll mit russischen Puppen. Die Puppen des Schriftstellers standen aufgereiht auf dem Fensterbrett, sie staubte sie jede Woche ab. Manchmal stellte sie sie ineinander, spielte mit ihnen, wie sie es als Kind mit ihrer eigenen Matroschka getan hatte. Damals hatte sie sich vorgestellt, sie würden einander auffressen. Ihre Matroschka war billig gewesen, lieblos bemalt in Primärfarben, aber die Puppen des Schriftstellers waren schön, bemalt von einem wirklichen Künstler mit Szenen aus Puschkin – so viele Künstler in Russland hatten jetzt keine Arbeit mehr, bemalten Schachteln und Puppen und Eier, alles für die Touristen. Der Satz des Schriftstellers bestand aus fünfzehn Puppen! Wie sehr er ihr als Kind gefallen hätte. Jetzt hatte sie alle Kindersachen natürlich weggeräumt. Sie fragte sich, ob der Schriftsteller schwul war. In Edinburgh gab es viele schwule Männer.

In seinem Arbeitszimmer stand ein Regalfach mit seinen Büchern, viele davon in fremden Sprachen, sogar in Tschechisch! Sie hatte darin geblättert, sie handelten von einem Mädchen namens Nina Riley, die Privatdetektivin war. *Legen Sie die Waffe weg, Lord Hunterston! Ich weiß, was auf der Moorhuhnjagd passiert ist, Davys Tod war kein Unfall.* Scheiße, hätte ihr schottischer Freund gesagt. Bei *Hilfe* nannten sie den Schriftsteller Mr Canning, aber das war nicht der Name auf den Büchern, dort hieß er Alex Blake.

Alles hübsch wie immer. Duftende Rosen aus dem Garten in einer runden Vase auf dem Tisch in der Eingangshalle. Er legte immer zehn Pfund extra unter die Vase, ein großzügiger Mann. Musste sehr reich sein. Heute lag kein Zehn-Pfund-Schein darunter, das sah ihm gar nicht ähnlich. Das Esszimmer war unbenutzt wie immer. Sie öffnete die Tür zum Wohnzimmer. Die Vorhänge waren zugezogen, was sie sonst nicht waren. Im Zimmer war es düster, als wäre es voller Nebel. Selbst in diesem Dämmerlicht war ihr klar, dass etwas Schlimmes passiert sein musste. Sie ging vorsichtig über den Teppich, und unter ihren Füßen knirschte Glas, als wäre eine Bombe eingeschlagen. Sie zog die Vorhänge auf, und Sonnenlicht strömte herein und erhellte das Chaos – der Spiegel über dem Kamin, alle Ziergegenstände, sogar die hübschen gläsernen Schirmchen der antiken Lampe, alles zu Scherben und Splittern zerschlagen. Das Tischchen umgestürzt, eine Tischlampe auf dem Boden, der Schirm aus gelber Seide verbogen und zerbrochen. Ein Durcheinander, als wären Elefanten durch das Zimmer getrampelt. Wirklich tollpatschige Elefanten. Die Matroschka-Puppen des Schriftstellers lagen verstreut herum, kleine umgestoßene Kegel. Gedankenverloren hob sie eine auf und steckte sie in die Tasche ihrer Jacke, fühlte ihre glatte, runde, befriedigende Form.

Sophia hatte ein komisches Gefühl im Bauch, als ob gleich etwas Aufregendes passieren würde, etwas, was noch nie zuvor passiert war. Wie damals, als sie zusah, wie ein großer Wohnblock gesprengt wurde. Bumm! Und dann die große Wolke dichter grauer Staub wie bei einem Vulkanausbruch, wie die einstürzenden Türme des World Trade Center, nur dass das Haus lange vor dem World Trade Center eingestürzt war.

Dann schrie sie »O Gott, o mein Gott« in ihrer eigenen Sprache. Sie bekreuzigte sich, obwohl sie nicht gläubig war, und sagte noch einmal: »O mein Gott.« Es schienen die einzigen Worte zu sein, an die sie sich erinnern konnte. Der Anblick des Mannes auf dem Boden hatte vorübergehend den gesamten Datensatz von Sophias Wortschatz, Englisch und Tschechisch, gelöscht.

Sie war eigentlich Wissenschaftlerin, nicht Putzfrau, rief sie sich ins Gedächtnis, sie sollte leidenschaftslos, objektiv beobachten können. Sophia zwang sich, näher zu treten. Der Mann, es musste der Schriftsteller sein, lag auf dem Boden, als wäre er nach hinten umgefallen, während er auf den Knien betete. Es schien eine unbequeme Lage, aber wahrscheinlich machte es ihm nicht mehr allzu viel aus. Sein Kopf war eingeschlagen, ein Auge hing heraus. Überall klebte Hirn, das aussah wie schottischer Haferbrei. Blut. Eine Menge Blut, aufgesaugt von dem roten Teppich, deswegen hatte sie es zuvor nicht bemerkt. Blut auf den rot gestrichenen Wänden, Blut auf den roten Samtsofas. Der Raum schien auf einen Mord gewartet zu haben, er schien darauf gewartet zu haben, Blut aufzusaugen wie ein Schwamm.

Sie gewöhnte sich allmählich an den Anblick. Es fielen ihr auch wieder mehr Wörter ein – englische Wörter. Sie hätte jetzt »Hilfe!« oder »Mord!« schreien können, doch nachdem sie den ersten Schock überwunden hatte, schien ihr das ein bisschen blöd, und so ging sie vorsichtig durch das Haus und aus der Tür und auf die

Straße, wo die Haushälterin noch immer Plastikeimer und Mopps aus dem rosa Kombi lud, und setzte sie davon in Kenntnis, dass das Haus des Schriftstellers heute zu keinem Zeitpunkt geputzt werden konnte.

20

»Ich habe gehört, dass Sie einen Hund umgebracht haben. Sie sehen beschissen aus. Wollen Sie einen Kaffee trinken?«

Louise Monroe. Louise Monroe grinste ihn an und deutete auf das Royal Museum auf der anderen Straßenseite gegenüber dem Sheriff Court.

»Fraternisieren Sie mit dem Feind?«

»Dort gibt es ein gutes Café«, sagte sie. Sie hatte sich hübsch herausgeputzt – schwarzes Kostüm, weiße Bluse, Schuhe mit Absätzen. Gestern hatte sie Jeans, T-Shirt und Wildlederjacke getragen. In Jeans gefiel sie ihm besser, aber das Kostüm saß gut. Sie hatte schlanke Knöchel, »schön gedrechselt«, hätte sein Bruder gesagt. Jackson war ein Knöchelmann. Er mochte auch alle anderen Teile, aus denen eine Frau bestand, aber ein schlankes Paar Knöchel wusste er besonders zu schätzen. Es war natürlich der böse Jackson, der über Louise Monroes Knöchel nachdachte, der heimtückische Doppelgänger, der in seinem Hirn auf der Lauer lag. Guter Jackson, böser Jackson. Die beiden schienen dieser Tage miteinander im Clinch zu liegen. Jackson dachte nicht gern daran, was passieren würde, wenn der böse Jackson gewann. Hatte Dr. Jekyll am Ende Mr Hyde besiegt? Welcher war der Gute und welcher der Böse? Er hatte keine Ahnung, hatte das Buch nie gelesen, nur den Film *Mary*

Reilly gesehen, die Hälfte jedenfalls, auf Video – Josies Wahl –, bevor er auf dem Sofa einen Post-Pizza-Schlaf gehalten hatte.

»Ich habe den Hund nicht umgebracht«, sagte Jackson. »Er ist einfach gestorben. Hunde können eines natürlichen Todes sterben, auch wenn das niemand glauben will. Ich nehme an, Sie haben sie nicht gefunden? Die tote Frau?«

»Nein, tut mir leid.«

Noch nicht wäre die bessere Antwort gewesen. Sie sagte: »Tut mir leid«, als hätte sie ihm mit der Suche nach der Toten einen persönlichen Gefallen getan. Jackson entdeckte Terence Smith, der das Gericht verließ, ein Handy am Ohr. »He, du«, rief Jackson und nahm die Verfolgung auf. Louise Monroe erwischte ihn am Ärmel, hielt ihn zurück und sagte: »Langsam, Tiger, Sie wollen doch nicht schon wieder vor Gericht.« Terence Smith grüßte ihn mit gespreizten zwei Fingern und stieg in ein Taxi.

»Dreckiger Lügner«, murmelte Jackson.

»Das sagen sie alle.«

»Sie haben sich schuldig bekannt, obwohl Sie unschuldig sind?«, sagte Louise über einem Latte, während Jackson einen dreifachen Espresso als Medizin trank. »Sie müssen katholisch sein.«

»Meine Mutter war Irin«, sagte Jackson. »Sie war sehr gläubig. Ich war eine Enttäuschung für sie.«

»Ich bin schottische Katholikin, das ist ein doppelter Hammer – derselbe Mist, aber dabei noch extrem empfindlich.«

»Und waren Sie auch eine Enttäuschung für Ihre Mutter?«

»Nein. Sie war eine Enttäuschung für mich.«

»Es schien einfacher, mich schuldig zu bekennen.«

»Und das ist sinnvoll da, wo Sie herkommen, Mr Brodie, dort, wo alles auf den Kopf gestellt ist?«

Mr Brodie. So hatte ihn Julia angesprochen, am Anfang, und sein Nachname hatte vieldeutig und intim geklungen, als wäre er eine Gestalt in einem Regency-Liebesroman. Jetzt sagte sie scharf »Jackson«, wie jemand, der ihn nur allzu gut kannte.

»Ich dachte, es ginge schneller, als es auf einen Prozess anzulegen und wiederkommen und einen Anwalt nehmen zu müssen, das ganze Brimborium. Ich hatte keine Zeugen, der Typ war verletzt, und ich habe meine eigenen Verletzungen nicht erwähnt, als ich festgenommen wurde.« Er hielt ihr die Hand hin, entschied sich aber dagegen, das Hemd hochzuziehen und in der vornehmen Atmosphäre des Museums seine anderen blaugrünen Trophäen zu präsentieren. »Die Hand, die das Schwert führt«, sagte er wehmütig.

»Er ist Ihnen auf die Hand getreten?«, sagte sie. »Als Sie auf dem Boden lagen? Und Sie haben nicht auf Notwehr plädiert? Sie sind ein Idiot.«

»So sagt man.«

»Sie sind ein Expolizist, ein bislang unbescholtener Mann, es ist Ihre erste Anklage.«

»Ich bin auf die dunkle Seite übergewechselt.«

»Warum?«

»Ich wollte wissen, wie es dort ist.«

»Und?«

»Dunkel.« Er seufzte und zuckte zusammen wegen der Schmerzen in den Rippen. Er hatte genug von diesem Gespräch. »Was ist mit *Hilfe?*«, fragte er. »Haben Sie was rausgefunden?«

»Ich habe gestern Jessica darauf angesetzt. Kein Eintrag im Telefonbuch … «

»Wer hätte das gedacht.«

»Nichts im Handelsregister, keine E-Mail-Adresse, keine Website und Tausende von Treffern im Internet von Hundeausführen bis Hardcore-Pornos, aber nichts, was direkt mit Edinburgh in Verbindung zu bringen ist. Die Sitte sagt, sie hätten noch nie von einer Sauna oder einem Tabledance-Club namens *Hilfe* gehört.«

»Sie sollten nach den rosa Visitenkarten suchen – in Telefonzellen, auf Toiletten, in Kneipen, Clubs.« Ein Gefühl kroch in Jackson hoch, das er schon eine Weile nicht mehr gespürt hatte, und einen Augenblick lang wusste er nicht, was es war, doch dann erkannte er es – er ermittelte in einem Fall: die Aufregung, etwas zusammenzusetzen, etwas herauszufinden. *(Sei ehrlich, Jackson, du fühlst dich entmannt.)* »Haben Sie die Mädchen auf der Straße gefragt?«

Sie sagte: »Ich sehe, dass Sie Ihre Polizistenantennen ausgefahren haben. Ziehen Sie sie wieder ein.«

Sie hatte sich so fest auf die Lippe gebissen, dass sie blutete, er sah Schorf oder eine Narbe, die darauf hinwies, dass es eine Gewohnheit war. Sie wirkte so beherrscht, aber dieses Das-eigene-Blut-Vergießen deutete auf einen neurotischen Zug. Er dachte an die Schlange, die ihren eigenen Schwanz und damit sich selbst verschlang. Er fragte sich, was sie im Gericht getan hatte. Doch er stellte ihr diese Frage nicht, sondern sagte: »Der Mann, der mich letzte Nacht niedergeschlagen hat, Terence Smith, alias Honda-Mann, war gestern in einen Verkehrsunfall plus Gewaltanwendung verwickelt. Er hat sich verhalten wie ein Wahnsinniger, war völlig durchgeknallt. Wikinger-Berserker fallen einem da ein.«

»Das haben Sie gesehen? Was sind Sie, so was wie ein professioneller Zeuge, der rumläuft und sich nach Tatorten umsieht?«

»Nein, ich bin verflucht.«

Sie lachte und sagte: »Wer hat Sie verflucht?«

Und er sagte: »Ich glaube, ich selbst.« Weil er offenbar ein Idiot war. Sie sah aus wie ein anderer Mensch, wenn sie lachte.

»Ich habe gesehen, wie er mit einem Baseballschläger jemanden auf der Straße niedergeschlagen hat, und ein paar Stunden später geht der Typ auf mich los, droht mir und erklärt, ich solle kein Sterbenswörtchen erzählen von dem, was ich gesehen habe. Er kannte meinen *Namen*. Woher wusste er ihn?«

»Sie waren der einzige Zeuge bei dieser Sache?«

»Nein«, sagte Jackson, »es gab Dutzende von anderen Zeugen. Er hat mich nicht einmal bemerkt, und er hatte viel mehr Grund, sich den Kerl vorzunehmen, der ihn aufgehalten hat – ein Mann hat seine Aktentasche nach ihm geworfen. Vielleicht hat er den auch verwarnt.«

»Oder vielleicht ist er nur ein ganz normaler Straßenräuber, und Sie haben sich nur eingebildet, dass er Sie bedroht hat.«

»Eingebildet?« So wie sie ihm zugehört hatte, hatte er angenommen, sie würde ihm glauben. Er fühlte sich plötzlich enttäuscht.

»Sehen Sie sich die Beweise an«, sagte sie. »Sie behaupten, Zeuge eines Verkehrsunfalls mit Gewaltanwendung gewesen zu sein, Sie behaupten, der mutmaßliche Verursacher des Unfalls habe sie angegriffen – obwohl Sie sich schuldig bekannt haben, *ihn* tätlich angegriffen zu haben –, Sie behaupten, Sie hätten eine Leiche gefunden, aber es gibt keine Beweise, die diese Behauptung stützen. Sie sind Millionär, aber Sie treiben sich herum und halsen sich an falschen Orten Ärger auf. Seien wir ehrlich, Jackson, auf dem Papier sieht das einfach nicht gut aus.«

Der unerwartete Gebrauch seines Vornamens überraschte ihn mehr als die Erwähnung seiner persönlichen Lebensumstände. Selbstverständlich hatte sie ihn überprüft. Sie war hier nicht die Dumme, er war derjenige, der grün und blau geschlagen und ein verurteilter Straftäter war. Er sagte: »Ihre Lippe blutet.«

21

Martin wurde vom morgendlichen Chor geweckt. Obwohl sein Gehirn vom Schlaf noch benebelt war, wusste er, wie unwahrscheinlich das war, er schien nicht an einem Ort zu sein, an dem Vögel sangen, und natürlich, nach einer Weile registrierte er, dass es sein Handy war und kein Vogelchor.

Er tastete nach seiner Brille, dabei fiel das Telefon auf den Boden. Auch mit der Brille auf der Nase hatte er das Gefühl, als wären seine Augen mit Vaseline verschmiert. Als er das Telefon endlich aufgehoben hatte, zwitscherte es nicht mehr. Er schaute auf das Display – *1 Anruf in Abwesenheit*. Er rief die Anrufliste ab. *Richard Moat*. Richard fragte sich wahrscheinlich, wo er die Nacht über gesteckt hatte, obwohl er nicht unbedingt die Sorte Mensch war, die sich Sorgen machte. Wahrscheinlicher war es, dass er sich etwas ausleihen wollte.

Martin legte das Telefon auf den Nachttisch und starrte auf eine Frau, die auf einem Scheiterhaufen verbrannt wurde. Ihr Mund war aufgerissen zu einem lautlosen ovalen Schrei, während die Flammen von den Holzstapeln auf ihren Körper übergriffen. Es war ein Druck von einem Holzschnitt, der an der Wand hing, »Old Edinburgh« stand darunter. Als Nor' Loch trockengelegt wurde, um die Princes Street Gardens anzulegen, entdeckte man, dass sich dort nicht nur die Abwässer und Abfälle der Stadt abgelagert hatten, sondern dass es auch die letzte Ruhestätte ihrer Hexen war – mit den Daumen an die Zehen gefesselte Skelette, wie bratfertiges Geflügel. Und das waren nur die Unschuldigen, die hinuntergesunken und ertrunken waren. Martin hatte es nie verstanden. Man sollte annehmen, dass Unschuld eine luftig-leichte Substanz war, die einen schweben ließ, dass das Böse schwer war und auf den Grund sank, in den schleimigen stinkenden Schlamm.

Jetzt stand an der Stelle, wo die Hexen verbrannt worden waren, ein teures Restaurant, in dem die Creme der Edinburgher Bourgeoisie speiste. So war die Welt, sie machte Fortschritte, aber sie wurde nicht besser.

Martins Nacken schmerzte, und seine Glieder fühlten sich an, als wären sie die ganze Nacht verknotet gewesen, als wäre auch er gefesselt gewesen. Er lag im Bett, aber er erinnerte sich nicht daran, sich neben Paul Bradley gelegt, die Brille abgenommen und die Schuhe ausgezogen zu haben. Er war erleichtert, dass er noch vollständig bekleidet war. Der Geruch nach gebratenem Speck erfüllte das Zimmer, und ihm wurde schlecht. Er spähte auf die Digitaluhr im Radio neben dem Bett – zwölf Uhr, er konnte nicht fassen, dass er so lange geschlafen hatte. Keine Spur von Paul Bradley – keine Reisetasche, kein Jackett, nichts –, der Mann konnte genauso gut nie existiert haben. Die Pistole fiel ihm ein, und sein Herz schlug einen kleinen Salto. Er hatte die Nacht in einem Hotelzimmer (im selben Bett!) mit einem vollkommen Fremden und einer Pistole verbracht. Mit einem Meuchelmörder.

Vorsichtig klappte er seinen Körper auseinander und senkte die Beine auf den Boden. Ein Krampf in seiner Lendenwirbelsäule stoppte ihn, und erst als er sich gelöst hatte, konnte er aufstehen und auf wackligen Beinen ins Bad wanken. Seine Mundhöhle schien aus Pappe zu sein, sein Kopf riesengroß, zu schwer für den Stängel seines Halses. Er hatte das Gefühl, als wäre ihm eine Narkose verpasst worden, und für einen paranoiden Augenblick blieb sein Herz stehen, weil er dachte, dass Paul Bradley vielleicht Teil eines komplexen Komplotts war mit dem Ziel, unschuldigen Mitmenschen Organe zu entnehmen. Oder eine Kohlenmonoxidvergiftung? Der Beginn der berühmten Sommergrippe oder das Ende eines Irn-Bru-Katers?

Er stillte seinen ungeheuren Durst mit chemisch schmeckendem Leitungswasser und betrachtete sich im Badezimmerspiegel, entdeckte aber keine sichtbaren Operationsnarben. Rohypnol? Vergewaltigung? (Das müsste er doch wissen?) Etwas war mit ihm geschehen, aber er hatte keine Ahnung, was. War ihm eine bewusstseinsverändernde Droge eingeflößt worden, die ihn in den Wahnsinn trieb? Aber warum sollte jemand so etwas tun? Vielleicht die Götter, die ihn als Nächstes vernichten würden. Sie hatten den rechten Augenblick abgewartet, es war über ein Jahr vergangen seit Russland, seit dem *Zwischenfall.*

Am letzten Tag ließ Maria, ihre Reiseleiterin, sie auf einem Markt irgendwo hinter dem Newski-Prospekt allein losziehen. Ein Stand neben dem anderen bot Souvenirs an – Matroschkas, lackierte Schachteln, bemalte Eier, Erinnerungen an die kommunistischen Zeiten, mit Orden der Roten Armee dekorierte Fellmützen. Aber vor allem Puppen, Tausende von Puppen, Legionen über Legionen von Matroschkas, nicht nur jene, die man sehen konnte, sondern auch unsichtbare – Puppen in Puppen, die sich endlos replizierten und kleiner wurden wie eine unendliche Serie Spiegel. Martin dachte daran, eine Geschichte zu schreiben, eine Konstruktion à la Borges, in der eine Geschichte den Kern der nächsten enthielt und so weiter. Natürlich keine Nina Riley – mehr als eine lineare Erzählung konnte sie nicht vertragen –, sondern etwas mit intellektuellem Anspruch (etwas Gutes).

Martin hatte nie zuvor über Matroschkas nachgedacht, doch hier in St. Petersburg schienen ihre Reihen omnipräsent und unvermeidbar. Seine Mitreisenden, die über Nacht zu Experten für russische Volkskunst geworden waren, plapperten die ganze Zeit darüber, was für eine Puppe sie als Mitbringsel kaufen wollten. Sie spekulierten, wie viel Puppe sie für ihre Rubel bekommen würden, und die allgemeine Ansicht war, dass die Russen sie übers Ohr hauen wollten, aber sie wollten alles tun, um die Russen ihrerseits übers Ohr zu hauen. »Sie haben sich dem Kapitalismus verschrieben«, sagte ein Mann, »jetzt müssen sie auch die verdammten Konsequenzen tragen.« Martin wusste nicht, ob »verdammt« als Kraftausdruck oder rein deskriptiv gemeint war. Martin war früher schon aufgefallen, dass diese Art Reisen häufig ein nicht unerhebliches Ausmaß an Xenophobie generierte, so dass die Touristen – kleine Briten, die beständig ein Rückzugsgefecht führten, auch wenn sie die Wunder von Prag oder das betörende Bordeaux bestaunten – die Einheimischen als feindselige Schurken betrachteten.

Das Geschäft im Foyer ihres mit Kakerlaken verseuchten Hotels – heiß, hell erleuchtet, die Wände mit Glas verkleidet – hatte Puppen zu überhöhten Preisen im Sortiment. Niemand kaufte dort etwas, und Martin verbrachte an einem Abend eine Stunde dort und sah sich unter den enttäuschten Blicken der Verkäuferin um (*Ich möchte mich nur umsehen*, murmelte er kleinlaut), studierte, schätzte und verglich Puppen, um sich auf die Realität der rauen Einzelhandelsaktionen auf den Straßen von St. Petersburg vorzubereiten. Es gab dicke und dünne, große und kleine Puppen, aber die Gesichter schienen alle ähnlich zu sein, kleine schmollende

Rosenknospenmünder und große blaue Augen, die Lider aufgerissen in dem permanent entsetzten Starren von Sexpuppen.

Es gab auch Puppen in Form von Katzen, Hunden, Fröschen, es gab amerikanische Präsidenten und sowjetische Führer, es gab Sätze mit fünf und fünfzig Puppen, es gab Kosmonauten und Clowns, es gab grob gefertigte Puppen und wunderschöne, die von echter Künstlerhand bemalt waren. Als er das Geschäft im Hotel verließ, war Martin schwindlig, vor seinen Augen schwammen die endlosen Bilder von Puppengesichtern, und als er sich in sein schmales, unbequemes Bett legte, träumte er, dass er von einem riesigen Freimaurerauge am Himmel beobachtet wurde, das sich in das Auge am Boden des Nachttopfs seiner Großmutter verwandelte. Unter dem gemalten Auge befand sich eine laszive Inschrift: »Was ich sehe, werde ich nie sagen.« Er wachte schweißgebadet auf, seit Jahren hatte er nicht mehr an seine Großmutter gedacht, ganz zu schweigen von ihrem Nachttopf. Sie war in einem viktorianischen Jahrhundert geboren und hatte es nie wirklich hinter sich gelassen, ihre Arbeiterwohnung in einer Fountainbridge-Mietskaserne war dunkel und düster gewesen, eingerichtet mit Chenille und muffigem Samt. Sie war vor langer Zeit gestorben, und Martin war überrascht, dass er sich überhaupt an sie erinnerte.

»Ich werde meiner kleinen Großnichte so eine Puppe mitbringen«, sagte der sterbende Lebensmittelhändler, als sie auf die Reihen der Stände blickten. Es fing wieder an zu schneien, große nasse Flocken frühen Schnees, die schmolzen, sobald sie auf Asphalt oder Haut trafen. Am Vortag hatte es geschneit, und jetzt waren die Straßen mit grauem Matsch bedeckt. Die Luft war feindselig vor feuchter Kälte. Der Lebensmittelhändler beschloss, eine Fellmütze mit Ohrenklappen zu kaufen, und feilschte mit dem Verkäufer um den

Preis. Martin fragte sich, worin der Sinn des Handelns bestand, wenn man dem Tod so nahe war. Vielleicht starb der Lebensmittelhändler gar nicht und behauptete es nur, um die Aufmerksamkeit auf sich zu ziehen.

Martin konnte ihm entwischen, während er in die Verhandlungen um seine Mütze vertieft war. Der Mann zerstörte ihm den Zauber Russlands, am Morgen hatte er sich in der Eremitage an Martins Fersen geheftet und sich die ganze Zeit über die opulente Ausstattung beschwert (aber darum ging es doch) und sich vorgestellt, was für ein »grauenhafter Schweinefraß« zum Abendessen serviert werden würde. Nicht einmal die Rembrandts brachten ihn zum Verstummen. »Elender alter Kerl, was?«, sagte er mit Blick auf ein Selbstporträt des Malers. Martin wusste, dass es nur eine kurze Verschnaufpause sein würde, kaum hätte der Lebensmittelhändler seine neue Mütze auf dem Kopf, würde er ihn zweifellos zwischen den Souvenirständen aufspüren und sich den Rest des Nachmittags darüber beschweren, dass der Mützenhändler ihn ausgenommen habe – ein dürres Männchen, das aussah, als würde es den Lebensmittelhändler im Rennen durch die Tür in die nächste Welt schlagen.

Martin wollte eine Matroschka für seine Mutter kaufen. Er wusste, dass sie abgestaubt, aber vernachlässigt in einem Regalfach stehen würde zwischen ihrem anderen billigen Nippes, den »Figürchen« aus Porzellan, den Puppen in Tracht, den kleinen im Kreuzstich gestickten Bildern. Nichts, was er ihr schenkte, freute sie, doch kaufte er ihr nichts, würde sie sich beklagen, dass er nie an sie dachte (ihre Logik war unschlagbar). Wenn jemand Martin einen in Papier gewickelten Stein schenken würde, wäre er dankbar, weil dieser Jemand sich die Mühe gemacht, einen Stein gesucht und in Papier gewickelt hatte, nur für ihn.

Er würde ihr etwas Gewöhnliches kaufen, beschloss er, weil sie nichts Besseres verdiente – eine kleine Bauernpuppe mit Schürze und Kopftuch, er hielt eine in der Hand, spürte ihre Glätte, ihre Form, die an ein Fruchtbarkeitssymbol erinnerte, und dachte an seine Mutter, als das Mädchen hinter dem Stand sagte: »Ist sehr hübsch.«

»Ja«, sagte er. Er fand sie überhaupt nicht hübsch. Er versuchte, die junge Frau nicht anzusehen, weil sie so hübsch war. Sie trug fingerlose Wollhandschuhe und ein Tuch über dem blonden Haar. Sie trat hinter dem Stand hervor und begann unterschiedliche Puppen in die Hand zu nehmen, sie zu öffnen, sie wie Eier aufzuschlagen, sie nebeneinander hinzustellen. »Diese auch schön, diese auch. Diese Puppe besonders, sehr guter Maler. Szenen aus Puschkin. Puschkin berühmter russischer Schriftsteller. Sie kennen?« Es war die sanfte Verkaufstaktik, und es wäre unhöflich gewesen, Widerstand zu leisten. Nach eingehenderer Überlegung, als die Aufgabe oder die Puppen verdienten, kaufte er einen teuren fünfzehnteiligen Satz. Sie waren hübsch, ihre dicken Bäuche mit »Winterszenen« von Puschkin bemalt. Richtige Kunstwerke, zu gut für seine Mutter, und er beschloss, sie selbst zu behalten. »Sehr schön«, sagte er zu dem Mädchen. »Keine Dollar?«, fragte sie traurig, als er ihr mehrere Handvoll Rubel gab.

Sie trug bis zu den Knöcheln reichende Stiefel mit hohem Absatz und einen altmodischen, strapazierfähigen Mantel. In St. Petersburg trugen die jungen Frauen alle hochhackige Stiefel, bahnten sich geschickt einen Weg durch den eisigen Matsch, während Martin ausrutschte und taumelte wie ein Slapstickkomiker.

»Möchten Sie Kaffee?«, fragte sie überraschend, und die Frage bestürzte ihn. Er glaubte, sie würde von irgendwo eine Thermosflasche holen, aber sie rief dem Mann, der am Stand nebenan alte

Insignien der Roten Armee verkaufte, etwas Harsches zu, und er rief etwas ebenso Harsches zurück, und dann nahm sie ihre Handtasche und marschierte los, schwang die Tasche und winkte Martin, als wäre er ein Kind.

Sie tranken keinen Kaffee. Sie aßen einen Teller Borschtsch, gefolgt von einem Vanillegebäck mit heißer Schokolade, die dick und süß war und in großen Bechern serviert wurde. Sie bestellte und ließ ihn nicht zahlen, deutete auf die dünne Plastiktüte mit seinen in Zeitungspapier gewickelten und jetzt ineinander geschachtelten Puppen, und er fragte sich, ob das seine Belohnung dafür war, dass er viel zu viel gezahlt hatte. Vielleicht wurden in Russland so Geschäfte gemacht, vielleicht gab man jemandem genug Geld, dass er eine Woche davon leben konnte, und dann gingen sie mit einem in warme dampfende Cafés und bliesen einem ihren Zigarettenrauch ins Gesicht. Im Urlaub auf Kreta (»Entdecken Sie die antiken Wunder von …«) musste er feststellen, dass jedes Mal, wenn er in einem Geschäft etwas kaufte, der Verkäufer darauf bestand, ihm etwas zu schenken, als wollte er die harten Kanten des Kapitalismus abschleifen. Dieses Geschenk bestand für gewöhnlich in einem gehäkelten Deckchen, so dass Martin einen ganzen Stapel davon in seinem Koffer hatte, als er nach Hause zurückkehrte. Er brachte sie zu Oxfam.

»Irina«, sagte sie, streckte die Hand aus und schüttelte seine. Als sie sich das Kopftuch abnahm, fiel ihr das Haar weit über den Rücken.

»Martin«, sagte Martin.

»Marty«, sagte sie und lächelte ihn an. Er korrigierte ihren Fehler nicht. Nie zuvor hatte ihn jemand Marty genannt. Ihm gefiel, dass »Marty« nach einem unterhaltsameren Mann klang, als er, wie er wusste, war.

Er versuchte, Irina zu erklären, dass er Schriftsteller war, aber er war sich nicht sicher, ob sie ihn verstand. »Dostojewski«, sagte er, »Puschkin.«

»Idjot!«, rief sie, ihr hübsches Puppengesicht plötzlich lebhaft. »Hier ist *Idjot.*« Erst später wurde ihm klar, dass das Café, in dem sie saßen, Der Idiot hieß.

Er wollte sie ein wenig mit seinem Erfolg beeindrucken. Normalerweise sprach er nie mit anderen über seine beruflichen Errungenschaften. Melanie, seine Agentin, fand, er sei nicht erfolgreich genug und könne noch besser werden. Die paar Freunde, die er hatte, waren überhaupt nicht erfolgreich, und er wollte nicht, dass sie glaubten, er wolle angeben. Seiner Mutter war es gleichgültig, und sein Bruder war neidisch, deswegen erachtete er es für das Beste, seine kleinen Triumphe für sich zu behalten. Aber Irina sollte wissen, dass er in seinem Heimatland keine völlig bedeutungslose Person war *(Er verkauft sich mit jedem Buch besser),* doch sie lächelte nur und leckte sich ein paar Krümel von der Lippe. »Klar«, sagte sie.

Als sie mit dem Essen fertig war, stand sie unvermittelt auf und sagte, ohne auf die Uhr zu blicken: »Ich gehe.« Sie trank ihren Becher leer, während sie in ihren Mantel schlüpfte, und ihre Gesten hatten etwas Gieriges, was Martin Bewunderung abverlangte.

»Heute Abend?«, sagte sie, als hätten sie bereits eine Verabredung getroffen. »Kaviarbar in Grand Hotel, sieben Uhr. Okay, Marty?«

»Ja, okay«, sagte Martin hastig, denn sie ging bereits zur Tür und hob die Hand zum Gruß, ohne zurückzublicken.

Als er das Café verließ, schneite es heftig. Alles schien sehr romantisch, der Schnee, das Mädchen mit dem blonden Haar unter dem Kopftuch, wie Julie Christie in *Doktor Schiwago*.

Er starrte in den stockfleckigen Spiegel im Bad des Four Clans. Vielleicht war ihm so schlecht, weil er am Verhungern war? Er konnte sich nicht erinnern, wann er zum letzten Mal etwas Anständiges gegessen hatte. Ein Schauder lief durch seinen Körper, und im nächsten Moment kniete er vor der Toilettenschüssel, hielt sich daran fest und übergab sich heftig. Er spülte die Toilette, und als er in den Wirbel des Erbrochenen starrte, das zusammen mit einer hässlich blauen Chemikalie aus dem Wasserbehälter weggespült wurde, traf ihn ein unerwarteter Gedanke –

Ausgeraubt? Natürlich!

Er hastete aus dem Bad und suchte in seinem Jackett nach der Brieftasche. Weg. Er seufzte schwer in Anbetracht der vielen lästigen Anrufe, die er bei der Bank und den Kreditkartenfirmen würde machen müssen. Sein Führerschein und hundert Pfund in bar waren zudem in der Brieftasche gewesen, und dann – ein Albtraum – fiel ihm der kleine fliederfarbene Memorystick von Sony ein, das Stück Plastik, das »Tod auf Black Isle« enthielt. Weg. Eine kalte Welle der Panik überrollte ihn, gefolgt von heißer Erleichterung – der Roman war auch auf einer CD in seinem »Büro« gespeichert. Martin hatte Paul Bradley das Leben gerettet und war dafür bestohlen worden. Der Verrat verletzte Martin so sehr, dass ihm tatsächlich Tränen in den Augen brannten.

In dem Mief aus Speck und Schottenkaro an der Rezeption empfand er so etwas wie eine *Marie-Celeste*-artige Verlassenheit. Er drückte auf die Messingklingel, und nach einer langen Wartezeit tauchte ein Jugendlicher in Küchenuniform auf. Mit atemberaubender Langsamkeit fuhr er mit dem Finger das Register hinunter und bestätigte, dass Paul Bradley ausgecheckt hatte.

»Nichts mehr zu zahlen«, sagte er und wischte sich mit dem

Handrücken die Nase ab. »Sie können gehen«, sagte er, als würde er Martin aus dem Gefängnis entlassen.

Martin sagte dem Jungen nicht, dass er ausgeraubt worden war, er wirkte nicht wie jemand, den das interessiert hätte. Und warum auch? Martin hatte das Gefühl, dass er irgendwie bekommen hatte, was er verdiente.

22

Gloria erwachte früh und ging leise die Treppe hinunter, als wäre jemand anders im Haus, den sie wecken könnte, aber sie war herrlich allein. Als Graham noch da war, dröhnte und hallte das Haus vor Lärm, auch wenn er nur im Bett lag und ruhig schlief. Ohne ihn nahm der Tag ein eigenes stilles Muster an, weiche Farben und Lichtstreifen, die Gloria sonst nie bemerkt hatte.

Zwischen ihren nackten Zehen spürte sie den lammfellartigen Flor des hafermehlfarbenen Berbers auf der Treppe und unter ihrer Hand das glatte Gleiten des Geländers aus roter Oregonkiefer. Sie verschwendete einen Gedanken an die ungefähr hundertfünfzig Jahre des Polierens, die diesen Satin geschaffen hatten, auch sie hatte poliert, nicht mit Mr Sheen, sondern mit einem harten Stück Bienenwachs. Gloria hatte sich beigebracht, die kleinen Freuden zu schätzen, von denen es viele gab in diesem Haus, das noch stehen würde, lange nachdem sie selbst unter der Erde läge.

Jeder Tag ist ein Geschenk, sagte sie sich, deswegen hieß es auch Präsens. Sie würden dieses Haus verlieren. Es würde hineingezogen in das ganze bedauerliche Chaos, das Graham heraufbeschworen hatte, und unter den Hammer kommen (sie hatte sich online kundig gemacht), und der Erlös würde einbehalten als ein Teil der Wiedergutmachung für all das, was Graham sich im Lauf der Jahre hatte zuschulden kommen lassen. Er hatte ein Kartenhaus erschaffen, eine Illusion. Sein Tod oder das Betrugsdezernat, was immer zuerst käme, würde alles an den Tag bringen, die Vorhänge aufziehen und die Fensterläden öffnen und das Licht bis in jede schmutzige Ecke lassen.

Gloria öffnete die Terrassentür im Wohnzimmer, stand ein paar Minuten lang da und atmete tief die Morgenluft ein. Ein Spatz hüpfte graziös auf dem Zaun entlang. Eine Unze braune Federn und schwarzer Schnabel. Schön wäre es, wenn Gott ein Auge auf ihn hätte, andernfalls würde Gloria und den Überwachungskameras sein Sturz nicht entgehen. Eine Elster schwang sich keckernd herab, und Gloria verjagte sie.

Das Haus in Grange (lange bevor Gloria und Graham es in Besitz nahmen, Providence, Vorsehung, benannt) hatte nichts gemein mit den unsolide gebauten, überteuerten Bruchbuden, die Graham reich gemacht hatten. In den von Graham gebauten Häusern gab es schlecht schließende Schranktüren, Kamine aus Zement, der aussehen sollte wie Stein, und billige Auslegeware. Es waren Häuser, die rochen, als wären sie aus Plastik und Chemikalien. Letztes Jahr hatte Graham davon gesprochen, aus diesem Haus auszuziehen, sie wären »zu reich« dafür und er »habe ein Auge« auf ein herrschaftliches Anwesen im Norden, Hektare von Land, wo er Forellen fischen und ahnunglose Vögel damit überraschen könnte, sie vom Himmel zu schießen. Im Lauf der Jahre war das Grange-Haus um Gloria herum immer behaglicher geworden, und es schien grausam, es zugunsten eines Riesenkastens mitten im Nirgendwo abzustoßen.

Gloria hatte gesagt, dass sie nicht wüsste, wie man zu reich sein konnte. Wenn man zu reich war, konnte man einen Teil des Geldes weggeben, bis man nur noch reich war. Oder man gab alles weg und war arm. Und sie waren nicht wirklich reich, es war alles Schall und Rauch, ihr Leben gegründet auf schmutzigem Geld.

Sie ging in die Küche und kochte die erste Kanne Kaffee, atmete das Aroma der Bohnen ein, bevor sie sie in die Mühle schüttete. Die italienischen Marmorfliesen auf dem Küchenboden waren kalt und starr, als würde man über Grabsteine gehen. Sie waren unglaublich teuer, aber Graham hatte sie (natürlich) unglaublich billig bekommen. Letztes Jahr war das Haus von den Qualifizierteren seiner Arbeiter renoviert worden. Unter anderem hatten sie eine Wand eingerissen und eine riesige amerikanische Küche eingebaut. »Für meine Frau ist mir nichts zu teuer«, sagte Graham überschwänglich zu seinem Architekten. »Wie wär's, Gloria – eine gekühlte Speisekammer, einen Gasherd von Gaggenau mit integrierter Fritteuse?« Und sie sagte, sie hätte gern eine rosa Spüle, weil sie in einer Fernsehsendung über Inneneinrichtung eine gesehen hatte, und Graham sagte: »Eine rosa Spüle? Nur über meine Leiche?« So viel dazu.

Gloria besuchte gern jede neue Baustelle von Hatter-Häusern. Je weiter draußen sie war, umso mehr hatten die Besuche etwas von einem Ausflug. Sie packte sich ein Picknick ein oder fand heraus, wo das örtliche Café war. Sie sah sich gern das Musterhaus an, hörte dem Verkäufer zu. *(Das ist ein schönes Zimmer, ein richtiges Zimmer für die ganze Familie.)* Graham wusste nichts von diesen Exkursionen.

Gelegentlich gab sich Gloria als interessierte Käuferin aus – als wildäugige geschiedene oder als vor kurzem verwitwete Frau, die sich verkleinern wollte auf eine Wohnung ohne Ehemann. Sie sah sich »Familienhäuser« an im Auftrag einer Tochter oder ein »Einsteigerhaus« für einen Sohn, der im Ausland arbeitete. Es war ein harmloses Vergnügen und bot ihr Gelegenheit, Küchenschränke zu öffnen und zu schließen oder in die winzigen Bäder zu spähen, in die gerade eine unterernährte Person passte. Alles war gemäß den Mindestanforderungen gebaut, die Gärten waren so klein wie möglich, die Badezimmer winzig – es war, als hätte eine ausgesprochen *boshafte* Person beschlossen, Häuser zu bauen.

Vor Ostern war sie in die Siedlung in Fife gefahren. Die Bauarbeiter waren endlich fertig, und die letzten Bewohner zogen gerade ein. Aber ein Haus war noch als Musterhaus ausgewiesen, in einem Baucontainer befand sich noch ein Verkaufsbüro, und die Fahne mit der Aufschrift »Hatter-Häuser – Reelle Häuser für reelle Menschen« flatterte noch über ihrem Kopf. Eine echte Billigflagge.

Die Bewohner hier taten ihr besonders leid, weil die Siedlung auf einer ehemaligen Mülldeponie errichtet war, und in den Gärten lagen nur wenige Zentimeter Mutterboden. (»Aber das ist doch bestimmt nicht legal?«, sagte sie zu Graham. »*Caveat emptor,* Gloria«, sagte Graham. » Das einzige Latein, das ich brauche.«)

Maggie Louden war im Verkaufsbüro gewesen und hatte sie beunruhigt angeblickt. »Mrs Hatter? Kann ich Ihnen helfen?« Ohne Cocktailkleid sah sie anders aus, schlampiger und entschieden weniger festlich.

»Ich schaue mich nur um«, erwiderte Gloria und tat nonchalant. »Ich werfe gern einen Blick auf die Häuser.« Aber der Ausflug war verdorben. Sie hatte beabsichtigt, sich als Geliebte eines reichen Mannes auszugeben, der sie in einem eigenen Haus unterbringen wollte. Die Ironie der Geschichte entging ihr nicht.

Gloria war heimlich nachts zurückgekehrt wie eine Terroristin und hatte vor jede Tür eine hübsche Topfpflanze gestellt. Kein wirklicher Ersatz für einen Garten, aber ein bisschen was.

Gloria fragte sich bisweilen, ob Graham Häuser für Familien baute, weil er mit seiner eigenen unzufrieden war. Sie hatten im Lyceum eine Vorstellung von *Baumeister Solness* gesehen – Hatter-Häuser war so etwas wie ein Sponsor –, und Gloria zog unwillkürlich Vergleiche. Damals hatte sie sich gefragt, ob Graham eines Tages von einer Turmspitze fallen würde, auf metaphorische oder andere Weise. Und so war es gekommen. So viel dazu.

Die Espressokanne zischte und spuckte und erreichte schließlich ihren gewohnt furiosen Höhepunkt. Gloria goss sich Kaffee ein, trug ihn in das pfirsichfarbene Wohnzimmer und setzte sich auf die Couch. Sie aß die Überreste eines Pakets Schokoladenkekse. Wenn Graham da war, aßen sie immer am Küchentisch. Er mochte etwas Warmes – Rühreier, geräucherten Fisch, Speck, Würstchen, sogar Nieren. Während sie frühstückten, hörten sie *Good Morning, Scotland* im Radio, endloses, gesichtsloses Geplapper über Politik und Katastrophen, das Graham wichtig und notwendig fand, aber es hatte keinerlei Einfluss auf ihr Leben. Man hatte mehr davon, einem Paar Blaumeisen dabei zuzusehen, wie sie an Erdnüssen pickten, als über Haferbrei das schottische Parlament zu verfluchen.

Sie stellte den Sender mit Terry Wogan ein. Terry Wogan war eine wirklich gute Sache. Das Telefon klingelte. Seitdem Gloria um fünf aufgewacht war, klingelte das Telefon in regelmäßigen Abständen. Sie hatte bereits im Krankenhaus angerufen, um sich zu vergewissern, dass Grahams Zustand unverändert war, und keinerlei Interesse daran, mit all den Leuten zu sprechen, die wissen wollten, warum Graham mitten an einem Werktag vom Angesicht der Erde verschwunden war und nicht an sein Handy ging. Sie ließ sie mit dem Anrufbeantworter reden, das war weniger anstrengend, als zu lügen.

Während sie im Flur stand und die letzte Nachricht abhörte *(Graham, du alter Mistkerl, wo steckst du, ich dachte, wir wollten heute Golf spielen)*, fiel die Morgenzeitung durch den Briefschlitz.

Was für ein Mensch beißt einem jungen Kätzchen den Kopf ab? Was für ein Mensch geht in den Garten eines vollkommen Fremden, nimmt ein drei Wochen altes Kätzchen und *beißt ihm den Kopf ab? Und wird dafür nicht angezeigt!* Gloria ließ die Zeitung angewidert fallen.

Was wäre die angemessene Strafe für einen Menschen (einen Mann natürlich), der einem drei Wochen alten Kätzchen den Kopf abbeißt? Eindeutig der Tod, aber doch kein schneller, schmerzloser? Das wäre ein unverdientes Geschenk. Gloria glaubte, dass die Strafe dem Vergehen entsprechen sollte, Auge um Auge, Zahn um Zahn. Kopf um Kopf. Wie biss man einem Menschen den Kopf ab? Wenn man nicht irgendwie einen Hai oder ein Krokodil dazu bringen konnte, dann, so nahm Gloria an, musste man sich mit einer schlichten Enthauptung zufriedengeben.

Laut Zeitung war der Mann, der dem Kätzchen den Kopf abgebissen hatte, auf Drogen gewesen. Das war keine Entschuldigung! Gloria hatte während ihrer kurzen Zeit an der Universität einmal einen Joint geraucht (in erster Linie aus Höflichkeit) und seinerzeit ein beträchtliches Quantum Alkohol getrunken, aber sie war überzeugt, dass sie jede Menge illegaler Substanzen hätte konsumieren können, ohne das Bedürfnis zu verspüren, einem unschuldigen Haustier den Kopf abzubeißen. Ein kleiner Korb voller Kätzchen – Gloria stellte sich langhaarige Tabbys mit einem Band um den Hals vor, wie sie auf alten Schokoladenschachteln abgebildet waren. Winzig, hilflos. Unschuldig. Waren auf Schokoladenschachteln noch solche Abbildungen? Sie hatte bei eBay ein wunderschönes Bild gekauft, zwei Kätzchen, Korb, Wollknäuel, Bänder und alles, was dazugehörte, hatte jedoch immer noch nicht den richtigen Platz dafür gefunden. Und natürlich war Graham der Meinung, dass es »kitschig« sei – er selbst kannte sich mehr aus mit Kunst à la Der-Hirsch-der-gleich-getötet-wird.

Die Leute hatten gegrillt, ein »Familiengrillfest«, und der Mann marschierte unaufgefordert und unangekündigt herein, nahm eins der Kätzchen aus dem Korb und biss ihm den Kopf ab, als wäre es ein Lutscher. Hatte der Mann den Kopf des Kätzchens gegessen? Oder ihn nur abgebissen und ausgespuckt?

Man könnte den Mann, der dem Kätzchen den Kopf abgebissen hatte, in einen Käfig mit Tigern sperren und sagen: »Na los, mal sehen, ob du denen auch den Kopf abbeißt.« Aber es war falsch, die Tiger in Käfige zu stecken.

Es gab ein Gedicht von Blake über Tiger, nicht wahr? Oder waren es Rotkehlchen?

Bill, der Gärtner, tat seine Anwesenheit im Schuppen durch gedämpftes Klappern und Klimpern mit dem Gartenwerkzeug kund, als sollte Gloria wissen, dass er zwar da war, aber nicht mit ihr sprechen wollte. Sein Nachname war Tiffany, wie die Juweliere. Graham hatte Gloria zu ihrem dreißigsten Hochzeitstag eine Armbanduhr von Tiffany geschenkt. Das Uhrband war aus rotem Leder, und die Uhr selbst war von kleinen Diamanten eingefasst. Sie hatte sie gestern in den Fischteich geworfen. Alle Fische im Teich bis auf einen – eine große orangefarbene Goldorfe – hatte sich einen nach dem anderen der Reiher des Viertels herausgeholt. Gloria fragte sich, ob die Uhr noch die Zeit anzeigte, im Schlamm und grünen Schleim auf dem Grund des Teiches leise vor sich hin tickte, die letzten Tage des orangefarbenen Fisches und von Graham zählte.

Gloria setzte noch einmal Kaffee auf, butterte ein Scone und schaltete ihren Computer an. Gloria konnte gut mit Computern umgehen. Sie hatte es gelernt in der Zeit der alten Amstrads mit den schwarz-grünen Bildschirmen und schrecklichen Gewohnheiten. Damals hatte sie bei der Buchführung von Hatter-Häuser mitgeholfen. Schon seinerzeit hatte Graham die Bücher frisiert, allerdings waren die Summen noch relativ gering gewesen. Hatter-Häuser war ein Familienunternehmen geblieben, es gehörte Graham und Gloria. Sie waren nie an die Börse gegangen oder rigoros unter die Lupe genommen worden. Die Wirtschaftsprüfung übernahmen Grahams Steuerberater. Es gab ein Netz aus Komplizenschaft, das weiter reichte, als das Auge sehen konnte, Steuerberater, Anwälte, Sekretärinnen, Verkäufer (Verkäuferin-plus-Geliebte). Gloria hatte jahrelang alles unterschrieben, was ihr vorgelegt wurde, Papiere, Dokumente, Verträge. Sie hatte nie etwas infrage gestellt, und jetzt schien sie nichts anderes mehr zu tun. Unschuld war nicht gleich Unwissenheit.

Gloria hatte einen eigenen netten kleinen Laptop, angeschlossen an ein Breitbandkabel in der Küche – wo sie schließlich die meiste Zeit verbrachte, warum also nicht? Graham benutzte ihren Computer nie, er wickelte alle seine schmutzigen Geschäfte im Büro ab. Sie konnte sich vorstellen, dass er pornografische Websites lud, auf denen eine Frau in einem Zimmer irgendwo auf der Welt vor einer Webcam für ihn auftrat.

Die einzigen Mails, die Gloria normalweise bekam – abgesehen von gelegentlichen Nachrichten von ihren Kindern –, waren Einladungen, ihren Penis vergrößern zu lassen, oder Sonderangebote von Boots.com. Sie hätte gern Grahams E-Mails gelesen, aber sie waren mit einem Passwort geschützt. Gloria hatte lange vor den gestrigen Ereignissen darüber nachgedacht, doch bislang hatte sie das Sesam-öffne-Dich nicht gefunden – sie hatte es auch mit diesem Begriff versucht, neben allen anderen Wörtern und Wortkombinationen, die ihr einfielen. »Kinloch«, »Hartford«, »Braecroft«, »Hopetoun«, »Villiers« und »Waverley«. Nichts. Das waren die Namen der sieben Basismodelle von Hatter-Häuser. »Kinloch« war das billigste, »Waverley« das teuerste. »Hartford« und »Braecroft« waren Doppelhäuser. Heutzutage baute Graham mehr Einzelhäuser als früher. Den Leuten gefielen frei stehende Häuser, gleichgültig, wie klein sie waren. »Kinloch« war so winzig, dass sich Gloria an ein Monopoly-Haus erinnert fühlte.

Nächsten Monat würde Gloria sechzig. Im Radio hatte sie gehört, dass die sechzig die neuen vierzig waren. Nie zuvor hatte sie etwas Dümmeres gehört. Sechzig war sechzig, es hatte keinen Sinn, das zu leugnen. Wer würde für sie im Alter sorgen? Ob Graham tot oder lebendig war, änderte bei der Polizei und vor Gericht nichts, Hatter-Häuser würde zerschlagen werden. Zu Recht, wie Gloria meinte, aber es wäre schön, wenn sie zuvor noch eine kleine Pension für sich beiseiteschaffen könnte. Sie stellte sich vor, dass irgendwo ein großes schwarzes Buch lag, das alle Geheimnisse Grahams enthielt, alles über sein Geld. Das Buch des Magus. Ebenso wie mit dem Kapitalismus war es jetzt zu spät, ihn danach zu fragen.

Gloria gab die Suche nach dem Passwort auf und überprüfte ihr Bankkonto. Sie hatten ein gemeinsames Konto, das vor allem für die üblichen Rechnungen und den Haushalt bestimmt war. Gloria war in Geldangelegenheiten vollkommen abhängig von Graham, eine schockierende Erkenntnis, die ihre volle Wirkung erst im Laufe der Jahrzehnte entfaltet hatte. In der einen Minute saß man auf einem Barhocker, trank einen Gin mit Orangensaft und sorgte sich, ob man hübsch aussah, und in der nächsten war man nur noch ein Jahr von der Seniorenkarte entfernt, stand vor dem Bankrott und öffentlicher Demütigung. Und die sechzig waren die gleichen alten sechzig wie eh und je.

Das Haushaltskonto wurde von einem Hatter-Häuser-Konto automatisch aufgefüllt. Wann immer sie Geld abhob, wurde mehr darauf überwiesen, was immer sie an einem Tag ausgab, wurde über Nacht wieder eingenommen. Es grenzte an Zauberei. Niemand schien die fünfhundert pro Tag zu bemerken, die Gloria abschöpfte. Ihr Notgroschen. Es war vollkommen legal, es war ein gemeinsames Konto, es lief auch auf ihren Namen. Fünfhundert am Tag – jeden Tag außer Sonntag, Glorias Ruhetag, den ihr baptistisches Gewissen einforderte. Die neuen Geldwäschebestimmungen erschwerten es, größere Geldsummen zu bewegen, doch mit fünfhundert am Tag schien sie außerhalb des Radarschirms sowohl der Hatter-Häuser-Buchhalter als auch der Banken zu bleiben. Sie nahm an, dass früher oder später eine Alarmglocke losgehen, eine Flagge gehisst würde, aber dann wären vermutlich alle Guthaben bereits eingefroren, und wenn es auf der Welt auch nur ein bisschen gerecht zuging, wäre Gloria zu diesem Zeitpunkt mit ihrem Plastiksack voll Beute schon über alle Berge. Zweiundsiebzigtausend Pfund war nicht sehr viel, um ein neues Leben anzufangen, aber es war besser als nichts, mehr als das, was die meisten Menschen auf der Welt hatten.

Gloria holte Grahams Sachen aus dem Plastiksack und legte sie in der Waschküche auf das Ablagebrett aus Ahornholz. Seine Schuhe, gewienert, bis sie wie Lakritze glänzten, Hose und Jacke seines Anzugs, das Hemd von Austin Reed, die teuren Seidensocken, die vermutlich eine Krankenschwester zu einem Knäuel ineinandergesteckt hatte, das Unterhemd aus Baumwolle und die Boxershorts von Marks and Spencer – die Unterwäsche schien ihr besonders deprimierend – und als Letztes seine langweilige Firmenkrawatte, schlaff eingerollt wie eine mutlose Schlange am Boden des Plastiksacks.

Es war merkwürdig, seine Kleider so ausgebreitet vor sich zu sehen, flach und zweidimensional, als wäre Graham plötzlich unsichtbar geworden, während er sie trug. Sie waren gegen ein Baumwollhemd ausgetauscht worden, das seine Roquefort-Beine und seinen nicht mehr festen Hintern entblößte. Das Baumwollhemd würde bald gegen ein Leichenhemd ausgetauscht werden. Mit ein bisschen Glück.

Gloria hatte plötzlich den verstümmelten Leichnam ihres Bruders vor Augen, wie er in der Leichenhalle des Krankenhauses der Familie gezeigt worden war, eingewickelt in weiße Laken wie eine Mumie oder ein Geschenk. Gloria fragte sich, wer von ihren Eltern es für eine gute Idee gehalten hatte, die vierzehnjährige Tochter die Leiche ihres Bruders sehen zu lassen, ordentlich eingewickelt oder nicht.

Jonathan hatte einen Studienplatz und arbeitete im Sommer zwischen Schule und College in der Textilfabrik. In Glorias Kindheit gab es in ihrer Heimatstadt mehrere Textilfabriken, jetzt war da keine mehr. Einige waren abgerissen worden, aber die meisten wurden in Wohnungen und Hotels umgewandelt, eine in eine Kunstgalerie und eine andere in ein Museum. Dort führten Exfabrikarbeiter den Besuchern die Arbeiten vor, die sie in der Vergangenheit, die jetzt offiziell Geschichte war, verrichtet hatten.

In der Woche bevor er starb hatte Jonathan Gloria in die Fabrik mitgenommen. Er war stolz, dass er »Männerarbeit« machte. Die Fabrik war nicht dunkel und satanisch, wie sie es sich beim Absingen von »Jerusalem« auf Schulversammlungen vorgestellt hatte, sondern sie war voller Licht und groß wie eine Kathedrale, eine Hymne auf die Industrie. Winzige Wollfasern und -wölkchen schwebten durch die Luft wie Federn. Und der Krach! Der »rasselnde, rüttelnde Weberschiffchenlärm« – sie hatte später ein Gedicht »im Stil von Gerard Manley Hopkins« für die Schülerzeitschrift geschrieben in der Hoffnung, dass es den Schmerz ein wenig lindern würde, aber das Gedicht war schlecht (»wollgefleckte weiße Luft«) und kam aus dem Kopf, nicht aus dem Herzen.

Nach Jonathans Tod war die Rede davon gewesen, Anzeige zu erstatten – alle möglichen Sicherheits- und Gesundheitsvorschriften waren in der Fabrik missachtet worden –, aber es ging nie über Absichtsbekundungen hinaus, und Glorias Eltern fehlte der Biss, die Sache zu verfolgen. Ihre (kürzlich verstorbene) Schwester war damals zwanzig und stahl ihrem Bruder die Schau, indem sie in Jeans und einem schwarzen Polohemd zu seinem baptistischen Begräbnis erschien. Gloria hatte die Haltung ihrer Schwester uneingeschränkt bewundert.

Gloria war nur noch einmal in einer wahren Industriekathedrale gewesen, bei einem Schulausflug in die Fabrik von Rowntree's in York, wo die Klasse über jeden Produktionsschritt staunte, angefangen von etwas, was wie kupferne Betonmischer aussah, in denen die Smarties hin und her geschleudert wurden, bis zum Packraum, in dem Frauen Schleifen um Schokoladenschachteln mit (ja) Kätzchen darauf banden. Am Ende der Tour bekamen sie vom Ausschuss geschenkt, und Gloria kehrte triumphierend nach Hause zurück mit Dutzenden zweifingriger Kitkats, die wie Jonathan von den Maschinen verstümmelt worden waren.

Sie nahm das Handy aus Grahams Jackentasche. Was hatte Maggie Louden gestern Abend gesagt? *Ist es erledigt, ist es vorbei? Bist du Gloria los? Bist du die alte Schachtel los?* War sie das – eine alte Schachtel? Maggie Louden war weit über vierzig und wäre selbst bald eine alte Schachtel.

Der Akku des Handys war leer (mehr oder weniger wie der seines Besitzers). Grahams Anzug gehörte eigentlich in die Reinigung, aber wozu die Mühe? Sollte er sterben, würde sie alle seine Anzüge in den Oxfam-Laden in der Morningside Road bringen, außer dem, den er bei seiner Beerdigung tragen würde. Der hier wäre gut genug, ein bisschen Ausbürsten und Bügeln, sinnlos, etwas reinigen zu lassen, was in der Erde verfault.

Sie steckte Grahams Handy in das Ladegerät in der Küche und tippte gewissenhaft eine Nachricht für Maggie: *Bin in thurso rufe morgen an g* – sie war ziemlich sicher, dass Graham nicht auf Interpunktion und Grammatik achten würde –, änderte sie jedoch um in: *Tut mir leid liebling bin in thurso rufe morgen an g,* und entschloss sich zu einer dritten Version: *Tut mir leid liebling bin in thurso kein netz hier ruf nicht an melde mich morgen g.*

Wenn Gloria an York dachte, dann daran, dass die Stadt nach Schokolade roch, wohingegen sie aus einer Stadt stammte, in der es nach Ruß roch. Natürlich konnte man Rowntree's heute nicht mehr besichtigen, weil es einem multinationalen Konglomerat gehörte, das niemanden mehr reinließ. Jetzt, da ihre Schwester tot war, war Gloria der einzige Mensch, der sich noch an den Bruder erinnerte. Es war erstaunlich, wie schnell ein Mensch ausradiert wurde. Der Tod triumphierte.

Sie holte unter der Spüle einen Sack mit Vogelfutter hervor und füllte eine Schüssel. Draußen verstreute sie die Samenkörner auf dem Rasen und fühlte sich einen Augenblick lang, als alle Vögel Edinburghs in ihren Garten einfielen, ein bisschen wie eine Heilige.

23

Louise betrachtete leidenschaftslos die Leiche. Bei Autopsien war es das Beste, jedes Gefühl an der Türschwelle zurückzulassen. Dieser Tage gab es im Fernsehen viele Sendungen, in denen Polizei und Gerichtsmediziner davon faselten, eine Leiche sei nicht nur eine Leiche, sondern eine *Persönlichkeit*. Die Pathologen sprachen mit den Toten, als würden sie leben *(Wer hat dir das angetan, Schätzchen?)*, als würde sich das Opfer plötzlich aufsetzen und Namen und Adresse des Mörders nennen. Die Toten waren tot, sie waren keine Menschen mehr, sie waren nur noch, was übrig bleibt, wenn die Persönlichkeit für immer verschwunden ist. Die sterblichen Überreste. Sie dachte an ihre Mutter und griff nach den Tic Tacs.

Das Leichenschauhaus war bevölkert von den üblichen Verdächtigen, einem Fotografen, Technikern, Forensikern, zwei Pathologen – eine Arche Noah voller Autopsiespezialisten. Jim Tucker stand etwas abseits. Louise wusste, dass er das Leichenschauhaus nicht gut verkraftete. Er entdeckte sie und runzelte die Stirn, überrascht, sie hier zu sehen. Louise hielt den Daumen nach unten, er murmelte leise: »Oh, Scheiße.«

Ackroyd, einer der beiden Pathologen, bemerkte sie und sagte: »Das Beste haben Sie schon versäumt, Magen, Lunge, Leber.« Ackroyd war ein Schwachkopf.

Der zweite Pathologe stand stumm neben ihm und grüßte sie mit einem kurzen Nicken und einem Lächeln. Sie hatte ihn noch nie zuvor gesehen. Lediglich die Routineautopsien wurden von nur einem Pathologen durchgeführt, zwei waren erforderlich, sobald es um »Nachprüfbarkeit« ging. Einer plus Ersatz. »Neil Sneddon«, sagte er mit einem erneuten Lächeln, als wären sie auf einer Party. Flirtete er mit ihr? Neben einer Leiche? Nett.

»Sind Sie wegen ihr hier?«, fragte er und schaute auf die Frau auf der Bahre.

»Nein, ich muss mit Jim sprechen – Jim Tucker.«

Das tote Mädchen sah ungesund aus, es wirkte eher ungesund als richtig tot. Ackroyd entnahm ihr Herz dem Brustkasten. Eine Assistentin, ein Mädchen namens Heather, wenn sich Louise richtig erinnerte, stand in der Nähe und hielt eine Schale aus Edelstahl hoch wie einen Baseballhandschuh, als würde ihr der Pathologe das Herz gleich zuwerfen. Nachdem er es in die Schale gelegt und nicht geworfen hatte, wog Heather das Herz, als wollte sie einen Kuchen damit backen.

Louise berührte den fühllosen Handrücken des Mädchens. Warmes Fleisch auf kaltem Fleisch. Die Lebenden und die Toten. Sie sah plötzlich ihre Mutter im Bestattungsinstitut vor sich, ihr Gesicht wie kaltes, geschmolzenes Wachs – die böse Hexe aus dem Westen, aus dem Zauberer von Oz.

Jim Tucker hob fragend eine Augenbraue, und sie winkte ihn auf die Seite.

Die Kleider der Toten lagen auf einer Bank und warteten darauf, eingepackt und ins forensische Labor in Howdenhall geschickt zu werden. BH und Unterhose passten nicht zusammen, aber in beiden befand sich ein Etikett von Matalan. Deswegen sollte man zusammenpassende Unterwäsche tragen, erinnerte sich Louise, nicht wegen der unwahrscheinlichen Chance einer sexuellen Begegnung, sondern für Eventualitäten wie diese. Für das Tot-auf-einer-Fischhändlerbahre-Szenario, wenn die ganze Welt sehen konnte, dass man die nicht zusammenpassende Unterwäsche in Billigläden kaufte.

»Prostituierte, gefunden in einem Eingang in der Coburg Street. Überdosis. War der Sitte bekannt«, sagte Jim Tucker. Er senkte die Stimme. »Was ist passiert?«

»Crichton hat das Verfahren wegen einer Formsache eingestellt. Ein Zeuge ist nicht erschienen.«

»Machst du Witze? Er hätte unterbrechen und uns bitten sollen, den Zeugen zu suchen.«

»Wir gehen in Berufung«, sagte Louise. »Wird schon werden.«

»Scheiße.«

»Ich weiß.« Auf der Bank mit den Kleidungsstücken sprang ihr etwas ins Auge – ein kleiner Stapel Visitenkarten in einer Petrischale. »Was ist das?«

»Haben wir in ihrer Tasche gefunden«, sagte Jim Tucker. »Die Visitenkarten der Dame.«

Blassrosa, schwarze Schrift. *Hilfe*. Eine Handynummer. Genau wie Jackson Brodie gesagt hatte.

»Wir dachten an eine Callgirl-Agentur«, sagte Jim Tucker. »Bei der Telefonnummer sind wir nicht weitergekommen.«

»Sie hat eine Callgirl-Visitenkarte, und du meinst trotzdem, sie war auf der Straße?«, wunderte sich Louise.

»Sie war ein Junkie, vermutlich war es ihr egal, ob sie es in einem Hotelzimmer oder einem Hauseingang machte.«

Louise glaubte das keine Sekunde. Wenn sie sich schon verkaufte, dann bestimmt lieber in einem hübschen warmen Hotelzimmer, wo sie sicher sein konnte, dass jemand wusste, wo sie war.

»Ich bin auch auf der Suche nach *Hilfe*, bislang haben wir nichts gefunden.«

»Sollte ich was darüber wissen?«, fragte Jim Tucker.

»Nicht wirklich. Ein verschwundenes Mädchen, aber ich bin nicht davon überzeugt, dass sie überhaupt existiert.«

»Ah, deine sogenannte Tote von gestern. Habe gehört, dass du die Truppen umsonst losgeschickt hast. Sie ist nicht aufgetaucht?«

»Noch nicht.«

»Was habe ich da von einer Leiche in Merchiston gehört?«, rief Ackroyd ihr zu.

»Keine Ahnung«, sagte sie. »Das ist Edinburgh Süd, hab ich nichts mit zu tun.«

»Ich wohne in Merchiston«, murmelte Ackroyd.

»Dein Viertel geht dahin, Tom.« Neil Sneddon lachte. Er zwinkerte Louise zu. Sie fragte sich, ob sie mit jemandem Sex haben könnte, der im Angesicht des Todes so verschmitzt war. Vermutlich kam es darauf an, wie gut er aussah. Sneddon sah definitiv nicht gut aus.

Ackroyd nahm eine kleine elektrische Säge und begann die Schädeldecke des Mädchens aufzusägen, als wäre ihr Kopf ein weiches Ei. »Schauen Sie genau hin«, sagte er zum grünlichen Jim Tucker, »das ist das einzige Mal, dass Sie sehen werden, was eine Frau im Kopf hat.«

Als sie Jackson Brodie heute Morgen aus dem Gericht kommen sah, war sie zusammengezuckt. Das kleine Flattern des verräterischen Herzens.

Louise fragte sich, wie Jackson Brodie mit vierzehn gewesen war. Waren alle seine Tugenden (und Untugenden) damals schon voll entwickelt, hätte man den Jungen ansehen und den Mann in ihm erkennen können? Konnte man den Mann anblicken und den Jungen entdecken?

Die rosa Karten gab es tatsächlich. Louise hatte den Beweis in der Tasche, abgestaubt von dem Stapel, während alle zu Ackroyd schauten, der seine Partynummer vorführte. Okay, das war Manipulation von Beweisen, aber es war ja nicht die einzige Karte gewesen. War eine Karte weniger letzten Endes von Bedeutung? Wirklich?

Sie rief Jeff Lennon an, den Mann im Revier, der alles wusste. Ein Kommissar ein paar Wochen vor der Pensionierung, ein Gesicht wie eine Schildkröte, ein Gedächtnis wie ein Elefant. Behindert von einem kaputten Knie, verbrachte er die letzten Tage mit der Aufarbeitung von Akten, und sie wusste, dass er sich freuen würde, wenn er etwas anderes zu tun hätte.

»Können Sie mir einen Gefallen tun?«, fragte sie ihn.

»Wenn Sie mich nett drum bitten.«

»Ich bitte Sie nett drum. Können Sie etwas über einen Autounfall in der Old Town gestern herausfinden? Da war Gewalt im Spiel. Der Schuldige hat Fahrerflucht begangen. Können Sie überprüfen, ob jemand das Kennzeichen gesehen hat?«

Jackson hatte von »Dutzenden von Zeugen« gesprochen, aber als Jeff ein paar Minuten später zurückrief, wusste er nur zu berichten, dass sich niemand daran erinnern konnte, obwohl irgendjemand ausgesagt hatte, er glaube, »der Wagen war blau«.

»Tja, ich habe gute Nachrichten«, sagte sie. »Blau ist korrekt, und außerdem ist es ein Honda Civic, und ich kann Ihnen das Kennzeichen geben. Ich habe einen Zeugen.« Sie hatte ihn »Jackson« genannt. Es hatte sich unprofessionell angefühlt, obwohl es das nicht war.

»Jeff? Noch einen winzigen Gefallen? Besorgen Sie mir die

Adresse eines gewissen Terence Smith, war heute Morgen im Gericht.«

Jim Tucker hatte ein totes Mädchen mit einer Karte von *Hilfe*. Jackson Brodie hatte ein totes Mädchen mit einer Karte von *Hilfe*. Jims Mädchen war eindeutig eine Prostituierte, deswegen war die Chance groß, dass auch Jacksons Mädchen eine Prostituierte gewesen war. Sie bemerkte, dass sie Jim Tucker und Jackson Brodie in Gedanken als ebenbürtig behandelte. Schreibe zehnmal: *Jackson Brodie ist kein Polizist*. Er war Zeuge. Zudem ein potenzieller Verdächtiger, auch wenn die Anklage nur auf Verschwendung von Polizeizeit lautete. Und er war verurteilt wegen Körperverletzung, auch wenn er behauptete, unschuldig zu sein. Sag's noch mal, Louise – er war ein Zeuge, ein Verdächtiger *und* ein verurteilter Straftäter.

24

Nichts machte so Appetit wie eine Nacht im Gefängnis. Jackson war am Verhungern, aber als er die Schränke in der winzigen Küche durchforstete, fand er nur Instantsauce und ein paar Teebeutel, die abstoßend nach Kräutern rochen. Das war etwas Nützliches, was er heute tun konnte, einen Supermarkt finden oder besser noch ein gutes Feinkostgeschäft, anständige Vorräte anlegen und am Abend etwas für sie beide kochen, etwas Gesundes. Jacksons kulinarisches Repertoire bestand aus fünf Gerichten, das waren fünf mehr, als Julia konnte.

Er stellte sich vor, wie sein örtlicher Markt in Frankreich an diesem Morgen aussah, Tomaten im Überfluss, Basilikum, Käse, Feigen und große französische Pfirsiche, die zum Platzen reif waren. Kein Wunder, dass Nordländer arme Schweine waren, da sie sich über Tausende von Jahren von nassen Körnern und dünner Schleimsuppe hatten ernähren müssen.

Julia hatte gestern vermutlich nichts gegessen, mittags hatte sie mit Richard Moat »etwas getrunken«. Nachdem er ihn gesehen hatte, wähnte sich Jackson relativ sicher, Julia würde sich nie und nimmer zu jemandem hingezogen fühlen, der so untalentiert war wie er. Der Typ war auf der Bühne *gestorben*.

An den Wasserkessel gelehnt, stand eine Nachricht von Julia.

Ihre selbstbewusste Handschrift verkündete schlicht: »Bis später, love, J.« Neben ihrer Initiale befand sich nur ein X für Kuss, keine Ausrufezeichen. Sie war jemand, der Ausrufezeichen großzügig benutzte, da sie meinte, dass sie alles freundlicher aussehen ließen.

Jackson fand, dass sie erschreckend wirkten, musste aber feststellen, dass er sie vermisste, wenn sie nicht da waren. Er analysierte zu viel, da konnte man nicht viel hineinlesen in: *Bis später, love, J.* Oder? Das Fehlen von Ausrufezeichen, ein einziges X, die Initiale statt des Namens, die räumliche und zeitliche Unbestimmtheit von *Bis später* – bis später wo?

Sie hatten eine Probe (wirklich?), und dann fiel ihm ein, dass sie gesagt hatte, Tobias wolle ihnen »Hinweise« geben. Er war sicher, dass sie heute Abend nichts vorhatte. Er konnte Penne mit Pesto kochen, ein guter Salat, Erdbeeren, nein, sie mochte Himbeeren lieber. Ein bisschen Gorgonzola. Den mochte sie; er konnte ihn nicht ausstehen. Eine Flasche Champagner. Oder wäre Champagner zu festlich? Würde er die Tatsache betonen, dass sie kaum etwas zu feiern hatten? Wann hatte er angefangen, so viel nachzudenken?

Er duschte, rasierte sich, zog frische Kleidung an. Zwar fühlte er sich nicht wie ein neuer Mensch, aber er sah wesentlich besser aus als der schäbige Kriminelle, der vor Gericht gestanden hatte. Seine Stiefel waren noch feucht vom Vortag, aber daran konnte er nichts ändern, er hatte schon Schlimmeres erlebt. Sein Gesicht war nicht gezeichnet, und dafür war er dankbar. Er hätte gern seine Hand verbunden – vor allem aus ästhetischen Gründen –, aber es war nicht gut, Prellungen einzuschnüren. Er hatte genügend Erste-Hilfe-Kurse gemacht, um etwas davon zu verstehen, wie man Leute versorgte. Er streckte die Hand ein paarmal unter Qualen, und es ging. Mittlerweile wüsste er, wenn etwas gebrochen wäre.

Zumindest waren die Prellungen ein unwiderlegbarer Beweis für den Kampf mit Honda-Mann. Das Mädchen aus dem Wasser hatte keinerlei Spuren in seinem Leben hinterlassen. Er begann selbst, an dem Erlebten zu zweifeln. Vielleicht hatte er sich die Ereignisse in Cramond tatsächlich nur eingebildet. Vielleicht hatte er gewünscht, dass etwas passierte, etwas Interessantes, und dann alles erfunden. Wer wusste schon, zu welch unheimlichen Dingen das Gehirn in der Lage war? Aber nein, er hatte ihre bleiche Haut berührt, er hatte ihr in die blinden meergrünen Augen geblickt. Er musste den Beweisen seiner Sinne glauben. Sie war real, und sie war tot, und sie war irgendwo dort draußen.

Nachdem er um die Ecke mit Kaffee und einem anständigen Frühstück seine Batterien aufgeladen hatte, machte er sich durch die Meadows auf den Weg in die Stadt.

Eine Menge Leute waren im Park, keiner von ihnen tat etwas entfernt Nützliches. Mussten alle diese Leute nicht arbeiten? Da waren japanische Trommler, eine Gruppe von Leuten mittleren Alters (aufgrund ihrer Blässe vermutlich Schotten), die Tai-Chi machten – Jackson begriff Tai-Chi nicht; wenn man im Fernsehen Chinesen dabei zuschaute, sah es okay aus, aber in Schottland wirkte es, seien wir ehrlich, beschissen. Da waren ein paar Leute, die Statisten aus *Braveheart* hätten sein können und sich auf dem Rasen rekelten, dass William Wallace erschaudert wäre. Sie stellten irgendetwas nach. Julia hatte im letzten Sommer ein paar Wochen lang auf einem Anwesen des National Trust Szenen nachgestellt und Nell Gwyn gespielt (»für einen Apfel und ein Ei«). Julia »verdingte sich stundenweise« (ihre eigenen Worte) für alle möglichen prosaischen Jobs von Bankettbegleitung bis zu Bingoausruferin. In allen Jobs müsse man schauspielern, behauptete sie, ob als Prostituierte oder Verkäuferin, man spielte eine Rolle. »Und wenn du Julia bist?«, hatte er gefragt. »Oh«, sagte sie, »das ist die tollste Schau der Welt, Schatz.«

Unterwegs trank er noch eine Tasse Kaffee aus dem Automaten, der früher eine blaue Polizeinotrufsäule, ein sogenannter Tardis, gewesen war. Es war eine verrückte Welt, dachte Jackson. Ja, Sir.

Edinburgh schien eine Stadt, in der niemand arbeitete, in der die Leute ihre Zeit mit *Spielen* verbrachten. Und so viele junge Menschen, nicht einer über fünfundzwanzig, die so unbeschwert und sorgenfrei wirkten, dass Jackson irritiert war. Am liebsten hätte er ihnen klargemacht, dass das Leben sie tagtäglich enttäuschen würde, gleichgültig, wie großartig sie sich jetzt fühlten. Das Lachen würde ihnen schon noch vergehen. Dieses Aufwallen von Bitterkeit – die schwarze Galle des Neides, wenn er sich nicht täuschte – beunruhigte Jackson. Neid passte nicht zu ihm, sondern zu seinem Vater. Er konnte wohl kaum behaupten, neidisch zu sein, wenn er nichts Anstrengenderes im Leben tat, als in seinem türkisfarbenen Swimmingpool zu schwimmen.

Ein junger Mann mit einem dieser idiotischen Narrenhüte auf dem Kopf blockierte seinen Weg. Er jonglierte mit drei Orangen, als hätte Jackson ihn heraufbeschworen, indem er an Nell Gwyn dachte. Julia war natürlich perfekt gewesen für Nell Gwyn, ihre kurvige, vollbusige Figur, ihr zwanghaftes Flirten. Sie schickte ihm ein Foto von sich im Kostüm, wie sie die vom Korsett hochgeschnürten Brüste – so rund wie Orangen, aber wesentlich größer – auf außerordentlich provozierende Art in die Kamera hielt. Jackson fragte sich, wer das Foto aufgenommen hatte. »Was musst du als Nell Gwyn machen?«, hatte er gefragt, und sie hatte in einem bäuerlichen Dialekt, Devon oder Somerset, geantwortet: *»Orangen, wer kauft meine wunderbaren Orangen?«*

Nell Gwyn war nicht wirklich eine Orangenverkäuferin, sagte Julia, »sie war eigentlich eine echte Schauspielerin«.

»Genau wie du«, sagte Jackson. Es hatte möglicherweise sarkastischer als beabsichtigt geklungen. Vielleicht hatte es aber auch genau so sarkastisch geklungen wie beabsichtigt. Julia wäre eine perfekte Geliebte für einen König, eine perfekte Geliebte für jeden Mann. Und eine schreckliche Ehefrau. Tief in seinem Inneren wusste er, dass es das noch schlimmer machte.

Er unterdrückte den Wunsch, den Jongleur-Knaben mit der Schulter aus dem Weg zu schubsen, starrte ihn stattdessen finster an und sagte spitz: »Entschuldigung.« Jackson hätte wie alle anderen auf der Wiese an ihm vorbeigehen können, aber es ging ihm ums *Prinzip*. Wege waren dazu da, dass Leute darauf gehen konnten, und nicht, damit Idioten mit Hüten auf dem Kopf darauf jonglierten.

Jongleur-Knabe sagte nichts, trat jedoch langsam zur Seite, den Blick unverwandt auf die Orangen geheftet. Jackson stieß im Vorbeigehen mit ihm zusammen, rempelte ihn am Ellenbogen an, und die Orangen rollten in drei Richtungen über das Gras davon. »Tut mir sehr leid«, sagte Jackson, unfähig, nicht erfreut dreinzublicken.

»Wichser«, murmelte der Junge.

Jackson machte auf der Stelle kehrt, marschierte zurück und pflanzte sich vor ihm auf. »Was hast du gesagt?«, fragte er und brachte sein Gesicht bedrohlich nahe an das des Jungen. Adrenalin jagte durch seinen Blutkreislauf, und eine leise Stimme in seinem Kopf sagte: *Mach schon, schlag zu*. Unangenehmerweise sah er kurz Terence Smiths grinsende Fratze vom vergangenen Abend vor sich.

Der Junge wich beunruhigt einen Schritt zurück und winselte: »Nichts, Mann. Ich hab nichts gesagt.« Er wirkte verängstigt und mürrisch, und Jackson wurde klar, dass er nicht älter als sechzehn, siebzehn sein konnte und fast noch ein Kind war (Jackson war in diesem Alter zur Armee gegangen, ein Kindersoldat, der sich für einen richtigen Mann gehalten hatte). Er erinnerte sich an Terence Smith, der gestern aus dem Auto gestiegen war und zornig den Baseballschläger geschwungen hatte. So fühlte sich Wut auf der Straße an. Wegewut. Jackson lachte, unvermittelt, unerwartet und hart, und der Junge schreckte zurück. Verlegen sammelte Jackson die Orangen ein und gab sie ihm. Der Junge nahm sie vorsichtig, als wären es Handgranaten. »Entschuldige«, sagte Jackson und ging rasch weiter, um dem Jungen eine weitere Demütigung zu ersparen. Du Scheißkerl, sagte Jackson zu sich selbst, du verdammter Scheißkerl. Er wurde zu seinem Feind, zu der schlimmsten Version seiner selbst.

25

Martin fuhr zu einer Tankstelle im Leith Walk. Er war erleichtert gewesen, als er seinen Wagen endlich im Parkhaus des St. James Centre entdeckte, geduldig wartend wie ein Pony auf der Koppel – sein Gehirn befand sich in einer Art nervösem Overdrive und schlug schreckliche metaphorische Purzelbäume. Er suchte eine halbe Stunde nach seinem Auto, da Richard Moats Anweisungen sich nicht gerade als hilfreich erwiesen – *Ihr Wagen steht vor Macbet im Leith Walk, Gruß, R*, gekritzelt auf den Umschlag, in dem gestern die Eintrittskarte gesteckt hatte. Als er den Wagen fand, war die Windschutzscheibe vor Parkscheinen kaum mehr zu sehen.

An der nächsten Zapfsäule saß ein kleiner Junge auf dem Rücksitz eines Toyota, zog schreckliche, schwachsinnige Grimassen, und Martin vermutete, dass das Kind irgendwie behindert war. Die Mutter war im Laden und zahlte, und Martin fragte sich, ob er es wagen würde, ein Kind allein im Auto zu lassen. War der Wagen abgeschlossen und fing Feuer (das viele Benzin), konnte das Kind verbrennen. War der Wagen nicht abgeschlossen, konnte jemand das Kind stehlen, oder es konnte aussteigen, auf die Straße rennen und von einem Lastwagen überfahren werden. Ein Vorteil, kein Kind zu haben, war, dass er nicht seinetwegen Entscheidungen über Leben oder Tod treffen musste.

Als Frau ohne Partner konnte man zu einer Samenbank gehen, aber als Mann? Vom Kauf einer Frau abgesehen, ließe sich vielleicht eine Frau auch dafür bezahlen, sein Baby auszutragen, aber es blieb trotzdem eine geschäftliche Transaktion. Und wie sollte er das dem Kind erklären, wenn es fragte, wer seine Mutter war? Vermutlich könnte er lügen, aber beim Lügen wurde man immer erwischt, wenn auch nur von sich selbst.

Vielleicht hätte er doch Mönch werden sollen, zumindest hätte er dann ein Sozialleben. Bruder Martin. Vielleicht wäre er für die Krankenstation zuständig, für den eingefriedeten Kräutergarten, wo er die medizinischen Pflanzen pflegte, die Bienen summten leise, irgendwo läutete eine Glocke, die warme Luft duftete nach Lavendel und Rosmarin. Aus der Kapelle schwebten die beruhigenden Klänge eines Chorals oder eines gregorianischen Gesangs heran – war das nicht ein und dasselbe, und wenn nicht, worin bestand der Unterschied? Schlichte Mahlzeiten im Refektorium, Brot und Suppe, süße Äpfel und Pflaumen aus dem Obstgarten des Klosters. Freitags ein fetter Karpfen aus dem Fischteich. Im Winter würde er durch den kalten Kreuzgang hasten, sein Atem hinge wie weiße Wolken in der eisigen Luft des Kapitels. Natürlich stellte er sich das mönchische Leben von vor der Reformation vor, oder? Eine andere Zeit, ein anderer Ort, eine Mischung aus Bruder-Cadfael-Romanen und »Der St.-Agnes-Abend« und nicht die historische Realität. Außerdem gab es so etwas wie eine »historische Realität« nicht, Realität war diese Nanosekunde, genau jetzt, nicht einmal ein Atemzug, sondern das Atom eines Atemzugs, ein winziges winziges Ding. Davor und danach existierten nicht. Alle hielten sich mit den Fingernägeln an dem Faden fest, an dem sie hingen.

Seine namenlose, imaginäre Frau – eine Frau, für die er nichts bezahlt hatte (obwohl sie ihm teurer war als Rubine) – lebte mit ihm in einem Häuschen, das sich in einem vollkommenen Dorf befand, von dem man, wenn man wollte, in einer Stunde in London war. Das Häuschen war voller Plüsch und hatte Holzbalken, einen schönen Garten und ähnelte dem von *Mrs Miniver.* Martin hatte kürzlich die Fortsetzung von *Mrs Miniver* gesehen – *Ihr Geheimnis* – und war noch immer empört, dass sie *aus keinem ersichtlichen Grund* die arme Greer Garson hatten sterben lassen, als gäbe es in der Nachkriegswelt keinen Platz mehr für sie. Was natürlich den Tatsachen entsprach, aber darum ging es nicht. Und sie hatte nicht einmal gegen ihre namenlose Krankheit gekämpft (offenbar Krebs); ihre einzige Sorge war, niemandem zur Last zu fallen. Keine Krankheit, kein Erbrechen, kein Blut, kein Eiter, keine im Wohnzimmer verspritzte Gehirnmasse, kein Wüten gegen das Verlöschen des Lichts – sie küsste lediglich ihren Mann zum Abschied, ging die Treppe hinauf und schloss die Schlafzimmertür.

Der Tod war nicht so. Der Tod trat ein, wenn man am wenigsten damit rechnete. Ein Streit auf der Straße. Ein verrücktes russisches Mädchen, das den Mund aufriss, um zu schreien. Es brauchte nur ganz wenig.

Seine vortreffliche Nachkriegsehefrau konnte wie Miniver ausbessern und improvisieren, sie wusste, wie man eine gefurchte Stirn glättete und die Niedergeschlagenen aufheiterte, sie hatte Tragödien erlebt, aber im Angesicht der Tragödie blieb sie stoisch. Sie roch nach Maiglöckchen.

Für gewöhnlich begann gerade der Frühling, der Himmel war blass und herb, ein heftiger Wind wehte, frische Osterglocken trieben wie Speere aus der Erde. Aus unerfindlichem Grund war es fast immer Sonntagmorgen (es hatte wahrscheinlich etwas damit zu tun, dass er die Wochenenden im Internat verbracht hatte). Eine Lammkeule (beim Phantasieren nahm kein lebendes Tier Schaden) brutzelte in dem alten cremefarbenen Aga-Herd in der Küche. Martin hatte bereits Minze gehackt, frisch aus dem Garten. Sie saßen im Wohnzimmer, in Sesseln, die mit William Morris' »Erdbeerdieb«-Stoff überzogen waren, tranken einen kleinen Sherry und hörten die *Goldberg-Variationen*. Diese Frau ohne Namen hatte den gleichen Geschmack wie er, was Musik, Gedichte, Schauspiel anbelangte. Nachdem sie das Lamm (mit Sauce, Erbsen und Bratkartoffeln) gegessen hatten, gab es eine hausgemachte Eiercremetorte – zitterndes blasses Gelb mit einer Spur Muskat. Dann erledigten sie gemeinsam den Abwasch an der altmodischen Spüle aus Porzellan. Sie spülte, er trocknete ab, Peter/David räumte auf. *(Die Vorlegelöffel gehören hier hinein, Lieber.)* Dann schüttelten sie die Tischdecke aus und gingen spazieren, bestimmten Vögel und die ersten Frühlingsblumen, stiegen über Zauntritte, sprangen in Pfützen. Lachten. Sie sollten einen Hund haben, einen freundlichen, temperamentvollen Terrier. Der beste Freund eines Jungen. Nachdem sie mit geröteten Gesichtern und gestärkt nach Hause zurückgekehrt waren, tranken sie Tee und aßen etwas Selbstgebackenes aus der Keksdose.

Abends machten sie Sandwiches von den Lammresten und legten gemeinsam ein Puzzle oder hörten Radio, und nachdem Peter/David im Bett war, lasen sie oder spielten zusammen ein Duett, sie auf dem Klavier, er auf der Oboe. Zu seinem immerwährenden Bedauern hatte er nie ein Instrument gelernt, aber in seiner Phantasie spielte er meisterhaft, gelegentlich sogar inspiriert. Sie strickte viel – Pullover für Peter/David und frauliche Jacken für Martin. Im Winter saßen sie vor dem knisternden Kohlenfeuer, und manchmal toastete Martin Hefeküchlein oder Teekuchen mit der Röstgabel aus Messing. Hin und wieder las er ihr Gedichte vor, allerdings nichts zu Modernes.

Dann war es natürlich an der Zeit, dass auch sie ins Bett gingen. Martin zog die Uhr auf, überprüfte die Schlösser, wartete, bis seine Frau getan hatte, was immer sie in dem kalten, etwas feuchten Bad tat. Eines Tages würde das Häuschen unvermeidlicherweise modernisiert werden, Bad und Küche, ein elektrischer Herd und Zentralheizung, aber jetzt hatte das Ganze etwas Entbehrungsreiches, geschuldet seiner Zeit und seinem Ort in der britischen Sozialgeschichte. Dann würde auch er die schmale Treppe hinaufgehen (Kiefernholz mit Läufer und Messingstangen) und ihr Schlafzimmer mit den Dachschrägen betreten. Dort wartete sie auf ihn, saß in ihrem geblümten Nachthemd in dem Mahagonibett aus einem früheren Jahrhundert und las im heimeligen Licht der Lampe mit dem Pergamentschirm ein Buch. *Marty, komm ins Bett.*

Nein, das war falsch, sie nannte ihn nie Marty. Das war falsch. Falsch, falsch, falsch. *Martin,* sie nannte ihn Martin, der gewöhnliche Name eines gewöhnlichen Menschen, an den sich nie jemand erinnerte.

Die Mutter des Jungen im Toyota kam aus dem Laden, hatte Chips und Cola und Schokoriegel dabei. Sie blickte Martin (aus keinem erkennbaren Grund) finster an und reichte die Früchte ihrer Nahrungssuche an den Jungen auf dem Rücksitz weiter, bevor sie in einer Abgaswolke davonfuhr. Der Junge wandte sich zu Martin um und hielt ihm in einer unverwechselbaren Geste einen Finger ans Fenster entgegen.

Erst als er den Laden betrat, um zu zahlen, fiel ihm ein, dass er seine Brieftasche nicht mehr hatte.

Als Martin vor seinem Haus vorfuhr, musste er feststellen, dass die Einfahrt von der Polizei abgesperrt war und von einem uniformierten Polizisten bewacht wurde. Martin fragte sich, ob es in seinem Haus gebrannt hatte oder eingebrochen worden war oder ob er versehentlich ein Verbrechen begangen hatte – vielleicht während der Stunden der Unzurechnungsfähigkeit im Four Clans. Oder waren sie ihm schließlich auf die Spur gekommen? Hatte ihn Interpol aufgespürt, und wollten sie ihn verhaften und an Russland ausliefern?

»Officer«, sagte er, »ist etwas passiert?« (Sagte man das – *Officer* –, oder sagten das die Leute im amerikanischen Fernsehen? Martin war noch immer schrecklich benebelt.)

»Es gab einen Zwischenfall, Sir«, sagte der Polizist. »Sie können leider nicht ins Haus gehen.«

Plötzlich fiel Martin ein, dass Mittwoch war. »Es ist Mittwoch.« Er hatte nicht beabsichtigt, es laut zu sagen, er musste klingen wie ein Idiot.

»Ja, Sir«, sagte der Polizist, »so ist es.«

»Die Putzfrauen kommen mittwochs«, sagte Martin. »*Hilfe* – das ist eine Agentur. Hatte die Putzfrau einen Unfall?« Martin war kurz einer oder zwei der rosa gekleideten Frauen begegnet. Er war nicht gern zu Hause, während sie schrubbten und polierten, Dienstboten, die seine schmutzigen Geschäfte erledigten, und er versuchte immer aus dem Haus zu flüchten, bevor sie ihn entdeckten.

War eins der »Mädchen« wegen einer fehlerhaften elektrischen Leitung an einem Stromschlag gestorben, war sie auf einem spiegelglatt gewienerten Boden ausgerutscht, über den lockeren Läufer auf der Treppe gestolpert und hatte sich dabei das Genick gebrochen? »Ist eine der Putzfrauen tot?«

Der Polizist murmelte etwas in das Funkgerät an seiner Schulter und sagte dann zu Martin: »Wie heißen Sie, Sir?«

»Martin, Martin Canning«, sagte Martin. »Ich wohne hier«, fügte er hinzu und dachte, dass er das vielleicht schon früher hätte erwähnen sollen.

»Haben Sie Ihren Ausweis dabei, Sir?«

»Nein«, sagte Martin. »Meine Brieftasche wurde letzte Nacht gestohlen.« Es klang nicht einmal in seinen eigenen Ohren überzeugend.

»Haben Sie den Diebstahl gemeldet, Sir?«

»Noch nicht.« In der Tankstelle im Leith Walk hatte er in seinen Taschen gekramt und vier Pfund und einundsiebzig Pence gefunden. Er bot an, für den Rest einen Schuldschein auszustellen, ein Vorschlag, über den herzlich gelacht wurde. Martin, überzeugt, dass jeder für ehrlich gehalten werden sollte, bis das Gegenteil bewiesen war (eine Haltung, aufgrund derer er häufig geschröpft wurde), fühlte sich erstaunlich gekränkt, weil ihm niemand das gleiche Wohlwollen entgegenbrachte. Letztlich rief er Melanie, seine Agentin, an und bat sie, mit ihrer Kreditkarte zu zahlen.

Der Polizist vor dem Haus bedachte ihn mit einem langen, kühlen Blick und murmelte wieder etwas in sein Funkgerät.

Eine alte Frau ging langsam mit einem offensichtlich ebenso alten Labrador vorbei. Martin erkannte – mehr am Hund als an der Frau –, dass sie eine Nachbarin war. Hund und Frau blieben vor der Einfahrt stehen. Martin bemerkte, dass auf der anderen Straßenseite noch weitere Leute standen – Nachbarn vermutlich, Passanten, ein paar Arbeiter, die Mittagspause hatten und ihre Zeit vertrödelten. Einen Augenblick lang dachte er an die Zuschauer bei Paul Bradleys blutigem Straßentheater gestern.

Die alte Frau mit dem Labrador berührte Martin am Arm, als wären sie alte Bekannte. »Ist es nicht schrecklich?«, sagte sie. »Wer hätte das gedacht, es ist so ruhig hier.« Martin kraulte den mottenzerfressenen Kopf des Hundes, der unerschütterlich und reglos dastand, nur ein leises Zittern seines Schwanzes verriet sein Wohlbehagen. Der Hund erinnerte ihn an Spielzeughunde auf Rädern. Er und sein Bruder Christopher hatten als Kinder einen gehabt, einen Allerweltsterrier. Sein Vater stolperte eines Tages darüber und wurde so wütend, dass er ihn aufhob und mit so viel Schwung wie möglich aus dem Wohnzimmerfenster schleuderte. So etwas galt in ihrem Zuhause als akzeptables Verhalten. Nicht Zuhause – »Heimatfront« nannte ihr Vater es. Das war die Generalprobe für den echten Hund gewesen, eine Promenadenmischung, den er in Deutschland durch das Wohnzimmerfenster warf. Der Spielzeughund überlebte, der echte Hund nicht. Martin erinnerte sich daran, wie er gestern den Laptop geworfen hatte – hatte irgendetwas in ihm den Moment der Aggression genossen? Etwas, Gott bewahre, von seinem Vater?

»Und man stelle sich vor, niemand hat etwas gehört«, sagte die alte Frau mit dem Labrador.

»Etwas gehört? Was ist passiert?«, fragte Martin sie und blickte zu dem Polizisten. Durfte er fragen, gab es hier ein großes Geheimnis, von dem er nichts wissen sollte? Vielleicht hatten sie herausgefunden, dass Richard ein Terrorist war – unwahrscheinlich angesichts seines vollkommenen Desinteresses an allem, was nicht Richard Moat hieß. Richard! War Richard etwas zugestoßen? »Richard Moat«, sagte er zu dem Polizisten, »der Comedian, er wohnt bei mir, ist ihm etwas passiert?« Der Polizist runzelte die Stirn und sprach wieder in sein Funkgerät, diesmal mit mehr Dringlichkeit, dann sagte er zu der Frau mit dem Labrador: »Ich muss Sie leider bitten weiterzugehen, Madam.«

Statt weiterzugehen, schlurfte die alte Frau näher zu Martin hin und flüsterte verschwörerisch: »Alex Blake, der Krimiautor ist ermordet worden.«

»Ich bin Alex Blake«, sagte Martin.

»Ich dachte, Sie wären Martin Canning, Sir?«, protestierte der Polizist.

»Der bin ich«, sagte Martin, aber er hörte den Mangel an Überzeugung in seiner Stimme.

Ein ernster Mann stellte sich Martin als »Superintendent Robert Campbell« vor und ging mit ihm durch das Haus, als wäre er ein Makler, der versuchte, eine besonders lästige Immobilie loszuschlagen. Jemand gab Martin so etwas wie Duschhauben aus Papier, die er sich über die Schuhe ziehen musste *(Noch immer ein frischer Tatort, Sir),* und Superintendent Campbell murmelte leise: »Treten Sie vorsichtig auf, Sir«, als wollte er Yeats zitieren.

In den Trümmern des Wohnzimmers waren zwei Techniker von der Spurensicherung noch bei der Arbeit – eifrige und unauffällige Personen, nicht glamourös und gut aussehend wie bei *CSI*. Martins Romane kamen ohne Spurensicherung aus, die Fälle wurden durch Intuition und Zufälle und plötzliche Eingebungen gelöst. Nina Riley fragte hin und wieder einen alten Freund ihres Onkels um Rat, einen »pensionierten Kriminologen« von eigenen Gnaden. *Oh, lieber alter Samuel, was würde ein armes Mädchen tun, wenn es sich nicht auf einen brillanten Geist wie den Ihren verlassen könnte?* Martin hatte keine wirkliche Vorstellung, was ein »Kriminologe« eigentlich tat, aber er füllte viele Lücken in Nina Rileys Bildung.

Der Kriminologe lebte in Edinburgh, und Nina hatte ihn gerade in seinem Haus in der Nähe des Botanischen Gartens besucht. Sie war derzeit auf Seite einhundertfünfzig, auf dem Rückweg zur

Black Isle, und hing von der Forth Bridge, während der Zug von Edinburgh nach Dundee über sie »hinwegdonnerte wie ein Drachen«. Donnerten Drachen? *Bertie, da haben wir uns ganz schön in die Bredouille gebracht, stimmt's? Gott sei Dank, dass es nicht der Schnellzug von King's Cross nach Inverness war, kann ich da nur sagen!* Aus seinem Wohnzimmer wehte ein Geruch nach Fäulnis heran. Lag Richard noch dort drin? Martin zuckte zusammen, seine linke Hand zitterte. Nein, nein, versicherte ihm Superintendent Campbell, die Leiche sei bereits ins Leichenschauhaus der Polizei gebracht worden. Das Haus war vom lebenden Richard Moat verschmutzt worden, und jetzt verschmutzte es der tote. Es gab keine Realität, rief er sich in Erinnerung, nur die Nanosekunde, das Atom eines Atemzugs. Ein Atemzug, der roch wie in einer Metzgerei. Jetzt war er froh, dass er weder gefrühstückt noch zu Mittag gegessen hatte.

»Wie ist er gestorben?« Wollte er es wirklich wissen?

»Wir müssen die Ergebnisse der Autopsie abwarten, Mr Canning.«

Martin wartete auf den richtigen Moment, um zu sagen: »Ich habe gerade unter Drogen eine Nacht in einem Hotel verbracht mit einem Mann, der eine Pistole hatte«, aber Campbell fragte immer wieder, ob im Haus etwas fehle. Das Einzige, was Martin einfiel, war seine Uhr, aber die war schon am Tag *davor* verschwunden.

»Eine Rolex«, sagte er, und Campbell zog eine Augenbraue in die Höhe und sagte: »Eine Oyster Yacht-Master, achtzehn Karat? Wie Mr Moat sie getragen hat?«

»Ja? Glauben Sie, dass Richard bei einem Einbruch getötet wurde, der schieflief? Ist jemand eingebrochen, weil er glaubte, dass niemand da wäre *(weil ich unter Drogen eine Nacht in einem Hotel verbracht habe mit einem Mann, der eine Pistole hatte),* und Richard ist heruntergekommen und hat ihn überrascht?« Martin hörte sich sprechen wie ein *Aktenzeichen XY... ungelöst*-Moderator. Er wollte damit aufhören, aber das schien er nicht zu können. »Hat er den Einbrecher gestört?«

»Es gibt Anzeichen, die für eine Gelegenheitstat sprechen«, sagte Campbell vorsichtig. »Ein bei der Tat überraschter Einbrecher, wie Sie sagen, aber wir wollen nichts ausschließen. Und es wurde nicht eingebrochen, Mr Moat hat seinem Mörder entweder die Tür geöffnet, oder er hat ihn ins Haus mitgebracht. Wir nehmen an, dass er zwischen vier und sieben Uhr heute Morgen gestorben ist.«

Eine uniformierte Polizistin kam auf der Treppe an ihnen vorbei. Überall in seinem Haus waren Fremde. Martin fühlte sich selbst wie ein Fremder. Die Polizistin trug einen großen Plastikbehälter, der Martin an einen Brotkasten erinnerte. Sie hielt ihn gewissenhaft ein Stück vom Körper weg, als enthielte er etwas Gefährliches oder Zerbrechliches. »Kreuzen auf der Treppe«, sagte sie fröhlich, »das bringt Unglück. Und die vielen zerschlagenen Spiegel unten«, fügte sie kopfschüttelnd hinzu und lachte. Campbell runzelte die Stirn angesichts ihrer Frivolität.

»Wir haben die Tatwaffe noch nicht gefunden«, sagte er zu Martin. »Wir müssen wissen, ob etwas aus dem Haus fehlt, womit Mr Moat umgebracht worden sein könnte.«

Es schien lächerlich, in diesem schönen Haus in Merchiston Wörter wie »Waffe« und »umbringen« zu benutzen. Es waren Wörter, die zu Nina Rileys Sprachschatz gehörten. *Siehst du, Bertie, die Tatwaffe, mit der der Gutsherr umgebracht wurde, war ein Eiszapfen, der vom Dach hing. Der Mörder warf ihn nach der Tat einfach in den Küchenofen – deswegen konnte die Polizei ihn nicht finden.* Vermutlich hatte er diesen Plot von Agatha Christie gestohlen. Aber hieß es nicht, dass es nichts Neues unter der Sonne gebe?

»Wir können nicht ausschließen, dass es eine persönliche Sache war, Martin.« Martin fragte sich, an welchem Punkt Campbell umstandslos von »Sir« zu »Martin« übergegangen war.

»Sie meinen, dass jemand mit der *Absicht* hierhergekommen ist, Richard umzubringen?«, fragte Martin. Er konnte es sich vorstellen, Richard konnte Mordgelüste in einem hervorrufen.

»Ja, das ist möglich«, sagte Campbell, »aber ich dachte eigentlich an Sie. Haben Sie Feinde, Martin? Gibt es jemanden, der Sie umbringen will?«

Ein Miasma von Usherartigem Verhängnis schien das Haus plötzlich einzuhüllen wie ein nasses Leichentuch. Der Tod war durch seine Zimmer geschlichen. Martin hatte schreckliche Kopfschmerzen. Der Tod hatte ihn gefunden. Er hatte ihn nicht geholt, aber er hatte ihn gefunden. Er war gekommen, um Vergeltung zu üben.

Robert Campbell ging mit Martin zum »Zimmer seines Freundes«. Martin wollte sagen: »Er ist nicht mein Freund«, aber das schien grausam und herzlos angesichts der jüngsten Ereignisse.

Martin hatte das Zimmer nicht mehr betreten, seit er Richard hineingeführt und gesagt hatte: »Wenn Sie etwas brauchen, lassen Sie es mich wissen.« Damals war es das »Gästezimmer« gewesen mit einem hübschen blauweißen Toile-du-Jouy-Muster an den Wänden, einem cremefarbenen Teppich auf dem Boden und einer ordentlichen Pyramide weißer Gästehandtücher auf dem französischen Schlittenbett, als krönender Abschluss eine Maiglöckchenseife von Crabtree & Evelyn. (*Sind Sie immer so anal, Martin?* Richard Moat hatte gelacht, als er das Zimmer betrat. *Ja,* hatte Martin gesagt.)

Jetzt sah das Gästezimmer wie eine billige Absteige aus. Es roch schal, als hätte Richard Essen mitgebracht – und tatsächlich standen unter dem Bett eine Schachtel mit einem Stück alter kalter Pizza mit Peperoni und ein Alubehälter mit möglicherweise etwas Chinesischem darin, daneben Teller und Untertassen voller Zigarettenkippen. Auf dem Boden lagen schmutzige Socken, Unterhosen, benutzte Taschentücher (weiß Gott, wofür), Zettel, auf die etwas gekritzelt war, ein paar Pornohefte. »Er war nicht ordentlich«, sagte Martin.

»Fehlt in diesem Zimmer etwas, Martin?«

»Es tut mir leid, das kann ich nicht sagen.« Richard Moat fehlte, aber das hieße, das Offensichtliche feststellen.

Ein Polizist kramte in einer Plastiktüte voller Korrespondenz. »Sir?«, sagte er zu Robert Campbell und reichte ihm einen Brief, den er mit einer behandschuhten Hand vorsichtig an einer Ecke hielt. Robert Campbell las ihn stirnrunzelnd und fragte Martin: »Hatte Mr Moat Feinde?«

»Er hat eine Menge Fanpost bekommen«, sagte Martin.

»Fanpost? Was für Fanpost?«

»*Richard Moat, du bist ein wichsender Wichser.* Diese Art.«

»Und war er das?«, fragte Robert Campbell.

»Ja.«

»Darf ich Sie fragen, wo Sie letzte Nacht waren, Martin?«, fragte Campbell, sein breites freundliches Gesicht ließ nicht darauf schließen, dass er Martin in irgendeiner Weise für das verantwortlich machte, was seinem »Freund« letzte Nacht in seinem Haus zugestoßen war. Campbell seufzte – es war ein langer, tiefer Seufzer, wie ihn ein sehr trauriges Pferd ausstoßen würde –, während er auf Martins Antwort wartete.

Martin verspürte einen brennenden Schmerz unterhalb des Brustkastens. Er erkannte ihn als Schuldgefühl, obwohl er unschuldig war. In dieser Sache zumindest. Aber war das von Bedeutung? Schuld war Schuld. Irgendwem musste sie zugewiesen werden. Sie musste irgendwie beglichen werden. Wenn kosmische Gerechtigkeit am Werk war, und Martin neigte dazu, es zu glauben, dann mussten am Ende des Tages die Gewichte gleich verteilt sein. Auge um Auge.

»Letzte Nacht?«, gab Campbell das Stichwort.

»Also«, sagte Martin, »da war ein Mann, und der hatte einen Baseballschläger.« Es klang wie der Anfang einer Geschichte, die überall hinführen konnte – *und er war einer der besten Spieler in der Liga*. Oder die traurige Fassung – *und als er erfuhr, dass er sterben würde, vermachte er den Schläger seinem Lieblingsenkel.* Die Gestalt, die die wahre Geschichte annahm, schien unglaublich im Vergleich mit ihren fiktiven Alternativen. Nur die Pistole erwähnte Martin nicht. Er konnte sich vorstellen, dass man dieses Detail weit hergeholt finden würde.

26

Bill, der Gärtner, tauchte wie ein Gespenst vor der Terrassentür auf, und Gloria erschrak. Draußen schüttete es, aber Bill schien das Wetter nie wahrzunehmen. Wann immer Gloria es kommentierte, *Ist es nicht ein wunderschöner Morgen?* oder *Himmel, heute ist es aber kalt,* schaute er sich verblüfft um, als versuchte er, das Unsichtbare zu sehen. Es schien ein seltsamer Zug für einen Gärtner, sollte das Wetter nicht Teil seiner Natur sein? Sie bot ihm wie gewöhnlich Kaffee an, den er jedoch in fünf Jahren nicht einmal angenommen hatte. Er brachte stets eine khakifarbene Leinentasche mit einer altmodischen Thermosflasche und mehreren in Butterbrotpapier gewickelten Essenspaketen mit – Sandwiches vermutlich und Kuchen, vielleicht ein hart gekochtes Ei, alles von seiner Frau zubereitet.

Früher hatte Gloria immer für Graham Lunchpakete gemacht. Vor langer Zeit, als die Welt noch jünger und Gloria stolz darauf war, Blechkuchen zu backen und Würstchen im Blätterteigmantel zu machen und kleine Tupperware-Behälter mit Salat, Tomaten und Karottensticks zu füllen, die Graham auf irgendeinem Parkplatz gedankenlos in sich hineinstopfte. Oder vielleicht leerte er den Inhalt der Behälter auch in den nächsten Abfalleimer und aß in einem Pub mit einer großbusigen Frau Scampi und Pommes.

Manchmal fragte sich Gloria, wo sie gewesen war, als der Feminismus aufkam – vermutlich machte sie gerade in der Küche abwechslungsreiche Lunchpakete. Selbstverständlich hatte Graham seit Jahrzehnten kein Lunchpaket mehr mitgenommen, und jetzt aß er gar nichts mehr, stattdessen wurden seinem Körper durch Schläuche geheimnisvolle Substanzen entnommen und zugefügt wie bei einem Astronauten.

Gloria fragte sich, warum Bill nicht im Schuppen war und seine kleinen Essenspäckchen auswickelte. Er räusperte sich unsicher. Bill war klein wie ein Jockey. Neben ihm kam sich Gloria wie ein Elefant vor.

»Kann ich Ihnen helfen?«, fragte sie. Er war immer »Bill«, während sie immer »Mrs Hatter« war, und seit langem forderte sie ihn nicht mehr auf, sie »Gloria« zu nennen. Früher hatte er für irgendeinen Aristokraten in den Borders gearbeitet und schien sich in einer Herrin-Sklave-Beziehung wohlzufühlen. Gloria rechnete halb damit, dass er sich verlegen an der Stirnlocke zog.

Ein Schokoladenfleck auf ihrer weißen Bluse lenkte sie ab. Vermutlich stammte er von den Sckokoladenkeksen, die sie zum Frühstück gegessen hatte. Sie stellte sich vor, wie ihr Körper, diese kleine Fabrik aus Zellen, die Schokolade, das Fett und das Mehl (und wahrscheinlich krebserregende Zusatzstoffe) aufnahm und sie über Förderbänder in unterschiedliche Verarbeitungszentren schickte. Diese Industrie, die dem höheren Wohl Glorias diente, arbeitete wie eine Kooperative und mit Gewinnbeteiligung. In dieser modellhaften Gloria-Fabrik waren die Zellen eine gut gelaunte, zufriedene Arbeiterschaft, die bei einer öffentlichen Übertragung die Lieder »Workers' Playtime« mitsangen. Die Arbeiter waren gewerkschaftlich organisiert und profitierten von der subventionierten Unterkunft und Gesundheitsfürsorge, sie gerieten nie in die Fabrikmaschinerie und wurden zu Tode gewalzt wie ihr Bruder Jonathan.

Es stellte sich heraus, dass Bills Frau ein Hirn hatte, das sich laut Bill »in einen Schwamm verwandelte«, und deswegen würde er mittwochs nicht mehr kommen können (»wenn es Ihnen nichts ausmacht, Mrs Hatter«), sondern sich statt um Glorias Garten um seine schwammhirnige Frau kümmern. Gloria überlegte kurz, ob sie ihm gegenüber Grahams derzeitigen Zustand erwähnen sollte – ein kranker Ehepartner war ihre erste Gemeinsamkeit –, doch sie hatten bereits das längste Gespräch aller Zeiten geführt, und wahrscheinlich würde er mehr nicht ertragen.

Das Telefon klingelte zum hundertsten Mal. Bill zeigte sich nicht verwundert, dass Gloria dastand und geduldig darauf wartete, dass es wieder aufhörte. Gloria fragte sich, wie es gewesen wäre, mit einem derart passiven Mann verheiratet zu sein. Wahrscheinlich hätte es sie rasend gemacht. Man konnte über Graham sagen, was man mochte, aber er hatte sie ganz schön auf Trab gehalten.

Nachdem er seine Mitteilung gemacht hatte, verschwand Bill im Schuppen, vermutlich um sein Mittagessen zu sich zu nehmen, denn eine halbe Stunde später kam er wieder heraus, wischte sich Krümel vom Schnurrbart und begann den Rasen zu vertikutieren mit einem Gerät, das aussah wie ein Folterinstrument. Gloria machte sich ein Sandwich mit Käse und Chutney (Stachelbeerchutney, ihr eigenes Rezept, die Stachelbeeren vor ein paar Wochen auf der Stenton-Farm gepflückt), aß im Stehen an die Küchentheke gelehnt und ging dann in die Eingangshalle, um die Nachrichten auf dem Anrufbeantworter abzuhören. Es waren so viele, dass die letzten die ersten gelöscht hatten. Gloria dachte, dass ihr Gehirn auch so funktionierte, nur genau andersherum.

Alle wollten aus dem einen oder anderen Grund Graham sprechen. Seine Abwesenheit verursachte eine steigende Panik im Büro von Hatter-Häuser, das mental bereits vom Betrugsdezernat belagert wurde. *Du hast doch keinen Robert Maxwell gemacht, oder?*, fragte sein bedrückter Stellvertreter Gareth Lawson.

Die aufgeregte Pam: *Oh, Gloria, kann ich dein Rezept für den türkischen Käsekuchen noch mal haben, ich weiß, dass ich es irgendwo aufgeschrieben habe, aber ich finde es nicht mehr.* Es war ein sehr gutes Rezept: Eine Schachtel Philadelphia, eine Dose Fussell's Cream und ein halbes Dutzend Eier aufschlagen, in eine mit Karamell überzogene Form geben und vorsichtig im Wasserbad garen. Es war ein Rezept, das man hütete wie einen Schatz, wenn man es einmal hatte. Die unachtsame Pam würde es kein zweites Mal von Gloria bekommen.

Ein kurzes bellendes *Graham, bist du noch in dem beschissenen Thurso?* von Murdo Miller, endlose Rufe, *Mutter? Mutter, wo bist du?*, von Emily. Die ätzende Westküsten-Stimme ihres Steuerberaters: *Was ist los, Graham, du gehst nicht an dein Handy, und gestern warst du nicht bei unserer Besprechung.* Alistair Crichtons Stentorstimme brüllte: *Wo bist du, Graham, verdammt noch mal? Du scheinst vom Angesicht dieses beschissenen Planeten verschwunden zu sein.* Gloria dachte, dass sie niemand sein wollte, über den er zu Gericht saß. Ein Richter, der sich als höchst unzureichend erweisen würde, machte man ihm selbst den Prozess. »Gerechtigkeit hat nichts mit dem Gesetz zu tun«, hatte er einmal leichthin über ein Tablett mit Kanapees bei irgendeiner Festivität zu ihr gesagt. *Graham, warum gehst du nicht an dein Handy? Wir müssen reden, hast du verstanden? Hoffentlich lässt du mich nicht sitzen.*

Das Telefon klingelte, bevor die Nachricht zu Ende war, und der Anrufbeantworter löschte Sheriff Crichton und nahm die unglückliche Stimme von Christine Tennant auf, seit zehn Jahren Grahams langmütige Sekretärin. (»Persönliche Assistentin, Gloria«, verbesserte sie beständig und kleinlaut, aber Gloria wusste, man war eine Sekretärin, wenn man für jemanden tippte und Notizen machte und ans Telefon ging. Man sollte das Kind beim Namen nennen.) Ihr üblicher wehleidiger Tonfall hatte jetzt einen nahezu hysterischen Unterton. *Gloria, alle suchen nach Graham, er wird hier wirklich gebraucht. Wissen Sie, wie ich ihn in Thurso erreichen kann?* Im Lauf der Jahre hatte sich Gloria hin und wieder gefragt, ob Graham mit Christine Tennant geschlafen hatte. Sie war jetzt schließlich zehn Jahre bei ihm und schien noch immer unnatürlich verliebt in ihn. Eigentlich konnte doch nur eine Frau, die unter einer unerwiderten Leidenschaft litt, Graham so zugetan bleiben, oder? Andererseits war Graham ein wandelndes Klischee und würde deswegen natürlich mit seiner Sekretärin schlafen. Das wäre eine gute Inschrift für seinen Grabstein. *Graham Hatter – ein wandelndes Klischee.* Wenn man verbrannt wurde, bekam man keinen Grabstein. Man bekam nichts, eine Inschrift, in den Wind und aufs Wasser geschrieben.

Wenn jemand vermisst wurde, rief man als Erstes die Krankenhäuser an, das wusste jeder, aber auf diese Idee schien keiner der Menschen zu kommen, die Graham unbedingt zu fassen kriegen wollten. Die ganze Zeit lag er auf seinem Katafalk in der Intensivstation, verborgen vor aller Augen, und wartete darauf, gefunden zu werden.

Gloria sah etwas, ein Flimmern zwischen den Rhododendronbüschen, ein Aufblitzen von etwas, was das Licht reflektierte. Sie griff nach ihrem Fernglas, das immer zur Hand war, um Vögel zu beobachten. Sie brauchte eine Weile, um es einzustellen, aber dann sah sie die glänzenden grünen Blätter plötzlich scharf, dazwischen ein Gesicht, ovidisch im Grün. Das Gesicht verschwand zwischen dem Laub. Jedenfalls war sie jetzt sicher, dass es weder ein Bär noch ein Pferd war. Und auch keine Frau, die sich in einen Baum verwandelt hatte oder umgekehrt. Gloria ging in den Garten, in ihrem Schlepptau flatterten Spatzen auf, aber als sie beim Rhododendron anlangte, fand sie keinen Eindringling, sondern nur Bill, der diskret im Gebüsch pinkelte.

Die elektronisch gesteuerten Tore schwangen auf, um Glorias roten Golf hinauszulassen. Sie hatte immer das Gefühl, dass sie von einem Tatort flüchtete, wenn sie durch das Tor fuhr. In der George Street bescherten ihr die Park-Götter einen Platz vor Gray's, wo sie Heizkörper-Schraubenschlüssel und einen Fleckenteufel (für Kaugummi, Klebstoff und Nagellack) kaufte, bevor sie sich zur Royal Bank an der Ecke Castle Street schleppte, um ihre fünfhundert Pfund Bargeld für diesen Tag abzuheben.

Als sie zurückkehrte, räumte Bill gerade die Geräte in den Kofferraum seines Wagens. Obwohl im Schuppen alle nur erdenklichen Gartenwerkzeuge standen, brachte Bill immer seine eigenen mit, manche davon so alt, dass sie in einem landwirtschaftlichen Museum hätten ausgestellt werden sollen.

»Also«, sagte er lakonisch, »ich gehe jetzt.«

Gloria nahm an, dass er gefahren wäre, ohne sich zu verabschieden, wenn sie nicht gerade zurückgekommen wäre. Fünf Jahre, und mehr als ein »Ich gehe jetzt« hatte er für sie nicht übrig. Grahams letzte Worte für sie hatten ähnlich gelautet. Sie versuchte sich zu erinnern, was er gestern Morgen zu ihr gesagt hatte. *Ich komme wahrscheinlich spät* – nichts Neues, irgendwas über *die verdammten Betrugsbullen,* und: *Ich bin jetzt weg.* Wie vorausschauend von ihm.

Sie sollte Bill ein Abschiedsgeschenk machen; sie hätte in der

Stadt etwas kaufen sollen, aber sie hatte nicht daran gedacht. Sie könnte ihm Geld geben, doch Geld war so unpersönlich. Schon in jungem Alter hatten Ewan und Emily an Weihnachten und Geburtstagen um Geldgeschenke gebeten. Gloria schenkte gern, aber nicht Geld. Geld war wichtig, aber es war nicht *persönlich*. Es war Geschäft.

Bill schlug den Kofferraumdeckel zu, und sie sagte »Nein, einen Augenblick noch« und lief ins Haus, um etwas Geeignetes zu suchen. Schwer zu sagen, was einem so wortkargen Mann gefallen könnte. Sie zog ein Paar niedlicher Staffordshire-Dalmatiner in Betracht, die keck auf königsblauen Kissen saßen – er sah aus wie ein Mann, der Hunde mochte –, oder vielleicht die hübsche Moorcroft-Vase aus limitierter Edition? Dann fiel ihr ein, dass er eines Tages vor der Terrassentür gestanden hatte – in fünf Jahren war er nicht einmal über die Schwelle getreten – und den gestellten Hirsch bewundert hatte. Sie nahm das Bild von der Wand, das viel schwerer war als erwartet, und trug es hinaus zu Bill.

Er nahm es nur widerstrebend an. »Das ist eine Menge wert, Mrs Hatter«, murmelte er schüchtern.

»So viel auch wieder nicht«, sagte Gloria. »Na los, nehmen Sie es, Gott gibt nicht mit beiden Händen.« Sie dachte an Bills Frau mit dem Schwammhirn. Manchmal schien Gott mit der einen Hand ein wenig zu geben und mit der anderen viel zu nehmen.

Schließlich ließ er sich überreden, dem zum Tode verurteilten Hirsch ein Zuhause zu geben, legte ihn in den Kofferraum auf die Geräte, bevor er zum letzten Mal davonfuhr. Bill war Gloria weder besonders sympathisch noch unsympathisch gewesen, jetzt tat es ihr jedoch erstaunlich leid, dass sie ihn nie wiedersehen würde. Obwohl sie kaum miteinander gesprochen hatten, war der Mittwoch »Bills Tag« gewesen. Montag war der »Hospiztag«, an dem Gloria ein lächerlich munteres Lächeln aufsetzte und einen Teewagen durch das örtliche Hospiz schob – gutes Porzellan, hausgemachte Kekse –, alles hübsch arrangiert, weil sie starben und es wussten.

Freitag war »Beryls Tag«. Wie es schien, würde Beryl ihren Sohn überleben. Sie war in einem Pflegeheim ein paar Straßen weiter untergebracht, und Gloria besuchte sie jeden Freitagnachmittag, obwohl Beryl keine Ahnung hatte, wer Gloria war, da auch ihr Gehirn weich wie ein Schwamm war. Gloria spürte, wie ihr Gehirn härter, weniger freundlich, zu einer Koralle wurde. Sie hatten im Urlaub auf den Malediven »Gehirnkorallen« gesehen, als sie furchtsam schnorchelnd einen Ausflug in die Unterwasserwelt machte. Sie hatte einen alten marineblauen Badeanzug getragen, mit dem sie auch im Warriston Baths schwamm, und war sich durchaus bewusst gewesen, dass ihr Körper von der Schulter bis zur Hüfte die durchhängende, bauchige Form einer Eidechse angenommen hatte. Alle anderen Frauen an dem heißen weißen Strand schienen schlank und gebräunt zu sein und winzige teure Bikinis zu tragen.

Im Januar machten sie immer in den Tropen Urlaub – Seychellen, Mauritius, Thailand –, stiegen in den teuersten Hotels ab und ließen sich von morgens bis abends bedienen. Graham war gern ein reicher Mann, er mochte es, wenn die Leuten sahen, dass er ein reicher Mann war. Wenn er sich erholte, wenn er am Leben blieb, Gott behüte, würde er es ertragen, ein armer Mann zu sein? Wahrscheinlich nicht. Der Tod war also eine gute Sache für ihn.

In ihrem Hotel auf den Malediven wohnten viele Russen. Die Frauen waren schlank und blond und kümmerten sich um die Kinder, während die Männer, dick und behaart, Gloria an Walrösser erinnerten. Sie lagen den ganzen Tag mit ihrem Goldschmuck, eingeölt und in zu engen Badehosen, in der Sonne. »Gangster«, sagte Graham sachlich zu Gloria. Gloria fragte sich, an wen die russischen Männer sie noch erinnerten, bis ihr klar wurde, dass es Graham war. Sie waren grahamesker als Graham, und das wollte was heißen.

Auf den Malediven hatte sie zum letzten Mal mit Graham geschlafen, auf der stramm gezogenen weißen Tagesdecke des Betts unter einer Decke aus tropischem Hartholz in der Spiralform eines Schneckenhauses. Es war ein linkischer und etwas zänkischer Akt gewesen.

Gloria fragte sich, ob jemand *sie* besuchen würde, wenn sie in einem Pflegeheim läge. Sie konnte sich nicht vorstellen, dass Emily regelmäßig vorbeikäme mit frischer Unterwäsche, Handcreme und einer Hyazinthe im Topf. Sie konnte sich nicht vorstellen, dass Emily Woche für Woche bei ihr säße, ihr Haar kämmte, die Hände massierte und eine einseitige, bedeutungslose Unterhaltung aufrechterhielte. Sie konnte sich nicht vorstellen, dass Ewan sie auch nur einmal besuchte.

Das Telefon klingelte. Gloria ging in die Halle und starrte es an. Es entwickelte ein Eigenleben – irritierend und unversöhnlich, ähnlich wie die Stimme, die jetzt »Mutter!« auf den Anrufbeantworter schrie. Die *Evening News* steckte wie eine Zunge im Briefschlitz, und Gloria zog sie heraus und überflog sie, während Emily mit ihrem eintönigen zweisilbigen Singsang fortfuhr – sie hatte es schon als Kind getan, ein vielmals wiederholtes Mantra, *Mummy-mummy-mummy-mummy,* aber wenn Gloria sie gefragt hatte, was sie wollte, hatte sie die Achseln gezuckt, sie ausdruckslos angesehen und »nichts« gesagt.

»Mutter! Mutter! Mutter! Ich weiß, dass du da bist, geh ans Telefon. Geh ans Telefon, oder ich rufe die Polizei. Mutter, Mutter, Mutter, Mutter.«

Das letzte Mal war die ganze Familie an Weihnachten zusammen gewesen. Ewan arbeitete für eine Umweltorganisation und war von Patagonien nach Hause geflogen. Dass er sich für die Umwelt einsetzte, bedeutete nicht, dass Ewan ein sonderlich angenehmer Zeitgenosse war. Er benahm sich sehr selbstgefällig, weil er keinen Teil von Grahams Geschäftsimperium wollte, das für ihn selbstverständlich eine kleine Rolle in der »globalen kapitalistischen Verschwörung« spielte. Das hielt ihn jedoch nicht davon ab, Geld von Graham anzunehmen, wann immer er nach Hause kam. Ewan war von Anfang an eine Enttäuschung für Graham gewesen, weil er sich nie für die Grundsätze der schottischen Religion interessiert hatte – Alkohol, Fußball, sich ungerecht behandelt fühlen –, die das Rückgrat von Grahams Glauben bildeten. Graham war gerade dabei gewesen, sich einen lebenslangen Traum zu erfüllen – eine Fußballmannschaft der Premier League zu kaufen –, als ihn gestern das Schicksal einholte. Er hatte die nicht unterschriebenen Verträge in seiner Aktentasche dabei, als er unter Tatiana zusammenbrach.

Als Ewan erklärte, er sei Mitglied der Grünen Partei, lautete der Kommentar seines Vaters: »Du kleiner einfältiger Idiot.«

Emily hatte keinerlei Prinzipien, wenn es um das Geld ihres Vaters ging. Natürlich hätte Graham sie zu seiner Nachfolgerin heranziehen sollen, sie hätte eine ausgezeichnete kapitalistische Profitjägerin abgegeben.

Emily war ein süßes Kind gewesen, liebenswürdig und licht, ein Kind, das Gloria und alles, was sie tat, anbetete. Und eines Tages erwachte Emily, sie war dreizehn, und seitdem war sie dreizehn geblieben, soweit Gloria es beurteilen konnte. Sie war jetzt siebenunddreißig, verheiratet, ein Kind, aber die Mutterschaft hatte ihre Veranlagung zur Miesepetrigkeit nur verstärkt. Sie lebte in Basingstoke mit ihrem Mann Nick (»ein IT-Projektentwicklungsmanager« – was sollte das sein?) und verbrachte viel Zeit damit, Ressentiments zu kultivieren.

An Weihnachten hatten Ewan und Emily hauptsächlich darüber gesprochen, wie sehr sich ihre Welt verändert, entwickelt, erweitert hatte, aber sie erwarteten ein Jahr ums andere, dass Gloria dieselbe blieb. Wenn sie etwas Neues erwähnte – »Ich gehe jetzt in ein Fitnessstudio« (Sie hatte es mit dem Kurs Flotte Fünfziger versucht und versagt. Darauf folgte Sensationelle Sechziger. Nach sechzig war Schluss) oder »Ich würde gern französische Konversation im Französischen Kulturinstitut machen« –, reagierten sie immer gleich: »Oh, *Mutter.*« In einem genervten Tonfall, als wäre sie ein besonders dummes Kind.

Am Heiligen Abend, als Graham noch ein voll funktionierendes Mitglied der Familie und kein im Raum schwebender Astronaut war, hatte sie in der Küche gestanden und das Schokoladenscheit gemacht. Am ersten Weihnachtsfeiertag gab es neben dem Weihnachtspudding immer ein Schokoladenscheit zum Nachtisch. Gloria rührte die Rouladenmischung, kein Mehl, nur Eier und Zucker und viel teure Schokolade, und nach dem Backen rollte sie den Teig, bestrichen mit geschlagener Sahne, vermischt mit Maronenpüree, zu einer Roulade und verzierte diese mit Schokoladenbuttercreme, stach kleine Löcher hinein und zog Linien, damit es wie Holz aussah, und streute dann Schnee aus Puderzucker darüber. Zuletzt schnitt sie im Garten Efeuranken ab, überzog sie mit Eiweiß und Zucker und wand sie um das Scheit, bevor sie ein Rotkehlchen aus Plastik daraufsteckte. Es sah wunderschön aus, wie etwas aus einem Märchen, und wäre sie noch bei den Weight Watchers gewesen, sie hätte alle Punkte für ein ganzes Jahr aufgebraucht.

Wenn es darum ging, den Kuchen zu essen, sagte Ewan (denn sie waren wie Schauspieler in einem unveränderlichen Stück): »Ich will nichts von dem Zeug, nur den Weihnachtspudding«, und Emily sagte: »Oh, Gott, Mutter, das ist Gift für den Körper«, und jetzt, da sie Xanthia hatte, fügte sie drohend hinzu: »Und gib Xanthia ja nichts davon«, denn natürlich war die einjährige Xanthia, soweit Gloria es beurteilen konnte, mit *Hirse* entwöhnt worden, und dann sagte Graham unweigerlich: »Ich weiß nicht, warum du diese Scheiße machst, niemand isst das Zeug«, und Gloria sagte: »Ich esse es«, und sie schnitt sich eine dicke Scheibe davon ab. Und aß sie. Und jeden Tag danach holte sie das Schokoladenscheit aus dem Kühlschrank und schnitt sich eine weitere dicke Scheibe ab, bis nur noch das Stück mit dem Rotkehlchen übrig war, und das legte sie hinaus für die Eichhörnchen und Vögel, ohne das Rotkehlchen natürlich, damit es nicht versehentlich von einem Eichhörnchen gefressen wurde. Oder ein anderes Rotkehlchen es angriff, weil es glaubte, es wäre ein gelähmter Miniatureindringling in sein Territorium.

Ihre Rollen waren festgelegt – Graham war der Bösewicht, Ewan spielte würdig den Anführer, Schwiegersohn Nick war sein langmütiger Kumpel, und Emily war für immer die pubertierende Naive, die launische Tochter, deren Leben von allen anderen (anscheinend) zunichte gemacht wurde. Gloria befand sich nicht auf der Bühne, sie spielte die Frau in der Küche. Am ersten Weihnachtsfeiertag holten sie Grahams Mutter, Beryl, im Rollstuhl, und sie saß sabbernd auf dem Sofa. Eine Komparsin ohne Text.

»Du hast eine klassische passiv-aggressive Persönlichkeit«, hatte Emily sie angezischt, als Gloria den Truthahn begoss. Gloria wusste nicht genau, was eine passiv-aggressive Persönlichkeit war, klassisch oder sonst wie, aber sie war eindeutig nicht nach Emilys Geschmack.

»Du bist immer so *nett* zu allen«, sagte Emily.

»Ist das schlecht?«, fragte Gloria.

Emily tat so, als hätte Gloria nichts gesagt, und knallte die Terrine mit den Bratkartoffeln auf die Theke. »Aber tief in deinem Innern bist du *wütend*. Und weißt du, was ich neulich begriffen habe?« Emily ging jeden Mittwochnachmittag in Basingstoke zu einer Art Therapie bei einem Mann namens Bryce, der ihr Gehirn »zu positiveren Denkmustern umprogrammierte«.

»Nein, was hast du begriffen?«, sagte Gloria und fragte sich, ob sie selbst Emilys Gehirn nicht wesentlich schneller und billiger als jemand namens Bryce umprogrammieren könnte, wenn sie ihrer Tochter die Schöpfkelle auf den Kopf schlug.

»Ich habe begriffen, dass ich mein Leben lang nicht ich selbst war.«

»Wer warst du dann?« Gloria wusste, dass sie mitfühlender hätte sein sollen, aber sie konnte es nicht.

»Ah, sehr schlau, Mutter. Ich habe meine Energie nicht darauf verwandt, *ich* zu sein, weil mein Leben von der Angst geprägt war, so zu werden wie *du*.«

Gloria betrachtete sich überhaupt nicht als nette Person, ganz im Gegenteil, doch sie nahm an, dass diese Dinge relativ waren; neben Emily waren eh die meisten anderen Heilige.

Emily bereitete nur eine Vorspeise aus Feigen und Parmaschinken für das Weihnachtsessen zu. Sie kaufte die Feigen und den Schinken bei Harvey Nichols, legte das rote Zeug auf einen Teller und kündigte es mit zündenden Worten an: *Zur Abwechslung gibt es mal was richtig Gutes*, bevor sie es anschließend selbst über den grünen Klee lobte: *War das nicht großartig? Ist es nicht nett, mal was anderes zu essen?* Als Emily die Platte mit der Vorspeise auf den Tisch stellte, fügte sie mit nahezu manischer Fröhlichkeit eine Warnung hinzu, die sie insbesondere an Nick richtete: »Also, Liebling, wage ja nicht, eine Kritik anzubringen.« Emily hatte an der Goldsmiths einen M.A. in Literatur gemacht und redete deswegen so. Auch über Essen. Sie »kam mit Nick nicht gut aus«, hatte sie Gloria in der Küche anvertraut, sie dachte sogar an eine »Trennung auf Probe«. Entsetzen überkam Gloria bei dem Gedanken, dass Emily womöglich wieder zu Hause einzog.

»In guten wie in schlechten Zeiten«, sagte Gloria, und Emily erwiderte: »Was – so wie du und Dad? Man bleibt zusammen, auch wenn man sich nicht mehr ausstehen kann?« Kinder waren nicht notwendigerweise eine gute Sache.

Wenn sie gewusst hätten, dass es das letzte Weihnachten ihres korrupten, ehebrecherischen, betrügerischen Paterfamilias war, hätten sie dann etwas anders gemacht? Gloria hätte eine Gans statt eines Truthahns braten können, er mochte Gans, aber sie wäre wahrscheinlich nicht bereit gewesen, noch weiter zu gehen.

Gloria saß auf dem pfirsichfarbenen Damastsofa in dem pfirsichfarbenen Wohnzimmer, trank Tee und aß das Sandwich, das sie in der Stadt gekauft hatte. Das Sandwich war belegt mit Mozzarella, Avocado und Rucola. Keine dieser Zutaten hatte Platz in dem Museum, das Glorias Vergangenheit war. Gloria konnte sich noch an eine Zeit erinnern, als es nur Kopfsalat zu kaufen gab. Weichen, schlaffen Kopfsalat, der nach nichts schmeckte. Englischen Kopfsalat. Sie konnte sich an eine Zeit vor Mozzarella und Avocados erinnern, vor Auberginen und Zucchini. Sie konnte sich daran erinnern, wie sie den ersten Joghurt gesehen hatte in dem Eckladen in der Stadt im Norden, die ihre Heimatstadt war und bleiben würde, obwohl sie seit zwanzig Jahren nicht mehr dort war.

Sie konnte sich an eine Zeit erinnern, als es noch kein Fast Food, keine thailändischen Restaurants gegeben hatte, als abgepackte Vesta-Currys geradezu exotisch gewesen waren. Eine Zeit, als Essen aus Heringen, Hackfleisch und Frühstücksfleisch bestand. Sie hatte Emily gegenüber einmal erwähnt, dass sie sich an eine Zeit vor Auberginen erinnerte, und ihre Tochter hatte sie angefahren: »Mach dich nicht lächerlich.«

Gloria beendete ihr Mittagessen mit einem Stück Schokoladenbiskuittorte (das Geheimnis bestand in einem Löffel heißer Milch). Das viktorianische Bild mit den Kätzchen im Korb hatte sie bereits an die Stelle des düsteren Hirschs gehängt, dessen geisterhafter Abdruck jedoch dank eines schmalen Schmutzrands noch zu sehen war. Das Zimmer war erst letztes Jahr nach der Installation des neuen Sicherheitssystems renoviert worden, und Gloria war immer wieder überrascht, wie schnell sich Schmutz ansammelte. Die Kätzchen fühlten sich an der Wand sofort zu Hause. Sie war so sehr in die Betrachtung der unschuldigen Kätzchen versunken, dass sie die schwerfällige Gestalt an der Terrassentür erst bemerkte, als sie eine fleischige Pranke hob und ans Glas klopfte. Gloria fiel fast vom Sofa.

»Um Gottes willen«, sagte sie verdrossen, erhob sich vom pfirsichfarbenen Damast und öffnete die Tür. »Sie haben mich zu Tode erschreckt, Terry.«

»Entschuldigung.«

Terence Smith. Grahams Golem, geformt aus dem Urschleim primitiver Lebensformen am Grund eines Teiches irgendwo in den Midlands. Manchmal lieh Murdo ihn sich aus als Türsteher oder Leibwächter (Murdos Sicherheitsfirma bewachte leicht zerbrechliche Berühmtheiten, wenn sie in die Hauptstadt kamen), aber die meiste Zeit war er einfach Grahams Lieblingsschläger, der ihn fuhr, wenn er zu betrunken war, um das Lenkrad zu finden – Graham weigerte sich, sein Ego in Glorias roten Golf zu quetschen. Oder er hing im Hintergrund herum mit der gleichen treudoofen Miene wie sein Hund. Gloria fütterte beide, Mann und Hund, mit Kuchen und hielt sie von Katzen und kleinen Kindern fern. Heute war der Hund nicht zu sehen. »Wo ist Ihr Hund, Terry? Wo ist Spike?«

Er gab ein seltsam würgendes Geräusch von sich und schüttelte den Kopf, dann erkundigte er sich nach dem Aufenthaltsort von Graham, seinem Herrn und Meister.

»Er ist in Thurso«, sagte sie. Es war komisch, je öfter sie es sagte, umso mehr glaubte sie selbst daran, in einem metaphysischen Sinn jedenfalls, als wäre Thurso eine Art Fegefeuer, wohin Menschen verbannt wurden. Gloria war einmal in Thurso gewesen und hatte es als solches empfunden.

»Thurso?«, wiederholte er skeptisch.

»Ja«, sagte Gloria. »Oben im Norden.« Sie bezweifelte, dass Geografie zu Terrys Spezialgebieten gehörte, und runzelte die Stirn. Sein stets hässliches Gesicht fluoreszierte beunruhigend. »Terry – was ist mit Ihrer Nase passiert?« Er schlug die Hand vors Gesicht, als schämte er sich plötzlich.

Wieder klingelte das Telefon, und beide lauschten schweigend auf Emilys Geblöke. *Mutter-Mutter-Mutter.*

»Das ist Ihre Tochter«, sagte Terry schließlich, als hätte sie Emily nicht erkannt.

Gloria seufzte und sagte: »Was Sie nicht sagen«, und ging wider besseres Wissen an den Apparat.

»Ich rufe schon die ganze Zeit an«, sagte Emily, »aber dauernd ist der Anrufbeantworter dran.«

»Ich war viel unterwegs«, sagte Gloria. »Du hättest eine Nachricht hinterlassen sollen.«

»Ich wollte keine Nachricht hinterlassen«, sagte Emily beleidigt.

Gloria sah Terry nach, der die Einfahrt entlangstapfte. Er erinnerte sie an King Kong, allerdings war er weniger freundlich.

»Mutter?«

»Hm?«

»Ist was passiert?«, fragte Emily scharf.

»Passiert?«

»Ja, passiert. Ist mit Dad alles in Ordnung? Kann ich mit ihm sprechen?«

»Er kann jetzt gerade nicht ans Telefon kommen.«

»Ich habe Neuigkeiten für euch«, verkündete Emily in nicht unbedingt beruhigendem Tonfall. »Gute Neuigkeiten.«

»Gute Neuigkeiten?«, wiederholte Gloria. Vielleicht war Emily wieder schwanger (war das eine gute Neuigkeit?). Deswegen war sie verblüfft, als Emily sagte: »Ich habe Jesus gefunden.«

»Oh«, sagte Gloria. »Wo war er?«

27

Louise starrte durch die Windschutzscheibe in den Regen. Dies konnte ein gottverlassenes Land sein, wenn es regnete. Und auch, wenn es nicht regnete.

Der Wagen stand im Hafen von Cramond, die Motorhaube der Insel zugewandt. Sie saßen zu dritt darin, sie selbst, Detective Sergeant Sandy Mathieson und die übereifrige Jessica Drummond. Sie hatten das Wageninnere zugedampft wie ein Liebespaar oder Verschwörer, obwohl sie nichts Aufregenderes taten, als über Hauspreise zu sprechen. »Wenn zwei oder mehr Leute in Edinburgh aufeinandertreffen«, sagte Louise.

»Angebot und Nachfrage, Boss«, sagte Sandy Mathieson. »In dieser Stadt ist die Nachfrage größer als das Angebot.«

Louise wäre »Ma'am« lieber gewesen als »Boss«, »Ma'am« klang mehr nach Frau (irgendwo zwischen einer Aristokratin und einer Schulleiterin, beides hatte seinen Reiz), wohingegen »Boss« sie zu einem von ihnen machte. Aber musste man nicht einer der Männer sein, um sich durchzusetzen?

»In der *Evening News* habe ich gelesen«, fuhr Sandy Mathieson fort, »dass es in Edinburgh nicht genügend teure Häuser gibt. Die Millionäre streiten sich um die Edelvillen.«

»Die Russen kommen«, sagte Jessica.

»Die Russen?«, fragte Louise. »Welche Russen?«

»Die reichen.«

»Die Russen sind offenbar die neuen Amerikaner«, sagte Sandy Mathieson.

»Letzte Woche hat jemand hunderttausend für eine Garage bezahlt«, beschwerte sich Jessica. »Das ist doch Wahnsinn. Ich kann mir nicht mal ein Einsteigerhaus in Gorgie leisten.«

»Es war eine Doppelgarage«, sagte Sandy Mathieson.

Louise lachte und öffnete das Fenster einen Spalt, um etwas von der heißen Luft hinauszulassen. Das Meer zog sich zurück, und die feuchte Luft roch leicht nach Abwasser. Sie wusste nie, ob Sandy Mathieson witzig sein wollte oder nicht. Wahrscheinlich nicht, weil er nicht scharfsinnig genug war. Er sah aus, wie er hieß, von seinem rötlich blonden Haar bis zu dem kleinen Bart und den giraffenfarbenen Sommersprossen. Er erinnerte Louise an Biskuits, an Shortbread, an Ingwer- oder Verdauungsplätzchen. Er war ein absolut geradliniger Typ, verheiratet, zwei Kinder, braver Hund, Jahreskarte für den Hearts FC, am Wochenende Grillen mit den Schwiegereltern. Er hatte einmal zu ihr gesagt, dass er alles habe, was er sich immer gewünscht habe, und er würde sein Leben geben, um es zu beschützen, auch die Jahreskarte fürs Stadion des Hearts FC.

»Das muss schön sein«, hatte Louise erwidert, ohne es wirklich zu meinen. Sie war nicht der Typ, der sich opferte. Nur für Archie würde sie sterben.

»Wo wohnen Sie, Boss?«, fragte Jessica.

»Glencrest«, sagte Louise widerstrebend, weil sie nicht das Bedürfnis verspürte, mit Jessica über ihr Privatleben zu sprechen. Sie kannte die Sorte noch aus der Schule, sie zogen einem die intimsten Details aus der Nase und verwandten sie dann gegen einen.

Louise Monroes Mutter ist Alkoholikerin, Louise Monroe braucht für die Schulspeisung nicht zu bezahlen, Louise Monroe ist eine Lügnerin.

»Die Hatter-Häuser-Siedlung bei Braids?«, fragte Sandy Mathieson. »Die haben wir uns angeschaut. Zu teuer für uns.« Das »uns« klang betont, fiel Louise auf, unterstrich seine kleine Welt. *Ich und meine Frau und meine zwei Kinder und mein braver Hund.* Nicht eine alleinstehende Frau mit einem Sohn, über dessen Vaterschaft schon lange spekuliert wurde. Sandy war ein Arbeitstier, zu phantasielos, um seiner Frau untreu zu sein, zu gleichmütig, um über den Rang hinauszukommen, den er jetzt innehatte. Aber er würde immer das Richtige für seine Kinder tun, und er erlaubte sich keine Winkelzüge, erwies keine Gefälligkeiten – ein blindes Auge hier, ein taubes Ohr dort. Er würde auch nicht auf dem Rücksitz eines Streifenwagens eine Untergebene vögeln, die zu betrunken war, um daran zu denken, dass Sex ein biologischer Imperativ war, der nur einem Ziel diente. (*Ich befehle es dir, Louise.* Sehr witzig, und wie sie gelacht hatten. O Gott.)

»Es ist ein sehr kleines Haus«, sagte Louise kleinlaut.

»Trotzdem …«, sagte Sandy, als hätte er etwas bewiesen.

»Gab es nicht Probleme mit Glencrest?«, fragte Jessica.

»Probleme?«, sagte Louise.

»Das Schiff sinkt oder so.«

»Was?«

»Reelle Häuser für reelle Menschen«, sagte Jessica. »Man munkelt, dass Graham Hatter untergehen wird.«

»›Untergehen‹? Du klingst wie eine Komparsin bei *The Bill.*« Ja, das würde zu Jessica passen, Louise sah vor sich, wie Jessica abends nach Hause kam, die Klumpfüße hochlegte, etwas Mitgebrachtes aß und dabei *The Bill* schaute.

»›Untergehen‹ weswegen?«

»Ein kleiner Vogel hat mir gezwitschert, dass sie wegen Geldwäsche hinter ihm her sind, unter anderem. Anscheinend eine gewaltige Sache, Korruption bis in höchste Stellen und so.«

»Ein kleiner Vogel?«, sagte Louise.

»Ich habe einen Freund im Betrugsdezernat.«

»Wirklich? Sie haben Freunde?«

»Nennt mir eine berühmte Frau, die sich ertränkt hat«, sagte Louise. Jessica warf ihr einen besorgten Blick zu, als befürchtete sie dahinter einen intellektuellen Test, eine Aufnahmeprüfung, ein Geheimwissen, das man unbedingt brauchte, um Kriminalpolizist zu werden. Sie legte die breite Stirn in Falten vor Anstrengung, sich an etwas zu erinnern, was sie noch nie gewusst hatte.

»Seht ihr«, sagte Louise, als sie keine Antwort erhielt, »Frauen sind nicht bekannt dafür, dass sie sich ertränken.«

»Ich glaube, *I-Spy* ist mir lieber«, sagte Sandy Mathieson.

Den ganzen Vormittag, während Louise im Gericht saß, war ihr kleines, von der Grippe dezimiertes Team unterwegs gewesen, vor allem, um Erkundigungen einzuziehen. Hatte jemand etwas Ungewöhnliches beobachtet, hatte jemand eine Frau gesehen, die ins Wasser ging, hatte jemand eine Frau am Strand gesehen, hatte jemand eine Frau gesehen, hatte jemand irgendetwas gesehen? Nichts. Die Taucher hatten nichts gefunden. Louise war dabei gewesen, als sie aus dem Wasser kamen. Froschmänner hießen sie früher, das Wort hörte man nicht mehr oft. Sie erinnerten sie an *Der Mann aus Atlantis*.

Es war ein fruchtloses Unterfangen, sie suchten nach einem Trick, den ihnen das Licht auf dem Wasser spielte.

»Ich sehe tote Menschen«, intonierte Jessica.

Die einzigen Aufregungen in Cramond während der letzten Tage hatten darin bestanden, dass die Alarmanlage eines Autos losgegangen und ein Hund überfahren worden war. Der Hund erholte sich anscheinend. Eine phantastisch niedrige Kriminalitätsrate – das war es, was man bekam, wenn man ein kleines Vermögen dafür bezahlte, in einer der schönsten Gegenden Edinburghs zu leben.

Ohne zu erwähnen, wie sie dazu gekommen war, zeigte Louise ihren Leuten die rosa Visitenkarte, die sie aus der Leichenhalle mitgenommen hatte, und bat sie, sich zu erkundigen, ob jemand von *Hilfe* gehört hatte. Doch wie es schien, bewegten sich die guten Bürger von Cramond nicht in den Kreisen, in denen Mädchen kleine rosa Karten mit Telefonnummern aushändigten.

Louise hatte ein paar Uniformierte in der Stadt die billigen Schmuckgeschäfte nach Ohrringen in Form eines Kreuzes durchkämmen lassen. »Ich kann nicht glauben, wie viel Neun-Karat-Schund es gibt«, hatte einer gemeldet. Mehr Kruzifixohrringe, als man sich vorstellen konnte, aber niemand erinnerte sich an eine eins siebzig große, sechzig Kilo schwere Blondine, die ein Paar gekauft hatte.

»Das Mädchen mit den Kruzifixohrringen«, es klang wie ein verschollenes Gemälde von Vermeer.

Louise hatte *Das Mädchen mit dem Perlenohrring* gesehen, in Gesellschaft zweier Freundinnen, zweier weiterer alleinstehender Frauen. Es war ein Film für alleinstehende Frauen eines gewissen Alters – still, ergreifend, voller Kunst, letztlich deprimierend. Sie hatte sich (kurz) gewünscht, im Holland des siebzehnten Jahrhunderts zu leben. Als sie jung war, hatte sie sich oft vorgestellt, in der Vergangenheit zu leben, vor allem, weil die Gegenwart so schrecklich gewesen war.

»Wer ermittelt im Merchiston-Mord?«, fragte sie.

»Robert Campbell, Colin Sutherland«, sagte Jessica prompt. »Aufsehenerregender Mord an Berühmtheit, das kriegt der große Fisch ganz oben in der Nahrungskette.«

»Berühmtheit?«

»Richard Moat«, sagte Sandy Mathieson verächtlich. »Comedian aus den Achtzigerjahren. Haben Sie gehört, was passiert ist?«

»Nein, was?« Der Name kam Louise vage bekannt vor.

»Sie haben zuerst die falsche Person identifiziert«, sagte Jessica.

»Sie machen Witze.«

Sandy lachte. »Er wohnte bei dem anderen Typen, dem Schriftsteller, stimmt's?«, vergewisserte er sich bei Jessica (Herrgott, sie waren wie ein eingespieltes Duo), die nickte und den Faden aufnahm: »Und er trug die Uhr seines Freundes.«

»Wer?« Louise war vollkommen verwirrt.

»Richard Moat«, sagte Jessica betont geduldig, »trug die Uhr des anderen Typen. Seines Freundes. Und stellen Sie sich vor, dieser Freund ist ein Krimiautor.«

»Das Leben imitiert die Kunst«, sagte Sandy, als hätte er den Satz gerade erfunden. »Alex Blake. Von ihm gehört?«

»Nein«, sagte Louise. »Sie haben ihn anhand seiner *Uhr* identifiziert?«

»Also, ein Gesicht hatte er anscheinend nicht mehr«, sagte Jessica so beiläufig, wie man sagen würde: »Möchten Sie Essig auf Ihre Pommes?«

Louise hätte ein Pferd fressen können, seit dem Frühstück hatte sie nichts mehr zu sich genommen. »Haben Sie etwas zu essen da?«, fragte sie Jessica.

»Tut mir leid, Boss.«

Unverschämte Kuh. Louise glaubte ihr nicht, man wurde nicht so fett, wenn man nicht ständig was zu essen mit sich herumschleppte. Louise sollte eigentlich warme und kuschlige Gefühle für die Frau hegen, bei der Polizei waren nur fünfundzwanzig Prozent Frauen, sie sollten einander unterstützen, bla, bla, bla, aber ehrlich gesagt, sie hätte Jessica gern in die Enge getrieben und ihr ein paar böse Tiefschläge versetzt, wie man das auf dem Schulhof tat.

Das Funkgerät gab ständig Meldungen von sich. Eine Menge Ladendiebstähle. Was war, wenn Archies Ausflug in die Kriminalität keine einmalige Sache gewesen war? Was würde sie tun, wenn er das nächste Mal erwischt würde? Louise blickte auf die Uhr, er sollte mittlerweile von der Schule zurück sein.

Sandy wandte sich an sie und fragte unvermittelt wie von Vater zu Mutter: »Wie geht's Ihrem Jungen?«

»Gut«, sagte Louise. »Archie geht's gut. Sehr gut«, fügte sie hinzu, um eine beschwingtere Note einzuführen, »es geht ihm sehr gut.« Sandy hatte einen Jungen, aber er war erst sechs oder sieben, noch harmlos.

Sie stieg aus dem Wagen und hielt ihr Handy hoch, um Sandy und Jessica kurz, aber deutlich zu signalisieren: *Ich muss telefonieren und will nicht, dass ihr mithört.* Sie fragte sich, was sie über sie sagten, wenn sie nicht da war. Es war ihr eigentlich egal, solange sie fanden, dass sie ihren Job gut machte.

Sie ging hinaus auf den Damm, von ihrem Display war das Netz bis auf einen Strich verschwunden. Jackson Brodie behauptete, er habe überhaupt kein Netz gehabt, weswegen er die Polizei von der Insel aus nicht angerufen hatte.

Sie kehrte zurück, und das Netz baute sich auf. Nach mehrmaligem Läuten schaltete sich ihr Anrufbeantworter ein, und sie lauschte einer festen männlichen Stimme, die sie davon in Kenntnis setzte, dass im Moment niemand zu sprechen sei, und sie möge doch »eine Nachricht hinterlassen«. Freundlich und neutral, kein »bitte« oder »danke« (Ich bin eine höfliche Frau, die darum bittet, beleidigt zu werden), kein »Tut uns leid, niemand zu Hause« (eine Einladung an Diebe), kein Versprechen zurückzurufen. Die männliche Stimme gehörte dem Mann einer Freundin, der die Ansage aufgesprochen hatte, nachdem Louise, obwohl sie nicht im Telefonbuch eingetragen war, mit Anrufen belästigt worden war. Manche Typen wählten einfach irgendeine Nummer, bis sich eine Frau meldete. Es gab Tausende davon dort draußen, die die frühen Morgenstunden damit verbrachten, die Telefonseelsorge und den Kindernotruf und ahnungslose Frauen anzurufen. Wichser, in jeder Beziehung. Sie hatte das ungute Gefühl, dass Archies Freund Hamish der Anrufer gewesen war.

»Archie, wenn du da bist, kannst du abnehmen?« Wenn es in der Hölle friert. Louise wusste nicht, warum sie sich die Mühe machte, er ging nie ans Telefon, außer er glaubte, ein Freund rief an. Sie versuchte es mit seinem Handy, aber sofort schaltete sich die Mailbox ein. Wenn sie gekonnt hätte, hätte sie ihm einen Sender ins Genick implantieren lassen.

Schließlich gab sie nach und benutzte die einzige Lingua franca, die Vierzehnjährige verstanden. Sie schrieb ihm eine SMS: *Bist du zu Hause? Iss was aus der Kühltruhe. Komme später. xxx, Mum.* Seltsam, sich so zu nennen, es zu schreiben. Sie sah sich nicht als »Mum«. Vielleicht hatte sie da etwas falsch gemacht? Hatte sie etwas falsch gemacht? Wahrscheinlich.

Archie schaffte es gerade, eine Pizza oder einen Burger aus der Kühltruhe zu holen und in die Mikrowelle zu schieben. Es war sinnlos, ihn zu Größerem herauszufordern. *(Ein Omelett, du kannst dir doch bestimmt ein Omelett machen?)*

Ihr Telefon klingelte, nicht Archie war dran, sondern Jim Tucker.

»Mein Mädchen starb an einer Überdosis Heroin«, sagte er ohne Einleitung, »wir haben sie noch nicht identifiziert. Der Zahnmediziner sagt, ihr Mund ist, ich zitiere, ›voller Schrott‹. Er meint ausländische Füllungen. Osteuropäische, so wie sie aussehen.«

»Also keine zahnmedizinischen Unterlagen«, sagte Louise.

»Nein, und ich weiß nicht, ob es stimmt, aber jemand hat behauptet, *Hilfe* wäre eine Reinigungsfirma.«

»Eine Reinigungsfirma?«

Kaum hatte sie sich von Jim Tucker verabschiedet, klingelte das Telefon erneut.

»Ich versuche die ganze Zeit, dich anzurufen«, beschwerte sich Archie.

»Ich habe versucht, dich anzurufen, und du meldest dich *nie.*«

»Kann Hamish über Nacht bleiben?«

»Ihr habt morgen Schule.«

»Wir müssen zusammen für Erdkunde eine Arbeit machen.«

»Was für eine Arbeit?«

Es folgte ein kurzes unverständliches Gespräch, zweifellos Hamish, der Archie Instruktionen gab, bevor Archie selbstgefällig sagte: *»Diskutiert die Transportfaktoren, die die Ansiedlung von Industrie beeinflussen.«*

Klang plausibel, Hamish war gut in der Schule. »Erlaubt es seine Mutter?«

»Natürlich.«

»Okay.«

»Können wir was zu essen bestellen?«

»Okay. Habt ihr Geld?«

»Ja.«

»Denkst du dran, die Katze zu füttern?«

»Was du immer hast.«

»Das ist nicht die Antwort, die ich hören will.«

»*Jaaa*. Okay? Mann.«

Louise seufzte. Sie brauchte wirklich einen Drink. Einen Daiquiri-Lemon. So kalt, dass ihr das Hirn gefror. Und dann wollte sie jede Menge Sex. Zwanglosen, gedankenlosen, gesichtslosen, emotionslosen Sex. Man sollte meinen, zwangloser Sex wäre einfach, aber nein. Seitdem Archie in der Pubertät war, hatte sie kaum mehr Sex gehabt. Sie konnte nicht einfach einen Typen mit nach Hause bringen und mit ihm vögeln, während ihr jugendlicher Sohn auf der anderen Seite der hauchdünnen Rigipswand am Computer Grand Theft Auto spielte. Wenn man ein Kind hatte, gab es jedes Jahr eine neue Überraschung, etwas, womit man nicht rechnete. Vielleicht ging es immer so weiter. Wenn Archie sechzig und sie über achtzig wäre, würde sie vielleicht denken: »Mir war nicht klar, dass sechzigjährige Männer *so etwas* tun.«

Sie sah, wie ein uniformierter Polizist an Jessicas Fenster klopfte und ihr etwas gab.

»Was wollte er?«, fragte sie, als sie wieder einstieg.

»Hat das gebracht«, sagte Jessica, reichte ihr eine hilfreicherweise aufgeschlagene Ausgabe der *Evening News* und deutete auf die kleine Überschrift. »Polizei bittet Öffentlichkeit um Mithilfe bei Ermittlungen.«

»Nicht gerade auffällig«, sagte Sandy. »*Polizei bittet um Mithilfe: Hat jemand eine Frau ins Wasser gehen sehen.* – ›Ins Wasser gehen‹? Das ist sehr vage.«

»Es ist ja auch sehr vage«, sagte Louise. »Sie wurde im Wasser gefunden, und irgendwie muss sie da reingekommen sein.«

»Wenn sie existiert«, warf Jessica ein. Sie nieste, und Sandy sagte: »Hoffentlich kriegst du nicht die Grippe.«

Louise war es gleichgültig, ob Jessica die Grippe kriegte. Sie war plötzlich unglaublich müde. »Geben wir auf. Morgen bringen sie was in Radio Forth, aber für heute war's das. Wenn eine Leiche im Wasser ist, wird sie wahrscheinlich irgendwann angeschwemmt. Mehr können wir jetzt nicht tun.«

»Ich glaube nicht, dass es überhaupt eine Leiche gibt«, sagte Jessica. »Ich glaube, Brodie hat die Geschichte erfunden. Ich weiß, wo die Tassen sind, und sie sind nicht im Schrank.«

»Ich mochte den Kerl sowieso nicht«, sagte Sandy so sicher wie jemand, der sein eigenes moralisches Urteil für unanfechtbar hält. »Und jetzt machen wir Feierabend.« Er wandte sich an Jessica und sagte: »Nach Hause, James.«

28

Jackson Brodie hatte die höllische Vision, für immer in einem Bus festzusitzen. Diesmal war es einer der oben offenen Touristenbusse, die durch britische Städte rumpeln und den Verkehr aufhalten. Jackson war letztes Jahr mit Marlee in so einem Bus durch Cambridge gefahren, überzeugt, es wäre eine einfache Art und Weise, etwas über (wahrscheinlich revisionistische) Geschichte zu erfahren, aber er hatte alles wieder vergessen. Es war kalt oben, und ein elender Wind schien über die Nordsee zu peitschen mit dem einzigen Ziel, Jackson im Nacken zu treffen. Deswegen, erinnerte sich Jackson, war er in ein anderes Land gezogen.

Die Royal Mile war Jackson mittlerweile nahezu vertraut. Am liebsten hätte er sich der nächstbesten Person zugewandt und sie auf die St. Giles Church und das neue Parlamentsgebäude hingewiesen (das Budget um das Zehnfache überzogen – wie konnte etwas das Zehnfache des ursprünglichen Budgets kosten?). Ihre eigentliche Reiseleiterin war eine melodramatisch veranlagte Frau mittleren Alters, die für das Trinkgeld arbeitete. Es war die Art Job, den auch Julia übernahm, wenn sie knapp bei Kasse war.

Der Bus wälzte sich durch die Princes Street – hier gab es keinen dunklen Gotizismus, nur hässliche Hauptstraßen-Kaufhäuser. Es begann in Strömen zu regnen, und weniger hartgesottene ausländische Seelen suchten im unteren Geschoss Zuflucht, zurück blieben ein paar Briten, die sich unter Regenschirmen und Windjacken zusammenkauerten. Er hörte mit halbem Ohr, dass die Reiseleiterin etwas über Hexen (ansonsten natürlich unter der Bezeichnung »Frauen« bekannt) erzählte, die lebendig in das Nor' Loch geworfen wurden, »jetzt als unsere ›weltberühmten‹ Princes Street Gardens nicht mehr wiederzuerkennen« (in Edinburgh war anscheinend alles »weltberühmt«. Ob es stimmte – berühmt in Somalia? In Bhutan?), als ihm in der Spur neben ihnen ein rosa Kombi auffiel, ein Citroën Kombi. Sie standen an einer roten Ampel, und als sie auf Gelb schaltete, fuhr der Kombi weiter. Jackson dachte zu diesem Zeitpunkt nichts außer »Man sieht nicht viele rosa Kombis«, aber ein Teil seines Gehirns las unwillkürlich die schwarze Schrift auf der Seite des Wagens – »*Hilfe* – Wir erfüllen Ihre Wünsche!« –, und ein anderer Teil seines Gehirns erinnerte sich an die kleine rosa Karte, die im BH des toten Mädchens gesteckt hatte.

Endlich begannen die zwei Teile seines Gehirns miteinander zu kommunizieren. Das ging langsamer vonstatten als gewöhnlich – Jackson stellte sich Signalflaggen vor und nicht ein Hochgeschwindigkeitsbreitband. Eines Tages, so vermutete er, würden die unterschiedlichen Teile seines Gehirns feststellen, dass sie die Botschaften nicht mehr interpretieren konnten. Flaggen, die hilflos im Wind flatterten. Und das wär's dann. Demenz.

Jackson raste die Treppe hinunter, an den Menschenmengen im Untergeschoss vorbei und bat den Fahrer, die Tür zu öffnen. Der rosa Kombi stand jetzt weiter vorn in der Princes Street. Laufend hätte er mit ihm mithalten können, aber früher oder später würde er sich aus dem Verkehr lösen, und dann würde er ihn verlieren. Jackson sprintete vor einem hupenden Bus (Busse waren zum

Fluch seines Lebens geworden) über die Straße und zum Taxistand in der Hanover Street, wo er sich auf den Rücksitz eines schwarzen Taxis warf. »Wohin?«, fragte der Fahrer, und es freute Jackson ungemein, als er sagen konnte: »Sehen Sie den rosa Kombi? Folgen Sie ihm.«

Sie fuhren durch das heitere Grün der Edinburgher Vororte. (»Morningside«, sagte der Taxifahrer.) Nicht gerade eine schäbige Gegend, dachte Jackson. Das schwarze Taxi war groß und auffällig, kaum das ideale Gefährt für verdeckte Aktivitäten. Der Fahrer des rosa Kombis schien es dennoch nicht zu bemerken, vielleicht war das schwarze Taxi so auffällig, dass man es übersah. Vermutlich rief er besser bei der Polizei an. Er hatte Louise Monroes Karte mit ihrer Reviernummer. Es meldete sich ein Unterling, der sagte: »Inspector Monroe ist nicht im Büro«, und solle er etwas ausrichten? Nein, danke. Er wählte erneut (seiner Erfahrung nach meldete sich dieselbe Person nur selten zweimal), und wieder wurde ihm beschieden, dass Louise Monroe nicht im Büro sei. Er bat um ihre Handynummer, und sie wurde ihm verweigert. Wenn sie wirklich gewollt hätte, dass er mit ihr in Verbindung bliebe, hätte sie sie ihm geben sollen, oder? Niemand konnte sagen, er hätte es nicht versucht. Es war nicht seine Schuld, wenn er zum Schurken wurde, abtrünniger, einsamer alter Wolf. Und Verbrechen aufklärte.

Der Kombi blieb stehen, und Jackson sagte zum Taxifahrer: »Fahren Sie weiter um die Ecke«, wo er zahlte, ausstieg und dann nonchalant um die Ecke zurückging.

»Wir erfüllen Ihre Wünsche!« Ein juliahaftes Ausrufezeichen. Jackson fragte sich, ob es stimmte. Konnten sie zum Beispiel *Auf der Suche nach dem Äquator in Grönland* in ein gutes Stück verwandeln? Die Kranken und die Lahmen heilen? Seine tote Frau aus dem Forth finden?

»Es ist ein Slogan«, sagte die Frau, deren Gesicht an ein Tier erinnerte und die Eimer und Mopps aus dem Wagen lud und auf den Gehsteig stellte. Auf die Tasche ihrer rosa Uniform war ein Emblem gestickt mit der Aufschrift »Haushälterin«, eine Bezeichnung, die Jackson irgendwie als bedrohlich empfand. Die Mafia nannte ihre Auftragskiller angeblich »Putzer«, oder? (Wahrscheinlich nur in den Büchern, die er bisweilen las.) Was wäre dann eine »Haushälterin«? Eine Art Überkiller?

»Hilfe«, sagte Jackson freundlich. »Das ist ein hübscher Name.«

»Es ist eine Reinigungsfirma«, sagte die fiesgesichtige Frau, ohne ihn anzusehen.

»Ich frage mich«, sagte Jackson, »ob Sie mir die Adresse Ihres Büros geben können, ich habe sie nirgends gefunden.«

Sie sah ihn misstrauisch an. »Warum wollen Sie die haben?«

»Ach, wissen Sie«, sagte Jackson, »um mal hinzugehen und mich zu unterhalten. Um die Putzkräfte abzuholen.« Es klang noch mafiöser, wenn man es so ausdrückte.

»Geht alles übers Telefon«, sagte die Haushälterin. Sie sah aus, als würde sie Zitronen zum Frühstück essen, »zwiderwurzig« hätte sein Vater sie genannt, dabei sprach sie mit einem Akzent so weich wie schottischer Dunst.

»Alles übers Telefon?«, sagte Jackson. »Wie kriegen Sie neue Kunden?«

»Mundpropaganda. Persönliche Empfehlungen.«

Eine blasse junge Frau mit der Statur einer Bäuerin kam feindselig gestimmt aus dem nächsten Haus, nahm wortlos Eimer und Mopps und trug sie hinein. »Ich hole euch in zwei Stunden wieder ab«, rief ihr die Haushälterin nach, dann stieg sie in den Kombi und fuhr davon, ohne Jackson eines Blickes zu würdigen.

Jackson schlenderte in die entgegengesetzte Richtung, versuchte gleichgültig zu wirken für den Fall, dass ihn die Haushälterin im Rückspiegel beobachtete. Als der rosa Kombi nicht mehr in Sichtweite war, kehrte er um und betrat das Haus durch die Vordertür. Er hörte, dass in der Küche Wasser lief und oben etwas klapperte. Von der Rückseite des Hauses drang das Geräusch eines aggressiv geführten Staubsaugers, woraus Jackson schloss, dass mindestens drei Frauen hier waren. Natürlich waren es vielleicht nicht nur Frauen. Keine sexistischen Vorurteile, das brachte einen nur in Schwierigkeiten. Bei Frauen zumindest.

Er beschloss, die Frau in der Küche ins Visier zu nehmen. Mach halblang, sagte er sich, du befindest dich hier nicht in einer potenziell bedrohlichen Situation. Armeejargon. Die Armee lag so weit zurück, und doch war sie als Muster noch in ihm präsent. Manchmal fragte er sich, was aus ihm geworden wäre, wenn sein Vater ihn hätte einfahren lassen und er nicht zur Armee gegangen wäre. Jeder Aspekt seines Lebens wäre anders, er selbst wäre ein anderer Mensch. Man hätte ihn natürlich mittlerweile zum alten Eisen gezählt, er wäre überflüssig, unerwünscht. Aber war er das jetzt nicht auch?

1995, er erinnerte sich an das Jahr, an den Augenblick, war er zu Hause in Cambridge gewesen, als seine Frau noch seine Frau war, nicht seine Ex, und er war noch Polizist und sie hochschwanger mit Marlee (Jackson stellte sich vor, ihr Baby wäre in seiner Frau fest verpackt wie das Herz eines Kohlkopfs), und Jackson spülte nach dem Abendessen das Geschirr (als er das Abendessen noch »Tee« nannte, bevor seine Sprache von seiner Frau zu mehr Mittelklasse aufpoliert wurde). Gegen Ende ihrer Schwangerschaft aßen sie früh, hätten sie später gegessen, wäre sie zu voll gewesen, um noch schlafen zu können, und während er die Töpfe scheuerte, hörte er die Sechs-Uhr-Nachrichten auf Radio 4, und mittendrin kam die Meldung, dass die Zeche geschlossen worden war, in der sein Vater sein ganzes Leben lang gearbeitet hatte. Jackson wusste nicht mehr, warum es diese Zeche in die Nachrichten geschafft hatte, wenn so viele andere ohne großes Aufheben bereits geschlossen worden waren – vielleicht weil es die größte Kohlenmine der Gegend war, vielleicht weil es die letzte noch aktive Zeche der Region war, wie auch immer – er stand mit einem nassen Teller in der Hand da und hörte dem Nachrichtensprecher zu, und ohne Vorwarnung begannen ihm die Tränen übers Gesicht zu laufen. Er wusste nicht einmal, worum er weinte – vermutlich um alles, was es nicht mehr gab. Um den Weg, den er nicht eingeschlagen hatte, um die Welt, in der er nie gelebt hatte. »Warum weinst du?«, fragte Josie und wälzte sich schwerfällig in die Küche – sie passte kaum mehr durch die Tür. Damals interessierte sie sich noch für alle seine Gefühle. »Verdammte Thatcher«, sagte er, tat es auf männliche Weise ab, ließ es politisch und nicht persönlich klingen, obwohl es in diesem Fall beides war.

Und dann bekamen sie das Kind und eine Geschirrspülmaschine, und Jackson machte weiter und dachte lange nicht mehr an den Weg, den er nicht eingeschlagen hatte, eine Lebensweise, die er nie gelebt hatte, was ihn aber dennoch nicht davon abhielt, sich an einem verwirrten Ort seiner Seele danach zu sehnen.

Das von ihm ins Visier genommene Mädchen stand ebenfalls an der Spüle, wrang einen Lappen aus und wischte kraftvoll über die Ablauffläche, vor und zurück, vor und zurück. Keine Kruzifixohrringe, soweit er sehen konnte. Sie kehrte ihm den Rücken zu und sang das Lied im Radio mit einem fremdländischen Akzent mit. Im Haus gab es so viele Hintergrundgeräusche, dass Jackson nicht wusste, wie er weiter vorgehen sollte, ohne ihr Angst einzujagen. Drei Dinge fielen ihm auf, erstens, sie war nicht die Bäuerliche, die die Haushälterin angeknurrt hatte, zweitens, sie hatte ein großartiges Hinterteil, das durch den engen Rock der rosa Uniform noch großartiger wurde. *Zwei hart gekochte Eier in einem Handtuch,* hatte sein Bruder immer gesagt. Sein Bruder war ein Frauenkenner gewesen. Eines Tages, eines zu frühen Tages würden Männer auf diese Weise seine Tochter ansehen. Und sollte er sie dabei erwischen, würde er ihnen jeden Knochen im Leib einzeln brechen.

Jackson hatte sein halbes Leben in Uniform verbracht und nicht viel darüber nachgedacht, außer dass ihm morgens das Aufstehen leichter fiel, weil er sich nicht überlegen musste, was er anziehen sollte, aber die Wirkung, die Frauen in Uniform zuweilen hatten, empfand er immer als seltsam. Nicht alle Uniformen natürlich, keine Nazis, Kantinenmitarbeiterinnen, Verkehrspolizistinnen. Er versuchte sich zu erinnern, ob er Julia jemals in einer Uniform gesehen hatte. Aus dem Stegreif fiel ihm keine Uniform ein, die ihr gestanden hätte, sie war kein Uniformtyp. Louise Monroes Kombination aus schwarzem Kostüm und weißer Bluse war eine Art Uniform. An ihrem Hals sah man ihren Herzschlag. Dadurch erschien sie verletzlicher, als sie wahrscheinlich war.

Der dritte Gedanke schaffte es in seinem Hirn nie bis nach vorn, denn in diesem Moment bemerkte ihn die Frau in dieser speziellen Uniform, griff in die Spülmaschine, nahm einen großen Teller heraus und ließ ihn mit einer geschmeidigen Bewegung durch die Luft direkt auf seinen Kopf zusegeln, als wäre es ein Frisbee. Jackson duckte sich, der Teller flog durch die offene Küchentür in die Eingangshalle. Er hob die Hände, bevor sie nach einem weiteren Teller langte. »Gehen Sie immer gleich aufs Ganze?«, fragte er.

»Universitätsmeisterin im Diskuswerfen«, sagte sie ohne offensichtliche Gewissenbisse, obwohl sie ihn beinahe enthauptet hätte. »Warum schleichen Sie sich an?«

»Ich schleiche mich nicht an, ich suche jemanden, der meine Wohnung putzt«, sagte Jackson und versuchte, wie ein hilfloser Mann zu klingen. (»Sollte dir nicht allzu schwerfallen«, hörte er Josies Stimme in seinem Kopf.) »Ich habe den Kombi gesehen und …«

»Wir werden nicht als Putzfrauen bezeichnet. Wir werden ›Mädchen‹ genannt.« Sie wurde ein bisschen umgänglicher. »Tut mir leid, ich bin nervös.« Sie setzte sich an den Tisch und fuhr sich mit Händen, die rot und wund waren von irgendeiner Dermatitis, durchs Haar. Sie sagte: »Heute Morgen hat Sophia, ein Mädchen, eher Freundin, einen Mann gefunden, der ermordet wurde in einem Haus, in dem wir putzen. War schrecklich«, sagte das ausländische Mädchen traurig.

»Das war es bestimmt«, sagte Jackson.

»Dafür werden wir nicht gut genug bezahlt.«

Geld. Immer ein guter Anfang nach Jacksons Erfahrung. Er holte fünf Zwanzigpfundscheine aus seiner Brieftasche und legte sie auf den Tisch. »Wie heißen Sie?«, fragte er das Mädchen.

»Marijut.«

»Okay, Marijut«, sagte Jackson und schaltete den elektrischen Wasserkocher ein. »Wie wäre es mit einer schönen Tasse Tee?«

»Eine junge Frau«, wiederholte Jackson geduldig, »ich möchte wissen, ob sie auf Ihrer Liste steht.« Im Büro von *Hilfe* herrschte eine gelangweilte Atmosphäre. Das Mädchen, das die Aufsicht führte und die einzige Person im Gebäude zu sein schien, sprach schlecht Englisch und schien absichtlich alles misszuverstehen, was Jackson sagte. Automatisch schaltete er auf Pidgin-Englisch um, weil er tief in seiner atavistischen Einheimischenseele glaubte, Ausländer könnten nicht fließend Englisch sprechen, wohingegen es die Engländer waren, die selbstverständlich keine Fremdsprachen beherrschten. »Ohren? Kreuze?«, sagte er laut.

Das Büro befand sich in einem vernachlässigten, gepflasterten Sträßchen, das von der High Street abging. Der Ruß war längst vom Gesicht Edinburghs weggewaschen worden, aber die Steine hier waren noch verkrustet mit schwarzen Überresten aus der stinkenden Vergangenheit der Hauptstadt. Es war ein kalter ungeliebter Ort, seltsam unberührt sowohl von der Aufklärung als auch von Immobilienspekulanten.

Hilfe war eingezwängt zwischen einem Restaurant (einem selbst ernannten »Bistro«) und Fringe-Veranstaltungsort 87. Jackson spähte in das düstere fleischfarbene Innere des Bistros, in dem noch einige wenige Gäste zu Mittag aßen. Er schwor sich, nie einen Fuß hineinzusetzen. Von außen sah der Fringe-Veranstaltungsort wie eine Sauna aus, aber im Inneren fand er eine Gruppe unwirscher amerikanischer Highschoolkinder, die *Der kaukasische Kreidekreis* vor einem Publikum aus zwei Männern spielten, die aussahen, als hätten sie den Ort ebenfalls mit einer Sauna verwechselt. Julia hatte ihn vor den »Saunas« von Edinburgh gewarnt. *Glaub nicht einen Augenblick lang, dass es tatsächlich Saunas sind, Jackson.*

Von der Straße führte eine unauffällige schwarz gestrichene Tür in das Büro, an deren Stock ein billiges Plastikschild mit der Aufschrift »*Hilfe – Import-Export*« angebracht war. Kein Versprechen samt Ausrufezeichen, seine Wünsche zu erfüllen. »Import-Export«, wenn es je einen Begriff gegeben hatte, der eine Vielfalt von Sünden abdeckte, dann diesen. Über der Klingel befand sich eine Überwachungskamera, so dass man unmöglich vor der Tür stehen konnte, ohne beobachtet zu werden. Jackson setzte sein vertrauenswürdigstes Gesicht auf und wurde eingelassen, weil er sich als Kurier ausgab. Kuriere wurden anscheinend nie nach ihren Ausweisen gefragt.

Er musste eine Treppe hinauf- und einen Korridor entlanggehen, in dem sich industriegroße Behälter mit flüssigen Putzmitteln stapelten. »Gefahrgut« stand auf einem. Auf einem anderen war ein schwarzes Totenkopfsymbol aufgemalt, aber die Aufschrift war in einer Sprache, die Jackson nicht kannte. Er dachte an Marijut, die den Lappen auswrang und mit ihren Wäscherinnenhänden die Ablauffläche wischte. Wenn schon nichts anderes, konnte er *Hilfe* dem Gesundheitsamt melden. Noch eine Wand aus Schachteln, auf die das geheimnisvolle Wort »Matroschka« gedruckt war.

Vielleicht war *Hilfe* ein Verbrecherkartell, das alles in der Stadt kontrollierte. Und was war mit den Kruzifixen? Ein vom Vatikan kontrolliertes Verbrecherkartell?

»Die Frau hatte Kruzifixe in den Ohren«, sagte Jackson zu dem Mädchen am Empfang. »Kreuze.« Er nahm einen Stift von ihrem Schreibtisch und zeichnete ein Kruzifix auf einen Block und deutete auf seine Ohren. »Ohrringe«, sagte er, »wie Ihre.« Er deutete auf die silbernen Reifen in den Ohren des Mädchens. Sie sah ihn an, als wäre er verrückt. Marijut hatte ihm erzählt, dass sie sich nicht an ein Mädchen mit Kruzifixohrringen erinnerte. Seine Beschreibung »eins siebzig groß, sechzig Kilo, blond« hätte auf ungefähr die Hälfte der Mädchen gepasst, die sie kannte. »Ich zum Beispiel«, sagte sie. Oder das Mädchen am Empfang.

Jackson tippte auf den Computerbildschirm und sagte: »Schauen wir mal nach.« Das Mädchen warf ihm einen genervten Blick zu und scrollte dann müßig die Seite hinunter.

»Was wollen Sie von ihr?«, fragte sie.

»Ich will sie nicht. Ich will wissen, ob sie auf Ihrer Liste steht.« Jackson reckte den Hals, um den Bildschirm sehen zu können. Das Mädchen öffnete eine Datei, die ein Lebenslauf zu sein schien; in der linken oberen Ecke befand sich ein Vorschaubild, aber sie schloss die Datei sofort wieder. »Halt«, sagte er. »Zurück, zurück zur letzten Seite.« Das war sie, er hätte schwören können, dass sie es war. Sein totes Mädchen.

»Sie arbeitet nicht mehr für uns«, sagte das Mädchen. Sie gluckste kurz, als hätte sie einen Witz gemacht. »Ihr Vertrag ist beendet.« Sie schloss das Programm mit entschiedener Miene und schaltete den Bildschirm aus.

»Die Frau, die ich suche« – er sprach jedes Wort klar und deutlich aus –, »diese Frau ist tot.« Jackson fuhr sich ruckartig mit der Hand quer über die Kehle. Das Mädchen wich vor ihm zurück. Er war kein guter Mime. Er hätte mit Julia üben sollen, niemand spielte mit so großer Begeisterung Scharaden wie Julia, außer vielleicht Marlee. Wie stellt man *tot* dar? Er verschränkte die Arme vor der Brust und schloss die Augen. Als er sie wieder aufschlug, stand die »Haushälterin« vor ihm und sah ihn komisch an.

»Er sagt, er ist Kurier«, sagte das Mädchen am Computer sarkastisch.

»Ja?«, sagte die Haushälterin.

»Ich suche jemanden«, sagte Jackson beherzt, »ein Mädchen, das verschwunden ist.«

»Wie heißt sie?«, fragte die Haushälterin.

»Ich weiß es nicht.«

»Sie suchen jemanden und wissen nicht, wie sie heißt?«

»Ich kann Ihnen jemand anders geben«, sagte das Mädchen am Computer.

»Ich will niemand anders«, sagte Jackson. »Was für eine Art Firma sind Sie eigentlich?«

Das Mädchen neigte sich über den Schreibtisch näher zu ihm, lächelte Jackson raubtierhaft an und sagte: »Was für eine Firma hätten Sie denn gern?«

29

»Kein Zimmer frei im Inn«, sagte die Polizistin. Sie war abgestellt, sich um Martin zu kümmern. Martin saß mit ihr in einem Wagen vor dem Leichenschauhaus der Polizei und wartete, während jemand im Revier über Funk ein Zimmer für ihn suchte. Er durfte nicht im Chaos der Nachwirkungen des Blutbades in seinem »Frischer Tatort«-Haus schlafen und hätte es auch nicht gewollt, wenn er gedurft hätte. »Sie haben keine Freunde, bei denen Sie übernachten können?«, fragte die Polizistin. Nein, hatte er nicht. Sie warf ihm einen mitfühlenden Blick zu. Da war natürlich sein Bruder in den Borders, aber dessen Haushalt war nicht wirklich eine Zuflucht, und Martin bezweifelte, dass er willkommen gewesen wäre.

Clare (»PC Clare Deponio«) hätte eine der Polizistinnen sein können, die am Vortag Paul Bradley zu Hilfe gekommen waren, aber in Uniform sahen sie alle gleich aus. Der Streifenwagen stand fast haargenau an der Stelle, an der gestern der Honda und der Peugeot zusammengestoßen waren. Wer hätte gedacht, dass dieser Vorfall in völliger Bedeutungslosigkeit versinken würde?

»Das Festival«, sagte Clare und wandte sich vom Funkgerät ab. »Offenbar gibt es nirgendwo ein freies Hotelzimmer.«

Superintendent Campbell hatte Martin Colin Sutherland übergeben, der einen unerheblich niedrigeren Rang einnahm (Detective Chief Inspector). Er fuhr mit (»begleitete«) Martin von seinem Haus zu einem Revier, wo Martin Fingerabdrücke abgenommen wurden – es war genau wie bei der Tour des Schriftstellervereins. Sutherland sagte, es wäre zu »Vergleichszwecken«, aber dann hörte es auf, so zu sein wie die Tour des Schriftstellervereins, denn sie gaben ihm einen weißen Overall aus Papier, nahmen ihm seine gesamte Kleidung weg, brachten ihn in ein Verhörzimmer und befragten ihn lange Zeit zu seiner Beziehung zu Richard Moat und seinem Aufenthaltsort zum Zeitpunkt von Richards Tod. Martin kam sich vor wie ein Sträfling. Man brachte ihm Tee und trockene Kekse – Teebeuteltee, um seinen veränderten Status kundzutun. Waffeln mit rosa Füllung und Bourbon-Schokoladenkekse für die unschuldigen Mitglieder des Schriftstellervereins, schlichter Teebeuteltee für die Leute, die unter Drogen eine Nacht in zwielichtigen Hotelzimmern mit einem anderen Mann verbrachten. *(Sie und Mr Bradley haben also zusammen geschlafen? Im selben Bett?)* Die Pistole hatte er immer noch nicht erwähnt. Inspector Sutherland tat gern so, als wäre er verblüfft. »Ich habe Probleme, das auf die Reihe zu kriegen, Mr Canning – Sie haben das Leben eines Fremden gerettet, Sie haben die Nacht mit ihm verbracht, aber er ist vor Tagesanbruch verschwunden. In der Zwischenzeit wurde in Ihrem Haus Ihr Freund zu Tode geprügelt.«

Paul Bradley hatte eine Adresse in London, Martin erinnerte sich daran, wie die Krankenschwester in der Notaufnahme sie aufschrieb, dieselbe Adresse, die Bradley vor seinen Augen ins Hotelregister eingetragen hatte.

»Die Londoner Polizei überprüft das«, sagte Sutherland. Sutherland erinnerte Martin an jemanden, aber es fiel ihm nicht ein, an wen. Er hatte die beunruhigende Eigenart, im falschen Moment zu lächeln, so dass Martin, der lächelte, wenn er angelächelt wurde, mit einem dämlichen Grinsen auf Feststellungen wie die folgende reagierte: *Mr Moats Schädel wurde mit einem stumpfen Gegenstand eingeschlagen.*

Eine Detective Sergeant saß neben Sutherland. Sie schwieg die ganze Zeit, als wäre sie stumm. An einer Wand befand sich ein Spiegel, und Martin fragte sich, ob er durchsichtig war. Warum sonst sollte sich ein Spiegel in einem Verhörraum befinden? Beobachtete jemand in der Welt hinter dem Spiegel, wie er den Sträflingskeks in den Tee tauchte?

»Er existiert«, sagte Martin.

»Niemand bezweifelt seine *Existenz,* Mr Canning«, erwiderte Sutherland wie ein pedantischer Philosoph.

Martin vermisste Campbells freundliches »Martin«, als wären sie alte Bekannte.

»Er war an einem Verkehrsunfall mit Gewaltanwendung beteiligt«, fuhr Sutherland fort. Er lächelte und hielt vorsätzlich inne, bevor er hinzufügte: »Derselbe, von dem Sie behaupten, Sie wären auch daran beteiligt gewesen.«

»Das war ich«, sagte Martin. »Ich habe eine Aussage gemacht.«

»Der Zwischenfall wurde gestern kurz nach Mittag aufgenommen, das Opfer – Ihr Paul Bradley – wurde im Royal Infirmary behandelt wegen einer leichten Kopfverletzung, er hat sich im Register des Four Clans eingetragen. Hunderte von Menschen haben ihn gestern gesehen, seine Existenz steht außer Zweifel. Das Problem ist …« Eine weitere Pause für ein gut getimtes Lächeln. Es dehnte sich bis zum Rand seines Gesichts, die Grinsekatze hätte kämpfen müssen, um gegen Chief Inspector Sutherland zu bestehen. »Das Problem, Mr Canning, ist, dass sich niemand an *Sie* erinnert.«

»Die Polizei hat im Krankenhaus meine Aussage aufgenommen.«

»Aber danach?«

»War ich mit Paul Bradley zusammen.«

Es klopfte an der Tür, und ein Polizist kam herein und legte ein Blatt Papier vor der schweigenden Polizistin auf den Tisch. Sie las, was darauf stand, ihre sphinxartigen Züge verrieten nichts, dann gab sie das Papier an Sutherland weiter.

»Der geheimnisvolle Mr Bradley«, murmelte Sutherland.

»Er ist real«, sagte Martin. »Sein Name steht im Hotelregister.«

»Ihrer aber nicht.« Er wedelte mit dem Papier vor Martins Nase herum. »Wir haben die Londoner Polizei gebeten, die Adresse zu überprüfen, die Paul Bradley angegeben hatte, und wie sich herausstellt, handelt es sich um eine Reihe von Garagen. Der geheimnisvolle Mr Bradley scheint doch nicht zu existieren.«

Die schweigsame Polizistin neigte sich plötzlich vor und sagte ganz ernst zu Martin, als wollte sie ihm helfen, als wäre sie eine Therapeutin oder eine Beraterin: »Waren Sie und Richard ein Liebespaar, Martin? Hatten Sie Zoff?«

»Zoff?«

»Einen Streit, der außer Kontrolle geriet, der in Handgreiflichkeiten ausartete? War er eifersüchtig, weil Sie mit einem anderen Mann in ein Hotel gegangen waren?«

»So war es nicht. So war es *überhaupt* nicht!« Martin nahm die Brille ab und rieb sich die Augen. Er wünschte, sie würden aufhören, ihm Fragen zu stellen.

»Oder versuchen wir es so«, schlug Inspector Sutherland freundlich vor. »Sie haben es mit einem schwulen Dreier probiert, und der lief schrecklich schief.«

Richard Moats Eltern waren von Milton Keynes gekommen, um ihren Sohn zu identifizieren. Richard hatte ein ganzes Repertoire von Witzen über seine Eltern in seinem Programm, über ihre politischen Einstellungen, ihre Religion, ihren schlechten Geschmack. Nichts, was er auf der Bühne über sie gesagt hatte, schien etwas mit dem untröstlichen, verwirrten Paar zu tun zu haben, das bekümmert im Leichenschauhaus stand. Die Identität der Leiche war für die Polizei inzwischen ein rotes Tuch. Sie wollten die Moats nicht dem vollen Grauen aussetzen und hatten die Angelegenheit noch weiter verkompliziert, indem sie ihnen Martins stehen gebliebene Rolex zeigten, die Richard an sich genommen hatte. Sie hatten vor Erleichterung geweint, weil sie »definitiv nicht Richard gehörte«.

Sie zeigten Martin die Uhr, und er sagte Ja, sie gehöre ihm (das Glas hatte einen Sprung, er versuchte sich vorzustellen, wie das passiert war), und Mr Moat rief »Da haben Sie's!« und deutete auf Martin, als wäre das der Beweis, dass er der tote Mann war und nicht ihr Sohn. Richard Moat schien sich alles angeeignet zu haben, was Martin gehörte, einschließlich seiner Identität.

»Wir könnten auf die Unterlagen des Zahnarztes warten«, murmelte der gnadenlos höfliche Sutherland, »aber das wird dauern, und die ganze Sache ist so … *konfus.*«

Martin wusste, dass er aufgefordert war, die Identifizierung vorzunehmen, und er sah keine Möglichkeit, es zu verhindern. *Sei ein Mann.* Liebe deinen Nächsten wie dich selbst. Die Sanftmütigen werden das Erdreich besitzen. Er wollte, dass Sutherland gut von ihm dachte, und so wurde er nach einem längeren Briefing – *Sie müssen auf einen Schock gefasst sein, und die Verletzungen sind sehr unschön* – in einen kleinen Raum geführt, in dem es nicht nur antiseptisch, sondern auch süßlich und unangenehm roch, und dort, unter einem weißen Tuch, lagen die zerschlagenen Überreste von Richard Moat. Es war weder schlimmer noch besser, als er es sich vorgestellt hatte. Einfach anders und irgendwie künstlich, als wäre Richard Moat für einen Film geschminkt worden – Martin musste an Michael Jacksons Video *Thriller* denken –, doch es war eindeutig Richard. Daran bestand keinerlei Zweifel. Martin wartete darauf, vor Entsetzen in Ohnmacht zu fallen oder sich übergeben zu müssen, aber nichts davon passierte. Er empfand einfach nur Dankbarkeit, dass Richard Moat dort lag und nicht er. Ihm war schließlich schon Schlimmeres widerfahren, als Richard Moats Leiche zu betrachten.

»Glück gehabt, es hätten Sie sein können«, sagte Sutherland.

»Ich verstehe nicht«, wunderte sich Martin. »Wer hat mich denn als Richard Moat identifiziert? Wer hat Richard Moat als mich identifiziert?« Eine Frage, die vermutlich vom Betrachter abhing.

»Ich glaube, es war Ihr Bruder, Mr Canning«, sagte Sutherland.

»Mein *Bruder?*« Sein eigener Bruder hatte ihn fälschlicherweise identifiziert? Das sagte irgendwie alles über ihre Beziehung.

Sutherland tippte sich aufs Handgelenk. Martin fragte sich, ob es eine Art Freimaurergeste war, bis Sutherland sagte: »Die Uhr, wir haben ihm Ihre Uhr gezeigt, Martin. Es war eine informelle Identifizierung, wir hätten die Wahrheit schon noch herausgefunden.«

»Ich rufe ihn wohl besser an«, sagte Martin.

»Wahrscheinlich.«

Es wurde ein merkwürdiges Gespräch (»Ich bin nicht tot, Chris, die Polizei hat einen Fehler gemacht«), das nicht gut verlief. Christopher war noch auf der Fahrt nach Hause. »Ich komme gerade an Haddington vorbei«, sagte er, als wäre seine geografische Position von Bedeutung. »Einen Augenblick, ich habe die Hände nicht frei.« Darauf folgten fummelnde Geräusche, ein Fluch, der darauf schließen ließ, dass das Handy zu Boden gefallen war, Scharren und schließlich: »Ich möchte nicht von einem Scheißpolizisten herausgewunken werden.« Martin fragte sich, ob Sutherland, der ihm am Tisch gegenübersaß, die Verunglimpfung gehört hatte.

Anschließend bemächtigte sich eine Reihe von Gefühlen Christophers – Ungläubigkeit, Schock, Enttäuschung, und schließlich folgte ein gereiztes »Himmel, Arsch und Zwirn, Martin«, als hätte Martin ihm einen irren Streich gespielt.

Martin nahm an, dass sein Bruder die letzten traurigen Stunden damit verbracht hatte, sich an die Vorstellung zu gewöhnen, dass er für die nächsten siebzig Jahre das Urheberrecht an Martins Büchern besitzen würde, ganz zu schweigen von seinem Haus in Merchiston.

Gott sei Dank hatten sie seine Mutter in Eastbourne nicht angerufen. Er versuchte sich vorzustellen, wie seine Mutter auf die Nachricht von seinem Tod reagiert hätte. Vermutlich wäre sie unterwältigt gewesen.

Die anonyme Stimme meldete sich wieder über das Funkgerät, und Clare verdrehte die Augen, weil sie noch immer kein Zimmer für ihn gefunden hatten. »Man sollte meinen«, sagte sie, ein Satz, der anscheinend nicht beendet werden musste.

Martin seufzte. »Ich glaube, ich weiß, wo es noch freie Zimmer gibt.«

»Alles ein ziemliches Durcheinander, oder?«, sagte Clare gut gelaunt zu Martin. »Es steht in den Zeitungen. Dass Sie tot sind.«

»Dass ich tot bin«, wiederholte Martin. Sein Tod war öffentlich verkündet worden. Ein Mord wurde öffentlich bekannt gegeben.

Es war, als hätte ihn ein Medizinmann mit einem Fluch belegt, ihn zu Unsichtbarkeit oder zum Tod verurteilt. War es nicht so? Der Medizinmann sagte einem, dass man sterben würde, und dann starb man, durch die Macht der Suggestion mehr als durch die Fähigkeit zu hexen, aber die Mittel waren nicht wichtig, wenn das Ergebnis gewiss war.

Martin bat Clare an einem Zeitungskiosk in der George Street zu halten. Ein Vorteil, vielleicht der einzige Vorteil eines Streifenwagens war, dass man damit anhalten konnte, wo man wollte.

»*Edinburgher Schriftsteller ermordet*«, las er laut aus der *Evening News* vor, als er wieder einstieg. »Die Berichte über meinen Tod sind höchst übertrieben«, fügte er hinzu.

»Nun, ja«, sagte sie verwirrt, »weil Sie eigentlich nicht tot sind, oder?«

»Nein, das bin ich nicht«, pflichtete er ihr bei.

Unter der Überschrift befand sich ein Foto, eine Art schlechter Urlaubsschnappschuss, den jemals gesehen zu haben er sich nicht erinnerte, und er fragte sich, wo sie ihn aufgetrieben hatten.

Der Verkehr zwang sie, vor den Assembly Rooms stehen zu bleiben. Auf einem Plakat für eine Benefizgala zugunsten von Amnesty wurde noch Richard Moat angekündigt, in kleinen Lettern ganz unten.

Clare nutzte die Gelegenheit, die Seite zu überfliegen. »Sie sind echt berühmt«, sagte sie und klang überrascht. »*Alex Blake, dessen richtiger Name Martin Canning lautete, wurde zum Priester geweiht, bevor er Religionslehrer wurde*«, fuhr Clare fort, »*... fing erst spät im Leben mit dem Schreiben an.*«

»Ich war nie Priester«, sagte Martin. »Das ist eine Fehlinformation. Und ich glaube nicht, dass zweiundvierzig spät im Leben ist, oder?«

Sie schwieg und lächelte ihn wieder auf ihre mitfühlende Art an. Wie alt war Clare? Sie sah aus wie zwölf. Er öffnete die Schachtel Minstrels, die er am Kiosk gekauft hatte, und schüttete ihr welche in die Hand.

»Was für Bücher schreiben Sie?«, fragte sie.

»Romane.«

»Was für Romane?«

»Kriminalromane«, sagte Martin.

»Wirklich? Das ist eine Ironie des Schicksals, nicht wahr? Dichtung seltsamer als das Leben und so.« Sie fuhren weiter, bahnten sich einen Weg durch den dichten Verkehr bis zum nächsten Zebrastreifen, auf dem vor ihnen eine schier endlose Reihe Leute die Straße überquerte. »Sie gehen mit Absicht langsam«, sagte Clare, »das gibt ihnen ein falsches Gefühl der Macht, denn letztlich gehen sie zu Fuß, und ich sitze in einem Wagen.«

»Der Autor von sieben Romanen mit der Protagonistin Nina Riley«, fuhr sie unnachgiebig fort vorzulesen. »Gut, dass Ihre Heldin eine Frau ist«, sagte sie. »Ist sie wirklich knallhart?«

Martin dachte über die Frage nach. Ihm gefiel die Vorstellung, dass Nina Riley knallhart war, es hob sie aus dem Tweed und den Perlenketten der Nachkriegszeit in eine dynamischere Welt. Sie konnte ein Flugzeug fliegen, auf Berge steigen, einen Rennwagen fahren, fechten, obwohl die Gelegenheiten dazu auch in den Vierzigern dünn gesät waren. *Der Mistkerl entkommt uns, Bertie. Ich brauche eine Waffe – wirf mir den Hockeyschläger zu!* »Also, auf ihre Art, ja, ich nehme an, das ist sie.«

»Können Sie davon leben?«, fragte Clare.

»Ja, besser als die meisten. Ich habe Glück gehabt. Lesen Sie viel?«, fügte er hinzu in dem Versuch, das Gespräch von sich abzulenken.

»Keine Zeit.« Sie lachte.

Martin konnte sich eine Welt nicht vorstellen, in der es keine Zeit zum Lesen gab.

»*Seine Agentin, Melanie Lenehan* – wow, das ist aber ein Zungenbrecher –, *sagte: ›Das ist eine Tragödie in jedem Sinn des Wortes. Martin begann gerade, die Früchte seines phänomenalen Erfolgs zu genießen. In seiner Klasse war er einer der ganz Großen.‹*«

Martin war enttäuscht, dass Melanie nichts Besseres eingefallen war als die üblichen Plattitüden. Oder vielleicht fand sie, dass er nichts anderes verdiente.

Clare begleitete ihn zum Four Clans und drückte auf die Messingklingel an der Rezeption. Martin dämmerte, dass sich Polizisten wie Menschen verhielten, die nicht um Erlaubnis fragen mussten, denn das mussten sie natürlich nicht. Paul Bradley hatte die gleiche Autorität besessen. Es war etwas Natürliches, Ungezwungenes. Diese Leute verbrachten ihr Leben nicht damit, sich zu entschuldigen.

Eine Frau kam widerwillig aus einem Zimmer hinter der Rezeption. Sie wischte sich einen Krümel aus dem Mundwinkel und starrte sie beide unfreundlich an. Die stämmige Figur, das schlecht sitzende graue Kostüm und die strenge Frisur, ganz zu schweigen von ihrem Auftreten, erinnerten Martin an eine Gefängnisdirektorin (oder vielmehr an seine *Vorstellung* von einer Gefängnisdirektorin, da er im wahren Leben noch nie einer begegnet war; bislang jedenfalls nicht). Sie trug ein Schild mit der Aufschrift »Maureen«, aber sie wirkte zu furchterregend, um auf diese vertrauliche Weise angesprochen zu werden. Durch die Tür zum Hinterzimmer fiel sein Blick auf den Tisch, auf dem eine zerlesene Ausgabe der *Evening News* lag und ein Teller mit einem halb ge-

gessenen Toastbrot stand. Martin sah die schreiende Schlagzeile, *Edinburgher Schriftsteller ermordet,* und erkannte sich in dem grobkörnigen Bild wieder.

»Maureen« checkte ihn ein, ungerührt von der Tatsache, dass er von einer Polizistin begleitet wurde. Kein Wort wurde darüber verloren, wie er die Rechnung zahlen sollte. Dann reichte sie ihm den Schlüssel zu seinem Zimmer, als wäre er ein Häftling, der sich selbst in die Zelle sperren durfte.

»Okay, ich muss los«, sagte Clare. »Viel Glück mit dem Schreiben und … allem.«

Auf seinem müden Weg die Treppe hinauf begegnete Martins Blick dem des Hirschs, der ihn stumm ansah, ein Ausdruck düsterer Gleichgültigkeit auf dem muffigen Gesicht.

30

»Ermordet, Jackson!«, sagte Julia, ihr Gesicht eine Pantomime großäugigen Entsetzens, aber ihre Stimme klang aufgeregt.

»Ermordet?«, sagte Jackson.

»Gestern habe ich mit Richard Moat zu Mittag gegessen, und heute ist er tot. Der Blick des Schiedsrichters ist auf ihn gefallen, und fertig ist die Laube – tot.« Verglichen mit heute Morgen, schien sie euphorisch. »Die Polizei geht rum und befragt alle. *Ermordet,* Jackson«, wiederholte sie genüsslich.

Sie standen an der Tür des Schwitzkastens, der als Frauengarderobe von Julias Veranstaltungsort fungierte und in dem sich auch Schauspielerinnen eines anderen Stücks drängten, die meisten in Unterwäsche. Jackson versuchte, nicht hinzusehen. Er kam sich vor, als wäre er hinter der Bühne einer Stripshow, wenn auch einer ziemlich hochgeistigen, in der Leute sagten: »Ich kann nicht glauben, dass er mir gestern während der *ganzen Show* das Licht genommen hat.« Julia hatte ihr Sack-und-Asche-Kostüm ausgezogen, war aber immer noch unschlüssig, unwillig, die Theaterwelt zu verlassen. Natürlich war jeder Tag für Julia eine Vorstellung.

»Du hast gesagt, du hättest etwas mit ihm getrunken«, sagte Jackson, »von Essen hast du nicht gesprochen.«

»Ist das wichtig?« Julia runzelte die Stirn.

»*Jetzt* nicht mehr«, sagte Jackson.

»Wie meinst du das, ›*jetzt* nicht mehr‹? Wäre es wichtig, wenn er noch am Leben wäre?« Julia hatte ihre heisere Stimme zu einer dramatischen Tonlage erhoben. Sie hätte die ganze Albert Hall ohne Verstärker mit ihrer Stimme füllen können. »Ich hatte ein Käsebrötchen, er Pasta, das kann man wohl kaum *Cunnilingus* nennen.«

Die Schauspielerinnen in Unterwäsche drehten sich zu ihnen um. *»Bitte«,* zischte Jackson. Seit wann war das Klima zwischen ihnen so rau? Hatte Richard Moat das Essen bezahlt? Es gibt nichts umsonst, außer für die größten Fische.

»Und wie geht es dir, Julia?«, sagte Julia. »Wie lief die Generalprobe?«

»Entschuldige«, sagte Jackson. »Wie lief die Probe?«

»Ich will nicht darüber reden.«

»Noch eine Generalprobe? Heute Abend?«, sagte Jackson.

»Gott weiß, dass wir eine brauchen«, sagte Julia, zog heftig an einer Zigarette und hatte dann einen ebenso heftigen Hustenanfall.

Sie standen jetzt auf der Straße. Vor vierundzwanzig Stunden war Jackson an dieser Stelle Zeuge geworden, wie Honda-Mann versucht hatte, den Peugeot-Fahrer umzubringen.

»Das habe ich dir heute Morgen schon gesagt«, sagte Julia, nachdem sich ihre vernarbten Lungen von dem Hustenanfall erholt hatten.

»Ich habe dich heute Morgen überhaupt nicht gesehen«, sagte Jackson.

»Du hast mir nicht zugehört«, sagte Julia. Was für eine merkwürdig ehefrauliche Aussage.

»Ich habe dir nicht *zugehört*«, sagte Jackson, »weil ich dich nicht *gesehen* habe. Ich war im Gefängnis.«

»Aber du kommst doch zu der Generalprobe? Du hast doch keine anderen Pläne?«

Er seufzte. »Nein, ich habe keine anderen Pläne. Und jetzt? Wir könnten was trinken. Nachmittagstee?« Auf dieses Wort musste sie reagieren.

»Es ist viel zu spät für Nachmittagstee«, sagte Julia mürrisch. Ihr linkes Augenlid zuckte, und sie zog wieder lange und verzweifelt an der Zigarette. »Und Tobias wird uns Hinweise geben.«

»Ihr kriegt doch ständig Hinweise«, murrte Jackson.

»Na, Gott sei Dank«, fuhr Julia ihn an, »weil wir jede Hilfe brauchen, die wir kriegen können.« Sie trat die Zigarette mit der Schuhsohle aus. Sie trug schwarze Schnürstiefel mit hohen Absätzen, die bei Jackson unzüchtige Gedanken über viktorianische Gouvernanten aufkommen ließen.

»Tut mir leid«, sagte sie, war plötzlich zerknirscht und lehnte sich an ihn. Er spürte, wie ihr Körper zusammensackte, als wären die Fäden durchtrennt worden, und er stützte das Kinn auf ihren Kopf. Wegen der Stiefel war sie größer als gewöhnlich. Beide ließen die Arme hängen, lehnten aneinander wie zwei labile Personen, die versuchten, sich gegenseitig aufrecht zu halten. Er roch ihr Parfum, etwas Würziges wie Zimt, das er nicht an ihr kannte. Zum ersten Mal fiel ihm auf, dass ihre Ohrringe winzige Stiefmütterchen aus Porzellan waren. Er glaubte nicht, sie schon einmal gesehen zu haben. Ihr Haar war wirr wie üblich, man konnte sich wirklich vorstellen, dass Vögel darin nisteten. Er wäre nicht überrascht gewesen, wenn eines Abends eine Schar Saatkrähen darauf gelandet wäre, um zu schlafen. (»Wäre das nicht toll?«, sagte Julia.) Ein Essstäbchen hielt den ganzen Aufbau in einem Sieg der

Kreativität über die Physik an Ort und Stelle und stach ihm fast ein Auge aus.

An der Mauer hinter ihnen hing ein Plakat für *Auf der Suche nach dem Äquator in Grönland.* Darauf abgebildet war Julia, die dem Publikum die Arme entgegenstreckte auf eine Weise, die laut Julia flehend sein sollte, aber Jackson fand sie schrullig. Die Gesichter der anderen Schauspieler waren pyramidenförmig um sie angeordnet, und Jackson fühlte sich, leider, an Queen in dem Video *Bohemian Rhapsody* erinnert. Daneben klebte ein Plakat für Richard Moats *Komisches Viagra für den Kopf.* Jemand hatte mit Filzstift »Abgesagt« über sein Gesicht gekritzelt.

Julia trat einen Schritt zurück und sagte: »Die Aufführung sollte um neun zu Ende sein, obwohl wir heute Nachmittag überzogen haben. Danach werden wir wahrscheinlich essen gehen, dann was trinken. Komm mit und hilf uns, die Wunden zu lecken.« Er wünschte, sie würde in einem guten Stück mitspielen, einem, für das die Kritiker schwärmen würden und das es vielleicht sogar bis ins West End schaffen würde.

Plötzlich schoss ihm ein schrecklicher Gedanke durch den Kopf. »Deine Schwester kommt doch nicht zur Premiere, oder?«

»Amelia?«

Sie sagte es, als hätte sie eine große Auswahl an Schwestern, als würden Olivia und Sylvia noch leben. Vielleicht lebten sie für Julia tatsächlich noch.

»Ja, Amelia.«

»Nein, ich habe ihr gesagt, sie soll später kommen, wenn das Stück schon eine Weile läuft. Es wird ihr sowieso nicht gefallen, es ist nicht ihr Ding. Sie mag Shakespeare, Ibsen, Tschechow. Ich dachte, sie könnte für ein paar Tage kommen. Das wäre schön, oder?«

»Halt mich zurück.«

»Sei nicht so, Jackson. Außer Amelia habe ich niemanden.«

Jackson sah davon ab, das Offensichtliche zu sagen, *Du hast mich*, für den Fall, dass es einen Streit provozierte.

»Ach, das hätte ich beinahe vergessen«, sagte Julia plötzlich lebhaft (seit wann wechselten ihre Stimmungen so rasch?). Sie griff in ihre große Teppichtasche, zog alles Mögliche heraus, bevor sie fand, wonach sie suchte. »Freikarten!«, sagte sie mit erzwungener Fröhlichkeit. Als Jackson keinen Versuch machte, sie an sich zu nehmen, drückte sie ihm die Karte in die Hand.

»Mit wem hast du diesmal Mittag gegessen, um sie zu kriegen?«, sagte er. Warum konnte er den Mund nicht halten? Er hatte es als Witz gemeint (zugegebenermaßen kein guter), aber es klang kränkend. Doch Julia lachte nur: »Ach, Schatz, ich musste mit zwei Clowns und einem Elefanten vögeln, um dranzukommen. Der *Zirkus*, Jackson, es sind Karten für den Zirkus, sie haben sie umsonst verteilt, sie wollten Leute zusammentrommeln, der Zirkuswallah hat sie mir gegeben. Das wird ein Spaß. Geh hin. Hol die Kindheit nach, die du nie gehabt hast.«

»Einen Daiquiri-Lemon und einen Glenfiddich, bitte«, sagte Jackson zum Barkeeper. Es war ein hübscher altmodischer Pub, keine Musik, keine Spielautomaten, viel poliertes Holz und Buntglas. Er war von Natur aus kein Whiskytrinker, aber seit seiner Ankunft schien er eine Menge von dem Zeug geschluckt zu haben. Das musste die ganze Zeit in seinem schottischen Blut geschlummert und nach ihm gerufen haben.

»Trotzdem waren Sie nie zuvor in Schottland?«, fragte Louise Monroe. »Das ist komisch, finden Sie nicht? Meinen Sie, dass Sie etwas aus dem Weg gehen? Psychologisch gesprochen?«

Also kein Small Talk, dachte Jackson, kein nettes Kennenlernen, kein tastendes Erforschen der Vergangenheit, *Ich war im Urlaub in Frankreich/Oh, in welchem Teil?* oder *Sie mögen Countrymusik?/Was für ein Zufall, ich auch.* Stattdessen gleich zum Kern der Sache – *Sind Sie psychisch vorbelastet? Verdrängen Sie etwas?*

»Ich weiß nicht«, sagte Jackson. »Was ist mit Ihnen? Gehen Sie etwas aus dem Weg?«

»Sie beantworten eine Frage mit einer Frage«, sagte sie, als wäre er gerade bei einer Prüfung durchgefallen. »Diese Psychopathologie ist interessant, nicht wahr?«

»Das ist ein großes Wort«, sagte Jackson. »Sie sind hübsch *und* schlau, was?«

»Sie verhalten sich wie ein Idiot, aber Sie sind nicht dumm.«

Jackson fragte sich, ob das ein Kompliment sein sollte.

»Wie auch immer, prost«, sagte sie und trank einen gesunden Schluck von ihrem Daiquiri.

»Nieder mit Königen und Tyrannen«, erwiderte Jackson und hob sein Glas. Er hatte geglaubt, dass Daiquiris zu den Drinks gehörten, an denen man nippte. Er mied Cocktails für den Fall, dass sie beladen mit Sonnenschirmchen und eklig süßen Kirschen auf Zahnstochern serviert wurden, aber der Daiquiri sah sauber und einladend aus.

»Probieren Sie«, sagte sie und hielt ihm das Glas hin, und er erschrak über dieses unerwartet intime Angebot. Er war in einem sparsamen Haushalt aufgewachsen, wo sie sich das Essen gegenseitig vom Teller stahlen und nicht freiwillig etwas anboten. Er sah noch immer seinen Bruder Francis vor sich, der ihm zuzwinkerte, während er seiner Schwester ein Würstchen vom Teller klaute – und für seine Anstrengungen von Niamh eine Ohrfeige bekam. Julia hingegen würde alles selbst mit einem Hund teilen, ständig schob sie ihm eine Gabel oder einen Löffel in den Mund, *probier dies, iss das*, leckte sich Lippen und Finger. Nie zuvor hatte er jemanden gekannt, für den die Grenze zwischen Essen und Sex so fließend war. Die Dinge, die sie mit einer Erdbeere tat, ließen einen erwachsenen Mann erröten. Plötzlich sah er sie in dem Nell-Gwyn-Kostüm vor sich, wie sie dem Fotografen ihre Brüste hinhielt, Orangen sind die einzige Frucht. Er hatte die Fernsehserie gesehen, Julia hatte das Buch gelesen, das war der Unterschied. Zwischen ihren Vorderzähnen war eine winzige Lücke, weswegen sie ganz leicht lispelte. Komisch – er war sich dessen immer bewusst gewesen, aber er hatte nie zuvor darüber nachgedacht.

»Nein, schon in Ordnung«, sagte er zu Louise Monroe und hob sein Glas, um zu zeigen, dass er mit seiner Wahl von Alkohol zufrieden war, und sie sagte: »Es war kein Angebot, DNS mit Ihnen auszutauschen.«

»So habe ich es auch nicht verstanden.«

Das Pub befand sich in einer Seitenstraße der Royal Mile, in der Nähe des *Hilfe*-Büros.

»Wie ich sehe, haben Sie den rußgeschwärzten, whiskygetränkten, blutverschmierten, metaphysischen Kern der Geschwulst gefunden, die Edinburgh einst war«, sagte sie, als sie ihn in der gepflasterten schmalen Straße traf.

»Genau«, sagte er. Wenn sie erst mal ins Reden kam, konnte sie ziemlich wortreich sein. Wie Julia. Er hatte Louise Monroe schließlich erreicht, und alles, was ihr jetzt einfiel, war: »Sie hätten mich anrufen sollen, bevor Sie hergekommen sind. O nein, einen Augenblick mal, Sie sind kein Polizist mehr. *Sie hätten überhaupt nicht herkommen dürfen.*«

»Ich habe Sie nicht erreicht, Sie haben mir Ihre Handynummer nicht gegeben.«

»Also, jetzt bin ich hier, und was genau soll ich mir ansehen? Ich sehe etwas, was wie eine zwielichtige Sauna wirkt, in der eine zum Scheitern verurteilte Produktion des *Kaukasischen Kreidekreises* aufgeführt wird.«

»Scheiße«, sagte Jackson und starrte auf den Eingang. Das Schild »*Hilfe* – Import-Export« war verschwunden. Ebenso Klingel und Überwachungskamera. Zu Jacksons Erleichterung war die Tür noch da, er hatte sich also nicht in ein Paralleluniversum verirrt, und als Louise Monroe dagegenstieß, öffnete sie sich mit einem theatralischen Quietschen, auf das ein Toningenieur stolz gewesen wäre. Sie gingen die Treppe hinauf. Wären sie Amerikaner, würden sie jetzt ihre Waffen zücken, dachte Jackson, aber so wie die Dinge lagen, blieb ihnen als Schottin und Halbschotte nur ihre Intelligenz, um sich zu verteidigen.

»Erster Stock«, flüsterte Jackson.

»Warum flüstern Sie?«, fragte Louise laut, und ihre Stimme hallte im Treppenhaus wider. »Sie haben doch gesagt, dass es eine Reinigungsfirma ist.«

»Ja«, sagte er. »So eine Art.«

»Eine Art?«

»Nein, das ist eine Reinigungsfirma«, sagte Jackson. »Ich meine, ich habe sie putzen sehen – schrubben, saugen und so. Sie tragen rosa Uniformen.« Er hatte plötzlich Marijuts Hinterteil vor Augen, das sich rhythmisch bewegte, und verbannte es augenblicklich aus seinen Gedanken. »Aber irgendetwas ist … merkwürdig. Ich weiß nicht. Viele gewerbliche Reinigungsfirmen heuern Exsträflinge an, vielleicht gibt es da eine Verbindung. Die Mädchen in Morningside waren definitiv legal dort. Ich glaube, dass ich das tote Mädchen in ihrem Computer gesehen habe.«

Das Büro war leer, kein Computer, kein Aktenschrank, kein

Schreibtisch. Die Haushälterin und das Mädchen am Empfang hatten eingepackt und waren verschwunden. Es sah aus, als wäre nie jemand hier gewesen. Der billige, leicht klebrige Teppichboden, die abblätternde Wandfarbe, die schmutzigen Fenster, nirgends ein Hinweis, dass hier noch vor wenigen Stunden ein Büro gewesen war. Es roch abgestanden und leicht ranzig.

»In was für einem Computer?«, murmelte Louise und sah sich in dem Raum um. »Der unsichtbare Computer dort drüben?«

»Ich verstehe es nicht«, brummte Jackson. Er entdeckte etwas auf dem Teppich, eine winzige bemalte Puppe aus Holz, nicht größer als eine Erdnuss. Er hob sie auf und betrachtete sie auf der ausgestreckten Hand. Louise Monroe sagte: »Sie brauchen eine Brille, Sie sollten nicht so eitel sein.«

Jackson ignorierte den Kommentar. »Was ist das?«, fragte er und hielt ihr das kleine Püppchen hin.

»Die stammt aus einem Satz russischer Puppen«, sagte sie. »Bei denen eine in der anderen steckt. Matri-irgendwas.«

»Matroschka?«

»Ja.«

»Diese hier kann man nicht öffnen«, sagte Jackson.

»Weil sie die kleinste ist. Das Baby.«

Jackson steckte die Puppe ein. Vor nicht einmal zwei Stunden war er hier gewesen: Wie konnten sie ihre Zelte abgebaut haben und verschwunden sein, ohne eine Spur zu hinterlassen? Nein, sie hatten etwas vergessen – da lag etwas auf dem Fensterbrett. Eine rosa Karte. *Hilfe – Wir erfüllen Ihre Wünsche!* Er griff danach und hielt sie Louise Monroe vors Gesicht. »Sehen Sie«, sagte er triumphierend. »Ich habe es nicht erfunden.«

»Ich weiß«, sagte sie und zog eine identische Karte aus ihrer Tasche. »Hokuspokus.«

»Woher haben Sie die?«

»Von einer toten Prostituierten.«

»Tot? Wie in getötet?«

»Nein, Überdosis. Keine faulen Tricks, abgesehen von Drogenhandel, Prostitution, wirtschaftlicher Ausbeutung, illegaler Einwanderung natürlich. Es ist nicht mein Fall«, sagte sie mit einem Achselzucken, als wäre es ihr gleichgültig.

Jackson war überzeugt, dass dem nicht so war. »Zwei tote Mädchen innerhalb von vierundzwanzig Stunden«, sagte er, »beide haben diese Karte bei sich. Was sagt Ihnen das?«

»Die Karten sind die einzige Verbindung zwischen ihnen.«

»Aber das reicht«, beharrte Jackson. »Ich wette mit Ihnen, dass die Reinigungsfirma eine Fassade ist, vielleicht holen sie die Mädchen damit ins Land, vielleicht picken sie sich die Schwächeren heraus, nehmen ihnen den Pass weg, bedrohen die Leute, die sie zurückgelassen haben. Verdammt, Sie wissen doch, wie das geht. Es gibt eine Verbindung zwischen den beiden Mädchen, es muss eine geben. Und sie führt hierher.«

»Könnte Zufall sein.«

»Sie spielen des Teufels Advokaten. Und ich glaube nicht an Zufälle«, sagte Jackson. »Ein Zufall ist lediglich eine Erklärung, die noch auf sich warten lässt.«

»So viel Weisheit von jemandem, der sich so unklug verhält, und ich möchte Sie noch einmal darauf hinweisen, dass Sie kein Polizist sind und dies nicht Ihr Fall ist.«

»Nein, es ist *Ihr* Fall.« Frustration gewann allmählich die Oberhand. Er wünschte, er hätte der »Haushälterin« Handschellen angelegt und sie an den nächsten schweren Gegenstand gefesselt. Hätte er nur sein totes Mädchen an einer Boje festmachen, den rosa Kombi heute Nachmittag anketten oder Marijut in Schutzhaft nehmen können, irgendetwas, was ein unwiderlegbarer Beweis gewesen wäre und nicht diese Fata Morgana. Er kam sich vor, als würde er versuchen, Wasser festzuhalten. »Es wäre hilfreich, wenn Sie mir glauben würden«, sagte er, und es klang jämmerlicher, als er beabsichtigt hatte.

Er dachte, sie würde erneut widerborstig reagieren, aber sie ging zu einem schmutzigen Fenster und schaute hinaus – auf die Steinmauer gegenüber. Dann seufzte sie und sagte: »Ich habe jetzt Feierabend. Zeit für einen Drink.«

»Sie mögen *Country*musik?«, fragte Louise Monroe ungläubig. »Frauen mit großem Herzen und Männer mit schlechtem Lebenswandel und so Zeug?«

»Es gibt auch andere Countrymusik.«

»Und Sie leben in Frankreich?« Es war mehr ein Verhör als eine Unterhaltung. Eigentlich war es ihm doch lieber, wenn sie seine psychische Verfassung in Zweifel zog und ihn einen Idioten nannte.

»Ich war noch nie in Frankreich«, sagte Louise.

»Nicht einmal in Paris?«

»Nein, nicht einmal in Paris.«

»Nicht einmal in Disneyland?«

»Herrgott, ich war noch nie in Frankreich. Okay?«

»Okay. Wollen Sie noch einen Drink?«, fragte er.

»Nein, danke, ich muss fahren. Ich sollte überhaupt nicht trinken.«

»Und doch tun Sie es.« Ihr Gespräch hatte sich bislang auf eine nahezu männliche Neutralität beschränkt, das heißt, Jackson hatte die Scheidung eingestanden, und sie hatte mit den Achseln gezuckt und gesagt: »War nie verheiratet, wüsste nicht, warum.« Er hatte erfahren, dass sie Saabs mochte, dass sie schnell zur Inspector aufgestiegen und »auf dem Weg nach oben über Leichen« gegangen war, dass sie Kontaktlinsen trug (»Sie sollten es mal damit versuchen«). Aber dann fragte sie plötzlich: »Haben Sie jemanden?« Und er sagte: »Julia. Sie ist Schauspielerin.« Es klang, als wollte er sich dafür entschuldigen, als wäre Schauspielerin etwas Peinliches (was es auch häufig war). Hätte Louise nicht gefragt, hätte Jackson Julia erwähnt? Die traurige männliche Antwort lautete: nein. »Sie spielt in einem Stück beim Festival.«

»Wie ist sie, Julia?«

»Sie ist Schauspielerin.«

»Das haben Sie schon gesagt.«

»Ich weiß, aber das *erklärt* sie auch. Ich weiß nicht, sie ist klein, sie ist optimistisch. Meistens«, fügte er hinzu.

»Die Leiche haben Sie besser beschrieben«, sagte Louise.

»Julia ist schwer zu beschreiben.« Er starrte auf die letzten Whiskytropfen, als enthielten sie den Schlüssel. Julia war unmöglich zu beschreiben, man musste sie kennen, um sie zu verstehen. »Sie ist … sie selbst.«

»Das ist doch gut, oder?«

»Ja, vermutlich.« Aber es fühlte sich nicht so an. Das war natürlich das Problem. Am Anfang mochte man jemanden, weil er war, wie er war, und am Ende wünschte man, er wäre anders.

Er mochte Louise, weil sie aufmüpfig und zynisch und selbstsicher war, doch nach ein paar Monaten wären es genau die Eigenschaften, die ihn in den Wahnsinn treiben würden. *Nach ein paar Monaten*, was dachte er da bloß?

»Danke für den Drink«, sagte Louise Monroe, stand abrupt auf und zog ihre Jacke an. »Ich muss jetzt los.«

Er hätte ihr in die Jacke geholfen, wusste jedoch nicht, ob ihr das gefallen würde. Aber er hielt ihr die Tür auf. Seine Mutter hatte ihm Manieren beigebracht, vor allem, indem sie ihn ohrfeigte. *Halt immer die Tür auf, biete immer deinen Platz an. Kein Gentleman würde eine Dame auf dem Gehweg außen gehen lassen.* Sie war in einem rückständigen Teil Irlands aufgewachsen, wo es nicht einmal Gehwege gab, doch sie wollte nicht, dass ihre Söhne so wurden wie ihr Vater. Das mit der Außenseite des Gehsteigs hatte Jackson nie recht verstanden. (*Natürlich damit du zuerst stirbst, wenn ein Pferd mit einer Kutsche durchgeht*, hatte Julia erklärt.)

Er schlenderte mit Louise die High Street entlang. Je weiter, umso mehr Müßiggänger begegneten ihnen und natürlich die üblichen Verdächtigen – Feuerschlucker, Jongleure, Einradfahrer und alle möglichen Kombinationen davon. Ein Typ, der auf einem Einrad mit brennenden Fackeln jonglierte, übertraf sie alle. Eine Frau posierte als lebende Statue von Marie Antoinette. War das wirklich ein geeigneter Job für eine Frau? Für irgendjemanden? Was wäre, wenn Marlee eines Tages verkünden würde, dass sie mit so etwas ihren Lebensunterhalt verdienen wollte?

»Ach, ich weiß nicht«, sagte Louise Monroe, »den ganzen Tag überhaupt nichts tun, das wäre was.«

»Es ist nicht so toll, wie es sich anhört, glauben Sie mir.«

Als sie sich trennen mussten, zögerten sie verlegen, als wären sie beide unsicher, wie sie sich korrekt verabschieden sollten. Einen verblendeten Augenblick lang dachte Jackson, dass sie ihn auf die Wange küssen würde; ein Teil von ihm hoffte es, ein anderer hatte Angst davor, der gute und der böse Jackson, die miteinander haderten. Aber sie sagte nur: »Okay, ich gebe Ihnen Bescheid, wenn wir etwas finden.«

»Etwas?«

»Ihr Mädchen.«

»Sein« totes Mädchen, dachte er. Sie war *sein* Mädchen, in guten wie in schlechten Zeiten, niemand anders wollte sie oder erhob Anspruch auf sie oder gab auch nur ihre Existenz zu.

»Also, guten Abend«, sagte sie.

»Vermutlich haben Sie keine Lust, in den Zirkus zu gehen, oder?«

31

Martin war in einem anderen Zimmer des Four Clans. Er lag auf dem Bett und versuchte, ein bisschen zu schlafen. Sein Körper war müde, aber sein Gehirn hatte anscheinend eine geheime Amphetaminfabrik entdeckt und schluckte Pillen nach eigenem Gutdünken. Das Bild an der Wand gegenüber dem Bett war ein Druck von Burke und Hare, wie sie fröhlich eine Leiche ausbuddelten, sie übertrumpften fast, aber nur fast, die brennende Hexe aus dem anderen Zimmer. Er setzte sich auf und drehte sich um, er wollte nachsehen, was über dem Bett hing. Die Schlacht von Flodden Field, das Gemetzel der Schotten in vollem Gang. Vor vierundzwanzig Stunden war ihm die Existenz des Four Clans noch nicht einmal bekannt gewesen, jetzt schien sein ganzes Leben innerhalb der karierten Wände stattzufinden. Gehirnwäsche durch Schottenmuster.

Er schaltete den Fernseher ein und sah die Abendnachrichten aus Schottland. *Der Comedian Richard Moat … erschlagen … im Haus des Kriminalschriftstellers Alex Blake … zuvor aufgrund einer ungewöhnlichen Verwechslung … der zurückgezogen wie ein Einsiedler lebende Schriftsteller Alex Blake, dessen wahrer Name … der Sprecher der Polizei sagte, dass sie nach Zeugen für den Mord suchen … der Edinburgher Stadtteil Merchiston.* Er schaltete den Fernseher wieder aus.

Er hatte weder ein Buch noch, natürlich nicht, seinen Laptop dabei, er konnte also weder lesen noch schreiben. Martin war nicht klar gewesen, wie viel Zeit seines Lebens er mit diesen Aktivitäten verbrachte. Was würde er tun, sollte er erblinden? Wenn er blind wäre, hätte er wenigstens einen Blindenhund – alles hatte auch eine gute Seite, ein Silberstreif aus hilfreichen Labradors und edlen Schäferhunden, erpicht darauf, seine Augen zu sein. Was, wenn er das Gehör verlor? Es gab auch Hunde für Taube, aber Martin wusste nicht, was sie taten. Sie zerrten einen wahrscheinlich häufig am Ärmel, während sie bedeutungsvoll etwas anstarrten.

Sein Telefon zwitscherte, und der volltönende Dubliner Tonfall seiner Agentin drang ihm ans Ohr. »Sind Sie tot, Martin?«, fragte sie. »Oder nicht tot? Ich wünschte nur, Sie würden sich entscheiden, weil ich hier mit einer Menge Fragen konfrontiert werde.«

»Nicht tot«, sagte Martin. »In den Fernsehnachrichten hieß es, ich lebe wie ein Einsiedler. Warum sagen Sie so etwas? Ich lebe nicht einsiedlerisch, ich *bin* kein *Einsiedler.*«

»Also, Sie haben nicht viele Freunde, Martin.« Melanie senkte die Stimme, als wären andere Personen bei ihr im Zimmer, und fügte hinzu: »Haben Sie ihn umgebracht, Martin? Haben Sie Richard Moat ermordet? Ich weiß, wir sagen immer, dass keine Publicity schlechte Publicity ist, aber Mord ist eine Grenze, die man nicht überschreiten sollte. Sie wissen, was ich meine?«

»Warum um alles in der Welt sollte ich Richard Moat umbringen? Wie kommen Sie bloß auf die Idee?«

»Wo waren Sie, als er starb?«, fragte Melanie.

»In einem Hotel«, sagte Martin.

»Mit einer Frau?«, entfuhr es ihr überrascht.

»Nein, mit einem Mann.« Wie immer er es sagte, es klang nicht richtig. Er konnte sich nicht vorstellen, wie sie reagieren würde, wenn er ihr von der Pistole erzählte. Die Pistole war jetzt ein Geheimnis, das schwer auf ihm lastete. Er hätte es einfach der Polizei erzählen, ihre Ungläubigkeit ertragen sollen, aber eine Nacht mit einem bewaffneten Meuchelmörder schien kein besonders gutes Alibi.

»Herrgott«, sagte Melanie, »haben Sie einen Anwalt, Martin?« Sie ließ die paar Sekunden verstreichen, die sie offenbar für eine angemessene Pause hielt, und sagte dann: »Wie kommen Sie mit dem Buch voran?«

Glaubte sie wirklich, dass er schrieb, während all diese Dinge passierten? Jemand – jemand, den er kannte – war in seinem Haus ermordet worden. Auf seinem Beistelltisch klebte *Gehirnmasse.*

»Ein Gegengift«, sagte sie, »Kunst kann ein Gegengift zum Leben sein.«

Nina Riley war wohl kaum Kunst. *Das ist wirklich todschick, Bertie, wir sollten öfter eine Kreuzfahrt machen. Jetzt müssen wir nur noch beweisen, dass Maud Elphinstone die Katzendiebin ist und dass der Name auf ihrer Geburtsurkunde Malcolm Elphinstone lautet.* Es war, mit Verlaub, Schund.

»Sind Sie noch da, Martin? Sie wissen, dass Sie morgen auf dem Literaturfestival lesen müssen. Soll ich kommen und Sie moralisch unterstützen?«

»Nein, das will ich nicht. Ich werde absagen.«

»Es werden viele Leute kommen.«

»Deswegen werde ich absagen.« Er legte auf und starrte wieder an die Decke.

Martins Akku war leer, seit gestern hatte er nichts mehr gegessen außer der Schachtel Minstrels, die er mit Clare im Streifenwagen geteilt hatte. Den ganzen Tag war ihm aus dem einen oder anderen

Grund übel gewesen – der grässliche Kater am Morgen, das geronnene Blut, das sein schönes Haus besudelte, der Anblick von Richard Moats Zombiegesicht –, aber jetzt hatte er plötzlich Heißhunger. Ein richtiges Abendessen wäre ihm recht gewesen – pochierte Eier mit orangefarbenem Dotter auf heißem gebuttertem Toast. Und auf dem Tisch eine große Porzellankanne mit Tee und ein Kuchen in Form einer Trommel – ein Genueser Kirschkuchen oder ein glasierter Walnusskuchen. Und irgendwo in einer Ecke seine Frau, die still strickte.

Es war zwar ein anderes Zimmer im Four Clans, in der Minibar fand sich trotzdem nichts Essbares. Beim Anblick einer Dose Irn-Bru, die in den Eingeweiden der Bar lauerte, drehte sich ihm der Magen um. Er wollte nach Hause. Er wollte nach Hause gehen und in sein eigenes Bett kriechen und sich die Decke über den Kopf ziehen und alles vergessen, aber er würde es nicht vergessen, weil es seine Strafe war. Und seine Strafe wäre erst vollständig, wenn sein ganzes Leben in Brüche gegangen und alle kleinen Einzelteile davon durch eine Mangel gedreht wären, bis sie so platt waren, dass sie niemand mehr zu einem Ganzen zusammensetzen könnte. Im einen Augenblick war er ein vollwertiges Mitglied der Gesellschaft, und ein Ticken der Uhr später, nach einer Umdrehung der Schraube, war er ein Ausgestoßener. Es brauchte nur ganz wenig. Der Schwung, den ein Baseballschläger beschrieb, eine Schale Borschtsch und ein Mädchen, das sich das Kopftuch abnahm.

Ein schönes Mädchen mit blondem Haar wollte sich mit ihm *(Marty)* in der Kaviarbar des Grand Hotel Europe treffen. Er fragte sich, ob sie, weil er Ausländer war, sein zögerliches, stotterndes Britentum attraktiv fand, ob sie statt des Langweilers zurückhaltenden Charme wahrnahm.

Er hatte den Lebensmittelhändler zum Tee ins Grand Hotel Europe eingeladen, aber der Mann hatte eine große Schau abgezogen und die kleinen Sandwiches und Kuchenstücke abschätzig gemustert und gesagt: »Man kriegt nicht viel für sein Geld, nicht wahr?«, als würde er zahlen und nicht Martin. Eine Menge Mädchen waren da, sehr gut gekleidete russische Mädchen, und der sterbende Lebensmittelhändler sah Martin an, zog die Augenbrauen in die Höhe, machte eine Kopfbewegung in Richtung der Mädchen und sagte: »Wir wissen, was sie sind«, und Martin erwiderte: »Wissen wir das?« Der Lebensmittelhändler schnaubte angesichts von Martins scheinbarer Ignoranz, verzog das Gesicht und lachte. »St. Petersburger Bräute.« An seiner fleischigen Lippe hing ein Stück geräucherter Lachs. Martin fragte sich, ob überhaupt noch etwas Sinn hatte. Der Lebensmittelhändler war ein wandelndes, sprechendes Memento mori. »Nein«, sagte er ernst, »ich glaube, sie sind einfach attraktive junge Frauen, ich glaube nicht, dass sie … was anderes sind.«

»Ja, aber was wissen Sie schon, Martin?«, sagte der Lebensmittelhändler gönnerhaft.

Sie hatten in dem hellen, luftigen Café Tee getrunken, doch die Kaviarbar war ein dunklerer, ausgefallenerer Ort mit Buntglas und Kupfer, im russischen *stil modern*. »Wir nennen es Jugendstil«, sagte er zu Irina. *»Da?«*, erwiderte sie, als hätte sie nie zuvor etwas so Faszinierendes gehört.

Auch heute noch, ein Jahr später, sah er die roten und schwarzen Kaviarperlen vor sich, die in kleinen Glasschalen auf zerstoßenem Eis schimmerten. Er aß nichts davon; Fisch war schlimm genug, aber Fischeier waren widerwärtig. Irina schien es nicht zu bemerken und aß alles auf. Sie tranken Champagner, billigen russischen Champagner, der jedoch überraschend gut war. Irina hatte ihn bestellt, ohne ihn zu fragen, hatte ihm zugeprostet und gesagt: »Wir haben gute Zeit, Marty.« Sie hatte sich umgezogen, ihr Haar war hochgesteckt, und sie trug keine Stiefel mehr, sondern Schuhe, aber ihr Kleid war hochgeschlossen und sittsam. Er wollte sie fragen, warum sie an einem Stand unter freiem Himmel Souvenirs verkaufte – ging es ihr finanziell schlecht, oder war es eine Berufung? –, aber etwas so Komplexes konnte er nicht verständlich machen.

In den Stunden zwischen dem Idiot und dem Grand Hotel hatte er über das bevorstehende Treffen nachgedacht. Er hatte sich vorgestellt, dass sie fröhlich plaudern würden, ihr Englisch auf magische Weise verbessert und seine paar unsicheren Brocken Russisch verwandelt in flüssiges Sprechen.

Eigentlich hätte er wie alle anderen ins Ballett im Mariinski-Theater gehen sollen, aber er hatte »ein leichtes Bauchgrimmen« vorgeschoben, als der Lebensmittelhändler ihn abholen wollte. Der Mann zog verstimmt von dannen, jemand, der mit dem Tod tanzte, ließ eine Magenverstimmung als Entschuldigung offenbar nicht gelten.

Martin sorgte sich, dass Irina das Ganze falsch verstehen und bezahlt werden wollte, aber die Tatsache, dass sie die Rechnung im Café beglichen hatte, schien zu implizieren, dass sie sich nicht verkaufte. Vielleicht war sie auf der Suche nach einem Ehemann. Er hätte nichts dagegen, wirklich nicht. Niemand würde sie im St. James Centre anstarren, so wie sie eine Thaibraut anstarrten. Man würde ihr nicht ansehen, dass sie gekauft war. (Oder doch?) *Ja, Irina Canning, meine Frau. Oh, sie ist Russin. Wir haben uns in St. Petersburg kennengelernt und verliebt. Eine sehr romantische Stadt.* Sie würde Englisch lernen, er Russisch. Sie hätten kleine halbrussische Kinder, *Sascha und Anastasia.* Er würde ihr geben, was sie sich wünschte – finanzielle Sicherheit, ein schönes Zuhause, Kinder, die im reichen Westen aufwuchsen, Gesundheitsvorsorge für eine alternde Mutter, eine Ausbildung für ein jüngeres Geschwister, und als Gegenleistung würde sie ihm die Illusion der Liebe schenken. Gewinn und Verlust, Waren und Dienstleistungen, darum drehte es sich schließlich in der Welt. Geschäfte.

Irgendwann hörten sie auf, Champagner zu trinken, und wechselten zu Wodka. Der Wodka war so kalt, dass ihm die Nerven in der Kopfhaut schmerzten.

Martin war klar, dass er ziemlich betrunken war. Er war kein Trinker, ein Glas guter Wein am Abend war sein Limit, und er hatte weder den Kopf noch den Magen für billigen Champagner, kombiniert mit achtzigprozentigem russischem Wodka. Die Zeit schien in einer Serie von Schnappschüssen vorwärtszutaumeln: Im einen Augenblick suchte er in seiner Brieftasche nach genügend Rubeln, um die Rechnung zu zahlen, und im nächsten saß er vorn in einem Taxi und wurde mit halsbrecherischer und schreckenerregender Geschwindigkeit irgendwohin chauffiert. Er fragte sich, ob er entführt wurde. Dann hörte er, wie Irina dem Taxifahrer auf Russisch etwas zumurmelte. Martin versuchte, den Sicherheitsgurt anzulegen, aber der Taxifahrer brummte *»Njet«* und sagte dann etwas zu Irina, woraufhin sie lachte. »Nicht nötig«, sagte er, als hätte Martin seine Fahrkünste infrage gestellt. Martin lachte auch, er hatte die Kontrolle über sein Leben einem wahnsinnigen russischen Taxifahrer und einer angehenden russischen Braut übergeben. Er fühlte sich unerwartet beschwingt. Etwas würde passieren, etwas würde sich verändern.

In der Schublade seines Nachttisches im Four Clans fand er eine glänzende Plastikkarte mit den Gerichten und Telefonnummern des Straßenverkaufs in der Nähe. Sein Magen rumorte, und Säure schoss ihm in den Hals. Er könnte sich eine Pizza kommen lassen, aber er wusste, dass sie so unappetitlich aussähe wie auf dem Foto auf der Speisekarte, und außerdem hatte er nicht so viel Geld. »Geh nur kurz raus, um einen Happen zu essen«, sagte er zu der Frau am Empfang. Er wusste, dass er ihr keine Rechenschaft schuldig war, aber Martin konnte das bedrückende Gefühl nicht abschütteln, dass er im Four Clans in Gewahrsam war. Er hatte fast kein Geld mehr, doch er nahm an, dass er irgendwo billig Pommes oder eine Suppe essen könnte.

»Schön für Sie«, sagte die Frau am Empfang gleichgültig. Sie hatte einen roten Fleck auf dem Kinn, der wie Blut aussah. Martin hielt Tomatenketchup für wahrscheinlicher.

Er landete in einem billigen Internetcafé. Es sah aus wie ein altmodischer Tante-Emma-Laden, nur dass es schwarz gestrichen war, und draußen stand in violetter Leuchtschrift »e-coffee«. Im Inneren roch es nach altem Kaffeesatz und künstlicher Vanille. Martin bestellte eine Tomatensuppe, die nach fadem getrocknetem Oregano schmeckte, aber seinem mageren Budget entgegenkam.

Umgeben von den Computern des Internetcafés, wurde ihm erneut bewusst, wie sehr er die ständige Gesellschaft seines Laptops vermisste. Er hatte Inspector Sutherland von dessen Verschwinden erzählt, und der notierte sich die Einzelheiten, interessierte sich jedoch nicht weiter dafür. Martin begriff, dass er sich auf Sutherlands Prioritätenliste weit unten befand. »In den letzten vierundzwanzig Stunden sind Ihnen schrecklich viele Dinge zugestoßen, Mr Canning«, sagte er. »Aber«, fügte er frohgemut hinzu, »bedenken Sie, dass Sie eines Tages, wenn alles vorbei ist, darüber werden schreiben können.«

Martin überlegte kurz, ob er ins Internet gehen sollte. Er fragte sich, ob sein Tod etwas an seinem Verkaufsrang bei Amazon geändert hatte (positiv oder negativ, vermutlich war beides möglich). Er entschied sich jedoch dagegen, bei Amazon nachzusehen oder seinen (oder Richards) Namen zu googeln. Er wollte nicht im ganzen Web Beweise seines eigenen Todes finden.

Nachdem er die Suppe mit dem Kleingeld aus seinen Taschen bezahlt hatte, blieben ihm noch genau einundsechzig Pence. Bis zu seinem Büro waren es nur zehn Minuten zu Fuß – er unternahm einen entschlossenen Versuch, die hochgestellten Kommas loszuwerden –, und er wollte hinschlendern und nachsehen, ob alles in Ordnung war. Vielleicht könnte er morgen aus dem Four Clans flüchten, eine Luftmatratze kaufen und auf dem Laminatboden des Büros kampieren. Martin konnte sich nicht vorstellen, dass er jemals in sein Haus zurückkehren würde. Auch wenn die Polizei fertig wäre, wie sollte er die Erinnerung an Richard Moats Ermordung aus seinem Wohnzimmer tilgen? Und wie sollte er das Zimmer je wieder sauber kriegen? Unvorstellbar, dass die Frauen von *Hilfe* in ihren hübschen rosa Uniformen Richard Moats Gehirnmasse von Teppich und Wänden kratzten.

Im Büro gab es eine Toilette und eine winzige Küche mit Wasserkocher und Mikrowelle. Alles, was er wirklich brauchte. Im Büro konnte er einfach und frugal leben wie der Mönch, der er nie gewesen war.

In seiner Jugend hatten sie oft gezeltet – mit den Pfadfindern (Christopher passte sich mit jovialer Heuchelei an, Martin kam gerade so zurecht) und mehrmals mit ihren Eltern. Ihre Mutter übernahm dabei die Rolle von Harrys gehorsamem Unteroffizier, kochte ständig Wasser auf dem wackligen Primus-Brenner, während Harry die winzige Truppe die dunkleren Tricks des Überlebens lehrte (Kaninchen das Genick zu brechen, Forellen zu ködern, Aale niederzuringen). Überleben, so schien es, war nicht möglich, ohne jemand anderen umzubringen.

Nina Riley war natürlich eine begeisterte Camperin. Das Leben im Freien hatte sie während des Kriegs in der Schweiz lieben gelernt, und sie belud häufig den Kofferraum ihres Bristols mit Vorräten und fuhr in die Berge ihrer Hochland-Heimat. Sie besaß ein Paar feste Wanderschuhe, ein Armeezelt und einen altmodischen Rucksack aus Leinwand mit Lederriemen, in dem sie ihre Thermoskanne und dicke Sandwiches mit Rindfleisch und Senf mitnahm. Sie kochte Wasser aus torfbraunen Bächen, um Tee zu machen. Sie angelte – Forellen aus dem Fluss oder Makrelen aus einer Meeresbucht – und briet sie zum Frühstück, bevor sie zu einer ganztägigen Wanderung aufbrach, auf der sie durchaus auf einen Verdächtigen stoßen konnte, dem es nachzuspionieren galt. *Scheint mir ziemlich zweifelhaft, Bertie. Ich glaube, unser Freund ist ein kleiner Schuft.* Bertie sagte nie sehr viel. Der Fernsehproduzent hatte Martin vorgeschlagen, dass zwischen Nina und Bertie »eine gewisse sexuelle Spannung herrschen sollte. Sie sind beide ein bisschen *langweilig*, verstehen Sie?« Martin dachte, er würde verrückt. Ob es sich so anfühlte?

Auf dem Weg vom Café zu seinem Büro kam er am Zirkus im Meadows Park vorbei. Zirkusse hatten ihn schon immer irritiert, die Artisten wirkten zerbrechlich und schienen überflüssig für den Fortbestand des Planeten, und doch schien es Martin, sie verhielten sich, als wüssten sie etwas, was er nicht wusste. Geheimnisse. Ein russischer Zirkus. Natürlich. Was sonst? Das gesamte Mütterchen Russland war gekommen, um der verlorenen Tochter Gerechtigkeit widerfahren zu lassen. *Diese Puppe besonders, sehr guter Maler. Szenen aus Puschkin. Puschkin berühmter russischer Schriftsteller. Sie kennen?* Kafka hatte die Autorenschaft für sein Leben übernommen. Er wurde gelöscht, aus der Erinnerung und aus der Geschichte ausradiert, denn genau das hatte er Irina angetan. Er hatte sie wie Abfall weggeworfen. Er hatte sie ausradiert, und jetzt wurde er ausradiert.

Jemand war im Büro gewesen. Kein Vandalismus, der Raum war nicht auf den Kopf gestellt, es waren nur Kleinigkeiten – die Tür der Mikrowelle stand offen, und im Abfalleimer der Küche lagen eine Styroporschachtel, ein halb gegessener Burger und eine leere Coladose. Auf dem Boden lag ein Bonbonpapier, ein Stuhl stand auf der falschen Seite des Zimmers. Die verschiedenfarbigen Post-it-Blocks, die normalerweise nebeneinander auf seinem Schreibtisch lagen, waren verschoben. Es sah nicht so aus, als sei ein Dieb da gewesen, sondern als habe eine unordentliche Sekretärin nicht genug zu tun gehabt und sich den Nachmittag über gelangweilt.

Martin zog die Schubladen des Schreibtischs auf. Alles war in Ordnung, die Kugelschreiber und Bleistifte lagen ordentlich nebeneinander, die Büroklammern und Leuchtstifte befanden sich an ihrem Platz. Etwas fehlte. Martin wusste natürlich, was es war, noch bevor er die Schublade öffnete. Die CD-ROM, das Back-up von »Tod auf Black Isle«, die letzte Kopie seines Romans. Er ließ sich auf den teuren Schreibtischstuhl fallen, der in der Miete inbegriffen war. Und in diesem Augenblick bemerkte er den rosa Post-it-Zettel, der auf der leeren weißen Wand gegenüber klebte. Jemand hatte eine Nachricht für ihn hinterlassen. *Fuck you, Martin.* Er spürte, wie das Herz in seiner Brust zu einem Zapfenstreich aufspielte. Vom Weckruf am Morgen bis zu seiner Einkerkerung im Four Clans war der ganze Tag unerbittlich grauenhaft gewesen.

Der Weckruf heute Morgen! Das war Richard gewesen. *1 Anruf in Abwesenheit.* Er war zu betäubt gewesen, um sich zu melden, und dann hatte er ihn vollkommen vergessen. Er musste es der Polizei sagen. Es war ein wichtiges Beweisstück. Er nahm sein Handy, nur um festzustellen, dass der Akku fast leer war.

Jetzt wünschte er sich, er wäre am Morgen drangegangen, vielleicht wäre er die letzte Person gewesen, mit der Richard gesprochen hätte. »Oh, mein Gott«, entfuhr es ihm, und sein Mund verzog sich zu dem gleichen Oval des Entsetzens wie bei der brennenden Hexe auf dem Bild im Four Clans. Was, wenn Richard ihn während seines … Martyriums angerufen hatte? Was, wenn er verzweifelt um Hilfe gefleht hatte? Wenn Martin sich gemeldet hätte – hätte er Richards Tod irgendwie verhindern können? *(Halt, du Schurke!)* Martin legte den Kopf auf den Schreibtisch und stöhnte. Aber dann kam ihm ein Gedanke. Er hob den Kopf und schaute zu dem rosa Post-it-Zettel an der Wand. Richard hatte um zehn Uhr angerufen, Martin erinnerte sich, dass er auf die Uhr des Radioweckers neben seinem Bett im Four Clans geschaut hatte, und der Superintendent Campbell hatte gesagt, dass Richard zwischen vier und sieben Uhr morgens gestorben war, also konnte er nicht um zehn Uhr angerufen haben. *Außer er hatte von jenseits des Grabes angerufen.* Auf dieses Stichwort hin, auf eine Weise, wie nicht einmal Nina Riley es hätte arrangieren können, zwitscherte das Telefon in seiner Hand. Das Trommeln in seiner Brust wurde wilder, unregelmäßiger. *Richard Moat,* zeigte das Display an.

Wieder befand er sich in der Schiffschaukel, spürte, wie sie sich schrecklich und unaufhaltsam in die Lüfte schwang, seinen Körper mitnahm, aber seinen Geist zurückließ, sich auf ihren Zenit zubewegte und eine Nanosekunde am Ende der Kurve innehielt. Nicht der Aufstieg war schrecklich, der Fall war es.

Seine imaginäre Frau nahm tapfer die Strickarbeit auf. Sie hatte kürzlich mit einem Fischerpullover für ihn angefangen. »Damit du im Winter nicht frierst, Liebling.« Martin toastete Hefeküchlein auf einer Röstgabel aus Messing. Das Feuer knisterte, die Hefeküchlein waren heiß, alles war sicher und gemütlich. Richard Moat befand sich jenseits des Grabes *und wusste alles.* Martins Herz schlug so heftig, dass es wehtat. Hatte er einen Herzinfarkt? Seine Frau sagte etwas zu ihm, aber er hörte es nicht, weil das Feuer so laut prasselte. Irina schlug plötzlich die puppenblauen Augen auf. Nein, sie war nicht hier. Sie konnte nicht in diesem hübschen Häuschen sein. Das war nicht erlaubt. Er verblasste, fiel, ein Vorhang senkte sich. Etwas Schwarzes, Monströses war in ihm, in seiner Brust, schlug mit den Flügeln. Die Nadeln seiner Frau klimperten, sie versuchte, ihn durch Stricken zu retten.

Martin sprach leise in sein Handy. »Hallo?«, sagte er. Niemand antwortete. Das Telefon gab ein letztes schwaches Piep von sich und schaltete sich aus. Schuld und Sühne. Auge um Auge. Kosmische Gerechtigkeit waltete in der Stadt. Er begann zu weinen.

32

Natürlich gab es keine Elefanten. Man sah keine Tiere mehr im Zirkus. Jackson erinnerte sich an nur einen Zirkus aus seiner Kindheit. Gleichgültig, was Julia behauptete, er hatte eine (Art) Kindheit gehabt. Der Zirkus von vor vierzig Jahren, an den er sich erinnerte (war er wirklich schon so alt?), stand am Stadtrand auf einer Wiese, die zu der Zeche gehörte, im Schatten der Schlackehalden. Es hatte von Tieren gewimmelt – Elefanten, Tiger, Hunde, Pferde, es gab sogar, wenn Jackson sich nicht irrte, eine Nummer mit Pinguinen, aber vielleicht täuschte er sich da. Er erinnerte sich auch noch an den berauschenden Geruch des großen Zeltes – Sägemehl und Tierurin, Zuckerwatte und Schweiß – und an den Reiz der exotischen Menschen, deren Leben so anders war als sein eigenes, dass es ihn schmerzte wie eine Wunde.

Louise Monroe hatte seine Einladung abgelehnt. Julia hatte ihm sowieso nur eine Karte gegeben, aber wenn Louise einverstanden gewesen wäre, hätte er noch eine zweite gekauft.

Der Zirkus hier versprach nicht die gleichen Freuden und Schrecken wie der Zirkus damals. Es war ein russischer Zirkus, obwohl kreisende Teller, Trapeznummern und Drahtseilakte nichts typisch Russisches waren. Nur den Clowns merkte man ihre Herkunft an in einer Nummer, die auf russischen Puppen basierte –

»Matroschka« hieß es im Programmheft. Das Wort des Tages. Er dachte an die Schachteln, die im Flur des *Hilfe*-Büros gestapelt gewesen waren, bedruckt mit »Matroschka«. Er tastete nach der erdnussgroßen Babypuppe in seiner Jackentasche. Die Schalen einer Zwiebel. Chinesische Schachteln, russische Puppen. Geheimnisse in Geheimnissen. Puppen in Puppen.

Der Zirkusdirektor (den Julia »Zirkuswallah« genannt hatte) sah aus wie Zirkusdirektoren überall auf der Welt, schwarzer Zylinder, roter Frack, Peitsche – es schien, als wollte er nicht eine bunte Ladung Kitsch orchestrieren, sondern eine Fuchsjagd. Er war viel zu groß, um für Julia attraktiv zu sein. Der Zirkus, so stand es im Programm, teilte sich das Zelt mit den »Ladyboys von Bangkok«. Jackson war erleichtert, dass nicht ein Ladyboy Julia im Vorbeigehen eine Freikarte für seine / ihre Show in die Hand gedrückt hatte.

»Ermordet«, hatte Julia gesagt. Gestern Abend hatte er Richard Moat noch auf der Bühne gesehen, jetzt lag der arme Kerl irgendwo in einem Kühlschrank. Jackson hätte länger applaudiert, hätte er gewusst, dass es Moats allerletzter Auftritt sein würde. War er ermordet worden, weil er nicht komisch war? Leute töteten aus geringerem Anlass. Die Gründe, warum Leute andere Leute umbrachten, waren Jackson oft trivial erschienen, als er noch bei der Polizei war, aber vermutlich sah es anders aus, wenn man selbst betroffen war.

Einmal war er für den Fall eines achtzigjährigen Mannes zuständig gewesen, der seiner Frau mit einem Kartoffelstampfer den Kopf eingeschlagen hatte, weil sie am Morgen seinen Haferbrei verbrannt hatte. Und als Jackson zu dem alten Herrn sagte, das sei kein Grund, der vor Gericht Bestand haben würde, erwiderte er: »Aber sie verbrennt ihn jeden Morgen seit achtundfünfzig Jahren.« (»Sie hätten früher mit ihr darüber sprechen können«, wandte eine Polizistin trocken ein, doch so funktionierte eine Ehe nicht, das wusste Jackson.) Wenn man die Geschichte erzählte, wirkte sie nahezu komisch, aber es war nicht komisch gewesen, das Hirn der alten Frau auf dem abgetretenen Linoleum zu sehen oder dabei zuzuschauen, wie der alte Mann, ganz wässrige Augen und zitternde Hände, auf den Rücksitz eines Streifenwagens verfrachtet wurde.

Um ehrlich zu sein, Jackson war überrascht, dass sich nicht mehr Menschen gegenseitig umbrachten. Julia log ihn definitiv an.

Ein Gesicht im Meer der Gesichter auf der gegenüberliegenden Seite erregte seine Aufmerksamkeit. Es war kein Klischee, es war wirklich ein Meer aus Gesichtern, es war ihm nahezu unmöglich, ein einzelnes ins Auge zu fassen. Er hatte geglaubt, dass Kurzsichtigkeit im Alter besser würde und Weitsichtigkeit sich verschlechtern (oder war es umgekehrt?), aber bei ihm schien sich beides zu verschlimmern. Doch wenn er sich konzentrierte, nein, eigentlich war es besser, wenn er sich nicht konzentrierte, dann sah er das Mädchen. Sie hatte den Kopf gehoben, sah den Artisten am Trapez zu, ihr Ausdruck heiter, glücklich. Ihre Augen waren nur halb geöffnet, als würde sie an etwas anderes denken. Sie sah dem toten Mädchen so ähnlich, es konnte nicht sein. Sein Mädchen, das mit angezogenen Beinen auf den Felsen lag, eine träumende Meerjungfrau, deren Schlaf er gestört hatte. Er kniff die Augen zusammen, versuchte die Züge des Mädchens im Publikum deutlicher zu erkennen, aber das Bild wurde unscharf, und sie verschwand, verschwamm im Meer der Gesichter.

Er schlief ein, während Akrobaten eine menschliche Pyramide konstruierten, und als er erwachte, war er desorientiert. Das Dach des Zeltes war dunkelblau, übersät mit silbernen Sternen, und es erinnerte ihn an etwas, aber ihm fiel nicht ein, an was, und dann wusste er, dass es das Dach – das Himmelsgewölbe – in einer Seitenkapelle der katholischen Kirche war, in die seine Mutter sie als kleine Kinder jeden Sonntag dreimal schleppte, bis ihr die Kraft ausging und sie sie dem Teufel überließ.

Vielleicht log Julia nicht direkt, sondern sagte nur nicht die Wahrheit.

Als Jackson zusammen mit allen anderen das Zelt verließ, wurde er von einem perlenfarbenen Halbdunkel begrüßt. Die Dämmerung. Hier oben war es so viel heller, ein flüchtiges nordisches Licht, das seine Seele ansprach. Er setzte sich auf eine Bank und schaltete das Handy ein. Eine SMS von Julia: *In der Trav Bar, such uns* (nicht einmal ein »J« oder ein einziges »x«, ganz zu schweigen von »love« oder Interpunktion). Es klang mehr wie eine Herausforderung zur Schatzsuche als wie eine Einladung zu einem Drink. Er vermutete, »Trav« bedeutete Traverse, und das war gut und schlecht, gut, weil die Bar sich in der Nähe befand und er sicher war, dass er sie finden würde, schlecht, weil er am ersten Abend mit Julia und den anderen Schauspielern dort gewesen war, ein verrauchter unterirdischer Ort voller Wichtigtuer aus London. Vielleicht konnte er sie überreden, mit ihm in eins der vielen italienischen Restaurants in der Nähe zu gehen. Er erinnerte sich vage, dass er eigentlich für sie hatte kochen wollen. Die Vorhaben von Mäusen und Menschen gehen meistens schief. Sie hatten das Buch in der Schule gelesen, das heißt, seine Mitschüler hatten es gelesen. Jackson hatte aus dem Fenster geschaut oder geschwänzt. Er erinnerte sich an das kleine Relief im Scottish War Memorial. *Die Freunde der Bergarbeiter.* Er fühlte sich merkwürdig allein.

Es waren noch viele Leute unterwegs, aber es wurde jetzt rasch dunkel, und ein Stück abseits der Straßenlampen an den Wegen bildeten sich dunkle Teiche im Park, die Gelegenheit zu allen möglichen Grenzüberschreitungen boten. Plötzlich war es noch dunkler, und Jackson sah, dass die Lichter auf dem Zirkuszelt ausgeschaltet worden waren. Etwas in ihm schien zu fallen, ein bleiernes Gewicht, eine Erinnerung an den Nachhauseweg vom Zirkus von vor über vierzig Jahren, als er an der Hand seiner Mutter – seine Mutter war jetzt nur noch der Schatten einer Erinnerung – einen Hügel hinaufging, die Stadt war auf Hügeln erbaut, zurückblickte und vor seinen Augen das hell erleuchtete Zirkuszelt plötzlich in der Dunkelheit verschwand. Das Erlebnis hatte ihn auf eine Weise verstört, für die er als kleiner Junge keine Worte hatte. Jetzt wusste er, dass es Melancholie gewesen war. Melancholisch, cholerisch, phlegmatisch – so hatte ihn gestern Louise Monroe genannt, *Sie wirken bemerkenswert phlegmatisch, Mr Brodie*. Welches war die vierte Gemütsart? Sanguinisch. Aber die Melancholie entsprach seinem Temperament. Ein elender Kerl, mit anderen Worten.

Überall in Europa gehen die Lichter aus. Gott, was für ein erbärmliches Zitat. Er hatte in letzter Zeit dank Amazon viele militärgeschichtliche Bücher gelesen. Er dachte an das Gedicht von Binyon. *Wenn die Sonne untergeht.* Der Rest war Schund. Viscount Grey hatte tatsächlich gesehen, wie die Straßenlampen *entzündet* wurden, nicht ausgemacht, aber manche Leute meinten natürlich, dass es ein apokryphes Zitat war. Herrgott, man schaue ihn nur an, ein trauriger Verlierer in mittleren Jahren, der in der Dämmerung auf einer Parkbank saß und über einen längst vergangenen Krieg nachdachte, an dem er nicht teilgenommen hatte. Jackson dachte nur selten an die Kriege, an denen er teilgenommen hatte. Er brauchte jetzt ein Bier. Seit wann betrachtete er sich als Verlierer? *Wir werden sie nicht wieder angehen sehen.* Es wäre nicht Julias Schuld, wenn sie sich mit ihm langweilte.

Und dann war das Selbstmitleid auf der Stelle vergessen, denn da war sie. Sie war es, sein totes Mädchen. Er hatte sie sich im Zirkuszelt nicht eingebildet, sie war dort gewesen, und jetzt war sie *hier*, ging zwischen den Schatten der Bäume durch den Park und kam auf ihn zu.

Sie trug hochhackige Schuhe und einen kurzen sommerlichen Rock, so dass er nicht anders konnte, als ihre perfekten Beine zu bewundern. Er stand abrupt auf und ging auf sie zu, fragte sich, was er zu ihr sagen würde – *He, Sie sehen aus wie ein totes Mädchen, das ich kenne.* Als Gesprächseröffnung ließ das durchaus zu wünschen übrig. Er wusste, dass sie nicht wirklich das tote Mädchen war, außer die Toten würden wiederauferstehen, und das taten sie nicht, davon war er überzeugt. Er konnte sich das Chaos nicht vorstellen, das herrschen würde, wenn sie es täten.

Und dann – und Jacksons Ansicht nach wurde es allmählich langweilig –, wer schlüpfte da aus dem Schatten, wenn nicht sein alter Feind Honda-Mann. Terence Smith schlich sich auf Zehenspitzen wie eine Comicfigur an das nicht tote Mädchen an. Der Mann war ein Moloch, und Moloche sollten nicht versuchen, auf Zehenspitzen zu gehen. Das Mädchen mochte nicht tot sein, doch es sah aus, als wollte Terence Smith sie töten, nicht mit seinem erprobten Baseballschläger, sondern mit einem Stück Nylonseil. Hund, Baseballschläger, Seil, der Mann war ein wandelndes Waffenarsenal.

»He!«, schrie Jackson, um das Mädchen auf sich aufmerksam zu machen. »Hinter Ihnen!« Rief er es wirklich? Aber es war keine Theatervorstellung – Terence Smith hatte ihr das Seil bereits um den Hals geschlungen. Sie hatte jedoch Jacksons Warnschrei gehört und es geschafft, das Seil mit den Händen zu fassen, und sie zerrte mit aller Kraft daran, damit Terence Smith es nicht zusammenziehen konnte.

Jackson rannte auf die beiden zu. Andere Leute standen näher bei ihnen, aber sie schienen überhaupt nicht zu merken, dass ein Mädchen vor ihren Augen stranguliert wurde. Bevor Jackson bei ihnen anlangte, tat das Mädchen rasch etwas bewundernswert Wirksames, woran der Absatz ihres Schuhs und Honda-Manns Schritt beteiligt waren, und der arme alte Terry brach mit einem hässlichen Laut zusammen. *Entmannt,* dachte Jackson. Das Mädchen hielt sich nicht lange auf, sie schlüpfte aus ihren Schuhen und lief den Weg zurück, den sie gekommen war, auf das Zirkuszelt zu, und als Jackson vor Terence Smith stand, der jetzt vor Schock würgte, war das Mädchen nicht mehr zu sehen.

Honda-Manns Stöhnen zog ein paar Passanten an, die der Meinung zu sein schienen, dass er Opfer eines tätlichen Übergriffs geworden war und der Angreifer der Mann sein musste, der sich über ihn beugte. Déjà-vu, dachte Jackson. Sein Gehirn hinkte lebenswichtige Sekunden hinterher und versuchte noch, das Zusammentreffen seiner selbst, seines alten Freundes Terry und eines Mädchens, das aussah wie das tote Mädchen im Forth, zu verarbeiten. Er hatte die Kruzifixe in ihren Ohren gesehen, als sie sich wehrte. Man kann es Zufall nennen, dachte Jackson, ich nenne es eine Verbindung. Eine verblüffende, undurchdringlich komplexe Verbindung, nichtsdestoweniger eine Verbindung. Jackson war hin- und hergerissen, ob er Terence Smith befragen und den zusätzlichen Bonus einheimsen sollte, ihn zu Brei zu schlagen, oder ob er der Doppelgängerin des toten Mädchens nachrennen sollte.

Die Entscheidung wurde ihm abgenommen durch die Ankunft eines Streifenwagens mit zwei uniformierten Polizisten, einer weiblich, der andere männlich, eindeutig aus einem Stall, die den Weg auf eine entschlossene Weise entlanggingen, an die sich Jackson gut erinnerte: langsam genug, um sich einen Überblick über die

Situation zu verschaffen, aber jederzeit bereit, beim geringsten Anlass durchzustarten. Ein Passant deutete auf Jackson und rief: »Der war's, der hat's getan!« Oh, danke, dachte Jackson, vielen Dank. Er war heute bereits für einen tätlichen Angriff auf Terence Smith verurteilt worden, eine zweite Verurteilung brächte ihn wahrscheinlich direkt ins Gefängnis. Er holte tief Luft, was wehtat, und rannte.

Die Polizistin blieb bei Terence Smith, der noch immer ein Theater wegen seiner Männlichkeit machte. Jackson hätte zu gern gewusst, was genau das Mädchen getan hatte, und dieses Geheimwissen an die Frauen in seinem Leben weitergegeben für das nächste Mal, wenn sie mit einem Seil um den Hals vom Boden gehoben wurden. Gott bewahre.

Der Polizist trampelte hinter Jackson her. Er war ziemlich stämmig, und normalerweise hätte Jackson ihn mühelos abgehängt, aber er war gehandicapt durch die geprellten Rippen, und deswegen verließ er den Hauptweg und schlug sich in das Gewirr von Wohn- und Lastwagen, das das Zirkuszelt umgab. Er stolperte und strauchelte, warf irgendetwas um. Jemand beschimpfte ihn, aber er lief weiter, zwischen den Wagen des Zirkuslagers hin und her.

In einer Gasse zwischen Anhängern blieb er stehen, um Luft zu schöpfen. Er hörte den Polizisten mit jemandem sprechen und hoffte, dass irgendein Vagabundeninstinkt das Mitglied der Zirkustruppe veranlassen würde, ihm zu helfen und den Gesetzesvertreter in die falsche Richtung zu schicken *(Er ist da lang).* Aber dieses Glück war ihm nicht beschieden. Der Polizist, der nicht fit, aber hartnäckig war, kreuzte die Reihe der Anhänger. Jackson drückte sich flach an einen großen Generator, doch zu spät, der Mann hatte ihn entdeckt, brüllte etwas Unverständliches, überrascht, weil er plötzlich seine Beute direkt vor sich hatte. Der Polizist in Jackson wollte ihm versichern, dass keine Gefahr von ihm ausging. Der

Mann war allein, niemand gab ihm Deckung, und er hatte keine Ahnung, wozu Jackson in der Lage war, er hatte also wahrscheinlich größere Angst als Jackson. Wozu war er in der Lage?, fragte sich Jackson.

Er blieb nicht, um es herauszufinden, sondern rannte wieder los, Hals über Kopf zwischen den Wagen hindurch. Die Jagd zeigte Folgen, seine Rippen schmerzten so sehr, dass er sich kaum mehr aufrecht halten konnte. Als er glaubte, dieses Versteckspiel aufgeben zu müssen, fasste ihn jemand oder etwas (er hoffte, es war jemand) am Arm und zerrte ihn in die Dunkelheit.

Es war nicht vollkommen dunkel, er konnte gerade noch erkennen, dass er sich irgendwo im Hinterland des Zirkuszelts befand, dort, wo die Artisten auf ihren Auftritt warteten. Vor ihm führte ein Tunnel in die Arena, und er fühlte sich einen Augenblick lang ans Kolosseum erinnert. Letztes Jahr war er mit Marlee in Rom gewesen. Sie hatten viel Eis und Pizza gegessen. In jüngster Zeit stammten seine Erinnerungen alle aus dem einen oder anderen Urlaub.

Es war zudem hell genug, dass er das Messer in der Nähe seines Halses aufblitzen sah. Sein erster Gedanke war, dass es Terence Smith mit seiner Cluedo-Waffenkammer sein musste, aber er konnte einfach nicht so schnell hierhergekommen sein. Jackson wandte den Kopf und spürte, wie das Messer die Haut neben einer Arterie ritzte. Die Doppelgängerin des toten Mädchens. Sie lächelte. Sie blickte so wild drein, dass er nicht wagte, ebenfalls zu lächeln. Es fehlten nur noch ein paar Clowns, und der Albtraum wäre komplett.

»Mund halten, okay?«, sagte sie. Es klang ausländisch. Er wusste nicht, warum das eine Überraschung sein sollte, alle, denen er derzeit begegnete, schienen Ausländer zu sein.

»Okay«, sagte er. Sie entfernte das Messer ein paar Zentimeter von seinem Hals. Sie stand so nahe bei ihm, dass er den Zigarettenrauch riechen konnte, der sich mit ihrem Parfum vermischt hatte. Daraufhin wollte er eine Zigarette, er wollte Sex. Eine erstaunliche Vorstellung angesichts der Umstände. Er fragte sich, ob die Ohrringe Zeichen eines Kults waren, irgendetwas wiedergeboren Christliches. Sie sah nicht aus wie die Christinnen, die er kannte, aber man wusste nie. Hatte sie ihn vor der Polizei gerettet, um ihn umzubringen? Das ergab keinen Sinn, aber nichts ergab einen Sinn.

»Sie sehen aus wie jemand, der tot ist«, flüsterte er. Ja, er hatte entschieden, dass es keine gute Gesprächseröffnung war, trotzdem sagte er es.

»Ich weiß«, sagte sie. Das war eine unerwartete Antwort. Sie senkte das Messer ein Stückchen.

»Ihre Schwester?«, tippte er.

»Nein, Freundin«, sagte sie und zuckte die Achseln. »Wir sehen uns ähnlich, das ist alles.«

»Honda-Mann – Terence Smith –, warum wollte er Sie umbringen?«

Sie kniff die grünen Augen zusammen und lachte. »Der Trottel?«, fragte sie verächtlich. »Er ist Idiot.«

»Ja, ich weiß, er ist Idiot, aber er hat trotzdem versucht, Sie umzubringen.«

Sie machte eine Geste, die vermutlich obszön war dort, wo sie herkam. Russland, so wie sie sich anhörte. *»Da«,* stimmte sie ihm zu. Sie wirkte beeindruckend unaufgeregt angesichts der Tatsache, dass jemand gerade versucht hatte, sie zu ermorden. Er fragte sich, ob ihr das öfter passierte.

»Ich habe Sie im Zirkus gesehen«, sagte er.

»Zirkus ist jetzt illegal?« Sie war nicht gut in Small Talk.

»Wie heißen Sie?«, versuchte er es. »Ich heiße Jackson Brodie.« *Ich war früher Polizist.*

»Ich habe keinen Namen, ich existiere nicht«, zischte sie, »und Sie auch nicht mehr lange, wenn Sie nicht Mund halten.« Richtig schlecht in Small Talk.

»Wir stehen auf derselben Seite«, sagte Jackson. Es schien unwahrscheinlich, aber war nicht die Feindin deines Feindes deine Freundin?

»Ich bin nicht auf *Seite*. Hören Sie –« Ein kleiner Stich mit dem Messer in seine Rippen, damit er aufmerksam zuhörte.

»Das tut weh.«

»Na und?«

Er wusste nicht mehr, warum er sich Sorgen um sie gemacht hatte. Noch ein kleiner Messerstich in die Rippen.

»Okay, okay, ich höre zu«, sagte er.

»Stecken Sie Nase nicht rein, ich mache das schon.«

»Sie machen was?«

Sie bohrte ihm die Messerspitze tiefer zwischen die Rippen, seine angeschlagenen, schmerzenden Rippen, und sagte so entschlossen, dass Widerspruch nicht angebracht schien: »Wir gehen jetzt.« Sie ging mit ihm durch die Zirkusarena, die unheimlich dunkel und bar jeder Illusion war und ließ ihn auf der anderen Seite hinter den Rängen der leeren Sitze unter der Leinwand hinauskriechen. Draußen auf der Wiese in der kühlen Nachtluft war nichts zu sehen von Terence Smith oder der Polizei.

»Ich rette Ihren Arsch«, sagte sie und lachte, anscheinend erfreut, dass sie die englische Metapher meisterte. »Jetzt Sie verschwinden.« Sie begann sich zu entfernen. Dass sie barfuß war, schien sie nicht weiter zu stören. Jackson folgte ihr, humpelte hinter ihr her wie ein lahmer Hund.

»Verpissen Sie«, sagte sie, ohne sich zu ihm umzublicken.

»Erzählen Sie mir von Ihrer Freundin, dem toten Mädchen im Wasser«, beharrte er. »Wer war sie?«

Sie ging weiter, hob jedoch das Messer, so dass er es sehen konnte. Es war kleiner, als er gedacht hatte, aber es sah scharf aus, und sie schien eindeutig jemand zu sein, der keine Skrupel hatte, es zu benutzen. Er hatte Respekt vor Messern, er hatte seinerzeit eine Menge Opfer von Messerstechereien gesehen, und die meisten konnten nicht mehr über ihre Erfahrungen sprechen.

»Hat Terence Smith Ihre Freundin umgebracht?« Sie kamen an einer Gruppe vorbei, die sie nicht beachtete – das barfüßige Mädchen, das Messer, den humpelnden Mann, den verdächtigen Dialog. Jackson nahm an, dass man sie für Schauspieler hielt.

»Sie sind große Nervensäge, Jackson Brodie«, rief das Mädchen. Sie kamen zu einer größeren Straße, und plötzlich floss der Verkehr, und überall waren Leute. Jackson erkannte die Straße, sie waren in der Nähe des Museums in der Chambers Street, nahe dem Sheriff Court, heute Morgen Schauplatz seiner Schande. Kaum zu glauben, dass es noch immer derselbe Tag war.

Er versuchte verzweifelt, das Ganze zu begreifen, bevor sie in der Menge untertauchte. Terence Smith hatte versucht, das verrückte russische Mädchen umzubringen. Das verrückte russische Mädchen war eine Freundin seines toten Mädchens. Terence Smith hatte ihn zusammengeschlagen und gesagt, er solle vergessen, was er gesehen hatte. Jackson glaubte, dass er den Autounfall meinte, aber was, wenn er den Vorfall auf Cramond Island gemeint hatte? Weil er abgesehen von dem verrückten russischen Mädchen der einzige Zeuge war, der wusste, dass das Mädchen tot war? Und Terence Smith hatte gerade versucht, *sie* umzubringen. Zum ersten Mal, seit er unfreiwillig in den Fluss gesprungen war, war da etwas,

was einen Sinn ergab. Eine greifbare Verbindung, nicht nur ein Zufall.

Das russische Mädchen wollte die Straße überqueren, sie stand am Bordstein und wartete auf eine Lücke im Verkehr wie ein Windhund, der ungeduldig darauf wartet, dass sich die Klappe öffnet. Der Verkehr kam an der roten Ampel zum Stehen, als er sie einholte, und er packte sie am Arm, um sie zurückzuhalten. Er rechnete damit, gestochen oder gebissen zu werden, aber sie starrte ihn nur an. In ihrem Rücken blinkte und piepte das grüne Männchen der Fußgängerampel. Rot. Sie starrte ihn immer noch an. Er fragte sich, ob er sich in Stein verwandeln würde.

Ein plötzlicher lauter Knall ließ Jackson zusammenzucken. Er hatte einmal dabei zugesehen, wie sein eigenes Haus in die Luft flog, und seitdem reagierte er auf laute Geräusche mit Misstrauen.

»Ist Feuerwerk«, sagte das Mädchen, »für Zapfenstreich.« Und in diesem Augenblick erblühte in der Ferne über der Burg eine riesige Blume aus glitzernden Funken und schwebte langsam zur Erde. Da neigte sie sich völlig unerwartet zu ihm, brachte ihren Mund an sein Ohr, als wollte sie ihn küssen, stattdessen sagte sie: »Reelle Häuser für reelle Menschen«, und lachte, als hätte sie einen unglaublich lustigen Witz erzählt.

»Was?« Sie wandte sich ab, um zu gehen, entzog ihm den Arm, und er sagte: »Halt, gehen Sie noch nicht, warten Sie. Wie kann ich Sie erreichen?«

Sie lachte und sagte: »Fragen Sie nach Jojo.« Und dann überquerte sie bei Rot die Straße, hielt den Verkehr mit einer gebieterischen Geste auf. Sie hatte wirklich perfekte Beine.

Als er sich in die Traverse Bar duckte, waren Julia und der Rest längst gegangen. Er nahm an, dass Julia zu Hause sei, doch als er endlich in der Wohnung ankam, war sie nicht da, obwohl es bereits nach Mitternacht war. Er versuchte, sie anzurufen, aber ihr Handy war ausgeschaltet. Er war so müde, dass er es kaum merkte, als sie neben ihm ins Bett schlüpfte.

»Wo warst du?«, fragte sie.

»Wo warst *du?«*, fragte er. Eine Frage mit einer Frage beantworten. Es kam ihm vor wie ein alter Krieg, einer, an dem er schon mehrmals teilgenommen hatte. Bevor die Feindseligkeiten eskalierten, klingelte sein Telefon. Louise Monroe, die wissen wollte, wie er als Vierzehnjähriger gewesen sei. Wie sich herausstellte, hatte sie einen Sohn. Er hätte sie nicht für eine Mutter gehalten.

»Warum rufen dich Frauen mitten in der Nacht an und stellen dir Fragen zu deiner Zeit als Teenager?«, fragte Julia schläfrig.

»Vielleicht finden sie mich interessant.«

Julia kicherte, tief und kehlig. Daraufhin musste sie husten, und als sie sich wieder erholt hatte, war es zu spät, um sie zu fragen, warum sie das so lustig fand.

33

Louise saß in ihrem Wagen und wählte seine Nummer, und bevor er Zeit hatte, etwas zu sagen, fragte sie: »Wie waren Sie mit vierzehn?«

»Mit vierzehn?«

»Ja, mit vierzehn«, wiederholte sie. Der Klang seiner Stimme gab ihr einen Kick. Er war genau die richtige Sorte von falsch.

»Ich weiß nicht«, sagte er schließlich. »Jedenfalls kein Ministrant. Ein Rabauke vermutlich, wie viele Jungen in dem Alter.«

»Ich weiß absolut nichts über Jungen in dem Alter.«

»Warum sollten Sie?«

»Mein Sohn ist vierzehn.«

»Ihr Sohn?« Er klang erstaunt. »Mir war nicht klar, dass Sie …«

»Mutter sind?«, ergänzte sie. »Ich weiß, es ist kaum zu glauben, aber so ist es, die alte Geschichte – Sperma trifft auf Ei und bumm. Es kann den Besten passieren.« Sie seufzte. »Vierzehnjährige sind ein Albtraum.« Sie merkte, dass sie sich ans Lenkrad klammerte, als hätte sie Leichenstarre.

»Wie heißt er?«

»Archie.« *Wie heißt er?* Das war eine Frage, die Eltern stellten, dachte Louise. Als Archie geboren wurde, fragten nur Leute, die selbst Babys hatten: »Wie viel wiegt er?« Männer, die keine Väter waren, hatten sich nicht dafür interessiert, wie viel Archie wog oder wie sie ihn nennen wollte. Daraus folgerte sie, dass Jackson Brodie Kinder hatte. Davon wollte sie nichts wissen, sie war nicht interessiert an Secondhand-Männern mit Gepäck. Kinder waren Gepäck, Zeug, das man mit sich herumschleppte. Ballast.

»Haben Sie Kinder?«, fragte sie. Sie konnte nicht anders.

»Ja, eins, ein Mädchen«, antwortete Jackson. »Marlee. Sie ist zehn. Ich weiß nichts über zehnjährige Mädchen, falls Sie das tröstet.«

»Archie ist nicht kriminell«, sagte Louise, als hätte Jackson ihn beschuldigt. »Im Grunde ist er harmlos.«

»Ich wäre mit fünfzehn beinahe vor Gericht gelandet wegen Diebstahl.«

»Und dann?«

»Bin ich zur Armee.«

Himmel. Archie bei der Armee, das war eine Idee.

»Rufen Sie deswegen an?«, fragte er. »Weil Sie Rat in Erziehungsdingen brauchen?«

»Nein. Ich rufe an, weil ich in einer Siedlung in Burdiehouse bin.«

»Toller Name für eine Siedlung.« Er klang müde.

»Ich stehe vor einem Laden, der zugenagelt ist. Ich glaube, es war eine Postfiliale. Auf der einen Seite ist ein Fisch-und-Chips-Laden, auf der anderen ein Supermarkt. Einstöckige, gewerblich genutzte Gebäude, keine Wohnungen darüber.«

»Warum erzählen Sie mir das, und sollten Sie sich dort allein im Dunkeln herumtreiben?«

»Das ist sehr galant von Ihnen, aber ich bin erwachsen. Ich erzähle es Ihnen, weil ich dachte, Sie würden gern wissen, dass das die Adresse ist, die Terence Smith heute Morgen bei Gericht angegeben hat.«

»Honda-Mann hat eine falsche Adresse angegeben?«

»Und das ist ein Vergehen. Wie Sie wissen. Ich habe Ihnen doch gesagt, dass es idiotisch war, sich schuldig zu bekennen. Und übrigens hat sich gestern niemand anders sein Autokennzeichen gemerkt. Sie haben also die Ermittlungen behindert, weil Sie wichtige Informationen zurückgehalten haben.«

»Zeigen Sie mich an«, sagte Jackson. »Ich habe ihn übrigens gerade gesehen, er hat versucht, jemanden umzubringen.«

»Terence Smith?«, sagte sie scharf. »Bitte erzählen Sie mir nicht, dass Sie sich wieder mit ihm angelegt haben.«

»Nein, aber die Polizei war ganz versessen darauf, mich zu befragen.«

»Herrgott, was ist nur los mit Ihnen?«

»Scherereien sind meine besten Freunde.«

»Er hat versucht, jemanden umzubringen? Ist das wieder eine Ihrer Phantasien?«

»Ich phantasiere nicht. Jedenfalls nicht, wenn es um Leute geht, die jemanden umbringen wollen. Wenn ich Ihnen erzähle, was passiert ist, werden Sie mich für noch paranoider und verrückter halten, als Sie es bereits tun.«

»Versuchen Sie es«, sagte sie.

»Ich habe ein Mädchen gesehen, das aussieht wie mein totes Mädchen. Sie trug sogar die gleichen Ohrringe.«

»Sie sind noch paranoider und verrückter, als ich dachte.«

»Ich habe es Ihnen doch gesagt.«

»Sie sehen überall tote Mädchen.«

»Nein, ich sehe überall dasselbe tote Mädchen.«

Er war ein offizieller Irrer, entschied sie. Merkwürdigerweise wurde er dadurch nicht weniger attraktiv. Sie seufzte. »Wie auch immer, gute Nacht. Ich fahre nach Hause. Schlafen Sie gut.«

Es gab Regeln. Die Regeln besagten, dass man nicht mit Zeugen rummachte, dass man nicht mit Verdächtigen rummachte, dass man nicht mit verurteilten Straftätern rummachte. Und Jackson Brodie brachte es fertig, dass alles drei gleichzeitig auf ihn zutraf. Ja, Louise, du hast dir wieder mal den Richtigen ausgesucht. Und natürlich machte man auch nicht mit einem Mann rum, der schon eine Frau hatte.

Das erklärte zumindest, warum er in Edinburgh war. »Wegen des Festivals«, hatte er gesagt, als sie ihn zum ersten Mal befragte, aber er hatte nicht wie ein Festivaltyp gewirkt. Und das tat er auch jetzt nicht. Aber diese *Julia* spielte in einem Stück mit.

»Wie ist sie, Julia?« Als sie den Namen aussprach, hatte Louise einen unerwarteten Stich der Eifersucht in den Eingeweiden verspürt. Halt den Mund, beiß dir auf die Zunge.

»Sie ist Schauspielerin.« Das hatte sie überrascht. Er runzelte die Stirn, als er ihren Namen nannte.

Sei ehrlich. Ehrlich sein war manchmal schwierig, auch sich selbst gegenüber. Sie war eine geborene Heuchlerin. Sogar das Wort »heucheln« war eine Art Heuchelei, nur um nicht *Lügnerin* sagen zu müssen. Sei ehrlich, Louise, du hast dich in Jackson verguckt. So ein albernes, pubertäres Wort, »verguckt«. *Louise Monroe hat sich in Grant Niven verguckt,* stand in der vierten Klasse an der Wand der Schultoilette. PC Louise Monroe und DI Michael Pirie auf dem Rücksitz eines zivilen Polizeiautos in den frühen Morgenstunden nach seiner Ausstandsfeier. *Himmel, ich habe mich schon vor langem in dich verguckt, Louise*, das dumpfe Schimmern seines Eherings im Dunkeln, das Gestoße und Geschiebe zügelloser Lüsternheit, das Archie zur Folge hatte. Wie seltsam, dass Babys, die absolut Unschuldigen ganz oben auf dem moralischen Haufen, durch so etwas Vulgäres zustande kamen. Das Tier mit den zwei Rücken.

Vielleicht hatte sie sich gar nicht in Jackson verguckt, vielleicht sah sie in ihm nur jemanden, der die Welt überstanden und doch noch etwas zu geben hatte. »Du kannst nicht beides haben«, hatte eine Freundin gesagt. »Hart *und* zart. Männer sind wie Steaks, entweder oder.« Hart und zart, ein Widerspruch in sich, eine Hegel'sche Synthese. Dualismus, die Edinburgher Krankheit. Es war doch möglich, davon war Louise überzeugt, aber vielleicht nur in einer weit entfernten Ecke der Galaxie. Oder mit Jackson Brodie. Vielleicht.

Sie hatte die Windpockennarbe unter seiner Augenbraue bemerkt. Archie hatte eine an fast der gleichen Stelle, eine winzige schildförmige Vertiefung in der Haut, die vermutlich für immer bleiben würde.

Sein dunkles Haar war schieferfarben gesprenkelt. Zumindest hatte er nicht das typisch Männliche getan und sich in mittleren Jahren einen Bart wachsen lassen, um das Doppelkinn zu verbergen, nicht, dass er ein Doppelkinn hatte. Wahrscheinlich würde er mit Bart nicht einmal schlecht aussehen. Als sie jünger war, hatte sie sich nicht vorstellen können, dass sie Männer mittleren Alters mit ergrauendem Haar oder Bart auch nur entfernt attraktiv finden könnte. So viel dazu. Aber vergessen wir *Julia* nicht. Dennoch, sie war Schauspielerin, *und* er runzelte die Stirn, als er ihren Namen nannte. Zwei Punkte gegen Julia.

Merkwürdig, dass man sich durch so schlichte Dinge derart zu jemandem hingezogen fühlen konnte, die Art, wie er ihr einen Drink reichte und *Hier* sagte. Eine Windpockennarbe, der Schatten der Verzweiflung auf seinem Gesicht, als er *Julia* sagte.

Louise fuhr den Wagen in die Garage. Sie erinnerte sich daran, dass Sandy Mathieson gesagt hatte, eine Garage sei für hunderttausend verkauft worden. In Edinburgh hatten manche Häuser in den besten Gegenden keine Garage, so dass die reichen feinen Pinkel mit dem Schrecken leben mussten, ihre Autos auf der Straße abstellen zu müssen, während zu Louises modernem, charakterlosem (dennoch irre teurem) Siedlungshaus eine Doppelgarage gehörte. Danke, Graham Hatter. Die Urne mit ihrer Mutter stand jetzt in einem Regal in der Garage zwischen einem halbleeren Zwei-Liter-Kanister Farbe und einem Glas voller Nägel. Nachdem sie ausgestiegen war, begrüßte sie die Urne spöttisch: »Hallo, Mom.«

Jellybean wartete hinter der Haustür auf sie. Ein tiefer dumpfer Bass pulsierte in Archies Zimmer. Jellybean folgte ihr die Treppe hinauf. Er musste erst mit allen vier Pfoten auf einer Stufe stehen, bevor er die nächste in Angriff nehmen konnte. Es war noch nicht lange her, dass er quirlig rauf- und runtergerannt war. Der Korkenzieher in ihrem Herzen machte eine Vierteldrehung.

Ein Rabauke vermutlich. »Rabauke« war ein gutes Wort, sie konnte es anwenden, wenn Archie das nächste Mal in Schwierigkeiten geriet. *Archie ist ein kleiner Rabauke, aber er ist okay.* Immer öfter quälte sie die unangenehme Vorstellung, in einem Gerichtssaal zu sitzen, Archie auf der Anklagebank, und dabei zusehen zu müssen, wie sein Leben den Bach runterging und ihr Leben mit dazu. *Sie haben ihn in eine Krippe gegeben, als er drei Monate alt war, Ms Monroe? Ihre Karriere rangierte immer an erster Stelle, nicht wahr? Sie wissen nicht, wer sein Vater ist?* Natürlich wusste sie es, sie wollte es nur nicht sagen. Harmlos, meine Güte, dachte sie. Er war ein kleiner Dreckskerl, das war er.

Sie klopfte an die Tür von Archies Zimmer und trat rasch ein, ohne auf Antwort zu warten. Man sollte Verdächtige immer in einem unachtsamen Augenblick erwischen. Archie und Hamish (verdammt, sie hatte Hamish ganz vergessen) kauerten vor Archies Computer. Sie hörte Hamishs Sotto-voce-Warnung. »Sie kommt, Arch.« Archie schaltete sofort den Bildschirm aus. Pornos wahrscheinlich. Sie machte die Musik aus. Das sollte sie wirklich nicht tun, er hatte schließlich auch Rechte. Nein, hatte er nicht.

»Okay, Jungs?«, sagte sie. Sie hörte, dass sie wie ein Gesetzesvertreter klang, nicht wie eine Mutter.

»Alles in Ordnung, Louise«, sagte Hamish und bedachte sie mit einem breiten Grinsen. Verdammter kleiner Harry Potter. Archie sagte nichts, starrte sie nur finster an, wartete, dass sie wieder ging. Wenn sie ein Mädchen gehabt hätte, würden sie jetzt ein bisschen plaudern über Kleider, Jungen, die Schule. Ein Mädchen würde auf dem Bett liegen und ihre Schminksachen sortieren. Ein Mädchen würde Geheimnisse, Hoffnungen, Träume mit ihr teilen, all die Dinge, die Louise nie mit ihrer Mutter getan hatte.

»Ihr habt morgen Schule, ihr solltet schlafen.«

»Sie haben recht, Louise«, sagte Hamish. »Komm, Archie, ab in die Heia.«

Kleines Arschloch, dachte sie, als sie das Zimmer verließ. Sie entfernte sich ein Stück und schlich dann auf Zehenspitzen zurück, um an der Tür zu horchen. Die Musik blieb abgeschaltet, und sie schienen in einem Buch zu lesen, erst eine Stimme, dann die andere. Jedenfalls keine Pornografie, obwohl sie beide kicherten, als wäre es Porno. Hamishs selbstsichere Stimme, männlicher, wenn sie körperlos war, erklärte: »*›Weißt du, ich glaube, es steckt mehr dahinter, als man auf den ersten Blick sieht, Bertie‹, sagte Nina. ›Maud Elphinstone scheint unschuldiger als das sprichwörtliche Lamm, aber meine Wenigkeit glaubt, dass die Dame ihre Unschuld* *etwas zu häufig beteuert.‹«* Und Archies abstürzende Stimmbruchstimme: *»›Aber, Bertie, ich glaube wirklich, du errötest.‹«*

Waren sie schwul? Wie wäre es für sie, wenn ihr Sohn schwul wäre? Eigentlich wäre es eine Erleichterung, sie müsste sich in Zukunft nicht mehr mit der ganzen Machoscheiße rumschlagen. Jemand, mit dem man zum Shoppen gehen konnte, behaupteten sie immer, die Mütter von schwulen Söhnen. Sie ging nicht gern shoppen, das könnte also ein Problem werden.

»›Ich glaube fast, du bist für die schöne Maud entflammt, Bertie.‹«

Einen Augenblick lang, als sie sich verabschiedeten, hatte sie gedacht, dass Jackson sie küssen würde. Wie hätte sie reagiert? Sie hätte ihn auch geküsst, mitten auf der Straße, wie ein Teenager. *Louise Monroe ist für Jackson Brodie entflammt.* Weil Louise Monroe offensichtlich eine Idiotin war.

34

Gloria verbrachte den Abend im Krankenhaus. Sie studierte Graham sorgfältig und fragte sich, ob er simulierte, ob er beschlossen hatte, all den Problemen, die sich vor ihm auftürmten, aus dem Weg zu gehen, indem er die Welt glauben machte, er sei tot. »Kannst du mich hören, Graham?«, flüsterte sie ihm ins Ohr. Wenn er sie hörte, ließ er es sich nicht anmerken.

Das kolossale Wrack war jetzt so schwach wie ein Kätzchen, so still wie eine Maus. Der gestürzte Ozymandias. *Halb verweht, zerschlagen liegt sein Gesicht im Sand.* Als sie jünger war, hatte sie Shelley sehr gemocht. Sie hatte Graham zu seinem sechzigsten Geburtstag eine wunderschön illustrierte Folio-Society-Ausgabe der gesammelten Gedichte geschenkt, getreu der Maxime, dass man schenken sollte, was man selbst gern geschenkt bekommen würde.

Graham, der nun mal Graham war, hatte das Gedicht natürlich falsch interpretiert und nur die triumphale Hybris von *Ozymandias bin ich, König der Könige: Schaut auf meine Werke, ihr Mächtigen, und verzweifelt!* zitiert. Gloria konnte sich auf die Schnelle an kein Geschenk von einem Mitglied ihrer Familie erinnern, das ihr tatsächlich gefallen hätte. Emily (»und Nick«) schenkten ihr zu Weihnachten eine Küchenmaschine, eine schlechtere Marke als die,

die sie bereits hatte, und von Graham bekam sie einen Einkaufsgutschein von Jenners, ein Geschenk, das keinen großen Einfallsreichtum erforderte und das wahrscheinlich seine Verkaufsleiterin-plus-Geliebte-plus-Möchtegernehefrau Maggie Louden besorgt hatte. Gloria wäre nicht im Traum auf den Gedanken gekommen, dass die Frau, die vor ihrem Weihnachtsbaum stand und keine Pastete wollte, vorhatte, die nächste Mrs Graham Hatter zu werden. *Die Hand, die sie verhöhnte, und das Herz, das sie nährte.*

Sie trank eine Tasse Tee, die ihr eine freundliche Schwester brachte, und blätterte in der *Evening News,* die sie unten gekauft hatte. *Polizei bittet um Mithilfe: Hat jemand eine Frau ins Wasser gehen sehen?*

Ihr Blick fiel auf die Worte: *Ohrringe in Form von Kruzifixen.* Sie stellte ihre Tasse ab und las die kurze Meldung noch einmal. *Ins Wasser gehen* – was sollte das denn heißen?

Als sie wieder zu Hause war, ging Gloria in den Keller, um die Überwachungsanlage für die Nacht einzuschalten. Auf einem der Monitore bewegte sich etwas, ein Paar Augen, das in der Nacht grässlich glühte – ein Fuchs, ein großer männlicher Fuchs, der die Überreste von Glorias Abendessen davontrug. Dann wurde der Monitor plötzlich schwarz.

Dann wurden alle Monitore schwarz, einer nach dem anderen. Keine kleinen Roboter mehr, die sich hierhin und dorthin drehten und ihre elektronischen Augen offen hielten. Die Lichter der Alarmanlage flackerten und erloschen, und dann fiel der Strom im ganzen Haus aus. So wäre es für Graham, wenn er stürbe.

Eine Sicherung musste durchgebrannt sein, sagte sich Gloria. Kein Grund zur Sorge. Sie tastete sich in der totalen Dunkelheit des Kellers an der Wand entlang zum Sicherungskasten. Sie hörte ein

Geräusch. Einen Schritt, eine Tür, die geöffnet wurde, ein Dielenbrett knarzte.

Ihr Herz begann so laut zu schlagen, dass sie meinte, es müsste wie ein Leuchtturm ihre Position kundtun. Heute war in Merchiston ein Mann totgeschlagen worden, wer weiß, vielleicht war der Mörder in einen südlicheren Vorort weitergezogen? Sie wünschte, sie wäre bewaffnet. Im Geist ging sie durch, was ihr zur Verfügung stand. Im Schuppen befand sich das größte Arsenal – Unkrautspray, eine Axt, die elektrische Heckenschere, der Grastrimmer –, mit dem Trimmer konnte man jemandem die Knöchel schwer verletzen. Leider gab es keine Möglichkeit, in den Schuppen zu gelangen, ohne an dem Eindringling im Haus vorbeizumüssen. Hatte er Augen aus Diamanten und Jett, war er so groß wie ein Bär?

Plötzlich fielen ihr Maggie Loudens Worte ein. *Ist es erledigt, ist es vorbei? Bist du Gloria los?* Was, wenn sie nicht von Scheidung, sondern von Mord gesprochen hatte?

Natürlich, genau das würde Graham tun! Wenn er sich von Gloria scheiden ließe, müsste er die Hälfte von allem, was er hatte, abgeben, und das würde Graham um nichts in der Welt zulassen. Aber wenn Gloria starb, konnte er alles behalten. Das Vorhaben war so melodramatisch wie die Plots von *Emmerdale* und doch absolut glaubwürdig. Er würde jemanden beauftragen – Graham machte sich nie selbst die Hände schmutzig. Er würde jemanden bezahlen, um sie loszuwerden. Oder er würde Terry schicken. Ja, das würde er tun, er würde Terry benutzen.

Gloria presste die Hand aufs Herz in dem Versuch, das verräterische Pochen zu dämpfen. Ein weiteres Dielenbrett knarzte, diesmal viel näher, und Gloria sah jemanden oben an der Kellertreppe stehen, eine Gestalt, umgeben von einer Aura aus Mondlicht, das durch das Atriumoberlicht in der Eingangshalle fiel.

Die Gestalt begann die Treppe hinunterzugehen. Gloria holte tief Luft und sagte bestimmt: »Bevor Sie weitergehen, sollten Sie wissen, dass ich bewaffnet bin.« Natürlich eine Lüge, aber unter diesen Umständen eignete sich die Wahrheit nicht als Waffe. Die Gestalt zögerte, beugte sich vor, um besser in den Keller sehen zu können, und dann sagte eine bekannte Stimme: »Hallo, Gloria.«

Gloria stieß einen kleinen Schreckensschrei aus. »Ich dachte, Sie sind tot.«

35

Als Martin ins Four Clans zurückkehrte, stand nicht mehr die Gefängnisdirektorin an der Rezeption, sondern der Nachtportier von gestern. Hatte Sutherland nicht gesagt, der Mann sei in Urlaub? Er gab Martin den Schlüssel, blickte dabei kaum von der *Evening News* auf, die vor ihm auf dem billigen Furnier der Rezeption lag. Eine Zigarette hing gefährlich locker in seinem Mundwinkel.

»Erinnern Sie sich an mich?«, fragte Martin. »Wissen Sie, wer ich bin?«

Der Nachtportier riss sich von der Zeitung los, drei Zentimeter Asche lösten sich von der Zigarette. Er blickte zu Martin, und als würde er nichts Interessantes sehen, wandte er sich wieder der Zeitung zu. »Ja«, sagte er und blätterte um, »Sie sind der tote Mann, oder?«

»Ja«, sagte Martin. »Ich bin der tote Mann.«

DONNERSTAG

36

Ein Hahn krähte. Es gab keinen besseren Wecker. Er erinnerte sich, dass es Sonntag war, sein bevorzugter Wochentag, und er streckte im Bett genüsslich alle viere von sich. Er musste nicht aufstehen und zur Arbeit gehen. Denn er schrieb nicht mehr, Gott sei Dank, er fühlte sich seltsam befreit, wenn er jeden Werktagmorgen einen Anzug und eine Krawatte anziehen und nach London fahren konnte, um sich in einem konservativen Büro mit hohen Decken und großen altmodischen Schreibtischen abzuplacken, einem Ort, an dem ihn die Jüngeren und die Sekretärinnen »Mr Canning« nannten und der Direktor ihm auf den Rücken schlug und sagte: »Wie geht es dieser wunderbaren Frau, die Sie geheiratet haben, alter Freund?« Er wusste nicht, was er den ganzen Tag in dem Büro tat, aber mittags ging er in ein Restaurant, in dem die Kellnerinnen weiße Schürzen mit Spitzenbesatz und kleine Hauben auf dem Kopf trugen und ihm Ochsenschwanzsuppe und Plunder, gefüllt mit Früchten und Pudding, brachten. Und nachmittags um Punkt drei Uhr servierte ihm seine Sekretärin (June oder vielleicht Angela), eine fröhliche junge Frau mit einer forschen Kurzschrift und weichen Twinsets, die gewohnte Tasse Tee und einen Teller mit Keksen.

Der Hahn wusste nicht, dass es Sonntag war. Bald gesellten sich andere Vogelstimmen dazu. Martin konnte aus der Tapisserie des

Gezwitschers das freudige Trillern einer Amsel heraushören, die Identität der anderen Vögel war ihm jedoch ein Rätsel. Seine (wunderbare) Frau wüsste es, sie war auf dem Land geboren und aufgewachsen. Ein Bauernmädchen. Ein gesundes, milchgenährtes Bauernmädchen. Er stützte sich auf den Ellbogen und betrachtete das gesunde Bauernmädchengesicht. Wenn sie schlief, war sie noch schöner, aber es war eine Schönheit, die bei Männern respektvolle Bewunderung und nicht Lust hervorrief. Allein die Vorstellung von Lust hätte sie beschmutzt. Sie war über jeden Tadel erhaben. Eine Strähne ihres weichen braunen Haares lag auf ihrem Gesicht. Er schob sie sanft beiseite und küsste ihre köstlichen rubinfarbenen Lippen.

Er würde ihr das Frühstück ans Bett bringen. Ein richtiges Frühstück, Eier und Speck, Toast. Für das Mittagessen würden sie ein gutes Stück englisches Rindfleisch braten, obwohl Fleisch noch rationiert war, aber der Dorfmetzger war ihr Freund. Alle waren ihre Freunde. (Er fragte sich, warum er in diesem anderen Leben so viel Fleisch aß.)

Der Verlauf des Vormittags würde dem gewohnten glücklichen Sonntagsmuster folgen. Wenn das Essen fast fertig wäre – die Sauce kochte ein, das Rindfleisch ruhte –, würde er lachen (weil es ihr gemeinsamer kleiner Scherz war), zu ihr sagen: »Ein kleiner Sherry vor dem Essen, Liebling?«, und die Karaffe von Waterford holen, die ihren Eltern gehört hatte. Dann würden sie an ihrem Amontillado nippen, sich in die mit »Erdbeerdieb« gemusterten Sessel setzen und Schuberts *Forellenquintett* hören.

Er hörte das Wasser im Bad laufen und Getrappel im Flur und die Treppe herunter. Peter / David machte Flugzeuggeräusche und kämpfte allein gegen die deutsche Luftwaffe. Martin hörte ihn sagen: »Das ist für dich, du dreckiger Nazi«, bevor der Junge den

Lärm von Maschinengewehrsalven nachahmte. Er war ein braver Junge, er würde werden wie sein Vater, der Kampfpilot, nicht wie Martin. Gestern Abend, nachdem Peter/David sie beide geküsst, ihnen Gute Nacht gewünscht hatte und ins Bett gegangen war, hatten sie in ihrem gemütlichen Wohnzimmer (knisterndes Feuer etc.) gesessen, Martin toastete Hefeküchlein, seine Frau strickte einen weiteren Fair-Isle-Pullover, als sie im Stricken innehielt und lächelnd sagte: »Ich glaube, er verdient es, ein Brüderchen oder ein Schwesterchen zu bekommen, meinst du nicht?« Ein Augenblick wie ein Schatz in einem Leben voller Schätze.

Er streckte sich noch einmal, schlang die Arme um seine Frau und roch ihr Maiglöckchenhaar. Sie wand sich ein bisschen, ein Zeichen, dass sie wach und willig war. Er schob eine Hand unter die Falten ihres Nachthemds und fand ihre apfelrunden Brüste und presste seinen Körper an ihren.

An dieser Stelle sollte er etwas Liebevolles, Zärtliches sagen. Er hatte aus irgendeinem Grund immer Schwierigkeiten mit intimeren Gesprächen, vielleicht wäre es einfacher, wenn er ihr einen Namen gab. Sie drehte sich um und umarmte ihn ebenfalls. »Marty«, sagte sie.

Er erwachte erschrocken. Der billige digitale Radiowecker auf dem Nachttisch informierte ihn, dass es sechs Uhr morgens war. Er überlegte, ob er unter der Decke nachsehen sollte, um sich zu vergewissern, dass er sich nicht in ein riesiges Insekt verwandelt hatte.

Das Tageslicht war bereits stärker als das Licht der Straßenlampen und drang durch die dünnen orangefarbenen Vorhänge, tauchte das Zimmer in das Glühen eines postnuklearen Sonnenaufgangs. Das grelle orangegelbe Licht fiel auf Martins Gesicht. Er konnte sich nicht vorstellen, dass er noch einmal einschlafen würde. Die Wände der Zimmer waren papierdünn. Jede Toilettenspülung, jedes räuspernde schleimige Husten, jeder versuchte oder vollzogene sexuelle Akt schien über eine direkte Leitung mit seinem Zimmer verbunden.

Was, wenn er hier feststeckte, wenn er in eine surreale Schleife geraten war und jeden Morgen in einem anderen Zimmer des Four Clans erwachte? Wie viele Zimmer hatte das Hotel? Was, wenn es eine unendliche Anzahl war, was, wenn es ein *Twilight-Zone*-Ort war mit einem nicht existierenden dreizehnten Stock und Angestellten, die tatsächlich die Geister der früheren Gäste waren? Ein Hotel, aus dem man nicht auschecken konnte?

Im hellen Licht des Tages war ihm klar, dass gestern nicht Richard Moat selbst angerufen hatte. Was war schließlich wahrscheinlicher – dass Richard Moat ihn aus dem Leben nach dem Tod anrief oder dass die Person, die Richard Moat umgebracht hatte, auch sein Handy gestohlen hatte? Ein Mörder, der ihn anrief, war einer Leiche, die ihn anrief, vorzuziehen. Natürlich sollte er die Polizei davon in Kenntnis setzen, aber die Vorstellung, noch einmal mit Sutherland zu reden, war zu deprimierend. Er fragte sich, was Richard Moats Mörder zu ihm gesagt hätte, wenn sein Akku nicht leer gewesen wäre. *Du bist der Nächste,* vielleicht. Auge um Auge.

Gestern Abend hatte er Melanie angekündigt, er werde seinen Auftritt auf dem Literaturfestival absagen, aber jetzt meinte er, dass es Mut beweisen würde, trotzdem hinzugehen. *Reiß dich zusammen, Junge! Stell dich dem, wovor du Angst hast.* Er mochte nur der Spielball der Götter sein, aber er war immer noch Alex Blake. Das war sein Leben, das war seine Arena: Vielleicht war es keine sehr vornehme Arena, doch es war alles, was er noch hatte.

Er hatte während der letzten achtundvierzig Stunden seinen

Laptop verloren, seine Brieftasche, seinen Roman, sein Zuhause, seine Identität. Er hatte nur noch Alex Blake.

An der Rezeption saß jetzt ein Junge mit einer gestreiften Satinweste und einer Fliege wie ein Mitglied eines Barbershop-Quartetts.

»Kann ich das Telefon benutzen?«, fragte Martin, und der Junge sagte: »Selbstverständlich, Mr Canning. Meine Mutter hat alle Alex-Blake-Bücher gelesen, sie ist Ihr größter Fan.«

»Danke, Dank auch an sie. Das ist sehr freundlich.«

Aus seiner Tasche holte er den Flyer, den er vor Ewigkeiten eingesteckt hatte. *Wenn Sie Hilfe brauchen,* hatte der Mann gesagt. Er brauchte Hilfe. Er brauchte einen Menschen, der auf seiner Seite war. *Stell dich dem, wovor du Angst hast. Reiß dich zusammen, du verdammte Memme. Du bist wirklich ein altes Weib, Martin.*

Er würde sich von einem unbegründeten Verdacht nicht länger einschüchtern lassen oder von toten Männern, die ihn anriefen. Er würde mit hoch erhobenem Kopf weitermachen. Kosmische Gerechtigkeit mochte kommen und ihn holen, aber zu seinen Bedingungen.

Er wählte die Nummer, und als sich jemand meldete, sagte er: »Mr Brodie? Erinnern Sie sich noch an mich?«

37

Jackson drehte sich im Bett um und schmiegte sich an Julias heißen Körper. Normalerweise schlief sie nackt, aber jetzt trug sie einen grauenhaften Schlafanzug, der ihr viel zu groß war und womöglich irgendwann ihrer Schwester gehört hatte. Jackson wusste, dass der Schlafanzug von Bedeutung war, aber er wollte nicht unbedingt darüber nachdenken, was für eine Bedeutung er hatte. Er vermisste das Gefühl von Haut auf Haut, Julias Pfirsichrundungen. Er passte sich den vertrauten Kurven und Wölbungen ihres Körpers an, aber statt sich an ihn zu drücken und sich seiner Form anzupassen, rutschte sie von ihm weg und murmelte etwas Unverständliches. Julia redete viel im Schlaf, alles Geschnatter, nichtsdestoweniger hörte Jackson in letzter Zeit genau hin für den Fall, dass sie etwas Geheimes und Verborgenes preisgab, das er besser (oder wahrscheinlicher besser nicht) wissen sollte.

Er presste sich noch fester an sie und küsste ihren Nacken, doch sie schlief weiter. Es war schwierig, Julia zu wecken, außer er schüttelte sie. Einmal hatte er mit ihr geschlafen, während sie schlief, und sie hatte kaum gezuckt, als er in ihr gekommen war. Er hatte es ihr danach nicht erzählt, weil er nicht sicher war, wie sie reagieren würde. Er konnte sich nicht vorstellen, dass sie sonderlich verärgert gewesen wäre (sie war schließlich Julia). Wahrscheinlich hätte sie nur gesagt: »Ohne mich? Wie konntest du nur?« Technisch gesprochen war es natürlich eine Vergewaltigung. Er hatte zu seiner Zeit genügend Typen verhaftet, die ein betrunkenes oder unter Drogen stehendes Mädchen missbraucht hatten. Und, um ehrlich zu sein, Julia schlief so fest, dass eine Spur Nekrophilie dabei gewesen war. Er hatte einmal einen Nekrophilen festgenommen: Der Kerl arbeitete in einem Leichenschauhaus und sah nicht ein, »was schlimm daran war«, weil »die Objekte meiner Zuneigung allem Irdischen weit entrückt sind«.

Über Amelias Schlafanzug und Nekrophilie hatte Jackson jegliches Verlangen abgetötet, mit dem er erwacht sein mochte. Vielleicht war Julia immer noch sauer auf ihn. Jackson legte ein Ohr wie ein Stethoskop an ihren Rücken und horchte auf ihren rasselnden Atem. Das Gleiche hatte er bei der drei Jahre alten Marlee getan, als sie Bronchitis hatte. Julias Lungen würden sie letztlich umbringen. Irgendetwas an ihr drängte die Vermutung auf, dass sie nicht alt werden würde. Lange bevor sie Rente bekäme, hätte sie Emphyseme und müsste eine Sauerstoffflasche mit sich herumschleppen, die so groß war wie sie. Julia entwand sich ihm weiter.

Alles unterlag den Gesetzen der Entropie, sogar Sex, sogar Liebe. Ein langsames Verlöschen der Leidenschaft. Offensichtlich nicht die Liebe zu seiner Tochter, die war ein nicht zu durchtrennendes Band. Oder zu seiner Schwester. Er hatte seine Schwester aus tiefstem Herzen geliebt, aber Niamh war »allem Irdischen zu weit entrückt«, als dass er noch das Zerren und die Dringlichkeit dieser Liebe verspürt hätte. Nur noch Traurigkeit war geblieben.

Er stützte sich auf den Ellbogen und betrachtete Julias Gesicht. Er hatte das Gefühl, als würde sie nicht wirklich schlafen, als würde sie schauspielern.

»Nicht«, sagte sie, drehte sich um und presste das Gesicht in das Kissen.

Als er wieder erwachte, kniete Julia auf dem Bett neben ihm, nur in ein Handtuch gewickelt. Sie hielt ein Tablett mit Kaffee, Rühreiern, Toast.

»Frühstück!«, rief sie gut gelaunt.

Jacksons Uhr stand auf sieben. »Einen Augenblick lang dachte ich, du wärst Julia«, sagte er.

»Ha, sehr komisch. Ich konnte nicht schlafen.« Ihr feuchtes Haar war auf einer Seite des Kopfes zu einem verrückten Pferdeschwanz zusammengefasst, und sie roch seifig sauber. Sie bewegte sich in einer Raute aus Sonnenlicht, und er sah die dunklen Ringe unter ihren Augen und einen Schatten wie von etwas Todbringendem auf ihrer Stirn. Vielleicht war es nur Enttäuschung.

Sie setzte sich im Schneidersitz aufs Bett und las ihm sein Horoskop vor: »›Schützen erleben im Augenblick harte Zeiten. Sie haben das Gefühl, nicht zurechtzukommen, aber sorgen Sie sich nicht, Sie sehen Licht am Ende des Tunnels.‹ Stimmt das? Machst du gerade eine harte Zeit durch?«

»Nicht härter als üblich.«

Er fragte sie nicht danach, was die Sterne ihr sagten, damit hätte er für glaubwürdig erklärt, was er für Unsinn hielt. Er vermutete, dass auch Julia es für Unsinn hielt und dass das Ganze nur eine Pose war.

»Machst du eine harte Zeit durch? O ja, das tust du, oder? Du kämpfst auf der Straße, *raufst*, bringst Hunde um …«

»Ich habe den Hund nicht umgebracht.«

»Wirst ins Gefängnis geworfen, verurteilt. Sie werden dich bei der Polizei nicht wieder nehmen, Schatz.«

»Ich will nicht wieder zur Polizei.«

»Doch, das willst du.«

Es war erstaunlich, was ein verbranntes Opfer für die Stimmung eines Mannes tun konnte. Die Eier waren gummiartig, der Toast war verkohlt, aber Jackson brachte alles hinunter. Er hatte damit gerechnet, dass es die kalten Reste des Streits vom Vorabend zum Frühstück geben würde, und deswegen waren die Eier und Julias Wohlwollen eine angenehme Überraschung.

Julia nippte an einer Tasse mit dünnem Tee, und als er sie fragte, warum sie nichts aß – Julia liebte Essen, so wie ein Hund Futter liebt –, sagte sie: »Flaues Gefühl im Bauch. Lampenfieber. Die Presse wird kommen, wie grauenhaft. Dass sie das Stück besprechen, ist fast so beängstigend, wie wenn sie es *nicht* besprechen würden. Und es ist das Festival, deswegen wird kein richtiger Theaterkritiker kommen, die haben immer was Besseres zu tun. Wir kriegen irgendeinen Schwachkopf, der normalerweise für die Sportseiten schreibt. Wenn wir nur noch eine Probe hätten.«

»Wie war es gestern Abend?«

»Ach, du weißt schon.« Sie zuckte die Achseln. »Schrecklich.«

Jacksons Herz flog ihr zu.

»Tut mir leid, dass ich so muffelig war«, sagte Julia.

»Ich war auch muffelig«, sagte Jackson großzügig. Er glaubte nicht, dass er wirklich muffelig gewesen war, aber es schadete nicht, sich von der ritterlichen Seite zu zeigen, vor allem, weil er annahm, dass die logische Folge von Julia in einem Handtuch, die ihm das Frühstück ans Bett brachte, Sex wäre, aber als er spielerisch nach ihr fasste, sprang sie so geschmeidig vom Bett wie eine Katze und sagte: »Ich muss los, ich habe so viel zu tun.« An der Tür drehte sie sich um und sagte: »Ich liebe dich.« Jackson war mehr als einmal aufgefallen, dass die Leute zu Beginn einer Beziehung glücklich aussahen, wenn sie »Ich liebe dich« sagten, aber am Ende blickten sie bei denselben Wörtern traurig drein. Julias Miene war eindeutig tragisch. Aber es war schließlich Julia, die immer übertrieb.

Jacksons Telefon klingelte, und zuerst wollte er sich nicht melden. Gute Nachrichten schlafen bis Mittag, hieß es nicht so – oder war das eine Zeile aus einem Lied der Cowboy Junkies? Er meldete sich und musste eine Weile sein Gedächtnis durchforsten, bis der Name ihm etwas sagte. Martin. Martin Canning, der Mann, der seine Aktentasche auf Terence Smith geworfen hatte. Ein komischer kleiner Kauz.

»Hallo, Martin«, sagte Jackson und schlug einen falschen kumpelhaften Tonfall an, weil der Typ klang, als wäre er etwas aus dem Gleichgewicht geraten. »Was kann ich für Sie tun?«

»Ich frage mich, ob Sie mir Hilfe leisten könnten, Mr Brodie.«

Jackson konnte das Wort »Hilfe« nicht länger hören, ohne dass es dunkle Ahnungen in ihm heraufbeschwor. »Klar, Martin, ich habe heute nichts vor. Und ich heiße Jackson, nennen Sie mich Jackson.«

»Was wirst du heute machen?«, fragte Julia, die jetzt vollständig angezogen und in Gedanken zu sehr bei ihren eigenen Plänen war, um wirklich neugierig zu sein. Auf dem Küchentisch stand ein kleiner Spiegel, und sie trug Make-up auf. Ein dünner Puderfilm überzog die Pyramide aus Orangen in einer gläsernen Auflaufform. Jackson erinnerte sich nicht daran, Obst gekauft zu haben.

»Ich habe einen Job«, sagte er.

»Einen Job?«

»Ja, einen Job. Ein Mann braucht heute einen Babysitter.«

»Einen Babysitter?«

Jackson fragte sich, ob sie weiter vorhatte zu wiederholen, was er sagte. Sollte das nicht die Queen tun? Es vermittelte den Eindruck von höflicher Konversation, von ungeheucheltem Interesse an dem, was die andere Person sagte, ohne sich tatsächlich auf sie einlassen oder ihr auch nur zuhören zu müssen. Er wollte die Theorie überprüfen und sagte zu Julia: »Und dann dachte ich daran, mich zu ertränken – im Forth.« Aber statt wie ein Papagei »im Forth« zu wiederholen, drehte sich Julia um und blickte ihn nachdenklich an, sie sah vielmehr durch ihn hindurch, als dass sie ihn anblickte, und sagte: »Ertränken?«

Jackson begriff seinen Fehler sofort. Julias älteste Schwester, Sylvia, hatte in der Badewanne Selbstmord begangen, ein erschreckendes Zeugnis von Willenkraft, das Jackson fast schon bewunderte. Sie war Nonne gewesen, und Jackson vermutete, dass die vielen Jahre der Disziplin ihre Seele in Eisen verwandelt hatten. Seine eigene Schwester war nicht ertrunken, sie wurde vergewaltigt, erwürgt und dann in einen Kanal geworfen. Wasser, überall Wasser. Diese Dinge verbanden sie, ihn und Julia. »Wie eine Art karmischer Konkatenation«, hatte sie einmal gesagt. Er musste das Wort nachschlagen. Es klang katholisch, war es aber nicht. Es stammte vom lateinischen »catena«, Kette, ab. Beweiskette. Narrenkette. Jetzt wünschte er, dass er eine klassische Bildung hätte, nicht eine Ausbildung bei der Armee. Eine gute Schule, einen Abschluss, die Welt, in die seine Tochter hineinwuchs. Die Welt, in der Julia groß geworden war. Andererseits war sie vollkommen kaputt gewesen. Er wollte Julia von der Frau im Forth, von seinem eigenen Beinaheertrinken erzählen, aber sie war wieder zu sich selbst zurückgekehrt, trug Lippenstift auf, betrachtete mit professioneller Distanz ihre Lippen im Spiegel, presste sie zusammen und schürzte sie, als wollte sie ihr Spiegelbild küssen.

Jackson fragte sich, was es über eine Beziehung aussagte, wenn man dem »Objekt seiner Begierde« nicht erzählen konnte, dass man wie ein halb ersoffener Hund aus dem Wasser gezogen worden war. »Lucky« war – unweigerlich – der Name des Hundes gewesen, der voller Begeisterung vom Pier in Whitby ins Wasser gestürzt war. Der Besitzer des Hundes, der als Erster an diesem Tag ertrunken war, hatte eine Frau und eine achtjährige Tochter, und Jackson hätte gern gewusst, was aus dem Hund geworden war. Hatten sie Lucky wieder mit nach Hause genommen?

»Aber du wirst doch fertig, bevor die Show anfängt?«

»Die Show?«

Als sie schon an der Tür stand, sagte Julia: »Ach, bevor ich's vergesse, kannst du mir einen Gefallen tun? Ich habe den Chip in der Drogerie nebenan abgegeben. Ich dachte, wenn du nichts Besseres zu tun hast, könntest du die Fotos abholen.«

»Und wenn ich was Besseres zu tun habe?«

»Hast du?« Julias Frage klang eher neugierig als sarkastisch.

»Moment«, sagte Jackson, »hilf mir auf die Sprünge. Was für Fotos? Was für ein Chip?«

»Der Chip aus unserer Kamera.«

»Aber ich habe die Kamera verloren«, sagte er. »Ich habe dir doch erzählt, dass ich die Kamera in Cramond verloren habe.«

»Ich weiß, und *ich* habe dir erzählt, dass ich das Fundamt bei der Polizei in Fettes angerufen habe, und jemand hatte sie abgegeben.«

»Was? Das hast du mir nicht erzählt.«

»Doch, das habe ich«, beharrte Julia, »außer es lag jemand neben mir im Bett, der so *getan* hat, als wäre er Jackson.«

Wie kam es, dass Julia Zeit hatte, etwas in die Drogerie zu bringen, Obst zu kaufen, zu telefonieren, mit Richard Moat Mittag zu essen? Und doch hatte sie keine Minute Zeit für *ihn*.

»Scott Marshall«, fuhr sie vergnügt fort, »der nette Mann, der meinen Liebhaber spielt, ist nach Fettes gefahren und hat die Kamera für mich abgeholt.«

»Sie haben sie ihm einfach gegeben?«, fragte Jackson erstaunt (*mein Liebhaber*, wie sie es gesagt hatte, so beiläufig). »Ohne Beweise?« Er dachte an das Bild des toten Mädchens in der Kamera. Hatte es jemand angesehen, es auf Papier gebannt?

»Ich habe am Telefon die ersten drei Bilder auf dem Chip beschrieben«, sagte Julia. »Das schien ihnen zu reichen. Und ich habe gesagt, dass jemand namens Scott Marshall die Kamera abholen würde. Er hat ihnen seinen Führerschein gezeigt. Mann, Jackson, müssen wir jedes Detail wiederkäuen?«

»Was ist auf den ersten drei Fotos?«, fragte Jackson.

»Willst du mich testen?«

»Nein, nein, ich bin neugierig. *Ich* habe keine Ahnung, was drauf ist.«

»Du bist drauf«, sagte Julia. »Es sind Fotos von dir, Jackson.«

»Aber …«

»Ich muss los. Tut mir leid, Schatz.«

Kein Wunder, dass Identitätsbetrug ein rasant wachsender Verbrechenszweig war. Der Drogist war so lax wie die Polizei. Jackson hatte keinen Beleg, keinen Beweis, dass die Fotos ihm gehörten, aber sie wurden ihm prompt ausgehändigt, als er sagte, dass »Julia Land« sie vorbeigebracht hatte. Der Drogist lächelte ihn wissend an und sagte: »Ja, natürlich«, und Jackson musste annehmen, dass Julia das ganze Geschütz ihres Orangenverkäuferinnencharmes zum Einsatz gebrachte hatte. Julia würde mit einem alten Mann mit künstlichem Kniegelenk flirten, während sie ihm über die Straße half – denn, und das war einer der Gründe, warum er sie liebte, sie war eine Person, die Menschen über die Straße und Blinden in Supermärkten half, verirrte Kätzchen und verletzte Vögel aufsammelte.

Sie musste flirten, sie tat es automatisch, es war Bestandteil ihrer Persönlichkeit. Herr im Himmel, Julia flirtete mit *Hunden*. Er hatte miterlebt, dass sie mit unbelebten Objekten flirtete, einem Kessel schmeichelte, damit das Wasser schneller kochte, einem Auto, damit es ansprang, einem Kaminfeuer, damit es brannte. *Komm, Schatz, versuch es noch ein bisschen, dann schaffst du es.*

Vielleicht sollte er es nicht als Bedrohung, sondern als soziale Dienstleistung betrachten, sie zu alten Leuten schicken, damit sie alten Männern die Illusion der Männlichkeit gab und sie sich in ihrer Haut wieder wohlfühlten. *Viagra für den Kopf.* Alte Männer hatten etwas Erbärmliches. Kerle, die in Kriegen gekämpft, den Zusammenbruch von Reichen bezeugt hatten, wie Könige durch Vorstandszimmer und Fabrikhallen geschritten waren, das Brot verdient, die Beiträge bezahlt hatten, ihren Weg gegangen waren und gesagt hatten, was sie zu sagen hatten, konnten im Alter nicht einmal mehr ohne Hilfe pinkeln. Alte Frauen dagegen wirkten nie so bedauernswert, wie zerbrechlich sie auch waren. Natürlich gab es nicht so viele alte Männer wie alte Frauen. Vertrocknet und spröde wie Reisig, aber sie hielten durch.

Er ging mit den Fotos ins Café Politik und setzte sich in eine Nische. Er fühlte sich ungefähr so, als wollte er ein Geschenk auspacken, die gleiche Hoffnung, die gleiche Aufregung, nur auf der dunklen Seite – Kehrseite, das war das Wort, das Julia benutzt hätte. Das Foto wäre der angenehme Beweis, dass er sich sein Erlebnis im Forth nicht eingebildet hatte; leider wäre es auch der weniger angenehme Beweis dafür, dass jemand tot war.

Eine Kellnerin brachte ihm Kaffee, und als sie wieder hinter der Theke stand, öffnete er den Umschlag mit den großformatigen Hochglanzfotos. Sie waren in der Reihenfolge ausgedruckt worden, wie sie gespeichert waren – die ersten drei waren tatsächlich von Jackson, aufgenommen in Frankreich an Weihnachten im Schnee, als Julia ihre neue Kamera ausprobierte. Er sah auf allen drei Fotos mehr oder weniger gleich aus, auffällig gestellte Posen, auf dem letzten lächelte er halb, nachdem Julia ihm gut zugeredet hatte. *Komm, Schatz, versuch es noch ein bisschen, dann schaffst du es.* Er hasste es, fotografiert zu werden.

Dann kamen noch ein paar weitere Fotos aus Frankreich und dann nichts bis Venedig, weil Julia die Kamera vergessen hatte, als sie nach Neujahr nach London zurückkehrte. Sie hatte hastig gepackt, typisch Julia, und dann hatten sie sich geliebt, ein Abschied in letzter Minute, als sie bereits unterwegs zum Flughafen hätte sein sollen.

Er wählte Louises Handynummer. Es klingelte lange.

Venedig sah noch immer schön aus, aber jetzt schienen die kleinen Canalettos wie quälende Bilder von ihrer glücklichsten Zeit, ihres gemeinsamen goldenen Zeitalters als Paar. Kurz bevor die Risse auftauchten. *Ein Paar? Siehst du uns so?*

Als Louise Monroe ihn gestern »Jackson« genannt hatte *(Seien wir ehrlich, Jackson, auf dem Papier sieht es einfach nicht gut aus für Sie),* hatte es sich angefühlt, als wäre ein Schalter umgelegt worden, das kaum hörbare Summen des elektrischen Stroms, der zu fließen begann. Du Schuft, Jackson. Er hatte eine bessere Meinung von sich gehabt.

Seien wir ehrlich, sie war sein Typ. Julia war so sehr nicht sein Typ, dass sein Radar sie normalerweise nicht erfasst hätte. *Louise.* Das passierte, wenn man auf die dunkle Seite hinüberwechselte.

Wenn er der böse Jackson wurde, dann gelüstete es ihn nach anderen Frauen. *Sei auf der Hut vor Fischen,* hatte Julia gesagt. War Louise Monroe Fisch? Sie wäre ein neuer Weg, nicht notwendig ein guter oder besserer Weg, nur ein neuer.

Nach langem Klingeln meldete sich eine Männerstimme (piekfeines Edinburgh): »Das Monroe-Anwesen. Kann ich behilflich sein?«

Jackson war überrumpelt, er hatte nicht mit einem Mann gerechnet, geschweige denn mit einem anmaßenden Wichser. Bevor er etwas erwidern konnte, meldete sie sich mit einem ungeduldigen: »Ja?«

»Jackson, Jackson Brodie«, sagte er.

Er betrachtete das letzte Venedig-Foto. Es war der Blick aus dem Fenster ihres Hotelzimmers über die Lagune, das Julia im letzten Moment noch gemacht hatte. *(Warte – sonst vergessen wir diesen Blick),* bevor sie das Boot von Cipriani für die letzte Fahrt zum Markusplatz bestiegen. Sie hatte recht gehabt, er hätte den Blick vergessen, wenn es dieses Foto nicht gäbe. Aber letztlich, gleichgültig, wie schön, es war nur eine Aussicht. Er verstand, warum sie immer Menschen auf den Fotos haben wollte – hätte sie am Fenster gestanden mit der Lagune in ihrem Rücken, wäre es ein völlig anderes Foto geworden.

Dann kam das Foto von ihm und den Japanern neben der One O'Clock Gun, als Nächstes das Foto des National War Memorial. Und anschließend kam nur noch ein Foto. Es war schwarz, vollkommen schwarz. Verwirrt ging Jackson die Fotos noch einmal rasch durch. Mit demselben Ergebnis – nichts. Keine Spur von dem toten Mädchen. Nur das schwarze Foto. Das schwarze Viereck, in das Julia jeden Abend schaute, fiel ihm ein, der wütende arktische Sturm. Er fragte sich, ob das Foto des toten Mädchens gelöscht worden war, vielleicht aus Versehen. Er wusste, dass man nie etwas ganz löschen konnte, nicht das Löschen zerstörte eine Datei, sondern das Überschreiben mit neuen Daten. Es gab Programme, die verlorene Bilder wiederherstellten. Das konnte jeder Fotoladen. Oder die Techniker der Polizei.

»Wollten Sie etwas?«, fragte Louise. »Oder rufen Sie nur an, um mich zu ärgern?«

»Sie sind kein Morgenmensch, oder?«, fragte er. Plötzlich war ihm klar, was passiert war. In seiner Hast, das Foto zu machen – Leiche, steigende Flut und so weiter –, hatte er den Verschluss der Linse nicht geöffnet. *Oh, Scheiße.* Er schlug mit dem Kopf auf den Tisch. Die anderen Gäste des Café Politik sahen ihn beunruhigt an.

»Hallo? Ich rufe Jackson.«

»Nichts, es war nichts. Sie haben recht, ich habe nur angerufen, um Sie zu ärgern.« Er erinnerte sich an etwas. Etwas, was das verrückte russische Mädchen gestern Abend zu ihm gesagt hatte, und er fragte Louise, was sie über reelle Häuser für reelle Menschen wusste.

»Eichhörnchen fressen mein Haus auf«, sagte Louise aus heiterem Himmel.

»Okay«, sagte Jackson, weil ihm dazu keine andere Antwort einfiel. Er fragte sich, ob es besonders große Eichhörnchen waren.

38

Louise verspürte ein merkwürdiges Entsetzen, erinnerte sich vage an einen Dokumentar- oder Spielfilm – Fakt oder Fiktion, sie wusste es nicht –, ein Mann, der vollkommen benommen erwacht und feststellen muss, dass seine ganze Familie abgeschlachtet worden ist, während er schlief, der von Zimmer zu Zimmer taumelt und ihre Leichen findet.

Plötzlich erwachte sie, zu plötzlich, mit rasendem Herzen und schweißgebadet, und sie brauchte ein paar Sekunden, um sich zu überzeugen, dass es ein Traum gewesen war. Und dann hörte sie das Scharren. In den Wänden? Oder über ihrem Kopf? Über ihrem Kopf. Klauen oder Nägel auf Holz, Kratzen, Laufen. Es hörte auf. Fing wieder an, hörte erneut auf. Was verursachte diese Geräusche? Olympische Spiele der Nagetiere auf dem Dachboden. Vor ein paar Jahren hätte sie Jellybean hinaufgeschickt, den felinen Terminator. Er schlief auf ihrem Bett, bewegte sich neben ihrem Fuß. Sie hätte gern seine professionelle Meinung zu dem Scharren und Kratzen eingeholt, aber sie wollte ihn nicht stören. Er schlief jetzt fast die ganze Nacht und den ganzen Tag. Sie dachte immer, dass es für ihn letzte Dinge waren, sein letzter Tag, sein letztes Frühstück, sein letztes Bad, sein letzter Spaziergang im Freien. Sie kaufte ihm kein Katzenfutter mehr, sondern ging in die Lebensmittelabteilung von Marks and Spencer und erstand Bio-Räucherlachs, Scheiben gekochter Hühnerbrust und frische Eiercreme, von allem brachte er nicht mehr als ein paar halbherzige Bissen hinunter, vermutlich mehr ihr zuliebe als aus Hunger. Das letzte Abendmahl. Archie beschwerte sich, dass er nicht so gute Sachen bekam wie die Katze, und er hatte recht.

Sie hievte sich aus dem Bett, ging leise den Flur entlang und öffnete die Tür zu Archies Zimmer – sie musste sich vergewissern, dass der Albtraum ein Albtraum gewesen war. Beide Jungen schliefen, Archie in seinem Bett, Hamish in einem Schlafsack auf dem Boden. Das Zimmer stank nach Jungen. Louise dachte, dass ein Mädchenzimmer nach Nagellack, Buntstiften und billigen Süßigkeiten riechen würde. Archies Zimmer war erfüllt von konzentriertem Testosteron und Fußgeruch. Im Dämmerlicht erkannte sie gerade noch, dass sich Archies Brust hob und senkte. Sie machte sich nicht die Mühe, Hamish nach Lebenszeichen abzusuchen, was sie betraf, konnten Jungen wie er ruhig abgeschlachtet werden.

Sie holte ihre schwere Polizei-Maglite unter dem Kopfkissen hervor und zog die Leiter aus der Falltür im Flur. Sie stieg hinauf, öffnete vorsichtig die Luke und stellte sich vor, dass ihr etwas auf den Kopf springen, sich in ihrem Haar verfangen, an ihren Ohren und Lippen knabbern würde.

Das winzige Fenster ließ mehr Morgenlicht ein, als sie gedacht hatte, und zusätzlich fiel Licht durch die Lücken zwischen den Dachschindeln. Louise war ziemlich sicher, dass zwischen den Schindeln keine Lücken sein sollten. Es war kein richtiges Dachgeschoss, nur ein Speicherraum mit einem Boden aus rohen Brettern und ohne Strom, in dem sich der Wassertank befand. Ein Elektrokabel schlängelte sich über den Boden, statt unsichtbar unter Putz verlegt zu sein, die Ummantelung aus Plastik war teilweise abgenagt, und Drähte lagen bloß. Die Dachsparren und -balken waren roh und splittrig, und nirgendwo war etwas isoliert. Louise fragte sich, ob es den Vorschriften entsprach, neue Häuser ohne Isolierung zu bauen. Der Speicher schien den Eindruck des dauerhaft Unfertigen zu verstärken, den das Haus machte.

In einer Ecke bewegte sich etwas, klein und flink, ein graues Büschel Schweif, und dann war es verschwunden durch das winzige Loch, wo das Regenfallrohr auf den Überhang über dem Wohnzimmer stieß. Ein Eichhörnchen.

Louise suchte mit der Taschenlampe die Wände ab. Sie fand das Fluchtloch des Eichhörnchens – eine Spalte, wo ein Klumpen Zement aus der Mauer gefallen sein musste oder (wahrscheinlicher, wenn man Hatter-Häuser kannte) nie Zement gewesen war. Sie ließ den Lichtkegel über die Giebelmauer schweifen, eine Archäologin, die das Grab eines Pharaos öffnete, und runzelte die Stirn, als sie einen Riss im Verputz sah, der im Zickzack die Mauer hinunterlief. Den konnte man nicht den Eichhörnchen in die Schuhe schieben.

Sie stieg durch die Luke zurück und über die schmale Leiter wieder hinunter. Als sie auf der untersten Stufe stand, fuhr sie fast aus der Haut, als eine Hand ihren nackten Arm berührte. Hamish hielt ihr einen Becher mit Kaffee hin, ganz der hilfreiche Butler, nur dass er außer Boxershorts nichts anhatte. Gut gebaut für sein Alter. Plötzlich war sie sich des kurzen alten T-Shirts bewusst, in dem sie geschlafen hatte. Der kleine Scheißkerl hatte die ganze Zeit, die sie die Treppen hinuntergestiegen war, hinaufgeschaut.

»Mit Milch, ohne Zucker, Louise«, sagte er. »Ich dachte, Sie sehen aus wie jemand, der auf seine Figur achtet.« Sie überlegte kurz, ihm eine zu knallen, aber sie wollte den Kaffee nicht im Flur verschütten oder von seinem Bankerpapa angezeigt werden, ein Arschloch, das

Louise auf dem Elternabend kennengelernt hatte. Kein Zufall, dass Banker als die größten Wichser galten.

»Danke«, sagte sie und nahm den Kaffee. »Du machst dich besser fertig, Hamish, oder du kommst zu spät in die Schule.« Sie betonte das Wort »Schule«, nur um ihn daran zu erinnern, dass er tatsächlich, technisch gesehen, noch ein *Kind* war. Sie wollte eine Spur von Demütigung auf seinen glatten, bourgeoisen Zügen sehen, aber stattdessen sagte er: »Meine Güte, Louise, Sie müssten dringend mal chillen.«

Louise zog aus der Form geratene Sportsachen an und ging hinaus auf die Straße. Sie war noch immer wütend auf Hamish – der jetzt Frühstück machte in ihrer Küche, als wäre er zu Hause. Der Kaffee war allerdings erstaunlich gut. Archie hatte keine Ahnung vom Kaffeekochen, außer es war Instantkaffee. Louise fragte sich, ob Hamish auch für seine Mutter Kaffee kochte. Es musste schön sein, jemanden zu haben, der etwas für einen tat. Vielleicht war er bei sich zu Hause so asozial und unerträglich wie Archie, und umgekehrt, wenn Archie bei Hamish war, führte er sich vielleicht auf wie der kleine Lord Fauntleroy und sagte zu Hamishs Mutter: »Darf ich Ihnen noch mehr Tee bringen, Mrs Sanders?« Nein, die Phantasie ging mit ihr durch.

Sie stellte sich auf den Gehweg auf der anderen Straßenseite und trank ihren Kaffee, während sie die Front ihres Hauses nach Mängeln absuchte.

Irgendwo im Haus begann ihr Handy zu klingeln.

»Das ist ein ganz schöner Riss«, sagte eine Stimme. Sie wandte sich um und sah, dass ihr Nachbar gerade sein Auto aufschloss. Er machte eine Kopfbewegung in Richtung ihrer Haustür und setzte sich auf den Fahrersitz, während seine Familie einstieg. Louise trat geschmeidig ein paar Schritte zur Seite, blickte nach oben und sah die Krähenfüße eines Risses in der Mauer über dem Eingang. *Ich huste, und ich pruste, und ich puste dein Haus weg.* In der Geschichte konnte der große böse Wolf das Ziegelhaus, das Schweinchen Schlau gebaut hatte, nicht wegpusten. Leider hatte kein Schweinchen Schlau Louises Haus gebaut, sondern der große böse Wolf Graham Hatter. Was hatte Jessica gesagt? *Das Schiff sinkt oder so.*

»Scheiße«, sagte sie.

Der Nachbar zuckte zusammen. Er war irgendein Christ, auf seinem Auto klebte so ein Fisch, und er erwartete offenbar etwas Besseres von der Polizei. Werktags fuhr er seine Kinder in die Schule, samstags zum Schwimmen und sonntags in die Kirche. Herr Spießer. Die Bilderbuch-Familie. Sie hasste sie. »Scheiße«, wiederholte sie, damit er noch einmal zusammenzuckte. »Scheiße, Scheiße, Scheiße.« Er rauschte in einer Wolke der Missbilligung davon.

Hamish tauchte in der Tür auf und hielt ihr das Telefon hin. »Ein Herr für Sie«, sagte er. Manchmal verhielt er sich wirklich tuntenhaft, vielleicht war er doch nicht der geile Hetero, der er vorgab zu sein. Würde sie zu ihren Kollegen in Corstorphine sagen können: *Mein Sohn ist schwul?* Sag es laut und sag es stolz. Dieses Gespräch konnte sie sich einfach nicht vorstellen. Vierzehn, erinnerte sie sich, sie waren noch Kinder, sie hatten keine Ahnung, wer oder was sie waren. Sie lief über die Straße und riss Hamish das Handy aus der Hand.

»Ja«, sagte Louise scharf, und es tat ihr sofort leid, weil es Jackson Brodie war, und dann war sie noch unhöflicher zu ihm, bestrafte ihn, weil sie sich über den Klang seiner Stimme gefreut hatte.

»Ich habe mich gerade gefragt«, sagte er, »ob Ihnen der Ausdruck ›reelle Häuser für reelle Menschen‹ etwas sagt.«

»Was?«

»Reelle Häuser für …«

»Ich habe Sie gehört. Sie schnüffeln doch nicht immer noch herum, oder? ›Reelle Häuser für reelle Menschen‹ ist der Slogan von Hatter-Häuser. Ihr Hauptquartier ist in Edinburgh, es ist immer noch ein Familienunternehmen. Graham Hatter ist ein schottischer Bonze, Millionär, Geschäftsmann und so weiter. Ich wohne in einem Hatter-Haus. Es ist ein Haufen Scheiße. Eichhörnchen fressen es auf.«

Sie wartete, bis Archie und Hamish im Wohnzimmer lagen und MTV zum Frühstück schauten und alles vergessen hatten, was nicht zu ihrer kleinen dummen Welt gehörte, bevor sie in Archies Zimmer schlich. Sie tippte auf die Leertaste, und auf dem Bildschirm tauchte eine Textseite auf.

»Du darfst nicht vergessen, Bertie, die Reichen sind anders als wir.«

»Ich weiß. Sie haben mehr Geld.«

Das war eine Geschichte oder ein Roman. Archie schrieb einen Roman? Man hatte schon Pferde kotzen sehen. Und selbst wenn Archie einen Roman schriebe, wäre es nicht diese Art Roman, sondern hätte etwas mit der Zerstörung der Welt durch roboterhafte Cybermaschinen zu tun und obendrein mit gefügigen Sexpuppenfrauen. Sie ging in »Eigene Dateien«. Der Roman war auf einer CD. Eindeutig nicht Archies CD. Es befand sich zudem die Korrespondenz eines »Alex Blake« darauf, offenbar Antworten auf Fanpost. Weitere Korrespondenz von einem Martin Canning. Teile eines Manuskripts, ein Roman – mehrere Kapitel von etwas mit dem Titel »Tod auf Black Isle«. Das hatten sich Archie und Hamish gestern Abend laut vorgelesen.

»›Weißt du, ich glaube es steckt mehr dahinter, als man auf den ersten Blick sieht, Bertie.‹«

Dann fiel es ihr ein – »Alex Blake« war der Name des Mannes, in dessen Haus Richard Moat ermordet worden war. Martin Canning war sein richtiger Name – oder war es umgekehrt? Ihr Sohn, ihr *harmloser* Sohn besaß gesetzwidrig etwas, was vom Tatort stammen musste. Was hatten sie sonst noch getan? Sie spürte ein Loch, eine Leere, wo normalerweise ihr Magen war.

39

Gloria hatte das frühmorgendliche Feuer im Gartengrill als symbolischen Akt geplant, als Scheiterhaufen für die ehemalige Gloria (Grahams Frau) und als Signalfeuer für die zukünftige Gloria (Grahams Witwe). Sie hatte sich vorgestellt, wie ein Phönix aus der Asche aufzusteigen, und so war sie enttäuscht, dass ihre Garderobe nicht besser brannte, auch wenn es nur ein paar Abendkleider waren – teure Designersachen, die sie zu Abendgesellschaften mit Tanz getragen hatte. Sie dachte nicht gern daran, wie sie in den letzten neununddreißig Jahren durch einen Hotelballsaal nach dem anderen gewankt war, auf alt gemacht, ihr Körper in den glitzernden Panzer eines mit Flitter besetzten Kleides gestopft und ihre kleinen Füße (»Schweinsfüßchen« nannte Graham sie) in ungeeignete Schuhe gequetscht.

Doch bald wäre er tot, davon war sie überzeugt. Tot wie ein Dodo. Mausetot. Warum mausetot? Warum war eine Maus toter als etwas anderes? Gab es einen Komparativ von tot? Konnte etwas toter als etwas anderes sein? Tot, toter, am totesten. Graham wäre toter als Gloria. Er wäre superlativisch tot. Gloria hatte ihr ganzes Leben gebraucht, um zu begreifen, dass sie Graham auf den Tod nicht ausstehen konnte.

Es rauchte mehr, als dass es brannte, deswegen warf sie einen

Anzünder auf den Grill und sah zu, wie die grünen und blauen Zungen an dem mit Strass bestickten Bolerojäckchen von Jacques Vert zu lecken begannen. Mineral zu Mineral, Staub zu Staub. Die Kleider verbrannten nicht zu der weichen, pulvrigen Asche, die sie sich vorgestellt hatte.

Das elektronische Tor wurde mehrmals geöffnet und wieder geschlossen. Hätte sie nicht gewusst, dass der Mann von der Sicherheitsfirma die Anlage im Keller überprüfte, hätte sie geglaubt, dass eine Schar Unsichtbarer langsam auf das Anwesen geschleust wurde.

Sie beobachtete, wie eine Drossel einen elastischen Wurm aus dem Rasen zog. Vögel (abgesehen von Elstern) waren eine gute Sache. Auch wenn sie andere Lebewesen umbrachten. Die Vögel fraßen die Würmer, die Würmer würden vielleicht bald Graham fressen. Graham hatte Vögel gegessen (Hühner, Truthähne, Enten, Fasane, Rebhühner, Moorhühner), und so würde sich der Kreis des Lebens wieder schließen. Da Grahams autoritäres Regime unerwartet suspendiert war, aß Glorias nichts mehr, was atmete. Graham hatte immer wieder den Wunsch geäußert, eingeäschert zu werden, aber Gloria empfand es als Schande, all den kleinen fleißigen Geschöpfen eine gute Mahlzeit vorzuenthalten.

Die Strafe sollte dem Verbrechen entsprechen. Sie hatte im King's letztes Jahr eine besonders aufrüttelnde Amateurproduktion von *Der Mikado* gesehen. Sie mochte die Operetten von Gilbert und Sullivan, zumindest die bekannteren. Manche Dinge lagen auf der Hand – ein Mensch, der einen Hund zu Tode trat, sollte selbst zu Tode getreten werden, vorzugsweise von Hunden, aber das war nicht wirklich möglich, die Anatomie der Hunde war nicht zum Treten geeignet. Was viel über Hunde verriet, wenn man darüber nachdachte. Gloria würde das Treten gern selbst übernehmen, wenn nötig. Aber was wäre die angemessene Strafe für Graham?

Vielleicht sollte man ihn zwingen, den ganzen Tag in einem muffigen, fensterlosen Büro zu sitzen (oder, besser noch, zu stehen wie ein viktorianischer Buchhalter), endlose Papierstapel abzuarbeiten – Versicherungsansprüche, Mehrwertsteuererklärungen, Einkommensteuererklärungen, Bände mit doppelter Buchführung – und alles mit der Hand sauber und wahrheitsgemäß einzutragen. Oder besser noch, er müsste für den Rest seines Lebens Tag und Nacht stehen und das Geld anderer Leute zählen, ohne auch nur einen Farthing selbst einstecken zu dürfen. Gloria vermisste die Farthings, die winzige Münze mit dem winzigen Vogel darauf.

Sie stocherte noch einmal im Grill. Vielleicht sollte sie Graham doch einäschern lassen, nur um ganz sicher zu sein, dass er nicht mehr zurückkäme.

In der Zeitung (sie musste die Zeitungen abbestellen, sie waren nicht gesund) stand ein Artikel über einen Fall vor Gericht – ein Teenager war in ein Altersheim eingebrochen und hatte Brieftaschen, Geldbörsen und Uhren aus den Zimmern gestohlen, und dann hatte er den Wellensittich einer alten Frau aus dem Käfig genommen, ihn mehrmals mit Tesafilm umwickelt und aus dem Fenster geworfen – im fünften Stock. Und so etwas nannte sich Zivilisation! Wie befriedigend es doch wäre, diesen Teenager mit Tesafilm zu umwickeln und *ihn* aus dem Fenster im fünften Stock zu werfen. Gab es denn niemanden in der Welt, der für Gerechtigkeit sorgte? Sollten die Rowdys und die Elstern und die Grahams und die kätzchenfressenden Männer und sittichmordenden Teenager *wirklich ungestraft davonkommen?*

Oben in ihrem Schlafzimmer schob Gloria den schwarzen Plastiksack mit den Zwanzig-Pfund-Scheinen in ihrem Kleiderschrank beiseite und holte einen kaum getragenen »Hausanzug« aus rotem

Velours heraus. Sie hatte ihn ganz hinten hineingestopft, nachdem Graham ihn entsetzlich gefunden und gemeint hatte, sie sehe darin aus wie eine riesige Tomate. Sie betrachtete sich in den großen Spiegeln des Einbauschranks. Es stimmte, sie sah ein bisschen wie eine Tomate aus, und ihr Arsch war enorm darin, aber der Hausanzug fiel locker über ihren matronenhaften Busen und Echsenbauch, und er war bequem und ziemlich flott, ein Anzug, wie ihn eine sportliche Weihnachtsfrau getragen hätte. Graham hatte nie gemocht, wenn sie Worte wie »Arsch« benutzte, er meinte, Frauen sollten »damenhaft« klingen wie seine eigene Mutter. Beryl hatte, bevor sie ihr Schwammhirn-Syndrom erwarb, ihren Hintern immer »derrière« genannt, wahrscheinlich das einzige französische Wort, das sie kannte.

»Arsch, Arsch, Arsch«, sagte Gloria zu ihrem Spiegelhintern. Der rote Veloursanzug war weich und trug sich angenehm, so fühlten sich wahrscheinlich Babys in ihren Strampelanzügen. Sie zog die Turnschuhe an, die sie sich für die Flotten Fünfziger gekauft hatte. Sie waren mehr oder weniger noch so weiß und sauber wie am ersten Tag. Als sie die Treppe hinunterging, fühlte sie sich leichter, als wäre sie bereit für etwas. Bereit zu laufen.

Gloria seufzte. Sie hörte die weinerliche Stimme von Grahams Sekretärin, Christine Tennant, wieder einmal auf den Anrufbeantworter sprechen: *Graham, wir brauchen dich hier!* Gloria nahm den Hörer ab und sagte: »Christine, was kann ich für Sie tun?«, in dem effizienten Tonfall einer Frau, die hochhackige Schuhe und kleine Geschäftskostüme getragen hatte, statt von einem Barhocker zu rutschen und ihrem zukünftigen Mann wie ein Hündchen zu folgen.

»Das Betrugsdezernat war wieder da«, sagte Christine. »Sie wollen Graham befragen. Er ist nicht wirklich in Thurso, oder?«, fügte sie hinzu und klang dabei eher traurig als bitter. »Er hat uns alle verraten, nicht wahr? Er ist auf und davon, und wir müssen jetzt die Suppe auslöffeln.«

»Ich weiß es nicht, Christine.« Sie legte auf. Christine tat ihr fast leid, die vielen Jahre treuer Dienste, und was hatte sie dafür vorzuweisen? Vielleicht sollte sie ihr Blumen oder einen Korb mit Obst schicken. Ein Korb mit Obst war ein schönes Geschenk.

Der Mann von der Sicherheitsfirma tauchte unerwartet und maulwurfartig aus dem Keller auf. »Irgendetwas stimmt mit den Sensoren an Ihrem Tor nicht«, sagte er dramatischer, als es Gloria geboten schien. »Ihre Bildschirme und Ihre Panikschalter funktionieren wieder, aber ich muss später noch mal mit Ersatzteilen wiederkommen. Ich weiß nicht, was da unten los ist.«

Er war ein kleiner Mann mit den Charakterproblemen kleiner Männer, ging Gloria auf. Prompt richtete er sich zu seiner vollen wichtigtuerischen Größe auf und sagte: »Haben Sie jemand Verdächtigen hereingelassen?«

»Warum sollte ich jemand Verdächtigen hereinlassen?«, fragte Gloria.

Die Antwort schien ihn nicht zu befriedigen, und mit dem Versprechen, später noch einmal zu kommen, stolzierte er den Gartenweg entlang wie ein großspuriger Gockel. Ein Rotkehlchen hüpfte auf dem Weg in die entgegengesetzte Richtung, Mann und Vogel nahmen einander nicht zur Kenntnis. Der Weg war gesäumt von schmalen Beeten mit Sommerpflanzen – Löwenmäulchen und Salbei, beides nicht nach Glorias Geschmack, aber Bill war ein altmodischer Gärtner gewesen, und sie hatte ihn nicht um avantgardistischere Gartenbaumaßnahmen bitten wollen. Bliebe sie in diesem Haus, würde sie Laubengänge aus Rosen anlegen und Geißblatt pflanzen. Reihen über Reihen von Wicken. Aber sie würde nicht bleiben.

Der kräftige Geruch nach Kaffee stieg ihr in die Nase, und sie folgte der Duftspur wie ein süchtiges Bisto-Kid zurück ins Haus und in die Küche, wo Tatiana am Tisch saß, rauchte und die Zeitung las. Tatiana tippte mit einem lackierten Fingernagel auf die Schlagzeile (»Großfahndung nach Mord an Fringe-Comedian«) und sagte: »Viel böse Leute unterwegs.«

Tatiana hatte in einem brauchbaren Schlafanzug von Gloria geschlafen und gefrühstückt, aber jetzt war sie schicker angezogen. Sie trug ein Paar zierlicher Schuhe, »Marc Jacobs«, sagte sie, streckte den Fuß und bewunderte ihn, sowie eine schlichte schwarze Hose und ein bedrucktes Oberteil aus Seide. »Prada«, sagte sie und streichelte den Stoff. »Prada ist Wahrheit«, fügte sie hinzu und blies Rauch zur Decke. »Ich weiß viele Wahrheiten, Gloria.«

»Wirklich?«, sagte Gloria. »Dann passen Sie besser auf sich auf.«

Glorias Herz war fast stehen geblieben, als Tatiana gestern Abend in den Keller kam. »Ich dachte, Sie sind tot«, hatte Gloria gesagt, und Tatiana hatte gelacht und erwidert: »Warum glauben Sie das? Haustür ist nicht zugesperrt«, fügte sie hinzu. »Jemand kann *Sie* in Ihrem Bett umbringen, Gloria.«

»Ich bin nicht in meinem Bett«, sagte Gloria und folgte ihr die Treppe hinauf und in die Küche, wo sie in Schubladen nach Kerzen und Streichhölzern kramte. Der Strom kehrte zurück, bevor sie eins von beidem gefunden hatte.

»In der Zeitung steht, die Polizei glaubt, dass ein Mädchen mit Kruzifixohrringen möglicherweise ertrunken ist.«

»Ah, ja«, sagte Tatiana. »Bin ich nicht.«

»Wer dann?«

»Sie rufen mich nicht an, Gloria«, sagte Tatiana und ignorierte die Frage, ihr Mund eine kleine Schnute der Enttäuschung.

»Ich wusste nicht, dass ich Sie anrufen sollte.«

»Ich gebe Ihnen Telefonnummer.«

Gloria hatte ihre Telefonnummer vielen Leuten gegeben und nie erwartet, dass jemand sie anrief. Tatiana öffnete Schränke auf der Suche nach etwas zu essen, und Gloria machte ihnen beiden getoastete Sandwiches. Nachdem sie das Sandwich gegessen hatte, zündete sich Tatiana eine Zigarette an und verschlang eine Mandarine. Gloria hatte noch nie jemanden gesehen, der Obst aß und gleichzeitig rauchte. Bei Tatiana wirkte das Rauchen so genüsslich, dass Gloria sich fragte, warum sie aufgehört hatte. Es hatte irgendetwas mit Schwangerschaft zu tun, aber war das ein ausreichender Grund?

»Graham hat eine Geliebte«, sagte Gloria.

»Ah, ja, Maggot«, Tatiana nickte. »Was für eine Schlampe. Er verlässt Sie.«

Ist es erledigt, ist es vorbei? Bist du Gloria los? Bist du die alte Schachtel los? Er hatte also nicht vorgehabt, sie umzubringen, sondern sie zu verlassen. Das war eine Erleichterung. »Falls er es erlebt«, sagte Gloria.

Tatiana verlor das Interesse an diesem Gespräch. Sie streckte sich, gähnte und sagte: »Ich muss jetzt ins Bett.« Und Gloria brachte sie in Emilys altem Zimmer unter, wo sie fast die ganze Nacht schnarchte wie ein Landsknecht, bevor sie wieder erwachte und nach Schinkenbroten fragte. »Mit Pickles. Haben Sie Pickles?«

»Nur Branston Pickle«, sagte Gloria.

Es passierte nicht jeden Tag, dass eine fremde russische Domina aus dem Nirgendwo auftauchte und durch dein Haus tigerte. Gloria folgte Tatiana ins Wohnzimmer und sah zu, wie sie mehrere Ziergegenstände in die Hand nahm und begutachtete. Die Moorcraft-Vase schien ihre Zustimmung zu finden, nicht jedoch die Staffordshire-Figuren, vor allem nicht die Milchkännchen in Kuhform von 1850, die sie »scheußlich« nannte. Sie inspizierte den Vorhangstoff, roch an den Blumen, testete die Bequemlichkeit der Sessel. Gloria fragte sich, ob sie den Vollmond anheulte.

Als Nächstes spielte Tatiana mit der Bang&Olufsen-Fernbedienung, vor allem gefiel ihr der Knopf, mit dem man das Licht ein- und ausschaltete. Dann blieb sie stehen, um sich im Spiegel zu betrachten. Als Nächstes nahm sie einen Apfel aus der Obstschale, und während sie ihn (deutlich hörbar) aß, ging sie alle Radiosender durch, hielt nur inne, um die Lautstärke aufzudrehen für »My Heart Will Go On« von Celine Dion. Und lauter und lauter und lauter. »Das ist gutes Lied«, sagte sie.

Gloria war fasziniert. Es war, als wäre sie mit einem ruhelosen, eigensinnigen Tier in einem Käfig eingesperrt. Tatiana schien ihr in jeder Beziehung fremd. Wenn man mit einem Messer eine Scheibe aus ihr herausschnitte (obwohl es wahrscheinlicher war, dass Tatiana das Messer schwang), hätte sie, so vermutete Gloria, nach rohem Rentierfleisch, rauchigem schwarzem Tee und metallisch nach Blut geschmeckt. Fremdem Blut.

Schließlich warf sich Tatiana aufs Sofa und atmete hörbar aus, als würde sie vor Langeweile umkommen. Sie betrachtete ihre Fingernägel, einen nach dem anderen, dann fixierte sie Gloria mit einem kühlen Blick und sagte: »Okay, Gloria. Machen wir einen Deal?«

Gloria hatte noch nie im Leben einen Deal gemacht. Sie stand an der Terrassentür und beobachtete eine riesige Ringeltaube, die gebaut war wie ein Frachtflugzeug und über ihren Rasen watschelte. Sie wandte sich wieder Tatiana zu, einem weiteren wilden Tier, das auf dem Sofa lag und sich durch die Fernsehsender arbeitete.

»Einen Deal?«, sagte Gloria. »Was für einen Deal?«

40

»Krimiautoren zum Mittagessen« – als würden sie vom Publikum aufgegessen.

Das »Mittagessen« bestand aus Kaffee und gefüllten Hefebrötchen, die umsonst waren und an einer Bar ganz hinten im Spiegelzelt ausgegeben wurden. Die Schriftsteller dienten der Unterhaltung. Tanzbären. Früher brachte man den Bären das Tanzen bei, indem man die Jungen auf heiße Kohlen stellte. So viel zur Menschlichkeit. Martin hatte in St. Petersburg einen Bären gesehen, allerdings keinen Tanzbären. Sein Besitzer führte ihn, einen Braunbären so groß wie ein großer Hund, an der Leine auf einer kleinen Grünfläche nahe der Newa spazieren. Ein paar Leute machten Fotos und gaben dem Mann Geld. Deswegen, so vermutete Martin, hatte der Mann den Bären, um Geld zu machen. Alle in St. Petersburg versuchten, Geld zu machen: Lehrer ohne Pension verkauften Bücher, knorrige alte Mütterchen verkauften, was sie gestrickt hatten, Mädchen verkauften ihren Körper.

Der Event wurde von einer hageren Frau geleitet, deren Befähigungsnachweis vage war, aber in ihrer Einführung behauptete sie, ein »Riesenfan« von »Genreliteratur« zu sein, und »was für ein wunderbares Privileg es doch ist, dass eine Gruppe so unterschiedlicher Schriftsteller heute Mittag bei uns zu Gast ist«. Klatsch,

klatsch, klatsch, sie deutete mit beiden Händen auf die Schriftsteller und machte eine kleine Geishaverbeugung.

Martin saß mit zwei anderen Schriftstellern auf dem Podium. Eine davon war eine Amerikanerin namens E. M. Watson, die auf einer Lesereise war, »um in den britischen Markt einzubrechen«, und grausame, aufgeregte Bücher über Serienmörder schrieb. Martin hatte mit einer akkuraten und strengen Person gerechnet, schwarz gekleidet und mit einer Spur Harvard, aber sie war eine etwas ungepflegte Blondine aus Alabama mit gelben Zähnen, insgesamt eine schlampige Erscheinung. Wenn sie sprach, hielt sie die Hand vor den Mund. Martin dachte, sie täte es wegen ihrer gelben Zähne, doch sie flüsterte ihm zu: »Ich will den Mund nicht aufmachen, sie werden meinen Akzent hassen.« Martin versicherte ihr, dass dem nicht so wäre. Aber es war so.

Das kleine Trio wurde komplettiert von Dougal Tarvit, der im Norden, in der Gegend von Nina Riley, lebte und »psychologische Thriller« schrieb, die locker auf wahren Begebenheiten beruhten. Martin hatte versucht, sie zu lesen, es jedoch wieder aufgegeben, da nicht wirklich etwas passierte.

Das Spiegelzelt war voll besetzt. Martin vermutete, dass das Publikum aus wirtschaftlichen Erwägungen so zahlreich erschienen war – freies Essen und drei Schriftsteller zum Preis von einem –, aber in der Flaute vor Veranstaltungsbeginn dämmerte ihm, dass *er* das Zentrum der Aufmerksamkeit war. Die Leute sprachen über ihn, in manchen Fällen ziemlich laut, als wäre er gar nicht da.

Er hörte deutlich eine Morningside-Stimme nörgeln: »Aber ich dachte, er ist tot«, und der Tonfall implizierte, dass die Frau sich durch seinen Live-Auftritt betrogen fühlte.

E. M. Watson neigte sich zu ihm und sagte: »He, Alex, alles in Ordnung, Honey?«

Martin beruhigte sie. »Mein richtiger Name ist Martin«, fügte er hinzu. Wie nannte sich E. M. Watson, doch bestimmt nicht »E-M«?

»Nein.« Sie lachte. »Eigentlich heiße ich Elizabeth Mary – zwei Königinnen zum Preis von einer, hat meine Momma immer gesagt, aber die Leute nennen mich Betty-May.«

»Herrgott«, hörten sie beide Dougal Tarvit murmeln, »ich komme mir vor, als wäre ich bei den verdammten *Magnolien aus Stahl* gefangen.«

Tarvit, der auf seinem Stuhl hing, als wären Schlaffheit und eine schlechte Haltung Ausdruck von Männlichkeit, schien beide Kollegen zu verachten – E. M. Watson, weil sie eine Frau war, und Martin, weil er »populistische Scheiße« schrieb, Worte, die er Martin im Verlauf der nächsten betrüblich streitsüchtigen Stunde tatsächlich an den Kopf warf. (»Nun, heute scheinen die Messer gewetzt zu sein«, sagte die hagere Frau und blickte sich nervös um, als wollte sie sich die Ausgänge des Spiegelzelts einprägen.)

»Ich dachte, es wäre nur eine Lesung«, flüsterte E. M. Watson Martin zu. »Ich wusste nicht, dass es auch eine Diskussion gibt.«

»Sollte es auch nicht«, flüsterte Martin zurück. Dougal Tarvit starrte sie beide finster an. Martin bereute jetzt, dass er Melanies Angebot zu kommen abgelehnt hatte; seine Agentin war, wenn schon nichts anderes, für jede Prügelei zu haben. Dougal Tarvit war nichts weiter als ein polemisches Großmaul und Melanie nicht gewachsen. Wenn sie ihn mit ihrem Mundwerk nicht zerrissen hätte, dann hätte sie ihn mit bloßen Fäusten erschlagen.

»Er ist nur neidisch«, flüsterte Betty-May Martin zu. »Weil Sie in einen echten Mordfall verwickelt sind.«

»Jeder von Ihnen wird bitte zehn Minuten lesen«, sagte die hagere Frau, »so dass wir am Schluss noch viel Zeit für Fragen haben.«

Das Publikum bestand wie gewöhnlich überwiegend aus Frauen mittleren Alters, aber Dougal Tarvits vernichtende Art hatte auch ein paar jüngere männliche Elemente angezogen. Martins typisches Publikum bestand nahezu ausschließlich aus Frauen, die älter waren als er. Er hielt nach Jackson Ausschau und entdeckte ihn in der Nähe der Bar, aufrecht stehend, die Hände vorn gefasst, als wollte er einen Strafstoß abwehren. Ihm fehlten nur der schwarze Anzug und der Köpfhörer, und er hätte wie ein Bodyguard des amerikanischen Präsidenten ausgesehen. Jackson stand reglos da, wachsam wie ein intelligenter Schäferhund, sein Blick schweifte ruhelos durch den Raum. Er hatte das beruhigende Auftreten von jemandem, der wusste, was er tat. Martin verspürte kurz einen absurden Stolz auf Jacksons Professionalität. Er war der richtige Mann.

»Solange ich aufpasse, wird Ihnen nichts passieren, Martin«, hatte Jackson lakonisch gesagt. Martin dachte, dass die Leute so etwas nur im Film sagten.

Betty-May las als Erste, zu schnell und zu atemlos. Die arme Frau wurde dreimal unterbrochen, zweimal von Mitgliedern des Publikums, die sie aufforderten, »lauter« und »deutlicher« zu sprechen, und einmal von einem Handy, das plötzlich die Eröffnungstakte von Beethovens Fünfter spielte.

Tarvit hingegen war der abgebrühte Profi. So, wie er las, brachte er die dramatische Spannung ein, die Martin beim Lesen der Seiten vermisst hatte. Tarvit las lange, viel länger als die ihm zugestandenen zehn Minuten. Martin blickte verstohlen auf seine Uhr und sah nur sein nacktes Handgelenk – er hatte sich noch nicht daran gewöhnt, dass sie nicht mehr da war. Was hatte Richard Moat in den letzten Minuten und Sekunden seines Lebens empfunden? Er ertrug es nicht, darüber nachzudenken. Warum hatte ihn die Person angerufen, die Richard Moat ermordet hatte? Wollte der Kerl wiederkommen und auch ihn umbringen? Hatte er von Anfang an vorgehabt, ihn umzubringen, und erst später gemerkt, dass er den Falschen erwischt hatte?

Martins Magen knurrte so laut, dass es im ganzen Zelt zu hören sein musste. Es war ein bisschen viel verlangt, hier zu sitzen und anderen beim Essen zuzusehen, vor allem, weil er heute noch überhaupt nichts gegessen hatte. Betty-May drückte ihm ein Minzbonbon in die Hand und lächelte ihm gelbzähnig aufmunternd zu.

Tarvit fesselte das Publikum, und als er aufhörte, folgte ein kollektives Ausatmen, als wollten sie, dass er weiterlas. Bitte nicht, dachte Martin. Die hagere Frau kam wieder aufs Podium und sagte: »Das war wunderbar, Dougal, das wird schwer zu toppen sein, aber ich bin sicher, dass Alex Blake die Herausforderung annimmt.« Danke, dachte Martin. »Wenn Sie sich ein bisschen kürzer fassen könnten, Alex«, murmelte sie ihm zu.

Als gefragt werden durfte, schossen überall Hände in die Höhe. Junge Leute, Studenten, liefen mit Mikrofonen herum, und Martin machte sich auf die üblichen Fragen gefasst. *(Schreiben Sie mit der Hand oder mit dem Computer? Haben Sie einen feststehenden Tagesablauf?)* Natürlich hatte er einst auf der anderen Seite des Podiums gestanden und genau die gleichen Fragen an Schriftsteller gerichtet, die er bewunderte. *Mr Faulks, von wem wurden Sie literarisch beeinflusst?* Ich war genau so ein Leser, dachte Martin niedergeschlagen. Langsam wünschte er, dass er nie auf die andere Seite gewechselt wäre.

Zu seinem Entsetzen gab es ein Sperrfeuer von Fragen zu seiner neuen traurigen Berühmtheit: *Wie war es, im Zentrum der Ermittlungen in einem echten Mordfall zu stehen? Rückte es seine eigene Arbeit in eine andere Perspektive? Stimmte es, dass Richard Moat enthauptet worden war?* Die hagere Frau schritt ängstlich ein: »Das sind vielleicht nicht die geeigneten Fragen, und ich glaube wirklich, dass wir nicht über etwas sprechen sollten, was schließlich ein noch nicht abgeschlossener Fall ist. Stellen wir doch Fragen zum *Werk*. Deswegen sind wir schließlich hier.« Alle Fragen zum *Werk* galten Betty-May und Tarvit, nicht Martin, mit einer Ausnahme: Eine hartnäckige, stämmige Frau wollte wissen, ob sein Glaube der »Kreativität« nütze oder ob es eher umgekehrt sei? (»Schwer zu sagen«, antwortete Martin.)

Die hagere Frau – Martin hatte keine Ahnung, wie sie hieß, und würde es wahrscheinlich nie erfahren – klatschte in die Hände und sagte: »Tut mir leid, aber unsere Zeit ist um, es war ein wirklicher Leckerbissen. Im Signierzelt können Sie Bücher unserer Autoren kaufen und sie signieren lassen. Ich bitte nochmals um Applaus für unsere …«

Im Signierzelt saßen sie an drei identischen Tischen. Jedes Mal, wenn sich ihm ein beflissener Leser näherte, schlug Martins Herz vor Panik schneller, aus Angst, er könnte sich, während Martin signierte, über den Tisch beugen und ihm ein Messer in die Brust stoßen oder ihn erschießen. Oder plötzlich die Waffe zücken, mit der er Richard Moat den Kopf eingeschlagen hatte, und damit auch seinen zerschmettern. Doch waren es naturgemäß mehrheitlich Damen eines gewissen Alters, von denen die Hälfte Tweed trug. »Der Tod trug Tweed«, dachte Martin düster. Das wäre ein guter Titel für ein Nina-Riley-Buch.

Jackson stand hinter ihm, in der gleichen Leibwächterpose wie zuvor, und nach einer Weile begann Martin sich zu entspannen. *»Und für wen soll ich signieren? Für Sie? Oder für jemand anders?« – »Clare mit ›i‹ oder ohne ›i‹?« – »Für Pam, mit den besten Wünschen,*

Alex Blake.« – »Und noch ein Buch für Ihre Freundin Gloria? Natürlich.«

Nachdem sich die Schlange aufgelöst hatte und sie auf dem Rückweg zur »Autorenjurte« waren, hielt ihn Betty-May Watson am Ärmel fest und sagte: »Wie wär's mit einer Krimiautorin zum Mittagessen?«

Martin konnte nicht umhin, das feine Damenbärtchen auf ihrer Oberlippe zu bemerken.

»Er muss leider gehen«, sagte Jackson bestimmt, fasste Martin am Ellbogen und führte ihn davon.

»Mensch«, hörte Martin Betty-May Watson murmeln, »Sie haben aber einen strengen Verleger.«

41

Das also waren Ermittlungen in einem Mordfall. Leute, die fleißig, fleißig, fleißig waren. Leute mit einer echten Leiche und wie zum Beweis an die Wand gepinnten Tatortfotos. Ein Raum, in dem das Leben brummte, weil jemand tot war. Louise betrachtete die Farbfotos von Richard Moats Leiche im Einsatzraum von St. Leonard's. Das Revier in Howdenhall war zu klein für etwas so Großes. Als sie noch Uniform getragen hatte, hatte Louise hier gearbeitet. Es war, als wäre sie in ihre alte Schule zurückgekehrt. Alles war vertraut und fremd zugleich.

»Hässlicher Schlag auf den Kopf«, sagte jemand hinter ihr, und sie zuckte zusammen. Sie drehte sich um und sah Colin Sutherland hinter sich stehen und für Schottland lächeln. Würde er in *The Bill* mitspielen, würde er wahrscheinlich »der schmunzelnde Sutherland« genannt, aber da es das wirkliche Leben war, kannte man ihn als »diesen Wichser Sutherland«.

»Wollten Sie zu mir?«, fragte er hoffnungsvoll.

Louise lächelte ihn an und sagte beiläufig: »Wie ist dieser Canning? Wird er verdächtigt?«

»Nee«, sagte Campbell. »Er ist ein komischer kleiner Kerl, hat was von einer alten Frau, wenn Sie mich fragen, aber ich bezweifle, dass er in die Kategorie Mörder fällt.«

»Einbruchdiebstahl?«, fragte Louise. »Fehlt etwas aus dem Haus?«

»Sein Handy, glauben wir.«

»Sonst nichts?

»Nicht, dass wir wüssten.«

Sie konnte nicht offen sein und sagen: *Keine Computerfestplatte oder so?* Wäre ihnen eine fehlende CD-ROM aufgefallen? Wahrscheinlich nicht, aber Martin Canning würde es merken, oder?

»Wo ist er? Canning?«

»In einem Hotel, Four Clans, glaube ich.«

Louise wollte sagen: *Sie glauben also nicht, dass zwei Vierzehnjährige eingebrochen sind und das Opfer erschlagen haben?* Sie starrte auf ein Foto von Richard Moat, er war eine sehr unschöne Leiche. Konnte ihr Sohn dafür verantwortlich sein? Nein, eindeutig nein. Hamish vielleicht, aber nicht ihr Baby.

»Sie sind sehr interessiert an dem Fall, Louise. Soll ich Sie in unserem Team unterbringen? Wir haben ein paar Leute an die Grippe verloren. Wir könnten Sie von Corstorphine herholen, wenn Sie dort nicht allzu viel zu tun haben.« Er trat einen Schritt näher, und sie trat einen Schritt zurück. Perfekter Rhythmus, als Nächstes würden sie Foxtrott tanzen.

»Nein, nein, reine Neugier, Boss.«

Lügen kamen ihr leichter über die Lippen als die Wahrheit. Sie kramte einen Namen aus der Vergangenheit aus. »Eigentlich wollte ich zu Bob Carstairs.«

»Ist vor ein paar Monaten nach oben gezogen, Louise, wussten Sie das nicht?«

»Nach oben?«

»Zum großen Boss.«

Der Mann war ein wandelndes Rätsel.

»Tot. Herzinfarkt«, sagte Sutherland mit einem breiten Grinsen. »In der einen Minute noch da, in der nächsten weg.« Er schnippte mit den Fingern wie ein Zauberer. »Einfach so.«

Wieder in Corstorphine, machte sie sich auf die Suche nach Jeff Lennon und fand ihn in einer Ecke des Großraumbüros an seinem Schreibtisch, wo er einen Schokoladenriegel aß. Louise sah ihn vor sich, wenn er in Rente wäre, fett und gelangweilt. Wahrscheinlicher noch, auf dem Weg nach oben zum »großen Boss«.

»Haben Sie den Besitzer des Hondas überprüft, Jeff?«

Jeff atmete tief durch die Nase ein, als wäre er in einem Yogakurs. Louise hatte es mit Yoga versucht, aber sie hatte beständig das Bedürfnis unterdrückt, die Lehrerin anzuschreien, sie solle einen Zahn zulegen. Jetzt wollte sie am liebsten Jeff Lennon anschreien. »Klar habe ich«, sagte er schließlich. »Wollte gerade zu Ihnen.«

Er wirkte nicht wie ein Mann, der vorhatte, irgendetwas in Eile zu tun.

»Es ist eine Firma namens Providence Holdings.«

»Also nicht Terence Smith?« Was bedeutete das? Dass Jackson Brodie sich geirrt (oder gelogen) hatte, als er behauptete, Honda-Mann sei in den Verkehrsunfall verwickelt? Oder fuhr Honda-Mann den Wagen von jemand anderem, für den er zum Beispiel arbeitete? »Nie davon gehört«, sagte sie. »Sagt Ihnen der Name etwas?«

»Nein, aber ich habe Ihnen den Gefallen getan und nachgeforscht.«

»Und?«

»Der Direktor ist ein gewisser Graham Hatter.«

»*Der* Graham Hatter?«

»Höchstpersönlich«, sagte Jeff.

»Honda-Mann – ich meine Terence Smith – arbeitet also für

Graham Hatter?« Und Jackson hatte heute Morgen nach »reellen Häusern für reelle Menschen« gefragt. Zog überall verdammte »Verbindungen«. Was wusste er? Was verschwieg er ihr? Er hielt Beweise zurück, das war ein *Delikt,* verdammt noch mal. Was stimmte mit dem Mann nicht?

»Ich habe die Informationen an das Team weitergegeben, das den Unfall bearbeitet«, sagte Jeff Lennon.

»Es ist ein *Team?*«

»Also, nein, zwei kleine Mädchen.« Aha, Sexismus, dein Name ist Jeff Lennon.

»Sie sind ein Held, Jeff. Ich bin Ihnen was schuldig.«

»So ist es«, sagte er frohgemut. »Wie geht's Ihrem Sohn? Andy?«

»Archie. Es geht ihm gut, danke.«

42

Jackson hatte größte Mühe, ein Gähnen zu unterdrücken. Die Luft im Spiegelzelt war zum Schneiden und überhitzt. *Dekonstruierte romantische Ironie*, sagte die leichenhafte Frau, die die Schriftsteller auf dem Podium vorstellte. Ihre Worte waren an niemanden im Besonderen gerichtet, und Jackson hatte keine Ahnung, was sie meinte. Sie trug ein tief ausgeschnittenes Oberteil, das ein knochiges Brustbein und Brüste enthüllte, die herunterhingen wie Lappen. Jemand sollte der Frau eine richtige Mahlzeit spendieren, dachte Jackson. Ohne eine Miene zu verziehen, beschwor er ein Bild von Julias Brüsten herauf, Brüste, die er in letzter Zeit nicht oft zu Gesicht bekommen hatte. Louise Monroe hatte wesentlich kleinere Brüste; um das zu wissen, musste man sie nicht nackt sehen. Aber sie *hatte* welche, daran bestand kein Zweifel. Er durfte nicht an die nackte Louise Monroe denken. Er verspürte einen Stich Ehebrecherschuld. Sehr, sehr böser Jackson.

Und, so stellte er fest, hier waren *noch mehr* Leute, die anscheinend nicht arbeiten mussten, wie war es möglich, dass die Wirtschaft des Landes nicht zusammenbrach? Wer arbeitete eigentlich noch? Die Ausländer und die Armen – Mädchen namens Marijut und Sophia. Und Computerfreaks, Tausende picklige Jungen, die nie das Tageslicht sahen, die Anzugträger im Finanzdistrikt, ein paar Orangenverkäuferinnen, und damit hatte es sich. Und die Notfalldienste natürlich, die ruhten nie. Er fragte sich, wie Julias Tag verlief. Er blickte diskret auf seine Uhr, vielleicht aß sie mit jemandem zu *Mittag*. Schauspielern war keine richtige Arbeit, nicht gemäß irgendeiner sinnvollen Definition des Wortes.

Martin, der eindeutig in einem abgedunkelten Raum liegen und beruhigende Musik hören sollte, bestand hysterisch darauf, auf dem Literaturfestival aufzutreten, obschon es Jackson ein völlig unnötiges Engagement erschien. Er hatte bereits ein Wörtchen mit einem Journalisten reden müssen, der Martin interviewen wollte. »Sub judice«, sagte Jackson zu dem Mann, drohender, als er beabsichtigt hatte. Er war heute nicht wirklich in der Stimmung, sich auf lange Diskussionen einzulassen.

Seit Dienstag schien eine Menge mit Martin passiert zu sein. Auch Jackson war eine Menge passiert, aber Martin gewann den Ich-habe-einen-schlechten-Tag-Wettbewerb mühelos.

»Mein Laptop ist verschwunden, nachdem ich ihn auf den Honda-Fahrer geworfen habe«, sagte er atemlos, als Jackson ihn auf dem Literaturfestival am Charlotte Square getroffen hatte. Er wirkte etwas verwirrt. Es gab natürlich verwirrt und verwirrt. Jackson war nicht sicher, ob er der zweiten Art gewachsen war, aber Martin schien klar und fähig, sich auszudrücken. Vielleicht ein bisschen zu fähig für Jacksons Geschmack.

»Ich habe die Nacht mit dem Peugeot-Fahrer im Hotel verbracht, weil sie im Krankenhaus meinten, er könne eine Gehirnerschütterung haben. Sein Name war Paul Bradley, nur hat sich herausgestellt, dass er nicht so heißt, weil es *so eine Person* nicht gibt. Aber er *existiert*. Nat*ür*lich existiert er, Sie haben ihn ja gesehen, nicht wahr? Er hatte eine Pistole. Eine Welrod. Aber dann wurde ich bewusstlos, weil er mich unter Drogen gesetzt hat, und dann hat er meine Brieftasche gestohlen. Es würde mir nichts ausmachen, aber ich habe ihm das *Leben* gerettet.«

»Eine Welrod?«, fragte Jackson. Wieso kannte Martin sich mit Waffen aus? Mit *Welrods,* um Himmels willen.

»Und jemand ist in mein Büro eingebrochen, also nicht eingebrochen, es gab keine Spuren von einem Einbruch, aber auf dem Boden lag ein Bonbonpapier ...«

»Ein Bonbonpapier?«

»Ich esse keine Bonbons! Und jetzt stellt sich heraus, dass Paul Bradley überhaupt nicht existiert! Und er war mein Alibi.«

»Alibi?«

»Für den Mord.«

»Mord?« Jackson revidierte seine Meinung: Vielleicht war es doch die zweite Art von verwirrt.

»In meinem Haus wurde ein Mann ermordet! Richard Moat, der Comedian, und dann hat er mich angerufen.«

»Wow! Richard Moat wurde in *Ihrem* Haus ermordet?«

»Ja. Und dann hat er mich angerufen.«

»Ja, das sagten Sie schon.« Kannte Martin den Unterschied zwischen Fakt und Fiktion? Er war schließlich Schriftsteller.

»Nicht er, ich weiß, dass nicht er es war. Der Mörder muss sein Handy mitgenommen haben – sein Handy war verschwunden –, und dann hat er mich damit angerufen.«

»Warum?«

»Ich weiß es nicht!«

»Okay, okay, beruhigen Sie sich.« Jackson seufzte. Man sagte fünf kleine Wörter – *Wie kann ich Ihnen helfen?* –, und schon hatte man seine Seele verpfändet.

Obwohl alles seltsam klang, was Martin erzählte, waren in seiner Geschichte auch kleine Wahrheiten versteckt. Und wer war

Jackson, dass er Martin hätte kritisieren können? Er hatte versucht, ein totes Mädchen vor dem Ertrinken zu retten, er hatte einen Hund mit der Macht seiner Gedanken getötet. Jackson fragte sich, ob Martin noch mit seiner Mutter zusammenwohnte. Nicht, dass das verwerflich wäre, Jackson würde gern mit seiner eigenen Mutter zusammenleben, er hatte nur so kurze Zeit mit ihr verbracht. Nein, Martin lebte nicht mit seiner Mutter, er lebte mit Richard Moat, oder?

»Nicht *lebte*«, korrigierte ihn Martin. »Er wohnte bei mir, weil er auf dem Festival auftrat. Ich kannte ihn kaum, mochte ihn nicht einmal. Was, wenn sein Mörder es auf mich abgesehen hat?«

»Ich glaube, Sie sollten mit der Polizei reden, Martin.«

»Nein!«

»Geben Sie der Polizei Ihr Handy, damit sie versuchen können, den Anrufer zurückzuverfolgen.«

»Nein!«

Sie waren ein streitsüchtiges Pack. Er hatte noch nie von Dougal Tarvit oder E. M. Watson gehört. Er hatte allerdings auch noch nie von Alex Blake gehört – bis gestern Abend. Auf dem Weg zum Literaturfestival war er in eine Buchhandlung gegangen und hatte im Café in einem von Alex Blakes Büchern geblättert. Es war harmloses Zeug, beschrieb eine Art retroutopisches Großbritannien, in dem es nur so wimmelte von Aristokraten und Wildhütern – aber niemand schien Sex zu haben (was zu Martins geschlechtsloser Ausstrahlung passte). Es waren unsinnige Bedingungen, Morde waren saubere Angelegenheiten, die zu einwandfreien Leichen führten, so wie man sie am Sonntagabend im Fernsehen sah, das Äquivalent eines heißen Bades und einer Tasse warmen Kakaos. Die Leibeigenen revoltierten nicht, sie waren glücklich in ihren Ketten, und der Gestank des Todes konnte der feinen, nach Heidekraut duftenden Luft um Nina Rileys Kopf nichts anhaben. *»Gehen Sie nicht hinein, Miss Riley«, sagte der Wildhüter. »Das ist kein Anblick für ein hübsches junges Mädel.«*

Nina Riley hatte einen Kumpan, aber hatten sie den nicht alle? Der Robin zu ihrem Batman. *Ich habe etwas Wichtiges entdeckt, Bertie. Wir müssen uns treffen.* Der beste Freund seines Bruders Francis hieß Burt. Beide waren Schweißer, beide spielten Rugby. Burt war bei Francis' Beerdigung zusammengebrochen – das war das Einzige, was Jackson von der Beerdigung im Gedächtnis geblieben war –, Burt weinte am Grab hässliche männliche Schluchzer, ausgekeucht von einem Macho, der wahrscheinlich nicht mehr geweint hatte, seit er ein Baby gewesen war. Francis hatte sich auf eine brutale, beiläufige Weise umgebracht, die Jackson jetzt als typisch für seinen Bruder betrachtete. »Francis, du blöder verdammter Mistkerl«, hatte Burt wütend den Sarg angeschrien, als er in die Grube gesenkt wurde, bevor ihn ein paar Männer vom offenen Rachen des Grabs fortzerrten. Francis war nie »Frank« oder »Fran« gewesen, sondern immer bei seinem vollen Namen genannt worden. Er hatte ihm eine gewisse Würde verliehen, die er vielleicht nicht wirklich verdient hatte.

An das Begräbnis seiner Schwester erinnerte sich Jackson nicht, weil er nicht dabei, sondern bei einer Nachbarin gewesen war. Mrs Judd. Er hatte lange nicht mehr an Mrs Judd gedacht, an den Rußgeruch in ihrem Wohnzimmer, die zu hart gepolsterten, mit geblümtem Samt bezogenen Sitzmöbel, an ihren goldenen Eckzahn, der ihr ein etwas liederliches Aussehen verlieh, obwohl es in einem Leben, das von der Zeche bestimmt war, nichts Unkonventionelles gab – Tochter eines Bergarbeiters, Frau eines Bergarbeiters, Mutter eines Bergarbeiters.

Jackson war bereits angezogen für Niamhs Beerdigung – er erinnerte sich an den schwarzen Anzug aus einem billigen filzartigen Material, den er nie zuvor und nie danach gesehen hatte –, aber als es so weit war, konnte er einfach nicht hingehen und schüttelte stumm den Kopf, als sein Vater sagte: »Wir müssen jetzt los, Sohn.« Francis sagte mürrisch: »Komm schon, Jackson, es wird dir leid tun, wenn du dich nicht richtig von ihr verabschiedest«, aber Jackson hatte es nie bedauert, nicht zu dem schrecklichen Begräbnis gegangen zu sein. Doch Francis hatte recht, er hatte sich nie richtig von Niamh verabschiedet.

Er war zwölf und hatte nie zuvor einen Anzug getragen, und es sollte Jahre dauern, bis er wieder einen anzog – Francis' Beerdigung verdiente offenbar keinen –, und alles, woran er sich erinnerte, war, wie er in dem schlecht sitzenden Anzug von jemand anderem an Mrs Judds kleinem altem Resopalküchentisch saß, der mit Brandlöchern übersät war, süßen Tee trank und eine Hühnerpastete aß. Komisch, die Dinge, an die man sich erinnerte. *Bertie, das war kein Unfall, das war Mord!*

Er hatte damit gerechnet, dass jemand im Café zu ihm kam und ihn sarkastisch grinsend fragte, ob er vorhabe, das Buch zu kaufen oder den ganzen Tag hier zu sitzen und es kostenlos zu lesen. Aber dann bemerkte er, dass sich niemand für ihn interessierte und er tatsächlich, wenn er wollte, den ganzen Tag bei einem ekelhaften Latte und einem noch ekelhafteren Blaubeermuffin hier sitzen und umsonst Alex Blakes Gesamtwerk lesen könnte. Niemand arbeitete, und die Bücher kosteten nichts.

Jackson las kaum Belletristik, hin und wieder einen Spionageroman oder Thriller im Urlaub. Er zog Sachbücher vor, weil sie ihm das Gefühl gaben, etwas zu lernen, auch wenn er es nahezu sofort wieder vergaß. Er war nicht sicher, ob Romane von Bedeutung waren, doch er lief nicht herum und erzählte es, weil ihn die Leute dann für einen Spießer gehalten hätten. Vielleicht war er ein Spießer. Julia las viel, sie hatte immer einen Roman dabei, andererseits beruhte ihr Berufsleben auf Fiktionen der einen oder anderen Art, während sein ehemaliger Beruf auf Fakten basierte.

Was Kunst anging, war er nicht viel besser. Dieser ganze fusselige Impressionismus war nichts für ihn, er hatte endlos Wasserlilien angeschaut und sich gefragt: Was soll das? Und religiöse Malerei gab ihm das Gefühl, in einer katholischen Kirche zu sein. Er mochte darstellende Kunst, Bilder, die eine Geschichte erzählten. Er mochte Vermeer, die kühlen Interieurs sprachen von einer Gewöhnlichkeit, die er verstand, ein für immer festgehaltener Augenblick, denn im Leben ging es nicht um Legionen von Madonnen oder Wasserlilien, es ging um alltägliche Details – die Frau, die Milch aus einem Krug goss, der Junge, der am Küchentisch saß und eine Hühnerpastete aß.

Tarvit war anzusehen, dass er ein arroganter Schnösel war, und E. M. Watson (was war das für ein Name?) war einfach nur seltsam: entweder eine schlecht zusammengesetzte Frau oder ein als Frau verkleideter Mann. Transvestiten waren Jackson ein Rätsel. Er hatte nie im Leben ein weibliches Kleidungsstück getragen, mit Ausnahme eines Kaschmirschals von Julia bei einem Spaziergang, und den ganzen Nachmittag hatte ihn seine parfümierte Weichheit irritiert. Martin schien die Signale, die E. M. Watson in seine Richtung sandte, wohlgemut zu übersehen. Der Mann hatte etwas Zölibatäres, erinnerte Jackson an einen Vikar oder Mönch. E. M. – Eustacia Marguerite oder Edward Malcolm? Wie auch immer, E. M. hätte ihre liebe Mühe mit Martin.

Jackson kam sich ein wenig lächerlich vor, als er im »Signierzelt« (Jackson hatte zuerst »Singzelt« gelesen – eine Vorstellung, die ihn sowohl beunruhigte als auch verwirrte) hinter Martin stand wie ein Geheimagent. Das Literaturfestival fand in Zelten statt und erinnerte ihn vage an ein Feldlager der Armee. Plötzlich hatte er wieder den Geruch des Zirkuszelts von gestern Abend in der Nase, den vertrauten Geruch von Gras unter Leinwand. Das verrückte russische Mädchen, eine Banditenkönigin, ihr Messer an seiner Kehle.

Martin blickte bei jeder Person nervös auf, die sich ihm näherte, als wartete er auf einen unbekannten Meuchelmörder. Jackson verstand nicht, warum er hier auftrat, wenn er sich solche Sorgen machte. »Ich werde mich nicht verstecken«, hatte Martin gesagt. »Man muss sich den Dingen stellen, vor denen man Angst hat.« Jacksons Erfahrung nach war es oft am besten, man mied die Dinge, vor denen man am meisten Angst hatte. Zurückhaltung war bisweilen der bessere Teil von Heldenmut.

»Gleichzeitig machen Sie sich Sorgen, dass jemand es auf Sie abgesehen hat? Die Person, die Richard Moats Handy gestohlen hat, die Person, die in Ihr Büro eingebrochen ist?«

»Nein, die sind nicht hinter mir her«, sagte Martin. »Kosmische Gerechtigkeit hat mich im Visier.«

»Kosmische Gerechtigkeit?« Bei Martin klang es wie eine Person, wie der Anführer der vier Reiter der Apokalypse.

»Ich habe ein Verbrechen begangen«, sagte Martin. »Und werde dafür bestraft. Auge um Auge.«

Jackson versuchte, ihn aufzumuntern. »Jetzt kommen Sie schon, Martin, war es nicht Gandhi, der gesagt hat: ›Auge um Auge, und die ganze Welt wird blind‹?« Oder so etwas Ähnliches. Er hatte den Spruch auf einem T-Shirt gelesen, als er in den Achtzigerjahren eine Antiatomwaffen-Demonstration bewachte. Letztes Jahr hatte ihn Julia dazu gebracht, an einer Antikriegsdemonstration teilzunehmen. So sehr hatte sich seine Welt verändert.

»Tut mir leid«, sagte Martin. »Es ist sehr freundlich von Ihnen, dass Sie diesen Job übernehmen.«

Jackson machte es nichts aus, es war ein Job, und er tat etwas, statt nur rumzuhängen (obwohl es sich anfühlte wie Rumhängen). Nahe dran und persönlich war nicht sein Ding, aber er hatte seinerzeit auch als Leibwächter gearbeitet, kannte die Routine.

»Solange ich aufpasse, wird Ihnen nichts passieren, Martin«, versicherte er ihm. Filmsprache, die Martin glücklich zu machen schien.

Jackson fragte sich, was für ein »Verbrechen« Martin begangen hatte. An einer Bushaltestelle geparkt? Schundromane geschrieben?

Martin hielt sich gut, signierte höflich und lächelte. Jackson hielt aufmunternd den Daumen nach oben. Dann wandte er sich ab, und da stand sie, neben ihm.

»Herrgott noch mal«, murmelte er. »Sie haben mich aber erschreckt.«

Er hielt nach dem Messer Ausschau – dass er es nicht entdeckte, hieß noch lange nicht, dass sie es nicht bei sich hatte. In einem früheren Leben, unter einem früheren Regime wäre sie vermutlich eine Spionin (oder tatsächlich eine Meuchelmörderin) gewesen. Vielleicht war sie es auch jetzt.

»Also, verrücktes russisches Mädchen«, sagte er, »wie geht's?«

Sie ignorierte ihn und reichte ihm wortlos ein Foto.

Ein Mädchen, das irgendwo an einem Pier lehnte. »Ausflug nach St. Andrews«, sagte das verrückte russische Mädchen. Er konnte sie nicht ewig so nennen. Sie hatte gesagt – was hatte sie gesagt? *Fragen Sie nach Jojo.* Das klang ziemlich unwahrscheinlich. Der Name einer Prostituierten. »Wie ist Ihr richtiger Name?«, fragte er. Richtige

Namen waren Jackson immer wichtig gewesen. *Ich heiße Jackson Brodie.*

Sie zuckte die Achseln und sagte: »Tatiana. Ist nicht geheim.«

»Tatiana?« Wie Titania? Er hatte Fotos von Julia als Königin der Elfen in einer Schulaufführung von *Ein Sommernachtstraum* gesehen, barfuß, nahezu nackt, das erstaunliche Haar offen fallend und mit Blumen geschmückt. Ein wildes Mädchen. Er wünschte, er hätte sie damals schon gekannt.

»Ja, Tatiana.«

»Und das Mädchen auf dem Foto?«

»Lena. Sie ist fünfundzwanzig.«

Auf dem Foto schien die Sonne, und der Wind blies dem Mädchen durch die Haare, die kleinen Kruzifixe in ihren Ohren waren gerade noch zu erkennen. Seine Meerjungfrau. Die Ähnlichkeit mit Tatiana war erstaunlich, nur dass ihre Augen freundlicher blickten.

»Alle sagen, wir sehen aus wie Schwestern«, sagte Tatiana.

Tatiana beherrschte das Imperfekt nicht, bemerkte Jackson. Dadurch blieb das Mädchen in der Gegenwart, in der sie keinen Platz mehr hatte.

Er dachte an all die anderen Fotos toter Mädchen, die er betrachtet hatte, und spürte, wie sich das bleierne Gewicht der Melancholie wieder auf ihn legte. Josie hatte Alben über Alben mit Fotos, die Marlees Leben seit ihrer Geburt dokumentierten. Eines Tages würden sie zu Staub zerfallen, oder jemand fände ein Foto auf einem Flohmarkt oder was immer es in der Zukunft geben würde und empfände vielleicht die gleiche Trauer um ein unbekanntes, vergessenes Leben. Tatiana stieß ihm ihren spitzen Ellbogen in die schmerzenden Rippen und zischte ihn an: »Passen Sie auf.«

»Was ist mit den Kruzifixen?«, fragte er.

»Sie kauft sie bei Juwelier, St. James Centre. Paar für sie, Paar für mich – Geschenk. Sie ist gläubig. Gute Person. Trifft schlechte Menschen.« Sie zündete sich eine Zigarette an und starrte in die Ferne, als sähe sie etwas, was nicht wirklich sichtbar war. »Sehr gute Person.«

Beim Anblick der Zigarette lief ein Junge im Literaturfestival-T-Shirt auf sie zu. Mit einem Blick hielt sie ihn in zwanzig Schritt Entfernung auf.

»Ich habe sie gefunden«, sagte Jackson. »Ich habe Ihre Freundin Lena gefunden, und dann habe ich sie wieder verloren.«

»Ich weiß.« Sie nahm ihm das Foto wieder ab.

»Gestern Abend haben Sie mir geraten, mich um meine eigenen Angelegenheiten zu kümmern«, sagte Jackson. »Aber jetzt sind Sie hier.«

»Ein Mädchen kann nicht Meinung ändern?«

»Gehe ich richtig in der Annahme, dass Terence Smith versucht, Sie umzubringen, weil Sie wissen, was mit Ihrer Freundin Lena passiert ist? Hat er sie umgebracht?«

Tatiana warf die Zigarette auf den Boden. Der Junge im Literaturfestival-T-Shirt, der noch immer außerhalb der Reichweite ihres versteinernden Blicks stand, schoss vor und hob die brennende Kippe auf. Er sah aus wie ein Junge, der sich auf eine Granate werfen würde, um ein Menschenleben zu retten.

»Woher kennt Terence Smith meinen Namen?«, fragte Jackson.

»Er arbeitet für schlechte Leute, schlechte Leute haben Möglichkeiten. Sie haben *Verbindungen.*«

Das klang in Jacksons Ohren ziemlich vage. »Wie finde ich ihn?«

»Ich sage schon.« Sie klang verdrossen. »Reelle Häuser für reelle Menschen.« Sie neigte sich auf ihre beunruhigende Art näher zu ihm und fixierte ihn mit ihren grünen Augen. »Sie sind sehr dumm, Mr Brodie.«

»Was Sie nicht sagen. Hat Terence Smith Lena umgebracht?«

»Auf Wiedersehen«, sagte sie und winkte. Bis zu diesem Moment hatte er nicht gewusst, dass man sarkastisch winken konnte. Dann war sie fort, war in der beflissenen, Bücher liebenden Menge untergetaucht.

Jackson gelang es, Martin aus E. M. Watsons zweideutigem Griff zu befreien. »Betty-May ist ihr lieber«, vertraute Martin ihm flüsternd an.

»Wirklich?«, sagte Jackson. Er hatte eine Idee. »Sie haben kein Auto, oder, Martin?«

Martins Wagen stand in der Straße vor seinem Haus, wo er ihn gestern Morgen zurückgelassen hatte. Die Einfahrt war mit Polizeiband abgesperrt, und eine Schar Polizisten, in Uniform und in Zivil, ging im Haus ein und aus. Jackson fragte sich, ob er gestern Abend im Park identifiziert worden war. Es war unwahrscheinlich, aber es war trotzdem am besten, den langen Arm des Gesetzes zu meiden. Martin dachte anscheinend das Gleiche, denn er schirmte sein Gesicht mit der Immobilienzeitung ab, die Jackson eben aufgehoben hatte. Wenn Richard Moats Mörder Martin wirklich angerufen hatte, dann hielt Martin Beweismaterial zurück, und Jackson war jetzt sein Komplize. Er seufzte bei dem Gedanken, wie viele Delikte er anhäufte.

Jackson dachte an Marijut in ihrer rosa Uniform, *ein Mädchen, eher Freundin, hat einen Mann gefunden, der ermordet wurde in einem Haus, in dem wir putzen.* Und das war das Haus. Wieder einmal *Hilfe.* Sie schienen ihre Tentakel überall zu haben, wo Jackson auftauchte. Verbindungen über Verbindungen. Was wusste Martin über sie?

»Nette Frauen«, sagte Martin, »die gut putzen. Sie tragen Rosa.«

»Wie haben Sie bezahlt?«

»Bar auf die Hand der Haushälterin. Ich lasse immer ein Trinkgeld liegen.«

»Keine von ihnen … Wie soll ich mich ausdrücken, Martin? Keine von ihnen hat jemals Extradienste angeboten?«

»Nicht wirklich. Da war ein nettes Mädchen namens Anna, das angeboten hat, den Kühlschrank abzutauen.«

»Okay. Soll ich fahren?«, sagte Jackson, der allein bei der Vorstellung ganz aufgeregt wurde. Martins Wagen war ein unauffälliger Vectra, aber immerhin, es waren vier Räder und ein Motor.

»Nein, nein, ist schon in Ordnung«, sagte Martin höflich, als würde er Jackson einen Gefallen tun, setzte sich auf den Fahrersitz und ließ den Motor an. Sie fuhren mit ein paar Kängurusprüngen an.

»Gefühlvoll mit der Kupplung, Martin«, murmelte Jackson. Er hatte nicht vorgehabt, es laut zu sagen, niemand mochte einen Fahrer auf dem Rücksitz (oder wie in diesem Fall auf dem Beifahrersitz), wie seine Exfrau ständig betont hatte. Männer hatten auf Erden nichts zu schaffen, Frauen dagegen waren Göttinnen, die unerkannt unter ihnen wandelten.

»Tut mir leid«, sagte Martin und streifte fast einen Fahrradkurier.

Jackson überlegte, ob er Martin das Ruder entreißen sollte, aber wahrscheinlich tat es dem Mann gut, über irgendetwas die Kontrolle zu haben, wie unzureichend auch immer.

»Wohin fahren wir?«, fragte Martin.

»Wir fahren ein Haus kaufen.«

43

»Wir fahren ein Haus kaufen?«

»Wir fahren uns Häuser *ansehen*«, sagte Jackson und blätterte in der Immobilienzeitung. »Wir sehen uns neue Siedlungen an. Hatter-Häuser, kennen Sie die?«

»Reelle Häuser für reelle Menschen. Ich habe hier mal eins angeschaut, aber es war ein bisschen schäbig. Ich mag keine Neubausiedlungen.« Er sorgte sich, dass Jackson vielleicht in einem neuen Reihenhaus wohnte und beleidigt wäre, aber Jackson sagte: »Ich auch nicht. Wir wollen ja nicht *wirklich* kaufen«, fügte er hinzu.

Martin fragte sich, ob Jackson ihn für einen Einfaltspinsel hielt.

»Wir tun nur so. Ich bin auf der Suche nach jemandem. Passen Sie auf den Bus auf, Martin, das wird eng.«

»Entschuldigung.«

»Das ist das Wohnzimmer, ein schönes Zimmer, ein richtiges Zimmer für die ganze Familie.« Die Frau, die sie durch das Braecroft-Musterhaus führte, zögerte. Martin vermutete, dass er und Jackson nicht wie eine Familie aussahen. Die Frau hieß laut Namensschild »Maggie« und war wie eine Animateurin gekleidet, in ein himmelblaues Kostüm und ein vielfarbiges Halstuch. Martin fragte sich, ob er sich ein Namensschild besorgen könnte – »William« oder »Simon« oder irgendwas anderes, nur nicht Martin. Es wäre eine einfache Möglichkeit, seine Identität zu wechseln.

»Sehr schön«, sagte Jackson, ohne die Miene zu verziehen.

Das Zimmer ging nach Norden, alles Licht schien sich daraus zurückgezogen zu haben.

Martin sehnte sich nach seinem eigenen Haus. Würde er zurückkehren, wenn die Polizei fertig wäre, und den Rest seines Lebens mit Richard Moats Geist verbringen? Könnte er es verkaufen? Vielleicht sollte er »Maggie« damit beauftragen. Sie würde potenzielle Käufer herumführen und frohgemut sagen: *Das ist das Wohnzimmer, ein schönes Zimmer, ein richtiges Zimmer für die ganze Familie, und das ist die Stelle, an der Richard Moat der Schädel eingeschlagen wurde.*

»Natürlich leben alle möglichen Leute gern in Hatter-Häusern«, sagte Maggie, »nicht nur Familien. Und was ist schon eine Familie?« Sie runzelte die Stirn, als würde sie ernsthaft über diese Frage nachdenken. Sie wirkte angespannt und aufgedreht.

Sie stapften hinter ihr die Treppe hinauf. »Ist Ihr Budget begrenzt?«, fragte sie über die Schulter. »Denn das Waverley ist geräumiger und hat einen größeren Garten – aber natürlich ist auch das Braecroft völlig in Ordnung, es hat eine geniale Raumaufteilung.«

»Es ist enttäuschend klein«, murmelte Jackson.

»Und das ist das Elternschlafzimmer«, verkündete Maggie stolz, »natürlich mit angeschlossenem Bad.«

Martin setzte sich aufs Bett. Am liebsten hätte er sich hingelegt und geschlafen, aber das war vermutlich nicht gestattet.

»Vielen Dank, Maggie«, sagte Jackson und ging die Treppe wieder hinunter. »Da haben wir einiges zu überlegen.«

Sie schien vor Enttäuschung zusammenzusacken, ahnte den gescheiterten Verkauf. »Kommen Sie noch kurz in unser Büro, und ich notiere mir Ihre Namen«, sagte sie.

Im Freien war das Licht harscher. Die Siedlung befand sich in einer Senke zwischen zwei Hügeln, und es herrschte eine merkwürdige Akustik. Man hörte das ständige Rauschen einer Autobahn, sah aber keine Autos. Neben der Tür zum Bürocontainer stand ein Topf mit verstaubten roten Geranien, das einzige Zeichen organischen Lebens. Ein Bagger rumpelte vorbei. Die Siedlung war noch eine Baustelle, obwohl die Hälfte der Häuser bereits bewohnt war. Im Büro standen ein paar harte Stühle, und Martin setzte sich sofort. Er war so müde.

»Und Sie sind?«, sagte Maggie zu Jackson.

»David Lastingham«, sagte Jackson prompt.

»Und Ihr Partner?«, fragte sie und blickte Martin an.

»Alex Blake«, sagte Martin matt. Es war sein Name und gehörte zu ihm, so wie David Lastingham vermutlich nicht zu Jackson gehörte.

»Und eine Telefonnummer, unter der wir Sie erreichen können?«

Jackson leierte eine Nummer herunter. Martin fragte sich, ob sie existierte.

»Ach, übrigens«, sagte Jackson beiläufig zu Maggie, »ich bin ein alter Bekannter von Terry Smith – Sie wissen nicht zufällig, wo ich ihn erwische? Wir hätten uns eine Menge zu erzählen.«

Maggie blickte angeekelt drein. »Ich habe keine Ahnung, wo Terry heute ist.« Ein Handy begann zu klingeln, und sie kramte in ihrer Handtasche, sagte »Entschuldigen Sie mich einen Moment« und ging hinaus.

Zu Martins Überraschung hüpfte Jackson wie ein Katzenfänger zum Aktenschrank und begann, darin herumzuschnüffeln.

»Ich glaube nicht, dass das erlaubt ist«, sagte Martin.

»Ich glaube, Sie haben recht.«

»Ich dachte, Sie wären bei der Polizei gewesen.«

»War ich auch.«

Es waren genau die Antworten, die Martin nervös machten, und er stellte sich ängstlich in die Tür und beobachtete Maggie, die herumwanderte, während sie telefonierte. Sie schien wegen des schlechten Empfangs lauter sprechen zu müssen und blieb alle paar Sekunden stehen und fragte: »Bist du noch dran?« Er hörte sie sagen: »Er ist anscheinend in Thurso. Ich weiß, ich glaube es auch nicht. Ich glaube, er hat mich verlassen. Trotz allem, was er mir versprochen hat.« Ihr Gesicht schien einzufallen, während sie sprach. Sie beendete den Anruf und tupfte sich die Augen ab.

»Sie kommt!«, zischte Martin Jackson an.

Als sie erneut das Büro betrat, ihre Maske wieder an Ort und Stelle, war Jackson in eine Broschüre mit Fotos diverser Hatter-Häuser vertieft. »Sie sind wirklich alle wunderschön«, sagte er. »Ich weiß gar nicht, wie man sich da entscheiden soll.« Er seufzte und schüttelte den Kopf, alles andere als überzeugend. »Wie auch immer«, sagte er und wandte sich an Martin, »zurück zum Batmobil, Robin.«

»Hier, glaube ich«, sagte Martin und hielt vor einem elektronisch gesteuerten Tor, das weit offen stand. Sie waren in Grange, vor einem Haus, dessen Adresse Jackson offenbar aus Maggies Aktenschrank gestohlen hatte. »Providence« stand auf einem Schild am Tor.

»Wer wohnt hier?«, fragte Martin.

»Graham Hatter. Besitzer von Hatter-Häuser. Er ist der Arbeitgeber von Terence Smith und weiß deswegen vielleicht, wo der Mann steckt.«

»Und wer ist Terence Smith?«

»Das ist eine lange Geschichte, Martin.«

Ich habe Zeit, dachte Martin, sagte es aber nicht. Zeit war das Einzige, was er hatte, Nanosekunde um Nanosekunde verstrich. »Ich bleibe hier, während Sie hineingehen.« Er gähnte, beschäftigt mit der Frage, ob der Irn-Bru-Cocktail, den der sogenannte Paul Bradley ihm verabreicht hatte, seinen Metabolismus auf Dauer durcheinandergebracht hatte. In einer Sekunde war er so nervös, dass er zuckte, in der nächsten war er so müde, dass er die Augen nicht mehr offen halten konnte.

»Bin gleich wieder da«, sagte Jackson.

Martin kramte im Handschuhfach nach etwas Lesbarem. Er fand nur einen Stapel Flugblätter für Richard Moats Show, Miniaturversionen seines »Viagra für den Kopf«-Posters, die er am Dienstag dort liegen gelassen haben musste.

Er schloss die Augen und versank gerade in einen ungesunden Halbschlaf, als er eine unverwechselbare Melodie hörte. Die Haare in seinem Nacken richteten sich auf wie Borsten, als die vertrauten ersten Akkorde der *Robin-Hood*-Melodie durch das Wagenfenster hereinschwebten. Sein Herz hämmerte gegen seinen Brustkasten. Richard Moats Handy klingelte. Auf der Straße. Ganz in der Nähe. Martin drehte sich um und suchte nach der Quelle der flüchtigen Melodie. Ein blauer Honda parkte hinter seinem eigenen Wagen. Ein blauer Honda. Ein blauer Honda? Nein, es gab Tausende von blauen Hondas, es war nicht notwendigerweise der blaue Honda, der dem wahnsinnigen, baseballschlägerschwingenden Fahrer gehörte. Erneut erklang die Titelmelodie von *Robin Hood*. Martin öffnete die Tür und taumelte aus dem Wagen. Niemand war zu sehen. Dann entdeckte er ihn, er ging die Einfahrt zum Haus der Hatters entlang, das Handy am Ohr. Es war wirklich der Honda-Fahrer vom

Dienstag. Der Honda-Fahrer hatte Richard Moats Handy. Wie war das möglich, wenn er nicht Richard Moat umgebracht hatte? Und warum hätte er Richard Moat umbringen sollen – außer es war der Honda-Fahrer, der Martins Laptop aufgehoben, seine Adresse gefunden hatte und nach Merchiston gefahren war, um Martin umzubringen? Etwas ergriff sein Herz und drückte es zusammen. Angst.

Martin dachte, dass er an der Tür klingeln und sich auf die übliche Art anmelden würde, aber stattdessen schlich der Honda-Fahrer über den Rasen und baute sich vor der Terrassentür auf. Er beendete das Telefongespräch und holte den Baseballschläger hervor, erneut aus dem Nirgendwo. Er hob ihn hoch, als wollte er den Ball ins Außenfeld schicken, aber stattdessen zerschlug er das Türglas.

44

Das war der Deal. Nachdem Celine Dion sich die Lunge aus dem Leib gesungen hatte, nachdem Tatiana sich durch die Obstschale gegessen hatte, griff sie in ihren BH, holte einen Memorystick heraus und sagte: »Wissen Sie, was das ist, Gloria?«

»Ein Memorystick, glaube ich«, sagte Gloria.

»Und wem gehört Memorystick, Gloria? Wem?«

»Ihnen?« Gloria fragte sich, ob es sich um eine Art slawisch-sokratischer Ironie handelte. »Mir gehört er nicht«, fügte sie hinzu.

Tatiana gab ihr den Memorystick und sagte: »Nein, ist *unserer*, Gloria. Wir teilen, fifty-fifty.«

»Wir teilen was?«

»Alles.«

Das Buch des Magus. Grahams geheime Buchführung, alles auf einem winzigen Stück Plastik gespeichert, das Tatiana aus der Tasche von Grahams leichtem Sommeranzug genommen hatte, als er keuchend wie ein Fisch auf einem Apex-Bett lag.

»Ich dachte, Sie hätten versucht, ihn wiederzubeleben«, sagte Gloria nachdenklich.

Tatiana verzog das Gesicht wie ein trauriger Clown.

»Nicht.« Gloria erschauderte.

Heute Morgen hatten sie im Radio etwas über Pferde gebracht.

Jemand hatte Dutzende Pferde in einem Stall eingeschlossen, war weggegangen und hatte die Pferde verhungern lassen. Gloria dachte an die großen braunen Augen der Pferde, sie dachte an *Black Beauty*, das traurigste Buch, das je geschrieben worden war. Sie dachte an all die Pferde mit traurigen braunen Augen, denen man helfen könnte, wenn man viel Geld hätte. Sie dachte an die kopflosen Kätzchen, an die mit Tesafilm umwickelten Sittiche, die verstümmelten Jungen.

»Mhm«, sagte sie.

Gloria blickte eine Weile nachdenklich auf die Border-Collie-Welpen des Bildschirmschoners, drückte dann auf die Leertaste, und ihr Computer erwachte zum Leben. Sie tippte »Ozymandias« und konnte einfach so Grahams okkulte Bücher öffnen.

»Woher wissen Sie das Passwort?«, fragte sie Tatiana.

»Ich weiß alles.«

Gloria fielen viele Dinge ein, über die Tatiana wahrscheinlich nichts wusste (wie man Scones machte, wo die Scilly-Inseln waren, das Grauen des Alterns), aber sie wollte sie nicht auf die Probe stellen.

Es rührte sie, dass Graham den Titel des Shelley-Gedichts als Passwort benutzt hatte. Vielleicht hatte er ihr Geschenk doch zu schätzen gewusst. Oder vielleicht hatte er auch nur das obskurste Wort genommen, das ihm eingefallen war.

Grahams Memorystick enthielt jede Menge langweiliger Geschäftsunterlagen – *Machbarkeitsstudien, projektierte Summen, knappe Gewinnspannen*. Die Welt schien voller vager Konzepte, und man musste sich fragen – waren sie wirklich wichtig? (Waren sie überhaupt real?) Sollte das Leben eines Menschen nicht auf einfachen, fassbaren Dingen beruhen – ein Beet aus Wicken in einer Ecke des Gartens, ein Kind auf einer Schaukel, schräg einfallendes Winterlicht. Ein Korb voller Kätzchen.

Es gab eine bedrückend große Datei mit E-Mails von Maggie Louden, kleine elektronische Billetdoux der Kategorie *Mein Liebling, mit dir ist es so wunderschön.* Tatiana las laut vor mit einem schleppenden, blutrünstigen Unterton, der die Gefühle ins Lächerliche zog. »*Hast Du mit Gloria über die Scheidung gesprochen? Du hast versprochen, dass Du dieses Wochenende mit ihr redest.*«

Im Anhang einer Mail befanden sich Fotos, manche von Graham und Maggie, die meisten nur von Maggie, aufgenommen vermutlich von Graham. Gloria konnte sich nicht erinnern, wann Graham zum letzten Mal ein Foto von ihr gemacht hatte.

»Was für eine Schlampe«, sagte Gloria.

Er war mit Maggie an Mariä Verkündigung nach York zu den Pferderennen gefahren, etwas, was Gloria ihm als Ausflug vorgeschlagen hatte. Maggie und Graham hatten in Middlethorpe Hall übernachtet *(Wirklich wunderschön, Liebling, Du bist ein Gott).* Er hatte ihr einen rosa Diamanten geschenkt – *Toll, toll, toll. Er ist riesig (wie Du!)! Jemand kann sich heute Abend eine Belohnung abholen!*

Seine E-Mails waren prosaischer. *Das neue Ivanhoe wird ein Haus mit vier Schlafzimmern und integrierter Garage. Wir wollen vor Baubeginn alle verkaufen. Weise auf die Waschküche hin. So was verkauft sich immer gut.* Alles war Geschäft, sogar die Liebe.

Gloria bekam keine rosa Spüle, aber seine Geliebte bekam einen rosa Diamanten so groß wie Schloss Balmoral. Es war jammerschade, dass Grahams bevorstehendes Ableben Gloria die Befriedigung rauben würde, dabei zuzusehen, wie er sich vor dem Scheidungsgericht wand. Die Hälfte seines Einkommens, die Hälfte des Geschäfts.

»Die Hälfte von nichts, Gloria«, sagte Tatiana. »Nicht vergessen neue Geldwäschebestimmungen.«

Gloria war nicht überrascht, dass Tatiana auf dem neuesten Stand des Strafrechts war.

»Es ist alles da, Gloria«, sagte Tatiana, und sie hatte recht, es war alles da – die getürkte Buchführung, die illegalen Bankgeschäfte, die Briefkastenfirmen, die Steuerflucht. Das Geld, das Graham durch Hatter-Häuser-Konten geschleust hatte, nicht nur für sich selbst, sondern auch für andere – der Mann war ein Auftragsgeldwäscher, schrubbte am schnöden Mammon herum, als wäre es eine Berufung. Da waren Codes und Passwörter für Bankkonten in Schottland, auf Jersey, auf den Caymans, in der Schweiz. Die Breite und das Ausmaß waren erstaunlich. Ihm gehörte die ganze Welt.

»Ihm gehört *Hilfe?*«, fragte Gloria und blinzelte den Bildschirm an. »Gemeinsam mit Murdo?«

»Alles ist Geschäft, Gloria. Geschäft und Lügen. Sie sind alte Frau, Sie sollten das wissen. Stehen Sie auf«, befahl sie. Gloria stand auf, und Tatiana übernahm den Computer, die Hände glitten über die Tastatur wie die einer Klaviervirtuosin, die gleich das Konzert ihres Lebens geben würde.

Gloria war fasziniert. »Was genau tun Sie da? Überweisen Sie Geld? Auf das Haushaltskonto?«, fragte sie hoffnungsvoll.

»Wenn ich Ihnen sage, muss ich Sie umbringen«, sagte Tatiana.

Es war, als würde eine Komikerin eine Russin parodieren. Gloria fragte sich, ob Tatiana wirklich Russin war. Es gab keinen Grund, warum sie sein sollte, wer sie behauptete zu sein. Es gab keinen Grund, warum überhaupt jemand sein sollte, wer er behauptete zu sein. Die Leute glaubten, was immer man ihnen erzählte. Sie glaubten, dass Graham in Thurso war. In Zukunft, in der Zukunft jenseits des mit Löwenmäulchen und Salbei gesäumten Weges, wäre Gloria, wer immer sie sein wollte.

Tatiana lachte laut heraus, schlug Gloria (ziemlich heftig) auf den Arm und sagte: »Ist nur Spaß, Gloria. Ich überweise auf ein Schweizer Konto. Betrugsdezernat braucht Ewigkeit, es zu finden, lange nachdem andere Konten eingefroren sind, und dann sind Sie und ich« – sie schnippte mit den Fingern –, »puff! Wir sind weg.«

»Aber wie kommen wir an das Geld ran?«, fragte Gloria.

»Gloria, Sie sind so ein *Idjot!* Es ist Hatter-Häuser-Konto, Sie sind Direktor von Firma, Sie können nehmen, was Sie wollen. Sie sind wichtige *Geschäftsfrau*. Sie rufen besser an und sagen, dass wir kommen, weil es ist *sehr* viel Geld. Machen Sie sich keine Sorgen, Gloria. Vergessen Sie nicht, ich arbeite in *Bank*.«

Es klingelte an der Tür. Es war Pam.

»Das ist gerade kein guter Zeitpunkt«, sagte Gloria.

»Dein Sicherheitstor steht weit offen«, sagte Pam und betrat die Eingangshalle. »Alle können rein. Ich komme gerade vom Literaturfestival.«

Sie marschierte ins Wohnzimmer, ohne aufgefordert worden zu sein, und setzte sich auf das pfirsichfarbene Damastsofa. Gloria folgte ihr und fragte sich, wie sie Pam loswerden sollte. Vielleicht könnte sie einfach mit den Fingern schnippen und *puff!*, sie wäre verschwunden.

»Ich muss sagen, du hast nicht viel versäumt«, sagte Pam. »Als Event war es sehr unbefriedigend. Sie haben sich gestritten, aber auf matte Art. Und die gefüllten Hefebrötchen haben mich nicht überzeugt. Dougal Tarvit war okay, aber Alex Blake – was für eine Enttäuschung.«

»Ja?«

»So klein. Hat eindeutig was Verdächtiges. Ich wundere mich, dass die Polizei ihn noch nicht verhaftet hat für den Mord an Richard Moat.«

»Ja?«

»Ich habe dir ein signiertes Exemplar mitgebracht.«

»Ja?«

»Hör auf, ständig Ja zu sagen, Gloria. Willst du nicht den Wasserkocher einschalten? Wie ich höre, steckt der gute alte Graham in Thurso fest.«

Wieder klingelte es an der Tür. »Ach, Herrgott noch mal«, sagte Gloria.

»Inspector Brodie«, sagte der Mann, trat vor und schüttelte ihr die Hand.

»Ein Inspector ist da«, sagte Gloria. Sie nahm an, dass er zum Betrugsdezernat gehörte, aber kamen die nicht immer in Rudeln? Er folgte ihr ins Wohnzimmer. Sie wünschte, sie hätte ihn auf der Schwelle stehen lassen wie einen Zeugen Jehovas. All diese unerwünschten Besucher waren eine unerwünschte Ablenkung von den internationalen Bankbetrugsgeschäften, die Tatiana in der Küche tätigte, überwacht von Glorias roter KitchenAid und Delia Smith's *Complete Cookery Course.*

»Tee?«, fragte Gloria höflich und versuchte sich zu erinnern, ob er seine Dienstmarke vorgezeigt hatte. Wo war sein Dienstausweis? Er erzählte gerade etwas von einem Verkehrsunfall, als Tatiana lautlos aus der Küche kam und wie eine schlechte Schauspielerin in einer Farce sagte: »Hallo, alle miteinander.«

»Oh«, sagte Pam.

»Wir müssen aufhören, uns so über den Weg zu laufen«, sagte der Polizist zu Tatiana. »Sonst fangen die Leute an zu reden.«

Was immer danach gesagt worden wäre, wurde nie gesagt, denn in diesem Augenblick schlug Grahams Golem mit dem Baseballschläger die Terrassentür ein, und Pam begann zu schreien, als wollte sie alle Teufel aus der Hölle rufen, und sie hörte erst wieder auf, als der Fremde im Garten auftauchte und dem Golem ins Herz schoss.

45

Jackson hatte nicht vorgehabt, sich als Polizist auszugeben, aber als die Tür vor ihm aufging und er »Mrs Hatter?« sagte und sie mit »Ja« antwortete, tat er es automatisch. Es schien das Natürlichste von der Welt, zu sagen: »Inspector Brodie.«

Gloria Hatter trug einen roten Trainingsanzug, der einen abgelegenen Teil seines Gehirns an Jimmy Savile in der Serie *Jim'll Fix It* erinnerte. Gott sei Dank hatte sie kein Medaillon um und rauchte auch keine Zigarre. Sie schien zu glauben, dass er vom Betrugsdezernat kam, und er machte sich keine Mühe, diesen Eindruck zu korrigieren.

Als er den Honda und den Unfall erwähnte, sagte sie: »Ich habe nichts gesehen«, und Jackson fragte ungläubig: »Sie waren auch dort?«

Eine ihm vage bekannt vorkommende Frau mit orangefarbenem Haar saß auf dem Sofa, ein Exemplar von Martins letztem Buch *Der Affenschwanzbaum* in der Hand. Allein das brachte Jacksons Gehirn zum Rotieren. Schachteln in Schachteln, Puppen in Puppen, Welten in Welten. Alles war miteinander verbunden. Die ganze Welt.

Das Telefon klingelte, und ein Anrufbeantworter schaltete sich ein. Die hysterische Stimme einer Frau rief, als wolle sie die Invasion Außerirdischer verkünden: *Gloria! Ich bin's, Christine! Sie sind hier. Sie nehmen die Computer mit!*

Tatianas Eintritt lenkte Jackson von dieser Nachricht ab. Das ist zu viel, das ist wirklich zu viel, schoss es ihm durch den Kopf. Und als Honda-Mann, ausgerüstet mit seinem Baseballschläger, vor der Terrassentür auftauchte wie eine Gestalt in einem Horrorfilm und Luft schuf, wo zuvor Glas gewesen war, begann Jackson sich zu fragen, ob er sich in einer neuen Reality-TV-Show befand, einer Kreuzung aus *Versteckte Kamera* und einem Wochenende mit Mörderjagd. Halb rechnete er damit, dass ein Moderator hinter Gloria Hatters Sofa hervorspringen und rufen würde: »Überraschung! Jackson Brodie, Sie *dachten,* Sie hätten eine Leiche im River Forth gefunden, Sie *dachten,* Sie wären Zeuge geworden, wie ein Mann mit einem Baseballschläger niedergeschlagen wurde, Sie *dachten*, diese kleine russische Dame hier hätte Ihnen Hinweise ins Ohr geflüstert (ja, sie spielte auch die mysteriöse Leiche), aber nein, das war alles Fiktion. Jackson Brodie, Sie stehen live vor einem Millionenpublikum. Willkommen in der Zukunft.«

Sie waren alle da, Tatiana, Honda-Mann, es fehlte nur Martin. Doch das hatte er zu früh gedacht, denn da kam Martin, er schritt zielgerichteter als je zuvor über Glorias bewundernswert gepflegten Rasen. *Und Martin Canning als täuschend tollpatschiger Schriftsteller!*

Tatiana rief etwas auf Russisch, das wie ein Fluch klang, während Gloria Hatter weniger dramatisch sagte: »Terry, was um alles in der Welt glauben Sie, dass Sie da tun?«

»Er ist verschwunden«, schrie Terry sie an. Spucke flog aus seinem Mund, und Jackson fühlte sich an seinen Hund erinnert.

»Er ist verschwunden, Mr Hatter, er hat sich aus dem Staub gemacht. Und ich soll den verdammten Sündenbock spielen, oder was?« Und dann schwang er mit einer mühelosen Bewegung Körper und Schläger und zerschlug eine Glasvitrine mit unzähligem Nippes in Tiergestalt. Der Mann liebte das Geräusch splitternden Glases. Er wandte sich wieder dem Zimmer zu und zögerte einen Moment, unsicher, was er als Nächstes zerschlagen sollte, und Jackson hatte Zeit genug, Gloria Hatter und ihre orangehaarige Freundin hinter das Sofa zu scheuchen (wo sich Gott sei Dank kein Fernsehmoderator befand).

Terence Smith schien Jackson zum ersten Mal wahrzunehmen, und ein Runzeln machte sich auf seiner plumpen Stirn breit. »Sie?«, wunderte er sich. »*Hier?* Warum?« Dann fiel sein Blick auf Tatiana. »Und du auch?« Er hob erneut den Schläger und schwang ihn in Tatianas Richtung.

Jackson stürzte sich auf sie, ein ziemlich ungeschicktes Rugbymanöver, versuchte, sie zu Boden zu werfen und mit seinem Körper abzuschirmen. Terence Smith traf ihn im Sprung mit einem heftigen Schlag gegen die Taille, und Jacksons Oberkörper kippte vornüber, als hinge er an einer Angel, und er fiel auf den Teppich. Ein schöner Teppich, wie er bemerkte, einer dieser dicken chinesischen Teppiche mit einem Muster, das wie gemeißelt scheint. Er sah es aus nächster Nähe. Wenn er den Kopf ein wenig drehte, unter großen Mühen und Schmerzen, sah er auch Martin – der immer noch zielsicher auf das Haus zuging, den Arm ausgestreckt, als würde er einen Kavallerieangriff leiten. Am Ende des Arms befand sich seine Hand (was zu hoffen stand), und in seiner Hand befand sich eine Waffe. Die Welrod. Die Welrod, über die Jackson sich gewundert hatte, als Martin sie am Morgen erwähnte.

Jackson dachte: Na gut, okay, entworfen für einen verdeckten Nahschuss, aber auch auf einige Entfernung tödlich, allerdings nur in den Händen von jemandem, der schießen konnte. Und man hatte nur einen Schuss, weil man entweder tot oder verhaftet war, bis man wieder geladen hatte. Und Martin war, seien wir ehrlich, ein Stümper, und deshalb zwangsläufig auch ein miserabler Schütze.

Martins Anblick war zu viel für Honda-Mann. Die Räder in seinem Gehirn schienen quietschend zum Stillstand zu kommen, offenbar war die Anstrengung zu groß, herauszufinden, warum alle Leute, die er umbringen wollte, sich gemeinsam in diesem Raum befanden. Dann gab er das Denken endgültig auf und wandte seine Aufmerksamkeit Jackson zu. Wenn er irgendwo anfangen musste, schien seine Miene zu besagen, warum dann nicht mit dem, der schon am Boden lag und vor Schmerzen stöhnte. Er hob den Schläger. Jackson rollte sich zusammen wie ein Fötus und versuchte, den Kopf mit den Händen zu schützen. Er fragte sich, was die anderen Personen im Raum taten, während er darauf wartete, dass ihm der Schädel zertrümmert wurde. Tatiana konnte doch sicherlich etwas Nützliches mit ihrem Messer unternehmen? Und wenn schon das nicht, dann konnte sie Terence Smith die Kehle mit den Zähnen zerreißen. Sie tat weder das eine noch das andere, er hörte sie stattdessen telefonieren, sie sprach Russisch, und zwar sehr schnell. Was sie wohl sagte? Schickt Anwälte, Waffen, Geld? Die Frau mit dem orangefarbenen Haar schrie. Sie tat das Richtige. Eine Menge Lärm würde die Polizei aufmerksam machen. Das wäre gut.

Er befand sich wie in einem Kokon, die normalen Gesetze der Zeit galten nicht mehr. Es war das persönliche Ende seiner Tage, er zählte noch das letzte Lämmchen. Er war wieder zu Hause, in der schwach beleuchteten Küche des kleinen Reihenhauses – die Vergangenheit war in seiner Erinnerung immer schwach beleuchtet, er fragte sich, ob es daran lag, dass die Armen Glühbirnen mit niedriger Wattzahl benutzten –, er saß an einem Tisch, sein Bruder und seine Schwester neben ihm, sein Vater war frisch gewaschen von der Arbeit gekommen, seine Mutter verteilte Eintopf. Das schöne Haar seiner Schwester war zu Zöpfen geflochten (*Rattenschwänze* nannte sein Vater sie), das Gesicht seines Bruders war blass und offen, er hatte die Schuluniform an, die Jackson ein paar Jahre später tragen würde. Nicht *Versteckte Kamera*, sondern *Das war Ihr Leben*. Es war nur ein Augenblick, ein ganz gewöhnlicher, die Frau, die Milch aus einem Krug goss. Sie aßen ihr Abendbrot, ihre Mutter setzte sich erst, wenn sie fertig waren, und aß die Reste. Sein Bruder gab ihm einen Klaps auf den Hinterkopf, und er wusste, auch wenn es wehtat, dass es Francis' Art war, Zuneigung auszudrücken. Seine Mutter sagte etwas, aber er verstand sie nicht, weil in diesem Moment ein Objekt so groß wie ein Haus auf ihn stürzte. Jackson roch Blut und Geschützfeuer, die unverwechselbaren Gerüche des Schlachtfelds. Er hörte nur ein leises *Tock*. Das musste man der Welrod lassen, wenn sie sagten schallgedämpft, dann meinten sie schallgedämpft. Es war kein Haus, was da auf ihn gestürzt war, es war Terence Smith, gefällt wie ein Stück Großwild, der ihn jetzt erdrückte. Jackson fragte sich, ob er neue Rippen bekommen könnte, wenn all das vorbei war.

Ächzend vor Anstrengung, schob er das Rhinozerosgewicht von sich herunter, setzte sich auf (unter großen Mühen und Schmerzen etc.) und blickte auf seine Uhr. Es war eine automatische Reaktion, ein Echo anderer Zeiten, anderer Orte – *Todeszeitpunkt ... der Verdächtige erschien am Tatort um ... der Zwischenfall wurde aufgenommen um ...* Neunzehn Uhr fünfundvierzig, aber für Jackson war es *Zwölf Uhr mittags*. In fünfzehn Minuten begann Julias Stück. Dieser Termin war der Dreh- und Angelpunkt seines ganzen Tages gewesen. *Aber du wirst doch fertig, bis die Show anfängt?* Seine Uhr, bemerkte er benommen, war mit Blut bespritzt.

Tatiana zündete sich beiläufig eine Zigarette an und fühlte Terence Smith den Puls. »Ist tot«, sagte sie unnötigerweise. Er war nicht nur tot, er war außerordentlich tot, sein Herz war von einer Kugel zerfetzt worden.

»Volltreffer, Martin«, murmelte Jackson. Wer hätte gedacht, dass Martin ein erstklassiger Schütze war?

Tatiana ging zu Jackson und kniete sich neben ihn. Sie musterte ihn und sagte: »Okay?«

»In gewisser Weise.«

»Sie retten mein Leben«, sagte sie.

»Ich glaube, es war der Mann dort drüben, der Sie gerettet hat«, erwiderte Jackson. Martin stand auf dem Rasen, die Pistole in seiner schlaffen Hand zielte jetzt aufs Gras. Er wirkte ganz ruhig, wie jemand, der Frieden mit sich geschlossen hat. Jackson hörte eine Sirene und dachte, das ging aber schnell, aber Gloria Hatter sagte sachlich und zu niemandem im Besonderen: »Panikschalter.«

Tatiana neigte sich näher zu Jackson. Ihre Augen blickten so verträumt wie im Zirkus. Sie küsste ihn auf die Backe und sagte: »Danke.«

Jackson fühlte sich seltsam privilegiert, als hätte ein wildes Tier zugelassen, dass er es streichelte. Ihm war es gleichgültig, dass Terence Smith tot war. Vielleicht hatte er zu viele Tote gesehen, um sich über einen weiteren noch aufzuregen, oder vielleicht war Honda-Mann einfach ein besonders schlechtes Exemplar, und auf der Erde gab es nicht einmal genug Platz für die guten Menschen, geschweige denn für all die schlechten. Es gab verhungernde Menschen, gefolterte Menschen, arme Menschen, denen sein Sauerstoff gelegen käme. Er war nicht der Einzige im Zimmer, den Terence Smiths Ableben ungerührt ließ. »Auge um Auge«, sagte Gloria Hatter mit grandioser Indifferenz. Die einzige Person, die durch die Geschehnisse aus dem Gleichgewicht geraten schien, war die Frau mit dem orangefarbenen Haar, die auf dem Sofa saß und leise wimmerte.

Jackson stand mühsam auf und ging vorsichtig zu Martin. Aus der Nähe sah er den panischen, wilden Blick in seinen Augen. Aus Erfahrung wusste Jackson, dass man panische, wild blickende Personen am besten wie verängstigte Tiere behandelte – sie mochten im Grunde harmlos sein, aber sie konnten immer noch treten und beißen.

»Ganz ruhig, Martin«, sagte er leise. »Geben Sie mir die Pistole.« Und ohne zu zögern gab Martin ihm die Pistole. »Tut mir leid«, sagte er. »Tut mir wirklich leid.« Dann knickten ihm die Beine weg, und er sank zu einem traurigen kleinen Häufchen auf dem Rasen zusammen, so dass nur Jackson, die Welrod in der Hand, vor Terence Smiths Leiche stand, als der erste Polizist am Tatort eintraf.

»Das sieht übel aus, nicht wahr?«, sagte Jackson.

46

Louise fuhr auf den Parkplatz des Hauptsitzes von Hatter-Häuser in der Queensferry Road. Ein Handlanger in Uniform kam auf sie zu, um ihr Recht, hier zu sein, infrage zu stellen, und sie hielt ihre Dienstmarke an die Windschutzscheibe und mähte ihn fast um. Reelle Häuser für reelle Menschen. Wie hatte Jackson herausgefunden, dass es eine Verbindung gab zwischen Hatter-Häuser und Terence Smith? Louise war sich hundertprozentig sicher, dass er auf der Jagd war. Hatte es je einen größeren Störenfried als ihn gegeben?

Sie war allein. Sowohl Jessica als auch Sandy Mathieson waren der Grippe erlegen. Bevor sie hierhergefahren war, hatte sie im Four Clans vorbeigeschaut, aber Martin Canning war nicht da gewesen. Die CD hatte sie zu Hause versteckt, in der Hülle einer alten CD von Laura Nyro. Sie ging davon aus, dass dort niemand danach suchen würde.

Als sie das Bürogebäude betrat, fand sie es in Aufruhr vor. Sie erkannte ein paar Männer vom Betrugsdezernat. Einer sagte: »Keine Spur von Hatter.«

»Habt ihr es schon bei ihm zu Hause versucht?«, fragte sie, und der Mann antwortete: »Steht als Nächstes auf der Liste. Die Frau ist Mitinhaberin, sie steckt genauso tief in der Scheiße.«

Louise machte sich auf die Suche nach der Frau hinter dem Mann, Hatters Sekretärin (»Christine Tennant«), die sofort zu jammern anfing. »Ich habe nichts getan. Ich weiß nichts. Ich bin unschuldig.« Louises Ansicht nach beteuerte die Dame ihre Unschuld zu sehr. Sie dachte an den Riss in ihrer Hausmauer. Eines war Hatter auf jeden Fall: ein miserabler Bauunternehmer. Auf Christine Tennants Tisch stand ein Geschenkkorb mit Obst. Mit einem Band war eine Karte daran befestigt, und Louise las: »Nur eine kleine Geste der Wertschätzung. Herzliche Grüße, Gloria Hatter.«

»Terence Smith?«, fragte sie Christine Tennant.

»Was ist mit ihm?«

»Was genau tut er hier?«

»Er ist schrecklich.«

»Mag sein, aber was *tut* er?«

Die Sekretärin zuckte die Achseln und sagte: »Ich weiß es nicht wirklich. Manchmal chauffiert er Mr Hatter oder macht Botengänge, tut ihm einen Gefallen. Aber Mr Hatter ist im Moment in Thurso. *Das behaupten sie jedenfalls*«, fügte sie düster hinzu.

»Können Sie mir Mr Hatters Privatadresse geben? Ich möchte mit seiner Frau sprechen.«

Christine Tennant leierte die Adresse herunter. In Grange, wie nett, dachte Louise. Sie war überzeugt, dass Gloria Hatters Haus keine Risse in den Mauern aufwies.

Auf dem Weg zum Haus der Hatters fragte sich Louise, ob Archie von der Schule direkt nach Hause gegangen war oder ob er sich in der Stadt herumtrieb und Chaos und Unheil über sie brachte. Archie und Hamish sollten irgendwo angebunden werden, an einem dunklen stillen Ort, wo sie keinen Schaden anrichten konnten. Stattdessen waren sie unterwegs in Läden, in Bussen, auf den Straßen, lachten wie Irre, kreischten wie Affen, gerieten in Schwierigkeiten. Wenn er einen Vater hätte, wenn er einen Vater wie Jackson hätte – oder auch nur einen Vater wie Sandy Mathieson –, wäre er dann anders?

Ihr Funkgerät erwachte plötzlich zum Leben, *ZH an ZHC – Alarm im Haus Providence, Mortonhall Road. Wer frei ist, bitte melden mit Nummer und Standort.* Louise machte sich nicht die Mühe zu antworten. Sie war bereits da. Irgendwie schien es unwahrscheinlich, dass es bloßer Zufall sein sollte. Was hatte Jackson gesagt? *Ein Zufall ist lediglich eine Erklärung, die noch auf sich warten lässt.*

»Das sieht übel aus, nicht wahr?«, sagte Jackson.

»Ja«, pflichtete Louise ihm bei. »Aber zweifellos haben Sie eine abwegige Erklärung dafür.«

»Nicht wirklich. Sie waren schnell hier.«

»Zufall. Sieht aus, als hätte ich das Beste wieder mal verpasst.« Er stand mit Blut bespritzt und mit einer Pistole in der Hand vor Terence Smith. Das Herz zog sich ihr schmerzhaft zusammen. War er verletzt?

»Sind Sie verletzt?«

»Ja, überall, aber ich bin okay. Ich *glaube* nicht, dass es mein Blut ist.« Auf dem Rasen saß ein Mann, der etwas davon murmelte, Gelübde abzulegen, und als sie ihn das nächste Mal ansah, schien er eingeschlafen zu sein. Auf dem pfirsichfarbenen Sofa saß eine Frau mit pfirsichfarbenem Haar. Sie schien einen leichten hysterischen Anfall zu haben. »Mrs Hatter?«, sagte Louise zu ihr, aber sie reagierte nicht.

»Ich weiß nicht, wer sie ist«, sagte Jackson. Sehr hilfreich. »Und der Mann, der auf dem Gras schläft, ist Martin Canning.«

»*Der* Martin Canning? Der Schriftsteller? Der Typ, der mit Richard Moat zusammenlebt?« Oh, das war verrückt. Zu verrückt.

»Sie müssen den Tatort sichern«, sagte er. »Nein, das wissen Sie, oder? Natürlich, Sie sind Polizistin.«

»Sie sind wirklich nicht in der Position, Witze zu machen.«

Jackson wischte die Fingerabdrücke von der Pistole und legte sie auf den Boden. Herrgott, sie konnte nicht glauben, was er da getan hatte! Sie sollte ihm augenblicklich Handschellen anlegen und ihn verhaften. Er sagte: »Die Pistole gehört jemandem namens Paul Bradley, aber er existiert nicht.« Dann schaute er sich um und fragte: »Wo sind die anderen beiden?«

»Welche anderen beiden?«

»Mrs Hatter und Tatiana.«

»*Tatiana?*«

»Ein verrücktes russisches Mädchen. Gerade waren sie noch hier. Hören Sie, ich würde wirklich gern bleiben und mit Ihnen plaudern, aber ich muss weg.«

Das war wirklich lachhaft. »Hier ist jemand *ermordet* worden. Meine Karriere ist beendet, wenn ich Sie gehen lasse. Schlimmstenfalls sind Sie ein Verdächtiger, bestenfalls ein Zeuge.« Das hatten wir doch schon mal. Noch einmal, Louise, *ein Zeuge, ein Verdächtiger und ein verurteilter Straftäter.*

»Ich weiß, aber ich habe etwas Wichtiges vor, etwas wirklich Wichtiges.« Sie horchten beide auf den Lärm einer lauter werdenden Sirene. Jackson blickte drein wie ein Hund, der einen Pfiff hört. »Ich existiere nicht«, sagte er. »Sie haben mich nie gesehen. Bitte. Tun Sie mir diesen einen Gefallen, Louise.«

Er war ein gerechtfertigter Sünder. Wie Louise. *Louise.*

Wie er ihren Namen ausgesprochen hatte … Sie schüttelte einmal kurz den Kopf, versuchte, ihn aus ihrem Gehirn zu verscheuchen.

Jackson verließ das Haus durch die Hintertür, als Jim Tucker die Einfahrt hochkam. Sie überlegte, wie sie Jim die Situation darstellen sollte. Würde sie Jackson wirklich aus dem Bild radieren? Die beiden anderen »Zeugen« machten nicht den Eindruck, als hätten sie auch nur den leisesten Schimmer, was hier vorging. Durch die nicht mehr existierende Terrassentür bedeutete sie Jim, durch die Haustür einzutreten.

»Louise«, sagte er. »Ich wusste nicht, dass du schon hier bist.«

Sie sah eine DC und zwei uniformierte Polizistinnen durch das Tor kommen. Und dann klingelte ihr Handy, und die Welt geriet aus den Fugen. *Archie.* »Ich bin sofort da«, sagte sie zu ihm.

»Archie«, sagte sie zu Jim. »Ich muss weg.«

Er zuckte zusammen, ahnte das Chaos, das er von ihr erben würde.

Louise versuchte, es besser klingen zu lassen, was unter diesen Umständen nicht einfach war. »Jim, ich bin vor einer Sekunde gekommen, ich weiß nicht mehr als du, im Grunde bist du der erste Polizist am Tatort, und *ich muss weg.*« Die Polizisten näherten sich der Terrassentür, änderten jedoch die Richtung, als ihnen klar wurde, dass sie womöglich den Tatort kontaminierten. Eine Polizistin überlegte es sich anders und ging zu Martin Canning. Louise hörte sie sagen: »Mr Canning, Martin? Alles in Ordnung? Ich bin Clare Deponio, erinnern Sie sich an mich?«

Sie hörte weitere Sirenen, eine davon ein Krankenwagen. Louise schmeckte Blut, wo sie sich auf die Lippe gebissen hatte. Sie sagte nicht: *Du schuldest mir noch einen Gefallen, Jim.* Sie sagte nicht:

Wie geht es deiner hübschen Tochter an der Uni, sie ist vermutlich froh, dass sie nicht wegen Drogenbesitzes angeklagt wurde. Sie musste es nicht sagen, er wusste, dass er jetzt seine Schuld abzutragen hatte. Was der Mensch sät, das wird er ernten. Er machte wortlos eine Kopfbewegung zur Rückseite des Hauses. Louise formte mit den Lippen das Wort »Danke« und verschwand. Sie fragte sich, wie viele disziplinarrechtlich, möglicherweise strafrechtlich belangbare Taten sie innerhalb der letzten fünf Minuten begangen hatte. Es lohnte nicht die Mühe, sie zu zählen.

Archie hatte merkwürdig geklungen – angespannt und etwas verzweifelt –, und sie dachte, dass er entweder verhaftet worden war oder jemanden umgebracht hatte. Aber es war schlimmer als das.

47

Dann betraten er und Irina sein Kakerlakenhotel, gingen an den furchterregenden Männern vorbei, die am Eingang herumhingen, eine Kreuzung zwischen Türstehern und Wachmännern. Sie trugen immer schwarze Lederjacken, rauchten immer Zigaretten. Sie öffneten (manchmal) die Tür und riefen Taxis, aber sie wirkten mehr wie Gangster. Einer von ihnen sagte etwas zu Irina, und sie winkte mit einer verächtlichen Geste ab.

Und dann waren sie irgendwie in seinem Zimmer, und ohne zu wissen, wie, stand er in der Unterhose vor ihr und sagte: »Gut gepolstert. Gemacht für Behaglichkeit, nicht für Eile.«

Dann ein Zeitsprung, und sie saß auf dem schmalen Bett, trug nur noch BH und Schuhe, gab keuchende Laute von sich, die als sexuelle Raserei durchgegangen wären, wenn ihr Gesicht nicht völlig ausdruckslos gewesen wäre. Martin trug zu dem Akt so gut wie nichts bei, er hatte ihn überrascht in seiner Unerwartetheit und Hast. Er kam kurz und leise auf eine Art, für die er sich schämte. »Tut mir leid«, sagte er, und sie zuckte die Achseln und neigte sich über ihn, ihr schönes Haar strich über seine Brust, eine spöttische Geste, die absolutes Desinteresse zeigte. Er sah die dunklen Haarwurzeln, wo die gefärbten Haare herausgewachsen waren.

Sie stieg von ihm herunter. Der Nebel aus Alkohol in seinem

Gehirn lichtete sich, stattdessen senkte sich eine übelkeiterregende, dumpfe Depression auf ihn, als er zusah, wie sie sich eine Zigarette anzündete. Eine Frau in einem fremden Land, eine Frau, die er kaum kannte, zog sich nicht umsonst bis auf BH und Schuhe aus und ritt dich wie ein Pferd. Sie war vielleicht keine richtige Prostituierte, aber sie erwartete Geld.

Irina hob ihre Kleider auf und machte sich fertig, die Zigarette hing zwischen den Lippen. Sie fing seinen Blick auf und lächelte. »Okay?«, sagte sie. »Du hast Spaß? Gibst du mir kleines Geschenk für Spaß?«

Er stand auf und hüpfte herum, versuchte seine Hose anzuziehen. Der Abend hatte ihn in Abgründe der Würdelosigkeit gestürzt, die er bislang gemieden hatte, auch in der Phantasie. Er kramte in seinen Taschen nach Geld. Das meiste Bargeld hatte er im Grand Hotel gelassen, und er fand nur einen Zwanzig-Rubel-Schein und ein paar Münzen. Irina blickte angewidert auf das Geld, als er ihr zu erklären versuchte, dass er zur Rezeption hinuntergehen und mit seiner Visakarte Geld holen könnte. Sie runzelte die Stirn und sagte: »*Njet*, keine Visa.«

»Nein, nein«, sagte er. »Ich biete dir keine Visa an. Ich will Geld *wechseln*. Ich will unten Dollars für dich holen.«

Sie schüttelte entschlossen den Kopf. Dann deutete sie auf seine Rolex und fragte: »Ist gut?« Sie wickelte das Kopftuch um ihren Kopf, knöpfte den Mantel zu.

»Ja«, sagte er, »sie ist echt, aber …«

»Du gibst mir.« Sie klang allmählich schrill und kompromisslos.

Es war vier Uhr morgens (er hatte keine Ahnung, wie das möglich war, als er zum letzten Mal auf die Uhr geschaut hatte, war es elf gewesen). Im Zimmer nebenan schlief ein pensioniertes Ehepaar aus Gravesend. Was würden sie denken, wenn sie von einer schreienden russischen Frau geweckt wurden, die für Sex bezahlt werden wollte? Was, wenn sie anfinge, zu schreien und Dinge durchs Zimmer zu werfen? Es war lächerlich, die Uhr war über zehntausend Pfund wert, wohl kaum ein fairer Tausch. »Nein, ich hole Geld«, beharrte er. »Und dann wird dir das Hotel ein Taxi rufen.« Er stellte sich vor, wie einer der bedrohlichen Männer in schwarzem Leder sie in ein Taxi setzte, Martin ansah, wohl wissend, dass er gerade für Sex mit ihr bezahlt hatte.

Sie sagte etwas auf Russisch, trat auf ihn zu, versuchte, ihn am Handgelenk zu packen. »Nein«, sagte er und tänzelte aus dem Weg. Sie stürzte sich erneut auf ihn, und er trat wieder zur Seite, aber diesmal stolperte sie und verlor das Gleichgewicht, und obwohl sie die Hände ausstreckte, um sich abzustützen, konnte sie nicht verhindern, dass sie mit dem Kopf gegen die Ecke des billigen furnierten Schreibtisches stieß, der in dem kleinen Raum nahezu eine ganze Wand einnahm. Sie schrie leise auf, ein verletzter Vogel, und war dann still.

Sie sollte aufstehen. Sie sollte aufstehen und sich den Kopf halten. Sie sollte nur eine Schürfwunde oder einen Bluterguss haben. Und er würde wahrscheinlich die Rolex abnehmen und sie ihr geben, um sie für den Schmerz zu entschädigen und damit sie aufhörte, ein Theater zu machen. Doch sie stand nicht auf. Er ging in die Hocke, berührte sie an der Schulter und sagte leise: »Irina? Hast du dir wehgetan? Alles in Ordnung?« Das Kopftuch war ihr von den Haaren gerutscht. Sie lag mit dem Gesicht auf dem hässlichen Teppich und reagierte nicht. Ihr blasser Nacken wirkte verletzlich.

Er versuchte, sie umzudrehen, unsicher, ob es richtig war, das zu tun bei jemandem, der bewusstlos war. Sie war schwer, viel schwerer, als er erwartet hatte, und leistete unbeholfen Widerstand, als wäre sie entschlossen, ihm bei seinen Manövern nicht zu helfen. Er schaffte es, sie zu drehen, und sie sackte zurück auf den Rücken. Ihre Augen standen weit offen und starrten ins Nichts. Vor Entsetzen blieb ihm das Herz kurz stehen. Er machte einen Satz, nur weg von ihr, fiel über das Ende des Betts, stieß sich das Schienbein an und verletzte sich den Fuß. Etwas stieg in seiner Brust auf, ein Schluchzer, ein Schrei, er wusste nicht, was herauskommen würde, und war überrascht, als es nur ein dummes kleines Quäken war.

Es gab keinen offenkundigen Grund dafür. Eine rote Stelle an ihrer Schläfe, das war alles. Die Chance war eins zu einer Million, vermutete er – ein gebrochener Halswirbel oder eine Gehirnblutung. Danach las er monatelang Bücher über Kopfverletzungen.

Es brauchte nur ganz wenig. Wenn sie keine hochhackigen Schuhe getragen hätte, wenn der Teppich nicht ausgefranst gewesen wäre, wenn er so vernünftig gewesen wäre und begriffen hätte, dass sich ein Mädchen wie sie nie im Leben ernsthaft für ihn interessieren könnte. Einen Augenblick sah er die Szene mit den Augen anderer – des Hotelmanagements, der Männer im schwarzen Leder, der Polizei, des britischen Konsuls, des Paars aus Gravesend, des sterbenden Lebensmittelhändlers. Keine Chance, dass auch nur einer von ihnen die Situation zu seinen Gunsten interpretiert hätte.

Panik überwältigte ihn. Panik pulsierte in seiner Brust, wirbelte durch sein Gehirn wie ein Zyklon, eine Woge von Adrenalin, die durch seinen Körper spülte und alle Gedanken wegwusch bis auf einen – *du musst sie loswerden*. Er schaute sich im Zimmer um, ob etwas von ihr herumlag. Er sah nur ihre Handtasche, prüfte, ob sich etwas darin befand, was ihn belasten würde, ein Zettel mit seinem Namen und der Adresse des Hotels. Nichts, nur eine billige Geldbörse, ein paar Schlüssel, ein Taschentuch, ein Lippenstift. Ein Foto in einer Brieftasche aus Plastik. Das Foto eines Babys von unbestimmtem Geschlecht. Martin weigerte sich, über die Bedeutung dieses Babyfotos nachzudenken.

Er riss das Fenster auf. Es war der siebte Stock, aber das Fenster ließ sich ganz öffnen – keine Gesundheits- und Sicherheitsvorschriften im Kakerlakenhotel. Er zog sie zum Fenster, dann fasste er sie in einer linkischen Umarmung um die Taille wie ein schlechter Tänzer und hievte sie aufs Fensterbrett. Er hasste sie, weil sie sich wie eine unnachgiebige Puppe, wie ein Sandsack für Bajonettübungen verhielt. Er hasste sie dafür, dass sie halb im Zimmer, halb draußen hing, als ob ihr alles gleichgültig wäre. Eine russische Puppe. Auf der Straße war es totenstill. Wenn sie aus dem siebten Stock fiele, wenn sie auf dem Gehweg gefunden würde, wüsste niemand, ob sie gesprungen oder gestoßen worden oder betrunken aus dem Fenster gefallen war. Ihr Blut musste zu nahezu hundert Prozent aus Alkohol bestehen, so viel, wie sie getrunken hatte. Niemand könnte auf sein Fenster deuten und sagen: *Dort, Martin Canning, der britische Tourist, aus seinem Fenster kam sie.* Unten stand ein riesiger Container mit Bauschutt. Er wollte nicht, dass sie dort hineinfiel, weil es dann ausgesehen hätte, als wollte jemand ihre Leiche loswerden.

Er legte ihr den Riemen der Tasche um den Hals, schob dann ihren Arm durch, fasste sie um die Knie, hob und zerrte, bis sie fiel.

Wenn er auf den Container gezielt hätte, er hätte ihn verfehlt, aber weil er wollte, dass sie auf dem Gehweg auftraf, stürzte sie direkt in den Container, drehte sich in der Luft, bevor sie mit einem knirschenden Geräusch, das Gesicht nach oben, auf dem Holz, den Steinen und dem zerbrochenen Verputz aufprallte. Ein streunender Hund wich erschrocken zur Seite, aber sonst blieb es still auf der Straße. Er schloss das Fenster.

Er setzte sich in eine Ecke des Zimmers und zog die Knie an. In dieser Position blieb er lange Zeit, zu erschöpft, um irgendetwas anderes zu tun. Er sah zu, wie die Dämmerung ins Zimmer drang, und dachte an Irinas blinde Augen, die es nicht mehr hell werden sahen. Eine Kakerlake krabbelte über seinen Fuß. Er hörte die erste Tram auf der Straße. Er wartete auf die Bauarbeiter, stellte sich vor, wie sie auf das Gerüst kletterten, hinuntersahen und die Frau entdeckten, die wie eine weggeworfene Puppe dalag. Er fragte sich, ob er ihre Rufe in seinem Zimmer hören würde.

Er hörte einen starken Motor, ein knirschendes Getriebe und kroch zum Fenster. Der Container schaukelte in der Luft, aus der Höhe sah er aus wie ein Kinderspielzeug. Irgendwie hatte er gehofft, dass sie in der Zwischenzeit verschwunden wäre, aber sie war noch da, zerbrochen und schlaff. Der Container wurde auf die Ladefläche eines riesigen Lastwagens gehoben und mit einem lauten metallischen Klonk abgesetzt, das durch die kalte Luft hallte. Der Lastwagen fuhr davon. Martin blickte ihm nach, wie er langsam die Straße entlangrollte, auf die Brücke über die Newa fuhr. Am Ende der Brücke verschwand er aus seinem Blickfeld.

Er hatte ein menschliches Wesen weggeworfen wie ein Stück Abfall.

An der Passkontrolle im Flughafen wartete er darauf, dass einer der furchterregenden Beamten ihm die Hand auf die Brust legte und das Rasen seines Herzens spürte, ihm in die Augen schaute und die Schuld darin sah. Doch er wurde mit einer gelangweilten Geste durchgewinkt. Er dachte, die Vergeltung käme rasch, aber es stellte sich heraus, dass die Mühlen der Gerechtigkeit langsam mahlten, ihn platt walzten, bis er schlichtweg nicht mehr existierte.

In dem kleinen Duty-free-Shop kaufte er einen Kühlschrankmagneten für seine Mutter, eine kleine lackierte Matroschka aus Holz. Auf dem Rückflug saß der Lebensmittelhändler neben dem Paar aus Gravesend, eingequetscht auf einem Sitz, der zu schmal für ihn war, und erzählte ihnen, dass er wieder einen Punkt auf der Liste »Dinge, die ich tun will, bevor ich sterbe« abgehakt hatte. Das Essen wurde serviert, eine traurige Mischung kalter Pasta. Martin fragte sich, ob Irinas Stand heute geschlossen bliebe oder ob ihn bereits jemand anders übernommen hatte. Dem Lebensmittelhändler ging es schlecht, als sie landeten. Auf der Rollbahn holte ihn ein Krankenwagen ab. Martin schaute nicht einmal hin.

Da war eine Frau, für die er mittags ein Buch signiert hatte. Er hatte keine Ahnung, warum sie hier war. Sie klammerte sich an ein Exemplar von *Der Affenschwanzbaum* und schrie. Er dachte daran, einen Witz zu machen und zu ihr zu sagen: »So schlecht ist es doch gar nicht, oder?«, aber er tat es nicht. Da war ein blondes Mädchen, das dem verrückten Honda-Fahrer etwas auf Russisch zurief. Der Honda-Fahrer wollte das blonde russische Mädchen umbringen, und dann schritt Jackson ein, um sie zu retten und sich zu opfern. Der Honda-Fahrer war außer sich vor Wut. Etwas stimmte nicht im Kopf von Leuten wie ihm, Leuten, die Hunde durchs Fenster warfen und ihrer Frau eine Pistole an den Kopf hielten. Schlechte Hirnchemie. Wäre Nina Riley hier gewesen, hätte sie gesagt: *Legen Sie die Waffe nieder, Sie Bösewicht.* Doch sie war nicht hier. Martin war allein.

Die Zeit verlangsamte sich. Der Honda-Fahrer schwang den Schläger in dem bekannten Bogen der Vernichtung. Das russische Mädchen sah ihn an. Ihr Gesichtsausdruck veränderte sich, ihre blauen Puppenaugen starrten ihn unerschrocken an, ihr kleiner Rosenknospenmund sagte: »Erschieß ihn, Marty.« Und er schoss.

48

Ein Schwangerschaftstest.

Jackson war (buchstäblich) in die Wohnung zurückgerannt, hatte seine blutbesudelten Kleider auf den Boden im Bad fallen lassen, war unter die Dusche gesprungen und hatte Terence Smith aus seinem Leben gewaschen. Einen verrückten Augenblick lang hatte er daran gedacht, den ganzen Weg vom Haus der Hatters bis zu Julias Veranstaltungsort zu laufen, aber er sah ein, dass es etwas *zu* dramatisch gewirkt hätte, wenn er mit Blut bespritzt hereingeplatzt wäre. Das hob er sich für *Macbeth* auf.

Es war Multi-Tasking, was er da machte, er zog sich an, rief gleichzeitig ein Taxi, betrachtete sein gequältes Gesicht im beschlagenen Spiegel, blickte zufällig nach unten und sah ihn.

Er nahm den Schwangerschaftstest aus dem Papierkorb und starrte ihn an, als wäre er ein Objekt vom Mond. Es war das Letzte, was zu finden er erwartet hatte, aber warum nicht? In den zwei Jahren, die sie zusammen waren, war es nicht passiert, und jetzt das. Blau. Er war blau. Alle Welt wusste, was das bedeutete. Es erklärte alles, ihre Stimmungsumschwünge, ihren Appetitverlust (bei Sex und Essen), ihre seltsame Zurückhaltung. Julia war schwanger! Was für eine außergewöhnliche Vorstellung – Julia bekam ein Kind. Sein Kind. *Wir bekommen ein Kind*. Ein Kind für Julia.

Es gab viele verschiedene Arten, es auszudrücken, aber sie liefen alle auf dasselbe hinaus: In Julia befand sich ein mikroskopisch kleines neues Leben, ein winziges Geschöpf im Bauch der Frau, die er liebte. Er fragte sich, ob es ein Junge würde. Wäre das nicht etwas, einen Sohn zu haben, der Vater zu sein, der sein eigener Vater nie war? Jackson hatte noch immer das winzige Erdnussbaby in der Tasche. Er zog die Jacke an und tastete danach, es war ein Talismann, die Perle eines Rosenkranzes, die er immer wieder in seiner Hand drehte.

Ein Baby würde Julia heilen. Die verlorene Olivia würde in Julias Baby irgendwie wiedergeboren werden. Ein Baby würde alles richten, für Julia und für sie beide. Ein Paar. Wenn sie Eltern wären, würde sie sich irgendwie mit diesem Wort aussöhnen müssen. Ein Baby würde auch Jackson heilen, ein paar seiner Wunden schließen. Was hatte Louise gesagt? *Sperma trifft auf Ei und bumm. Es kann den Besten passieren.* Und es war Julia passiert.

Kein neuer Weg, aber eine neue Welt zum Leben.

49

Klassische Musik drang aus dem Wohnzimmer. Die Lichter im Haus waren ausgeschaltet, stattdessen brannte eine Duftkerze im Kamin. Er hatte den Klassiksender im Radio eingestellt. Ihr brach das Herz angesichts der Art und Weise, wie er versucht hatte, damit fertigzuwerden. Sie sah Archies Kopf oberhalb der Sofalehne. *Du kennst, Herr, die Geheimnisse unserer Herzen, verschließ nicht deine barmherzigen Ohren für unsere Gebete.* Sie musste ein Geräusch gemacht haben, denn er wandte den Kopf etwas und sagte: »Mum?« Sie hörte das weinerliche Zittern in seiner Stimme.

»Archie?« Sie näherte sich langsam dem Sofa, biss sich heftig auf die Lippe und versuchte, den Schrei zu unterdrücken, der aus ihrem Innersten entkommen wollte.

Archie blickte auf und sagte still: »Es tut mir leid, Mum.«

Seine Augen waren rot gerändert, er war totenbleich. In den Armen hielt er Jellybean, als wäre es ein neugeborenes Baby, aber der Kater schien eingefallen und geschrumpft, alles Leben war aus ihm gewichen. Archie hatte ihn in einen alten Pullover von Louise gewickelt. »Ich dachte, er würde dich gern riechen«, sagte Archie. Wieder drehte sich der Korkenzieher. Es zerriss ihr das Herz. »Du kannst ruhig weinen, Mum«, sagte er, und endlich bahnte sich der Schmerz einen Weg aus ihr – ein schreckliches Wehklagen, eine hohe Totenklage, die sich anhörte, als käme sie von jemand anderem.

Sie war nicht dabei gewesen, als die Katze geboren wurde, und jetzt hatte sie auch ihren Tod versäumt. »Aber alles dazwischen hast du erlebt«, sagte Archie. Es war beunruhigend, wie erwachsen er klang. »Hier«, sagte er und reichte ihr vorsichtig das traurige umwickelte Bündel. »Ich mache Tee.«

Sie wickelte den Kater aus und küsste ihn auf den Kopf, die Ohren, die Pfoten. *Auch das wird vorübergehen.*

Archie brachte den Tee, und der Tee war süß. Er musste es im Fernsehen gehört haben – heißen, süßen Tee in Zeiten der Krise. Sie hatte nie im Leben Zucker in den Tee getan, aber es hatte etwas unerwartet Tröstliches.

»Er hatte ein gutes Leben«, sagte Archie. Er war nicht alt genug, als dass es ein Klischee für ihn hätte sein können.

»Ich weiß.« Liebe war das Schwierigste. Lass dir von niemandem etwas anderes erzählen.

50

»Wir müssen gehen, Gloria«, sagte Tatiana.

Die Maschinen zischten und pumpten, Graham schwebte noch immer durch den Weltraum. Gloria beugte sich vor und küsste Graham auf die Stirn. Es konnte ein Segen oder ein Fluch oder beides sein, weil die Synthese, die die Wirklichkeit war, alles umfasste. Schwarz und weiß, gut und böse. Sein Fleisch war bereits wie Lehm.

Welches waren die wahren Verbrechen? Kapitalismus, Religion, Sex? Mord – normaler-, aber nicht notwendigerweise. Diebstahl – dito. Aber Grausamkeit und Gleichgültigkeit waren auch Verbrechen. Ebenso schlechte Manieren und Unempfindlichkeit. Am schlimmsten war Gleichgültigkeit.

Nicht lange nach ihrer Hochzeit fuhren Gloria und Graham an einem Sonntag zum Mittagessen zu seinen Eltern, Beryl und Jock. Eine magere gebratene Ente, wie sich Gloria erinnerte, aufgewogen durch einen mächtigen Pflaumenkuchen. Es erstaunte Gloria immer wieder, dass sie sich kaum erinnern konnte, was am vergangenen Freitag passiert war, aber noch in allen Einzelheiten wusste, was es vierzig Jahre zuvor zu essen gegeben hatte.

Aus irgendeinem Grund war der Wagen an diesem Tag in der Werkstatt (Graham hatte einen Triumph Herald mit in die Ehe gebracht), deswegen hatte Grahams Vater sie in das bescheidene

Hatter-Haus (das alte Pencaitland-Modell, lange aufgegeben) zurückgefahren, das Jock und Beryl ihnen zur Hochzeit geschenkt hatten. Es war als »Einsteigerhaus« bekannt gewesen. Niemand verkaufte »Aussteigerhäuser«, oder?

Unterwegs machten sie einen Umweg über »den Hof«, weil Vater und Sohn dort irgendetwas längst Vergessenes zu erledigen hatten. Damals war Hatter-Häuser ein kleines Bauunternehmen mit einem wackligen Büro irgendwo in der Ecke. Gloria stieg aus. Sie war nie zuvor hier oder im Büro gewesen und nahm an, dass sie sich dafür interessieren sollte, da sie jetzt auch eine Hatter war. Selbstverständlich hätte sie nie ihren Mädchenamen, Lewis, aufgeben sollen. Jetzt, da sie eine geächtete Witwe war, wäre ein guter Zeitpunkt, ihn wieder anzunehmen. Die Leute wechselten ständig ihre Identität, ihr Großvater hatte seinen Namen in Lewis umgewandelt, nachdem er aus Polen in Leeds eingetroffen war mit einem Koffer aus Pappe und einem Familiennamen, den niemand aussprechen konnte.

Die zwei Männer gingen ins Büro, und Gloria schlenderte über den Hof mit seinen geheimnisvollen Paletten und Säcken. Sie hatte keine Ahnung, wie man ein Haus baute. Sie fragte sich, was mit der Menschheit passiert wäre, wenn sie, Gloria, das Sagen gehabt hätte, als der Mensch zum ersten Mal mit Flint auf Flint schlug und ein Werkzeug erschuf. Sie hätte nie etwas so Kompliziertes wie ein Regal fabrizieren können, alles würde wahrscheinlich in Hängematten und Säcken aufbewahrt. Sie war eine Sammlerin, Graham war ein Schraubenzieher schwingender Jäger. Er ging hinaus und baute Dinge, sie blieb zu Hause und zog auf. Das war einen Monat nach ihrer Hochzeit, als der Funke in ihrer Verbindung noch sprühte und Gloria noch begeistert zuammenpassende Teller und Mopps kaufte.

In diesem Augenblick hörte Gloria einen leisen miauenden Laut, der – Freude über Freude – aus einem Nest Kätzchen drang. Blind und maulwurfsgleich lagen sie zusammengerollt bei ihrer Mutter hinter einem Holzstoß.

Hatter junior und senior kamen aus dem Büro, ihr neuer Schwiegervater grüßte sie mit: »Du hast also die verdammten Katzen gefunden, Gloria?« Gloria, die bereits den mit Lammfell ausgelegten Korb für mindestens zwei, wenn nicht gar alle Kätzchen plante, ein Hatter-Haus im Hatter-Haus, sagte: »Oh, sie sind so *niedlich,* Mr Hatter.« Gloria zog die Zehen ein, so süß waren sie. Sie schaffte es nicht, ihn vertraulich »Jock« zu nennen, und so blieb es auch die drei Jahre, die sie seine Schwiegertochter war, bevor er einen massiven Herzinfarkt hatte, der ihn auf einer Baustelle umwarf; er fiel in einem Rohbau aus Betonbausteinen in den Dreck, die Männer versammelten sich um ihn und starrten erstaunt auf seinen Körper. Der Titan hatte das Gebäude verlassen. Der Olympier stand derweil in der unfertigen Küche und überlegte, ob er ungestraft ein kleineres Fenster als vorgesehen einbauen konnte.

»Graham«, sagte Jock Hatter, »hol die verfluchten Viecher.«

»Klar«, sagte Graham, hob die fünf weichen, warmen Kätzchen auf und warf sie mit einer einzigen mühelosen Bewegung in den Wassereimer neben dem Büro. Gloria war so überrascht, dass sie einen schrecklichen Augenblick lang nur zusah, stumm und reglos, als stünde sie unter einem Bann. Dann schrie sie und wollte zu Graham laufen, um die Kätzchen zu retten, aber Jock hielt sie zurück. Er war ein kleiner Mann, doch erstaunlich kräftig, und sosehr sie sich auch wand und wehrte, sie entkam seinem Griff nicht. »Muss gemacht werden, Mädchen«, sagte er leise, als sie schließlich aufgab. »So ist die Welt.« Graham holte die fünf schlaffen Leichen aus dem Eimer und warf sie in ein altes Ölfass, das als Abfalltonne diente.

»Scheißkatzen«, sagte er, als sie später in der Kochnische ihres Einsteigerhauses hysterisch wurde. »Du musst dir abgewöhnen, so verdammt empfindlich zu sein, Gloria. Es sind bloß verdammte Tiere.«

Ermordet. Das Wort klang seltsam aus Tatianas Mund. Es grollte wie Donner, es spaltete den Himmel. Gloria fragte sich, ob der gespaltene Himmel in Teile zerbrechen und ihr auf den Kopf fallen würde. Ihr Bauch fühlte sich heiß und flüssig an, und ihr Herz schlug schneller, als gesund war für eine Frau kurz vor der Seniorenkarte. Tatianas Freundin war ermordet worden. Lena. Eine gute Person.

Gloria wusste, was Tatiana sagen würde. Und das Schlimmste war, dass sie es glaubte, bevor der Name ausgesprochen war. Deswegen sagte sie ihn. »Graham«, sagte sie tonlos.

»Ja«, sagte Tatiana. »Graham. Er ist sehr böser Mann. Er sagt Terry, dass er sie umbringen soll. Dasselbe, als ob er selbst sie umbringt. Kein Unterschied.«

»Nein«, pflichtete Gloria ihr bei. »Kein Unterschied. Überhaupt kein Unterschied.«

»Lena will zur Polizei gehen, alles sagen, was sie weiß.«

»Was wusste sie? Über die Betrugsgeschichten?«

Tatiana lachte. »Betrug ist nichts, Gloria. Viel schlimmere Sachen als Betrug. Graham macht Geschäfte mit sehr, sehr bösen Männern. Sie wollen nicht wissen, Gloria, sonst kommen Männer zu Ihnen. Wir müssen jetzt wirklich gehen.«

Gloria neigte sich über ihren Mann und flüsterte ihm ins Ohr: »*Schaut auf meine Werke, ihr Mächtigen, und verzweifelt!*«

Sie waren vom Tatort eines Mordes geflüchtet, waren tatsächlich auf der Flucht. Gloria brach Regeln, wenn auch nicht ihre eigenen. Sie hatte den Plastiksack mit dem Geld und den Memorystick geholt, aber ansonsten machten sie sich nur mit dem, was sie auf dem Leib trugen, vom Acker. Tatiana hatte telefoniert, und ein großer schwarzer Wagen war vor der Hintertür vorgefahren, und sie stiegen ein. Wenn Gloria sich nicht irrte, war es derselbe Wagen, der Tatiana nach Grahams Herzinfarkt vor dem Krankenhaus abgeholt hatte. Der Chauffeur sagte während der ganzen Fahrt kein Wort, und Gloria fragte nicht, wem der schwarze Wagen gehörte. Große schwarze Autos mit schwarzen Fenstern gehörten in der Regel bösen Menschen. Bösen Menschen wie Graham.

Sie fuhren Richtung Süden, zum Flughafen, doch Gloria bat um einen »kleinen Umweg«.

»Warum?«, fragte Tatiana.

»Geschäfte«, sagte Gloria, als der Fahrer stumm ihrer Anweisung folgte und von der Hauptstraße in eine Siedlung abbog. »Ein kleines, noch nicht zu Ende gebrachtes Geschäft.«

»Glencrest Way«, sagte Tatiana, die das Straßenschild las. Auf Glencrest Way folgte Glencrest Close, Glencrest Avenue, Glencrest Road, Glencrest Gardens und Glencrest Wynd. Tatiana las alle Namen laut vor wie ein exotischer Ersatz für das Navigationssystem des Wagens, das in der verblüffenden Komplexität des Straßensystems den Dienst verweigerte. Über der Siedlung lag der Nebel von Grahams Anwesenheit, die Wolke des Wissens, und schirmte sie ab.

»Die Glencrest-Siedlung«, sagte Gloria überflüssigerweise, als der schwarze Wagen hielt. »Reelle Häuser für reelle Menschen. Gebaut auf einer alten Kohlengrube.« Sie nahm den schwarzen Müllsack, der dreiundsiebzigtausendfünfhundert Pfund in Zwanzig-Pfund-Scheinen enthielt.

Tatiana lehnte am Wagen und rauchte, während Gloria den schwarzen Plastiksack von Haus zu Haus schleppte und Geldbündel auf die Türschwellen legte. Nicht genug für alle, aber das Leben war eine Lotterie.

»Ist Tragödie«, sagte Tatiana und schüttelte den Kopf. »Sie sind verrückte Person, Gloria.«

Sie stiegen wieder in den schwarzen Wagen und fuhren davon. Die Geldbündel waren nicht zusammengebunden, und der Abendwind ergriff sie und wehte die Scheine herum wie riesige Flocken Asche. Im Rückspiegel sah Gloria, wie jemand aus einem schäbigen Hatter-Haus – Modell Braecroft – trat und verwundert das durch die Luft flatternde Geld betrachtete.

Gefürchtet von den Bösen, geliebt von den Guten. Sie waren Banditenköniginnen, sie waren Räubermädchen. Sie waren Gesetzlose.

51

Schwarzer Raum. Weißes Licht. Applaus.

In Jacksons Ohren klang der Applaus ziemlich kräftig, aber abgesehen von ein paar Kritikern, bestand das Publikum vor allem aus Freunden, Familie und Anhang. Für Julia repräsentierte er heute Abend das alles, und er hatte es geschafft, die gesamte Aufführung zu verpassen. Er schlüpfte gerade noch durch eine Tür, um zu sehen, wie die Schauspieler sich verneigten. Jackson wusste, dass Mord und Körperverletzung als Gründe, Julias Stück zu versäumen, nicht gut genug waren. Vielleicht hätte er doch mit Blut besudelt kommen sollen.

Die ganze Besetzung war anschließend in der Bar so erleichtert wie eine aufgedrehte Kindergartengruppe. Tobias vergewisserte sich, dass alle Champagner hatten, und hielt dann eine extravagante Lobrede, bei der Jackson nach der Hälfte abschaltete. »Auf uns!«, riefen sie, erhoben die Gläser und stießen an.

Julia hakte sich bei ihm unter und legte den Kopf an seine Schulter.

»Wie war es?«, fragte er und spürte, dass sie zusammensackte.

»Ziemlich schrecklich«, sagte sie. »Ganze Teile der Szene auf dem Eisberg haben gefehlt, und dieser dumme Junge hat mir immer die falschen Stichwörter gegeben.«

»Scott Marshall? Dein *Liebhaber?*«

Julia zog ihren Arm aus seinem.

»Aber du warst trotzdem großartig«, sagte er und wünschte, er wäre ein besserer Schauspieler. »Du warst wirklich toll.«

Julia leerte ihr Glas Champagner in einem einzigen Zug. »Und als der Platzanweiser durch den Gang ging und fragte, ob ein Arzt da ist – ich meine, der Mann, der den Herzinfarkt hatte, hat mir wirklich leidgetan, aber dann weiterzumachen, als wäre nichts geschehen …«

»So etwas passiert nun mal«, sagte Jackson beruhigend.

»Ja, ich weiß, aber *nicht in der Aufführung heute Abend*, Jackson«, fuhr sie ihn an. »Du warst nicht da, stimmt's? Du hast es geschafft, meine Premiere zu versäumen! Was ist passiert, was so wichtig war? Ist jemand gestorben? Oder hat jemand gesagt: *Hilf mir, Jackson?*«

»Also, wie es nun mal ist …«

»Du bist so verdammt vorhersehbar.«

»Beruhige dich.«

»Mich beruhigen?«

Sag das nie zu einer Frau, das steht auf der ersten Seite des Handbuchs, das nicht mit ihnen mitgeliefert wird.

»Ich werde mich verdammt noch mal nicht beruhigen.«

Sie zündete eine Zigarette an und zog heftig daran, als enthielte sie ein Asthmamittel.

»Du solltest nicht rauchen«, sagte er (auch von diesen Worten riet das Handbuch ab). »Du weißt, dass du wirst aufhören müssen zu rauchen. Und zu trinken.«

»Warum?«

»Warum glaubst du?«

»Ich weiß nicht.«

In ihren Augen sah er eine neue Wut, eine Herausforderung, die er nicht annehmen sollte.

Und es war lächerlich. Es war überhaupt nicht so, wie er sich diesen Augenblick vorgestellt hatte.

Er hatte sich Kerzen vorgestellt, Blumen, eine liebevolle Freundlichkeit, die sie wie ein Schal einhüllte. »Weil du schwanger bist«, sagte Jackson.

»Na und?« Sie reckte trotzig das Kinn und blies Rauch zur Decke, wo er sich unter die schmutzige Wolke über ihren Köpfen mischte.

»Na und?«, wiederholte er gereizt. »Was soll das heißen? *Na und?*« Dieses Gespräch sollte nicht in dieser schmuddligen Bar voller lärmender Menschen stattfinden, aber er hatte keine Ahnung, wie er sie da hinausmanövrieren sollte. Er fragte sich, auf welche Weise sie es ihm beigebracht hätte. Die Verkündigung. Die Schönheit des Moments war jetzt unweigerlich zerstört.

Dann schoss ihm ein fürchterlicher Gedanke durch den Kopf. »Du wolltest es doch nicht loswerden, oder?«

Sie sah ihn kalt an. »Loswerden?«

»Abtreiben. Herrgott, Julia, das kannst du doch nicht ernsthaft in Betracht ziehen.« Fast sagte er: *Das ist vielleicht deine einzige Chance,* aber irgendwie konnte er zumindest das verhindern.

»Nur weil ich große Brüste habe, eigne ich mich noch nicht zur Mutter, Jackson.«

»Julia, du wärst eine *wunderbare* Mutter.« Das stimmte. Er konnte nicht glauben, dass sie es nicht erleben wollte, Mutter zu sein. Sie hatten nie über Kinder gesprochen, sie hatten übers Heiraten gesprochen, aber nie über Kinder. Warum? Wie konnten ein Mann und eine Frau eine Beziehung haben und nicht über Kinder sprechen?

»Wir haben nie über Kinder gesprochen, Jackson. Und es ist mein Körper und mein Leben.«

»Mein Baby«, sagte er.

Sie zog die Augenbrauen hoch. »*Dein* Baby?«

»Unser Baby«, verbesserte er sich.

Etwas glitt über ihr Gesicht, unendliche Traurigkeit und Bedauern. Sie schüttelte den Kopf und drückte die Zigarette in einem Aschenbecher auf der Theke aus.

Dann sah sie ihn an und sagte: »Tut mir leid, Jackson. Das ist es nicht. Es ist nicht dein Baby.«

FREITAG

52

»Himmel. Bist du sicher? Bist du sicher, dass er tot ist? Hast du den Tierarzt gerufen?«

Die Verkäuferin ließ ihn nicht aus den Augen, wie magnetisch von seinem Gesicht angezogen. Ihre Züge spiegelten sein Entsetzen wider, als wäre sie eingetreten in das Drama seines Lebens. Gebt dem Mädchen einen Oscar.

»Alles in Ordnung?«, fragte sie, als er sein Handy einsteckte.

»Das war meine Mum«, sagte Archie. »Unsere Katze ist tot.«

»O nein«, sagte sie, das Gesicht in Sorgenfalten gelegt. Ihre Unterlippe zitterte sogar.

»Ooh, das war gut«, flüsterte Hamish, als sie das Geschäft verließen. »Tote Katzen hätten uns schon früher einfallen sollen, Frauen stehen auf so was.«

Archie fühlte sich mies, weil er die Katze so benutzte, andererseits war es leichter gewesen, echte Gefühle zu zeigen. Der Kater tat ihm leid. Er hatte nicht gewusst, dass er ihn liebte, bis er anfing zu jaulen. Es war ein schrecklich gruseliges Geräusch gewesen. Dann waren dem Kater die Hinterbeine weggeknickt, und er lag einfach nur keuchend da. Manchmal, wenn seine Mutter arbeitete, vor allem, wenn sie nachts arbeitete, hatte er entsetzliche Herzschmerzen, weil er nicht wusste, was aus ihm würde, wenn sie starb.

Wenn sie bei einer Hochgeschwindigkeitsverfolgungsjagd einen Unfall hätte. Oder jemand sie erschoss oder erstach. Sein Herz flatterte, und ihm wurde ganz anders.

Wie sie den Kater liebte, war verrückt. Ihre eigene Mutter war letzte Woche gestorben, und sie hatte daraufhin mit ihm angestoßen. »Auf die alte Schlampe, möge sie für alle Ewigkeit in der Hölle schmoren.« Aber der Kater starb, und sie heulte sich die Augen aus. Was immer seine Mutter war, sie war hart. Er hatte es gehasst, als sie weinte.

Er hatte versucht, es leichter für sie zu machen, er hatte überlegt, was sie getan hätte, wäre sie da gewesen. Kerzen und Musik, nahezu religiös. Er wickelte den Kater in einen ihrer Pullover und nahm ihn in den Arm. Der Kater starb in seinen Armen. Er sah dabei zu. In einem Moment lebte er, im nächsten war er tot, übergangslos. Eines Tages würde das mit seiner Mutter passieren. Seine Familie war zu klein, nur er selbst, seine Mutter und die alte Katze, mehr waren sie nicht, und jetzt war die Katze tot. Hamish hatte zwei Schwestern, einen Vater, Großväter, Großmütter, Tanten, Onkel, Cousins und Cousinen, er hatte mehr Verwandte, als er brauchte. Archie hatte nur seine Mutter. Wenn ihr etwas zustieße, wäre er allein.

Er hatte geweint, als die Katze starb, alles in ihm fühlte sich plötzlich zu groß an, als wollte es hervorbrechen. Seine Mutter kam und umarmte ihn, und er wollte wieder ein Baby sein, und sie weinten zusammen. Sie weinte um den Kater, und er weinte, weil er nie wieder ein Baby sein konnte. Dann machte er ihr eine Tasse Tee, ging Pommes kaufen, und sie sahen fern, und es war nett gewesen, obwohl der Kater tot und seine Mutter deswegen so unglücklich war. Sie sagte: »Wir lassen ihn verbrennen, der Tierarzt hat mir ein Faltblatt gegeben. Man kann so ein kleines Holzkistchen kaufen und sein Foto draufmachen, eine kleine Messingplakette mit seinem Namen, und dann stellen wir es auf den Kaminsims.« Ihre eigene Mutter stand vernachlässigt im Regal in der Garage. Das war doch *pure Ironie*. Sie waren sich so *nahe* gewesen, dass er ihr beinahe alles gestanden hätte. Die Diebstähle, den Fund von Martin Cannings Brieftasche in Cowgate (sie hatten sie nicht *gestohlen*, der Mann musste sie verloren haben), in der Brieftasche fanden sie die Adresse des Büros, sie brachen in das Büro ein (zum Spaß, und es war ein Spaß gewesen). Hamish konnte Schlösser öffnen wie ein Meisterdieb. Sein Lebensziel war es, die Bank seines Vaters auszurauben. Hamish hasste seinen Vater auf eine Weise, die Archie Angst einjagte. Aber dann überlegte Archie es sich anders, weil er seiner Mutter nicht noch mehr Kummer machen wollte, wo sie schon so bedrückt war. Ein anderes Mal.

Seine Mutter legte den Arm um seine Schultern und sagte: »Ist schon in Ordnung.« Und das war es, fürs Erste. Er aß den Rest ihrer Pommes auf und ließ sich von ihr übers Haar streicheln, doch dann klingelte ihr Telefon, und sie seufzte. »Tut mir leid, das war die Einsatzzentrale. Ich muss weg, ein Zwischenfall.« Und sie ließ ihn allein. Mit der toten Katze. Andere Mütter taten so etwas nicht.

Er hörte, wie sie aus der Garage fuhr, und er schaute aus dem Fenster, um ihr nachzusehen. Langsam schwebte ein Zwanzig-Pfund-Schein vorbei wie ein kleiner fliegender Teppich.

»Scheiße, Archie, Polizei!«, brüllte Hamish ihn an, stieß ihn von hinten, so dass er mit den Armen rudern musste, um das Gleichgewicht nicht zu verlieren und aufs Gesicht zu fallen. Hamish war weg, rannte die George Street entlang, überließ Archie seinem Schicksal. Er drehte sich um und sah zwei stämmige Polizisten auf sich zukommen. Er versuchte nicht einmal davonzulaufen. Er ging seinem Schicksal entgegen. Es war der Augenblick, auf den er seit Monaten zusteuerte. Er war vor allem erleichtert.

53

Nina Riley kletterte, eine Hand über die andere, wie eine bewegliche Spinne das rostrote Netz des Gitterwerks an der Forth Bridge hoch, bis sie sich endlich schweißgebadet auf die Gleise hochziehen konnte. Sie hatte keine Ahnung, wo Bertie war. Vielleicht war er in die grauen Wasser zu Tode gestürzt. Sein Schicksal ließ sie bemerkenswert kalt. Er war ein so langweiliger Kerl gewesen, so servil. *(Miss Nina, Sie sind Spitze, wirklich.)* Er brauchte eine kräftige Dosis Sozialismus oder einen kräftigen Tritt in den Hintern.

Sie blickte die Gleise entlang, kein Zug weit und breit. Keine Spur des Grafen von Morybory oder wie immer er hieß, ihr sogenannter Erzfeind. Keine Spur der Zirkusclowns, die sie seit Tagen verfolgten. Ein leiser Schrei riss sie aus ihren Gedanken. Es klang wie Bertie. Rief er um Hilfe? Sie horchte konzentriert. Ein schwaches *Helfen Sie mir, Miss Riley* schwebte auf einer steifen Meeresbrise zu ihr. Sie ignorierte es. Dann ein weit entferntes ratterndes Geräusch. Ein Zug. Es war Zeit. Sie legte sich auf die Schienen, vorsichtig – sie wollte ihren neuen cremefarbenen Trenchcoat nicht beschmutzen, obwohl er natürlich sowieso versaut würde.

Sie legte sich lang gestreckt und gerade wie ein Schienenschläfer auf das Gleis. Wenn man etwas tun wollte, sollte man es richtig tun. Es war schade, dass niemand da war, der sie mit einem Seil an den Schienen festbinden konnte. Ein Hollywood-Ende wäre schön. Oder vielleicht auch nicht, das war nicht ihr Stil, und sie war kein Fräulein in Not, sie war eine moderne Frau, die das Vernünftige tat. Das Heldenhafte.

Der Zug war jetzt lauter. Näher.

Ein Opfer. Das sich selbst opferte, um genau zu sein. Sie tat es für Martin. Sie würde ihn für immer von sich befreien. Sie würde Alex Blake mit sich nehmen, und Martin wäre frei. Er könnte neu anfangen, endlich etwas Gutes schreiben statt dieses Unsinns. Natürlich bedauerte sie so manches. Sie hatte nie Sex gehabt – Martin hatte es nicht zugelassen. Und sie war nie in Wales gewesen, sie hätte es gern gesehen, jetzt war es zu spät.

Etwas, was sie nie zuvor gefühlt hatte, flackerte über ihr Gesicht. Sie dachte, dass es vielleicht Angst war. Es gab jetzt kein Zurück mehr. Das war sie. Die Nanosekunde, die alles verändern würde. Er kam. Er war da.

Sie ging in die Schwärze ein, in der es keine Worte gibt. Es werde Dunkelheit.

»Und er sitzt nur da und sagt nichts?«

»Mhm. Mehr oder weniger. Die Polizei sagt, als sie eintrafen, hat er nur was davon gefaselt, dass er Mönch werden will.«

»Gefaselt? Ist das ein klinischer Ausdruck?«

»Sehr witzig. Ich habe noch keine offizielle Diagnose gestellt, aber ich würde sagen, dass er sich in einem Zustand posttraumatischer Katatonie befindet, in einem Fugue-Zustand. Er hat jemanden erschossen, umgebracht. Keiner von uns weiß, wie wir unter diesen Umständen reagieren würden.«

»Meinen Sie, dass er simuliert? Er ist schließlich Schriftsteller, oder?«

»Ja.«

»Was schreibt er?«

54

Jackson rief Louise aus dem Wagen an. Er hatte sich bei Hertz einen Mondeo gemietet und war auf dem Weg nach London. Er war noch nicht bereit, nach Frankreich zurückzukehren. Vielleicht wäre er es nie wieder. Er fuhr, er raste mit neunzig Meilen pro Stunde auf die Grenze der Grafschaft zu, mit ausgeschalteten Rücklichtern. Er war unterwegs zur kanadischen Grenze. Er fuhr über die staubigen Landstraßen von Texas auf der Suche nach Ärger. Er war jedes Lied, das er je gehört hatte.

Er probierte es gedanklich mit dem Wort »Zuhause«, und es klang nicht richtig. *Zuhause ist, wo das Herz ist,* sagte Julia. Sie war normalerweise keine Frau, die Klischees benutzte, aber andererseits hatte sie sich nie dazu herabgelassen, seine Erwartungen zu erfüllen. Er hätte gesagt, dass sein Herz bei Julia war, doch vielleicht dachte er das bloß, damit er sich besser fühlte, damit er sich nicht so allein fühlte. *Tut mir leid, Jackson, es ist nicht deins.* Er hatte gesagt, dass ihm gleichgültig wäre, es ihm egal wäre, wer der Vater war, und er war schockiert, weil es stimmte, aber Julia sagte: »Mir ist es nicht gleichgültig, Jackson.« Und das war es, es war aus zwischen ihnen. Von null auf hundert in einem Gespräch. *Es ist besser so, Schatz.* Hatte sie recht? Er wusste es wirklich nicht. Er wusste jedoch, dass er sich fühlte, als wäre ihm etwas ohne Narkose herausgerissen worden. Aber er war jetzt alt genug, um einfach weiterzumachen, weil man einfach weitermachte, man stand vom Boden auf und machte auch ohne Aussicht auf Erfolg weiter. *Na los, greif an.*

Und er fragte sich, ob sein Herz nicht wirklich vor all den Jahren mit seiner Schwester begraben worden war, während er an Mrs Judds Resopaltisch saß und eine Hühnerpastete aß.

Neue Ziele, neues Leben. London, das Zuhause der Vertriebenen der Welt, schien ein guter Ort, um für ein paar Tage zu verschwinden und wieder gefunden zu werden. In einer Tankstelle in den Borders kaufte er ein Drei-CD-Set *Tamla Motown Greatest Hits*. Er hatte seine musikalische Vorliebe nicht plötzlich geändert, dachte jedoch, dass er für unterwegs etwas Beschwingtes brauchte, und das musste man den Typen lassen (obwohl er wie immer die Mädchen vorzog), sie wussten, wie man eine Melodie zusammenbastelte. Er konnte gar nicht fassen, was für eine Erleichterung es war, in einem Auto zu sitzen, auf dem Fahrersitz, hinter dem Lenkrad. Sogar in einem Mondeo. Er war wieder er selbst.

»Hallo, Sie«, sagte er, als sie sich mit einem herben »Detective Inspector Louise Monroe« meldete. Einen Augenblick lang herrschte Schweigen am anderen Ende.

Die Velvelettes suchten nach einer Nadel im Heuhaufen und fanden sie nicht, dann sagte sie sanfter als sonst: »Hallo, Sie.«

»Ich bin unterwegs«, sagte er. (Drei wunderbare Wörter.) »Tut mir leid, dass ich mich nicht verabschiedet habe.«

»Sie haben also alles erledigt?«, fragte sie. »Der geheimnisvolle Fremde verlässt die Stadt, schaut lange genug zurück, um eine angekaute Zigarre anzuzünden und sich zu fragen, was hätte sein können, bevor er dem Pferd die Sporen gibt und davongaloppiert.«

»Ich enttäusche Sie nicht gern, aber ich fahre gerade in einem Mondeo am Engel des Nordens vorbei.«

»Und Smokey singt den Blues.«

»Ja. So in etwa.«

»Sie müssen zurückkommen.«

»Nein.«

»Sie haben sich als Polizist ausgegeben. Sie waren am Tatort.«

»Ich war nie dort«, sagte Jackson.

»Ich habe Zeugen, die behaupten, dass Sie dort waren.«

»Wer?«

Louise seufzte. »Ein Zeuge ist tot.«

»Unser Freund Terry.«

»Der andere bittet darum, in ein Kloster gebracht zu werden.«

»Das wäre wohl Martin.«

»Und der dritte redet mittlerweile zusammenhängend«, sagte Louise.

»Der dritte?«

»Pam Miller.«

»Die Frau mit dem orangefarbenen Haar?«

»Also, ich würde sagen pfirsichfarben, und ja, die Frau von Murdo Miller, ihrem Mann gehört eine große Sicherheitsfirma. Er ist ein Gauner, aber halbwegs respektabel.«

»Was ist mit den anderen beiden Frauen? Mrs Hatter und Tatiana?«

»Verschwunden. Abgetaucht. Wie Sie. Mrs Hatter wird vom Betrugsdezernat gesucht. Und Graham Hatter scheint vom Angesicht der Erde verschwunden zu sein. Alle sind höchst aufgeregt wegen dieses Falls.«

»Sie leiten die Ermittlungen?«, fragte er. »Ihr erster Mordfall?« Es klang komisch, wie aus einem Kinderbuch.

»Nein.« Sie schwieg einen Augenblick wie eine Kriminelle, die abwägt, ob sie ein Geständnis machen soll. »Also ich.«

»Also Sie?«

»Ich musste auch weg. Wegen einer persönlichen Sache.«

Er versuchte, sich an den Namen ihres Sohnes zu erinnern. Er probierte es mit »Archie?«.

»Nein. Meine Katze.«

Er erwiderte nichts, um nichts Falsches zu sagen (er war nicht umsonst zwei Jahre mit Julia zusammen gewesen). »*Vier* Leute haben den Tatort verlassen? Das muss ein neuer Rekord sein.«

»Das ist nicht lustig.«

»Habe ich auch nicht behauptet.«

»Etwas Erstaunliches ist passiert, das Sie vielleicht interessieren wird.«

»Die ganze Zeit passieren erstaunliche Dinge«, sagte Jackson. »Wir merken es nur nicht.«

»Oh, bitte. Als Nächstes erzählen Sie mir, dass Sie an Engel glauben und alles, was passiert, vorherbestimmt ist. Terence Smith wurde als Mörder von Richard Moat identifiziert.«

»Alles, was passiert, ist vorherbestimmt.«

»Sie klingen nicht so überrascht, wie ich es gern hätte.«

»Ich bin überrascht, glauben Sie mir.« Er war es nicht, er war angerufen worden, ein Murmeln in seinem Ohr, ein Murmeln mit einem russischen Akzent. Er hatte keine Ahnung, wie, aber Tatiana schien alles zu wissen. Er fragte sich, ob sie einen umbringen würde, wenn man mit ihr schlief. Er dachte, dass es den Versuch möglicherweise wert war.

»Jackson?«

»Ja?«

»Ihr Terence Smith war ein Ein-Mann-Verbrecher-Syndikat.«

»Er war nicht mein Terence Smith.«

»Er war zudem ein unglaublicher Trottel, hat überall Spuren

zurückgelassen. Die Spurensicherung hat Richard Moats Blut und Hirnsubstanz an dem Baseballschläger gefunden. In seiner Tasche hatte er Moats Handy, und als sie seine Wohnung durchsuchten, fanden sie Martin Cannings Laptop. Daher hatte er vermutlich seine Adresse. Sieht also aus, als habe er Moat aus Versehen getötet und als habe er es eigentlich auf Canning abgesehen gehabt. Aus Rache dafür, dass er seine Aktentasche auf ihn geschleudert hat, nur dass er stattdessen Richard Moat umgebracht hat. Wer weiß?«

»Hört sich gut an«, sagte Jackson.

»Nicht wirklich. Wir haben noch nichts gefunden, was ihn mit Ihrem nicht existierenden toten Mädchen in Verbindung bringt, nichts in der Wohnung und nichts im Honda.«

»Sie existiert, glauben Sie mir. Terence Smith hat sie im Auftrag von Graham Hatter umgebracht. Er hat Hatters Wagen benutzt, um die Leiche loszuwerden. Finden Sie den Wagen, und Sie werden die Beweise finden. Hatter trinkt wahrscheinlich mit Lord Lucan Cocktails in Südafrika oder wo immer Mörder auf der Flucht heutzutage untertauchen.«

»Und das alles behauptet ein russisches Callgirl, das niemand kennt außer Ihnen. Oh, und Gloria Hatter. Die auch auf der Flucht ist. Wir haben nichts, was Terence Smith oder Graham Hatter mit dem Mädchen in Verbindung bringt. Ein Mädchen, möchte ich betonen, das niemand vermisst.«

»Ich kenne Leute, die sie vermissen«, sagte Jackson. »Sie hieß Lena Michailitschenko. Sie war fünfundzwanzig Jahre alt, in Kiew geboren. Ihre Mutter lebt noch dort. Sie war in Russland Buchhalterin. Sternzeichen Jungfrau. Sie mochte Disco, Rock und klassische Musik, las Zeitungen und Kriminalromane. Sie hatte langes blondes Haar und wog sechzig Kilo, und sie war eins fünfundsechzig groß. Sie war Christin. Sie war gutmütig, freundlich, nachdenklich und optimistisch, alle bezeichnen sie als optimistisch. Sie las gern und ging gern ins Theater. Sie ging auch gern ins Fitnessstudio und ins Schwimmbad, und sie hatte ein vollkommen verfehltes ›Vertrauen in morgens‹, ihr Englisch war also vielleicht nicht so gut, wie sie behauptete. Ich glaube, das ist ein anderer Ausdruck für optimistisch. Und Parks. Alle mögen sie Parks, und sie sagen alle mehr oder weniger das Gleiche. Sie können ein Foto von ihr sehen auf www.bestrussianbrides.com, wo sie noch immer zum Verkauf steht, obwohl sie Russland vor einem halben Jahr verlassen hat, um herauszufinden, ob Edinburghs Straßen mit Gold gepflastert sind. Damals ging sie zu *Hilfe* und traf ihre Nemesis in Gestalt von Graham Hatter. Wenn Sie suchen, so glaube ich, werden Sie herausfinden, dass Mr Hatter etwas mit *Hilfe* zu tun hat und weiß Gott mit was allem noch.«

»Sie geben nicht auf, stimmt's? Sie müssen zurückkommen.«

»Nein.«

»Herrgott noch mal, Jackson.«

»Nein. Ich habe es satt, in etwas hineingezogen zu werden. Ich habe es satt, ein Zeuge zu sein.«

»Martin braucht Sie, damit Sie für ihn aussagen, er hat jemanden umgebracht. Er hat Ihr Leben gerettet. Er ist Ihr *Freund.*«

»Er ist nicht mein Freund.« Es herrschte lange Schweigen. Die Supremes baten ihn, im Namen der Liebe anzuhalten. »Wie auch immer«, sagte er.

»Wie auch immer.«

»Vergessen Sie nicht«, sagte Jackson: »Die Erinnerung an Paris kann uns keiner mehr nehmen.«

»Wir waren nie in Paris.«

»Noch nicht«, sagte Jackson. »Noch nicht.«

55

Sophias schottischer Freund stürzte sich auf sie, kaum dass sie durch die Tür war, und zerrte an dem Reißverschluss ihrer rosa Uniform. Er fand die rosa Uniform eine Spur pornografisch, als hätte Barbie die ideale Schwesterntracht entworfen. Sophia trug ihre sehr kurz, und er fragte sich oft, ob in den Häusern, in denen sie putzte, Männer waren, die versuchten, ihr unter den Rock zu schauen, wenn sie sich bückte oder streckte. Wenn er an sie bei der Arbeit dachte, waren immer Staubwedel aus Federn involviert, und sie beugte sich provokativ über Betten oder kniete auf dem Boden, um ihn zu schrubben, den tschechischen Arsch vorwitzig in die Höhe gereckt.

»Warte«, sagte sie und stieß ihn von sich.

»Kann nicht«, sagte er. »Ich habe den ganzen Tag an nichts anderes gedacht.«

Sie wollte ihre Jacke ausziehen, ein Glas Rotwein trinken, Bohnen auf Toast essen, sich das Gesicht waschen, die Beine hochlegen, hundert Dinge tun, die auf ihrer Prioritätenliste weiter oben standen. Sie hatte heute eine Stunde länger arbeiten müssen. »Neue Sitten«, hatte die Haushälterin gesagt. Die Haushälterin war auch neu. Die fiesgesichtige schottische Haushälterin war über Nacht verschwunden, und jetzt war statt ihrer eine reizbare Moskauer

Schlampe da. *Hilfe* hatte ein »neues Management«. Sophia hielt nicht viel von dem neuen Regime. Sie dachte, dass es an der Zeit war, bei *Hilfe* aufzuhören, nach Prag zurückzukehren und dort ihr wirkliches Leben wieder aufzunehmen. Sie stellte sich vor, dass sie in Zukunft eine international anerkannte Wissenschaftlerin wäre, in Amerika lebte, einen gut aussehenden Mann und ein paar Kinder hätte, sie stellte sich vor, wie sie die Fotos von ihrer Zeit in Schottland betrachtete – die Burg, den Zapfenstreich, Hügel und Seen. Die Fotos von ihrem schottischen Freund würde sie herausnehmen, damit ihr amerikanischer Mann nicht eifersüchtig wäre. Andererseits, vielleicht sollte sie genau das nicht tun.

»Komm schon«, stöhnte ihr schottischer Freund und zerrte an ihren Kleidern. Manchmal, wenn er in der Stimmung war, ließ er sich einfach nicht davon abbringen.

Als er ihr den rosa Uniformrock über die Hüften schob, drückte sie etwas im Rücken, und sie sagte: »Warte einen Moment«, und er stöhnte und rollte auf die Seite, und sein großer blasser schottischer Penis ragte in die Luft wie ein Fahnenmast. Sie hatte keinen Vergleich, da es ihr erster Kelte war, aber ihr gefiel die Vorstellung, dass alle schottischen Männer so etwas unter ihrem Kilt versteckten – auch wenn die anderen Mädchen vor kenntnisreicherem Lachen kreischten, wenn sie das sagte.

Sie fand die Quelle ihres Unbehagens in einer Jackentasche. Die Puppe. Die Matroschka des Schriftstellers. Sie erinnerte sich daran, sie im Chaos seines Hauses aufgehoben zu haben. Es war eine kleine Puppe, wenn auch nicht das Baby. Sie öffnete sie, zog sie auseinander. Wie in einem Ei befand sich ein Geheimnis darin. Sie runzelte die Stirn.

»Ein Sony-Memorystick«, sagte ihr schottischer Freund. »Für einen Computer.«

»Ich weiß«, sagte sie. Bisweilen vergaß er, dass sie eine Wissenschaftlerin aus einer kosmopolitischen europäischen Hauptstadt war. Bisweilen verhielt er sich, als würde sie wie im Mittelalter Kartoffeln anpflanzen. Der Memorystick war beschriftet. »Tod auf Black Isle«.

»Greg oben hat einen Sony«, sagte er begeistert, sein Fahnenmast bereits schlaff und vergessen. Er liebte alles, was mit Computern zu tun hatte. »Wir schauen nach, was drauf ist. Es muss wichtig sein, wenn er ihn versteckt hat.«

»Das glaube ich nicht«, sagte Sophia. »Es ist nur ein Roman.« Aber sie war erleichtert, als sie ihn die Treppe zu Gregs Wohnung hinaufstürmen hörte. Jetzt konnte sie wenigstens die Schuhe ausziehen und ein Glas Wein trinken. Sie erinnerte sich an das Haus des Schriftstellers, wie es war, bevor die schreckliche Sache passiert war. Fast konnte sie die Rosen in der Eingangshalle riechen.

56

Die Leiche wurde ein zweites Mal in Cramond angeschwemmt, als wäre das Mädchen entschlossen, wieder und wieder an den gleichen Ort zurückzukommen, bis jemand Notiz von ihr nahm. Der Pathologe am Fundort meinte, dass sie möglicherweise stranguliert worden war *(postmortale Fahlheit am Hals)*, aber sie müssten bis nach der Autopsie warten, um Genaueres zu erfahren. Drei Tage entlang der Küste den Forth hinauf- und hinuntergespült zu werden hatte ihr nicht gutgetan. Nicht wie Ophelia, die den Fluss nur hinuntergetrieben war, geschmückt mit Blumen.

Cramond lag in der Einflugschneise des Flughafens von Edinburgh, und Louise fragte sich, wie sie aus der Luft aussahen: wie kleine Spinnen, die ziellos hin und her wuselten, oder wie eine gut gedrillte Armee Ameisen, die zusammenarbeiteten. Nachdem ein einzelner Polizist am Fundort eingetroffen war, war die Zahl der Anwesenden innerhalb einer Stunde exponentiell angewachsen.

Ihr Team, ihr Fall. *Ihr erster Mord.* Sie hatten Hatters Wagen im Parkhaus des Flughafens gefunden. Jackson hatte recht gehabt, der Kofferraum war voller DNS-Spuren – hoffentlich passten sie zu ihrer Leiche. Früher oder später würden sie auch Graham Hatter finden.

Sie brachten die Leiche in einem Polizeiboot weg, der Staatsanwalt und der Pathologe entschieden sich, mit dem Helikopter zu fliegen. Louise fuhr mit der Leiche auf dem Boot wie eine Ehrenwache. Sie berührte den dicken Leichensack aus Plastik.

»Hallo, Lena«, flüsterte sie. Bislang war sie Jacksons Mädchen gewesen, jetzt gehörte sie ihr. Louise wählte seine Nummer. Sie hätte gern alles Mögliche zu ihm gesagt, aber als er sich meldete, sagte sie nur: »Wir haben sie gefunden. Wir haben Ihr Mädchen gefunden.«

57

Nach der Landung in Genf fuhren sie vom Flughafen aus sofort mit dem Taxi zur Bank.

Im kühlen Inneren sprach Tatiana mit einer Frau am Empfang. »Das ist Mrs Gloria Hatter, sie ist hier, um Geld abzuheben.«

Gloria vermutete, dass Leute, die in Schweizer Banken arbeiten, wahrscheinlich besser Englisch sprachen als die Engländer. Sie hätte schwören können, dass Tatiana nicht mehr so russisch klang wie zuvor.

Die Dame am Empfang griff zum Telefon und murmelte diskret etwas Französisches hinein, und innerhalb von Sekunden wurden sie in ein plüschiges Separee geführt.

»Nette Bank«, sagte Tatiana anerkennend.

Eine halbe Stunde später standen sie wieder draußen im Sonnenschein. Tatiana hatte Gloria angewiesen, sich das Geld in Form hochwertiger Inhaberobligationen aushändigen zu lassen. Die Inhaberobligationen wirkten auf Gloria ziemlich unsolide, die gewichtige Realität von Bargeld wäre ihr lieber gewesen. *Beute,* sagte Tatiana und lachte.

Sie gingen in ein altes, teures Café, und Gloria teilte die Obligationen zwischen ihnen auf. »Eine für Sie, eine für mich«, sagte sie.

Tatiana steckte ihre in ihren BH, und Gloria folgte ihrem Beispiel. Dann schaltete Gloria ihr Handy wieder ein und hörte die Nachrichten auf ihrer Mailbox ab. Eine stammte von dem Mann der Sicherheitsfirma, der sich wunderte, wo sie war und warum man ihr Haus mit Polizeiband abgesperrt hatte. Eine Nachricht war von Emily, die sich gereizt zeigte angesichts der bevorstehenden Wiederkunft Christi. Das Krankenhaus hatte ebenfalls eine Nachricht hinterlassen. Gloria nahm ein zweites Handy aus der Tasche und hörte die eine Botschaft ab, die sich auf der Mailbox befand. Sie hatte seit Dienstag mit dieser Nachricht gerechnet, und sie bestätigte den Anruf des Krankenhauses.

Es war etwas von großer Tragweite geschehen. Etwas Endgültiges.

»Graham ist tot«, sagte sie, aber sie sprach mit sich selbst. Tatiana war verschwunden.

Gloria ließ sich Zeit mit dem Kaffee. Sie aß ein ausgezeichnetes Stück »Torte Eglantine« dazu, und als sie zahlte, gab sie ein großzügiges Trinkgeld. Sie dachte daran, dass Freitag war, Beryls Tag, und fragte sich, ob ihrer alten Schwiegermutter auffallen würde, dass sie nicht gekommen war.

Auf der Straße schob sie das zweite Handy tief in den erstbesten Abfalleimer. Er würde bestimmt bald geleert werden, die Schweizer waren schließlich berühmt für ihre Sauberkeit. Was sie bislang von dem Land gesehen hatte, gefiel ihr. Vielleicht sollte sie auf dem Land ein Häuschen aus dunklem Holz kaufen mit Blumenkästen voller Hängegeranien im Sommer und frischem weißem Schnee auf dem Dach im Winter. Und einem Korb Kätzchen, die neben einem Holzofen schliefen.

Es gab viel zu tun. Sie würde durch die Welt ziehen und Unrecht wiedergutmachen. Legionen von Kätzchen, Pferden, Sittichen, verstümmelten Jungen, ermordeten Mädchen, sie alle riefen sie. *Selig sind, die da hungert und dürstet nach der Gerechtigkeit, denn sie sollen satt werden.*

Die Bösen würde sie das Fürchten lehren. Sie wäre schon zu ihren Lebzeiten eine Legende. Sie wäre kosmische Gerechtigkeit. Das sollte definitiv mit Großbuchstaben gesagt werden. KOSMISCHE GERECHTIGKEIT. Unbestreitbar und unbestritten: Kosmische Gerechtigkeit war eine gute Sache.

58

Jackson kam bis zum Scotch Corner, bevor er umkehrte und nach Norden zurückfuhr. Er musste feststellen, dass er doch nicht einfach so in den Sonnenuntergang fahren konnte. Martin hatte ihn um Hilfe gebeten, und er hatte zugestimmt. Der Mann hatte sein Leben gerettet und brauchte ihn als Zeugen, und davor konnte man nicht einfach davonlaufen.

Der Engel des Nordens kam wieder in Sicht, breitete die rostroten Flugzeugflügel schützend über das Land. Jackson war vom rechten Weg abgewichen, aber das war in Ordnung, er hatte wieder zurückgefunden.

59

Wie sich herausstellte, brauchte er die Pistole nicht. Die einzig mögliche Erklärung für ihr Verschwinden war, dass Martin sie im Hotelzimmer an sich genommen hatte, bevor er ihm den präparierten Drink unterjubelte. Er hätte nachsehen sollen, bevor er das Hotel verließ. Das war ein Fehler gewesen. In seinem Beruf war kein Platz für Fehler. Vielleicht war es an der Zeit, dass er etwas anderes tat, eine andere Richtung einschlug, den Universitätsabschluss machte, eine Straußenfarm gründete, ein Bed and Breakfast eröffnete. Verrücktes Geschwafel, Ray.

Als er die Schachtel schließlich öffnete, befand sich statt der Pistole eine Bibel darin. Die Golftrophäe lag unschuldig darauf, ein ganz klein bisschen schief, so dass man sah, dass der kleine Golfspieler aus Chrom den Ball nicht richtig treffen konnte. Ray hatte ein paarmal Golf gespielt, es hatte ihm gefallen, die Kraft des Schlags, die Präzision des Zielens. Es kam seiner natürlichen Begabung entgegen. Er hatte die Trophäe in einem Wohlfahrtsladen gekauft. Irgendein hungerndes Kind irgendwo auf der Welt profitierte. Ein Cent vom Preis der Golftrophäe eines alten Opas. R. J. Benson. Wer war er gewesen, wie war sein Leben verlaufen? Die Trophäe war von 1938. Hatte R. J. Benson im Krieg gekämpft, war er gefallen? Oder hatte er alle, die er kannte, überlebt und war allein gestorben?

Würde ihm das auch passieren? Nein, vorher würde er sich das Gehirn aus dem Kopf pusten. Was du nicht willst, dass man dir tu'.

Er konnte sich allerdings vorstellen, dass es Martin so ergehen würde. Ray empfand kurz eine unerwartete Zuneigung zu Martin. Er hatte ihm viel zu viel über sich erzählt. Alles war zu viel, sogar nichts war zu viel. Als Ray ins Four Clans zurückkehrte, um ihn nach der Pistole zu fragen, war Martin schon verschwunden. Er hätte ihn gern umgebracht, weil Martin sie geklaut hatte, aber andererseits hatte ihm der Mann das Leben gerettet, er war ihm also etwas schuldig. Leben um Leben.

Ein Pistole wäre hier zu auffällig und unnötig, weil er nur die Hand ausstrecken und einen Schalter umlegen musste. Er konnte den Mann im Grunde einfach abschalten. Gott wusste, woran er angeschlossen war, so wie es aussah, standen nur noch die Maschinen zwischen ihm und der Ewigkeit. Wahrscheinlich musste er nur der Natur ihren Lauf lassen, aber Vorsicht ist besser als Nachsicht. Sagt man. Und außerdem wurde er dafür bezahlt, einen Job zu erledigen, und deswegen würde er den Job erledigen.

Es war nicht schwer gewesen, auf die Intensivstation zu gelangen. Die dicke Krankenschwester, die Nachtdienst hatte, fragte ihn, ob er ein naher Verwandter sei, und er setzte eine betrübte Miene auf und sagte: »Ich bin sein Sohn, Ewan. Ich bin gerade aus Südamerika zurückgekommen.« Und sie zog eine ebenso betrübte Miene und sagte: »Natürlich, ich bringe Sie zu Ihrem Dad.« Und er saß fürsorglich eine Weile bei »Dad«, als wäre er tatsächlich sein Sohn. »Du warst nicht leicht zu finden, Graham«, sagte er leise. Er hatte in der ganzen Stadt nach ihm gesucht. Sein Auftraggeber konnte sich nicht mehr mit ihm in Verbindung setzen, wenn eine Sache einmal am Laufen war. Ray wollte es so. Vorsicht ist besser als Nachsicht. Ein Anruf zu Beginn, ein Anruf am Ende.

Komisch, wieder im Krankenhaus zu sein. In der Notaufnahme war es laut und chaotisch gewesen, nicht wie hier. An Grahams Bett war es still, abgesehen vom Blinken und Piepen der Maschinen. Während er ihn gesucht hatte, hatte er an ihn als »Hatter« gedacht, aber so, wie er hier lag, hilflos wie ein Baby, schien der Mann ein bisschen Zuwendung zu verdienen. Er holte die Spritze aus der Innentasche seiner Jacke. Angefüllt mit nichts. Luft. Man brauchte Luft zum Leben, man betrachtete es nicht als etwas, was tötete. Die Luft würde in seine Vene wandern, sein Herz finden, den Pumpvorgang anhalten, den Blutfluss anhalten, das Herz anhalten. Graham töten. Es brauchte nur ganz wenig. Er hob die Decke von Grahams Füßen und fand die Vene in seinem Knöchel. »Das wird überhaupt nicht wehtun, Graham«, sagte er. Guter Junge, böser Junge. Guter Ray, böser Ray.

Er deckte die Füße wieder zu. Grahams Herz bliebe in ein paar Sekunden stehen, und hier würde die Hölle losbrechen, überall wären Krankenschwestern, sogar die dicke Schwester würde ihre breiten Hüften heldenmutig den Flur entlangschieben.

Zeit zu gehen. Er tätschelte Grahams zugedeckte Füße. »Gute Nacht, Graham, schlaf gut.«

Draußen schüttete es wieder einmal. Er rief seinen Auftraggeber an. Als sich niemand meldete, hinterließ er eine Nachricht auf der Mailbox.

»Glückwunsch, Mrs Hatter«, sagte er. »Unser Werk ist vollbracht.«

Dank schulde ich Martin Auld, Malcolm R. Dixon (Stellvertretender Direktor der Polizeiaufsicht von Schottland), Russell Equi, Major Michael Keech, Sheriff Andrew Lothian, Dr. Doug Lyle und Dr. Anthony Toft, weil sie mir Dinge sagten, die sie wussten, ich aber nicht. Ich entschuldige mich, falls ich diese Informationen falsch verstanden oder, gelegentlich, absichtlich zweckentfremdet oder verzerrt habe.

Dank an David Robinson und Donald Ross vom *Scotsman*, an Reagan Arthur, Kim Witherspoon und Peter Strauss und an Little Brown, USA, und Transworld, Großbritannien.

Dank auch an David Lindgren, weil er versuchte, und in der Regel damit scheiterte, mir das Körperschaftsrecht zu erklären, und, wichtiger noch, weil er ein Anwalt ist, der zu Mittag isst.

Dank zudem an Alan Stalker und Stephen Cotton, die mich in schweren Zeiten gerettet haben.

Last, but not least Dank an den Schriftsteller Ray Allan, der mir großzügigerweise erlaubte, eine Geschichte aus seinem Leben zu stehlen.